aufbau taschenbuch

AUFBAU VERLAGSGRUPPE

MICAELA JARY wurde in Hamburg geboren, studierte in München Sprachen und arbeitete als Redakteurin und freie Journalistin, bevor sie sich ganz der Schriftstellerei widmete. Nach einem langjährigen Aufenthalt in Paris lebt sie heute mit ihrem Mann in München und Lugano (Schweiz). Sie ist sehr kunstinteressiert und schreibt vornehmlich Romane mit historischem Hintergrund.

Frankreich, Mitte des 16. Jahrhunderts: Die calvinistischen Gemeinden wachsen und werden zunehmend mächtiger, selbst unter Adeligen finden sich immer mehr Hugenotten. König Henry II. fühlt sich von dem neuen Glauben bedroht und geht mit großer Härte dagegen vor, unterstützt von seiner Ratgeberin und Mätresse, der ebenso schönen wie klugen Diane de Poitiers. Auf Chenonceau, ihrem romantischen Loire-Schloß, wird zu dieser Zeit die große Politik gemacht, selbst der Papst wendet sich mit seinen Forderungen nicht an den König oder dessen Frau, die aus Florenz stammende Catherine de Médicis. Während im Frühling 1559 in Paris die geheimen Vorbereitungen für eine erste Synode französischer Protestanten laufen, wird die junge Isabelle als Spionin auf Chenonceau eingeschleust, sie soll die Pläne des Königs in bezug auf die Hugenotten in Erfahrung bringen. Doch dann kommt alles anders: Isabelle verliebt sich in den vermeintlich Falschen, Heinrich II. kommt ums Leben, die Königin sieht die Stunde ihrer Rache gekommen und ruft auf zum offenen Kampf gegen die Hugenotten. Da Isabelles Auftraggeber enttarnt wurde, schwebt auch sie bald in höchster Gefahr.

Micaela Jary

Die geheime Königin

Historischer Roman

Aufbau Taschenbuch Verlag

ISBN 978-3-7466-2292-7

Aufbau Taschenbuch ist eine Marke
der Aufbau Verlagsgruppe GmbH

1. Auflage 2007

Umschlaggestaltung Preuße & Hülpüsch Grafik Design
unter Verwendung eines Gemäldes
von Willem Wissing, 1687, akg-images
Druck und Binden CPI Moravia Books, Pohorelice
Printed in Czech Republik

www.aufbau-taschenbuch.de

Für meinen Gabriel

1547

Isabelle war überzeugt davon, daß in der Nacht die Geister kamen, um kleine Mädchen wie sie zu erschrecken. Die Spukgestalten rasselten dann mit den Ketten, die sie fesselten, sahen grausig aus mit ihren vom Fegefeuer versengten Haaren und waren größer und mächtiger als alle lebenden Personen, die zum Haushalt gehörten. Ganz genau hatte Isabelle ein solches Wesen zwar noch nicht gesehen, aber immerhin seinen Schatten. Wer sonst sollte die Flammen in den Fackeln zum Flackern bringen und mit unsichtbarer Hand unheimliche Bilder auf die Wände malen?

Ihre Gouvernante ahnte wohl, wie sehr sie sich fürchtete, und hatte deshalb stets darauf geachtet, ein Licht in der Schlafkammer brennen zu lassen, was aber letztlich nur neue Schrecken bei dem Mädchen wachrief. Dennoch war die Umsicht der Bonne sehr fürsorglich, denn die meisten Kinderfrauen würden eine brennende Kerze als Verschwendung und – schlimmer noch – als Zeichen der Verweichlichung betrachten. Doch Isabelle war keine Memme. Sie war ein mutiges Kind, sie ritt wie der Teufel, hatte Talent für die Fechtkunst und konnte nach den ersten Übungsstunden mit Papa sogar schon besser mit der Büchse umgehen als ihre älteren Brüder. Trotzdem hatte Isabelle entsetzliche Angst vor der Dunkelheit – und den Geistern, die sich des Nachts so mühelos zurechtfanden.

Sie war zehn Jahre alt. Eigentlich aus großbürgerlichem Hause, hätte sie in vornehmster Umgebung aufwachsen sollen, doch Isabelle Bohier war in die schlechteren Jahre ihres Vaters hineingeboren. Manchmal fragte sie sich, ob es einen schicksalhaften Zusammenhang mit Papas Schwierigkeiten und dem frühen Unfalltod ihrer Mutter gab. Natürlich war die Erörterung der finanziellen Probleme ihrer Familie nicht für ihre Ohren bestimmt, doch Isabelle ließ sich nichts vormachen, weshalb sie Bruchstücke einer Geschichte zu einem sinnvollen Ganzen zusammengesetzt hatte und realisierte, was die Erwachsenen meinten, wenn Themen berührt wurden, von denen die Kinder nichts wissen sollten. So bemerkte Isabelle eher als ihre Brüder, daß ihr Vater in Schwierigkeiten steckte und seit der Krönung des Dauphins Henri zum König Frankreichs von besonders großen Sorgen geplagt wurde.

Plötzlich spürte Isabelle einen Luftzug über ihr Bett gleiten. Die Schatten an den Wänden ihrer Schlafkammer bewegten sich bedrohlich auf sie zu. Wahrscheinlich hatte sich der böseste aller Geister einen besonderen Schabernack für sie ausgedacht: Er kam durch eine Tür wie ein lebendiger Mensch und schwebte nicht wie ein Gespenst durch die Mauern des mittelalterlichen Gutshauses, in dem sie lebten. Doch Isabelle nahm sich vor, sich nicht einschüchtern zu lassen. Sie würde nicht einmal schreien. Aber sicherheitshalber verkroch sie sich unter ihrer Bettdecke.

»Isabelle, wach auf!« flüsterte der Geist. »Wach auf ... wir müssen fort ...«

Genau das hatte sie immer befürchtet. Daß ein Geist kommen und sie holen würde. Unwillkürlich versuchte sie sich ganz klein zu machen und rollte sich unter dem Plumeau zusammen. Sie biß sich auf die Lippe, um den in ihrem Hals steckenden Schrei zu unterdrücken. Sekunden später schmeckte sie Blut.

»Rasch, *ma petite*, wach auf«, mahnte eine Stimme, die durch die Fasern der Decke verdächtig nach der Stimme ihres Vaters klang. Aber damit hatte Isabelle gerechnet. Schließlich war zu erwarten, daß sich Geister die Sprache von lebenden Menschen ausliehen, um ihre schrecklichen Ziele zu erreichen. Verzweifelt versuchte sie die Hand abzuschütteln. Da wurde mit einem Ruck die schützende Hülle von ihrem Leib gerissen. »Nun stell dich nicht an. Du mußt aufstehen! Komm schon, Kind!«

Isabelle wagte kaum zu atmen. Sie getraute sich nicht einmal, die Augen aufzumachen, weil sie befürchtete, dann der Fratze eines Dämons ansichtig zu werden. Doch die Faszination, die das Kaninchen beim Anblick einer Schlange erfaßt, nahm auch von Isabelle Besitz. Vorsichtig zwinkernd spähte sie durch ihre langen Wimpern. Die Augen ihres Vaters waren dicht über ihr. Niemand außer ihm besaß diesen gütigen grauen Blick. Nicht einmal ein Geist. Überrascht hoben sich Isabelles Lider. »Papa?« fragte sie mit einer Mischung aus Erstaunen und Erleichterung.

Statt einer Antwort schob ihr Vater seinen Arm unter ihre Schultern und hob sie hoch. »Es ist wichtig, daß wir uns beeilen«, sagte er, und seine Stimme wurde drängender. »Wir müssen fort. Es wird eine weite Reise werden. Ein richtiges Abenteuer. Das wird dir sicher gefallen. Also beeile dich!«

Isabelle stand aber nicht der Sinn nach neuen Aufregungen – die entsetzliche Furcht vor dem Geist genügte für eine Nacht. Bleierne Müdigkeit überfiel sie. »Ich möchte schlafen. Warum können wir nicht morgen verreisen, Papa?«

»Weil es morgen zu spät sein könnte ... Wir fahren jetzt, *ma petite*, du kannst in der Kutsche weiterträumen.«

»Wo fahren wir denn zu so später Stunde hin? Nach Paris?« Die Aussicht auf einen Ausflug in die Metropole war wohl der einzige Grund, der Isabelle aus dem Bett bringen würde. Sie war noch nie dort gewesen; die einzige Stadt, die sie kannte, war das nahe gelegene Rouen. Ihren Brüdern jedoch war bereits mehrfach erlaubt worden, den Vater auf seinen Reisen zu begleiten. Sie hatten Paris in den glanzvollsten Farben geschildert, und Isabelle wünschte sich nichts sehnlicher, als endlich alt genug zu sein, um sich selbst von der märchenhaften Pracht der französischen Hauptstadt zu überzeugen.

Doch ihr Vater hatte andere Pläne. »Nein«, erwiderte er, »wir fahren nicht nach Paris. Unser Ziel liegt weit entfernt in einem anderen Land. Wenn alles gut geht, werden wir die Stadt der wahren Religion besuchen, dann wirst du das Meer sehen und in der reichsten Republik der Welt leben. Es wird dir gefallen, aber fasse dich in Geduld, und stelle nicht zu viele Fragen.«

Ihr Herz begann schneller zu schlagen. Allerdings nicht aus Vorfreude. Sie versuchte im Gesicht ihres Vaters zu lesen, wenigstens in seinen Augen eine Erklärung zu finden, doch er wandte seinen Blick ab. Er stellte sie neben einer Kommode auf die Füße, um nach ein paar Kleidungsstükken zu greifen, welche die Gouvernante gestern abend offenbar bereitgelegt hatte, ohne daß Isabelle dies aufgefallen war. Ungeschickt half Antoine Bohier seiner Tochter beim Ankleiden, die, aus ihrer Welt gerissen, zu keiner vernünftigen Bewegung fähig war und sich wie eine bewegungslose Puppe verhielt.

Seine verklausulierten Worte loderten wie ein vom Wind angefachtes Feuer in ihrem Kopf. Isabelle brauchte nicht weiter darüber nachzudenken, was sie bedeuteten: Die nächtliche Reise stellte eine erhebliche Gefahr dar, und sie würde ihr Zuhause wahrscheinlich für immer verlassen, eine Vorstellung, die sie noch mehr erschreckte als die Bedrohung durch Geister. Sie wollte nicht fort von hier, vom Grab ihrer Mutter, von ihrer Kinderfrau und den vertrauten Dienstboten, von ihrem Pferd und den grünen Hügeln der Normandie.

Unvermittelt kam Leben in ihre Glieder. Mit ihren kleinen, festen Fingern umklammerte sie die Handgelenke ihres verdutzten Vaters. »Wann kommen wir wieder zurück, Papa?«

»Du sollst keine Fragen stellen ...«, hob er verärgert an, dann besann er sich und atmete tief durch, bevor er ruhig antwortete: »Das kann ich dir nicht sagen, *ma petite*. Ich weiß es nicht. Vielleicht kehren wir niemals heim. Aber Flucht und Verbannung sind allemal ein besseres Los als der Henker. Also beeil dich! Es geht um Leben und Tod.«

Isabelle wagte nicht, weiter in ihn zu dringen. Der Schatten, der sich sekundenlang auf seine Miene gesenkt hatte, genügte, damit sie sich in Bewegung setzte. Sie wollte ihren geliebten Vater nicht traurig sehen. Schlimmer noch, der Mann, den sie für den stärksten Menschen der Welt gehalten hatte, zeigte sich angreifbar und verletzlich. Das Wort »Henker« schockierte sie mehr als alles andere. Natürlich wußte sie, daß Bösewichte gefoltert und Anhänger der Reformation zum Tode verurteilt wurden, aber sie hatte die grausamen Prozessionen durch die Rue du Gros-Horloge zur Hinrichtungsstätte am Marktplatz von Rouen niemals mit der Möglichkeit in Verbindung gebracht, einem Mitglied ihrer Familie könne dergleichen widerfahren.

Obwohl der Vater eine Minute später wieder so souverän wie eh und je erschien, stanzte sich seine Angst vor dem Schafott in ihre Erinnerung an diese letzte Stunde in ihrem alten Heim ein wie ein Siegel in Lack. Merkwürdigerweise machte Papas Furcht Isabelle stark. Es war nicht nur ein sehr weiblicher Beschützerinstinkt, der sich ihrer bemächtigte, sondern auch ein erstes Aufglimmen von Rachegefühlen. Das kleine Mädchen beschloß, es jenen Menschen heimzuzahlen, die Papa derart übel mitspielten und sie selbst ihres Zuhauses beraubten. Mit plötzlicher Klarheit wußte sie, daß die Tage ihrer Kindheit vorüber waren.

»Ich werde mich nie wieder vor Geistern fürchten«, murmelte Isabelle in die Wolle ihrer ungeliebten Winterunterwäsche, die ihre Stimme dämpfte und diesen Entschluß vor den Ohren ihres Vaters verbarg. Doch waren dies keine leeren Worte. Die Dunkelheit hatte ihren Schrecken verloren. Isabelle begann zu begreifen, daß die Lebenden einem mehr antun konnten als die unglücklichen Seelen der Toten.

1559

1

Es war für jeden Reisenden überwältigend, in Paris einzutreffen. Das Durcheinander an Reitern, Fuhrwerken, Postkutschen und Sänften, Booten und Handelsschiffen war atemberaubend. Rechts und links der Seine, aber auch auf dem Fluß selbst, herrschte reger Verkehr. Seit dem Ende des Krieges gegen Spanien schienen die Händler und Kaufleute ihre wegen der Kämpfe versäumten Geschäfte in Windeseile nachholen zu wollen. Und als könnten der König und die Königin den Verlust ihrer Besitzungen in Italien damit kompensieren, schienen beide besessen davon, ihre Hauptstadt in ein Kleinod der italienischen Renaissance zu verwandeln. Das größte Bauvorhaben wurde derzeit im Faubourg Saint-Honoré realisiert: Die alte Trutzburg Louvre wurde zu einem beeindruckenden Palast umgebaut, und auf dem angrenzenden Grundstück einer ehemaligen Ziegelei sollte das prachtvolle Tuilerien-Schloß errichtet werden; daneben entstanden die Häuser von Adligen und reichen Bürgern, die vornehmlich Künstler aus dem Süden mit den Planungen beauftragten. Es wurde jedoch nicht nur gehandelt und gehämmert in Paris – Einheimische und Besucher lebten hier trotz der neuerlichen Preiserhöhungen und den Folgen einer verheerenden Dürre besser als in den meisten anderen Städten der Welt.

Die Luft war erfüllt vom angenehmen Duft der Köstlichkeiten, die an fast jeder Straßenecke von den Pastetenbäckern angeboten wurden. Nirgendwo sonst konnte man so üppig speisen wie in der Kapitale. Das Angebot war vortrefflich: Die Schankwirte boten die köstlichsten Menüs an, und viele Köche, die sich einen Namen gemacht hatten, wurden in Privathaushalte bestellt, um dort für ein paar Testons ein vorzügliches Mahl zuzubereiten. So wirkte Paris wie die Inkarnation jenes sagenumwobenen *pays de Cocagne*, des Schlaraffenlandes also, das in einer Fabel besungen wurde, und niemanden verwunderte es, wenn ein Reisender behauptete, hier schon Mannasuppe und gebratenen Phönix gekostet zu haben.

Als Gabriel de Montgommery an diesem Märztag in die Hauptstadt zurückkehrte, fühlte er augenblicklich ein heftiges Knurren im Magen. Da er jedoch mittels einer Eilpost ins Hôtel des Tournelles, den derzeitigen Wohnsitz des Königs, gerufen worden war, mußte die Befriedigung seiner natürlichen Bedürfnisse warten, wozu auch ein kurzweiliges Tête-à-tête mit einem entgegenkommenden Schankmädchen gehörte. Schließlich war die freie Liebe ein Teil des *pays de Cocagne*, und der Comte schien die Fleischwerdung jener Kavaliere zu sein, wie sie in den Balladen der Minnesänger beschrieben wurden.

Er war ein hochgewachsener Edelmann von knapp dreißig Jahren, gut aussehend mit einem schmalen, scharf geschnittenen Gesicht und einer geraden Nase, blauen Augen unter dichten Brauen und überraschend sinnlichen Lippen, deren Sanftheit von einem dunklen Schnurrbart verborgen wurde. Sein braunes Haar war gepflegt und kinnlang, und wie alle Höflinge von Henri II. trug er die Farben Schwarz und Weiß, was ihm keine Ernsthaftigkeit, sondern etwas Leidenschaftliches verlieh, wenn ihm wohl auch ein wenig Rot in der Kleidung sehr gut gestanden hätte. Er besaß ein einträgliches Gut in Ducey an der normannischen Küste nahe dem Mont Saint-Michel und war seit nicht allzu langer Zeit verwitwet. Umstände, die ihm ein weitgehend sorgloses Leben bescherten – und eine gewisse Ergebenheit der Damenwelt.

Seit kurzem war Gabriel de Montgommery zum Hauptmann der Schottischen Garde, der traditionellen Leibgarde des Königs, befördert worden. Er war seinem Vater in dieses Amt gefolgt, aber sein hohes gesellschaftliches Ansehen und seine Geschicklichkeit im Turnier befähigten ihn auch dafür. Besonders letztere war wohl für die Entscheidung des Königs verantwortlich gewesen, denn Henri II. liebte die romantisch verklärten Geschichten des Mittelalters und versuchte seine Lebensweise diesen anzugleichen. Er war wie besessen von Ritterlegenden, von Pferden und Wettkämpfen – und von einem einzigen »Burgfräulein«, welches noch dazu eine wesentlich ältere Frau war. Jedenfalls schätzte er Kavaliere, die sich entsprechend dem alten Ehrenkodex benahmen, ihre Kräfte bei bedeutenden gesellschaftlichen Anlässen wie Ritterturnieren oder Jagden miteinander maßen und die Damen gleichzeitig mit dem Charme eines Troubadours unterhielten. Und zu diesem Weltbild paßte ganz eindeutig der gerade vor dem Hôtel des Tournelles einreitende Comte de Montgommery.

Da der alte Königspalast umgebaut wurde, nahm der Monarch während seiner Aufenthalte in Paris vorübergehend Wohnsitz in diesem Anwesen an der Rue Saint-Antoine. Das Hôtel des Tournelles war ein im 13. Jahrhundert errichtetes, mit zahllosen Zinnen und Türmen bewehrtes Gebäude, die ihm seinen Namen gaben. Wie an jedem Ort, an dem sich der König aufhielt, schwirrten Hunderte Höflinge und Bedienstete in seinen Räumen herum wie in einem Bienenstock. Um so überraschter war der Hauptmann, daß er den König allein in dessen provisorischem Arbeitszimmer antraf, nachdem er von einem Lakaien dorthin geführt worden war. Ein Gespräch unter vier Augen versprach interessant zu werden.

»Tretet näher«, forderte der König den Kommandanten seiner Leibgarde auf, der in einer angemessen tiefen Verbeugung neben der Tür verharrt war. Henri blickte nur kurz hoch, um sich gleich wieder dem Schreiben zuzuwenden, über das er zum Trocknen der Tinte Sand zu streuen begann.

Der Comte de Montgommery richtete sich auf und folgte gemessenen Schrittes der Aufforderung. Wie bei jeder seiner Begegnungen mit dem König wunderte er sich auch jetzt über den ungewöhnlich raschen Verfall seines Monarchen. Obwohl erst vierzig Jahre alt, war Henris Gesicht das eines wesentlich älteren Mannes: Es war schmal, und von seinen Nasenflügeln zogen sich tiefe Falten zum Mund, seine Haut war trotz der vielen sportlichen Betätigungen bleich. Seine hellen Augen lagen unter schweren Lidern tief in den Höhlen und über Tränensäcken. Seit längerem lichtete sich das Haar des Monarchen und war von grauen Strähnen durchzogen. Hätte Montgommery es nicht besser gewußt, er hätte annehmen können, daß er einem kränkelnden Menschen gegenüberstand, doch Henri erfreute sich – abgesehen von einer gewissen Schwermut – bester Gesundheit.

Wahrscheinlich, resümierte Montgommery, ließ die Beziehung zu seiner Mätresse den König so schnell altern; Henri paßte sich dem Geburtsdatum der Frau an, die er wie keine andere liebte. Andererseits: Seine Dame hatte im Laufe der Zeit weder einen Funken ihrer Jugend noch ein Quentchen ihrer Schönheit eingebüßt; mit ihren inzwischen sechzig Jahren war Diane de Poitiers eine atemberaubende Erscheinung, der es noch immer gelang, selbst die Königin in den Schatten zu stellen. Daß Catherine de Médicis genauso alt war wie ihr Gemahl und damit ebenfalls zwanzig Jahre jünger als dessen Favoritin, schien beim Konkurrenzkampf der Frauen keine Rolle zu spielen. Arme Catherine! fuhr es Montgommery durch den Kopf. Die Florentinerin suchte in Frankreich wohl noch immer nach dem sagenhaften Schlaraffenland; sie hatte es jedenfalls nie gefunden – und Henri tat nichts, um den Vorhang, der es vor ihr verbarg, auch nur einen Spalt weit zu öffnen.

»Sire«, hob Montgommery erwartungsvoll an.

»Ihr seid schnell«, lobte der König. »Die Eile, mit der Ihr nach Paris gekommen seid, beweist, daß Ihr keine Zeit vertrödelt. Auf Euch ist Verlaß, das ist gut zu wissen.« Er legte eine Kunstpause ein, in der er ebendiese Behauptung noch einmal abzuwägen schien. Schließlich fragte er:

»Seid Ihr über den Friedensvertrag informiert, den wir mit Philipp von Spanien zu schließen beabsichtigen?«

»Ich weiß nur das, was gemeinhin erzählt wird, Sire.«

»Der Krieg muß ein Ende haben«, murmelte Henri wie in einem Selbstgespräch. »Sind nicht schon zu viele edle Männer auf den Schlachtfeldern Italiens gestorben?«

Dies war reine Rhetorik, und er erwartete keine Antwort, sondern fuhr, die stumpfen Augen auf den Brief vor sich gerichtet, fort: »Es mag schon sein, daß Philipp am Ende ist und die Gelegenheit günstig wäre, ihn zu schlagen. Aber wir sind genauso am Ende, nicht wahr? Der Adel ist ausgeblutet und das Bürgertum annähernd bankrott. Wie sollen wir also ohne finanzielle Mittel Rüstungen für unsere Ritter kaufen? Das einfache Volk kann das nicht verstehen. Es will Vergeltung für die Brandschatzungen der Spanier. Diese Haltung ist verständlich, aber nicht von Bedeutung. Wichtig wird sie erst, wenn sich der Oberbefehlshaber unserer Truppen zum Fürsprecher des Volkes macht. Der Friedensvertrag ist deshalb in Gefahr.« Henri richtete seinen Blick auf seinen Hauptmann: »Auf welcher Seite steht Ihr, Comte de Montgommery?«

»Es steht mir nicht zu, Majestät, die Vorschläge der königlichen Ratgeber zu kommentieren. Jedermann weiß, daß der Herzog von Guise den Krieg befürwortet und der Kronfeldherr de Montmorency den Frieden. Erlaubt mir bitte, mir erst eine Meinung zu bilden, bevor ich diese in

Worte fasse. Offen gestanden, habe ich die verschiedenen Möglichkeiten noch nicht ausreichend erwogen.«

»In der Tat. Es ist sehr schwierig, sich für den richtigen Weg zu entscheiden«, stimmte der König zu. »Ich wünschte, Gaspard de Coligny wäre an meiner Seite, um das Zünglein an der Waage zu spielen, doch unser Admiral befindet sich seit zwei Jahren in spanischer Gefangenschaft ...«

Er musterte sein Gegenüber, als könnte er durch die Betrachtung seines Äußeren auf dessen Gedanken schließen. Nach einer Weile gab er es jedoch auf, das Innerste seines Hauptmanns ergründen zu wollen. Er fragte: »Was haltet Ihr von einem Fest, Montgommery?«

»Ein Fest, Sire?« gab Gabriel überrascht zurück. Wie alle Höflinge kannte er die Vorliebe des Königs für Tanzveranstaltungen und sportliche Wettkämpfe. Ihm war jedoch nicht ganz klar, welcher Zusammenhang zwischen einem Fest und der Eile bestand, mit der er nach Paris beordert worden war. »Wenn Ihr ein geselliges Beisammensein plant, ist dies eine vortreffliche Idee.«

»Der König von Spanien soll unsere Tochter Elisabeth ehelichen. Natürlich wäre diese Verbindung ein Vertragspunkt, und sie ist das beste Fundament, auf dem der Frieden gebaut werden kann. Die Prinzessin verabscheut Philipp, aber das spielt keine Rolle. Wir feiern trotzdem ein großes Fest mit Musik, Tanz und einem Turnier. Das Volk sollte beteiligt sein und sich ebenso verlustieren können wie die Hofgesellschaft.«

Brot und Spiele, fuhr es Montgommery durch den Kopf. Schon die Römer hatten sich die Gunst ihrer Bürger auf diese Weise gesichert. Ein Fest allein würde jedoch nicht ausreichen, um die Probleme in Frankreich zu lindern. Das einfache Volk forderte bessere Lebensbedingungen, der Adel niedrigere Abgaben für die Staatskasse, das Bürgertum Religionsfreiheit.

»All diese wunderbaren Pläne können aber nur umgesetzt werden, wenn der Friedensvertrag tatsächlich geschlossen wird. Der Herzog von Guise ist ein Spielverderber, der uns jeglichen Spaß vergällt. Und das Volk dazu.« Als sei damit alles gesagt, wandte sich der König wieder dem eben unterzeichneten Brief zu, schüttelte den Sand von dem Papier und faltete es zusammen. Während er das Schreiben versiegelte, sagte er: »Auf Eurem Ritt nach Chenonceau werdet Ihr Zeit haben, über Eure Haltung in dieser Sache nachzudenken.«

Ein Botengang war also der Grund für seinen Befehl. Montgommery konnte ein leichtes Aufatmen nicht verhindern. Es gab wenige Plätze in Frankreich, die er so gerne besuchte wie Schloß Chenonceau in der Touraine. Nicht nur, daß das Anwesen ein wunderschöner Ort zum Verweilen war – es gehörte Henris Favoritin, und Diane de Poitiers war eine exzellente Gastgeberin. Sie unterhielt einen Hofstaat, der glanzvoller war als der von Catherine de Médicis: Die besten Köche des Landes arbeiteten für sie, ihr Weinkeller war ebenso berühmt wie ihre Bibliothek, und die Damen, die zum Haushalt gehörten, waren amüsant, charmant und meistens sehr aufgeschlossen. Unwillkürlich meldeten sich bei Gabriel jene Bedürfnisse zurück, die ihrer Befriedigung harrten. Dabei fiel ihm das liebliche Antlitz einer der Ehrendamen ein, auf die er bei einem Ball vor einigen Wochen ein Auge geworfen hatte. Eine reizende junge Frau, die seinen Avancen durchaus zugeneigt schien. Bedauerlicherweise hatte sich keine Gelegenheit für eine Romanze ergeben; im Rosengarten von Chenonceau sollte dies anders sein, auch wenn es im März noch nirgendwo blühte. Dummerweise war ihm jedoch der Name der Schönen entfallen.

»Ich stehe ganz zu Eurer Verfügung, Sire«, betonte er eilfertig.

»Ich verlasse mich darauf, daß Ihr dieses Schreiben Madame de Poitiers persönlich übergebt. Anschließend erwartet Ihr Instruktionen von Madame und werdet nach diesen handeln, einerlei, was sie Euch aufträgt ... Und hier ist eine zweite Order für den königlichen Stallmeister, damit Euch die besten Pferde zur Verfügung gestellt werden. Nun denn, Comte de Montgommery, macht Euch auf den Weg, und verschwendet keine Zeit!«

Tatsächlich hatte der nicht die Absicht, lange in Paris zu verweilen. Die Anziehungskraft der bezaubernden Ehrendame war erheblich größer als die Aussicht auf ein unbekanntes Schankmädchen. Gerade als er zu einer tiefen Verbeugung vor dem König einknickte, fiel ihm der Name der Umschwärmten wieder ein. Marie. Sie hieß Marie. Eine Katholikin also, denn keine Protestantin würde auf den Namen der Mutter Christi getauft werden. Allerdings würde Diane de Poitiers in ihrem Umfeld ohnehin keine Anhängerin der reformierten Kirche dulden. Gabriel war die Religion einer anziehenden jungen Dame jedoch weitgehend gleichgültig; entscheidend war höchstens, daß Papistinnen leichtlebiger und sinnesfreudiger als die zu strenger Enthaltsamkeit erzogenen Töchter der Hugenotten waren. Der Aufenthalt in Chenonceau versprach demnach verführerisch zu werden.

2

Manchmal dachte Isabelle, alles an ihr sei falsch. Ihr Name war erfunden, ihre Herkunft nichts als schöner Schein und ihr Bekenntnis eine Lüge. Dennoch verfolgte sie ihr Ziel ehrgeizig und ohne sonderlich über die Folgen nachzudenken, frei nach ihrem Religionsführer Jean Calvin, der den Gläubigen verkündete, daß jeder Mensch für sein Tun selbst verantwortlich war und es keine Vorbestimmung im

Sinne der katholischen Kirche gab, die als Entschuldigung ausgelegt werden konnte. In erster Linie war Isabelle tatsächlich der reformierten Kirche verbunden, und es war einfacher, den Worten des größten Predigers der französischen Protestanten zu vertrauen, als über den Verrat nachzudenken, dessen sie sich auf die eine oder andere Weise schuldig machte.

Ihr Auftrag war es, die für den Juni geplante erste Synode der Hugenotten in Paris zu sichern. Sie sollte Augen und Ohren offenhalten, um alles in Erfahrung zu bringen, was das Konzil und seine Teilnehmer gefährden könnte. Zu diesem Zweck war aus der leidenschaftlichen Protestantin eine verlogene Katholikin geworden, aus Antoine Bohiers Tochter die respektable Witwe des angeblichen Diplomaten Michel de Valmy und aus einer rechtschaffenen jungen Frau eine durchtriebene Spionin. Binnen weniger Monate war sie von einem Gönner in ihre neue Aufgabe eingewiesen worden; dieser Mann hatte sie bei Hof eingeführt und die richtigen Leute bestochen, um Isabelle als Ehrendame bei Diane de Poitiers unterzubringen.

Es gelang Isabelle rasch, sich bei der Favoritin des Königs unentbehrlich zu machen. Vielleicht fand Diane deshalb so schnell Gefallen an ihr, weil sich die Frauen auf den ersten Blick nicht unähnlich waren. Beide waren intelligent, stark und mutig, was sich besonders bei den gemeinsamen Ausritten zeigte. Diane ritt jeden Morgen aus – und nahm es dabei mit den tapfersten Rittern auf. Daß sie in Isabelle eine ebenso kühne Begleiterin gefunden hatte, war für sie ein glücklicher Zufall; für die Agentin war es der erste Schritt, sich das Vertrauen der königlichen Mätresse zu erschleichen. Und um dieses zu erringen, war Isabelle sogar bereit, regelmäßig die heilige Messe zu besuchen.

Allerdings ging es ihr in Wahrheit nicht um ihren Glauben. Isabelle nahm die verwerflichsten Sünden und größten Gefahren auf sich, weil sie einen persönlichen Rachefeldzug führte. Mehr noch als Henri II. machte sie dessen Geliebte für die Schmach verantwortlich, die ihrem Vater widerfahren war. Diane hatte ihre begehrlichen Finger vor zwölf Jahren nach Schloß Chenonceau, dem früheren Anwesen der Familie Bohier, ausgestreckt und Isabelles Vater damit ebenso wie seine Tochter um eine Heimat, gesellschaftliches Ansehen, persönliche Sicherheit und viel Geld gebracht. Als Isabelle schließlich einem Mann begegnet war, der eine geeignete Person zur Unterbringung bei Diane gesucht hatte, schien die Gelegenheit günstig, für all das Vergeltung zu üben, was ihrem Vater und letztlich ihr selbst angetan worden war.

Deshalb schlich sie nun um die Favoritin herum. Sie hielt die Augen offen, belauschte Gespräche und machte sich beliebt, immer in der Hoffnung, sich nur ja keine Information entgehen zu lassen, die für ihren Gönner und die gemeinsame wie auch ihre eigene Sache von Nutzen sein konnte. Viel hatte sie bislang jedoch nicht in Erfahrung gebracht. Nicht einmal Dianes Einstellung zum Friedensvertrag mit Spanien war ihr bekannt. Dabei war jedem Mitglied der Hofgesellschaft klar – und natürlich auch Isabelle –, daß von Dianes Meinung letzten Endes auch die Entscheidung des Königs abhing. Denn der hing seit nunmehr dreiunddreißig Jahren in abgöttischer Liebe an dieser Frau – sie war seine Lehrmeisterin, Beraterin, Freundin, Vertraute und Geliebte.

Diane de Poitiers' politischer Einfluß war enorm. Eine Tatsache, die durch das Eintreffen eines Boten aus Rom um die Mittagszeit unter Beweis gestellt worden war. Der Soldat der Schweizergarde hatte die Standarte des Vatikans getragen und ein Schreiben vom Pontifex persönlich überbracht. Papst Paul IV. wandte sich in einer Depesche an die berühmteste Mätresse Frankreichs – nicht an den König und auch nicht an dessen italienische Gemahlin. Eine beeindruckende Dokumentation, wahrscheinlich mit brisantem Inhalt. Zum ersten Mal seit ihrer Einweisung als Spionin fühlte Isabelle sich ernsthaft gefordert – und hatte nicht die geringste Ahnung, wie sie vorgehen sollte, um den Brief in die Hände zu bekommen.

Nachdem sich die Favoritin mit ihrem Sekretär zu einer Besprechung in die Bibliothek zurückgezogen hatte, wanderte Isabelle nervös im Flur auf und ab. Die Absätze ihrer Pantoffeln klapperten auf dem mit schwarzen und weißen Fliesen ausgelegten Boden. Um diese Stunde brauchte sie sich nicht vorzusehen. Am Nachmittag schwirrten so viele dienstbare Geister durch die Räume von Chenonceau, daß Isabelle eher die Aufmerksamkeit des Personals erregt hätte, wenn sie auf Zehenspitzen herumgelaufen wäre.

Die Zimmertür war zu dick. Isabelle konnte nur Bruchstücke dessen wahrnehmen, was im Inneren gesprochen wurde. Wortfetzen, die kaum zuzuordnen waren, drangen an ihr Ohr. Etwas deutlicher hörte sie, als von der Nichte des Herzogs von Guise gesprochen wurde, was nicht sonderlich überraschend war, denn von Mary Stuart war andauernd die Rede. Erst neulich hatte Isabelle das absurde Gerücht aufgeschnappt, die siebzehnjährige Königin von Schottland und Ehefrau des französischen Thronfolgers sei derart liebestoll, daß der erst 15 Jahre alte, von schwacher Gesundheit gezeichnete François ob soviel Leidenschaft ernsthaft zu kränkeln begann. Allerdings konnte sich Isabelle kaum vorstellen, daß sich die kühle Diane an derartigem Geschwätz beteiligte – schon gar nicht in Gegenwart des klugen, zurückhaltenden Nicholas Fouquet. Es ging also um Politik – und da spielte Mary Stuart im Kampf um Frankreichs Interessen eine wesentliche Rolle.

Konnte es sein, daß sich der Papst mit Hilfe der Favoritin in die britische Thronfolge einmischen und die kürzlich inthronisierte Protestantin Elizabeth als Königin von England absetzen wollte? fragte sich Isabelle. Wenn sich die französische Territorialmacht dank der Ansprüche Marys auf die Krone Englands ausdehnen könnte, würde der Einflußbereich der Papisten wieder zunehmen und …

Plötzlich drang Dianes stimmgewaltiger Wutausbruch klar und deutlich durch die Tür: »Es kann nicht sein, daß die beiden Herrscher der größten katholischen Reiche ihre Waffen gegeneinander richten, während bereits zwei Drittel aller Franzosen zu Ketzern geworden sind!«

Isabelle mußte an sich halten, um ihren Protest nicht laut herauszuschreien. Sie wußte, Dianes Behauptung war eine infame Lüge. Von irgendeiner Kanzel war diese Zahl gepredigt worden – genauso, wie ständig falsche Anschuldigungen gegen die Reformierten unter das Volk gestreut wurden. Alles nur, um die katholischen Franzosen gegen die evangelischen Brüder aufzuwiegeln.

Während Isabelle sich mit tiefen Atemzügen zu beruhigen versuchte, machte sie sich klar, daß Diane stets nur an das Wohl des Mannes dachte, der sie abgöttisch liebte. Isabelle hatte in den vergangenen Wochen begriffen, daß die Favoritin den Thron in Gefahr sah, obwohl kein Protestant jemals die Macht des Königs angezweifelt hatte. Doch ließ sich damit sehr leicht Dianes leidenschaftlicher Haß erklären – sie versuchte, Henri zu schützen.

Erschreckenderweise fühlte Isabelle Mitleid in sich aufsteigen. Außer ihrem Vater hatte sie noch nie einen Mann so geliebt, daß sie für ihn zu kämpfen bereit gewesen wäre. Andererseits war es der verzweifelte Wunsch, die Ehre ihres Vaters zu verteidigen, der sie eines Tages vielleicht auf dem Scheiterhaufen enden ließ. Ihre Gefühle mochten denen Dianes deshalb nicht ganz unähnlich sein. Doch Verständnis war das letzte, was Isabelle für die Favoritin des Königs empfinden wollte. Schließlich zerstörte Dianes

Liebe gnadenlos das Leben anderer Menschen, während Isabelles Rachegelüste sehr persönlicher Natur waren und nur sie selbst und die Person etwas angingen, gegen die sie ihren Feldzug führte. Sie redete sich ein, daß sie durch ihre Handlungsweise keinen Unschuldigen in Gefahr brachte.

Da ihr nicht einfiel, was sie sonst tun sollte, drückte Isabelle mutig die Türklinke herunter. Sie hatte absichtlich nicht geklopft, um Diane bei einer kompromittierenden Äußerung zu ertappen. Eine Erklärung für ihr unhöfliches Verhalten würde ihr schon noch einfallen. Doch Diane schien sich wieder gefaßt zu haben. Als Isabelle eintrat, sagte die mächtigste Frau des Landes im Plauderton: »Italiens Kultur ist es, die Frankreich prägen sollte, nicht unsere Opfer auf den italienischen Schlachtfeldern. Selbst den Erbauer von Chenonceau hat es im Piemont dahingerafft. Der arme Bohier sollte niemals zu Gesicht bekommen, was er so großzügig plante …«

Die Erwähnung ihres Großvaters ließ Isabelle für einen Moment erstarren. Im nächsten Augenblick weiteten sich ihre Augen vor Überraschung. Ihr bot sich ein höchst ungewöhnliches und zudem unerwartetes Bild: Diane saß an ihrem Schreibtisch, während auf einem bequemen Stuhl neben dem Kamin Marie de Roger thronte, zu deren Füßen Nicholas Fouquet kniete. Das merkwürdige an dieser Szene war nicht etwa, daß sich Nicholas intensiv mit einem Knöchel Maries befaßte – obwohl dieser Anblick schon seltsam genug war –, sondern die Frage, warum Diane die junge Hofdame zu einem politischen Gespräch bat. Und: Wie war Marie überhaupt in die Bibliothek gelangt? Wenn sie durch die Tür gekommen wäre, hätte sie an Isabelle vorbeigehen müssen, und ein Geist, der durch Mauern schweben konnte, war Marie eindeutig nicht.

Isabelles Blick klebte an der jungen Frau. Mit ihren gerade mal achtzehn Jahren machte die Tochter eines bretonischen Landadeligen ihrem Namen alle Ehre: Sie war eine bezaubernd zarte Erscheinung mit dunkelbraunem, in der Mitte gescheiteltem Haar und einem fein geschnittenen, madonnenhaften Gesicht. Sie wirkte stets ein wenig naiv und an nichts so sehr interessiert wie an der Eroberung eines potentiellen Liebhabers oder gar eines geeigneten Heiratskandidaten, falls ihr Vater diesen in einer der Burgen der Bretagne nicht finden sollte. Jedenfalls hieß es, Mademoiselle de Roger sei in Dianes Haushalt aufgenommen worden, um ein wenig höfischen Geschmack zu erlernen. Der Ausdruck ihrer Augen aber bestätigte Isabelles Gedanken, daß sie es einzig auf die Gunst eines Mannes abgesehen hatte, selbst wenn dieser ein sonst eher zurückhaltender Mensch wie Nicholas Fouquet war.

»Ah, Madame de Valmy!« stellte Diane angesichts der Eintretenden konsterniert fest. »Was verschafft uns die Ehre Ihres Auftritts?«

Ganz offensichtlich war sie verärgert. Zwischen den exakt gezupften Brauen über ihren blauen Augen stand eine steile Falte, was ein Alarmzeichen war, denn Diane vermied in der Regel eine zu starke Mimik. Mit ihren fast sechzig Jahren hatte sie nichts von ihrer Schönheit und ihrer unnachahmlichen Ausstrahlung eingebüßt. Ihre täglichen Ausritte und ein erfrischendes Bad im Fluß trainierten ihren Körper; eine schwarze Maske, die sie bei diesen Gelegenheiten trug, und eine Reihe selbst angefertigter Tinkturen pflegten ihre Haut. Ihr Haar leuchtete nicht mehr so golden wie in ihrer Jugend, aber die feinen grauen Strähnen paßten sich auf wunderbare Weise den Perlen und Diamanten an, mit denen sie ihre Frisur schmückte. Seit dem Tod ihres Ehemannes vor nunmehr achtundzwanzig Jahren trug Diane Halbtrauer, Schwarz und Weiß waren ihre bevorzugten Farben, die ihrem Teint und ihrer Persönlichkeit mehr als jede andere Couleur schmeichelten.

»Pardon«, Isabelle versank in ihren Reifröcken zu einem tiefen Hofknicks, der die Ungeheuerlichkeit ihres Benehmens wettmachen sollte. »Ich ... ich wußte nicht, daß ... daß Ihr hier ... bei einer Besprechung seid«, log sie und schalt sich gleichzeitig für diesen hilflosen Versuch, die Situation zu retten. »Ich war auf der Suche nach ... nach Monsieur Fouquet«, improvisierte sie, die Augen wieder auf das erstaunliche Bild am Kamin richtend.

Dianes persönlicher Sekretär war ein eher unscheinbarer Gelehrter von etwa dreißig Jahren, im allgemeinen sehr freundlich, nicht häßlich anzuschauen – vor allem nicht, wenn er lächelte – und unverheiratet, aber keinesfalls ein Bonvivant; seine ganze Erscheinung drückte Wissen und Intelligenz aus, er war eher Professor als Lebemann. Deshalb wirkte er zu Füßen der schönen Marie so gänzlich unpassend.

Er fing Isabelles verstörten Blick auf und erklärte sachlich: »Mademoiselle de Roger hat sich den Knöchel verstaucht. Glücklicherweise kann ich keinen Bruch feststellen.«

»Stellt Euch vor«, zwitscherte Marie mit der vertrauten Unschuldsmiene: »Mir ist ein Malheur passiert. Beim Spazierengehen bin ich ausgerutscht und kam just vor der Gartentür der Bibliothek zu Fall. Monsieur Fouquet war so freundlich, mich zu retten und unverzüglich zu untersuchen.«

»Wie nett von ihm«, murmelte Isabelle. In ihrem Kopf drehten sich die Überlegungen wie ein Kreisel. Vielleicht war Marie gar nicht so einfältig, denn es war schon ein seltsamer Zufall, der sie ausgerechnet zum richtigen Zeitpunkt in jenen Raum führte, in dem Diane gerade die Botschaft von Papst Paul IV. las. Genau betrachtet, war kaum anzunehmen, daß Marie ein anderes als ein politisch motiviertes Interesse an Nicholas besaß. Eine junge Dame, meinte

Isabelle, der die meisten Edelmänner bei Hofe zu Füßen lagen, brauchte nicht um den farblosen Sekretär der Favoritin zu buhlen. Sie dachte nicht daran, daß harmlose Langeweile und der Mangel an anderer männlicher Gesellschaft Marie in Nicholas' Nähe getrieben haben könnte.

»Es ist gut, daß Ihr gekommen seid, Madame de Valmy«, behauptete Diane, und in ihrer Stimme schwang der entschiedene Tonfall einer Frau mit, die es gewohnt war, zu befehlen. »Da es Mademoiselle de Roger wieder etwas besser zu gehen scheint und keine dramatischen Folgen ihrer Verletzung zu befürchten sind, solltet Ihr sie auf ihr Zimmer geleiten, wo sie sich hinlegen kann. Ich möchte meine Unterhaltung mit Monsieur Fouquet ungestört fortsetzen.«

Auf dieses Stichwort hin erhob sich der Sekretär. »In der Tat, Mademoiselle de Roger sollte ein wenig ruhen. Dann ist sie am Abend wieder vollständig genesen.«

Aus den Augenwinkeln wagte Isabelle einen Blick auf den Schreibtisch. Sie erkannte ohne Schwierigkeiten das Dokument mit dem Wappen des Heiligen Vaters, allerdings stand sie zu weit entfernt, um die Handschrift zu entziffern. Wenn sie nur für einen Moment neben Diane hätte treten können!

»Madame de Valmy«, sagte Diane, »Ihr habt Monsieur Fouquet noch nicht verraten, welches Anliegen Euch hierhertrieb?«

»Oh ...«, Isabelle spürte ihre Wangen glühen. Eine Spionin, dachte sie verärgert, die bei der kleinsten Lüge errötet, ist so sinnvoll wie ein roter Mantel für einen Jäger. Mit wachsender Kühnheit wich sie Dianes Frage aus: »Ich bitte um Entschuldigung für die Störung, Madame, ich dachte wirklich, Monsieur Fouquet alleine anzutreffen. Selbstverständlich möchte ich Euch nicht länger aufhalten. Mein Wunsch hat Zeit, bis Ihr Eure Konversation beendet habt.«

Um keine weitere Bemerkung zuzulassen, trat sie auf Marie zu und reichte dieser ihre Hand. »Kommt, ich helfe Euch. Wenn ich Euch stütze, wird Euch das Gehen leichter fallen.«

Es war Marie anzusehen, daß sie die Bibliothek ebenso ungern verließ wie Isabelle, doch auch sie folgte widerspruchslos den Anweisungen ihrer Herrin. Begleitet von einem kleinen Schmerzensseufzer, erhob sie sich von ihrem Platz, nahm Isabelles Angebot an und folgte dieser mit vorsichtigen Trippelschritten zur Tür. »Entschuldigt bitte die Störung«, sagte sie kleinlaut zu Diane und, an Nicholas gerichtet: »Habt herzlichen Dank für Eure Hilfe. Es geht mir schon deutlich besser. Seid Ihr in Wahrheit gar ein Medikus, Monsieur Fouquet?«

»Monsieur scheint mir zu ungeahnten Diensten fähig«, erwiderte Diane, »aber nun sollte er die Zeit aufbringen, seiner eigentlichen Befähigung als Schriftführer nachzugehen.« Mit einem amüsierten Schmunzeln wandte sie sich an den wegen dieses Kompliments leicht verlegenen Gelehrten: »Daß an einem Nachmittag gleich zwei meiner Ehrendamen Eurer Aufmerksamkeit bedürfen, ist bemerkenswert. Ich sollte Euch wohl besser im Auge behalten.«

Wahrscheinlich erschien dem Angesprochenen diese Vorstellung ebenso absurd. Er lächelte, was seinem Gesicht einen warmen, sympathischen Ausdruck verlieh. Seine leuchtenden Augen folgten den beiden jungen Frauen, die nach draußen humpelten, und im Moment, da sich Isabelle umwandte, die Tür hinter sich zu schließen, begegneten sich zufällig ihre Blicke. Verwundert sah sie ihn an, als erkenne sie erst jetzt einen Mann mit durchaus menschlichem Begehren hinter der Fassade des Gelehrten. Doch diese Leidenschaft galt offensichtlich nicht Marie de Roger.

»Findet Ihr nicht auch, daß Madame ein wenig eitel geworden ist?« raunte Marie ihrer Gefährtin zu, als sie auf dem Weg zu ihren Gemächern waren. »Was hätte es ausgemacht, wenn ich mich noch ein wenig länger in der Bibliothek ausgeruht hätte?«

»Ihr hättet sie gestört«, gab Isabelle trocken zurück.

»Wahrscheinlich läßt sie das Schreiben des Pontifex nicht unberührt«, plauderte Marie weiter, als habe sie Isabelles Bemerkung gar nicht gehört. »In der Tat ist es beeindruckend, eine persönliche Notiz des Stellvertreters auf Erden zu erhalten. Wie mächtig sie ist! Ich dachte allerdings, Madame würde sich mit dem gewachsenen Einfluß nicht verändern. Sie ist doch schon so groß.«

Isabelle seufzte. Sie fühlte sich in eine Position gedrängt, in der sie Diane verteidigen mußte. Seltsamerweise fiel es ihr ausgesprochen leicht, die Partei der Favoritin zu ergreifen: »Madame ist über jeden Zweifel an ihrer Selbsteinschätzung erhaben. Mir scheint vielmehr, Ihr habt es zu weit getrieben. Ihr habt Madame die Nerven geraubt.«

»Wie könnt Ihr es wagen, so mit mir zu sprechen?« protestierte Marie. Vor Aufregung vergaß sie, daß sie vorgab, sich einen Knöchel verstaucht zu haben. Mit dem glühenden Zorn eines verzogenen kleinen Mädchens machte sie sich von Isabelle los und stampfte wütend mit dem falschen Fuß auf. »Ich lasse mir von Euch nicht mangelndes Benehmen vorwerfen. Das ist ganz ungeheuerlich.«

»Ich sehe, daß Ihr meiner Hilfe nicht mehr bedürft«, konstatierte Isabelle. Der Beweis für die erfundene Verletzung überraschte sie nicht sehr. »Ihr findet allein in Euer Zimmer. Ruht Euch aus, und kühlt Eure Gedanken ab! Solltet Ihr durch das seltene Lächeln von Monsieur Fouquet in derartige Wallungen geraten, laßt Euch sagen, daß er ganz sicher kein Verehrer für Euch ist. Dieser Herr paßt nicht zu Euch.«

Verblüfft fragte sich Isabelle, welcher Teufel sie zu dieser Bemerkung trieb. Es konnte ihr vollkommen gleichgültig sein, mit welchem Kavalier Marie tändelte. In den Augen der anderen las sie, daß sich Marie eben fragte, ob Isabelle selbst ein amouröses Interesse an Dianes Sekretär habe. Besser dieser alberne Gedanke, sagte sich Isabelle im Geiste, als die Wahrheit.

Ohne ein weiteres Wort zu verlieren, wandte sie sich ab und ging schnellen Schrittes in die entgegengesetzte Richtung. Ihr Kopf war angefüllt mit tausend Fragen; vor allem mit der Überlegung, daß ihre Beobachtung nicht zu den beteiligten Personen paßte. Isabelle war zwar von ihrem Gönner vor den vielen kleinen wie großen Intrigen bei Hofe gewarnt worden, vor Spielen, deren Regeln sie nicht verstand, weil man ihrer Familie den Zugang zur feinen Gesellschaft verwehrte; doch konnte sie sich nicht vorstellen, daß ein vergleichsweise harmloser Grund hinter Maries Verhalten steckte. Diane de Poitiers war eine Meisterin im Überleben bei Hofe, vielleicht war sie auch auf diesem Gebiet eine Lehrmeisterin für Marie de Roger. Konnte es möglich sein, daß sich die Schülerin nun selbständig machte und ihr eigenes Netz spann? Wenn ihr ihre Sache und ihr Leben lieb waren, würde sich Isabelle in Zukunft jedenfalls vorsehen müssen.

3

Bauernhäuser und Jagdpavillons durchschnitten die end-los erscheinende Waldlandschaft südlich von Paris. Es herrschte reichlich Verkehr, der die Gegenden bevölkerte, und viele Reisende aus dem In- und Ausland machten sich nach Orléans und ins Loire-Tal auf, wo sich seit François I. die schönsten Wohnsitze der französischen Könige, Königinnen und Mätressen befanden. Wenn der gesamte Hofstaat von einem Schloß zum nächsten wechselte, waren häufig mehrere tausend Menschen unterwegs. Zwangsläufig zog die Hofgesellschaft Händler, Handwerker und Tagelöhner an, die sich nach und nach in den Ortschaften in der Nähe der jeweiligen Residenz ansiedelten und es mit wechselhaftem Glück sogar zu Wohlstand brachten.

Südlich von Orléans, in einem Dorf mitten in der landschaftlich bezaubernden Sologne, geriet Gabriel de Montgommery in einem solchen Marktflecken unvermutet in einen Aufruhr. Eine Horde einfach gekleideter Leute strömte wie aus dem Nichts herbei, blind gegen den fremden Ritter, der Mühe hatte, sein Pferd abseits des Tumults zu halten und niemanden zu verletzen. Es waren vielleicht fünfzig Menschen, die sich auf einer Art Beutezug zu befinden schienen. Sie erinnerten Gabriel auf bedrückende Weise an die spanischen Söldner, die von ihrem König vor rund einem Jahr zu den grauenvollen Plünderungen in der Normandie aufgefordert worden waren, weil Philipp von Spanien auf diese Weise ihren Sold sparen konnte. Heute wurde der Mob von einem katholischen Geistlichen unteren Standes angestachelt.

Der Vikar – oder was auch immer der Kirchenmann war – konnte sich im Gebrüll der Menge zwar kaum Gehör verschaffen, aber es war offensichtlich, daß er Hetztiraden von sich gab. Der Lärm war ohrenbetäubend, Schreie hallten durch die Straße, gefolgt von Hohngelächter und Gebrüll. Die Menschen wogten hin und her, wie Seeleute auf einem schlingernden Schiff. Gabriel beobachtete, wie sich die Meute auf ihre Opfer stürzte, die sie aus einem respektablen Bürgerhaus gezerrt hatte und auf der Straße voller Haß und mit Gewalt anging.

Obwohl er sich im Hintergrund hielt, wehten Sprachfetzen zu ihm herüber: »Lutheraner ... Ketzer ... die Pest!« Begriffe, die Häretiker kennzeichneten. Offensichtlich hatte der Priester die ärmsten Gläubigen seiner Gemeinde aufgewiegelt, stadtbekannte Protestanten zu überfallen. Vielleicht waren die Reformierten bei einem geheimen Gottesdienst überrascht worden.

Gabriel zog sich der Magen zusammen. Als Ritter an hart ausgetragene Wettbewerbe gewöhnt und als Soldat sich durchaus der Brutalität eines Kampfes bewußt, war ihm, diese hemmungslose Gewalt an wehrlosen Menschen unerträglich.

Er war kein Protestant. Wie es sein Eid vorschrieb, hing er der katholischen Religion an und besuchte regelmäßig die Messe. Seine humanistische Erziehung jedoch förderte seine Sympathien für die Reformation. Mit ansehen zu müssen, wie sich schlecht oder gar nicht ausgebildete katholische Priester in ihren Pfründen bereicherten, den Ärmsten vom Ablaß und dem Teufel predigten und sich gleichzeitig der Völlerei schuldig machten, war ihm ein Ärgernis. Die Tatsache, daß sich die protestantische Religion ausschließlich an das Wort des Evangeliums hielt und nicht an den phantasievollen Auslegungen des Papstes orientierte, erschien Gabriel darüber hinaus ausgesprochen logisch. Auch war ihm klar, daß die Zahl der Heiligen, die angebetet und denen geopfert werden sollte, allmählich überhandnahm. Lediglich die Mißachtung der Muttergottes war ihm ein Dorn im Auge; daß die Glaubensbekenntnisse der Hugenotten häufig mit der Zerstörung von Marienstatuen einhergingen, störte ihn, denn irgendwie hing sein Herz an der Mütterlichkeit dieser Figuren, sie erinnerten ihn an seine wunderschöne Frau, die im Kindbett gestorben war.

Wie ein Rudel hungriger Wölfe stürzte sich der Pöbel auf die unbewaffneten Protestanten. Die aufgebrachten Leute waren sicher nicht in der Lage, ihr Tun aus eigener Anschauung zu rechtfertigen. Diese Menschen folgten dem angeblichen Willen des Herrn, ohne je eine Zeile in der Bibel gelesen zu haben. Im Grunde waren sie nichts anderes als Handlager, die die Drecksarbeit für die Papisten erledigten, da sie wußten, daß sie niemals von einem irdischen Richter zur Rechenschaft gezogen würden.

Zufällig senkten sich die Augen des Hauptmanns auf eine am Boden kauernde junge Frau. Von ihrer Aufmachung her – oder dem, was davon übriggeblieben war – schien sie eine Person von Stand zu sein. Genau war das jedoch nicht mehr zu erkennen, denn bösartigste Weiber hatten sich auf sie gestürzt, um grob das blonde Haar der Dame zu zerzausen und an ihren Kleidern zu zerren, die nur noch in Fetzen von ihrem Körper hingen. Wie ein Skelett ragten die Verstrebungen ihres Reifrocks aus dem sie einst umhüllenden grauen Tuch. Arme und Schultern der Geschändeten waren zerkratzt, Striemen zogen sich über die helle Haut, und sie blutete aus zahlreichen Wunden. Eine alte Vettel riß gerade die zarte goldene Kette vom Hals der Dame und machte sich unverzüglich mit ihrem wertvollen Gut aus dem Staub, weniger aus Angst vor einer Anzeige wegen Diebstahls als vielmehr aus Furcht vor der Habgier ihrer Kumpane.

Tränen liefen in wilden Sturzbächen über die Wangen der jungen Protestantin. Sie hatte keine Stimme mehr, um nach Hilfe zu rufen. Es hätte sie ohnehin niemand gehört. Sie war ebenso verloren wie die anderen aus ihrem Kreis, die vom Pöbel im Namen Gottes mißhandelt wurden. Den Frauen wurde der Kot der Rinder und Schweine ins Gesicht geschmiert, die durch diese Gasse zum Markt getrieben worden waren; die Männer wurden mit Schnapphähnen gefesselt, zusammengeschlagen und beraubt, bevor man sie in ein Verlies sperrte oder gleich tötete.

Angewidert senkte Gabriel den Kopf. Die Scham, die sich angesichts seiner Hilflosigkeit über ihn legte, war verstörend. Zweifellos haderte er mit seinem Glauben an Nächstenliebe und Moral. Er wünschte, nicht Zeuge dieses Ausmaßes von brutaler, sinnloser Gewalt sein zu müssen. Übergriffe auf Protestanten waren jedoch seit dem Kriegsende überall in Frankreich an der Tagesordnung. Er fragte sich nicht zum ersten Mal: Wann würden sich die Anhänger der reformierten Kirche gegen die Mißhandlungen der Katholiken zur Wehr setzen? Unvermittelt fiel ihm ein Satz aus dem Buch Mose ein: *Die Rache ist mein, spricht der Herr, ich will vergelten.*

In einem fast verzweifelten Ausbruchsversuch drängte Gabriel sein Pferd plötzlich rücksichtslos durch die Menge. Als Kurier des Königs brauchte er nicht aufzupassen – weder auf Papisten noch auf Hugenotten. Jeder in der Schlägerbande hatte einen Huftritt verdient, und den Opfern tat er mit einem raschen Ende vielleicht sogar einen Gefallen. Vor sich selbst konnte er seine ungewohnte Brutalität damit rechtfertigen, daß er noch heute abend in Chenonceau eine Botschaft überbringen sollte. Aus ganzem Herzen hoffte er, die Erinnerung an dieses Dorf so schnell wie möglich aus dem Gedächtnis zu löschen.

4

Der Nebel lag wie ein hauchdünnes Seidentuch über dem von Mondlicht und vereinzelten Fackeln erleuchteten Garten von Chenonceau. Es schien, als schwebe das Schloß über dem Wasser – ein Gebäude ohne Bodenhaftung; ein Trugbild, das ein geschickter, von der venezianischen Bauweise geprägter Architekt schuf, als er den Neubau auf zwei Pfeilern errichtete. Dadurch wirkte Chenonceau, als balanciere das Fundament auf dem Fluß Cher. Die derzeitige Eigentümerin hatte diesen Eindruck durch eine Brücke noch vervollkommnen lassen, die den ursprünglich mittelalterlichen Marquis-Turm mit der anderen Seite des Flusses verband und somit die Illusion des Schwebens verstärkte. Der Bau war erst kürzlich fertig geworden, und der Comte de Montgommery fand ihn auf den ersten Blick überaus gelungen. Harmonisch schmiegte sich die Brücke an das Haupthaus mit seinen perfekt geformten Türmen, Schornsteinen, Erkerfenstern und Balustraden. Chenonceau war die Perle unter allen Schlössern des Loire-Tals, und es war wohl kein Wunder, daß sich Diane de Poitiers ausgerechnet dieses Anwesen als Refugium ausgesucht und ihren Besitz gegen die Forderungen der Königin wie auch des vormaligen Besitzers leidenschaftlich verteidigt hatte: Nach jahrelangen Intrigen und Prozessen besaß nicht einmal mehr die Krone einen Anspruch auf Chenonceau, es war das alleinige, private Eigentum der mächtigsten Frau Frankreichs.

Es war später Abend, und Gabriel fürchtete, Diane nicht mehr anzutreffen, als er die von Pappeln gesäumte Auffahrt in leichtem Trab entlangritt und dann sein Pferd vor den Toren des Schlosses zügelte. Der Vorfall in dem Dorf in der Sologne hatte ihn aufgehalten, sonst wäre er wahrscheinlich schon gleich nach Einbruch der Dämmerung an seinem Ziel angelangt. Um diese späte Stunde schien das Anwesen in tiefen Schlaf gefallen zu sein, was ihn nicht weiter verwunderte: Gabriel war bekannt, daß Diane üblicherweise ein sehr frühes Abendessen servieren ließ und sich zu einer Stunde zur Ruhe begab, zu der andere Damen der Hofgesellschaft gerade erst ihre Vorspeise einzunehmen pflegten. Deshalb richtete er sich auf eine Nacht bei seinem Pferd im Stall ein; da niemand von seiner Ankunft wußte, würde auch kein Gästebett hergerichtet worden sein.

»Halt! Wer da?« Wie aus dem Nichts tauchte eine bewaffnete Wache vor ihm auf. Eine Lanze senkte sich vor den Kopf des Rosses.

»Comte de Montgommery im Auftrag des Königs.« Gabriel lehnte sich in seinem Sattel nach vorne und zeigte dem Mann aus Dianes Leibgarde Henris Schreiben. Das Siegel war mehr als ein Passierschein.

Jedermann bei Hofe kannte die verschlungenen Buchstaben als das Cachet des Königs: Das gekrönte H für Henri, das von einem Halbmond umgeben wurde; offiziell wies dieses Zeichen auf den Anfangsbuchstaben im Namen der Königin hin, nämlich C, doch Henri hatte sein Wappen so ausgewählt, daß sich die Enden des C am Schenkel des H trafen und damit ein D – für Diane – darstellten; außerdem war der Mond das Zeichen von Diane. »Ich bringe eine Eilpost für Madame de Poitiers.«

»Ihr kommt spät, Chevalier«, meinte der Wachmann respektlos, »aber vielleicht werdet Ihr noch empfangen.« Er pfiff leise durch die Zähne, und plötzlich erschien ein Reitknecht im Lichtschein. »Kümmere dich um das Roß von Monsieur le Comte, reib es gut ab und gib ihm vom besten Hafer! Es kommt aus dem Stall des Königs.«

Der Kommandant der Schottischen Garde sprang aus dem Sattel und überließ sein Pferd Dianes Burschen. Da er sich seit Stunden keine Pause gegönnt hatte, schmerzten seine Glieder, er fühlte sich bei seinem Eintreten in das Schloß wie ein Seemann auf Landgang. Nach wenigen Schritten dehnten sich seine Muskeln jedoch wieder, und es gelang ihm ein paar Minuten später, sein Knie mit vortrefflicher Eleganz vor Diane zu beugen. Ein Hausdiener hatte ihm das Tor geöffnet und ihn – nachdem er sich vorgestellt, sein Anliegen vorgetragen hatte – unverzüglich zu seiner Herrin gebracht. Diese befand sich zwar bereits in ihren privaten Gemächern, war aber noch nicht bettfertig.

Während er sich verbeugte, versuchte Gabriel das Schlafzimmer der Favoritin so eingehend wie möglich zu betrachten. Der Raum war mit rotem Damast und Brokat ausgestattet und wirkte durch diese Farbwahl warm und einladend. Der Baldachin über dem königlich breiten Bett war dafür gemacht, ein Liebesnest zu beschützen. Es bedurfte wenig Phantasie, sich vorzustellen, wie Henri hier befriedigt in den Armen seiner Geliebten schlief.

Diese empfing den Boten ihres Liebhabers in einem mit Hermelin verbrämten, nur lose geschlossenen weißen Hausmantel, der sich bei jeder Bewegung ein wenig mehr öffnete. Darunter trug sie selbstbewußt ein durchscheinend weißes Gewand, welches wiederum den Blick auf ihre Korsage freigab. Diane legte ihr Bustier niemals ab, selbst in der Nacht und in den Armen des Königs trug sie es, da ihre natürlichen Formen auf diese Weise in die vorteilhafteste Lage gehoben wurden.

»Erhebt Euch, Capitaine«, sagte sie lächelnd. »Wenn Ihr eine Nachricht des Königs bringt, solltet Ihr keine Zeit mit einem Kniefall verschwenden. Ich bin begierig zu erfahren, welche Neuigkeiten Ihr aus Paris bringt.«

Der Hauptmann reichte ihr das Schreiben. »Es ist ein großes Glück, Madame, daß ich Euch zu dieser späten Stunde noch aufsuchen darf. Leider wurde ich unterwegs aufgehalten, so daß ich nicht früher einzutreffen in der Lage war.«

»Was hat Euch behindert?« fragte sie teilnahmslos, während ihre Augen auf den Brief gerichtet waren. Mit flinken Fingern erbrach sie das Siegel. Das Papier knisterte leise in ihren Fingern, als sie es auseinanderfaltete. Plötzlich hoben sich ihre Lider, sie blickte Gabriel forschend an: »Nun?«

»Unruhen, Madame. In einem Dorf nahe der Stadt Orléans geriet ich in einen Aufstand. Katholische Bürger setzten sich gegen Anhänger der Reformation zur Wehr.« Die Worte waren ihm über die Lippen gekommen, bevor er ernsthaft darüber nachdachte. Erst als er die Lüge ausgesprochen hatte, fiel sie ihm auf. Er hatte ganz selbstverständlich eine Version der Ereignisse gewählt, wie sie jeder ordentliche Katholik seinem König oder dessen Mätresse vortragen würde. Daß die Wahrheit anders ausgesehen hatte, spielte in diesen Räumlichkeiten keine Rolle.

»Ihr müßt müde sein, Comte de Montgommery. Zieht Euch für einen Imbiß in die Bibliothek zurück! Ich werde veranlassen, daß Euch etwas zu essen gebracht und in der Zwischenzeit ein Gästezimmer hergerichtet wird. Eine Antwort auf das Schreiben Seiner Majestät werdet Ihr morgen früh erhalten. Bis dahin könnt Ihr es Euch bequem machen.«

Unwillkürlich zog ein zufriedenes Grinsen über sein Gesicht. Es gab wohl kaum einen angenehmeren Ausklang für einen anstrengenden Tag als diesen. Einer der größten Vorteile, die der Haushalt in Chenonceau bot, war die Gemütlichkeit. Das Schloß war nicht als königliche Residenz gebaut worden und auch nicht als eleganter Jagdpavillon eingerichtet, sondern ausschließlich zur Nutzung als privater Wohnsitz konzipiert. Auf diese Weise war es tatsächlich möglich, sich zu entspannen, was anderswo deutlich schwerer fiel. Und die Aussicht auf eine von Dianes Koch sicher vorzüglich zubereitete Mahlzeit ließ ihm das Wasser im Mund zusammenlaufen.

Er verneigte sich vor der Hausherrin. »Ich danke Euch für Eure Gastfreundschaft. Es wird mir überdies ein Vergnügen sein, auf Eure Befehle zu warten, Madame.«

»Dann habt eine gute Nacht, Chevalier.«

»Das wünsche ich Euch auch, Madame.«

Beim Hinausgehen streifte Gabriels Blick ein Gemälde, das auf der Querwand neben dem wundervollen Himmelbett hing. Es war ein neueres Porträt Diane de Poitiers' als Göttin der Jagd, bewaffnet mit Pfeil und Bogen und in Begleitung eines Windhundes; sie war nackt. Seit ihrem fünfzehnten Lebensjahr und ihrer Hochzeit mit dem Großseneschall der Normandie waren immer wieder Bilder von ihr entstanden, die sie häufig in ihrer Hoftracht, meistens aber als leibhaftige *Diana* zeigten. In dieser Mystifikation ihrer Person sah man sie stets mit einem perfekten, alterslosen Körper. Vor zehn Jahren war sie zuletzt in dieser Rolle gemalt worden, und wahrscheinlich nicht einmal der König würde es wagen, die festen Brüste auf dem Gemälde mit den Originalen zu vergleichen, die unter dem Hausmantel in praller Schönheit aus ihrem Bustier herausdrängten.

Leichtfüßig und mit blendender Laune folgte Gabriel dem Diener, der vor Dianes Schlafgemach gewartet hatte, in die Bibliothek. Dort glimmte noch die Asche im Kamin, aus der mit Hilfe eines Holzstücks und des Schürhakens bald ein freundliches Feuer aufloderte. Er ließ sich in den hochlehnigen Sessel davor sinken und streckte seine langen Beine aus, während er auf den versprochenen Imbiß und eine Weinkaraffe wartete. Er hätte sich die Zeit mit einem der zahllosen Bücher vertreiben können, doch stand ihm der Sinn nicht nach Literatur. Seine Augen waren müde und sein Geist nicht mehr bereit, sich auf eine Lektüre einzulassen. Er versuchte ein wenig zu schlummern, doch da traf ihn die Erinnerung in dieser friedlichen, angenehmen Umgebung wie ein Keulenschlag.

Unglückseligerweise hatte sich das Bild der verzweifelten jungen Frau in dem Dorf in der Sologne gnadenlos in seinem Kopf festgesetzt. Ob sie die brutale Attacke überlebt hatte? Wenn der bösartige Mob sie nicht getötet hatte, war sie wahrscheinlich verhaftet und in einen Kerker geschafft worden, wo sie zur Stunde gefoltert wurde und ihrem Prozeß entgegensah. Da durch einen königlichen Erlaß Berufungsverfahren im Fall der Häresie verboten waren, würde sie wahrscheinlich ohne die geringste Chance auf Einwendung oder Begnadigung die Todesstrafe erdulden müssen. Seltsamerweise, dachte Gabriel, waren es aber gerade die Protestanten auf dem Schafott, die die Papisten das Fürchten lehrten. Sie predigten das Evangelium noch in der Stunde ihres Todes. Deshalb waren die Scharfrichter dazu übergegangen, den Delinquenten die Zungen herauszuschneiden.

Um sich von seinen grausamen Befürchtungen abzulenken, zwang er sich zur Erinnerung an Mademoiselle de Roger. Er war schließlich auch nach Chenonceau gekommen, um die erhoffte amouröse Verwicklung voranzutreiben. Die Ehrendamen schienen bei seiner Ankunft schon schlafen gegangen zu sein, so daß er seine Ambitionen auf morgen verschieben mußte.

Doch Gabriel hatte nicht mehr die Absicht, untätig in der Bibliothek herumzusitzen und sich seinen düsteren Bildern des Tages auszuliefern. Selbst das inzwischen servierte Tablett mit seiner Mahlzeit und der Wein konnten ihn nicht froher stimmen.

Von Unruhe getrieben, blickte er sich nach Schreibutensilien um. Auf dem Sekretär fand er, wonach er gesucht hatte. Mit wenigen Federstrichen warf er eine Nachricht für Mademoiselle de Roger auf ein Blatt Papier. Er bemühte sich, einen romantischen Tonfall zu treffen, der seinem Freund Pierre de Beaujeu, einem Dichter von Liebessonetten, zur Ehre gereicht hätte. Eigentlich rechnete er nicht damit, seine Leidenschaft noch in dieser Nacht stillen zu können, doch mit dem Schreiben vertrieb er sich die Zeit mit einer Tätigkeit, die sowohl seinen Geist als auch seinen Körper in Anspruch nahm. Schließlich öffnete er die Tür zur Bibliothek und weckte den Diener, der sich im Gang neben einer Säule zusammengerollt hatte.

»Dieses Schreiben ist für Mademoiselle de Roger bestimmt und von äußerster Dringlichkeit«, erklärte er mit einer Stimme, die seine Herkunft, seine Stellung und seine Autorität gleichermaßen ausdrückte. »Es soll unverzüglich an die Empfängerin überbracht werden. Aber nur an sie persönlich. Wenn sie schon schläft, sieh zu, daß sie es so schnell wie möglich morgen früh erhält, und gib mir Nachricht!«

Die Vorfreude auf ein Stelldichein – auch wenn dieses erst am nächsten Tag stattfinden sollte – war Balsam für Gabriels verwundete Seele. Endlich konnte er zur Ruhe kommen. Er rechnete zwar nicht damit, daß Marie zu dieser späten Stunde auf die zweideutige Einladung eines Kavaliers reagieren würde, aber seine erotischen Phantasien halfen, seine Schwermut zu lindern. Zum ersten Mal seit den Erlebnissen in dem Sologne-Dorf gelang es ihm, den Gedanken an die verzweifelte junge Frau abzuschütteln. Als er sich wieder im Sessel vor dem Kamin niederließ und die Augen schloß, sah er nicht ihr Gesicht vor sich, sondern das liebliche Antlitz der jungen Ehrendame, auf deren Wiedersehen er sehnsüchtig wartete.

5

Die Dunkelheit war Isabelles Verbündete geworden. In der Nacht fühlte sie sich unsichtbar. Dann verwandelte sich ihre Tapferkeit in Mut. Vor genau zwölf Jahren hatte sie die Angst vor der Finsternis abgeschüttelt wie ein lästiges Ungeziefer. Ihre Flucht an der Seite des Vaters und ihrer beiden älteren Brüder war tatsächlich das versprochene Abenteuer gewesen; sie hatten sich fast nur nach Einbruch der Dämmerung auf die Straßen getraut und sich tagsüber bei Freunden oder in heruntergekommenen Gastwirtschaften und Gehöften versteckt gehalten, in denen niemand einen hochwohlgeborenen Herrn mit seiner Familie vermutete. Auf ihrem Weg quer durch Frankreich hatte der Vater seine Kinder oft in Gefahr gebracht, doch die Bedrohung durch Wegelagerer, versprengte Deserteure oder Zigeunerbanditen erschien ihm wohl weniger groß als die durch den Henker. Während ihre Brüder fassungslos vor den Veränderungen ihres geordneten, vorher recht luxuriösen Lebens standen, erkannte Isabelle die Chance, die sich ihr bot: Jede Nacht, die sie auf dem Rücken eines Pferdes oder auf Wanderschaft verbrachte, machte sie stärker. Und schließlich waren es die Jungen, die sich mancherorts in den Schlaf weinten und von ihrer kleinen Schwester getröstet werden mußten.

Isabelle war dankbar, daß sie mit der Dunkelheit Frieden geschlossen hatte. Denn in ihrem Schutz konnte sie unbehelligt zu Werke gehen. Um diese Stunde war es still in den Fluren von Chenonceau, kein dienstbarer Geist war ihr auf dem Weg zur Bibliothek begegnet. Das Hauspersonal und die Wachen schliefen ebenso tief wie die Schloßherrin und ihr Gefolge. Als sie ihr Ziel erreicht hatte, warf Isabelle dennoch einen Blick über die Schulter, nur um festzustellen, daß sie nicht verfolgt wurde. Zufrieden öffnete sie die Tür, schlich in den Raum – und schloß ab. Es war zwar nicht zu erwarten, daß ein Schlafwandler auf der Suche nach einer Lektüre ausgerechnet in den nächsten Minuten die Bibliothek aufsuchte, aber gewisse Verhaltensregeln waren ihr nach der Einführung in ihre neue Aufgabe ins Blut übergegangen.

Es war eine wolkenlose Nacht, durch die hohen Fenster schien helles Mondlicht, das sich im dunklen Wasser des Cher spiegelte. Diese Beleuchtung erleichterte Isabelles Vorhaben, da sie sich zurechtfinden konnte, ohne eine Kerze anzuzünden. Außerdem flackerte ein Feuer im Kamin, das zusätzlich für Licht sorgte. Zielsicher steuerte sie auf den Sekretär zu, auf dem sie am Nachmittag das Schreiben des Papstes gesehen hatte. Sie vermutete, daß Diane oder Nicholas den Brief in einer der Schubladen verwahrt hatten.

»Es macht mich sehr glücklich, daß Ihr gekommen seid«, flüsterte eine Männerstimme.

Er hatte kaum hörbar gesprochen, doch seine Worte besaßen in Isabelles Ohren den Klang von dröhnenden Kirchenglocken. Ihr Herz setzte einen Schlag aus, um dann mit einem Trommelwirbel fortzufahren.

Vorsichtig sah sie sich um, aber sie konnte keine menschliche Gestalt im Zwielicht des Raumes erkennen. Vermutlich hielt er sich im Schatten verborgen. Wie ein Geist. Doch die Erinnerung an die Ängste ihrer Kindheit war es nicht, die ihr die Kehle zuschnürte. Sie war sich zwar sicher, sich nicht verdächtig gemacht zu haben, aber ganz eindeutig lauerte ihr jemand auf. Irgend jemand mußte geahnt haben, daß sie sich in dieser Nacht auf die Suche nach dem Brief des Pontifex begeben würde. Die Furcht raubte ihr den Atem.

In der ersten Schrecksekunde war sie wie gelähmt stehengeblieben. Einen Atemzug später setzte sie zum Rückzug an. Ein kleiner Schritt, noch einer, und sie floh aus dem Lichtkreis zurück in die Dunkelheit bei der Tür. Wenn sie schon nicht imstande war, den Fremden zu identifizieren, sollte er sie auch nicht sehen können.

Das leise Knarren eines Möbelstücks ließ sie vermuten, daß der Mann sich aus dem Stuhl erhob, auf dem er gesessen und gewartet hatte. Gleich darauf nahm sie eine hochgewachsene, schlanke Silhouette wahr, die sich auf sie zu bewegte. »Den Weg hierher habe ich nur an Euch gedacht«, die Stimme war tief und warm, einschmeichelnd und voller Charme. »Dennoch war mir nicht klar, was mir das Wiedersehen mit Euch bedeuten würde.«

Isabelle hatte nicht die geringste Ahnung, wovon der Fremde sprach. Sie wußte nur, daß sie sich so schnell wie möglich von diesem Ort entfernen mußte. Panisch tastete sie nach der Tür. Unvermittelt fiel ihr ein, daß sie abgeschlossen hatte. Gerade diese Vorsicht vor einem Eindringling erwies sich unter den gegebenen Umständen als Fehler. Sie würde nicht schnell genug aufsperren können, um dem Mann zu entkommen, der gemessenen Schrittes, aber unerbittlich auf sie zukam. Was würde er tun? Sie zuerst meucheln, schänden und an Ort und Stelle töten? Oder wollte er sich in dem Ruhm sonnen, eine Verräterin entlarvt und auf das Schafott gebracht zu haben? Fieberhaft suchte sie nach einem Ausweg, doch anscheinend blieb ihr nichts als die Flucht nach vorn. Der Fremde bestimmte zwar die Regeln, aber sie war fürs erste bereit mitzuspielen. Tapfer versuchte sie, den Kloß herunterzuschlucken, der ihre Kehle zuschnürte.

»Woher wußtet Ihr, daß ich kommen würde?« fragte sie so sachlich wie möglich und klang dabei so brüchig, als spräche eine alte Frau.

Ein leises Lachen antwortete ihr. Es klang überraschenderweise nicht zynisch, sondern eher amüsiert. »Ich erkannte es an Euren Augen. Jeder Eurer Blicke gab mir zu verstehen, daß Ihr nicht die Festung seid, als die Ihr Euch gebt.«

Sprach so ein Polizist, der sie als protestantische Agentin ausgemacht hatte? Wenn der Fremde ihr aber nun Lügen auftischte, um sie gefügig zu machen? Seine Worte waren blanker Unsinn und identifizierten ihn als Schwindler, andererseits konnte es sich dabei um einen Trick handeln. Sie atmete scharf ein.

»Zürnt mir nicht«, bat der Mann rasch. »Ich bitte um Vergebung für meine Unverfrorenheit. Daß meine Ritterlichkeit zu wünschen übrigläßt, liegt einzig an Eurer Person. Die Erinnerung an Euch hat mich um den Verstand gebracht … Marie … Erlaubt mir bitte, Euch bei Eurem Vornamen zu nennen … Marie.«

Eine Verwechslung! Vor Erleichterung drohten Isabelles Knie nachzugeben. Ihr schwindelte, als ihr klar wurde, daß dieser Kavalier kein Scharfrichter war und offenbar eine ganz andere Dame zu einem – im Verhältnis zu ihrem eigenen Vorhaben harmlosen – Stelldichein erwartet hatte. Genaugenommen schien er ein Auge auf Marie de Roger geworfen zu haben. Dieser Umstand komplizierte jedoch die Situation, denn Isabelle hatte nicht die geringste Ahnung, wie sie dem Herrn ihre nächtliche Umtriebigkeit erklären sollte.

Plötzlich stand der Fremde vor ihr. Er war größer als sie und möglicherweise attraktiv, aber sie konnte seine Gesichtszüge nicht ausmachen. Dafür nahm sie seinen Duft wahr, sein Parfüm, das aus Limonen, Lavendel und Zedernöl hergestellt sein mochte und sich mit einem feinen Geruch von Tabak und Leder mischte. Es war ein betäubendes, sehr männliches Aroma, das im krassen Gegensatz zu den Potpourris aus getrockneten Rosen und Maiglöckchen stand, die Diane in jedem Raum verteilen ließ. Isabelle besaß eine feine Nase, sie mochte es, wenn ihre Mitmenschen angenehm rochen, vor allem Männer. Sie hatte in Venedig gelebt und auf den großen Märkten nahe des Rialto all die herrlichen Essenzen schnuppern dürfen, die mit den Handelsschiffen aus dem Orient kamen und zu Duftwässerchen verarbeitet wurden. Ihr Vater hatte sie in den Luxus und die Geheimnisse des Parfümierens eingewiesen, später war es ihr kluger Ehemann gewesen, der ihre Nase zu verwöhnen verstanden hatte. Wenigstens die Geschichte ihrer bei Hofe verbreiteten Witwenschaft war echt; auch wenn der wirkliche Name ihres Gemahls einen ebenso großen Skandal hervorrufen würde wie die Identität ihres Vaters.

»Ich … nein … ich meine … ich fürchte, ich bin nicht die Person, nach der Euch gelüstet«, haspelte Isabelle. Im nächsten Moment wurde ihr bewußt, daß sie einen Fehler beging. Wie sollte sie ihre Anwesenheit in der Bibliothek zu nächtlicher Stunde erklären, wenn sie nicht von einer angeblich verzehrenden Liebe und atemloser Lust angetrieben worden war? Auch die verschlossene Tür ließ sich kaum mit dem Wunsch nach nächtlicher Lektüre begründen.

»Wie solltet Ihr das nicht sein?« Er griff nach ihren Händen, was Isabelle verblüfft geschehen ließ. »Ihr seid die Frau, der meine Sehnsucht gehört. Es macht mich unendlich glücklich, daß Ihr meinen wenigen Zeilen so eiligst gefolgt seid.«

Sie konnte sich kaum über die Erkenntnis freuen, daß dieser Kavalier tatsächlich auf ein Rendezvous aus war und auf nichts anderes. Aber offensichtlich war er noch nicht vertraut genug mit seiner Angebeteten, um diese auf Anhieb bei der schlechten Beleuchtung oder an ihrer Stimme zu erkennen.

Was sollte sie nur tun, um die Situation zu retten? Sich als Schlafwandlerin ausgeben und gemeinsam mit dem Fremden über die Verwechslung lachen? Diese Lösung mochte zu einem Theaterstück passen, doch Isabelle fürchtete die Geschwätzigkeit ihres Gegenübers. Würde er nicht Marie von seinem nächtlichen Erlebnis berichten? Kaum auszudenken, was es dann für einen Klatsch geben mochte, der sich rasch in Vermutungen und Verleumdungen verwandeln würde. Und wenn Marie nun der Einladung folgte?

Wie auf ein Stichwort hin drückte sich die Türklinke in Isabelles Kreuz. Sie spürte, wie sie anfänglich vorsichtig, dann energischer betätigt wurde. Obwohl die Tür aus massivem Holz gefertigt war, glaubte sie die körperliche Nähe der anderen Frau jenseits dieses Raumes zu fühlen. Auch meinte sie eine gewisse Verärgerung wahrzunehmen, als der zweite Versuch mißlang. Isabelle wußte nicht, wie liebestoll Mademoiselle de Roger war, aber es war zu befürchten, daß die eigentlich hier zu einem Schäferstündchen erwartete Person sich bemerkbar machen würde. Dann würde Maries Verehrer feststellen, daß er einer Verwechslung zum Opfer gefallen war, und über kurz oder lang würden Isabelle die Fragen gestellt werden, die ihre Tarnung gefährdeten. Die einzige Möglichkeit, dieser Situation unerkannt zu entkommen, war ein Ablenkungsmanöver, mit dem sie Tatsachen schaffte, die es dem Kavalier unmöglich machten, aufrichtig zu Marie zu sein – und die Hoffnung, daß die andere Ehrendame aufgab, bevor sie sich zu sehr kompromittierte.

In rasanter Geschwindigkeit wurden die Erinnerungen an all die Geschichten zu sinnlichen Bildern, auf denen sich Kurtisanen und Marketenderinnen mächtigen Männern hingaben, denen sie in einer leidenschaftlichen Umarmung geheime Informationen zu entlocken versuchten. Isabelle hatte sogar von Gerüchten gehört, daß die damals siebzehnjährige Diane de Poitiers mit König François I. geschlafen hatte, um ihren in Ungnade gefallenen Vater vor dem Kerker oder Schlimmerem zu retten. Was tat sie also anderes, als einem ähnlich heroischen Ansinnen zu folgen, während sie sich gegen die Brust des Fremden sinken ließ? Es war gar nicht so schwierig, sie mußte sich kaum anstrengen, diesem Mann körperlich nahe zu kommen. Mindestens sein Duft betäubte sie. Obwohl sie ihn nicht wirklich sehen konnte, wirkte er ungemein anziehend. Kein Wunder, daß Marie dazu überging, leise gegen die verschlossene Tür zu klopfen.

Dieser Versuch war vergebens, denn ihr Verehrer bemerkte Marie nicht. Überrumpelt von Isabelles Entgegenkommen, erschien ihm ihre unerwartete Hingabe wie eine Welle, die ihn ins offene Meer hinaustrieb. Fast ohnmächtig vor Begehren, schien er blind und taub für andere Wahrnehmungen und war mit all seinen Sinnen nur auf die Frau konzentriert, die ihm so unverblümt ihre Gunst zu schenken bereit war. Er zog die Hand, die er noch immer in der seinen hielt, an seine Lippen. Einen Atemzug später schlang er seine Arme um ihren Körper, drückte sein Gesicht in ihre Halsbeuge und ließ seinen Mund spielerisch über ihre vom

Ausschnitt eines Gesellschaftskleides entblößte Schulter wandern. Dann bog er sie mit sanftem Druck nach hinten, um sich zu einem tiefen Kuß über sie zu beugen.

Isabelles Verstand funktionierte längst nicht mehr. Von dem Moment, als er ihre Hand mit seinen Lippen berührt hatte, fühlte sie sich außerstande, vernünftig zu denken. Seine Zögerlichkeit raubte ihr ebenso den Atem wie seine anschließende Leidenschaft. Schlimmer noch, ihr Körper wurde zum Rumpf einer willenlosen Marionette und fügte sich wie selbstverständlich in seine Umarmung; ihre Rundungen paßten sich seiner Statur an, als wären sie zwei Hälften eines Ganzen, die perfekt zusammengefügt wurden. Es war in ihrer Situation höchst widersinnig und wahrscheinlich sogar gefährlich, aber Isabelle durchflutete eine Wärme, die sie nie zuvor auf diese Weise gespürt hatte. Ihre Lippen teilten sich, und sie ließ es zu, daß er ihren Mund mit einer an Wahnsinn grenzenden Begierde nahm. Es war seltsam, doch plötzlich war sie sich sicher, daß dies nicht einfach nur ein Kuß war. Ein unerwartetes Gefühl pulsierte in ihren Adern, die Ahnung von etwas Großem, und das Empfinden, in diesem Augenblick mit dem Fremden zu verschmelzen, wurde übermächtig.

6

Gabriel hatte in der vergangenen Nacht nicht geschlafen und wanderte schon seit dem ersten Morgengrauen ziellos durch den Rosengarten, an den Gewächshäusern und den Weinreben vorbei bis hin zum Gemüsegarten und wieder zurück, doch müde wurde er auch jetzt nicht. Seine Augen nahmen wohl die Schönheit des Ortes wahr, aber seine Gedanken beschäftigten sich unablässig mit den Ereignissen der letzten Stunden.

Anfangs war er wie verzaubert gewesen, als hätten ihn mystische Säfte trunken gemacht. Selbst als sie überstürzt davongelaufen war, hatte er nicht gleich seinen Verstand einsetzen können, um ihr zu folgen. Seine Beine waren wie gelähmt, seine Arme spürten noch ihren Körper und seine Lippen ihren Mund. Als sein Geist schließlich wieder soweit funktionierte, daß er ihr nachstellen wollte, erstreckten sich die Flure still und verlassen. Außer der einen oder anderen verschlafenen Wache und den in manchen Ecken zusammengekauerten Dienern begegnete er niemandem auf der Suche nach der Frau, die nun mehr denn je seine Sehnsüchte beherrschte. Auch der Page, der ihm nach seiner Ankunft zugeteilt worden war und dem er die Nachricht für Marie anvertraut hatte, erschien nicht wieder. Wahrscheinlich hatte Marie ihn entlassen, weil sie auf dem Weg zu ihrem Rendezvous nicht beobachtet werden wollte.

Auf diese Weise um die Zuweisung seines Gästebettes gebracht und gleichzeitig in Gedanken sehnsüchtig damit beschäftigt, Maries Geheimnis zu lüften, brach er seine Suche ab und zog sich in den Sessel am Kamin in der Bibliothek zurück. Während er zu ruhen hoffte, raubten ihm seine Wachträume wieder den Schlaf. Nach der Begegnung mit seiner Angebeteten waren sie jedoch anderen Inhalts als zuvor. Das Verlangen nach ihr machte ihn unfähig, an etwas anderes zu denken als an ihre Hingabe. Seine Phantasien drehten sich zu einem wilden Kaleidoskop, er fand sich in der Welt seiner kühnsten Vorstellungen wieder, und der Gedanke an das, was bald kommen mochte, nahm ihm den Atem. Was sonst als das Vorspiel einer leidenschaftlichen Liebesnacht konnte ihr Kuß gewesen sein?

Mit wachsender Distanz sah er die Situation im Lichte des anbrechenden Morgens ein wenig nüchterner. Seine Stunden in Chenonceau waren zweifellos gezählt – er war kein Hausgast, der seine Ferien bei der Favoritin des Königs verbringen durfte, sondern ein Ritter, der auf einen Befehl wartete. Es blieb ihm nichts als die Hoffnung, eine kurze Zeit mit Marie zu verbringen und anschließend auf ein Wiedersehen zu warten. Natürlich würde er sie irgendwann im Laufe des Tages zwangsläufig irgendwo antreffen, aber vielleicht sollte er diese Begegnung mit einer kleinen Notiz, einem Blumengebinde oder einem Gedicht vorantreiben.

Er wäre gerne an ihrer Seite durch die Anlagen spaziert, wollte sich mit ihr unterhalten und sie im Schatten der Gewächshäuser wieder und wieder küssen. Nachdenklich blieb er am Rande der baumbestandenen Auffahrt stehen. Für einen Moment, in dem die von Marie ausgehende Magie erneut nach seinem Verstand griff, waren seine Augen blicklos in sein Inneres gerichtet. Erst der Hufschlag galoppierender Pferde brachte ihn in die Gegenwart zurück.

Aus dem Morgennebel tauchten zwei Rösser auf, die in wildem Tempo über die Ländereien getrieben wurden und so dicht an den Platanen vorbeipreschten, daß Gabriel fürchtete, die Reiter könnten sich im Geäst verstricken. Gerade als er glaubte, die aufgeblähten Nüstern der Tiere spüren und ihren Schweiß riechen zu können, entschwanden sie schon im Dunst des Flusses. Eine weitere vollendete Illusion, denn plötzlich war es wieder so still und einsam wie zuvor.

Einen kurzen Moment lang hatte sein Blick auf den beiden verwegenen Reitern gelegen. Es waren zwei Frauen gewesen. Zweifellos gab es kaum einen Mann am Hof, der es mit Dianes Kunstfertigkeit im Sattel aufnehmen konnte; wie hatte die Favoritin es angestellt, eine ebenbürtige Gefährtin zu finden?

Was für eine Frau! fuhr es ihm durch den Kopf. Ihr Haar hatte wie eine Fahne von ihrem Kopf geweht, die ersten Sonnenstrahlen hatten kastanienbraune und bernsteingoldene Reflexe in ihre Locken gezaubert, was ihr eine Art Heiligenschein verlieh. Eine mutige Amazone, die sich über alle Konventionen hinwegsetzte und Männerhosen trug, was sich nur wenige Damen ihres Standes getrauten. Obwohl er übernächtigt und hin und her gerissen von den verwirrenden Bildern in seinem Kopf war, wußte er mit absoluter Sicherheit, daß er die Reiterin niemals zuvor gesehen hatte. Sie konnte noch nicht lange bei Hof eingeführt sein, sonst wäre er ihr schon einmal begegnet, und eine Frau wie diese vergaß er nicht. Wer sie wohl war? Woher sie kommen mochte? Artemis persönlich machte der Göttin Diane Konkurrenz – eine schier unglaubliche Vorstellung, die seine Neugier weckte.

Mit raschen Schritten kehrte er zum Schloß zurück. Während seine Erinnerung an die verzweifelte Protestantin einerseits und an die leidenschaftliche Geliebte andererseits zu einem merkwürdigen Ganzen verschmolzen, stand ihm klar das Bild der unbekannten Reiterin vor Augen.

7

Diane de Poitiers' Tagesablauf war ein fest zementiertes Ritual. Nach einem erfrischenden Bad im Morgengrauen, einem Frühstück, bestehend aus einer Tasse Bouillon, und dem Ausritt in Gesellschaft ihrer neuen Ehrendame zog sie sich zur Schönheitspflege zurück, der eine Ruhepause folgte, bevor sie sich der täglichen Post zu widmen begann. An diesem Vormittag gab es jedoch eine kleine Veränderung in dem gewohnten Zeremoniell: Sie empfing ihren Sekretär bereits zu einer Besprechung in ihrem Schlafzimmer, während sie noch mit duftenden Tiegeln und Töpfen hantierte.

Als Nicholas eintrat, beendete sie gerade ihre wöchentliche Mundpflege. Sie schloß sorgfältig den Topf, in dem sich die Paste für ihre Zahnreinigung befand, die aus einer Mischung aus gemahlener roter Koralle, Pfirsichkernen, Weißwein, Zimt und den zerriebenen Knochen von Tintenfischen hergestellt wurde. Dann wandte sie sich um und schob gedankenverloren eine Haarsträhne zurück, die sich aus ihrer diamantdurchwirkten Haube gelöst hatte.

»Am späten Abend brachte mir der Hauptmann der Schottischen Garde eine Botschaft Seiner Majestät«, hob Diana ohne Einleitung an. »Ich möchte Eure Meinung dazu hören, mein teurer Fouquet. Seine Majestät bittet mich um eine Aussprache mit der Königin. Er schreibt, es wäre von Vorteil, wenn ich Catherines Haltung hinsichtlich des Friedensvertrages mit Spanien beeinflussen würde.«

Nicholas nickte. »Dann decken sich die Wünsche Seiner Majestät mit denen des Pontifex. Das ist eine vortreffliche Entwicklung. Ich bin sicher, niemand könnte die Königin besser überzeugen als Ihr.«

»Vielleicht«, Diane zuckte mit den Schultern, »vielleicht aber auch nicht.« Nachdenklich schritt sie vor ihrem Toilettentisch auf und ab, bevor sie neben einem silbernen Gefäß stehenblieb, in dem sich die getrockneten Blüten ihrer geliebten Maiglöckchen befanden. Mit spitzen Fingern hob sie eine Rispe auf und roch daran, während sie fortfuhr: »Es wird nicht einfach sein, die Königin umzustimmen. Catherine wird zunehmend eigensinnig und scheint nicht mehr so leicht zu lenken wie ehedem. Seit sie es vor zwei Jahren ganz allein zuwege brachte, die Kriegskasse aufzufüllen, ist sie beim Volk sehr beliebt, und diese Achtung steigt ihr zu Kopf. Außerdem vertraut sie neuerdings einem Astrologen aus dem Süden mehr als den Brüdern Ruggieri, und ich habe nicht die geringste Ahnung, wie dieser Nostradamus zu den Plänen der Könige von Frankreich und Spanien steht.«

»Das ließe sich problemlos herausfinden, Madame. Ich

hörte, daß Nostradamus einen beliebten Zirkel in Salon-de-Provence unterhält. Es dürfte eine Person zu finden sein, die vorgibt, sich für seine Weissagungen zu interessieren, und auf diese Weise ein Mitglied seiner Kreise wird. Dann ist es ein leichtes, Informationen über die politische Meinung des neuen Astrologen Ihrer Majestät zu erhalten. Der Agent sollte ein Mann Eures Vertrauens, aber gleichzeitig über den Verdacht erhaben sein, mit Euch in Verbindung zu stehen.«

»Schöne Worte«, unterbrach die Favoritin ungeduldig, »aber ganz und gar nicht praktikabel.« Sie warf die Blüten zurück in die Schale und setzte sich auf den Stuhl neben dem Toilettentisch. Mit einer Geste machte sie Nicholas deutlich, daß er auf der Bank in der Nähe Platz nehmen könne. »Euer Vorschlag bedarf einer gewissen Planung und erfordert einen großzügig bemessenen Zeitrahmen. Beides steht nicht zur Verfügung.«

»Was bedeuten ein paar Tage, wenn es um die Zukunft Frankreichs geht?«

»Nach Meinung des Heiligen Vaters geht es auch um das Schicksal des Vatikans«, erwiderte Diane. »Der Papst will den Frieden mit Spanien, weil es der einzige Weg sei, den religiösen Konflikt zu beenden, der die christliche Welt teilt ... Ach, was rede ich da? Ihr habt das Schreiben aus Rom selbst gelesen. Merkwürdig erscheint mir die Duplizität der Ereignisse. Der Pontifex bittet mich um Intervention, und gleichzeitig richtet der König dasselbe Anliegen an mich. Es muß Gottes Wille sein, daß ich mich einmische – und dabei keine Zeit verliere, denn sowohl der Heilige Vater als auch Seine Majestät wünschen mein rasches Handeln.«

Nicholas holte tief Luft. Die Korrespondenzen drängten Diane tatsächlich zu einem baldigen Gespräch mit Catherine de Médicis. Andererseits war es verständlich, wenn die Florentinerin nicht so ohne weiteres bereit war, ihre Heimat aufzugeben und alle Träume von einem französischen Einfluß in Italien zu begraben. Auch hatte Diane dahingehend recht, daß sich die Stimmung zwischen der Königin und der Favoritin in den vergangenen Monaten verschlechtert hatte. Zwar wurde Catherine nach wie vor stets in den Hintergrund gedrängt, doch sie gewann unversehens an Format und zog sich damit den Respekt von Männern wie dem Herzog von Guise zu, der in der Vergangenheit ausnahmslos auf Dianes Seite gestanden hatten. Der Hof schien sich in zwei Lager zu spalten – eine Situation, die dem Frieden kaum dienlich war.

»Ihr habt recht«, sagte Nicholas. »Allein die Reise nach Salon-de-Provence ist zu zeitraubend, um eine Unterredung mit Nostradamus ernsthaft in Betracht zu ziehen. Vielleicht genügt es ja, die Königin von ihrer Christenpflicht zu überzeugen. Immerhin ist sie eine Nichte des Papstes ...«

»... deren Eitelkeit es kaum schmeicheln dürfte, nicht aus erster Hand von den Absichten ihres Oheims zu erfahren«, vollendete Diane grimmig.

»Ihr habt in der Vergangenheit sehr viel für sie getan, Madame«, erinnerte Nicholas und hörte selbst, wie hohl seine Worte klangen. Es stimmte wohl, daß die ungeliebte Königin der Mätresse ihres Gemahls alles zu verdanken hatte – Freundschaft, auf gewisse Weise ihre Kinderschar und schließlich sogar ihre Gesundheit –, aber der Preis, den Catherine de Médicis vom ersten Tag ihrer Ehe an dafür bezahlte, war enorm: Sie liebte einen Mann, der einer anderen zeitlebens den Vorzug gegeben hatte, denn Henri vergötterte Diane de Poitiers, seit er ein Knabe von sieben Jahren war. Niemand wußte, wie die Königin mit der Beliebtheit umgehen würde, die sie aus eigener Kraft beim Volk und in namhaften Kreisen bei Hofe erreicht hatte.

Bislang hatte sie sich still und bescheiden verhalten, doch wenn sie die Wahl hatte – was würde sie tun?

Catherine ist ein Buch mit sieben Siegeln, ging es Diane durch den Kopf, während sie darauf wartete, daß Nicholas fortfuhr. Es war ihr zwar immer leichtgefallen, die Position der Königin zu respektieren, aber schwieriger war es, Catherine de Médicis richtig einzuschätzen. Eine Ehefrau, die Löcher in die Wände der königlichen Schlafgemächer bohren ließ, um ihren Gemahl beim Liebesspiel mit seiner Mätresse zu beobachten und anschließend vor Eifersucht zu rasen, war in Dianes Augen nicht dazu geeignet, politisch brisante Fragen zu entscheiden.

»Der Friedensschluß mit Spanien liegt einzig in der Macht des Königs«, stellte Dianes umsichtiger Sekretär entschlossen fest. »Seine Majestät will seine Unterschrift unter einen Vertrag setzen, und ich kann mir nicht vorstellen, daß sich die Königin diesem Wunsch widersetzt. Vor allem dann nicht, wenn der Heilige Vater ein Fürsprecher des Abkommens ist.«

»Den Konnetabel Montmorency warf Catherine hinaus, als er ihren Segen für den Frieden erbat«, berichtete Diane aus Henris jüngstem Schreiben. Ihre Blicke streiften zufällig ihr Bett: Dort auf dem Kissen, wo der König gewöhnlich seinen Kopf niederlegte, wenn er in Chenonceau weilte, hatte sie in dieser Nacht seinen Brief aufbewahrt. Außer der offiziellen Bitte hatte er noch einige private Zeilen an sie gerichtet, die ihr Herz erwärmten. Manchmal wunderte sie sich selbst darüber, daß es ihr auch nach einer mehr als zwanzig Jahre währenden Liebesbeziehung und in ihrem fortgeschrittenen Alter gelang, das Feuer seiner Leidenschaft stets aufs neue anzufachen. Unwillkürlich glitt ein Lächeln über Dianes Gesicht.

»Was reden wir hier herum, Fouquet?« Sie drehte sich plötzlich leichtfüßig um die eigene Achse, als sei sie von einer unerwarteten Eingebung beflügelt. »Wer bin ich, daß ich es wagen könnte, mich dem Wunsch Seiner Majestät zu widersetzen. Natürlich werde ich die Königin aufsuchen.«

»Selbstverständlich«, bestätigte Nicholas eilfertig.

Ihr Lächeln wurde breiter. »Ihr werdet mich begleiten. Und zuvor, mein Bester, werdet Ihr einige Berechnungen anstellen, die Catherine von der Richtigkeit des Friedensvertrages überzeugen sollen. Ich denke, daß Ihr es mit den Weissagungen des Monsieur Nostradamus aufnehmen könnt.«

»Ich bin kein Astrologe«, protestierte Nicholas und vergaß dabei sogar, Diane darauf hinzuweisen, daß Nostradamus der Künstlername von Monsieur Michel de Notredame war. »Wenn nicht die Königin selbst, so werden die Brüder Ruggieri schnell merken, daß meine Ausführungen nichts als Scharlatanerie sind. Ich glaube kaum, daß diese Erkenntnis von Nutzen sein wird, Madame.«

»Papperlapapp! Mir klingt noch das Lob von Mademoiselle de Roger gestern nachmittag in den Ohren. Wie nannte sie Euch doch gleich? Einen rechten Medicus, nicht wahr? Nun, da ist der Weg zu anderen naturwissenschaftlichen Talenten nicht weit. Also, macht Euch an die Arbeit. Bis heute abend erwarte ich Eure Ergebnisse. Wir reisen morgen früh nach Chaumont zur Königin.« Als sei ihr Entschluß ein vortrefflicher Plan, fuhr Diane begeistert mit der Zusammenstellung ihrer Reisegruppe fort: »Chevalier de Montgommery soll uns begleiten. Ich bin sicher, ein vertrautes Gesicht aus der Leibgarde wird Ihre Majestät erfreuen. Aber wir sollten nicht zuviel Aufhebens machen, deshalb genügt es, wenn außer meinen Ehrendamen nur noch eine Zofe mitreist ... Nun laßt mich bitte allein. Ich muß Pläne machen. Nach meiner Mußestunde werde ich mich nach Euren Fortschritten erkundigen.«

8

Zorn ist kein guter Ratgeber, das wußte Isabelle. Und doch fühlte sie sich unfähig, an etwas anderes zu denken als an die Wut, die sie auf sich selbst empfand. Sie war zornig auf sich, weil sie trotz aller Bemühungen noch keinen Schritt weitergekommen war. Sie hatte sich einem Fremden an den Hals geworfen und riskierte jeden Morgen Kopf und Kragen, wenn sie mit Diane in halsbrecherischem Tempo über die Wiesen von Chenonceau galoppierte, aber ein Ergebnis hatte sie nicht erzielt. Schlimmer noch: Statt sich auf das Problem zu konzentrieren, wie sie die Depesche des Papstes einsehen könnte, schlich sich in ihre Überlegungen mit beharrlicher Intensität die Erinnerung an die vergangene Nacht und die Frage nach der Identität des Fremden.

Wenn sie an seinen Kuß dachte, schien es ihr, als könne sie seinen Mund noch immer schmecken – wie Tau, der sich zart auf ihre Lippen legte. Es war, als spüre sie unverändert diese atemberaubend männliche Kraft, die von ihm ausgegangen war. Ein fataler Konflikt zerriß ihr Innerstes. Lust und auch Liebe galten Jean Calvin als Sünde, doch ihr Körper sehnte sich verzweifelt nach mehr. Dabei lag er auch in einem ungleichen Wettstreit mit ihrem Verstand, wußte sie doch, daß es zu riskant war, sich diesem anziehenden Mann auf irgendeine Weise zu nähern. Es war unmöglich, seine Identität herauszufinden und sich gar selbst zu offenbaren, ohne sich gleichzeitig zu verraten. Doch ihr Herz schien absolut nicht im Einklang mit ihrer Vernunft zu sein.

Trotzig beschloß sie, die Suche nach dem Schreiben aus Rom energisch fortzusetzen. Zu der Vormittagsstunde, in der sich Diane üblicherweise hinlegte und sich jedermann im Haushalt möglichst still verhielt, hoffte Isabelle auf die Chance, ungestört in der Bibliothek herumstöbern zu können. Natürlich war dieser Versuch nicht ganz ungefährlich, aber in ihrem blinden Zorn war ihr das gleichgültig. Sie wollte sich zwingen, etwas zu tun, das sie von ihren Gedanken ablenkte und zurück in die Realität ihres Auftrags brachte. Ein Erfolgserlebnis wäre Balsam für ihre Seele.

Doch eine andere Person hatte die Bibliothek bereits in Besitz genommen. Nicholas stand am Lesepult, vertieft in eines der zahlreichen Bücher, die er aufgestapelt und zum Teil aufgeschlagen oder mit Lesezeichen markiert hatte; auf dem Boden hatte er Landkarten und Zeichnungen der Himmelskörper verteilt. Offensichtlich arbeitete er an einem ungewöhnlich schwierigen Projekt, und Isabelle hoffte, sich auf leisen Sohlen zurückziehen zu können, bevor Dianes Sekretär auf sie aufmerksam wurde.

Sie war nicht auf eine Plauderei mit Nicholas aus, denn vor ihm hatte sie stets ein wenig Angst. Obwohl er sich immer ausgesprochen freundlich gab, verhinderte seine undurchdringliche Mimik, daß sie ihn richtig einschätzen konnte, wohingegen er selbst in das tiefste Innere eines jeden zu blicken schien. Er war von außergewöhnlicher Intelligenz, und seine Bildung beeindruckte Isabelle, sie kam sich klein und unwissend in seiner Gesellschaft vor, obwohl Nicholas niemals eitel oder überheblich wirkte. Allerdings war er der Mensch in Diane de Poitiers' Hofstaat, dem sie zutraute, ihre Tarnung am schnellsten zu durchschauen – und dem sie deshalb am liebsten aus dem Weg ging.

»Madame de Valmy!« Mit einem erfreuten Lächeln sah er von dem Buch auf. »Wenn ich es nicht besser wüßte, würde ich sagen, die Sonne geht auf. Was verschafft mir die Ehre Eures Besuches? Oder seid Ihr vielmehr auf der Suche nach Lektüre?«

»In der Tat«, behauptete Isabelle kühl und fühlte sich dabei seltsam elend, »ein erbaulicher Roman wäre durchaus geeignet, mir die Zeit zu vertreiben.« Auf diese Weise in die Falle geraten, sah sie sich gezwungen, näher zu treten. Unwillkürlich warf sie einen Blick auf den Folianten, in dem Nicholas gelesen hatte – und erstarrte.

Es handelte sich um Kopernikus' Werk über die Himmelsordnung. Isabelle hatte die Erstausgabe an einem anderen Ort einmal weniger aus astronomischem Interesse überflogen als vielmehr aus religiösem, da das Vorwort von einem lutherischen Geistlichen verfaßt worden war, der die neuen Theorien als Gegenvorschlag zum anerkannten ptolemäischen System bezeichnete. Diese Parteinahme war insofern ungewöhnlich, da Nikolaus Kopernikus Katholik war und sogar Martin Luther sich gegen dessen heliozentrisches Weltbild ausgesprochen hatte. Isabelle hatte nicht geahnt, daß sich ketzerische Schriften wie diese in der Bibliothek befanden. Sie wußte zwar, daß Diane die Werke von Erasmus von Rotterdam gelesen hatte, doch Bücher über Naturwissenschaften interessierten die Favoritin für gewöhnlich nicht halb so sehr wie die Königin.

Weshalb also betrieb Nicholas Studien, die er als Sekretär der Favoritin für gewöhnlich nicht brauchte? fragte sich Isabelle in Gedanken. Ging er etwa einer geheimen Tätigkeit nach? War auch er ein Agent, der für ein Komplott intrigierte? Vor ihren Augen drohte sich der Raum zu drehen. Ich leide unter Wahnvorstellungen, sagte sie sich mit wachsender Verzweiflung. Gestern erst hatte sie Marie – wenn auch nur flüchtig – für eine Spionin gehalten, und heute beschuldigte sie Nicholas.

»Ihr wundert Euch, daß ich mich mit meinem Namensvetter Nikolaus Kopernikus befasse«, stellte er ohne Anzeichen einer Verunsicherung fest. »Die Antwort auf Eure stumme Frage ist simpel: *Auch vom Feind kommt häufig uns ein guter Rat*. Das ist von Aristophanes, und ich erlaube mir, es ebenso zu halten.«

Isabelle schluckte. »Das klingt vernünftig …«

»Ja, das ist es wohl. Allerdings … woher sind Euch Titel und Autor bekannt? Kopernikus scheint mir wohl kaum die rechte Lektüre für eine Dame.«

Ein Schutzengel schien auf ihrer Schulter zu sitzen, der ihr ein Zitat von Ovid einflüsterte: *»Woher kommt dem Menschen so großer Hunger nach verbotenen Speisen?«* Dem fügte sie kokett hinzu: »Fordert mich bitte nicht dazu auf, meine Handlungsweise zu erklären. Es würde in einem Disput über den Humanismus enden, und dem fühle ich mich in Eurer Gesellschaft nicht gewachsen.«

»Das bezweifle ich, Madame de Valmy. Ihr seid ungewöhnlich studiert«, Isabelle hätte sich über dieses aufrichtig gemeinte Kompliment gefreut, hätte sie nicht den zweiten Teil seines Satzes gefürchtet: »Wo ist Euch erlaubt worden, so viel zu lesen?«

Protestanten legen in ihren Familien größeren Wert auf Bildung als Katholiken, fuhr es Isabelle durch den Kopf. Sie war von früher Kindheit an in den klassischen Fächern unterrichtet worden, und nachdem sie von Frankreich über Genf nach Venedig gekommen war, hatte die geographische Lage ihrer neuen Heimat den beliebtesten Zeitvertreib ihrer Kindheit, nämlich Ausritte und Jagden, unmöglich gemacht, so daß ihr das Stöbern in der Bibliothek ihres Vaters zum größten Vergnügen geworden war. Dann hatte sie den Erben eines Hofdichters von François I. geheiratet; die intensive Beschäftigung mit dem umfassenden Nachlaß ihres Schwiegervaters hatte Isabelles Blick geweitet und schließlich auch ihr Wissen gefördert.

»Man schnappt so allerlei auf«, murmelte sie.

Nicholas nickte, als genügte diese Erklärung. Glücklicherweise drang er nicht weiter in sie, sondern wandte sich wieder seiner Lektüre zu. »Madame beauftragte mich, die Sterne zu deuten«, erklärte er seufzend. »Ich soll gegen niemand Geringeren als Cosimo Ruggieri antreten und alle Weissagungen des Provencalen Nostradamus in den Wind schlagen. Eine Aufgabe, die mich zweifellos an den Rand meiner Möglichkeiten bringt. Und zu Kopernikus.«

Diese Information war mehr, als Isabelle im ersten Moment verkraften konnte. Sie war vollkommen verstört. »Ihr sollt einen Beweis gegen die Astrologen der Königin finden?« entfuhr es ihr, und in Gedanken fragte sie sich, warum Diane nicht nach einem hauptberuflichen Sternendeuter schicken ließ. Im selben Moment stand ihr die Antwort klar vor Augen: Dianes sprichwörtlicher Geiz verbot es ihr, unnötig Geld für einen Fachmann auszugeben, den sie durch einen bereits bewährten Angestellten ersetzen konnte; außerdem erlaubte es die Zeit der Favoritin möglicherweise nicht, auf die Ankunft eines professionellen Helfers zu warten. Es mußte sich um eine Angelegenheit handeln, die ein schnelles Handeln erforderte, und die gebotene Eile wies eindeutig auf einen Zusammenhang mit dem Schreiben des Papstes hin. Isabelles Herz begann vor Aufregung schneller zu schlagen.

»Madame wird morgen verreisen und bedarf gewisser Informationen aus dem Stand der Sterne ...« Nicholas unterbrach sich, um sich eine Notiz zu machen, und Isabelle fiel auf, daß sich neben dem Buch von Kopernikus Papier, Tintenfaß und ein Federkiel befanden. Sie wartete geduldig, bis er seinen Blick wieder hob. Ein freundliches Lächeln erhellte sein Gesicht: »Ich fürchte, Ihr müßt mich nun entschuldigen. Vielleicht gelingt es uns ja, unsere interessante Unterhaltung über Aristophanes und Ovid während der Reise fortzusetzen. Ich würde mich jedenfalls sehr darüber freuen.«

»Uns?«

Er grinste breit, seine Augen waren jedoch ein undurchdringliches graues Eismeer. »Ach?« meinte er scheinbar arglos. »Ich glaubte gehört zu haben, daß Ihr zum Gefolge von Madame gehört, wenn sie nach Chaumont aufbricht. Vielleicht irre ich mich, aber es schien mir, als sei ausdrücklich Euer Name genannt worden. Wenn ich's recht bedenke, bin ich sogar ganz sicher, daß Ihr zur Reisegruppe gehören sollt ...«

Isabelle glaubte ihr Herz schlagen zu hören. Der Trommelwirbel war so intensiv, daß er ihr den Atem zu rauben drohte. Sie fühlte sich wie am Ende eines Tunnels, an dem sie endlich Licht sah. Wenn sie Diane zur Königin begleiten durfte, würde sie auch den Grund der Reise erfahren – und mit ihm wahrscheinlich den Inhalt der Papst-Depesche. Welch wundersame Fügung ...

»Mademoiselle de Roger wird uns ebenfalls mit ihrer Gesellschaft erfreuen«, fuhr Nicholas fort, »obwohl sie vielleicht ein wenig zu zart und ängstlich für den Ausflug scheinen mag. Es wird sie sicherlich beruhigen – und Euch auch, davon bin ich überzeugt –, daß ein Hauptmann der Schottischen Garde in unserer Begleitung reiten wird.«

»Sicherlich ist ein Capitaine des Königs der beste Schutz, den eine Dame sich wünschen könnte. Wo kommt er nur so plötzlich her? Ich wußte nicht, daß Madame noch Gäste erwartet.« Wieder ganz beflissene Ehrendame, schickte sie sich an, praktische Überlegungen zu treffen: »Vielleicht sollte ich mich umschauen und Vorkehrungen treffen. Hat sich Seine Majestät selbst angekündigt?«

»Dann seid Ihr also mit dem Comte de Montgommery noch nicht bekannt gemacht worden. Er traf bereits gestern abend aus Paris ein, wenn auch sehr spät ... Ist Euch nicht wohl, Madame de Valmy?« Die Feder glitt aus Nicholas' Hand. Mit zwei Schritten war er neben Isabelle und nahm ihren Arm. »Kommt, setzt Euch nieder. Ihr seht ganz bleich aus. Wahrscheinlich nur ein kleiner Schwächeanfall, aber damit solltet Ihr keinesfalls spaßen.«

Unter anderen Umständen hätte Nicholas' ungewöhnliche Fürsorge Isabelle wahrscheinlich verwirrt, vor allem aber gerührt. In diesem Augenblick machte er sie jedoch wütend. Die Erinnerung an die nächtlichen Ereignisse und damit der Ärger auf sich selbst kehrten mit aller Heftigkeit zurück. Unglücklicherweise wurde Isabelle bewußt, daß sie wohl am selben Platz stand, an dem sie sich *seinem* Kuß hingegeben hatte. Es stand außer Frage, daß es sich bei dem Chevalier, von dem Nicholas sprach, um den Fremden handelte. Sie hätte es jedoch nicht schlimmer treffen können: Ausgerechnet einem treuen Ritter des Königs in die Arme zu sinken war so etwas wie ein selbstgeschriebenes Todesurteil für die Spionin. Er könnte ihr nachstellen wollen, und wenn er die Wahrheit herausfand, war er die letzte Person am Hofe, die für die Liebe bereit sein würde, Henri zu verraten.

Entsetzt schlug Isabelle die Hand vor den Mund. »Verzeiht«, murmelte sie durch ihre Finger, »eine plötzliche Übelkeit.« Dann raffte sie ihre Röcke und lief – als sei sie vom Teufel gejagt – aus der Bibliothek, verfolgt von Nicholas' verblüfftem Blick.

9

»Warum wendet Ihr den Blick ab, wenn Euch die Augen des Comte de Montgommery streifen? Seid Ihr aus irgendeinem Grunde absichtlich unhöflich zu meinem Gast oder einfach nur kokett?«

Marie senkte beschämt die Lider. Sie hatte gehofft, Diane würde die kleinen Signale, die sie aussandte, nicht bemerken. Aber der klugen, liebeserfahrenen Favoritin entging nichts. Wenig damenhaft an ihrer Unterlippe nagend, überlegte sich Marie noch eine passende Antwort, als sie Gabriel plötzlich ebenso gelassen wie selbstsicher auf sie zuschlendern sah. Jetzt gab es kein Ausweichen mehr; sie mußte sich der Begegnung stellen, die sie den ganzen Tag über zu vermeiden gesucht, gleichzeitig aber herbeigesehnt hatte.

»Ich verfolge keine besondere Absicht, Madame«, behauptete Marie errötend. »Es würde mir niemals in den Sinn kommen, unhöflich zu einem Besucher zu sein, und wenn ich diesen Eindruck erwecken sollte, bitte ich Euch um Entschuldigung. Auch ist es nicht richtig, wenn Ihr meint, ich wollte mit Comte de Montgommery tändeln.«

»Oh!« machte Diane amüsiert. »Was für ein Irrtum. Mir schien, ein Feuer sei zwischen Euch und dem Chevalier entbrannt. Wann seid Ihr ihm eigentlich zum ersten Mal begegnet, meine Liebe? War es nicht auf irgendeinem Ball?«

»Ihr könnt versichert sein, daß mir Comte de Montgommery vollkommen gleichgültig ist.«

»Dann ist es eine glückliche Fügung und wird Euch nicht grämen, zu erfahren, daß ich Anweisung gab, Comte de Montgommery als meinen Tischherrn zu plazieren.« Wenn Diane die Enttäuschung in Maries Blick bemerkte, so zeigte sie keinerlei Reaktion. Statt sich verständnisvoll zu geben, ließ sie ihre junge Ehrendame stehen und wandte sich mit einem strahlenden Lächeln an einen Nachbarn, mit dem sie sich über den Gemüseanbau austauschen wollte. Aus den Augenwinkeln beobachtete sie jedoch, wie sich die Situation weiterentwickelte. Grundsätzlich zog sie es vor, alles im Auge zu behalten und nicht von Zufällen überrascht zu werden. Im Moment fand sie es recht unterhaltsam, eine Verbindung zwischen ihrer Ehrendame und dem Ritter des Königs zu knüpfen; Marie und der Comte bildeten nach Dianes Meinung eine perfekte Allianz.

Da nur wenige Gäste in Chenonceau weilten, war die Gesellschaft überschaubar, die sich zu dem früh servierten, leichten Diner eingefunden hatte. Die kleine Schar aus Mitgliedern des Haushalts und Nachbarn wurde von Dianes Kapelle unterhalten, die Musikanten spielten Chansons von Josquin Desprez, die derzeit bei Hofe zu den beliebtesten Melodien gehörten. Man plauderte ein wenig im Stehen und kostete von Dianes Lieblingswein, einem Rosé, den sie in Chenonceau anbauen, keltern und »blutwarm« servieren ließ. Später würde man an der mit duftenden Kräutern geschmückten Tafel Platz nehmen und das leichte, gesunde Abendessen einnehmen.

Gabriel hatte Dianes Abgang genutzt, um ihren Platz neben Marie einzunehmen, die für einen Moment recht verloren wirkte. »Mademoiselle de Roger«, flüsterte er dicht an ihrem Ohr, »ich wäre entzückt, Euch zu sehen, wäre ich nicht gleichzeitig tief betrübt über die Abneigung, mit der Ihr mir zu begegnen scheint.«

»Ihr überschreitet Eure Grenzen, Monsieur«, erwiderte Marie heftig. An ihrem schlanken Hals pulsierte eine Ader, ihr Busen unter dem weißen Spitzeneinsatz hob und senkte sich heftig mit jedem Atemzug. Ihre Augen glänzten, ihre Wangen glühten, und auf ihrer Oberlippe breitete sich ein feuchter Film aus, den Gabriel am liebsten fortgeküßt hätte. Marie wirkte bezaubernd in ihrer Aufregung und ungemein anziehend. »Außerdem nehmt Ihr Euch zu wichtig«, fügte sie atemlos hinzu. »Ihr solltet dankbar sein, daß ich Eure Nachricht als Narretei abgetan und nicht als Unverschämtheit verstanden habe, statt mich erneut in eine peinliche Situation zu bringen.«

»Ich?« Gabriel war baff. Er erinnerte sich an jede Sekunde ihres Beisammenseins in der Bibliothek. Sie war es gewesen, die sich widerspruchslos hingegeben hatte, bevor er nur einen Arm um ihren anschmiegsamen Körper hatte legen können, und zu keinem Zeitpunkt war ihm der Gedanke gekommen, sie fühle sich durch sein Verhalten kompromittiert. Im Gegenteil. Er war überzeugt davon, daß sie das Wunder ihrer Vereinigung durch den Kuß ebenso gespürt hatte wie er. Wahrscheinlich, resümierte er nun, war Maries Benehmen eine Prüfung oder ein Spiel – und er war bereit, darauf einzugehen. Deshalb verneigte er sich zwar formvollendet, aber in seinen Augen leuchtete Schalk. »Ich bin Euer unterwürfiger Diener, Mademoiselle de Roger. Was kann ich tun, um Eure Meinung über mich zu verbessern?«

Sie senkte unschuldig die Lider, um anschließend kokett durch ihre Wimpern zu schielen. »Ich werde geruhen, darüber nachzudenken.«

»Es wird mir eine Freude sein, das Ergebnis zu erfahren. Allerdings sollte ich Euch um ein wenig Eile bitten, da ich Chenonceau morgen verlassen muß.«

Marie lächelte vielsagend. Das Strahlen in ihrem Blick wurde intensiver, ihre Wangen wechselten die Farbe bei fast jedem Wort, mal errötete sie, mal wurde sie ganz bleich vor Aufregung. »Das weiß ich wohl«, erwiderte sie mit einem sachlichen Ton, der ihre Mimik Lügen strafte. Nur mühsam ein Strahlen verbergend, setzte sie hinzu: »Hektik ist nicht geboten, da auch ich ebenso wie die zweite Ehrendame zur Begleitung von Madame gehören werde, wenn diese nach Chaumont zur Königin reist.« Sie freute sich über diesen Aufschub, und das sah er ihr deutlich an. Die Zeit zum Abschiednehmen war noch nicht gekommen, sie würde weiter mit ihm poussieren oder ihm die kalte Schulter zeigen, je nachdem, wie es die Stunde gebot. Auf jeden Fall konnte sie die Chancen einer Begegnung um weitere vierundzwanzig Stunden ausdehnen – um dann vielleicht nicht mehr vor einer verschlossenen Tür zu stehen.

»Ihr macht mich glücklich«, erwiderte er hoffnungsfroh, während seine Gedanken in eine ganz ähnliche Richtung wanderten wie die ihren. Um Konversation zu treiben, erkundigte er sich: »Wer ist die andere Person, wenn ich fragen darf?«

»Madame Isabelle de Valmy«, antwortete Marie eifrig. Mit diesem anscheinend harmlosen Themenwechsel fühlte sie sich auf sicherem Terrain. Es gelang ihr, den Herzschlag zu beruhigen und zwanglos zu plaudern: »Seid Ihr dieser Dame noch nicht vorgestellt worden?«

Der Name der anderen Hofdame brachte eine Saite in Gabriels Erinnerungen zum Klingen, die er nicht sofort zuordnen konnte. Er hatte schon einmal von einer Familie Valmy gehört, wußte aber nicht, bei welcher Gelegenheit. Sich im Kreis der Abendgesellschaft umschauend, sagte er zu Marie: »Nein. Ich kenne sie nicht. Deshalb bitte ich Euch, mich mit der Dame bekannt zu machen. Es ist sicher nett, wenn wir Reisenden uns ein wenig austauschen.«

»Das ist leider nicht möglich. Madame de Valmy hat sich entschuldigt. Eine schlimme Migräne ...«

Sein Ton war aufrichtiges Bedauern. »Hoffentlich wird die Reise nicht zu anstrengend für sie. Sicher ist sie eine Dame ...«, er unterbrach sich und warf einen raschen Blick auf seine sechzigjährige Gastgeberin, deren Ausstrahlung, Geschmack und Schönheit jede Jüngere in den Schatten stellte. Er neigte seinen Mund an Maries Ohr, um leise zu bemerken: »Nicht jede Frau ihres Alters besitzt die Gesundheit von Madame, nicht wahr?«

Marie legte den Kopf in den Nacken und blickte Gabriel irritiert an. »Schon möglich, aber was hat das mit Madame de Valmy zu tun?«

»Nun, ich dachte ...«, hob er an, brach dann aber hilflos ab. Ihm wurde bewußt, daß es ziemlich albern war, sich mit Marie über eine andere Frau zu unterhalten, die ihn eigentlich gar nicht interessierte, während er doch nichts mehr wollte, als alles über seine Gesprächspartnerin zu erfahren. Er spürte jedoch, daß sich Marie bei diesem Thema entspannte. Deshalb forschte er weiter: »Ist die Dame kein reiferer Jahrgang?«

»Wenn ich's recht bedenke«, Marie kicherte, »ist sie natürlich nicht mehr die Jüngste. Im Verhältnis zu mir jedenfalls, aber alt ... nein, alt würde ich sie nicht nennen. Und bei bester Gesundheit ist Madame de Valmy üblicherweise auch. Sonst könnte sie wohl kaum jeden Morgen mit Madame ausreiten, oder?«

Bevor Gabriel begriff, daß es sich bei der anderen Reisegefährtin und der Amazone von heute morgen um dieselbe Person handelte, fiel ihm ein, wo er deren Namen schon einmal gehört hatte. Unter dem Siegel absoluter Verschwiegenheit hatte ihm sein Freund Pierre de Beaujeu kürzlich von einem neuen Mäzen berichtet, der ein Marquis de Valmy sei. Beaujeu war ein begabter, aber nur mäßig erfolgreicher Dichter und deshalb stets in Geldnöten und auf verschiedene Gönner angewiesen. Er schrieb weder politische Schriften oder religiöse Texte noch die neuerdings so beliebten Satiren, sondern ausschließlich Sonette über die Liebe. Das an sich war nicht ungewöhnlich, wohl aber die Tatsache, daß Pierre Protestant war – und in katholischen Kreisen niemals einen Wohltäter gefunden hätte. Bei diesem Marquis de Valmy mußte es sich demnach um einen Vertreter der Reformation handeln – und bei seiner Verwandten vermutlich auch. Stirnrunzelnd erwog Gabriel die Gründe, warum die Favoritin des Königs eine Hugenottin als Ehrendame aufgenommen haben könnte.

Da hörte er die Hausherrin in die Hände klatschen und zu Tisch bitten. Auf diese Weise in die Gegenwart zurückgeholt, wandte er sich mit leicht zerknirschtem Gesichtsausdruck an Marie: »Ich bedaure, unsere Unterhaltung abbrechen zu müssen, Mademoiselle de Roger, aber ich habe die Ehre, Madame de Poitiers an ihren Platz führen zu dürfen. Wenn Ihr mich bitte entschuldigen würdet.«

Zum zweiten Mal an diesem Abend spiegelte sich in Maries Gesicht grenzenlose Enttäuschung. Sie hatte über ihr zwangloses Gespräch ganz vergessen, daß der Comte de Montgommery an der Seite einer anderen Frau dinieren würde. Es schien ihr, als würde ihr dieser Mann ständig entgleiten. Immer dann, wenn sie glaubte, er erwärme sich für sie, verschwand er wieder. Seufzend blickte sie ihm nach, beobachtete, wie er neben Diane trat und ihr seinen Arm bot. Ein schönes Paar, fuhr es Marie durch den Kopf. Beide waren ungewöhnlich groß gewachsen, weshalb die Proportionen stimmten. Außerdem paßte seine elegante Erscheinung in den exquisiten Rahmen der Favoritin. Unwillkürlich fragte sich Marie, wie sie sich wohl neben diesem Ritter des Königs ausmachen würde?

Derweil betrieb Diane mit ihrem Tischherrn Konversation über die Speisenfolge: »Ich lasse selbstverständlich auch Koteletts und die Ohren vom Schwein, Lammzungen und Rindfleisch servieren, aber ich persönlich ziehe eine andere Kost vor, wie Ihr sehen werdet. Wundert Euch bitte nicht über die Milchprodukte. Natürlich weiß ich, daß diese Lebensmittel vorwiegend zur Nahrung des gemeinen Volkes dienen, aber ich schreibe Butter und Käse ebenso wohltuende Kräfte wie Gemüse zu. Meine Bauern in der Normandie liefern mir regelmäßig große Bestände davon, die ganz köstlich sind ...«, sie unterbrach sich lachend. »Nun ja, vielleicht kommt mir das nur so vor, weil die Normandie meine Heimat ist.«

»Auch ich bin dort zu Hause«, antwortete Gabriel und zückte seinen Dolch, um ein Stück Brot dick mit der sahnigen Butter zu bestreichen, die eben serviert worden war. »Auf meinem Land werden natürlich Kühe gehalten, aber mir ist nie in den Sinn gekommen, die Tiere als Gesundbrunnen zu sehen. Ich werde mich an Euren Rat halten, Madame, und entsprechende Lieferungen ansprechen, sobald ich wieder in Ducey bin.«

Diane nickte kurz einem Diener zu, der ihren Teller mit einem Gemüsebrei aus passiertem Kohl, Spinat, Lauch und Rüben füllte. Diese Mahlzeit hatte den Vorteil, daß sie Dianes Wohlbefinden steigerte und außerdem elegant mit einem Löffel zu essen war. Die Favoritin beherrschte zwar vortrefflich die vornehme Sitte, Essen mit den Spitzen zweier Finger aufzunehmen, doch zog sie die silberne Gerätschaft vor. Deshalb bestanden die Gedecke, die zu arrangieren sie ihr Personal anwies, nicht nur aus einem Teller, einer Fingerschale mit Rosenwasser, einem Trinkpokal und einem Messer, sondern auch aus zwei Löffeln in verschiedenen Größen.

»Der König wird Euch noch eine Weile in Paris benötigen«, nahm sie den Gesprächsfaden wieder auf. Dann senkte sie die Stimme, um ein ernstes Thema anzusprechen: »Solange der Friedensvertrag mit Spanien nicht unterzeichnet ist, besitzt die Wahrung der Sicherheit Seiner Majestät oberste Priorität. Man weiß schließlich nie, zu welchen Mitteln die Gegner des Abkommens greifen, um ihre Ziele zu erreichen.«

Die blutige Durchsetzung von politischen Plänen war nicht ungewöhnlich am französischen Hof. Deshalb zeigte sich Gabriel von Dianes Befürchtungen wenig schockiert. »Mit Verlaub, Madame«, erwiderte er leise, »Ihr braucht Euch keine Sorgen zu machen. Jedes Mitglied der Garde – meine Person eingeschlossen – wird das Leben Seiner Majestät mit dem eigenen verteidigen. Außerdem wird eine rasche Unterzeichnung des Vertrages alle Gegner mundtot machen. Wenn sich auch die Königin darüber hinaus öffentlich für das Abkommen entscheidet, sehe ich nirgendwo Gefahr.«

»Nein?« Diane hob ihre Augenbrauen. »Anscheinend seid Ihr recht blind, Comte de Montgommery. Seht Ihr nicht, daß sich ein Großteil der Bevölkerung Frankreichs gegen den König wendet, um einer deutschen Sekte zu folgen?«

Ihm lag eine passende Antwort auf der Zunge, doch er schluckte sie rasch herunter. Die Reformation war ein Thema, über das er mit der Favoritin ebensowenig diskutieren würde wie mit seinem Gebieter. Statt dessen versprach er: »Ich habe geschworen, dem König allzeit ein gehorsamer Diener zu sein. Das waren keine leeren Worte, Madame. Ich würde den König jederzeit mit meinem Blut beschützen. Gleichgültig, wer der Feind ist.«

»Oh, mein treuer Chevalier, ich zweifle nicht an Eurer Ehre. Verzeiht, wenn ich mich mißverständlich geäußert haben sollte. Es ist gut zu wissen, daß Ihr an der Seite Seiner Majestät seid. Von Chaumont aus werdet Ihr nach Paris zurückreiten, nicht wahr?«

»Nur, wenn Ihr mir den entsprechenden Befehl erteilt, Madame. Es ist der Wunsch des Königs, daß ich zu Eurer Verfügung stehe.« Gabriel legte den zarten Lammknochen, an dem er gerade genagt hatte, auf seinen Teller und verneigte sich leicht. »Ich bin ganz Euer Diener, Madame.«

Die Favoritin schenkte ihm ein strahlendes Lächeln. »Wie reizend. Ich denke aber, daß ich bald auf Eure Gesellschaft verzichten muß. Der König bedarf Eurer Gegenwart mehr. Wenn Ihr meine kleine Reisegruppe nach Chaumont begleitet und auf diese Weise für unsere Sicherheit sorgt, habt Ihr genug getan und könnt nach Paris zurückkehren.« Ihre Augen blitzten schelmisch, als sie hinzufügte: »Auch wenn ich Mademoiselle de Roger mit dieser Entscheidung um eine Romanze beraube.«

»Eine blühende Rose braucht Zeit, um zu ihrer vollen Entfaltung zu gelangen.«

»Ihr seid also beharrlich. Das wird Mademoiselle de Roger freuen. Und mich auch, denn somit werdet Ihr bald wieder mein Gast sein. Da Ihr als Ritter des Königs ein vortrefflicher Reiter sein müßt, würde ich gerne bei nächster Gelegenheit mit Euch ausreiten, um Euch die Ländereien zu zeigen, von denen unser Abendessen stammt. Ich hoffe, es mundet Euch.«

Er lächelte. Ihre Einladung brachte die Erinnerung an die Amazone zurück – und deren anscheinend wundersame Herkunft. Neugierig lenkte er das Thema auf die unbekannte Madame de Valmy: »Ich konnte mich heute morgen mit eigenen Augen davon überzeugen, daß Ihr bereits eine tollkühne Gefährtin gefunden habt. Wahrscheinlich werde ich mit den Damen im Sattel nicht mithalten können.«

»Ihr seid ein Charmeur, Comte de Montgommery, und ein Lügner«, erwiderte Diane lachend. »Stellt Eure Fertigkeiten zu Roß nicht in ein schlechtes Licht. Aber in der Tat, es ist sehr angenehm, mit einer guten Reiterin unterwegs zu sein. Habt Ihr Madame de Valmy bereits kennengelernt?«

»Nein, bedauerlicherweise noch nicht, aber das sollte sich morgen ändern. Mademoiselle de Roger berichtete mir, daß Ihr die Dame ebenfalls als Reisebegleitung ausgewählt habt.«

»Isabelle de Valmy ist eine sehr angenehme junge Frau. Ich schätze ihre Gesellschaft. Schade eigentlich, daß wir ihr bei Hofe nicht schon früher begegnet sind. Sie scheint ein vollkommen unbeschriebenes Blatt zu sein.«

Gabriel verschluckte sich fast an dem Löffel mit in Sauce getunktem Gemüse, den er gerade im Begriff war in den Mund zu schieben. Seine Lebenserfahrung hatte ihn gelehrt, daß am französischen Hof kein »vollkommen unbeschriebenes Blatt« existierte. Jedermann – und natürlich auch jede Frau – besaß eine Geschichte, die zu Intrigen, Eifersüchteleien und Eigennutz führte. Diane de Poitiers war eine Meisterin dieses Fachs, sonst hätte sie nicht so vortrefflich in der Hofgesellschaft Karriere gemacht. Deshalb wunderte es ihn um so mehr, daß sie diese naiv scheinende Formulierung für eine neue Ehrendame gewählt hatte, die obendrein aus einem feindlichen politischen Lager stammen könnte. So beiläufig wie möglich erkundigte er sich: »Wie seid Ihr auf diese ungewöhnliche Dame aufmerksam geworden?«

Diane trank von ihrem Wein, bevor sie antwortete: »Sie wurde mir von höchsten Kreisen empfohlen. Madame de Valmy ist die Witwe eines Diplomaten und lebte bis vor kurzem in Italien. Der Parlamentsrat Gilbert de Valmy ist ihr Oheim, und dieser wiederum verfügt über beeindruckende Kontakte bei Hofe; wahrscheinlich, weil er mit seinen Kriegsgeschäften ein Vermögen machen konnte. Jedenfalls ist sie eine ausgezeichnete Wahl.«

»Sicherlich werde ich Eurem Urteil zustimmen«, behauptete Gabriel, obwohl er sich dessen nicht wirklich sicher war. Ohne sonderlich über die möglichen Konsequenzen nachzudenken, beschloß er, ein Auge auf Madame de Valmy zu haben. Nicht nur, weil sie eine interessante Persönlichkeit zu sein schien. Er wollte unbedingt ergründen, warum ein unbekannter Finanzier einerseits einen protestantischen Dichter unterstützte und gleichzeitig seine Nichte bei der mächtigsten Katholikin des Landes unterbrachte. Außerdem fragte er sich, warum noch kein anderes Mitglied in Dianes Haushalt hinter einen Widerspruch in der Legende der neuen Ehrendame gekommen war. Sobald er in Paris wäre, würde er Nachforschungen über die Familie Valmy anstellen.

10

Die Fahrt von Chenonceau nach Chaumont dauerte gute zwei Stunden, ein Reiter im Galopp hätte die Entfernung sogar in noch geringerer Zeit überwunden. Diane zog es jedoch vor, nicht im Sattel am Hof der Königin einzutreffen, sondern in ihrer luxuriösen Kutsche. Der prunkvolle Reisewagen war eine Neuanschaffung, da diese Verkehrsmittel die lange üblichen Sänften abzulösen begannen, zumal sie in ihrer Ausstattung bequemer und darüber hinaus in der Fortbewegung schneller waren, und natürlich stand die Eleganz einer vornehmen Kalesche in keinem Verhältnis zu den nicht ungefährlichen Fuhrwerken der Post, deren sich einfache Reisende bedienten.

Wegen der bevorstehenden Abreise herrschte vor den Toren des Schlosses hektische Betriebsamkeit. Gepäckstücke wurden aufgeladen, Lakaien polierten zum wiederholten Mal die Goldverzierungen am Wagen, der Kutscher kontrollierte das Geschirr des Gespanns, die Mitglieder der Eskorte versammelten sich und erwiesen der gerade auftretenden Hausherrin und ihrem Gefolge die Ehre. Überrascht registrierte Gabriel, daß eine der Damen nicht in der Kalesche reiste. Mit seinem eigenen Roß beschäftigt, beobachtete er, wie der Stallknecht einen Vollblüter für eine weibliche Reiterin sattelte.

Es dauerte nicht lange, und er wurde der Amazone ansichtig, die mit langen Schritten verspätet über den Vorplatz des Schlosses gelaufen kam. Zuerst erkannte er ihr Haar, wenn dieses jetzt auch züchtig zu einem Knoten geschlungen und unter einem schmucken Barett verborgen war, so daß die in allen Brauntönen leuchtenden Strähnen nicht vom Wind durcheinandergewirbelt werden konnten wie bei dem morgendlichen Ausritt. Madame de Valmy wirkte ein wenig dünn, was ein natürliches Zugeständnis an die herrschende

Mode sein mochte, die eine Dame dazu zwang, ihre Rundungen soweit wie möglich zu verbergen. Legionen von Schneiderinnen hatten zu diesem Zweck dic phantasievollsten Mieder entwickelt, und Gabriel war nicht nur einmal angenehm überrascht gewesen, als er eine Frau zärtlich aus dem mit Eisenstäben versehenen Schnürleib befreit hatte.

Hilfesuchend blickte er sich nach einer Person um, die ihn mit der neuen Ehrendame bekannt machen würde, doch Diane war bereits mit Nicholas Fouquet in den Reisewagen gestiegen, und Marie war damit beschäftigt, eine Zofe anzuherrschen, die irgend etwas beim Gepäck verwechselt hatte. Gabriel blieb nichts anderes übrig, als sich selbst der Amazone vorzustellen. Mit einer tiefen Verbeugung trat er ihr in den Weg.

»Madame de Valmy, wenn ich nicht irre.«

Isabelle erbleichte. Der sanfte Klang seiner Stimme traf sie bis ins Mark. Wenn sie noch einen Zweifel über die Identität des Mannes, in dessen Armen sie gelegen hatte, gehabt haben mochte, so war dieser ausgeräumt. Ihr Pulsschlag beschleunigte sich, und sie taxierte den Ritter des Königs mit wegen der Sonne zusammengekniffenen Augen. Er war tatsächlich so attraktiv, wie sie im Dunkeln angenommen hatte.

»Ich glaube nicht, daß wir uns kennen«, sagte sie barsch. Hoffentlich ist auch er von dieser Behauptung überzeugt, fuhr es ihr einen Atemzug später durch den Kopf. »Mit wem habe ich die Ehre?«

Er verneigte sich in höfischer Manier. »Tatsächlich sind wir einander noch nicht vorgestellt worden, was ich zutiefst bedauere. Mein Name ist Gabriel de Montgommery.« Es folgte eine zweite Verbeugung. »Ich gehöre der Leibgarde Seiner Majestät an und werde Madame und ihr Gefolge nach Chaumont begleiten. Also stehe ich auch zu Euren Diensten.«

Erleichterung durchflutete Isabelle, weil er sie nicht erkannte; gleichzeitig flammte ebendeshalb Zorn in ihr auf, da ihr Eindruck auf ihn anscheinend nicht nachhaltig genug gewesen war. Sie rettete sich in Hochmut, als sie energisch erklärte: »Deren werde ich ganz sicher nicht bedürfen, Chevalier. Trotzdem vielen Dank.« Sie wollte die Begegnung schnellstmöglich beenden und zu ihrem Pferd gehen, doch er versperrte ihr mit seiner beeindruckenden Gestalt immer noch den Weg.

»Könnte es sein, daß wir uns schon einmal begegnet sind, Madame de Valmy?« fragte Gabriel freundlich, und Isabelle fürchtete einen Moment lang, ihr Herz würde stehenbleiben. »Möglicherweise besitzen wir gemeinsame Freunde in Paris und ...«

»Nein, das glaube ich nicht. Ganz sicher nicht. Ich ... ich lebe zu kurz in Frankreich, um bereits Freundschaften geschlossen zu haben. Wir haben einander nie zuvor gesehen, das weiß ich bestimmt.« Unwillkürlich schmunzelte sie, denn dieser Teil ihrer Behauptung stimmte: In der Bibliothek hatten sie sich tatsächlich nicht *sehen* können. Sie hatten sich nur gespürt ... Bei diesem Gedanken wurden ihre Knie weich. Isabelle strauchelte.

Reflexartig streckte Gabriel die Hand nach ihr aus. »Geht es Euch noch immer nicht gut? Vielleicht solltet Ihr lieber in der Kutsche reisen anstatt im Sattel ...«

Isabelle schnappte nach Luft. Die flüchtige Berührung seiner Finger auf ihrem Arm war mehr, als sie unter den gegebenen Umständen ertragen konnte. »Kümmert Euch nicht um meine Angelegenheiten«, fuhr sie ihn an. »Ich komme sehr gut ohne Eure Hilfe zurecht. Ich brauche niemanden, der ...«

»Comte de Montgommery«, erklang aus dem Hintergrund Maries liebenswürdigster Tonfall, »würdet Ihr wohl so freundlich sein, mir in den Wagen zu helfen.«

Der Graf zögerte. Sein Blick wechselte von Isabelle zu dem wartenden Stallknecht, der ihr Pferd am Halfter hielt. »Wenn Ihr es wünscht, würde ich ...«, hob er an, doch sie unterbrach ihn spöttisch: »Ich kann sehr gut alleine aufsitzen. Ihr solltet Euch lieber um Mademoiselle de Roger kümmern, bevor sie ungeduldig wird.«

Der leichte Anflug von Eifersucht, der Isabelles Ironie begleitete, war ihm nicht entgangen. Mit einem amüsierten Aufblitzen seiner Augen nickte er ihr zu. »Eine glückliche Reise«, wünschte er, bevor er sich zu der Frau seines Herzens umwandte. Diese wartete darauf, grazil einen Fuß auf dem Tritt postierend, seine Hand nehmen zu dürfen und, so gestützt, in die Kutsche klettern zu können.

Mit sicherem Instinkt hatte Marie den Ritter des Königs und Isabelle beobachtet und das dringende Bedürfnis verspürt, unverzüglich in das Gespräch einzugreifen. Zufrieden registrierte sie, wie prompt er ihrer Aufforderung folgte. Seinen Gehorsam belohnte sie mit einem strahlenden Lächeln. Die verschlossene Tür hatte sie ihm längst verziehen. »Ihr seid zu gütig, Comte de Montgommery«, zwitscherte sie. »Wie schade, daß Ihr nicht im Wagen Platz nehmen, sondern uns hoch zu Roß begleiten werdet. Ich würde so gerne unser Gespräch von gestern abend fortsetzen.«

Tatsächlich hatte sich nach dem Diner keine Gelegenheit zu einem Rendezvous ergeben. Nachdem Diane die Tafel aufgelöst hatte, war Marie der Favoritin in deren Schlafgemach gefolgt, um Diane bei der Abendtoilette behilflich zu sein. Gabriel hatte noch ein wenig mit Nicholas geplaudert und sich schließlich mit dem Bedürfnis nach Lektüre in die Bibliothek entschuldigt. Dort hatte er eine Weile gewartet und gehofft, doch in dieser Nacht war Marie nicht zu ihm gekommen.

»Auch ich würde gerne ein wenig mehr Zeit mit Euch verbringen. Deshalb sollten wir die wenigen Minuten, die uns vergönnt sind, nicht mit Geplänkel vertun«, sagte er leise. Seine Hand umschloß ebenso sanft wie drängend ihre kleinen Finger. »Wahrscheinlich werde ich noch heute von Chaumont nach Paris zurückreiten müssen. Ich bitte Euch, zum Abschied zu den Stallungen zu kommen. Die liegen etwas abseits vom Schloß, und wir dürften für einen Moment ungestört sein. Kommt, sobald Ihr es einrichten könnt. Ich werde vor meiner Abreise auf Euch warten.«

»Ihr seid zu gütig, Comte de Montgommery«, erwiderte Marie lächelnd. Als wäre dies ein stummes Versprechen, senkte sie die Lider und nickte ihm zu. Dann stieg sie in die Kutsche.

Die blasse Frühlingssonne stand in ihrem Zenit, und eine Reihe von Lastenträgern und Fuhrwerken aller Art waren auf der Straße unterwegs und wichen der eleganten Kutsche mit dem nicht nur in dieser Gegend berühmten Wappen ehrfurchtsvoll aus. Nur ein Hirte, der seine Rinderherde von den Stallungen zur Weide trieb, handelte nicht rasch genug, als die vornehme Reisegruppe in hohem Tempo näher kam. Er schaffte es zwar mit Geschrei und Stockhieben, die am Anfang trottenden Kühe aus der Gefahrenzone zu drängen. Doch eines der Jungtiere folgte seiner Mutter nicht und baute sich trotzig mitten auf dem Weg auf.

So rührend wie ein kleines Kind, das die Welt zu erkunden beginnt, schaute das Kalb auf die Reisegruppe. Unwillkürlich setzte das Muttertier nicht zur Wiese über und hielt damit den Rest der Herde auf. Weder die Schreie des Hirten und des Kutschers noch das ängstliche Muhen der Kuh beeindruckten das Jungtier. Die Färse setzte sich nicht in Bewegung, und plötzlich drängten sich ein halbes Dutzend orientierungsloser Kühe auf der falschen Straßenseite. Es war unmöglich, das Gespann vor diesem unvorhergesehenen Stau zu zügeln.

Unter Aufbietung seiner Geschicklichkeit und aller vorstellbaren Flüche gelang es Dianes Stallmeister, seine wertvolle Fracht unbeschadet an den trottenden Rindern vorbeizulenken. Zwischen den Reisewagen und die Herde paßte kaum ein Taschentuch, als die Kutsche vorbeirollte. Die hohe Geschwindigkeit verhinderte, daß eines der Räder im Morast steckenblieb und doch noch ein Unfall geschah. Der Schreckmoment dauerte nur Sekunden, dann war die Gefahr vorüber, und die Kalesche raste weiter. Das donnernde Hufgetrappel der Pferde und die Mischung aus menschlichem Geschrei und dem bedrohlichen Knarren von Holz und Eisen versetzte die Kühe jedoch in Panik. Die Tiere brachen nach allen Seiten aus und drängten sich Dianes Eskorte entgegen.

Vor lauter Aufregung registrierte Isabelle das Jungtier zu spät, welches plötzlich vor den Beinen ihres Vollblüters auftauchte. Ihre Augen waren auf Dianes Kutsche gerichtet gewesen, so daß sie auch den Vogel nicht bemerkte, der in diesem Moment kreischend aus dem Unterholz stob.

Was sich innerhalb von wenigen Augenblicken ereignete, spielte sich in ihrer Erinnerung später wie im beschaulichen Tempo eines Spaziergangs ab: Ihr ohnehin bereits nervös tänzelndes Pferd erschrak und ging durch. Von wilder Angst getrieben und nicht mehr von seiner Reiterin gelenkt, schlugen die Hufe des Hengstes nach dem Kalb, bevor er in gestrecktem Galopp davonstürmte. In halsbrecherischer Geschwindigkeit jagte er über die angrenzende Wiese, vorbei an den gelassen wiederkäuenden Kühen, die die Sicherheit ihrer Weide noch erreicht hatten. Am Horizont neigten sich die Stämme eines kleinen Laubwaldes im Wind, davor schlängelte sich ein gurgelnder Bach durchs Gras.

Auf freiem Feld war Isabelle sicher, solange sie sich im Sattel halten konnte. Die Ausritte mit Diane hatten sie trainiert, so daß es ihr trotz des hohen Tempos gelang, sich auf dem Rücken des Pferdes zu halten. Mit weit aufgerissenen Augen starrte sie jedoch auf den näher kommenden Buchenhain. Zwischen den Bäumen war sie chancenlos; sie würde vom erstbesten herabhängenden Ast erschlagen werden. Angesichts der drohenden Gefahr schickte sie ein Stoßgebet gen Himmel, Gott möge ihr helfen, wieder Kontakt zu dem Hengst herzustellen. Doch plötzlich bremste das Pferd ab. Statt über den Bach zu setzen, kam der Vollblüter zum Stehen. Als sei er im langsamen Schritt über die Wiese getrottet, senkte er seinen Kopf und drehte aufmerksam seine Ohren. Die Szene war ein Bild des Friedens und der Ruhe.

Isabelle verlor das Gleichgewicht und glitt aus dem Sattel zu Boden.

»Ihr seht aus, als wolltet Ihr gerettet werden.«

Der Klang seiner Stimme nahm ihr sogar den Schmerz in der Schulter, auf die sie gefallen war. Sie hob den Kopf und begegnete Gabriels ernstem und aufmerksam in ihrem Gesicht forschendem Blick. Unwillkürlich wurde ihr bewußt, wie mitgenommen sie aussehen mußte mit ihrem verrutschten Mieder und einem beim Sturz eingerissenen Rocksaum. Errötend hob sie eine Hand zu ihrem aufgelösten Haar. Sie hatte ihr Barett verloren und mit diesem einige Kämme und Spangen. Ihre Locken fielen weich auf ihre Schultern – sie wußte, daß ihr das sehr gut zu Gesicht stand. Es war zwar gänzlich unpassend, einem Fremden in derartiger Aufmachung gegenüberzutreten, aber der Gedanke, wenigstens nicht ausschließlich derangiert zu wirken, erfreute sie. Mit diesem Anflug von Eitelkeit kehrten ihre Lebensgeister zurück. Gleichzeitig wünschte sie, sich der Anziehungskraft dieses Edelmannes endlich entziehen zu können. Warum hatte ausgerechnet er ihre Verfolgung aufgenommen und nicht ein Mitglied von Dianes eigener Garde?

»Es geht mir gut!« schleuderte sie ihm entgegen.

Er war aus dem Sattel gesprungen und hatte sich neben Isabelle aufgebaut. Ein amüsiertes Lächeln zuckte an seinen Mundwinkeln, als er die Hand nach ihr ausstreckte. »Darf ich Euch aufhelfen?« fragte er ungerührt.

Eine kleine Berührung, und ich werde schwach, fuhr es ihr durch den Kopf. Energisch verkündete sie: »Mein Pferd hat sich erschrocken. Mehr ist nicht passiert. Ihr dürftet bemerkt haben, daß ich sehr gut allein damit zurechtgekommen bin.« So sprach sie und richtete sich auf, wobei sie das Hilfsangebot geflissentlich ignorierte.

»In der Tat, Eure Kunstfertigkeit im Sattel ist beeindrukkend. Ich habe keinen Augenblick daran gezweifelt. Dennoch bemächtigte sich der Reisegesellschaft ein wenig Sorge, und hätte Madame die Gelegenheit dazu gehabt – ich bin sicher, sie hätte mich persönlich losgeschickt, mich nach Eurem Wohlbefinden zu erkundigen.«

Mit dieser Vermutung lag er natürlich nicht falsch. Das mußte Isabelle zugeben. Seufzend schob sie sich die Haare zurück und berührte dabei zufällig ihre verletzte Schulter. Ein ziehender Schmerz durchbohrte sie. Unwillkürlich zuckte sie zusammen.

Prompt erkundigte sich Gabriel besorgt: »Habt Ihr Euch weh getan?«

Als sie mit vor Schmerzen zusammengebissenen Lippen stumm den Kopf schüttelte, fügte er hinzu: »Ihr könnt meine Hilfe ruhig annehmen, Madame de Valmy. Ich habe nicht die Absicht, Euch zu nahe zu treten.« Wieder streckte er die Hand aus. »Darf ich mir Eure Verletzung ansehen? Vielleicht ist es mit einem Verband aus frischem Moos getan, und dieses gibt es hier sicher ausreichend zu finden.«

»Faßt mich nicht an«, zischte Isabelle. Sie verschränkte die Arme in einer deutlichen Abwehrhaltung vor ihrer Brust. »Auch wenn wir uns mitten in der Landschaft befinden, solltet Ihr doch versuchen, die Form zu wahren.

Ich bin Witwe, eine unverheiratete Frau also, die es Euch ganz sicher nicht erlauben wird, ihre Schulter zu berühren.«

Etwas an ihrem Ton verwirrte ihn. Er wußte nicht, warum er plötzlich den Eindruck eines Déjà-vu in sich aufsteigen fühlte. Nachdenklich blickte er sie einen Moment zu lange schweigend an. Es raubte ihm den Atem, sie so aufgelöst vor sich zu sehen. Mit dieser Mischung aus Erregtheit und Schmerz, zornigem Stolz und Verzweiflung wirkte sie ausgesprochen einnehmend. Er kannte nur wenige Frauen, die von dieser fast männlichen Tapferkeit angetrieben wurden.

Er verneigte sich in höfischer Manier, wohl wissend, daß diese Vorstellung eine brillante Szene in einer Komödie abgegeben hätte. »Wie Ihr wünscht, Madame«, sagte er steif. »Darf ich wenigstens die Zügel halten, während Ihr aufsitzt?«

»Tut Euch keinen Zwang an.« Isabelle ließ es geschehen, daß er ihr in den Sattel half. In Anbetracht des Schmerzes, der ihre Schulter wieder durchzuckte, war sie sogar dankbar für seine Hilfe. Aus eigener Kraft hätte sie sich kaum auf den Rücken des Pferdes ziehen können, und die Schmach, zu Fuß zur Straße und zu Dianes Gefolge zurückzukehren, wäre entwürdigend gewesen. Erleichtert nahm sie die Zügel auf und drückte ihre Hacken sanft in die Flanken des Hengstes. Langsam und überaus gehorsam setzte er sich in Bewegung.

Nachdem sich Gabriel vergewissert hatte, daß Isabelle nicht sofort noch einmal abgeworfen werden würde, wandte er sich seinem eigenen Roß zu. In gebührendem Abstand folgte er der Ehrendame zur Straße. Einmal hatte er den Eindruck, sie würde einen kurzen Blick über die Schulter riskieren, um sich zu vergewissern, daß er in ihrem Rücken ritt. Doch sicher war er nicht. Sie schien ihm viel zu kapriziös, um berechenbar zu sein. Eine ungewöhnliche Frau – fürwahr. Aber anscheinend eine Person ohne Humor. Das war ein Wesenszug, der seine Sympathie nicht anregte. Trotzdem interessierte ihn die Frage ihrer Herkunft. Und dann war da noch dieses merkwürdige Gefühl, das sich seiner eben bemächtigt hatte und ihn nicht losließ, das aber nicht einzuordnen war.

Der Stallmeister hatte Isabelles Unfall beobachtet und sein Gespann in einiger Entfernung zum Stehen bringen können. Diane und Marie steckten ihre Köpfe aus den Kutschenfenstern, um wie bei einer Theateraufführung zuzuschauen, was sich auf der Wiese abspielte. Als sei er einem Minnegesang entsprungen, hatte der Ritter des Königs die Ehrendame der Favoritin aus einer mißlichen Lage errettet. Marie konnte nicht umhin, sich zu wünschen, sie wäre an Isabelles Stelle gewesen. Dann wäre sie jedenfalls mit einer weniger grimmigen Miene zu ihrer Reisegesellschaft zurückgekehrt.

Gabriel schloß sich der restlichen Eskorte an, die sich hinter der Kalesche versammelt hatte. Zufällig warf er einen Blick zurück auf den verzweifelten Hirten und seine versprengte Herde. Das Kalb, welches die Aufregung verursacht hatte, lag blutüberströmt und verendend am Boden. Für den armen Mann wahrscheinlich ein enormer Verlust …

»Er ist ein Protestant«, sagte ein Mitglied von Dianes Leibwache zu dem Hauptmann der Schottischen Garde, als erkläre dies die schlimme Situation. »Dem Ketzer geschieht es ganz recht, wenn er Haus und Hof verliert.«

»Hmmm«, machte Gabriel, gab seinem Pferd die Sporen und setzte sich an die Spitze des sich langsam wieder fortbewegenden Trosses. So konnte wenigstens niemand seinen Gesichtsausdruck erkennen.

11

»Majestät, Madame de Poitiers wünscht Euch in einer dringenden Angelegenheit zu sprechen.« Der Page, der bei dieser Ankündigung in der Tür stehengeblieben war, verneigte sich tief und trat zur Seite, um der Besucherin nach einem knappen Nicken seiner Herrin Einlaß zu gewähren.

Angesichts der Königin versanken die Favoritin und ihre beiden Ehrendamen zu einem angemessenen Hofknicks in ihren Reifröcken. Was immer über Diane in all den Jahren geklatscht worden sein mochte, sie hatte sich niemals eines respektlosen Benehmens schuldig gemacht. Ein Umstand, der Catherine de Médicis kaum gnädiger stimmte, denn sie haßte Diane für deren perfekte Umgangsformen und ihre ruhige Gelassenheit ebenso wie für ihre makellose Schönheit. Sie selbst war nur von kleiner Gestalt, ihre ohnehin kräftige Statur war nach der Geburt von zehn Kindern und ihrem bevorzugten italienischen Essen matronenhaft geworden – bösartige Zungen nannten sie »fett«. Im nächsten Monat vierzig Jahre alt, strahlte sie eine gewisse Würde aus; Attraktivität hatte sie jedoch selbst in ihrer Jugend nie ausgezeichnet. Dafür war ihre Nase zu lang und ausgeprägt und ihr Gesicht zu fleischig. Inzwischen verunstaltete ein Doppelkinn ihr Äußeres, das durch das streng zurückgekämmte Haar noch betont wurde. In der Öffentlichkeit zeigte sich die gebürtige Florentinerin gerne in luxuriösen Roben, mit Perlen und Diamanten, als könnte deren Schönheit über ihre eigenen mangelnden Qualitäten hinwegstrahlen; in ihren privaten Gemächern zog sie eine etwas schlichtere Kleidung aus blutrotem Samt und Brokat vor.

Catherine de Médicis befand sich in ihrem Lieblingszimmer im Westflügel von Schloß Chaumont. Das einzige Fenster war mit grünem Glas ausgestattet, so daß es hier stets dunkler war als in den anderen Räumen, eine eigenartige Beleuchtung. Die Wände waren mit hebräischen Inschriften versehen, dazwischen hing ein gewaltiger Spiegel; auf dem Kaminsims standen eine Reihe von Flaschen, Gläsern und Dosen, in denen sich als Balsam benutzte Substanzen wie das »Moos vom Schädel eines Verurteilten« oder »Totenpech« befanden, auf einem Sockel thronte ein Totenkopf. In der Destillationsanlage blubberte und zischte es unheimlich; es roch intensiv nach Weihrauch, der in einer Duftlampe verbrannte. Die Utensilien auf dem Schreibtisch wiesen überdies auf geschäftiges Treiben hin: Papier, Tinte, Feder, Zirkel und Messer lagen dort bereit, damit sogleich notiert werden konnte, was die Wahrsager und Naturwissenschaftler durch einen Blick in die Prismen an die Wände werfende Kristallkugel zu erkennen glaubten; am Fenster stand ein modernes Fernrohr, das einen optischen Griff nach den Sternen ermöglichte. Offensichtlich hatten sich die Gebrüder Ruggieri, deren Väter seit Generationen die Medici berieten und die Catherine seit ihrer Geburt als Ärzte und Astrologen dienten, gerade erst in ihre eigenen Gemächer zurückgezogen, denn das Pendel auf dem Tisch schwang leicht hin und her wie zum Beweis, daß es eben noch bedient worden war.

Isabelle schauderte, als sie im Gefolge von Diane das Kabinett der Königin betrat. Natürlich wußte sie, daß sich viele hochgestellte Persönlichkeiten mit Alchimie und Astrologie befaßten und die Weissagungen ihrer Berater für mächtiger hielten als naturwissenschaftliche Beobachtungen oder Experimente. Da dieser Hexenzauber von der katholischen Kirche nicht bestritten wurde, zumal er dem von den Papisten kultivierten Aberglauben diente, war die Hinwendung der Gesellschaft zur Magie entsprechend groß. Isabelle selbst neigte dazu, in den »Korrespondenzen« zwischen den Elementen und dem Kosmos einen

Sinn zu erkennen, doch der von Catherine de Médicis betriebene Hokuspokus jagte ihr einen gehörigen Schrecken ein. Angesichts dieses Labors war es wohl kein Wunder, daß manche Mitglieder der Hofgesellschaft hinter vorgehaltener Hand munkelten, Ihre Majestät sei der Zauberei erlegen, sie sei eine Giftmischerin und Hexe.

»Der König schickt mich mit einer Botschaft«, begann Diane unumwunden, während sie sich zu ihrer vollen Größe aufrichtete. Ihre elegante Erscheinung wirkte ungemein imposant – und deplaziert. Sie überragte Catherine ohnehin mindestens um Haupteslänge, doch da die Königin auf dem Stuhl neben dem Schreibtisch sitzen geblieben war und keine Anstalten machte, ihrer Besucherin einen Platz anzubieten, wirkte Diane riesenhaft.

»Es ist angenehm, daß Ihr keine Zeit mit sinnlosem Geplauder verschwendet«, erwiderte Catherine in ihrem, für Italienerinnen typischen, etwas harten Französisch. »Sprecht freiheraus.«

»Seine Majestät macht sich Sorgen, weil Ihr den Friedensvertrag mit Spanien abzulehnen scheint«, erklärte die Mätresse. »Der König bittet Euch, Eure Meinung zu überdenken.«

»Henri schickt also Euch, um mich zu beeinflussen. Was für ein genialer Einfall!« Catherines Lippen waren ein schmaler Strich, und ihre Augen blitzten zornig. »Nun, Madame, dann sollt Ihr aus meinem Munde hören, was ich von diesem Friedensvertrag halte: Nichts! Ich glaube sogar, daß das Einlenken Frankreichs ein schwerer politischer Fehler ist.«

»Die Ratgeber des Königs sind ...«

»François de Guise schließt sich meiner Meinung an«, fuhr Catherine energisch dazwischen. »Mein Gemahl sollte deshalb unserem Urteil vertrauen und nicht auf andere Ratgeber hören. Ich bin sicher, er würde anders entscheiden, wenn sich Admiral Coligny nicht in Gefangenschaft befände und seine Meinung äußern könnte. Einer der größten Feldherren Frankreichs wird inhaftiert, und der König will Frieden mit seinem Kerkermeister schließen. Das ist fatal.«

Obwohl Diane sich über Catherines Eigensinn zu ärgern begann, blieb ihre Stimme freundlich, als sie geduldig erklärte: »Ich bin sicher, der Heimkehr Admiral Colignys wird nichts im Wege stehen, sobald der Vertrag unterschrieben ist ... Der Heilige Vater betrachtet einen Friedensschluß mit Spanien als christliche Pflicht. Papst Paul will im Gegenzug seinen Einfluß geltend machen, um Mary Stuart auf den Thron von England zu bringen. Wenn endlich geklärt ist, daß die Geburt von Königin Elizabeth unehelich war, muß sie auf die Krone verzichten. Damit sollte den Interessen des Herzogs von Guise und seiner Familie entsprochen sein, denn immerhin ist die Königin von Schottland ihre Nichte ...«

»François de Guise geht es nicht um England, Madame, sondern um Frankreich«, unterbrach Catherine mit grimmiger Miene.

»Die Zeiten erfordern ein Zusammenstehen der christlichen Monarchien gegen die Häresie«, fuhr Diane unbeeindruckt fort, um in ihrem nächsten Satz bewußt einen Vergleich ihres Geliebten zu wählen, womit sie in verschlüsselter Weise ihre Nähe zu Henri dokumentierte: »Die Könige von Frankreich und Spanien müssen gemeinsam zu einem Kreuzzug gegen die Reformation aufbrechen.«

»Aus Feinden sollen Freunde werden und aus Verbündeten neue Gegner. Das ist in der Tat ein interessanter Wechsel der Lager. Im Krieg gegen Spanien mußten wir uns auf die evangelischen Soldaten verlassen; wir vertrauten überdies den deutschen Fürsten, daß sie Frankreichs

Grenzen im Osten nicht angreifen würden, solange die Inquisition nicht mit allzu großer Härte gegen die Hugenotten vorginge. Nun haben wir also einen fragwürdigen Frieden, und die Karten werden neu gemischt. Alle Versprechen und Pläne werden in den Wind geschrieben. Das kann nicht Euer Ernst sein, Madame.«

Isabelle unterdrückte ihr Bedürfnis, tief durchzuatmen. Die Worte der Königin trafen sie bis ins Mark. Bedeutete Catherines Äußerung etwas anderes, als daß sie auf seiten der Reformation stand? Es kursierten zwar hin und wieder Gerüchte über Catherine de Medicis' angebliche Sympathie für die Bewegung, doch wollte diesen niemand wirklich Glauben schenken. Sie galt als zu wankelmütig und von den Weissagungen ihren Astrologen abhängig, um eine zuverlässige Verbündete zu sein. Dennoch beschloß Isabelle, ihren Oheim über Catherines Haltung zu informieren.

»In Deutschland, der Schweiz, Schottland, England und Böhmen ist die *Pest* bereits übermächtig«, sagte Diane. »Niemand kann wünschen, daß sich diese Verhältnisse in Frankreich wiederholen. Der Heilige Vater wird ein Verbot von mißliebigen Schriften einführen, damit niemand mehr Calvins Schund lesen kann. Mit derselben Konsequenz, mit der er gegen Juden vorgeht, bekämpft er die Reformation. Das ist meines Erachtens ein wichtiger Schritt, und es ist nur recht und billig, wenn sich seine Majestät im Gegenzug seinen Wünschen beugt. In einem Schreiben an mich äußerte der Papst ganz klar, worin er die Christenpflicht des Königs von Frankreich sieht.«

Eine quälende Minute lang betrachtete Catherine ihre Widersacherin mit einem scharfen Blick. Schweigend musterte sie die Geliebte und Beraterin ihres Mannes, als wolle sie sich dieses liebliche Gesicht und den wunderbar jugendlichen Körper als Erinnerung erhalten. Daß sich der Pontifex gegen einen neuen Feldzug aussprach, traf

Catherine ebenso tief wie die Tatsache, daß sich Paul IV. an Diane gewandt hatte statt an sie. Es war ihr absolut unverständlich, daß der Oberhirte der katholischen Kirche, der stets ein Gegner der spanisch-habsburgischen Macht gewesen war und mit seiner Parteinahme für Frankreich sogar eine Besetzung des Vatikans durch Philipps Truppen riskiert hatte, nun für einen Friedensvertrag stimmte. Aber die Entscheidung von Gottes Stellvertreter auf Erden würde sie niemals anzweifeln.

Diane hielt Catherines Blick stand und rührte sich mit der ihr eigenen Disziplin nicht von der Stelle, während Isabelle Mühe hatte, ebenso regungslos auszuharren wie ihre Herrin. Ein Ziehen in der Schulter erinnerte sie an ihren Sturz vom Pferd. Um sich nicht in Gedanken an den Hauptmann der Schottischen Garde zu verlieren, ließ sie ihre Augen ein wenig umherwandern. Ihre Blicke streiften kurz Marie, die mit leichenblasser Miene ins Leere starrte. Dianes zweite Ehrendame wirkte, als würde sie jeden Moment in Ohnmacht fallen.

Plötzlich unterbrach Catherine die allgemeine Erstarrung, indem sie nach einem aufgeschlagenen Buch griff, welches neben den anderen Requisiten auf ihrem Schreibtisch lag. Als habe sie ihre Besucherinnen vergessen, senkte die Königin ihren Kopf über den Folianten.

Diane, die diese Geste für eine Art Kapitulation hielt, fragte freundlich: »Was lest Ihr, Madame?«

»Es ist die Geschichte Frankreichs«, antwortete Catherine de Médicis. »Ich finde darin, daß es in allen Epochen eine Zeit gab, in der die Staatsgeschäfte dieses Landes von Huren geleitet wurden.«

Isabelle japste nach Luft. Da sie in Dianes Rücken stand, konnte sie die Mimik ihrer Herrin nicht sehen.

Diane stand mit gestrafften Schultern vor ihr, als könne dieser Hieb ihr nichts anhaben.

Unwillkürlich flogen Isabelles Augen zu Catherine. Es schien, als habe die Königin eine lang gehütete Maske fallen lassen. In ihren Blicken lag so viel unverhohlener Haß, daß Isabelle fröstelte.

Schweigen lastete auf den Frauen. Zum ersten Mal in ihrer Karriere war Diane sprachlos. Sechsundzwanzig Jahre lang hatte sich Catherine zurückhaltend und still gegeben, während die Glut ihrer wahren Gefühle wahrscheinlich stets aufs neue angefacht und immer wieder erstickt worden war. Angesichts des Verlustes ihres Traumes von einer Herrschaft über Mailand, Neapel und Florenz loderten die Flammen nun erstmals richtig auf. Wie ein Feuer, das sich unkontrolliert ausbreitete, schien der Haß von Catherine Besitz zu nehmen. Sie hatte Diane einen Fehdehandschuh hingeworfen – und Diane wußte, daß sie sich zum Kampf würde rüsten müssen.

Formvollendet neigte die Favoritin ihr Haupt und verkündete mit hoheitsvoller Ruhe: »Wenn Ihr mich bitte entschuldigen wollt. Ich möchte mich ein wenig ausruhen und werde so bald als möglich die Rückreise nach Chenonceau antreten.« Ohne der Königin die Gelegenheit zu einer Erwiderung zu geben, machte sie auf dem Absatz kehrt. Ihr Rückzug war so abrupt, daß sie beinahe ihre beiden Begleiterinnen umstieß.

»Ich werde Euch nicht aufhalten«, rief Catherine ihrer Nebenbuhlerin nach. Sie wollte das letzte Wort wie zum Beweis dafür haben, daß sie einen längeren Atem besaß und sowohl die Macht der Krone als auch die Gesetzmäßigkeit der Natur zu ihren Gunsten sprachen. Was immer auch geschehen würde, es war anzunehmen, daß Catherine, die zehn Geburten und allerlei Widrigkeiten gesund überstanden hatte, Diane überleben würde. Catherines Zeit würde fraglos kommen – aber sie hatte nicht mehr die Absicht, allzu lange darauf zu warten.

12

Der Wind zerrte an Isabelles Umhang, als sie über die Zugbrücke lief. Schloß Chaumont war ursprünglich eine mittelalterliche Burg gewesen und thronte inmitten eines Zedernwaldes hoch über der Loire. Obwohl die einst fensterlose Fassade durch Galerien und Rundtürme inzwischen ein etwas freundlicheres Aussehen erhalten hatte, blieb der unheimliche Eindruck eines düsteren, mystischen Ortes bestehen. Dieser wurde zweifellos durch den aufkommenden Sturm und die früh einsetzende Dämmerung verstärkt. Ein kalter Schauer lief über Isabelles Rücken. Wenn es nach ihr gegangen wäre, hätte sie keine Stunde mehr in diesem Geisterhaus zugebracht. Andererseits kam der Zeitgewinn durch Dianes Ruhepause ihrem Vorhaben entgegen: Sie suchte einen vertrauenswürdigen Boten, der ihr hastig hingeworfenes Schreiben an den Marquis de Valmy überbringen würde.

Isabelle ging zu den jenseits des Innenhofes gelegenen Stallungen. Sie hatte jedoch nicht damit gerechnet, daß der Weg dorthin zu einer Reise in die geheimsten Ängste ihrer Kindheit werden würde. Hinter den unheimlichen Mauern von Chaumont fühlte sie sich unangenehm an ihre Furcht vor Geistern erinnert, die – wenn sie heute zurückblickte – vielleicht auch etwas mit dem ungemütlichen Haus in der Normandie zu tun gehabt haben mochte. Was für ein Unterschied zum Liebreiz von Chenonceau! Isabelle konnte sich zum ersten Mal sehr gut vorstellen, welche Verzweiflung ihre Mutter gepackt haben mußte, als sie gezwungen worden war, ihr ursprüngliches Heim mit einem Neugeborenen in den Armen zu verlassen und gegen das kalte Gut im Norden zu tauschen.

Irgendwo schrie ein Käuzchen. Erschrocken zuckte Isabelle zusammen und beschleunigte ihren Schritt. Das unheimliche Gurren von Tauben empfing sie, je näher sie ihrem Ziel kam. Sie rannte die letzten Meter und entdeckte, daß sich ein Taubenhaus an die Stallungen anschloß. Inzwischen war sie völlig außer Atem, und in ihrer verletzten Schulter pochte es. Endlich stieß sie das Tor auf und wurde unmittelbar eingehüllt von dem süßen Geruch frischen Heus, von den warmen Ausdünstungen und dem anheimelnden Schnauben und Stampfen der Pferde. Erleichterung erfaßte sie, denn diese Düfte und Geräusche waren nicht nur vertraut, sie schenkten ihr Sicherheit in der gespenstischen Atmosphäre von Chaumont.

Fackeln tauchten die Stallgasse in helles Licht: Es herrschte geschäftiges Treiben. Ein Knecht mistete einen Ständer am anderen Ende der Stallgasse aus, während ein anderer einen beeindruckend schönen Rappen striegelte, ein dritter machte sich in der Sattelkammer zu schaffen, denn Isabelle hörte Schritte und das metallische Klirren von Zaumzeug oder Steigbügeln, die herbeigeholt wurden. Diese Handgriffe wirkten auf die Beobachterin wie eine wohltuende Medizin. Isabelles Herzschlag beruhigte sich umgehend, und ihre Augen gewöhnten sich rasch an das Licht. Nach einer Weile, in der niemand nach dem Anliegen der Besucherin gefragt hatte, blickte sie sich nach einem Mann um, der bereit sein mochte, einen Verrat zu begehen.

Schließlich trat sie auf den Burschen zu, der gerade mit den Flanken des atemberaubenden Rosses beschäftigt war. Es war kein Wunder, daß sich im Stall der Königin ein solches Tier befand. Henri galt als bester Reiter in Frankreich, seine Pferde waren nicht nur eine Liebhaberei, sondern echte Leidenschaft, die er zwar mit Diane und nicht mit Catherine teilte, doch war anzunehmen, daß der eine oder andere Zuchthengst des Königs auch in Chaumont für Nachwuchs gesorgt hatte.

»Ich suche einen Mann, der mutig genug ist, noch heute abend einen Brief nach Paris zu bringen«, begann Isabelle und versuchte ihrem Anliegen durch einen energischen Tonfall mehr Gewicht zu verleihen. »Er wird gut entlohnt, wenn er das Schreiben zuverlässig abgibt.«

Der Knecht maß Isabelle mit einem skeptischen Blick. »Ich kenne Euch nicht, Gnädigste. Handelt Ihr auf Befehl der Königin?«

Bevor sie antworten konnte, erklang in ihrem Rücken eine inzwischen wohlbekannte Stimme: »Ihr sucht nach mir, Madame de Valmy?«

Sie fuhr herum. Vor ihr stand Gabriel de Montgommery, in den Händen hielt er eine mit Silberfäden bestickte schwarze Satteldecke und glänzend poliertes silbernes Zaumzeug. Offenbar wurde der Rappe für ihn so herausgeputzt. Isabelle ärgerte sich über den kleinen Stich, den ihr seine bevorstehende Abreise versetzte. Gleichzeitig fühlte sie sich von ihm ertappt, und ihre Wangen liefen vor Scham und Erregung puterrot an. Sie hoffte, das gelbe Licht der Fackeln würde ihrem Teint ein wenig schmeicheln, so daß ihm nicht auffiel, wie stark er ihre Gefühle in Wallung brachte.

»Stellt Ihr mir etwa nach?« fauchte sie.

Er lachte leise. »Nein. Es tut mir leid, nein, ich bedauere. Allerdings hatte ich den Eindruck, Euch verlangte nach meiner Wenigkeit.«

»Was erlaubt Ihr Euch?!«

Ihr Angriff berührte ihn nicht. Für einen Moment ignorierte er Isabelles Anwesenheit. Gelassen reichte er dem Stallknecht, der den Wortwechsel mit großen Augen verfolgte und dabei an einem Strohhalm kaute, Satteldecke und Zaumzeug. Dann kehrte Gabriel dem Mann demonstrativ den Rücken zu und wandte sich wieder an die vor Wut schäumende Isabelle: »Wenn ich recht gehört habe, fragtet Ihr nach einem mutigen Mann, der noch heute einen Botengang für Euch erledigen kann. Voilà! Er steht vor Euch.«

Isabelle stockte der Atem. »Ihr reitet nach Paris?«

»Sehr wohl, Madame.«

»Oh ...!« Natürlich hätte sie daran denken können, daß der Ritter des Königs sich nicht ewig in Dianes Gefolge aufhalten würde und nun mit einer ähnlichen Nachricht aus der Hand der Favoritin zu Henri reiten würde, wie sie eine für ihren Gönner geschrieben hatte. Der Chevalier war sicherlich der zuverlässigste Kurier, aber auch der gefährlichste: Wenn er einen Blick auf ihre Zeilen werfen würde, wäre ihr die Inquisition sicher. Von einem gewöhnlichen Stallburschen konnte sie wenigstens erwarten, daß dieser des Lesens nicht mächtig war. Andererseits fiel ihr keine Erklärung ein, mit der sie Gabriel abwimmeln konnte.

Als erahne er den Kampf in ihrem Innersten, nahm er fürsorglich ihren Arm und zog sie ein Stück fort von seinem Pferd und den Ohren des Reitknechts. »Madame übergab mir eine Botschaft für den König«, raunte er. »Ich werde Euren Brief ebenso zuverlässig bei seinem Empfänger abgeben. Darauf könnt Ihr Euch verlassen.« Isabelle starrte auf die Finger an ihrem Arm. Gabriel de Montgommery besaß schöne, feingliedrige Hände. Der Gedanke an die Depesche war plötzlich wie weggewischt, und sie wünschte, von diesen Händen liebkost zu werden. Welche Magie übte dieser Mann nur auf sie aus, daß sich ihr Herzschlag beschleunigte und ihre Knie nachzugeben drohten, wenn er sie nur berührte? Eben noch hatte sie gefroren; in seiner Nähe wurde ihr heiß.

»Ihr ... Ihr seid sicher der Richtige ... für mich«, wisperte sie, und in ihrem Herzen meinte sie ihre Worte ebenso zweideutig, wie sie ihr herausgerutscht waren.

Dabei klang ihre Stimme unsicher und heiser. »Die … die Nachricht ist für meinen Oheim, den … den Marquis Gilbert de Valmy.«

Überraschung überzog Gabriels Miene – und ein Hauch von Erkenntnis. Die Fackeln warfen Schatten auf sein Gesicht, Isabelle erkannte, daß er nachdachte. Sie konnte sich zwar nicht vorstellen, wie sie sich verraten haben mochte, aber es war offensichtlich, daß der Hauptmann der Schottischen Garde sich an etwas erinnerte.

Ihre brüchige Stimme ließ ihn an die Frau in der Bibliothek denken, die mit demselben Tonfall gesprochen hatte, aber das wußte Isabelle nicht.

Ihre Augen trafen sich. Bevor sein forschender Blick sie jedoch schwindelig machen konnte, senkte Isabelle die Lider. Mit zitternden Fingern nestelte sie nach dem versiegelten Brief in ihrem Beutel. »Die Adresse habe ich aufgeschrieben«, flüsterte sie. »Mein Oheim wohnt in der Rue Saint-Antoine, nicht weit vom Hôtel des Tournelles entfernt, so daß Ihr keinen allzu großen Umweg auf Euch nehmen müßt.«

»Ich werde dafür sorgen, daß Monsieur de Valmy Euren Brief so schnell wie möglich erhält«, erwiderte er verstörend sachlich. Dann jedoch griff er nicht nur nach dem Schreiben, seine Finger umschlossen ihre Hand. Einen Herzschlag später hob er ihre Rechte an seine Lippen.

»Comte de Montgommery!« hallte eine klare Stimme durch die Gewölbe der Stallungen, und der Graf reagierte sofort. Er ließ Isabelle los und drehte sich um.

Marie blickte mit entzückend gekräuselter Nase von Gabriel zu Isabelle. Die Innigkeit, mit der er Isabelles Hand gehalten hatte, irritierte sie. Wandte sich ihre Eroberung etwa einer anderen Dame zu? Es war nicht zu übersehen gewesen, daß er sich in einer Abschiedsszene mit einer anderen befunden hatte, und nagende Eifersucht bohrte sich in Maries Seele. Die Tatsache, daß Isabelle beschämt den Kopf senkte, machte Maries Herz nicht leichter.

Selbst das charmante Lächeln, das er ihr auf den ersten Blick hin schenkte, vertrieb nicht die düsteren Gedanken.

»Mademoiselle de Roger«, rief er aus, »wie schön, Euch vor meiner Abreise noch einmal zu sehen ...« Er neigte sich in einer Weise zu ihr, die es ihm ermöglichte, ungesehen nach Isabelles Brief zu greifen und Marie gleichzeitig das Gefühl zu geben, ihr seine ungeteilte Aufmerksamkeit zu schenken. »Seid Ihr mit einem kurzen Spaziergang einverstanden?« fragte er und wartete gar nicht erst auf Antwort. Mit einer geschickten Umarmung schob er Marie zum Tor und dann nach draußen.

Nach Isabelle drehte er sich nicht mehr um.

13

Gilbert de Valmy ließ den *Clairet* im Glas kreisen und betrachtete die Farbe im Licht einer Kerze. Obwohl sich die Protestanten allgemein in Enthaltsamkeit übten, um sich von Prunk und Völlerei der Papisten abzugrenzen, konnte der Marquis nur schwer auf gewisse Annehmlichkeiten verzichten. Insgeheim war er sogar dankbar, daß ihn seine Stellung bei Hofe dazu zwang, ein ausschweifenderes Leben als seine Glaubensbrüder zu führen. Ohne gewisse Attribute wäre es ihm unmöglich, bei gewissen Personen zu intervenieren. Ein enthaltsamer Adeliger war in dieser Hinsicht auffallender als eine Horde spanischer Plünderer.

»Ein vorzüglicher Tropfen«, stellte der Marquis nach einem winzigen Schluck fest. »Ihr solltet etwas davon kosten, mein Freund. Der Wein hebt die Stimmung.«

Der Angesprochene schüttelte den Kopf. Jacques Le Ferte kauerte wie ein Häufchen Elend in dem hochlehnigen Stuhl, der ihm angeboten worden war. Der Lebensstil des Marquis war seine Sache nicht. Er selbst war ein frommer Protestant, der stets schlichte schwarze Kleidung trug, enthaltsam lebte und als einziges Laster die Liebe zur Literatur bezeichnete, die seinen bescheidenen Lebensunterhalt sicherte, denn Le Ferte unterhielt einen Buchladen und eine kleine Druckerei im Universitätsquartier. Mit seinen fünfundfünfzig Jahren war er ebenso alt wie Gilbert de Valmy, aber nur halb so groß gewachsen, hager statt wohlgenährt, hakennasig und alles andere als attraktiv.

»Ich kann nicht trinken, wenn Sorgen meine Gedanken belasten«, behauptete Le Ferte trübsinnig.

Gilbert de Valmy lächelte milde. »Den meisten Menschen geht es genau gegenteilig. Aber, nun gut, dann überlaßt mich also allein diesem vorzüglichen Wein aus Burgund, auch wenn ich meine, daß Gesellschaft jeden Genuß erhöht. Abgesehen davon, mein teurer Freund, bin ich der Ansicht, daß Ihr Euch unnötig ängstigt. Ihr habt nichts zu befürchten.«

»Ein Drucker wurde bereits verhaftet, der Calvins Werk über den *Unterricht in der christlichen Religion* vervielfältigte«, widersprach Le Ferte und sackte dabei noch ein wenig mehr in sich zusammen. »Es heißt, die Polizisten des Königs wären gezielt auf der Suche nach Männern, die das Buch herstellen und vertreiben ...«

»Dann solltet Ihr Euch vorsehen«, gab der Marquis trocken zurück. Den Blick auf den Rotwein in seinem Glas gerichtet, fügte er hinzu: »Ehrlich gesagt, wird es mir immer ein Rätsel bleiben, wieso sich ein so lebensfrohes Volk wie das der Franzosen einem Prediger wie Calvin zuwendet, während die ernsten Deutschen von einem Feingeist wie Luther bekehrt werden konnten. Es sollte eigentlich genau umgekehrt sein.« Er seufzte und legte eine Gedankenpause ein, um dann festzustellen: »Wie auch immer: Letzten Endes zählt nur die Reformation an sich und nicht die Person desjenigen, der die Wahrheit des Evangeliums in die Gemeinden trägt.«

»Hörtet Ihr von Monsieur Sérisfontaine, dem Buchhändler?« fragte Le Ferte, den die naheliegenden Probleme deutlich mehr interessierten als Gilbert de Valmys Philosophiererei. Als sein Gastgeber den Kopf schüttelte, berichtete er aufgebracht: »Er wurde der Gotteslästerung angeklagt und zum Besuch der Messe verurteilt. Barhäuptig mußte er an einem Hochamt teilnehmen, eine brennende Kerze von einem Pfund Gewicht in der Hand. Anschließend wurde er ausgepeitscht. Das Entsetzliche wurde an vier Tagen wiederholt. Dann wurden alle Folianten verbrannt, die in seinem Besitz gefunden wurden ...«

»Das ist wahrhaftig schrecklich«, unterbrach der Marquis mitfühlend. »Und dieser Sérisfontaine – was ist aus ihm geworden?«

»Sein Vermögen wurde konfisziert, er selbst wurde verbannt. Aber bevor er des Landes verwiesen wurde, entschied das Kriminalgericht, Monsieur Sérisfontaine einer gemäßigten Folter zu unterziehen, um die Namen seiner Glaubensbrüder zu erfahren. Er hat nichts gesagt, aber das ändert wenig, denn in seinen Kontorlisten wurden die Namen von Lieferanten und Kunden gefunden.« Valmy setzte sein Glas mit einer heftigen Bewegung auf dem Beistelltisch ab, der seinen Sessel von dem Stuhl des Gastes trennte. »Könnt Ihr mit diesem armen Mann in Verbindung gebracht werden?«

»Nein, keinesfalls. Wir kannten uns kaum. Dieser Umstand bereitet mir keine Sorge. Viel bedenklicher sind die Gerüchte, die Polizei setze neuerdings vermehrt Spitzel ein, um unsere geheimen Zusammenkünfte zu unterwandern. Seit von einem Friedensvertrag mit Spanien die Rede ist, werden die Zeiten schwieriger für uns.«

»Deshalb solltet Ihr Euch aber nicht wie eine Memme benehmen«, versetzte Gilbert verärgert. »Ihr lamentiert hier herum wie ein altes Weib. Ich kenne eine Frau, die hat mehr Mumm in den Knochen als Ihr, Le Ferte. Wenn Ihr Euch vor den weltlichen Richtern fürchtet, solltet Ihr in die Arme der katholischen Kirche zurückkehren. Aber laßt Euch sagen: Gott bestimmt über Euer Schicksal, nicht der König.«

Die Rüge traf den Buchhändler tief. Sein Kinn sank auf die Brust, und er schloß für einen Moment demütig die Augen, als erwarte er einen Hieb mit der Rute. Allein für seine Geschwätzigkeit verdiente er wahrscheinlich eine Bestrafung. Gilbert de Valmy war ein Lebemann, aber keine Klatschbase. Den Marquis interessierten seine Mitmenschen wenig. Im Vordergrund standen sein Glaube, sein Wille und sein Geld – das er vor allem während des Krieges gegen Spanien hatte scheffeln können. Er hatte Warenlieferungen nach Paris vor den Toren der Stadt abgefangen, zu Spottpreisen aufgekauft, gelagert und im Zuge größter Not zu doppelten und dreifachen Preisen schließlich an die Bürger der Metropole verkauft. Von einem Mann wie diesem hätte Le Ferte erwarten müssen, daß verbrannte Bücher seine Seele mehr berührten als ein Menschenleben.

»Hattet Ihr wirklich jemals erwartet, daß die Zeiten besser würden?« störte Gilbert de Valmy mit einem wieder deutlich sanfteren Tonfall Le Fertes Gedanken.

Der zuckte hilflos mit den Schultern. »Ich weiß es nicht. Vielleicht habe ich gewisse Freiheiten erhofft, aber ich kann es wirklich nicht sagen. Die deutschen Protestanten haben den Augsburger Religionsfrieden erreicht, und das ist doch eigentlich ein Zeichen für …«

»Eine Reihe deutscher Fürsten stellten sich hinter die Reformation. Das verbesserte Luthers Situation. Außer der Königin von Navarra ist mir aber kein gekröntes Haupt in Frankreich bekannt, das sich gegen die Papisten gewendet hätte. Deshalb müssen wir mit anderen Mitteln agieren als unsere Glaubensbrüder jenseits des Rheins. Ihr fürchtet Euch also vor den Polizeiagenten der Inquisition. Nun, mein Freund, dann kann ich Euch versichern, daß unsere Spione schon bald den König das Fürchten lehren werden.« Ein seltsames Lächeln begleitete seine letzten Worte. Gilbert de Valmy war zu eitel, um nicht auf die Umsetzung seiner Pläne stolz zu sein. Doch plötzlich veränderte sich seine Miene.

Stimmen drangen aus dem Treppenhaus in die Bibliothek des Marquis, gefolgt von eiligen Schritten. Mit dem wachsamen Blick eines Fuchses sah Valmy zur Tür, während sich Le Ferte plötzlich wie ein aufgescheuchter Hase aufrichtete und nach einem Fluchtweg umsah. Er durfte nicht bei dem Marquis angetroffen werden. Wenn ein Mann, der eindeutig ein Hugenotte war, als Besucher bei Valmy entdeckt würde, war es um die Sicherheit des vornehmen Kaufmanns und Gönners der reformierten Gemeinde geschehen. Allerdings waren Le Fertes Ängste so verzweifelt gewesen, daß er Gilbert de Valmy zur eigenen Beruhigung und gleichsam Warnung des anderen hatte aufsuchen *müssen*.

»Verschwindet«, flüsterte der Marquis überraschend ruhig und wedelte mit seiner Hand in Richtung des Fensters. Seine wachsamen Augen prüften den Beistelltisch. Da Le Ferte abstinent geblieben war, stand kein zweites benutztes Glas herum, das seine Anwesenheit verraten hätte. »Rasch. Versteckt Euch im Schrank bei der Nische. Wir setzen unsere Unterhaltung später fort …«

»Monsieur le Marquis«, die Stimme des Majordomus

ertönte durch die geschlossene Tür, dann ein kurzes Anklopfen und: »Ein Hauptmann der Schottischen Garde bittet Euch um einen Moment Eurer Zeit.«

Gilbert de Valmy zeigte keinerlei Überraschung, als sei der unangekündigte Besuch eines Ritters des Königs eine Selbstverständlichkeit. Während er sich in seinem Stuhl positionierte, als habe er den ganzen Abend über nichts getan, als von seinem Rotwein zu trinken und seinen Gedanken nachzuhängen, beobachtete er aus den Augenwinkeln, wie sich Le Ferte in den schmalen Wandschrank drückte. Von einem lauten Gähnen begleitet, verkündete der Hausherr schließlich: »Er möge eintreten.« Mit der letzten Silbe schloß sich die Verkleidung hinter Le Ferte.

Der Diener stieß die Zimmertür auf, und Gabriel trat mit einer tiefen Verbeugung in den durch Kerzen und ein loderndes Kaminfeuer anheimelnd erhellten Raum. Auf den ersten Blick erkannte er, daß es sich um das Etablissement eines vermögenden Mannes handelte: In feinstes Kalbsleder gebundene Folianten standen ordentlich aufgereiht in den mit Intarsien geschmückten Regalen aus Nußbaum, es fehlten jegliche Nippes, und auch die Wahl der Bilder – es hingen nur Landkarten an den Wänden – war schlicht; die Einrichtung war zwar ein wenig spartanisch, aber nicht ungemütlich und schon gar nicht bescheiden. Dies war das Zuhause eines unverheirateten Mannes, die Hand einer Frau fehlte. Unwillkürlich fragte sich Gabriel, wo sich wohl Isabelles Heim befand.

»Entschuldigt, daß ich Euch so überfalle«, hob er an und trat unaufgefordert einen Schritt näher. »Es handelt sich um eine Angelegenheit von höchster Dringlichkeit. Eure Nichte übergab mir einen Brief, der unverzüglich zugestellt werden sollte. Deshalb erlaube ich mir, zu so später Stunde noch vorzusprechen.«

Valmys Stirn umwölkte sich. »Meine Nichte übergab

Euch einen Brief für mich?« wiederholte er verblüfft, jedes Wort einzeln betonend. Was um alles in der Welt hat sich Isabelle Bohier dabei gedacht? fuhr ihm durch den Kopf. Ausgerechnet einen Ritter des Königs als Boten zu schikken war sträflicher Leichtsinn; es dann aber noch so auffallend zu gestalten und dringend zu machen glich fast einer Todsünde.

Jedenfalls konnte er den Mann nicht abweisen, ohne unhöflich zu sein. Also deutete er auf den Stuhl neben sich. »Bitte, nehmt Platz und trinkt ein Glas Wein mit mir, damit ich Euch für Eure Mühe danken kann.« Wenn der Marquis gehofft hatte, der Besucher hätte etwas Besseres vor und würde ablehnen, so wurde er enttäuscht.

Während sich der Diener anschickte, die Herren allein zu lassen und die Tür hinter sich zu schließen, verneigte sich Gabriel ein zweites Mal und stellte sich vor. »Ich hatte die Ehre, Madame de Valmy auf Schloß Chenonceau zu begegnen«, fügte er hinzu. Er zog das Schreiben aus seinem Wams und überreichte es, bevor er sich hinsetzte.

»Ja, wo solltet Ihr sie auch sonst angetroffen haben«, erwiderte Valmy und rückte die unbenutzten Gläser auf einem Silbertablett zurecht. Den Brief legte er absichtlich desinteressiert zur Seite. Er hoffte die Unterredung schnell hinter sich zu bringen, obwohl ihn die Neugier zu packen begann. Gabriel de Montgommery war ein Kavalier, wirkte attraktiv und charmant. Bestand zwischen ihm und Isabelle womöglich eine Verbindung, die über ein loses gesellschaftliches Band hinausging? Hatte sie ihn in ihr Bett genommen? Isabelle wäre nicht die erste Frau bei Hofe, die ihre besten Informationen bei einer pikanten Gelegenheit erbeutete. »Ich hoffe, meine Nichte befindet sich bei guter Gesundheit, und die Eile, mit der sie mir ihre Nachricht zukommen läßt, ist kein Zeichen eines besorgniserregenden Unwohlseins.«

»Als ich sie verließ, wirkte sie jedenfalls nicht kränkelnd«, sagte Gabriel. Wie zuvor der Marquis ließ auch er den Rotwein in seinem Glas kreisen und betrachtete die Farbe im Licht der Kerzen, bevor er daran nippte. »Wie ich hörte, litt sie einmal unter einer Migräne, aber das dürfte ohne Folgen geblieben sein. Nein, Madame de Valmy geht es gut. Sie ist eine bemerkenswerte Frau, wenn ich meine Meinung so unverblümt äußern darf. Eine phantastische Reiterin, soviel konnte ich feststellen. Erstaunlich, da sie doch aus Venedig stammt.«

»Die Terra Ferma bietet wunderbare Ziele für Ausritte. Hattet Ihr Gelegenheit, die Lagunenstadt zu besuchen, Chevalier?«

»Nein, bedauerlicherweise. Mein Wissen rührt vom Hörensagen. Leider fand sich keine Zeit, daß ich mich mit Madame de Valmy über ihre Heimat hätte austauschen können.«

Valmy schüttelte den Kopf. »Isabelle wurde in Frankreich geboren, nicht in Venetien. Ich glaube allerdings nicht, daß sie gerne über ihre Vergangenheit spricht. Da sie Witwe ist, bedeutet jeder Blick zurück Traurigkeit. Ihr hättet von ihr also kaum Nennenswertes über die Lagunenstadt erfahren.«

»Sie erscheint mir wie ein Buch mit sieben Siegeln. Oder wie eine Schatztruhe. Madame de Valmy gleicht einer geheimnisvollen Fee, wunderschön und unergründlich. Erzählt mir bitte ein wenig von Eurer Nichte, die mich zu ihrem Boten machte.«

Die Beharrlichkeit seines Gastes beunruhigte Valmy zunehmend. Kein anderes Mitglied der Hofgesellschaft hatte sich bisher dermaßen penetrant nach Isabelle erkundigt, nicht einmal Diane de Poitiers. Um den Fremden abzuschütteln, täuschte der Marquis eine plötzlich lähmende Müdigkeit vor. Er tat, als könne er ein Gähnen nur mühsam unterdrücken und kaum verhindern, daß seine Lider schwer wurden. »Junger Freund, Ihr müßt verzeihen, der Abend ist schon recht weit fortgeschritten, und es ist eigentlich die Stunde, zu der ich mich zu einem Nachtgebet und ins Bett begebe. Die Lebensgeschichte der zauberhaften Isabelle ist lang, und der Bericht bedarf einer gewissen Zeit, um vollständig zu sein. Ich möchte Euch ungern enttäuschen, aber ich ...« Er legte die Hand an seine Lippen, da die Mattigkeit ihn erneut übermannte.

Gabriel hob verwundert die Augenbrauen. Es war eindeutig, daß das plötzliche Schlafbedürfnis seines Gastgebers nichts anderes als ein brüsker Rauswurf war. Dieser gab jedoch Anlaß für neue Fragen, die sich bereits in seinem Kopf formulierten und ohne Antwort bleiben würden. Er mußte sich dem Gebot der Stunde fügen. Deshalb griff er ein letztes Mal nach seinem Glas und nahm einen Schluck, wobei er bedauerte, daß er zu langsam getrunken hatte und einen Rest des vorzüglichen *Clairet* zurücklassen mußte. »Mein Kurierdienst ist erledigt, Ihr seid im Besitz des Briefes Eurer Nichte.« Er erhob sich. »Es wird in der Tat Zeit für mich, zu gehen. Ich wünsche Euch eine gute Nacht und danke für den edlen Tropfen, den Ihr freundlicherweise mit mir geteilt habt.«

»Ihr seid ein Kenner – fürwahr«, lobte Valmy und stand ebenfalls auf. »Vielleicht möchtet Ihr gelegentlich zu einer früheren Tageszeit auf eine Weinprobe vorbeikommen. Ihr seid mir stets willkommen, Comte de Montgommery. Ein Freund meiner lieben Nichte ist auch mein Freund.«

»Ich danke Euch.« Gabriel unterließ es, den Marquis darüber aufzuklären, daß sein Interesse an Isabelle nicht unbedingt rein freundschaftlicher Natur war.

Mit einer Reihe gegenseitiger Ehrerbietungen und Verbeugungen verließen der Hausherr und sein Gast die Bibliothek. Nachdem er Gabriel im Treppenhaus seinem wartenden Majordomus anvertraut hatte, kehrte Valmy in sein Lieblingszimmer zurück.

Ein schwitzender und ziemlich zerzaust wirkender Le Ferte hatte sich inzwischen aus dem Wandschrank geschält. Als der Marquis eintrat, machte er seiner Verwunderung unverzüglich Luft: »Was ist das für ein Gerede über Eure Nichte? Hattet Ihr nicht erzählt, Ihr seid ein Einzelkind, da Eure Geschwister schon im Säuglingsalter verstorben sind? Wer ist die Dame, von der die Rede war?«

»Isabelle de Valmy existiert nicht. Sie ist meine Erfindung. Vergeßt ihren Namen, mein Freund. Das ist besser für uns alle.«

14

Eine Woche später spazierte Gabriel an der Seite seines Freundes Pierre de Beaujeu auf dem Weg zu einer Schenke an den Arkaden des Justizpalastes entlang. Es war ihm stets ein Vergnügen, seinen ehemaligen Kommilitonen zu treffen, denn Pierre war ein fröhlicher Gesellschafter, dessen amouröse Erlebnisse, die er als Sonette über die Liebe niederschrieb, stets für Erheiterung sorgten. An diesem Nachmittag war es jedoch Gabriel, der Denkwürdiges zu erzählen hatte. »Es ist eine seltsame Geschichte«, begann er. »Die Sache ist äußerst kompliziert und für mich selbst absolut unverständlich. Da komme ich nach Chenonceau in der Absicht, ein Stelldichein mit Mademoiselle de Roger zu vereinbaren, und halte schließlich eine völlig andere Frau in meinen Armen. Könnt Ihr das verstehen, Beaujeu?«

Der hatte in mehrfacher Hinsicht Mühe, seinem Freund zu folgen. Nach einem Reitunfall zog er das linke Bein nach – eine Verletzung, die seine eigentlich geplante Militärkarriere vereitelt und sein schriftstellerisches Talent gefördert hatte; darüber hinaus war ihm das Problem seines

Begleiters nicht ganz klar. »Was spielt es für eine Rolle, welche Dame Ihr verführen konntet? Am Ende zählt doch nur, daß Ihr zum Ziel gekommen seid.«

»Nein, ich glaube nicht. Das ist es nicht. Es war auch nicht nur ein Kuß – es war mehr, etwas Weltbewegendes. Eine Vereinigung.«

»Meine Güte, lieber Montgommery! Findet Ihr nicht, daß Ihr etwas weit ausholt?«

Für einen Moment in seine Erinnerung versunken, blieb Gabriel stehen. Passanten strömten an ihm und dem Mann an seiner Seite vorbei. Zu Füßen des ehemaligen Königsschlosses herrschte zu dieser Tageszeit regsamer Betrieb. In diesem als Justizpalast genutzten Gebäude befanden sich nicht nur das Gericht und die relativ neue Kammer der Inquisition, *Chambre ardente* genannt, sondern auch das Parlament und die Börse. Unter den Bogengängen hatten sich eine Reihe kleiner Händler angesiedelt, die Waren aus aller Welt feilboten. Vornehme Damen kamen hierher, um ihre Duftwässerchen und Stoffe einzukaufen; Gerichtsdiener, Advokaten, Makler und Geldwechsler gingen diesseits und jenseits der Läden ebenso ihren Geschäften nach wie die Kavaliere, die sich für Halskrausen aus Spanien oder allerlei Tand aus Venedig interessierten. Neben einem Buchhändler hatte sich ein Pastetenbäcker installiert, und sein duftendes Angebot ließ nicht nur den beiden Freunden das Wasser im Munde zusammenlaufen.

»Warum dieser Pragmatismus?« fragte der Ritter des Königs und wandte sich gedankenverloren den Folianten zu, die in Holzkästen gestapelt waren, die Buchrücken nach oben, so daß der Betrachter die feine Goldinschrift lesen und sich für ein Werk seiner Wahl entscheiden konnte. »Ausgerechnet Ihr, Beaujeu, solltet Verständnis für romantische Empfindungen hegen.«

»Ihr sucht ein Buch über die Liebe«, mischte sich der

Händler geschäftstüchtig ein. »Falls Ihr ein Geschenk für eine Dame sucht, würde ich Euch die Balladen von Madame Christine de Pizan empfehlen.«

»Verschwendet Eure Zeit nicht an meinen Freund. Dieser ist seiner eigenen Liebesgeschichte erlegen und bedarf keiner poetischen Unterstützung«, behauptete Beaujeu und zog seinen Freund energisch mit sich und von dem Bücherstand fort. Nach einer Weile fügte er hinzu: »Wie es aussieht, seid Ihr gerade dabei, Euer eigenes Libretto zu verfassen, Montgommery. Was ist mit Euch los, habt Ihr Euch etwa verliebt?«

»Unsinn ...«

»Ha! Ich habe Euch ertappt. Dabei dachte ich stets, Ihr seid *das Tier im Liebeshaine*, das mein großes Vorbild Clément Marot in einem Epigramm beschrieb. Nun denn, wenn Ihr nicht selbst zur Feder greifen wollt, berichtet mir von Euren Verwicklungen. Vielleicht eignet sich das Stück, meiner Person zu Weltruhm zu verhelfen.«

»Es gibt weder Poesie noch Prosa. Die Geschichte besitzt keinen Anfang und kein Ende. Das ist es wohl, was mich so ratlos stimmt.«

»Langsam, langsam, mein Freund. Anscheinend seid Ihr bereits blind vor Liebe. Natürlich gibt es einen Prolog, vielleicht sogar ein erstes Kapitel. Habt Ihr nicht eben davon gesprochen, der fraglichen Dame bei einem Kuß verfallen zu sein? Na, wenn das nicht ein monströser Anfang ist, will ich ab sofort Balladen auf öffentlichen Plätzen singen.«

»So einfach ist das nicht. Zwar habe ich eine gewisse Ahnung, wer die Frau ist, aber einzig sicher weiß ich nur, daß es Mademoiselle de Roger nicht gewesen sein kann.«

»Verwicklungen sind die Würze eines guten Romans. Macht nur so weiter, Montgommery, und ich werde tatsächlich noch auf den Olymp des Erfolges kommen.« Er klopfte Gabriel lachend auf die Schulter. »Sprecht, ich notiere jedes Eurer Worte in meinem Kopf: Was hält Euch davon ab, derjenigen nachzustellen, die Euer Herz bewegt? Es muß amüsant sein, herauszufinden, ob es die Person, von der Ihr glaubt, daß es die Richtige ist, tatsächlich war oder ob eben ein drittes Weib im Bunde ist … In der Tat, dies ist Stoff für eine Komödie. Verwechslungen mögen die Leute. Ihr müßt mich unbedingt auf dem laufenden halten, wie die Geschichte weitergeht.«

Wieder blieb Gabriel stehen. Sie hatten das Ende der Arkaden fast erreicht. Vor ihnen erstreckte sich die befahrene Straße, die in einer Richtung zum Marktflecken Saint-Germain-des-Prés führte, wo sich die besten Schenken im Umkreis von Paris befanden, und in der anderen Richtung zu den Spelunken von Saint-Michel. Verdrossen blickte Gabriel auf seinen Begleiter hinunter, den er um Hauptes-länge überragte. »Vielleicht seid Ihr es, Beaujeu, der die Wahrheit herausfinden kann.«

»Wie kommt Ihr darauf? Ich kenne niemanden bei Hofe und schon gar nicht im Haushalt von Madame de Poitiers. Das ist eine Gesellschaft, die mir und meiner Dichtung bislang leider verschlossen blieb. Wäre es anders – Ihr könnt Euch darauf verlassen, daß alle Troubadoure in Paris von meinen Erfolgen singen würden.«

»Es handelt sich bei der Dame um die Nichte des Marquis de Valmy, und habt Ihr nicht eine spezielle Verbindung zu …« Ein anschwellender Tumult unterbrach Gabriel.

Verwundert drehten sich die beiden Männer in die Richtung um, woher der Lärm kam. Ein Durcheinander aufgeregter Stimmen erfüllte die eben noch geordnete Betriebsamkeit unter den Arkaden. Worte wie »Ungeheuerlichkeit … kein Respekt vor der Krone … Häretiker … Lutheraner …« wehten zu den beiden herüber. Menschen, die zuvor geruhsam nach den verschiedenen Waren Ausschau gehalten hatten oder ihren Geschäften nachgingen, liefen nun durcheinander. Spontan bildeten sich Gruppen, in denen getuschelt oder lautstark diskutiert wurde. Einige Händler begannen ihr Angebot einzupacken und ihre Läden zu schließen.

Ein Mann stellte sich auf eine umgestürzte Kiste und rief: »Das Bollwerk der orthodoxen Lehre muß fallen! Nieder mit dem Parlament.« Brutale Hände griffen nach dem Redner und zogen ihn von seinem Podest. Unwillkürlich kam es zu einem kleinen Handgemenge zwischen dem Protestierenden, seinen Anhängern und den Gegnern. Wie aus dem Nichts tauchten plötzlich schwerbewaffnete Mitglieder der Garde auf und umzingelten die sich prügelnden Parteien. Frauen schrien auf, ein Verkaufsstand brach in sich zusammen, als sich die Menge dagegenlehnte. Das Zentrum von Paris wurde binnen Minuten zu einer wogenden Masse aus Flüchtenden und Kämpfenden, aus wehenden Mänteln, Rüstungen und reißenden Reifröcken.

»Was ist geschehen?« hauchte Beaujeu entsetzt, der zur Salzsäule erstarrt und angesichts der überraschenden Szenerie nicht in der Lage schien, sich zu rühren. Dabei bewegte sich der Sturm der Gewalt unaufhaltsam auf ihn zu, wie eine schäumende Welle, die alles mit sich riß, was sich ihr in den Weg stellte, und zu vernichten drohte.

»Kommt!« drängte Gabriel und versuchte verzweifelt, den Freund an seinem Arm mit sich in Sicherheit zu zerren. Natürlich drängte es auch ihn, zu erfahren, was die Ursache für das Chaos war, aber seine Neugier kannte Grenzen. Die wenigen verständlichen Wortfetzen, die er aufgeschnappt hatte, genügten, um einen Aufruhr gegen die Papisten zu vermuten. Er konnte sich zwar schwerlich vorstellen, wie dies ausgerechnet hier und heute hatte geschehen können, da dies der Tag des Parlamentsgerichts war, bei dem der König den Vorsitz führte. Die adeligen und andere hochrangige Mitglieder der Hofgesellschaft fanden sich regelmäßig zu einer Debatte über die politischen Verhältnisse ein, die häufig leidenschaftlich und kompromißlos geführt wurde, bislang aber nie in einen Tumult ausgeartet war. Angesichts dessen fühlte Gabriel Dankbarkeit in sich aufsteigen, weil er dienstfrei war und so nicht unmittelbar zwischen die Fronten geraten würde. Und er hatte nicht die Absicht, durch die mißverstandene Loyalität seines Freundes plötzlich auf der einen oder anderen Seite stehen zu müssen.

»Nun kommt schon«, wiederholte er schmeichlerisch mit einem verschwörerischen Unterton, »laßt uns eine Schenke aufsuchen und bei einem Wein besprechen, was in meinen Liebesdingen zu tun ist.«

»Anne du Bourg ist verhaftet worden!« kreischte eine Stimme in der Menge. »Der König hat den Parlamentsrat Anne du Bourg festnehmen lassen.«

Pierre de Beaujeu schüttelte die ihm angebotene Hand ab. So schnell es seine Behinderung erlaubte, trat er einem jungen Mann in den Weg, dessen dunkle Kleidung auf eine Tätigkeit als Gerichtsdiener hinwies und der gerade im Begriff war, über die Seine-Brücke zum rechten Ufer zu hasten. »Was gibt es für Neuigkeiten?«

Der junge Mann blickte sich gehetzt um. »Verzeiht, Monsieur«, erwiderte er atemlos, »ich bin in Eile. Haltet mich nicht auf. Mit Verlaub, es ist etwas Ungeheuerliches geschehen ...«

»Warum wurde der Parlamentsrat du Bourg verhaftet?« hakte Gabriel nach. Er baute sich mit der ganzen Autorität seines Dienstgrades vor dem Fremden auf und sah finster auf diesen herab. »Sprecht, dann könnt Ihr Eures Weges gehen.« Und wir hoffentlich auch, fügte er in Gedanken hinzu.

»Ihr habt recht, Herr: Der Parlamentsrat du Bourg ist verhaftet worden. Er setzte sich in der Debatte vehement für die Protestanten ein. Er mißbilligte das Vorgehen der Inquisition und verlangte vom König ein Reformkonzil. Daraufhin geriet Seine Majestät in Wut und rief nach den Soldaten.« Am ganzen Leibe zitternd, flehte der Gerichtsdiener: »Bitte, Messieurs, laßt mich gehen. Ich habe eine Frau und fünf Kinder. Nicht auszudenken, wenn ich … wenn mir …«

»Ein Lutheraner!« rief Beaujeu aus. »Gehet hin in Frieden, mein Freund, und gebt auf Euch und die Euren gut acht.« Kopfschüttelnd blickte er dem Gerichtsdiener nach, der völlig verstört durch den Staub rannte und dabei seine Halskrause zu verlieren drohte.

»Wir sollten uns ein Beispiel an Eurem umsichtigen Glaubensbruder nehmen und ebenfalls auf dem schnellsten Weg verschwinden«, drängte Gabriel. »Wenn Ihr mir nicht folgen wollt, Beaujeu, werde ich Euch hier und jetzt verlassen. Ich habe nicht die Absicht, in einem Gemetzel die Ehre des Parlamentsrates du Bourg zu verteidigen. Also kommt jetzt oder laßt es! Ich gehe.«

Erst trat er einen Schritt vor, als wollte er seine Drohung wahr machen. Dann besann er sich, wandte sich um, griff nach dem Arm seines Freundes und zog ihn wie einen unartigen Hund an der Leine mit sich. Dabei winselte und wimmerte der Dichter wie ein unzufriedener Welpe, doch Gabriel achtete nicht auf ihn. Von eigenen Ängsten belastet, fragte er sich, wie weit die Krone in der Verfolgung der Protestanten noch gehen würde. Unwillkürlich dachte er an den Mann, dessen Wein er vor einigen Nächten getrunken und der ihm so viele neue Rätsel aufgegeben hatte. Wie mochte sich der leutselige Marquis de Valmy verhalten haben, als der Parlamentsrat du Bourg unter Lebensgefahr für die Reformation eingetreten war? Wagte es Gilbert de Valmy unter diesen Umständen, sein vielleicht wahres Gesicht zu zeigen? Und: Was würde dann mit seiner Nichte geschehen? Zum ersten Mal seit Tagen fiel ihm die vom katholischen Mob geschändete junge Hugenottin aus dem Dorf in der Sologne wieder ein. Doch von Isabelle sprach Gabriel an diesem Tag nicht mehr.

15

Im Salon von Chenonceau legte Diane verärgert ihr Blatt auf den Kartentisch. »Es macht keinen Sinn, Tarock zu spielen, wenn Ihr nicht bei der Sache seid. Wo habt Ihr Eure Gedanken, Mademoiselle de Roger?« Die Angesprochene errötete und senkte verlegen ihre Lider, woraufhin die Ältere sachlich feststellte: »Ihr habt Euch verliebt. Nun, unter diesen Umständen seid Ihr wohl entschuldigt ... Aber was ist mit Euch, Madame de Valmy? Ihr macht ebenfalls einen etwas vergeistigten Eindruck. Solltet auch Ihr einen Kavalier gefunden haben?«

»Ich bin Witwe«, erinnerte Isabelle tugendhaft, »und nach wie vor untröstlich über den Tod meines Gatten.«

Marie hob ihren Kopf und warf Isabelle einen scharfen Blick zu, schluckte die Bemerkung, die ihr auf der Zunge lag, jedoch herunter. Noch immer nagte die Eifersucht an ihr, obwohl sie sich eingestehen mußte, daß es vernünftigerweise keinen Grund dafür gab. Gabriel de Montgommerys Gesichtsausdruck aber, als er Isabelles Hand gehalten hatte, würde sie nie vergessen – ebensowenig wie Isabelles leuchtende Augen. Dabei hatte sich der Chevalier doch aber ihr – Marie – im Schatten des Stalls erklärt. Sie war es, der er zu verstehen gegeben hatte, daß er in sie verliebt war! Wie sollte sie seine Frage nach ihrem Verbleib in jener Nacht anders deuten? Natürlich hatte sie ihm nicht gesagt, daß sie vor verschlossener Tür gestanden hatte – es wäre zu kompromittierend gewesen. Deshalb hatte sie behauptet, seine Nachricht erst am anderen Morgen erhalten zu haben, woraufhin sie untröstlich gestimmt gewesen sei und so weiter. Bedauerlicherweise hatte er es dabei bewenden lassen, ihr keinen Hinweis gegeben, wo er gewartet hatte oder – schlimmer noch – warum er nicht am Treffpunkt erschienen war. Wenn sie heute darüber nachdachte, konnte sie sich nicht erklären, warum sie ihn nicht einmal auf dem Flur angetroffen hatte. Ein dummes Mißverständnis, schlußfolgerte sie, das sie rasch vergessen sollte. Es spielte keine Rolle, was in jener Nacht nicht geschehen war, es zählte einzig der Abschied an den Stallungen von Chaumont, wo er sich zu ihr hinuntergebeugt und mit seinem Mund sanft ihre Lippen berührt hatte. Ein Versprechen, wie Marie fand.

Wie durch dichten Nebel hörte sie Diane zu Isabelle sagen: »Es ist unerheblich, wie lange man in seinem Herzen trauert. Vor der Gesellschaft muß man das Gesicht wahren und nach vorn schauen. Ihr könnt es Euch vielleicht nicht vorstellen, aber selbst nach so langer Zeit und allem, was darin passiert ist, fühle ich mich meinem verstorbenen Mann noch immer verbunden. Alles, was ich heute bin, habe ich Louis de Brézé zu verdanken. Seine Weisheit formte meinen Charakter, seine Klugheit mein Handeln, seine Liebe mein Herz. Die meisten Menschen bei Hofe konnten es wegen des großen Altersunterschiedes nie verstehen, aber Ihr könnt mir glauben, wenn ich Euch versichere, daß ich ihn über alles geliebt habe.«

Erstaunt weiteten sich Isabelles Augen. Sie hatte Dianes Halbtrauer für eine Marotte gehalten, nicht aber für eine Herzensangelegenheit. Der vielbewunderte Großseneschall war sechsunddreißig Jahre älter als Diana und für seine Häßlichkeit berühmt gewesen – ein Mann, der seiner schönen, jungen Frau nach Isabelles Einschätzung kaum mehr als Ansehen und Einfluß gegeben haben konnte.

Nach allem, was sie bisher über Diane gehört und auch in den vergangenen Wochen mit ihr erlebt hatte, war sie der Annahme gewesen, Madame de Poitiers sei eine kühle und berechnende Frau, die den schönen Schein dazu benutzte, andere Menschen nach dem eigenen Willen zu lenken und gegebenenfalls zu vernichten. Ihre Ehe mit Louis de Brézé konnte demnach nichts anderes als ein Stein im Spiel der Macht sein. Nun stellte Isabelle fest, daß in Dianes Blick der Glanz von ungeweinten Tränen lag. Verwirrt wich sie zurück, lehnte sich im Stuhl nach hinten.

»Dann ist eine Liebesheirat also durchaus möglich?« platzte Marie heraus.

Die wehmütige Stimmung, die sich eingestellt hatte, zerriß Diane mit ihrem glockenhellen Lachen. »Mon Dieu, meine liebe Mademoiselle de Roger, Ihr seid ja ganz verzaubert. Wollt Ihr uns wohl verraten, wer Euer Verlobter ist?«

Isabelle hielt den Atem an, als Marie erwiderte: »Es ist vielleicht etwas verfrüht, unsere Verbindung bekanntzugeben. Er ist eine angesehene Persönlichkeit bei Hofe und stammt aus einer alten Familie. Ich frage mich allerdings, ob eine Hochzeit, die andere als dynastische oder wirtschaftliche Gründe hat, überhaupt dem Sakrament der Ehe entspricht.«

»Es ist Gottes Wille und ein Zeichen von großer Christlichkeit, wenn Eheleute in Liebe und Kameradschaft miteinander verbunden sind. Die Liebe wächst nach der Hochzeit; alles andere wäre eine Sünde.«

Versonnen knabberte Marie an ihrer Unterlippe. »Verbreiten nicht die protestantischen Prediger«, fragte sie naiv, »daß eine Liebesheirat durchaus dem Willen Gottes dient?«

»Blasphemie!« verkündete Diane und warf in einem ungewöhnlichen Wutausbruch ihre Karten auf den Tisch. Einen Herzschlag lang herrschte betroffene Stille, dann verflog der Zorn ebenso rasch, wie er gekommen war. Mit neu erwachter Geduld wandte sich Diane wieder an die vor Schreck bleiche Marie: »Ich möchte nicht darüber plaudern, was die Sektierer lehren. Diese wollen anständige Menschen wie Euch nur zum Werkzeug des Teufels machen. Glaubt nicht an das, was Euer unwissender Geist aufschnappt, folgt lieber der Tradition. Unsere katholischen Wurzeln sind das einzige Fundament, auf das wir unser Leben aufbauen können. Nicht das Geschwätz irgendwelcher Wichtigtuer, die meinen, das Evangelium unabhängig von der Meinung des Heiligen Vaters auslegen zu können.«

Obwohl sich Isabelle redlich bemühte, fiel es ihr schwer, Ruhe zu bewahren. Die Ader an ihrem Hals pochte wild. Ihre Hände, die sie im Schoß gefaltet hielt, zitterten. Der Wunsch, Diane den Hals umzudrehen, schien übermächtig. Verzweifelt erinnerte sie sich an die Worte ihres Gönners, der sie wiederholt darauf hingewiesen hatte, daß ihre Aufgabe nur gelingen konnte, wenn sie die Stärke besaß, sich gegen ihre eigene Religion zu stellen. Sie brachte es mit bewundernswerter Regelmäßigkeit fertig, andächtig der Messe zu folgen – es mußte ihr deshalb auch möglich sein, die Gotteslästerung aus dem Mund einer Papistin zu verkraften. Tief durchatmend, schluckte sie den Kloß aus Schimpfworten herunter, der sich in ihrem Hals angestaut hatte.

Diane bemerkte den Kampf nicht, den Isabelle in ihrem Innersten ausfocht. Sie nahm kaum Notiz von der älteren der beiden Ehrendamen an ihrem Spieltisch. Mit fast mütterlicher Fürsorge begann sie, Marie das Zeremoniell der Liebe zu erklären: »Statt zum Ehemann solltet Ihr Euren Herzensbrecher zunächst lieber zum Beschützer erwählen. Ein *chevalier servant* ist Sitte bei Hofe. Ohne diesen wird eine unverheiratete junge Dame in gewissen Kreisen rasch zu Freiwild. Ein junges Mädchen im heiratsfähigen Alter wird traditionell von einem erfahrenen Mann erzogen. Und jeder junge Mann von einer Herrin.«

Von dieser Ausführung inspiriert, wollte Marie prompt wissen: »Was muß ich tun, um einen Musaget zu erwählen?«

»Nun, da es sich in der Regel um eine Person handelt, durch die ein junger Mensch in die Gesellschaft eingeführt wird, trifft meistens ein Verwandter die richtige Wahl. Manchmal sucht sich eine Jungfrau aber auch selbst den Kavalier aus, der sich ihrem Dienst weiht. Ein eben aus dem Knabenalter erwachsener Mann hat es da schon schwieriger: Meistens muß er darauf warten, daß eine Dame an ihn herantritt.« Überraschenderweise neigte sie sich plötzlich zu Isabelle: »Wollt Ihr uns nicht verraten, meine liebe Madame de Valmy, wie es bei Euch gewesen war? Wie sind die Gepflogenheiten in Venedig?«

Isabelle fühlte sich, als müßte sie ersticken. Sie hatte nicht die geringste Ahnung, was Diane erwartete. Auf eine derartige Frage hatte sie der Marquis de Valmy nicht vorbereitet; eine entsprechende Antwort sah ihre erfundene Biographie nicht vor. In Wahrheit hatte sie niemals einen Geliebten besessen, da die frivole Lebensweise der venezianischen Patrizier nicht Isabelles streng calvinistischer Erziehung entsprochen hatte. Sie hätte niemals einen Beschützer erwählen dürfen – und einen Liebhaber, den die Venezianerinnen ihren Ehemännern sogar in der Öffentlichkeit vorzogen, auch nicht. Bevor sie sich eine unverfängliche Antwort überlegt hatte, flossen die Worte jedoch wie Perlen über ihre Lippen: »Ich war fünfzehn Jahre alt, als mein Vater den geeigneten Heiratskandidaten für mich fand. Es schien die bestmögliche Verbindung zu sein, und ich ging sie ohne lange Verlobungszeit ein ...«

Für eine prunkvolle Hochzeit und deren Vorbereitungen

fehlten die Mittel, fuhr es ihr voller Bitterkeit durch den Kopf. Niemand Geringeres als Diane de Poitiers war es gewesen, die Isabelles Vater in jenen Jahren zu einem langwierigen Rechtsstreit gezwungen hatte, der Antoine Bohiers letzte Reserven verschlingen sollte. Daß Michel Marot sie ohne ausreichende Mitgift geheiratet hatte, lag einerseits an der alten Freundschaft ihrer Väter, vor allem aber wohl an der Tatsache, daß es so viele Hugenottinnen ihres vornehmen Blutes nicht gab. Zu Beginn der Reformation hatten sich vor allem Handwerker und deren Familien für die neue Religion erwärmt, später waren bürgerliche Kaufleute dazugekommen, die Mitglieder des französischen Adels schlossen sich erst nach und nach der protestantischen Kirche an. Isabelles Herkunft und Erziehung waren deshalb mehr wert als eine Truhe voller Gold. Außerdem bestand am Tage ihrer Eheschließung noch die Hoffnung, daß ihr Vater den Prozeß gegen die Favoritin des Königs eines Tages gewinnen würde.

Isabelle räusperte sich. »Mein Gemahl war eine vortreffliche Wahl. Er war älter als ich, aber das machte mir nichts aus, denn er war vornehm und gebildet und führte mich in die Literatur und die Wissenschaften ein. Ich mochte ihn sehr und vermisse ihn.«

»Wie Eure Geschichte der von Madame gleicht!« hauchte Marie ergriffen.

»Nicht wirklich, denn Liebe ... nein, ich glaube, Liebe war es bei uns nie«, widersprach Isabelle spontan.

Plötzlich schämte sie sich für ihre Offenheit. Das Datum ihrer Eheschließung und das Alter ihres Gatten waren Diane zwar weitgehend bekannt, denn schließlich sollte diese wahrhaftige Duplizität ihrer Viten dazu dienen, Dianes Vertrauen zu gewinnen. Aber Isabelle durfte sich nicht dazu hinreißen lassen, weitere Informationen über ihr Privatleben preiszugeben. Sie durfte unter gar keinen

Umständen mehr erzählen, denn dann könnte sie sich auf gefährliches Terrain begeben.

Zu Isabelles Erleichterung war Dianes Interesse an der Geschichte einer anderen Frau erlahmt. Sie war es stets gewohnt, den Mittelpunkt einer Gesellschaft zu bilden, gleichgültig, ob es sich dabei um einen großen oder kleinen Kreis handelte. Deshalb nahm sie ihren Gesprächsfaden wieder auf und erzählte: »Es ist nicht so, daß ich niemals einen *chevalier servant* gehabt hätte. Fünfzehn Jahre nach meiner Hochzeit senkte ein junger Ritter seine Lanze vor mir und bat darum, beim ersten Turnier seines Lebens meine Farben tragen zu dürfen.«

Ganz Paris, berichtete Diane ihren Zuhörerinnen, sei damals auf den Beinen gewesen. Eine Woche lang wurden Paraden, Maskenbälle und Wettbewerbe abgehalten. Am letzten Tag der Feste, die zu Ehren der Hochzeit von François I. mit seiner zweiten Frau, Eleonore von Portugal, gefeiert wurden, fand im Schatten des Hôtel des Tournelles ein großes Turnier statt, welches der schönsten Frau am Hofe gewidmet sein sollte. Eifersüchtig behielt Diane für sich, daß als solche damals die Herzogin von Etamps gegolten hatte, die Mätresse des Königs und Bräutigams. Auch berichtete sie ihren beiden Ehrendamen nichts von dem Skandal, der die Gesellschaft seinerzeit bewegt hatte: Als die neue Königin zu ihrer Krönung durch die Straßen schritt, präsentierte sich der frischgebackene Gatte am Fenster eines Palastes am Wegesrand – in eindeutiger Stellung mit seiner nackten Geliebten im Arm.

Statt dessen sagte Diane: »Es war der erste öffentliche Auftritt der königlichen Prinzen. Seine Majestät war damals elf oder zwölf Jahre alt und verkündete, er würde sich vor der schönsten Frau am Hofe verneigen. Er lenkte sein Roß zu der Tribüne, auf der ich Platz genommen hatte, und dann verneigte er sich vor mir. Ich war äußerst gerührt über diese Geste. Also bat ich den König um die Erlaubnis, den Prinzen als meinen Kavalier zu betrachten. François I. willigte ein – und sein Sohn gewann das Turnier.«

Nach einem tiefen Seufzer setzte sie hinzu: »Im Jahr danach starb mein Gemahl, und ich hatte als Witwe nur zwei Chancen, um in der rigiden Hofgesellschaft zu überleben: Ich mußte entweder wieder heiraten oder einen einflußreichen Beschützer finden. Zunächst versteckte ich mich auf unserem Familiensitz in Anet, in meiner Trauer wollte ich nichts und niemanden sehen. Trotzdem erhielt ich ein- oder zweimal Besuch vom König, als dieser mit seinen Söhnen die Normandie bereiste. Die einzigen Menschen, die mich in jener Zeit aufzuheitern verstanden, waren meine beiden Töchter – und der zweitgeborene Prinz. Exakt zwei Monate später mußte ich jedoch an den Hof zurückkehren, denn Gott hatte es gefallen, die Mutter des Königs zu sich zu rufen. Da ich früher deren Ehrendame gewesen war, sollte ich an den Beisetzungsfeierlichkeiten teilnehmen.« Mit diesem ersten öffentlichen Auftritt als Witwe, sagte Diane, sei ihr Schicksal besiegelt worden, denn niemand Geringerer als Henri hatte ihre Nähe gesucht, wodurch er ganz selbstverständlich in die Rolle ihres Kavaliers hineingewachsen war.

»Wie romantisch!« hauchte Marie. Ihre Wangen hatten sich gerötet, und ihre Augen strahlten wie im Fieberglanz. »Also ist es gar nicht nötig, daß man von einem Familienmitglied oder einer Gouvernante unterstützt wird. Oh, hätte ich das gewußt! Wenn sich ein Kavalier eindeutig verhält, kann man ihn also ruhig erhören, ohne dabei zimperlich sein zu müssen. Ach ...« Ihr tiefer Seufzer war ein beredtes Zeichen ihrer Sehnsucht.

Dianes Freundlichkeit erstarrte zu einer marmornen Maske. »Ihr solltet keine frivolen Gedanken hegen, Mademoiselle de Roger! Leidenschaft ist anstößig und von der Kirche verboten. Die Lutheraner mögen das anders sehen, und diese Pest wird eines Tages an Krankheiten wie der Lustseuche ersticken, wenn es uns nicht gelingt, sie vorher auszurotten. Jedenfalls debattiere ich nicht darüber.«

»Oh, Madame, Verzeihung ... ich wollte doch nicht ... es ist nur ...«, stammelte Marie. Ihre Augen flogen hilfesuchend zu Isabelle, doch die war sprachlos angesichts der Bigotterie, mit der Diane argumentierte.

Eine Frau, die ihren Geliebten auf den Schoß nahm, damit er wie ein Säugling ihre Brüste liebkosen konnte, während Pagen und Ehrendamen in ihrem Zimmer weilten, hatte Isabelles Ansicht nach kein Recht darauf, über den sexuellen Akt zu richten. Sich ihres eigenen Verlangens nur allzu bewußt, zog sie in diesem Punkt neuerdings sogar die Auffassung Jean Calvins in Frage, der – ebenso wie Diane – in der Erfüllung des Liebesakts selbst unter Eheleuten eine Sünde sah und leidenschaftliche Hingabe auch unter Verheirateten verbot. Ihre eigenen Erfahrungen waren eher begrenzt, denn Michel hatte eine humanistisch geprägte, platonische Kameradschaft vorgezogen; ihr seltenes Zusammensein war mehr vergeistigt als sinnlich gewesen. Wenn sie jetzt darüber nachdachte, war es wahrscheinlich dieser Mangel an Intimität, der für ihre Kinderlosigkeit verantwortlich war. Glücklicherweise hatte sie in Venedig seinerzeit die Bekanntschaft einer wohlmeinenden Nonne gemacht, die sie in gewisse Vorkehrungen einweihen konnte.

Maries Stottern nahm endlich ein Ende, und in dem darauffolgenden Schweigen gewann Diane ihre Contenance zurück. Milde gestimmt, räumte sie ein: »Ihr seid zu unerfahren und zu stürmisch, Marie de Roger, um so wichtige Entscheidungen wie die Wahl eines Kavaliers ohne die Hilfe einer anderen Person treffen zu können. Euer Vater tat gut daran, Euch in meine Obhut zu geben. Es ist ja nicht so, daß ich Eurem Herzen nicht folgen könnte. Wenn Euch so sehr an dem ungenannten Chevalier liegt, von dem wir dennoch wissen, um wen es sich handelt, werde ich ihm in Gottes Namen nahelegen, Euer Beschützer zu sein. Der Graf ist eine gute Partie. Vielleicht sollten wir Euren Vater dazu ermuntern, ihn als Ehemann in Betracht zu ziehen.«

»Madame!« rief Marie aus, sprang von ihrem Stuhl und fiel vor Diane auf die Knie. »Das würdet Ihr für mich tun?! Ihr seid wunderbar, Madame. Eine Heldin.«

Das ist es, fuhr es Isabelle durch den Kopf, das ist der Grund für Dianes Handeln: Sie will angebetet werden. Wie kann sie nur so eitel sein? *Ich hasse sie!*

Isabelle verschloß ihren Verstand vor der Erkenntnis, daß sie selbst nicht weniger egoistisch war. Marie besaß ein größeres Recht auf eine Verbindung mit Gabriel de Montgommery. Nicht nur, daß eine verbotene Affäre eine Sünde und Isabelles Sache abträglich war. Die Tatsache, daß Isabelle und Gabriel einem anderen Glauben anhingen, schloß eine Romanze eigentlich aus. Männer, die eine Protestantin schändeten, würden zwar nicht bestraft werden, aber evangelische Frauen, die einen Papisten liebten, wurden selbst in der eigenen Gemeinde zu Aussätzigen. Dennoch sehnte sie sich plötzlich mit einer schmerzhaften Intensität nach seiner Umarmung, und die glimmende Leidenschaft mochte trotz aller Vernunft nicht verglühen. Sie spürte den Keim der Eifersucht in sich wachsen, die alle anderen Gefühle in ihren Sog zu ziehen drohte.

16

Gabriel beschwor seinen Freund, Ruhe zu bewahren. Der Gedanke an eine Aktion zur Befreiung des Parlamentsrats war seiner Ansicht nach fanatischer Unsinn. Der verträumte Pierre de Beaujeu als rettender Engel in Ritterrüstung erschien ihm darüber hinaus wie tödlicher Leichtsinn. »Die Einkerkerung du Bourgs mag eine schlimme Sache sein, aber Ihr ändert nichts daran, wenn Ihr Euch deswegen selbst in Gefahr bringt. Es ist besser für Euch, wenn Ihr für eine Weile aus Paris fortgeht. Ihr seid nicht geschaffen fürs Heldentum. Ihr könntet ein wenig in meinem Haushalt nach dem Rechten sehen, während ich am Hof meinen Dienst verrichte. Damit würdet Ihr mir sogar einen großen Gefallen erweisen. Ihr wißt ja, wie das ist, wenn die Katz aus dem Haus ist und die Mäuse ...«

»Ich denke nicht daran, den Schwanz einzuziehen, während meine Glaubensbrüder um das Leben einer unserer Anführer kämpfen«, beharrte Beaujeu, um sich anschließend vor der durchaus berechtigten Sorge seines Freundes und dessen durchdringendem Blick in ein Bibelzitat zu flüchten: »Unterdrückt sind die Söhne Israels zusammen mit den Söhnen Judas. Von allen, die sie in Gefangenschaft führen, werden sie festgehalten. Man weigert sich, sie zu entlassen. Doch ihr Erlöser ist stark. Er führt ihre Sache mit Kraft, um der Erde Ruhe zu schaffen ...« Er unterbrach sich und hob seinen Becher an den Mund. Dann trank er so gierig von dem einfachen Landwein, daß ihm ein blutrotes Rinnsal aus dem Mundwinkel lief und auf seinen weißen Kragen tropfte. Mit einer zornigen Geste wischte er über sein Gesicht. »Buch Jeremia«, murmelte er dabei, als könnte dies alles erklären.

Er hatte Gabriel zufällig getroffen, als er durch die neblig dunklen Straßen des Quartier Latin gestreift war, um eine ausgewählte Gruppe junger Protestanten zu einer Versammlung in der Buchhandlung von Jacques Le Ferte einzuladen. Dieses persönliche Überbringen von Mitteilungen über Ort und Zeit eines Gottesdienstes war eine unter den Reformierten verbreitete Vorsichtsmaßnahme, um sich vor Spionen zu schützen. Da der Mann, der als

Bote seiner Gemeinde fungierte, zu Beginn des Beisammenseins an der Tür stehen würde und so die Personen identifizieren konnte, die er zuvor herbeizitiert hatte, bestand keine Gefahr, daß ein Unbefugter Einlaß erhielt.

Gabriel hatte sich aus weniger hehren Gründen in dieser Straße am Rande von Saint-Michel herumgetrieben; er traf sich gelegentlich mit einigen anderen Offizieren zu einem Spiel in einem der Lokale dieser Gegend, in dem es weniger elegant und weitaus hemmungsloser zuging als in den Etablissements, die von den meisten Höflingen besucht wurden. Doch statt seiner Verabredung nachzukommen, hatte er Pierre spontan durch den düsteren Torbogen einer Schenke am Wegesrand geschoben. Es war ein heruntergekommenes, zwielichtiges Lokal, in dem Hasardeure neben ehrenwerten Händlern saßen und Huren und Lustknaben auf zahlungswillige Herren warteten, die unerkannt ihren Lastern frönen wollten, aber es roch überraschenderweise gut nach frisch gebratenem Huhn, und der Gestank der billigen Getränke war nicht so abstoßend wie in den meisten anderen Spelunken. Gabriel hatte einen freien Tisch in einer Nische gefunden und die Dirnen fortgeschickt, die in ihm und seinem Begleiter dankbare Freier vermuteten.

Gleich nachdem sie Platz genommen hatten, fragte Gabriel unumwunden: »Es freut mich, Euch anzutreffen, aber sagt mir: Warum treibt Ihr Euch zu so später Stunde auf der Straße herum, anstatt Eurer Muse den Vorzug zu geben? Hattet Ihr mir nicht einmal berichtet, das Mondlicht sei das beste Stimulans für Eure Dichtkunst? Der Vollmond wird zwar vom Nebel verdeckt, aber immerhin ist er jenseits des Dunstes vorhanden. Wenn Ihr ihn nicht nutzt, bester Freund, wird nie ein großer Schriftsteller aus Euch.«

Beaujeu zögerte nicht, Gabriel die Wahrheit anzuvertrauen. Er hatte keine Geheimnisse vor seinem Freund,

und wenn er es jetzt recht bedachte, konnte ihm Gabriel sogar von Nutzen sein. Der Hauptmann der Schottischen Garde mußte wissen, wie es sich mit dem Wachpersonal in der Conciergerie verhielt und wie dieses zu überlisten war. Also senkte Pierre die Stimme und sagte offen: »Ich bin zu einem Botengang unterwegs. Die geplante Versammlung ist wichtiger als jedes Sonett. Es gilt, das Leben des Parlamentsrates du Bourg zu retten. Und dafür bin ich bereit zu kämpfen.«

Wenn sich Gabriel in den vergangenen Stunden ein wenig angetrunken gefühlt hatte, so wurde er nach dieser Offenbarung schlagartig nüchtern. Obwohl Pierre diesen Punkt nicht deutlich ausgesprochen hatte, verstand Gabriel dessen Worte sofort. Absichtlich grob stieß er mit dem Fuß gegen das lahmes Bein des Freundes. »Ihr seid körperlich nicht in der Lage zu einer Befreiungsaktion. Gefährdet nicht Euch und Eure Verschwörer dazu. Laßt es sein, mein Freund, und bewahrt Ruhe. Noch ist kein Urteil gefällt.«

Doch Beaujeu ließ sich nicht von seinem Vorhaben abbringen. Er zitierte aus der Bibel und versuchte seinen Gefährten davon zu überzeugen, daß er in göttlichem Auftrage handele. Die plötzliche Wandlung vom Lebemann zum Prediger schien aus ihm einen Fanatiker zu machen.

»Wenn wir dem König zeigen, daß wir für unsere Überzeugung zu kämpfen bereit sind, werden unsere Gemeinden wachsen und unsere Fürsprecher erstarken«, führte er leidenschaftlich aus, nachdem er seinen Becher so schwungvoll auf den Tisch zurückgestellt hatte, daß der Wein über den Rand schwappte. »Viele sehen in dem Vertrag mit Spanien einen Affront gegen die Hugenotten. Ich sage Euch, in diesem Frieden liegt unsere Chance. Denn nun können die protestantischen deutschen Fürsten ihren Glaubensbrüdern in Frankreich zu Hilfe eilen, wenn …«

»Hört auf!« fuhr Gabriel barsch dazwischen. »Ihr sprecht nichts als Unsinn. Ihr seid nicht mehr nüchtern und Herr Eures Wortes, obwohl Ihr mehr Wein verschüttet als trinkt. Ansonsten müßte man fast glauben, daß Ihr einen Krieg gegen Euer eigenes Land zu führen bereit seid.«

»In der Bibel steht, ein Volk von Norden würde heranziehen, ein großes Volk mit vielen Königen, um die Gläubigen vom Joch der Heiden zu befreien ... *sie kommen mit Bogen und Schwert, Krieger zum Kampf gerüstet* ... Das klingt nach den deutschen Fürsten, findet Ihr nicht?«

Gabriel stöhnte wie unter Schmerzen auf, und tatsächlich bereitete ihm die Vorstellung von Pierre als Kämpfer für die Rechte der Protestanten körperliche Qual. »Was redet Ihr denn da? Auch ich kenne das Alte Testament und habe darin gelesen, daß die Befreiung Israels von den Chaldäern ein wenig anders lag als die Situation der Reformation in Frankreich. Es wird Euch nicht gelingen, Monsieur du Bourg zu befreien. Er wird schwer bewacht. Deshalb wurde er als Ketzer in der Conciergerie eingekerkert und nicht in die Bastille geschickt, wie es sich für einen Mann seines Standes gehört. Doch im Gefängnis der Adligen ist die Aufsicht lockerer. Und, nebenbei bemerkt, kein deutscher Protestant wird herbeieilen, um einen französischen Parlamentsrat vor dem Gericht seines Königs zu beschützen.«

»In diesem Punkt habt Ihr wohl recht«, räumte Beaujeu bedrückt ein. »Aber ich möchte nichts unversucht lassen. Meine Glaubensbrüder und ich werden einen Weg finden.« Er hätte seinem Freund gerne gesagt, daß dieser für ihn so etwas wie das Pferd von Troja war; Gabriels Wissen würde es ermöglichen, die Conciergerie einzunehmen.

Statt sich in weiteren blumigen Äußerungen und Bibelzitaten zu ergehen, blickte der Dichter auf und sah seinem Gegenüber in die Augen, während er ebenso grimmig wie direkt fragte: »Warum helft Ihr uns nicht? Ihr solltet wissen, welche Möglichkeiten es gibt, in die Conciergerie einzudringen.«

»Ich bin Hauptmann der Garde und kein Kerkermeister«, gab Gabriel zurück. »Außerdem bin ich mit meinem Eid dem König verpflichtet und ein gläubiger Katholik. Selbst Euch werde ich nicht den Gefallen tun, zum Verräter zu werden. Vergeßt es, Beaujeu!«

»Irgendwann werdet Ihr Euch auf die richtige Seite stellen müssen«, behauptete der andere kühn und meinte damit die Sache der Reformation. »Zu viele Menschenleben stehen auf dem Spiel. Einschließlich meines. Deshalb werdet auch Ihr eines Tages dem Evangelium folgen.«

Gabriel schüttelte den Kopf. »Fanatismus hat bisher jedem Kampf geschadet. Paßt auf, daß Ihr Euch nicht in seinen Fängen verstrickt. Das ist gefährlicher als jeder Spitzel, der Eure närrischen Reden belauschen könnte ...« Er unterbrach sich, als habe er einen plötzlichen Einfall, und fuhr scheinbar fröhlich fort: »Wißt Ihr, ich glaube, Euch fehlt eine Frau. Mich dünkt, Ihr hattet schon lange kein Liebesglück mehr. Wonach gelüstet Euch? Dieser Ort ist gut gewählt, hier gibt es mehr als billigen Wein, um Eure Gedanken fort von einem blutigen Abenteuer zu lenken. Wenn Ihr pleite seid, helfe ich Euch gerne aus. Wenn Ihr es wünscht, kaufe ich Euch sogar zwei Huren. Mir scheint, ihre Dienste sind sehr günstig hier.«

»Und Ihr?« fragte Pierre mit glasigen Augen und für einen Moment tatsächlich von der Aussicht auf ein rasches, befreiendes Erlebnis verführt. Er ließ seine Blicke durch die Schenke gleiten und erfaßte die schnell alternden jungen Mädchen, die für ein paar Testons ihre Röcke hoben, um Herren wie ihm zu Gefallen zu sein. »Nach welcher Weibsperson steht Euch der Sinn, Montgommery?«

»Wie Ihr sehr wohl wißt, verkehre ich bei Hofe. Dort

gibt es eine Vielzahl von Marquisen, die sich jederzeit umsonst anbieten; ich kann mir das Geld für käufliche Liebe sparen. Die meisten Hofdamen sind zügellos, und selbst ihre vornehme Herkunft schützt sie nicht vor allerlei Liebesseuchen. Es spielt also keine Rolle, ob ich mich hier bei den Dirnen bediene oder später kostenlos im Hôtel des Tournelles. Abgesehen davon, beschäftigt mich eine ganz bestimmte Frau, und die Erinnerung an sie läßt die Reize aller anderen verblassen. Mir steht nicht der Sinn nach flüchtiger Befriedigung. Zur Zeit jedenfalls nicht.«

Mit einem bedauernden Seufzen kehrte der Dichter in die Wirklichkeit zurück. Die Geschichte von Gabriels merkwürdigem Liebesreigen fiel ihm ein. Sein Freund hatte ihm just in dem Augenblick davon berichtet, als Anne du Bourg im Parlament verhaftet worden war. Im Zuge des nachfolgenden Durcheinanders hatten sie nicht mehr über Gabriels Erlebnisse in Chenonceau gesprochen. Und auch jetzt war die Gelegenheit ungünstig. Wichtigeres mußte entschieden werden.

Pierre legte Gabriel begütigend die Hand auf die Schulter. »Ihr seid mein bester und treuester Freund, mein Bruder – deshalb vertraue ich Euch grenzenlos. Ich werde Euch davon unterrichten, welchen Beschluß die Versammlung trifft. Bis dahin könnt Ihr Euch überlegen, ob Euer Gewissen bereit ist, der Reformation zu helfen. Aber nun muß ich gehen und weitere Vorbereitungen treffen.« Seine Behinderung erschwerte ihm das Aufstehen, er stützte sich auf die Schulter des Freundes, als er sich erhob. »Lebt wohl, Montgommery! Ihr werdet von mir hören.«

17

Die überraschende Nachricht vom Eintreffen des Königs verwandelte Dianes Haushalt in einen Bienenstock. Ein Eilkurier kündigte die unmittelbar bevorstehende Ankunft des hohen Gastes an, woraufhin die Dienerschaft angewiesen wurde, alles zur Bequemlichkeit Seiner Majestät vorzubereiten, und Diane sich für eine längere Ruhepause als üblich zurückzog. Als zwei Stunden später Henri mit kleinem Gefolge die Auffahrt entlangritt, stand Diane deshalb ebenso frisch herausgeputzt wie ihre Umgebung zwischen ihren abgehetzten Ehrendamen und ihrem Sekretär am Fenster und beobachtete den Einzug.

Isabelle war müde von der raschen Erledigung der vielfältigen Aufgaben, die ihr Diane zuvor übertragen hatte, und bislang hatte sie keine Zeit gehabt, darüber nachzudenken, ob etwa der Comte de Montgommery die Leibgarde anführte. Die Erinnerung an ihn drängte sich wieder in den Vordergrund, als sie bemerkte, wie zappelig Marie auf die sechs Ritter blickte, die zum Schutz des Königs abkommandiert waren. Die Gesichter der Männer hinter den geschlossenen Visieren waren jedoch nicht zu erkennen, so daß die wahre Identität jedes einzelnen im verborgenen blieb. Lediglich der Reiter unmittelbar neben dem Monarchen konnte an seinem pompösen Kopfschmuck rasch als Jacques d'Albon de Saint-André identifiziert werden, seines Zeichens Marschall von Frankreich, bester Freund des Königs, Genußmensch und erstaunlicherweise beliebt bei allen Parteien des Hofes, von Catherine ebenso gerne gesehen wie von Diane.

»Wir sollten in die Eingangshalle gehen und Seine Majestät begrüßen«, schlug Nicholas sanft vor.

»Ja, das sollten wir«, murmelte Diane gedankenverloren. Sie ließ Isabelle und Marie einen Schritt vorausgehen, so daß sie sich für einen Moment ungestört an Nicholas wenden konnte: »Was mag es wohl mit dieser überstürzten Reise auf sich haben? Die Begleitung von Marschall de Saint-André ist nicht ungewöhnlich, aber ich frage mich, ob der gute Jacques gerade jetzt gekommen ist, um mich umzustimmen? Jedermann weiß, daß er gegen den Friedensvertrag mit Spanien ist.«

Dianes Unsicherheit überraschte Nicholas, er ließ sich sein Erstaunen aber nicht anmerken, sondern antwortete sachlich: »Es wäre das erste Mal, daß Seine Majestät von Euch erwartete, Eure Meinung zu ändern. Ich halte ein solches Vorgehen für ausgeschlossen.«

»Es gibt wahrlich genug zu tun, um sich nicht immer wieder mit demselben Thema aufzuhalten«, gab Diane zurück und machte auf dem Absatz ihrer reichbestickten Pantöffelchen kehrt, um ihren Ehrendamen in die Eingangshalle zu folgen.

Mit wenigen Schritten holte sie Marie auf der Treppe ein. »Haltet an Euch, meine Liebe!« warnte Diane. »Falls der charmante Capitaine, dem Euer Herz gehört, zum Gefolge des Königs gehören sollte, sinkt ihm nicht gleich zu Füßen. Es wäre äußerst sinnvoll, wenn Ihr ihm den Vortritt laßt.«

Marie errötete, und Isabelle, die die Mahnung gehört hatte, fragte sich unwillkürlich, wer von ihnen beiden wohl in Ohnmacht fiele, wenn der Comte de Montgommery tatsächlich erscheinen und der jeweils anderen seine Aufmerksamkeit schenken würde. In diesem Moment strauchelte Marie, stolperte und wäre wahrscheinlich die Treppe hinuntergefallen, hätte nicht Nicholas geistesgegenwärtig nach ihrer Taille gegriffen. Das muß die Generalprobe für einen größeren Auftritt sein, fuhr es Isabelle grimmig durch den Kopf. Einen Herzschlag später hellten sich ihre Gedanken auf: Befürchtete Marie etwa, der Kommandant der Schottischen Garde würde sich Isabelle zuwenden, griff sie deshalb auf eine uralte weibliche List zurück? Maries mögliche Eifersucht schenkte Isabelle ein ebenso unsinniges wie unerwartetes Glücksgefühl.

Doch es war nicht der sehnsüchtig erwartete Comte de Montgommery, der sich im Rücken des Königs seiner Rüstung entledigte. Henri reiste im Schutz von sechs unbekannten Mitgliedern der Schottischen Garde; Jacques d'Albon de Saint-André besaß das einzig vertraute Gesicht. Während sich der Höfling und die Soldaten im Hintergrund hielten, trat Henri auf Diane zu, die im Eingangsportal zu einem tiefen Hofknicks in ihren Röcken versank. Seine Augen versuchten zu lächeln, aber die Falten an seinen Mundwinkeln hoben sich nicht. In der Miene des Königs lag tiefe Sorge.

»*Ma dame*«, sagte er, und in seiner Stimme schwang Erleichterung über das Wiedersehen mit seiner geliebten Ratgeberin. Zwischen der ersten und zweiten Silbe der Anrede »Madame« machte er stets eine kleine Pause, um Diane ganz bewußt »meine Dame« zu nennen, was im übertragenen Sinne der ebenso ehrfürchtigen wie liebevollen Bezeichnung »meine Frau« gleichkam. Er reichte ihr seine Hand und zog sie hoch. »Eine dringende Angelegenheit führt mich auf schnellstem Wege zu Euch. Ich muß Euch unbedingt sprechen.«

Isabelle, die im Rücken Dianes in einem ehrfurchtsvollen Hofknicks verharrte, hielt den Atem an. Was mochte den König zu dieser Eile getrieben haben? Hatte ihn der Affront Catherines gegen Diane so erzürnt, daß er mit seiner Mätresse das weitere Vorgehen gegen seine Gemahlin besprechen wollte? Wohl kaum, denn wenn ihn der von Gabriel de Montgommery übergebene Brief dermaßen aufgebracht hätte, wäre er schon vor geraumer Zeit nach Chenonceau gekommen. Irgend etwas mußte in Paris geschehen sein, das Dianes Meinung erforderte.

»Wenn Ihr beliebt, sollten wir uns in die Bibliothek begeben, wo wir uns ungestört unterhalten können«, schlug Diane vor. Ohne ihre Ehrendamen und Nicholas oder selbst Saint-André eines Blickes zu würdigen, wandte sie sich zum Gehen. Ihre ungeteilte Aufmerksamkeit galt dem König, und dieser hing an ihren Lippen, als könnte er von diesen das Manna seines Lebens empfangen.

Als Marie sich anschickte, dem Paar zu folgen, verharrte Diane für den Bruchteil einer Sekunde in ihrem Schritt. Ohne daß sie Marie auch nur ansah, geschweige denn das Wort an sie richtete, machte sie der jungen Frau mit einer einzigen knappen Bewegung ihres Körpers deutlich, wie sie sich zu verhalten hatte. Den Kopf betreten senkend und von dieser stummen Zurechtweisung peinlich berührt, blieb Marie neben Isabelle zurück.

In den vergangenen Wochen hatte es wiederholt Gelegenheiten gegeben, die Isabelle dazu verführt hatten, Sympathie für Diane zu empfinden, die jedoch meistens kurz darauf zerstoben war. In diesem Augenblick aber schenkte sie Diane ihre ungeteilte Bewunderung. Dianes Demonstration ihrer königlichen Haltung trotzte selbst Isabelle tiefen Respekt ab. Niemand bei Hofe, fuhr es ihr durch den Kopf, besitzt die Größe von Madame, nicht einmal die Königin. Von diesem Gedanken wieder in die Realität zurückgebracht, wandte sie ihre Aufmerksamkeit Nicholas zu und hörte gerade noch, wie dieser zu Saint-André sagte: »Ich hörte, Ihr arbeitet an einem Buch. Wenn Ihr meiner Hilfe als Sekretär bedürft, stehe ich jederzeit zu Eurer Verfügung.«

Jacques d'Albon de Saint-André war ein sympathischer Mann von vierundfünfzig Jahren, der trotz seiner Vorliebe für guten Wein und ebensolches Essen jünger als sein Freund, der König, wirkte. Mit der ihm eigenen liebenswürdigen Agilität lachte er kurz auf, obwohl er keinesfalls so heiter war, wie Isabelle ihn von seinem letzten Besuch in Chenonceau in Erinnerung hatte: »Vielen Dank, aber mich zieht es mehr in die Küche von Madame als in ihr Arbeitszimmer. Mein Werk, Monsieur Fouquet, wird weniger geistreich als sinnenfreudig sein. Ich arbeite an einer Rezeptesammlung, einem Kochbuch also. Damit möchte ich Madames Gastfreundschaft ein Denkmal setzen.«

»Dann werde ich unverzüglich dafür sorgen«, mischte sich Isabelle rasch ein, in der Hoffnung, aus diesem Gespräch mehr als nur die schriftstellerische Vorliebe des Höflings zu erfahren, »daß Euch Wein und ein Imbiß serviert werden, *Maréchal*. Madame würde es mir ewig ankreiden, wenn Ihr nicht vorzüglich bewirtet würdet, während sie mit Seiner Majestät diskutiert.«

Er schenkte ihr ein freundliches Lächeln. »Eurem Angebot bin ich nicht abgeneigt, Madame de Valmy, vielen Dank. Am besten, ich stürze mich gleich auf die Leckereien aus Madames Küche. Dann habe ich einen gewissen Vorsprung, bevor wir wieder abreisen.«

Isabelle war zutiefst dankbar für die Entwicklung des Gesprächs, und ihr lag die Frage nach der offenbar gebotenen Eile schon auf der Zunge, als sie Marie hörte, die sich kokett an einen der Leibgardisten wandte: »Wo habt Ihr nur Euren Hauptmann gelassen? Ist es nicht die Aufgabe des Comte de Montgommery, die Leibgarde Seiner Majestät zu befehligen?«

»Nein, Mademoiselle«, lautete die enttäuschende Antwort, »heute nicht. Capitaine de Montgommery fühlte sich unwohl, und wahrscheinlich ist es auch besser, daß er in Paris nach dem Rechten sieht. Man erwartet Ausschreitungen der Häretiker ... Aber, Mademoiselle, ich möchte Euch nicht mit diesen schlimmen Geschichten belasten. Die sind nichts für eine junge Dame.«

Nicholas, der dem Dialog ebenfalls gefolgt war, wandte

sich stirnrunzelnd an Saint-André: »Was ist passiert, daß mit Revolten zu rechnen sein könnte?«

»Habt Ihr es noch nicht gehört?« wunderte sich der Freund des Königs, um gleich darauf fortzufahren: »Im Parlament ereignete sich vor wenigen Tagen eine Ungeheuerlichkeit: Der Rat Anne du Bourg trat während einer Debatte in Anwesenheit Seiner Majestät für die Protestanten ein und verlangte ein Reformkonzil ...«

»Seigneur du Bourg kann unmöglich so weit gegangen sein, im Beisein des Königs für die Häretiker zu plädieren«, warf Nicholas betroffen ein.

»So ist es geschehen«, versicherte Saint-André ernst, während er seinen Harnisch ablegte und einem wartenden Diener reichte. »Du Bourg wurde verhaftet und in die Verliese der Conciergerie geworfen. Er wird verhört und soll seinem Urteil mit Gelassenheit entgegensehen, dabei ist es unwahrscheinlich, daß er Gnade erfahren wird. Immerhin hat er sich der Ketzerei schuldig gemacht, und darauf gibt es nur eine Antwort.« Wieder seine fröhliche Miene aufsetzend, wandte er sich an Isabelle: »Genug Gerede über die unsäglichen Hugenotten. Verratet mir, Madame de Valmy, was hat Madames Küchenchef heute anzubieten?«

Mit den ungelenken, automatischen Bewegungen einer Marionette verrichtete Isabelle in Dianes Abwesenheit ihre Gastgeberinnenpflicht. Während sie Wein, Käse und Brot bestellte, kreisten ihre Gedanken um die Vorgänge im Parlament. Ihr fiel nicht einmal auf, daß sich Marie schmollend im Hintergrund hielt, wo sie ihr Liebesleid zu pflegen schien. Isabelle verschwendete keinen Gedanken an den Comte de Montgommery; sie dachte vielmehr an den tapferen Mann, der die Stirn besessen hatte, gegen die versammelte Gesellschaft aufzustehen und seine Meinung und seinen Glauben nicht nur vor den anderen Räten, sondern auch angesichts des Königs zu verteidigen. Was hätte sie dafür gegeben, diesen Auftritt erleben zu dürfen! Aber es zog sich auch ihr Herz zusammen, wenn sie an den Prozeß und die sehr wahrscheinliche Hinrichtung des bewunderungswürdigen Seigneurs dachte, den sie im übrigen nicht einmal persönlich kannte. Anne du Bourg ist ein Märtyrer, überlegte sie und: Wie traurig, daß es in unserem Glauben keine Helden gibt.

Hinter der dicken, die Bibliothek abschließenden Tür erläuterte der König seiner Dame die Geschehnisse im Justizpalast von Paris. Mit einem wütenden Protestschrei schloß er seinen Bericht: »Religionsfreiheit in Frankreich! Wie konnte er es nur wagen!« Er schlug die Hände vor sein Gesicht, als könne er auf diese Weise die Erinnerungen an jenen Nachmittag auslöschen, als der Bretone du Bourg aufgestanden, seine Meinung geäußert und schließlich verhaftet worden war. Die Bilder des Aufruhrs in seinem Parlament hatten Henri mehr berührt als die inzwischen wieder in großer Zahl brennenden Scheiterhaufen an der Place de Grève, wo unbekannte Protestanten hingerichtet wurden.

Dianas seidene Röcke raschelten, als sie im Raum auf und ab lief. »Es ist anmaßend und ungeheuerlich, was Seigneur du Bourg sich herausgenommen hat«, verkündete sie, um ihre Lieblingsmetapher hinzuzufügen, wenn es um die Reformation ging: »Er ist eine Pest, wie all die anderen Lutheraner auch. Und wenn wir nicht sterben wollen, müssen wir diese Krankheit mit allen Mitteln ausrotten, so wahr uns Gott helfe.«

Ihr Sturm der Entrüstung schien am Monarchen abzuprallen. Ohne seine Hände vom Gesicht zu nehmen, fuhr er wie zu sich selbst fort: »Dieser Häretiker besitzt auch noch die Dreistigkeit, mir Vorhaltungen zu machen. Mir! Dem König! In seinen Verhören erklärte er, es mißfalle ihm sehr, daß der König und die Fürsten sich über seine Äußerungen empört hätten, denn seines Wissens habe er nichts gegen die Vorschriften seines Bekenntnisses, gegen die Gebote Christi und gegen die der Kirche gesagt.« Endlich hob er seinen Kopf und blickte Diane aus trüben Augen an: »Können wir ihm eine derartige Unverschämtheit erlauben?«

»Nein, natürlich nicht.« Sie sank neben seinem Stuhl auf die Knie und legte beruhigend ihre Finger auf seinen Arm. »Seigneur du Bourgs Verhalten war absolut unangemessen und ist unentschuldbar. Keinem Häretiker steht es zu, Gnade zu erfahren. Überdies sollte Seigneur du Bourg mehr als jeder andere die Härte der Gesetze zu spüren bekommen, da er mit seinem Verhalten den König beleidigte.«

Henri nickte dankbar. »Nicht wahr, Ihr seht es genauso? Ich kann nicht verstehen, warum Catherine eine andere Meinung vertritt. Die Königin will keinen Frieden mit Spanien, aber eine moderatere Haltung gegenüber der Reformation. Ich wundere mich ein wenig, denn damit fällt sie mir nicht nur in den Rücken, sie stellt sich auf diese Weise auch gegen die entschiedene Meinung Ihres Freundes, des Herzogs von Guise. Könnt Ihr das verstehen?«

»In Wahrheit opponiert Catherine mit ihrer angeblichen milden Stimmung nur gegen den Friedensvertrag mit Spanien und die vereinbarte Vermählung Eurer Tochter mit König Philipp«, erwiderte Diane. »Sie verfolgt nach wie vor denselben Plan. Dabei ist sie bemerkenswert konsequent, obwohl sie sich auf diese Weise wahrscheinlich wirklich die Feindschaft der Guisen zuzieht. Ihr solltet diese Entwicklung in Ruhe abwarten, denn sie kann Euch recht sein.«

»Nein, *ma dame*, hier irrt Ihr. Ich bin sehr verstimmt über Catherine.«

»Es mag Euch auf den ersten Blick wie Verrat erscheinen, daß Eure Gemahlin eine andere Linie vertritt als Ihr selbst«, erklärte Diane geduldig, »aber in Wirklichkeit ist es eine göttliche Fügung, denn sie spielt Euch damit in die Hände.«

Der König sah sie ungläubig an. Ihre Blicke begegneten sich, und er erkannte die kühle Entschlossenheit in Dianes wunderschönen blauen Augen. Die Ruhe, die Diane ausstrahlte, nahm wie stets auch von ihm Besitz, er begann seine innere Aufruhr abzuschütteln wie einen lästigen Mantel. Während er auf dem Ritt nach Chenonceau noch darüber gegrübelt hatte, wie er Catherine künftig gegenübertreten sollte, hatte er nun das Gefühl, einer Lösung seiner Probleme nahe zu sein. Diane hatte recht: Er hatte in Catherines Haltung Verrat gewittert und sich darüber Gedanken gemacht, wie mit einem Verräter umzugehen sei; in der Vergangenheit hatte er sich der Personen, von denen er sich hintergangen fühlte, ohne viel Federlesens entledigt – die Königin konnte er aber nicht so ohne weiteres umbringen lassen. Er fragte sich insgeheim, ob Diane einen Giftanschlag auf ihre Widersacherin vorschlagen würde, und bat: »Fahrt bitte fort!«

»Ihr profitiert von Catherines Widerspruch. Laßt ihr ihren Glauben an eine Aussöhnung mit den Häretikern, denn damit fördert Ihr die Provokation ihres berühmten Günstlings. Es ist in Eurem Sinne, wenn sich Catherine und François de Guise entzweien, denn wenn er nicht mehr von der Königin protegiert wird, schrumpft sein Einfluß bei Hofe. Ich rate Euch daher, sie in dem Glauben zu lassen, sie könne Euch umstimmen.«

»Was?« protestierte der König, doch sein Einwand klang schwach. »Soll ich Anne du Bourg etwa begnadigen?«

Der Druck ihrer Finger auf seinem Arm wurde stärker, drängender. »Das habe ich nicht gemeint. Niemand erfährt Gnade, der sich gegen den König von Frankreich wendet und die Pest unterstützt. Du Bourg soll brennen ...! Aber Ihr solltet Catherine nicht zürnen, sondern Euch besser so schnell wie möglich mit ihr versöhnen. Nur wenn sie denkt, Euch langfristig auf die eigene Seite ziehen zu können, wird sie sich gegen die Guisen stellen. Und dann haben wir ein Problem weniger am Hof.«

»Die Königin befindet sich zur Stunde in Fontainebleau«, sagte Henri nachdenklich. Wieder suchte er Dianes Blick, als wollte er sich vergewissern, daß seine veränderten Pläne tatsächlich ihre Unterstützung fanden. »Jedermann in Paris glaubt, ich sei bereits dort, aber ich wollte zuvor mit Euch sprechen. Eigentlich hatte ich die Absicht, Catherine zur Rede zu stellen und sie in die Verbannung zu schicken oder zurück nach Italien, auf das sie ja nicht verzichten möchte. Ich vertraue jedoch Eurem Urteil und werde einen anderen Weg gehen. Würdet Ihr mich auf dieser Reise begleiten und Zeugin sein, wie ich Catherine meine Hand zur Versöhnung reiche?«

Diane lächelte. Erleichterung durchströmte sie. Nicht auszudenken, wenn Henri nach all den Jahren auf eine Scheidung mit Catherine de Médicis drängen würde. Wahrscheinlich würde er sogar die Absolution des Papstes dafür erhalten, denn Catherines Widerstand gegen den vom Pontifex gewünschten Friedensvertrag mit Spanien wäre ein guter Grund für die Auflösung ihrer Ehe, und irgendwo wartete immer eine einflußreiche Prinzessin auf die Vermählung mit einem Herrscher, die dessen Interessen entgegenkam. Wenn aber eine andere Frau in Henris Leben träte, könnte Dianes Anziehungskraft schnell an Glanz verlieren. Das Dreigestirn ihrer Beziehung hatte in den vergangenen sechsundzwanzig Jahren zu gut funktioniert, um das Risiko einer veränderten Situation einzugehen. Diane hatte längst beschlossen, über die Beleidigung hinwegzusehen, die Catherine ihr in Chaumont zugefügt hatte. Nur unter den gegebenen Vorzeichen würde sie nicht an Einfluß verlieren. Und deshalb würde sie mit Henri nach Fontainebleau reisen, auch wenn sie nicht die geringste Lust darauf verspürte.

18

Ein Astrologe hatte errechnet, in welcher Nacht die Sterne am günstigsten standen. Tatsächlich war der Himmel von Wolkenbergen durchsetzt, hinter denen der Mond immer wieder verschwand, als sich die kleine Gruppe mutiger Männer auf den Weg machte. Die Sekunden mit hellem Mondlicht nutzten die Abenteurer zu einer Atempause; im Schutz der Dunkelheit strebten sie vorwärts. Die beiden Boote, mit denen sie der Conciergerie entgegenruderten, waren schwarz angestrichen worden, um optisch mit der Seine zu verschmelzen. Mit ruhigen Schlägen führten zwei Seeleute die Pletten, so daß sie fast lautlos durch das Wasser glitten. Vom linken Ufer wehte ihnen der Singsang eines Betrunkenen entgegen, ansonsten war es so still, daß keiner der Männer zu sprechen wagte. Es gab auch nichts zu sagen, alles war besprochen, und sie verständigten sich nur mit knappen Gesten.

Gabriels Herzschlag beschleunigte sich, als sich die Boote dem Quai auf der Île de la Cité näherten und das erste von ihnen anlegte. Es war nicht das erste Mal in dieser Nacht, daß er sich fragte, was ihn dazu getrieben haben mochte, seinem Freund Beaujeu auf seinem Befreiungsfeldzug für Anne du Bourg zu begleiten. Er schwebte durch seine bloße Anwesenheit in großer Gefahr und tarnte sich sogar vor Pierres Mitstreitern mit einer schwarzen Maske, denn es war nicht auszudenken, was geschehen würde, wenn man ihn erkannte. Die Protestanten hatten ihn nur akzeptiert, weil sich sein Freund für ihn verbürgt hatte und man wohl übereingekommen war, daß es sinnvoll wäre, wenn der Dichter über einen persönlichen Beschützer verfügte. So wurde aus dem Hauptmann der königlichen Leibgarde der Bewacher eines erfolglosen Poeten, der mit seinem lahmen Bein nicht in der Lage wäre, einem Angriff auszuweichen oder auch nur schnell genug vor den Soldaten des Königs davonzulaufen. Deshalb blieb Gabriel in einem der Boote zurück, als sich die anderen Männer an der Kaimauer hochzogen und im Schatten der Wolkendecke davonschlichen. Wahrscheinlich konnte sich Gabriel zwar im Ernstfall besser als jeder andere in der Gruppe mit seinem Degen verteidigen, aber er sah seine Aufgabe nun einmal nicht darin, Anne du Bourg zu befreien, sondern seinen Freund zu beschützen.

Die Sekunden gingen mit quälender Langsamkeit dahin. Minuten schienen zu Stunden zu werden. Der Seemann in Gabriels Boot hielt den Riemen seines Ruders fest in den Händen, darauf bedacht, daß durch den Wellengang keine Geräusche verursacht würden. Durch die Augenschlitze seiner Maske warf Gabriel einen Blick auf seinen Freund, der in der zweiten Barke kauerte und nach einer Polizeistreife Ausschau hielt. Es kribbelte Gabriel in den Händen. Die aufgezwungene Passivität zerrte an seinen Nerven. Er war ein Mann der Tat und kein Held im Abwarten.

Plötzlich zerrissen Stimmen die Stille. Hastende Schritte und Hufgetrappel hallten dumpf auf dem sandigen Boden wider. Flüche wurden ausgestoßen, Schreie wurden als unheimliches Echo von den Mauern der alten Burg zurückgeworfen. Das Klirren gegeneinander gerichteter Degen erklang.

Ohne darüber nachzudenken, sprang Gabriel auf. Einen Moment bemühte er sich in dem schwankenden Boot, sein Gleichgewicht zu finden. Dann setzte er zum Sprung an …

doch Hände zerrten an seinem schwarzen Mantel und rissen ihn zurück.

»Was soll das?« zischte er wütend.

»Bleibt hier«, flüsterte der Steuermann. »Ihr würdet es nur schlimmer machen, wenn Ihr eingreift.«

»Ich kann besser kämpfen als jeder andere«, gab der Hauptmann der Schottischen Garde zurück und bemühte sich vergeblich, den Seebären abzuschütteln.

»Verschwendet Eure Kraft nicht an mich ...«

»Was soll das, Charles?« rief Pierre aus seinem Boot herüber und benutzte dabei den falschen Namen, den sich die beiden Freunde für Gabriel ausgedacht hatten. »Wolltet Ihr nicht zu meinem Schutz bei dieser Sache dabeisein? Hört auf, um Euch zu schlagen, sonst geht Ihr noch unter und ertrinkt unehrenhaft.«

»Verdammt!« fluchte der Ruderer und nahm Gabriel in den Schwitzkasten. »Haltet Euch endlich ruhig, oder wollt Ihr uns alle an den Galgen bringen?«

Der Tumult über den im Schatten der Quaimauer wartenden Booten nahm etwas ab. Aus den Schmerzensschreien wurde ohnmächtiges Stöhnen. Gabriel zog sich der Magen zusammen, als er sich bildlich vorstellte, was geschehen sein mochte. Mit einer wütenden Bewegung befreite er sich aus der Umklammerung des Seemannes. Schweigend kauerte er sich in den Bug des Bootes.

Plump wie ein Mehlsack fiel ein blutüberströmter, scheinbar lebloser Körper herab und ließ die Barke bedrohlich schaukeln. Offenbar mit letzter Kraft war es einem der Verschwörer gelungen, seinen Häschern zu entkommen und sich in Sicherheit zu bringen.

»Verrat!« keuchte er. »Wir sind verraten worden!«

In diesem Augenblick entdeckte einer seiner Verfolger die Boote. Mit einem wütenden Schrei sprang der schwerbewaffnete Soldat in die Barke. Er stürzte sich mit seinem

Degen blitzschnell auf den ihm am nächsten befindlichen Mann. Der kräftige Ruderer war zwar stark, aber nicht schnell genug, um dem tödlichen Hieb auszuweichen. Sein massiger Körper stürzte über Bord und versank in den dunklen Fluten der Seine. Das Boot schwankte bedrohlich und schien zu kentern. Da wandte sich der königstreue Mörder mit einer raschen Drehung zu seinem nächsten Opfer um. Durch diese Bewegung stellte er unbeabsichtigt das Gleichgewicht wieder her, und die Barke lag etwas ruhiger.

Gabriels Degen blitzte im Mondlicht auf.

»Vorsicht!«

Er nahm Pierres Schrei kaum wahr. Auch würde er nie erfahren, wie es der Freund mit dem gelähmten Bein geschafft hatte, behende von einem Kahn in den anderen zu springen. Unter seinen Füßen spürte er nur das leise Schaukeln des Bootes, als Pierre mutig nach der herrenlosen Plette griff. Statt in die Strömung zu geraten und in die Mitte des Flusses zu treiben, wurde die Barke nun mit vorsichtigen Stößen durch die Dunkelheit gerudert.

Der Soldat richtete seine Waffe gegen Gabriel. Dieser konnte dem geübten Schlag ausweichen, duckte sich, zielte auf seinen Gegner. Die Klingen kreuzten sich. Unwillkürlich trat Gabriel einen Schritt zurück.

Das Boot schaukelte, die Planken ächzten bedrohlich unter seinem Gewicht. Noch einen Zentimeter weiter, und die Wellen würden ihn verschlingen. Dann wäre Pierre verloren.

Gabriel stach mit aller Kraft zu. Eine Wolke verdunkelte den Mond, und er hatte in der Finsternis nur eine vage Vermutung, ob der Treffer tödlich war.

Der Degen des anderen wirbelte durch die Luft. Er verfehlte jedoch sein Ziel und fiel ins Wasser. Einen verzweifelten Atemzug später spuckte der Soldat einen

Schwall seines Lebenssaftes aus. Dann sank er in sich zusammen.

Irgendwo neben dem Boot landete eine vom Quai aus mehreren Arkebusen abgefeuerte Geschoßsalve in der Seine. Die Kugeln trafen mit einem kurzen Platschen auf, Wasser spritzte hoch. Danach war es wieder still.

Gabriel riß sich keuchend die Maske herunter. Atemlos starrte er auf die Leiche des königlichen Wachmannes, der halb auf dem Verwundeten lag und halb über Bord hing, so daß das Boot Schlagseite bekam. Über seine Schulter blickte er zurück zur zweiten Barke. Der andere Seemann hatte sich aus dem Staub gemacht, von diesem war nichts mehr zu sehen und auch keine Hilfe zu erwarten.

Pierre ruderte ruhig im Schatten der Quaimauer, so daß Gabriel nicht erkennen konnte, wie viele Posten sich über ihnen versammelt hatten. Er konnte nur hoffen, daß sie sich nicht mehr im Blickfeld der Wachen befanden und niemand ihre Verfolgung zu Wasser aufnehmen würde. Mit zusammengebissenen Zähnen schob er den Toten von dem leise stöhnenden Verschwörer und über die Reling. Mit einem dumpfen Geräusch ging der Soldat des Königs unter.

Die Wolken zogen weiter, und der Mond beleuchtete die Szene plötzlich mit erschreckender Helligkeit. Er schien direkt in Gabriels Gesicht.

»Ich erkenne Euch!« rief der verletzte Verschwörer, der durch den Kampf von seiner Ohnmacht erweckt worden war. Bewegung kam in die leblose Gestalt. »Ihr seid der Hauptmann der Leibgarde. Ihr gehört zum Gefolge des Königs. Großer Gott, Ihr seid der Verräter!«

»Seid still und laßt Eure Wunden versorgen«, sagte Gabriel unbeeindruckt, während er seinen blutigen Degen in die Scheide schob und sich auf die Knie niederließ, um den Körper des Verwundeten zu untersuchen.

Doch der Protestant wehrte sich unter Aufbietung seiner letzten Kräfte. »Ihr seid der Verräter!« Der Mann steigerte sich wie von Sinnen in einen hysterischen Zorn. Sein fiebernder Tonfall wurde lauter, seine Stimme überschlug sich, als er schrie: »Ihr seid der Verräter ... Comte de Montgommery.« Der Name wehte über die Seine. Ein verzerrtes Echo warf ihn von den alten Quaimauern zurück.

»Haltet den Mund«, herrschte jetzt Beaujeu seinen Glaubensbruder an. Mit einer Brutalität, die Gabriel ihm nie zugetraut hätte, trat er dem Verwundeten in die blutende Seite. Der andere stöhnte laut auf und sackte wieder ohnmächtig in sich zusammen.

»Gut so«, stellte der Dichter trocken fest.

Er ließ das Boot für einen kurzen Moment mit der Strömung treiben, bis es unter der Brücke angekommen war, die die Seine-Insel mit dem rechten Ufer verband. Dann ruderte er vorsichtig um die Pfeiler herum und legte längsseits an einem der hölzernen Pfosten an. Leise schaukelte die Barke, der Bug drehte sich mit den Wellen zur Seite.

Über die Schulter zischte Beaujeu: »Verschwindet! Sofort! Ihr könnt über die Verstrebungen an Land klettern. Bringt Euch in Sicherheit. Ich kümmere mich um den da ...« Eine Kopfbewegung deutete auf den dritten Mann im Boot.

Sprachlos starrte Gabriel seinen Freund an. Noch nie hatte er den sanftmütigen, romantischen Pierre so tatkräftig erlebt. »Ich werde Euch nicht verlassen«, versetzte er. »Ihr könnt diesen Mann nicht allein versorgen oder auch nur wegschaffen. Er braucht einen Bader, und ich kenne einen vertrauensvollen ...«

»Ihr redet wie ein altes Waschweib«, unterbrach ihn sein Freund entnervt. »Haut endlich ab, Montgommery! Gott weiß, wer Euren Namen verstanden hat. Wenn Euch Euer Leben lieb ist, müßt Ihr Paris so schnell wie möglich den

Rücken kehren. Am besten, Ihr reitet zum König. In Fontainebleau wird niemand einen Verräter vermuten.«

Gabriel zögerte. Es behagte ihm nicht, den Gefährten in dieser Situation allein zu wissen. Andererseits hatte sein Freund recht. Er war nur eine Belastung. Dennoch setzte er zur Widerrede an: »Ich bitte Euch, niemand nimmt das Wort eines Verschwörers ernst, und er sprach auch gar nicht so deutlich, daß …«

»Wenn Ihr Euch nicht sofort auf den Weg macht, werde ich Euch eigenhändig ins Wasser werfen, Montgommery.«

Endlich kapitulierte er vor Pierres Vernunft. Er nickte stumm, tastete den feuchten Boden nach seiner Maske ab und setzte sie wieder auf. Dann schlug er seinen Umhang zurück und blickte sich skeptisch um. Die Soldaten schienen ihre Verfolgung aufgegeben zu haben; es war still um sie her, und keine Menschenseele war zu sehen.

Ein paar Sekunden später verschwand der Mond wieder hinter der dichten Wolkendecke. Die Gelegenheit war günstig. Gabriel griff nach einer der Verstrebungen, prüfte den Halt und zog sich hoch. Mit kräftigen Klimmzügen kletterte er in die unsichere Finsternis.

19

Die Musiker spielten zum Tanz auf. Mit Gitarre, Violine, Laute und Spinett wurde eine Pavane angestimmt, der in Italien kreierte zeremonielle Hoftanz. Da Diane als Witwe nicht tanzte und der König jede Form des Reigens liebte, außerdem ja auf Versöhnung gestimmt war, führte er die Reihe mit seiner Gemahlin an.

Catherine de Medicis' schweres, mit Goldfäden durchsetztes Brokatkleid glitzerte im Licht von Tausenden von Kerzen und schien in einen Wettstreit um den größten

Glanz zu treten mit dem vergoldeten Stuck, den zahllosen venezianischen Spiegeln und Glasarbeiten und den bedeutenden Fresken von Francesco Primaticcio in der Galerie von Fontainebleau. Es war nicht nur der Lieblingswohnsitz von François I. gewesen, sondern auch das italienischste aller französischen Königsschlösser. Deshalb fühlte Catherine sich hier seit jeher am wohlsten. Bald nach ihrer Inthronisation hatte sie Henri gebeten, die Sammlung der Kunstwerke vervollkommnen zu lassen, so daß man auch ihre Handschrift bei der Architektur und Einrichtung erkennen konnte, wenngleich der Geschmack seiner Favoritin ebenso unübersehbar war.

Diane trank von ihrem Wein und beobachtete das Königspaar, während sie sich zu ihrer Entscheidung gratulierte, die beiden zusammengeführt zu haben. Es war einer dieser glanzvollen Abende des Hofes, die alle Probleme außerhalb dieser Gesellschaft vergessen machten. In ihrer Jugend hatte Diane solche Feste geliebt, inzwischen fürchtete sie derartige Ausschweifungen, denn ihr Körper verlangte nach Schlaf und gesunden Mahlzeiten. Beides war weder mit den üppigen Menüs vereinbar, welche die Königin von ihren aus Italien engagierten Köchen zelebrieren ließ, noch mit einer durchfeierten Nacht. Doch Diane hatte dem Diner in Fontainebleau ebensowenig entfliehen können wie dem anschließenden Ball, ihre Teilnahme an beidem war Pflichterfüllung. Allerdings dämmerte der Morgen bereits herauf, und sie hoffte aus ganzem Herzen, daß das Gelage bald ein Ende finden möge.

Während ihre Augen durch den Saal streiften, bemerkte sie einen neuen Gast im Kreise der engsten Freunde des Königs, die sich nahe der Musiker versammelt hatten, tranken, plauderten und den Eindruck erweckten, als würden sie nach einer Partnerin für den nächsten Tanz – oder mehr – Ausschau halten. Sie hatte nicht gewußt, daß sich

Gabriel de Montgommery im Schloß befand. Seine Anwesenheit schien ihr jedoch eine nette Abwechslung.

Schmunzelnd richtete sie sich an die zu ihrer Linken sitzende Marie: »Seht nur, meine Liebe, Euer Kavalier ist anwesend.«

Marie verwandelte sich wie durch ein Wunder von einer gelangweilten, schläfrigen Person in eine aufgeregte, leidenschaftliche junge Frau: Schlagartig röteten sich ihre Wangen, ihre Augen glänzten, und ihre Brust hob sich mit jedem ihrer raschen, aber tiefen Atemzüge. Das Glück, das ihren Körper so plötzlich durchflutete, leuchtete in ihr wie eine Laterne in der Dunkelheit. Scheinbar verlegen senkte sie die Lider. Die schickliche Geste war jedoch nur Tarnung, denn durch ihre Wimpern beobachtete sie jede Bewegung ihres Liebsten. Ihr Herz klopfte rasend, während sie darauf wartete, daß der Comte de Montgommery ihr seine Aufwartung machen würde. Ihre Stirn umwölkte sich ein wenig, als sie sich überlegte, daß er sich bestimmt schon eine ganze Weile unter den Gästen befand und womöglich Stunden verstrichen waren, ohne daß er ihre Nähe gesucht hätte.

Einer der Höflinge sagte etwas zu ihm, was ihn dazu veranlaßte, seinen Kopf zu heben und an den tanzenden Paaren vorbei zufällig in Dianes Richtung zu blicken. Mit einer tiefen Verbeugung grüßte er die Favoritin; ihr Gefolge schloß er in seinen Kratzfuß mit ein. Ein sichtbareres Zeichen seiner Zuneigung verweigerte er Marie damit; auch Isabelle, die hinter Diane und Marie stand, erfuhr keine größere Wertschätzung. Als sei jeder Höflichkeit genüge getan, neigte er sich seinem Bekannten zu, sagte etwas und grinste schließlich breit, woraufhin der andere in schallendes Gelächter ausbrach.

»Ob er sich wohl über mich amüsiert?« Marie schwankte zwischen Entrüstung, Eitelkeit und Neugier.

Dumme Gans, fuhr es Isabelle durch den Kopf.

Das Wiedersehen mit Gabriel traf sie ebenso unvorbereitet wie Marie. Beide Frauen waren der Annahme gewesen, er befände sich in Paris, wie es der Leibgardist Seiner Majestät vor zwei Tagen in Chenonceau behauptet hatte. Gabriels unerwarteter Anblick versetzte nicht nur Maries Blut in Wallung, er ließ auch Isabelle nicht unberührt. Sie fühlte sich wie erschlagen. In ihrem Kopf formte sich das Bild des Mannes, der in den Stallungen von Chaumont mit einer atemberaubenden Mischung aus Charme, Zärtlichkeit und Erwartung ihre Hand an seine Lippen geführt hatte, Hoffnung, Sehnsucht und Nüchternheit in ihrem Innersten wirbelten plötzlich durcheinander. Während sie auf ein Zeichen von ihm wartete, machte sie sich klar, daß er nur Diane mit formvollendeter Höflichkeit gegrüßt hatte – er hatte weder Isabelle noch Marie eine spezielle Aufwartung gemacht. Vielleicht, resümierte sie, waren sie beide nur ein Spielzeug für ihn gewesen, Marionetten in den anziehenden Händen eines attraktiven Mannes.

Die Musik setzte aus, damit sich die Paare neu formieren und andere auf die Tanzfläche streben konnten. Der König geleitete seine Gemahlin zu ihren Hofdamen, um sich selbst anschließend zu seinen Freunden zu gesellen. Da Diana weit entfernt von dieser Gruppe Platz genommen hatte, konnten sie und die beiden jungen Frauen in ihrem Gefolge kein Wort von der offensichtlich lebhaft geführten Unterhaltung hören. Daß es sich um ein fröhliches Gespräch handelte, war jedem der Herren anzusehen. Gabriel de Montgommery beteiligte sich rege an der Debatte, und schließlich hallte in der musikalischen Pause Saint-Andrés tönende Stimme herüber: »Ich wette mit Euch ...«

»Eine Wette!« rief der König begeistert aus und drehte sich zu der versammelten Hofgesellschaft um. Er hob die

Hände, um seine Gäste zum Schweigen zu bringen. Die Geige, die der Violinist eben anstimmen wollte, verursachte ein quietschendes Geräusch. Füßescharren und aufgeregtes Geflüster verstummten langsam. Dann verkündete Henri: »Unser verehrter Freund, Monsieur Jacques d'Albon de Saint-André, und der Hauptmann unserer Schottischen Garde, Comte de Montgommery, streiten sich darüber, welcher Wein eine höhere Qualität besitzte, ob der aus Italien oder der Inhalt eines französischen Fasses mehr mundet. Unser Freund, der Marschall von Frankreich ist, spricht sich für eine Sorte aus der Heimat unserer Gemahlin aus. Der Hauptmann der Schottischen Garde hingegen plädiert für einen französischen *Clairet.*« Beifall der Nationalisten brandete auf und ebbte nach einer deutlichen Geste des Königs wieder ab. »Wir werden sehen, welcher der beiden Herren richtig liegt. Es soll auf schnellstem Wege Wein aus dem Keller geholt werden, damit wir uns ein Urteil bilden können. Um welchen Einsatz spielt Ihr, Montgommery?«

Scheinbar zerknirscht auf der Suche nach der richtigen Antwort, blickte sich Gabriel um. Schließlich erhellte ein Lächeln sein Gesicht. »Da es sich um eine bedeutende Frage handelt, muß der Verlust äußerst schmerzhaft ein.« Er legte eine winzige Kunstpause ein, während der seine Augen im Saal herumirrten und plötzlich an Marie hängenblieben.

»Ich wette …«, erklärte er dann mit kräftiger Stimme, »ich wette um einen Kuß von Mademoiselle Marie de Roger.«

Gelächter, Applaus und Maries entzückter Aufschrei dröhnten in Isabelles Ohren. Für den Bruchteil einer Sekunde wurde ihr schwarz vor Augen, ihr Magen rebellierte. Sie befürchtete, sich vor versammelter Hofgesellschaft übergeben zu müssen. Das Hämmern in ihren Schläfen verstärkte sich.

Zwei Seelen kämpften in ihrer Brust: Vernunft und Sehnsucht, Disziplin und Leidenschaft. Obwohl alles für eine Verbindung zwischen Gabriel und Marie sprach, beschloß Isabelle, lieber zu sterben, als der Romanze der beiden zuzuschauen.

»Verzeiht, Madame, mir geht es nicht gut«, wisperte sie hinter zusammengebissenen Zähnen. Jeder Atemzug lastete auf ihrer Brust, jedes Wort schien ihre Übelkeit zu verstärken. »Eine plötzliche Migräne. Darf ich mich zurückziehen?«

»Es ist …«, hob Diane an, unterbrach sich jedoch, als ihre Augen Isabelles flehendem Blick begegneten. Verblüfft teilten sich ihre Lippen. »Ich hatte ja keine Ahnung …«, murmelte sie, schluckte den Rest ihres Satzes wieder herunter. Doch ihr Schweigen sprach Bände. Leise sagte sie: »Ihr seid selbstverständlich entschuldigt, Madame de Valmy.«

Isabelle hatte das Gefühl, vollkommen entblößt vor Diane zu stehen. Wie hatte sie die Wahrheit nur so rasch erraten können? Die Favoritin war sehr intelligent und in Liebesdingen äußerst erfahren, wahrscheinlich blieb ihr eine Herzensangelegenheit niemals verborgen. Die Frage war nur, was sie sonst noch alles durchschaut hatte.

»Vor einem dermaßen charmanten Wetteinsatz trete ich selbstverständlich von meiner Behauptung zurück!« verkündete Saint-André am anderen Ende der Galerie. »Ihr seid der Sieger, Montgommery. Die Quote ist hoch, aber die Eure.«

Während Gabriel de Montgommerys Schritte auf dem Weg zu Marie auf dem Boden hallten und die versammelte Hofgesellschaft applaudierte und johlte, floh Isabelle aus dem Saal.

20

Die frische Luft tat ihr gut. Sie war ziellos und blind vor Schmerz durch das Schloß gelaufen, bevor sie den Weg nach draußen gefunden hatte und die geschwungene, hufeisenförmige Freitreppe hinuntergelaufen war. Nun streifte sie durch den im milchigen Licht der Morgendämmerung erwachenden *Jardin de Diane*, der nach der Gartenarchitektin und Favoritin benannt worden war. Die Vögel zwitscherten, und eine laue Frühlingsbrise ließ die tief herabhängenden Zweige der Laubbäume sanft schaukeln; ein leises Rauschen wehte über die Auffahrt. Keine Menschenseele schien sich um diese Zeit in den Park verirrt zu haben. Isabelle war allein. Endlich konnte sie zu sich selbst finden. Sie atmete tief durch, ihre Lungen füllten sich mit unverbrauchter Luft, ihr Herzschlag beruhigte sich, und ihre glühenden Wangen kühlten ab.

Gleichzeitig begann ihr Verstand wieder vernünftig zu arbeiten. Isabelle schämte sich für ihre offensichtliche, verzweifelte Verliebtheit, die es Diane ermöglicht hatte, zumindest eine Wahrheit zu erkennen. Außerdem schalt sie sich für ihre Schwäche. Eine Affäre war aussichtslos, schon gar mit dem katholischen Hauptmann der Schottischen Garde. Gerade deshalb durfte nicht sein, daß sie der Duft dieses Mannes, seine Augen, seine Hände, seine Lippen derart in Erregung versetzten, daß sie alles, was für sie Bedeutung hatte, zu vergessen bereit war.

Mit geistiger Klarheit gestand sie sich ein, daß sie das Leben als Ehrendame Diane de Poitiers' zu verändern begann. Isabelle war in einem behüteten Elternhaus aufgewachsen. Nach dem Verlust von Chenonceau, dem Tod ihrer Mutter und der Flucht nach Venedig hatte zwar großes Unglück auf ihrer Familie gelastet, aber ihr Vater hatte sich stets bemüht, seiner Tochter Fürsorge und Sicherheit zu geben. Deshalb hatte er den vornehmsten und zuverlässigsten Mann, den er finden konnte, als Gatten für sie auserwählt. Michel Marot hatte ihr sehr viel geboten – nur Liebe war tatsächlich nicht dabeigewesen. Dunkel entsann sich Isabelle an die ungewöhnlich starke Harmonie, die ihre frühe Kindheit geprägt hatte; es war wohl auch diese Erinnerung, die ihre Sehnsucht nach dem Comte de Montgommery schürte. Wenn sie zudem nicht ausgerechnet an den von der großen Liebe zwischen dem König und seiner Favoritin beherrschten französischen Hof gekommen wäre, hätte sie auf die Begegnung mit einem Herzensbrecher vielleicht anders reagiert. So erwies sich Gabriel de Montgommery jedoch plötzlich als Erfüllung ihrer Träume, als Inkarnation eines Wunsches, der durch die gelebte, altmodische Romantik in ihrer Umgebung an die Oberfläche getreten war.

Versonnen spazierte Isabelle durch den Park. Sie verfolgte kein Ziel. Es war einerlei, wohin ihre Schritte sie führten. Sie fühlte sich überraschend frei und erstaunlicherweise unbeschwert. Da ihr niemand gefolgt war, kam es ihr vor, als könne sie sich endlich unbeobachtet bewegen. Ein Luxus, den sie im Gefolge von Diane und unter dem Druck ihrer Aufgabe bislang nie so erlebt hatte. Ihr war bewußt, daß sie in der Gesellschaft hätte bleiben und Augen und Ohren offenhalten müssen, um aus den verschiedensten Gesprächen Informationen zu filtern, die ihrer Sache und ihrem Gönner von Nutzen waren. Nach der Verhaftung Anne du Bourgs waren die Lage der Protestanten noch prekärer und Isabelles Kontakte um so wichtiger geworden. Dennoch stand für sie im Moment an oberster Stelle jene Seelenqual, die eine reine Herzensangelegenheit und dennoch mit so sündigen Begriffen wie Leidenschaft und Versuchung verbunden war.

Eine innere Reinigung, dachte Isabelle bei sich. Die

genau brauchte sie, um Gabriels Anziehungskraft endlich von sich zu waschen.

Als könnte ihre Sehnsucht nach Wasser auf irgendeine Weise erfüllt werden, fand sich Isabelle plötzlich in der Nähe des großen Karpfenteichs wieder. Der Wind blies über den See, und die Luft war an seinem Ufer deutlich kühler als im Schatten des Schlosses. Isabelle fröstelte und entschied umzukehren. Zwar stand ihr der Sinn weder danach, zu der lärmenden Gesellschaft zurückzugehen, noch die Schlafkammer aufzusuchen, welche sie mit Marie teilte, aber sie würde sich ihrem Schicksal auf die eine oder andere Weise stellen müssen.

Sie hatte schon fast wieder den ovalen Innenhof der Schloßanlage erreicht, als ihr eine kleine Terrassentür in der Galerie auffiel. Diane hatte ihr bei einem kurzen Rundgang erzählt, daß sich dahinter die berühmten Bäder von Fontainebleau befanden. Seit ihrer überstürzten Ankunft an diesem königlichen Wohnsitz hatte sich für Isabelle keine Gelegenheit ergeben, die nach römischem Vorbild errichteten Schwitz-, Reinigungs- und Entspannungsbäder zu besuchen oder gar auszuprobieren. Warum also sollte sie die Chance jetzt nicht nutzen und ein wenig schwimmen gehen, während die Hofgesellschaft im Ballsaal tanzte? Vielleicht gelang es ihr, das quälende Begehren von ihrem Körper zu spülen.

Vorsichtig öffnete sie die Tür. Warme Luft drang ihr entgegen. Der angrenzende Küchentrakt beheizte die Thermen, so daß eine wohlige Temperatur herrschte. Obwohl sie alleine war und niemanden störte, trat Isabelle auf Zehenspitzen ein. Der erste Saal der sechs in der Galerie errichteten Bäder war offensichtlich ein Ruheraum, ebenso die rechts davon abgehenden Zimmer, von denen eines größer war als das andere und die eher wie feudale Salons eingerichtet waren. Das durch die Nordfenster hereinfallende Morgenlicht beleuchtete die zwischen Stuckornamenten angebrachten Tafelbilder, die Szenen aus der griechischen oder römischen Mythologie darstellten. Isabelle wanderte eine Weile umher und bestaunte die wunderschönen Arbeiten, bevor sie allmählich erkannte, daß es sich um erotische Darstellungen handelte. Unwillkürlich hielt sie den Atem an. Wahrscheinlich war dies doch nicht der rechte Ort, um sie von ihrer Sehnsucht zu heilen. Dennoch ging sie weiter.

Sie durchquerte den Saal, durch den sie anfangs eingetreten war, und schritt leise in die Räume zur Linken. Drei Badezimmer öffneten sich vor der staunenden Besucherin. Das erste und größte war mit Holzvertäfelungen versehen, vergoldetem Stuck und bunten Fresken im kuppelartigen Deckengewölbe. Fast die gesamte Länge und Breite des Saals nahm ein an die fünf Meter langes und mehr als drei Meter breites, von einer bronzebemalten Holzbalustrade umgebenes Schwimmbecken ein. Isabelle schätzte ziemlich genau, denn sie lief anschließend Länge und Breite der Wanne ab und zählte dabei ihre Schritte. Vorsichtig kniete sie nieder, um ihre Finger unter die zwei Hähne zu halten, aus denen kaltes und warmes Wasser sprudelte und sich im Becken zu einer angenehmen Temperatur mischte.

Fasziniert ging sie in die beiden noch verbleibenden Zimmer, die kleiner schienen und in denen es deutlich heißer war. Auch hier gab es Wannen, aber diese wurden offenbar zur Reinigung und für Schwitzbäder benutzt. Von der Magie des großen Beckens angezogen, kehrte Isabelle in den goldenen Badesaal zurück.

Sie dachte kaum über ihr Handeln nach, als sie ihr Kleid aufzuknöpfen begann. Die Luft war angenehm warm, und sie fühlte sich zunehmend wohler, während sie sich ihres Gewandes, ihrer Unterröcke und ihres Schnürleibs entledigte. Schließlich stand sie nur noch im Hemd und ihren italienischen Unterhosen da, welche die Königin wie viele andere Accessoires in Frankreich eingeführt hatte. Bei dieser Erinnerung schmunzelte Isabelle – Catherine de Médicis wirkte nicht so, als könne sich irgend jemand dafür interessieren, was sie unter ihren Röcken trug, am allerwenigsten ihr Gemahl.

Vorsichtig prüfte Isabelle die Holzleiter, die in das überraschend tiefe Becken führte. Kichernd tauchte sie einen Zeh ins Wasser. Dann kehrte sie zu dem kleinen Berg aus Taft und Tüll zurück, den ihre auf einem Schemel niedergelegten Kleidungsstücke bildeten, um sich ihres Hemdes zu entledigen, ihren Schmuck abzunehmen und ihr Haar zu lösen.

Anmutig stieg sie in das Bad. Wie einst Aphrodite tauchte sie vorsichtig unter, um dann bis zum Hals und schließlich sogar mit dem Kopf zu versinken. Lang ausgestreckt, ließ sie sich auf dem Wasser treiben, ihr Haar bildete einen Fächer um ihr entspanntes Gesicht. Ihre Augen wanderten an den Deckenfresken entlang und erkannten in den erotischen Bildern schließlich die Geschichte von Jupiter, der sich auf den ersten Blick in Dianas Freundin Callisto verliebte.

Verhaltene Schritte klangen leise auf dem Steinboden.

Die Betrachtung der Gemälde war zu einer Träumerei verschmolzen, so daß Isabelle den Eindringling erst bemerkte, als sie seine atemlose Stimme vernahm.

»Mein Gott!« hauchte er.

Erschrocken strampelte Isabelle mit den Beinen. »Ihr?« fragte sie und blickte voller Entsetzen zu Gabriel de Montgommery auf.

Er starrte sie an. Obwohl die natürliche Beleuchtung in diesem Badesaal spärlicher war als in den angrenzenden Ruheräumen, konnte Isabelle unschwer erkennen, wie seine Züge weich wurden. Seine Augen wanderten von ihren

Haaren, die wie Algen auf ihren weißen Schultern lagen, über ihre apfelgroßen Brüste, ihre schmale Taille und die wohlgerundeten Hüften bis zu ihren langen, schlanken Beinen. In seinen Zügen lagen weder Anmaßung noch Gier oder Wollust, sondern offene Bewunderung.

Einen Herzschlag lang verharrte sie in ihrer Bewegung. Dann zappelte sie wieder und schlug mit der flachen Hand auf das Wasser, um den ungebetenen Beobachter zu verjagen. Gleichzeitig machte sie sich klar, daß sie nichts tun konnte, um ihre Situation zu verbessern. Das Bad war glasklar, und es gab keine Möglichkeit, ihren Körper vor seinen Blicken zu verbergen.

»Geht weg!« herrschte sie ihn an. »Habt Ihr nicht schon genug gesehen?«

Er trat zur Seite, um den Wassertropfen auszuweichen. »Kein Mann wird Eures Anblicks jemals müde werden. Es sei denn, er ist ein Ignorant oder …«

»Philosophiert nicht herum, verschwindet.«

»Ich für meinen Teil«, fuhr er unbeeindruckt fort, »werde mich als Kavalier beweisen und Euch den Rücken zukehren. Die Erinnerung an Venus im Bade werde ich dabei in meinem Innersten konservieren. Es erscheint mir allerdings notwendig, Euch vor … ehm … lüsternen Pagen zu beschützen. Deshalb werde ich nicht gehen, sondern bleiben und Euch zu Madames Gemächern zurückgeleiten, sobald Ihr wieder angezogen seid.«

Isabelle wartete, bis er sich tatsächlich umgedreht hatte, dann fragte sie spitz: »Was tut Ihr hier in der Therme, anstatt Mademoiselle de Roger zu beglücken?«

Ein leises Lachen war die Antwort. Mehr bekam sie nicht zu hören. Seufzend richtete sie sich auf. Von ihm würde sie nicht erfahren, wie die Einlösung des Wetteinsatzes verlaufen war. Sie würde Marie schon noch früh genug begegnen, die ihr sicher begierig von Gabriels charmantem Spiel berichten wollte. Außerdem hatte sie eben beschlossen, sich von dem Gedanken an seine Leidenschaft zu lösen. Dabei interessierte sie nichts so sehr wie die Antwort, die er ihr vorenthielt. Warum koste er eigentlich nicht mit Marie in einem lauschigen Pavillon, anstatt sie zu belästigen? Mit einer kraftvollen Bewegung stieg Isabelle aus dem Wasser.

»Ich höre, was Ihr tut«, meldete er belustigt.

»Solange Ihr nichts seht, soll's mir recht sein«, gab sie mit scheinbarer Gelassenheit zurück. Da stand sie nun nackt in seinem Rücken, und der Gedanke fuhr ihr durch den Kopf, wie es wohl wäre, wenn er sich umwenden und sie in seine Arme schließen würde. Die Sinnlichkeit, die sie mit klarem Verstand zu besiegen gehofft hatte, meldete sich mit atemberaubender Heftigkeit zurück. Unwillkürlich begann sie trotz des wohltemperierten Kamins zu zittern.

Die Stille verunsicherte ihn. Nervös trat Gabriel von einem Bein auf das andere, während er zu plaudern begann: »Ich habe Euch auf dem Ball vermißt, und auf meine Nachfrage sagte man mir, Ihr seid verschwunden. Dabei habe ich wenigstens einen Gruß erwartet. Unter Aufbietung erheblichen Mutes gelang es mir, Euren Brief damals umgehend bei Monsieur de Valmy abzugeben. Verdiene ich dafür nicht eigentlich ein Dankeschön?«

»Wollt Ihr einen Kuß wie von Mademoiselle de Roger?« platzte sie heraus.

»Nein«, erwiderte er ernst. »Nicht wie von Mademoiselle de Roger«, dann drehte er sich langsam um.

Isabelle schrie auf. Mit der einen Hand versuchte sie ihre Blöße zu bedecken, die andere griff nach Hemd und Hose. Hin und her gerissen zwischen dem Wunsch, in seine Arme zu sinken, und einem letzten Rest Scham und Vernunft, fühlte sich Isabelle außerstande, irgend etwas zu tun. Sie starrte ihn mit einer grotesken Mischung aus Furcht und Selbstbewußtsein, Verzweiflung und Trotz an.

Seine Stimme klang unendlich sanft, als er wissen wollte: »Warum habt Ihr Euch nie zu erkennen gegeben?«

»Was?«

»Zweifelt Ihr daran, daß ich längst herausgefunden habe, welche Frau damals in die Bibliothek gekommen ist?«

In ihrem Kopf drehte sich ein Karussell. Allein die Tatsache, daß er sie nicht sofort in seine Arme gerissen hatte, verwirrte sie. »Und wenn schon?« fragte sie rauh. »Was spielt es für eine Rolle? Ihr seid in Marie de Roger verliebt, und ich ...«

»Woher wollt Ihr das wissen?«

»Ihr habt sie vor aller Augen geküßt!«

»Das stimmt, aber ich hatte meine Gründe für soviel Aufheben. Ich wollte, daß mich jedermann im Saal sieht. Das ist mir vortrefflich gelungen, aber es bedeutet nicht zwangsläufig, daß ich für Mademoiselle de Roger entflammt bin.«

»Ich verstehe nicht ...«, hob sie an und unterbrach sich unvermittelt.

Er streckte seine Hand nach ihr aus. Zärtlich schoben seine Fingerspitzen eine Strähne ihres nassen Haares in ihren Nacken. »Ich verstehe auch nicht, warum Ihr in die Bibliothek gekommen und mir um den Hals gefallen seid. Aber ich will es gar nicht wissen. Wichtig ist allein, daß ich Euch gefunden habe.« Schalk glitzerte in seinen Augen, er trat lachend einen Schritt zurück. »Zieht Euch endlich etwas an, damit ich Euch küssen kann. Wenn Ihr so bleibt, vergesse ich mich.«

Im ersten Moment stutzte Isabelle, dann brach der Bann. »Wenn ich mich auf Euch einlasse«, sagte sie lächelnd, während sie in Hemd und Unterhose schlüpfte, »werden die Folgen katastrophal sein.«

»Sicher«, stimmte er zu und reichte ihr das Camisol. »Es wird der Tag kommen, an dem ich Euren Schnürleib aufwickle, anstatt Euch beim Anlegen behilflich zu sein.« Er beugte sich vor und hauchte einen Kuß auf ihre nackte Schulter. »Und da Ihr ob dieser Aussichten nicht einmal errötet, wird es wunderbar sein.«

Ihre Augen begegneten sich. Seine Hände, die locker auf ihrer Taille lagen, zogen sie an sich. Ihr Körper neigte sich dem seinen zu wie damals in der Bibliothek, als er noch ein Unbekannter gewesen war. Sie hatte nicht die geringste Vorstellung, wie ihr Leben weitergehen würde; sie wußte einzig, daß sie in seinen Armen angekommen war.

21

Nicholas trat Isabelle in den Weg. »Madame de Valmy, dürfte ich Euch für einen Moment sprechen?«

Sie lächelte ihm zu. »Selbstverständlich. Was kann ich für Euch tun? Steht Euch der Sinn nach einer Debatte über die Dichter der Antike?« fragte sie gut gelaunt und folgte ihm in die Bibliothek, in deren Tür er gestanden und anscheinend auf sie gewartet hatte.

Isabelle war wie auf einer Wolke der Glückseligkeit durch die Flure von Fontainebleau geschwebt. Noch nie hatte sie sich so leicht gefühlt. Sie kam sich vor wie ein Schmetterling, der sich von einer milden Brise über eine blühende Wiese tragen ließ. Alles um sie herum schien seit dem Morgen schöner zu sein. Sie selbst war so hübsch wie nie zuvor mit ihren glänzenden Augen, glühenden Wangen und feuchten Lippen. Gabriel hatte eine Saite in ihr zum Klingen gebracht, deren Existenz ihr völlig unbekannt gewesen war. Seine Leidenschaft machte sie nicht nur schöner, sondern erstaunlicherweise auch stärker.

»In dieser Bibliothek könnt Ihr Eure Neugier auf naturwissenschaftliche Werke stillen«, sagte Nicholas. Seine scharfen Augen waren unverwandt auf Isabelle gerichtet. In seinem Blick lag nicht die gewohnte Freundlichkeit, sondern Vorsicht. Er erinnerte weniger an den gebildeten Dozenten als vielmehr an einen scheuen, aber hinterlistigen Wolf. »Schaut Euch um«, forderte er sie auf und schloß die Tür, »es ist wahrscheinlich der Raum mit der größten Ansammlung an Kultur, die unser Zeitalter hervorgebracht hat.«

Isabelle tat, wie ihr geheißen. Sie hätte auch nicht gewußt, was sie sonst mit sich anfangen sollte. Nicholas' Ernsthaftigkeit irritierte sie. Mit gestrafften Schultern wanderte sie an den Buchregalen entlang. Sie erinnerte sich daran, irgendwo einmal aufgeschnappt zu haben, daß in der Bibliothek von Fontainebleau rund 4000 Bände standen. Sie verharrte vor einem zufällig ausgewählten Bord und ließ ihre Fingerspitzen über die mit Goldlettern versehenen Einbände gleiten.

»François I. schickte über Jahrzehnte gelehrte Männer zum Buchkauf nach Italien«, erklärte Nicholas in ihrem Rücken, »und die französischen Diplomaten wurden angewiesen, überall auf der Welt antike griechische Manuskripte aufzutreiben, zu erwerben oder zu kopieren ...«

Um ihr Interesse vorzutäuschen, warf Isabelle halbherzig ein: »Deshalb die vielen Titel in kyrillischer Schrift.«

»Außerdem wurden alle Drucker und Buchhändler in Frankreich aufgerufen, ein Exemplar oder eine Kopie eines jeden durch ihre Hände gehenden Bandes an den Hof zu schicken, aus dem Ausland eingeführte Werke ebenso wie wissenschaftliche Dissertationen von Gelehrten der Sorbonne.«

Isabelles Fingerspitzen ruhten auf dem Einband eines dicken Folianten. »Offenbar sammelte der König auch Liebesnovellen«, stellte sie fest und wandte sich zu Nicholas um. »Oder glaubt Ihr, daß sich das *Heptameron* nur deshalb in königlichem Besitz befindet, weil es von seiner Schwester, Königin Marguerite von Navarra, geschrieben wurde?«

»Sowohl als auch«, antwortete er sachlich. »Ein humanistisch geprägter Monarch wie François I. hatte nicht nur viel Interesse an den Wissenschaften, sondern an allen Formen der Kultur. Bekanntlich war er der größte Amant seiner Zeit. Der Dichter Clément Marot schrieb viele Epigramme auf die Liebeskünste des Königs und bedeutender Höflinge. Habt Ihr diese schon einmal gelesen?«

Natürlich hatte sie das. Sie kannte die gesamte Lyrik ihres Schwiegervaters. Da sie diesen Umstand jedoch nicht preisgeben durfte, antwortete sie ausweichend: »Ich hörte davon. Gibt es nicht auch einen Vers auf Madame?« Nicholas zog die dichten Augenbrauen zusammen, und als er zu zitieren begann, erkannte sie die Falle, in die sie wie ein blindes Kaninchen getreten war:

»Wie reizt ihr mich zu tollen Küssen,
Korallenlippen! – O, ihr müßt
Von vielen Zärtlichkeiten wissen!
Erzählt: Wie ist es, wenn ihr küßt ...?«

Unvermittelt brach er ab. Seine Augen ruhten auf ihrem Gesicht, als könnte er in ihren Zügen lesen.

Seine körperliche Nähe verwirrte sie, seine Ernsthaftigkeit machte ihr Angst. Irgend etwas an seiner Haltung wirkte wie eine unausgesprochene Drohung. Ihr neues Selbstbewußtsein war dahin, die Flügel des schönen Schmetterlings erlahmten. Wachsendes Unwohlsein bemächtigte sich ihrer, als sie sich fragte, ob Nicholas ihre gute Laune genutzt hatte, um ihr nahetreten zu können – oder ihre Tarnung aufzudecken. Dabei war es unwichtig, wie er die Wahrheit erfahren hatte. Furcht legte sich wie ein eisernes Band um Isabelles Hals. Ihr Herzschlag beschleunigte sich.

»Das Gedicht heißt *Auf Dianes Mund*«, erklärte Nicholas. Sein Blick wurde unsicher, da gestand er leise: »Ich habe Euch heute morgen beobachtet!«

Isabelle dachte, der Boden unter ihren Füßen gäbe nach. Um sich trotz des Schwächeanfalls auf den Beinen zu halten, suchte ihre Hand am Bücherbord nach Halt. Fassungslos starrte sie Dianes Sekretär an. Die Frage, wie er, auch von Gabriel unentdeckt, in ihrer Nähe hatte sein können, würde sie später klären. Wichtig erschien ihr im Moment einzig: Wie hatte sich ein Mann, den sie stets für sehr klug und eloquent gehalten hatte, in einen billigen Voyeur verwandeln können? Zugegeben, sie hatte Nicholas nie mit einer Frau in Verbindung gebracht und neulich in Dianes Bibliothek durchaus so etwas wie Sympathie für sie in seinen Augen gelesen, aber sie hatte niemals erwartet, daß er seine schmutzigen Phantasien auf sie lenken würde.

»Wie konntet Ihr!« fuhr sie ihn fast schluchzend an.

Seine Miene wirkte betreten, doch seine Stimme war so ruhig wie die eines Lehrers: »Als Ihr den Ball verlassen habt, bin ich Euch gefolgt. Ich dachte, es ginge Euch nicht gut, dachte, Ihr bräuchtet Hilfe. Offenbar bedurftet Ihr meiner jedoch nicht. Ich gebe zu, es war frivol von mir, mich an die Wandlöcher in den Thermen zu erinnern.«

Sie erbleichte noch ein wenig mehr. »Die – was?«

Sein Lächeln war freudlos. »In den Baderäumen befinden sich Öffnungen in den Wänden, damit die warme Luft besser abziehen kann und die Fresken nicht von der Feuchtigkeit zerstört werden.«

Das erklärte wenigstens, wie er sich ungesehen als Späher hervortun konnte. Isabelle nickte stumm. Ihr Innerstes war geteilt in unbändigen Zorn auf den Wüstling und auf sich selbst, weil sie angenommen hatte, unbeobachtet zu sein. Sie straffte die Schultern und war gerade im Begriff, dieser peinlichen Szene zu entfliehen, als er hinzufügte: »Es steht mir natürlich nicht an, Euch zu kritisieren, aber ich möchte Euch warnen. Der Comte de Montgommery ist nicht der rechte Kavalier für Euch.«

Die Macht der Liebe verlieh ihr ungeahnte Kräfte. Ohne sonderlich darüber nachzudenken, trat sie ebenso spontan wie energisch für Gabriel ein: »Wie könnt Ihr es wagen, Euren Stab über den Capitaine zu brechen, nachdem Ihr Euch selbst alles andere als anständig verhalten habt?«

»Ihr seid nicht so lange bei Hofe wie ich«, verteidigte sich Nicholas. »Ihr wißt nichts von all den Heimlichkeiten, die nicht mehr heimlich sind, von Verbindungen und Affären, die aus keinem anderen Grund geschlossen und begangen werden, als um die eigene Position zu stärken. Was wißt Ihr schon über Comte de Montgommery? Kennt Ihr seine Vergangenheit?«

Isabelle öffnete den Mund zu einer patzigen Antwort, hielt jedoch inne. Unglückseligerweise hatte Nicholas recht. Sie wußte nichts von Gabriel. Jedenfalls nichts, was man üblicherweise über einen Mann erfuhr, mit dem eine anständige Frau eine Liebelei begann. Sie kannte weder seine Herkunft noch seinen Lebensstil; bislang hatte sie keine Ahnung, welche Vorlieben er hegte, wie er seine Zukunft plante und wo er überhaupt wohnte. Genaugenommen konnte sie nicht einmal sagen, ob er verheiratet war. Sie wußte nur, daß er ein Papist und ihre Liebe eine Sünde war.

Als habe er ihre Gedanken erraten, sagte Nicholas: »Nicht nur, daß er ganz offen mit Mademoiselle de Roger herumtändelt; kein Schankmädchen ist vor ihm sicher, seit seine Gattin im Kindbett verstarb.«

Zumindest war er nicht gebunden! Unwillkürlich atmete

Isabelle auf. »Warum glaubt Ihr eigentlich, daß mich Euer Klatsch interessiert?« fragte sie spitz.

»Weil ich nicht so blind bin, wie Ihr offenbar annehmt ...«, seine Stimme wurde sanft und sein Gesichtsausdruck weich. Mit betretener Miene stand Nicholas vor Isabelle und wirkte plötzlich gar nicht mehr bedrohlich, sondern hilflos in seinem Bemühen, ihr die Situation zu erklären: »Ihr seid eine respektable Dame, und ich möchte nicht ... ich kann nicht zuschauen, wie dieser Schürzenjäger Euren guten Ruf ruiniert.«

»Was geht's Euch an? Ich kann sehr gut selbst für mich eintreten.«

»Nein. Nein, das könnt Ihr nicht. Die Regeln und Traditionen bei Hofe sprechen für Mademoiselle de Roger. Alle Welt meint nach dem Wetteinsatz von heute nacht, daß der Comte de Montgommery ihr neuer Beschützer ist. Was, glaubt Ihr, geschieht, wenn herauskommt, daß er gleichzeitig mit Euch poussiert?« Er legte eine kleine Pause ein, wartete auf Isabelles Reaktion, doch da sie nichts sagte, verdeutlichte er: »Marie de Roger gehört zu einer alten Familie, ihre Freunde sind recht einflußreich. Ihr würdet vor diesem Hintergrund den kürzeren ziehen.«

O nein, dachte Isabelle bitter, in mir fließt das bedeutendere Blut. Madame de Valmy mag von neuem Adel sein und von keinem berühmten Ahnen abstammen, aber bei Isabelle Bohier, verwitweter Marot, sieht dies anders aus!

Sah! korrigierte sie sich im Geiste. Ihr Großvater Bohier war zwar Schatzmeister des Königs gewesen und ihr Großvater mütterlicherseits Erbauer der wunderschönen Stadt Tours; dieser war allerdings bei Louise de Savoie in Ungnade gefallen und nach einer Falschaussage hingerichtet worden. Und ihr Vater – ein Bankrotteur, der von Diane de Poitiers vernichtet worden war. Daß ihr Ehemann, einst Page bei der Königin von Navarra, der Sohn des wundervollen Dichters Clément Marot war, zählte heutzutage auch nichts mehr.

Er hat recht, fuhr es Isabelle durch den Kopf. Ich bin ein Niemand.

»Ich biete Euch an«, sagte Nicholas in ihre Gedanken, »in dieser Situation zu Euch zu stehen. Wenn Ihr es erlaubt, möchte ich Euer Chevalier sein.«

Eigentlich wußte sie nicht, was sie tat. Es war eine Reflexbewegung, mit der Isabelles Hand hochschnellte. Erst als sie das klatschende Geräusch einer schallenden Ohrfeige wahrnahm, wurde ihr bewußt, daß sie Nicholas geschlagen hatte. Entsetzt wich sie zurück. Für den Bruchteil einer Sekunde fing sie seinen Blick auf. Überraschung spiegelte sich in seinen Augen – und grenzenlose Traurigkeit. Ohne ein weiteres Wort zu verlieren, lief Isabelle davon. Mit zwei Schritten war sie an der Tür, riß diese auf und rauschte mit wehenden Röcken hinaus.

Verstört sah ihr Nicholas nach. Er war zu forsch gewesen. Einem klugen Mann wie ihm hätte dieser Fehler nicht passieren dürfen. Sie war nicht so leichtsinnig, wie es der Eindruck im Bad vermuten ließ. Er hätte sie besser mit einer Plauderei über Kunst für sich einnehmen sollen, anstatt derart zielstrebig seinen Gefühlen zu folgen.

Sein Blick richtete sich auf ein Bild an der Wand gegenüber. Er hatte sogar vergessen, ihr den größten Schatz zu zeigen, den François I. in seiner Bibliothek verwahrt hatte: Leonardo da Vincis Porträt der *Mona Lisa*.

22

Isabelle ballte ihre Hände zu Fäusten. Es war ihr unerträglich, zu wissen, daß sie mit diesen Händen einen anderen Menschen geschlagen hatte. Sie hatte nie verstanden, wieso die meisten Eltern in der Züchtigung ihrer Kinder ein probates Erziehungsmittel sahen und katholische Ehemänner ihren angeblich fehlgeleiteten Frauen mit Zustimmung der Kirche »um ihres Seelenheils willen« Prügel verabreichen durften. Unter führenden Lutheranern wurden derartige Maßnahmen abgelehnt, es hieß sogar, daß im protestantischen Genf Männer angezeigt und verurteilt werden konnten, die handgreiflich gegen ihre Gattinnen geworden waren. Nun hatte Isabelle also eine Schuld mehr auf ihrem Sündenkonto. Nicholas hatte die Ohrfeige nicht verdient, und wenn sie es recht überlegte, hatte sie nicht wirklich ihn geschlagen, sondern sich selbst gegeißelt.

Zum zweiten Mal innerhalb von zwölf Stunden fand sie sich zu einer ziellosen Wanderung im *Jardin du Diane* wieder. Von jenseits der Anlagen vernahm sie Frauenlachen und Männerstimmen, von denen ihr mindestens eine vertraut schien. Ihr stand zwar durchaus nicht der Sinn danach, ausgerechnet Gabriel so rasch nach dem Gespräch mit Nicholas zu begegnen, doch wurde sie andererseits von der Aussicht auf ein Wiedersehen magisch angezogen. Sie hatten sich nach ihrer leidenschaftlichen Umarmung getrennt und waren in ihre jeweiligen Zimmer gegangen, das stumme Versprechen im Herzen, zusammenzugehören. Das Schicksal würde entscheiden, wie es mit ihnen weiterginge. In diesem Moment aber stand Isabelle wieder einmal klar vor Augen, daß es in ihrer eigenen Hand lag, was die Zukunft bringen würde. Nicholas hatte recht, wenn auch aus anderen Gründen: Sie durfte sich nicht auf eine Romanze mit dem Hauptmann der Schottischen Garde einlassen, so wunderbar die Aussicht darauf auch scheinen mochte.

Im Schatten eines Buchsbaumbusches beobachtete sie zwei Paare, die sich unter dem Gespött und den Anfeuerungsrufen einer kleinen Gruppe Höflinge zu einem *Jeu de*

Paume eingefunden hatten: Gabriel spielte mit Marie gegen Saint-André und eine andere junge Dame. Der Freund des Königs trug beim Tennis – entsprechend Henris Vorbild – eine rein weiße Garderobe, Gabriel hatte sich seines Wamses entledigt und sah im offenen Hemd überaus verwegen aus. Er wirkte endlos glücklich, wie er mit seinem Schläger einem Ball entgegensprintete und dabei Marie beinahe über den Haufen rannte. Marie raffte ihre Röcke und erlaubte den Anwesenden einen großzügigen Blick auf ihre hübsch geformten Fesseln, kicherte und klatschte begeistert, als Gabriel traf, woraufhin ihr dieser eine Kußhand zuwarf.

Es versetzte Isabelle einen Stich, den Mann ihres Herzens mit der anderen Ehrendame herumtollen zu sehen. Offensichtlich setzte Marie wieder einmal alles daran, ihm zu gefallen, was in Anbetracht ihrer Gefühle und seiner ausgelassenen Stimmung kein Wunder war. Sicher glaubte sie, am Ziel ihrer Wünsche angekommen zu sein. Erst der Kuß im Ballsaal, nun das Doppel – natürlich mußte sie annehmen, Gabriel würde ihr Avancen machen. Sie konnte ja nicht wissen, was in der Zwischenzeit geschehen war.

Tränen traten in Isabelles Augen, als sie sich abwandte. Es war keine Eifersucht, die sich ihrer bemächtigte, sondern ein viel tieferer Schmerz. Natürlich hätte sie jetzt gerne an Gabriels Seite Tennis gespielt, aber trotz des offenkundigen Getändels mit Marie war sie sich seiner Bewunderung seltsamerweise absolut sicher. Dennoch stand seit ihrem Gespräch mit Nicholas in großen Lettern in ihren Kopf geschrieben, daß alles nur ein wunderschöner Traum gewesen war und sie Abschied nehmen mußte. Gabriel gehörte an den Hof, und ein Mädchen wie Marie war dazu geboren, einem Kavalier wie ihm ein amouröses Abenteuer zu bieten. Isabelles Zukunft dagegen war auf eine andere Weise vorbestimmt: Sie würde auf einem Scheiterhaufen enden.

Um das Lachen und seine fröhliche Stimme auszuschließen, legte sie sich die Hände auf die Ohren, doch der Klang hallte um so stärker in ihrem Inneren nach. Mit schnellen Schritten rannte sie über eine Wiese, umrundete ein Beet und erreichte schließlich atemlos das Schloß. Ihr Herz hämmerte, und in ihren Schläfen pochte es wild. Für einen Moment wurde ihr schwindelig, so daß sie sich mit geschlossenen Augen gegen einen Mauervorsprung lehnen mußte, um neue Kraft zu schöpfen.

»Es steht außer Frage, daß Ihr etwas unternehmen müßt ...«, Dianes Stimme wehte, wie durch einen Zauber geschickt, in Isabelles Bewußtsein. Ihre Worte waren dabei so klar verständlich, als würde sie neben ihrer Ehrendame stehen und zu ihr sprechen. Überrascht und gleichsam dankbar für diese Ablenkung, blickte sich Isabelle um.

Sie befand sich noch immer ganz allein an dem Mauervorsprung, der einen Seitenflügel des Schlosses schmückte. Neugierig trat sie einen Schritt zurück und stellte fest, daß direkt über ihr ein Fenster geöffnet worden war. Sie konnte zwar niemanden im Hintergrund des dazugehörenden Salons erkennen, aber sie war sich sicher, daß sie zufällig Zeugin einer Unterhaltung zwischen Diane und dem König wurde. Denn in diesem Moment hörte sie den Monarchen antworten: »Catherine wird dem Friedensvertrag wohl zustimmen, gut, aber ihre Haltung den Häretikern gegenüber will sie nicht ändern. Ich weiß nicht, wie ich sie noch von ihrem Standpunkt abbringen könnte. Dabei habe ich wirklich alles Mögliche getan.«

»Vielleicht solltet Ihr versuchen, Ihr die Augen zu öffnen, indem ihr über die herrschenden politischen Verhältnisse in Deutschland berichtet. Konnetabel Montmorency wird Euch bei einem solchen Gespräch unterstützen.«

»Was, bitte, soll ich ihr sagen?«

Diane machte eine kleine Gedankenpause, bevor sie

fortfuhr: »Nun, Ihr solltet ihr vorhalten, daß es Euer Vater war, der Frankreich geeint, zentralisiert und zu seiner jetzigen Größe verholfen hat. Seht Euch an, was der Religionsfriede unseren Nachbarn gebracht hat: Das Habsburgerreich ist zerfallen, Deutschland in viele kleine Länder aufgesplittert, und die Macht, die einst Kaiser Karl V. innehatte, ist für Philipp nur noch eine ferne Illusion ...«

»Catherine sagt, daß es genau diese Verluste in Deutschland sind, die Frankreich stark machen und gegen den Friedensvertrag sprechen. Mit solchen Beispielen brauche ich ihr gar nicht erst zu kommen, dann ändert sie ihre Haltung wieder ...«

»Sie plappert nach, was der Herzog von Guise ihr einflüstert«, wehrte Diane grimmig ab. »Deshalb müßt Ihr Tatsachen schaffen. Catherine würde sicher schnell einsehen, daß ihr kein einziger deutscher Fürst zu Hilfe eilt, wenn sie erst einen neuen Krieg gegen Spanien anzettelt, aber dann ist es zu spät, und die besten Männer sind bereits auf den Schlachtfeldern verblutet oder in Gefangenschaft wie Admiral de Coligny.«

»Was würdet Ihr an meiner Stelle tun, *ma dame*?«

»Ich würde endlich ein Gegengewicht zum Größenwahn des Herzogs von Guise schaffen. Bietet dem König von Spanien jede mögliche Summe an, um Gaspard de Coligny freizukaufen. Mit dieser Geste werdet Ihr die Königin besänftigen und einen Ausgleich im Wettstreit Eurer Berater schaffen. Wenn der Abschluß des Friedensvertrags und die Heimkehr des Admirals gleichzeitig erfolgen, kann Catherine kaum noch etwas dagegen einwenden.«

»Das ändert nichts daran, daß ihre Mildtätigkeit gegenüber den Sektierern stark an meinen Nerven zerrt. Bisher konnte ich auch nicht bemerken, daß ihre Duldsamkeit etwas an der Freundschaft des Herzogs von Guise verändert hat. Man ist sich ergeben wie eh und je.«

»Das sehe ich wohl. Daher schlage ich vor, daß Ihr nun keine Rücksicht mehr walten laßt und eine härtere Haltung gegen die Reformation vertretet. Nur so werdet Ihr Eure Macht erhalten und Catherine eines Besseren belehren.«

»In der Tat, über diese Möglichkeit hatte ich bereits selbst nachgedacht«, behauptete der König. »Die Rechte der Häretiker müssen eingeschränkt werden. Da bin ich ganz Eurer Meinung. Habt Ihr dazu einen Vorschlag?«

»Für den Anfang sollte Seigneur du Bourg – wie künftig jedem anderen verhafteten Lutheraner – ein Prozeß verweigert werden …« Dianes Stimme wurde leiser, da sie sich offenbar im Salon auf und ab bewegte. Isabelle schnappte Begriffe wie »Berufungsverfahren« und »Verteidigung« auf, bevor sie wieder einen zusammenhängenden Satz vernahm: »Niemand, der gegen die Krone revoltiert, hat etwas anderes als den Tod zu erwarten. Was tut diese menschliche Pest? Sie protestiert gegen den Glauben des Königs und will Eure Machtbefugnisse und ebenso die der Kirche einschränken. Das ist Verrat und gehört bestraft. Jeder Hugenotte ist gemeiner als Räuber und Mörder. Es lohnt nicht, auch nur einem von ihnen Gehör, geschweige denn Eure Gnade zu schenken.«

Eine Kriegserklärung! fuhr es Isabelle durch den Kopf. Dianes Worte klangen wie eine Kriegserklärung an die Protestanten.

»Catherine wird toben …«

»Doch ich liebe Euch, Majestät. Wir sollten sogleich ein Schriftstück aufsetzen, in dem das neue Edikt des Königs von Frankreich angekündigt wird.«

Angewidert drehte Isabelle sich um. Sie hatte genug gehört, um erneut mit einem Schwindelanfall und Übelkeit zu kämpfen. Während sie langsam den Rückzug antrat, mußte sie sich am Mauerwerk abstützen, um nicht zu fallen. Am liebsten wäre sie in ihr Zimmer gelaufen, hätte sich auf ihr Lager geworfen und um ihre unerfüllte Liebe ebenso wie um das verlorene Leben von Tausenden Glaubensbrüdern geweint, aber Zeit zum Erholen bot sich ihr nicht. Sie mußte so schnell wie möglich handeln und ihren Gönner über die Entwicklung informieren. Es war ihr zwar nicht ganz klar, wem sie diesmal eine Nachricht anvertrauen könnte, aber vielleicht trieb sie in der Küche einen Lieferanten auf, der sich auf den Rückweg nach Paris machen wollte.

So über die Frage des Boten grübelnd und gleichsam schmerzlich an eine ähnliche Situation in den Stallungen von Chaumont erinnert, achtete Isabelle nicht wirklich darauf, wohin sie ging. Zu spät bemerkte sie, daß ihr eine Person auf dem Kiesweg entgegenkam und energisch in ihren Weg trat. Gedankenverloren lief Isabelle weiter – und prallte gegen den ausladenden Körper einer anderen Frau, die sie eine Sekunde zu spät erkannte.

Die Hand vor Schreck auf den Mund schlagend und auf diese Weise einen Schrei unterdrückend, wich Isabelle vor Catherine de Médicis zurück. Dann versank sie zu einem Hofknicks.

»Seid Ihr so bleich, weil Ihr die Königin umranntet, oder habt Ihr etwas Schlimmeres erlebt?« fragte Catherine mitleidslos.

»Verzeiht, Majestät. Ich wollte Euch nicht im Weg stehen. Mein Verhalten ist unentschuldbar, und dennoch bitte ich Euch um Verständnis für eine träumende Frau …« Isabelle redete ungewöhnlich hastig, und in ihren Ohren klangen ihre Worte entsetzlich schrill. »Ich war so mit meinen Gedanken beschäftigt, daß ich …«

»Offenbar hattet Ihr einen Alptraum«, stellte die Königin sachlich fest. »Am hellichten Tage und mit offenen Augen – wie ungewöhnlich. Nun, belassen wir es dabei.

Erhebt Euch, Madame de Valmy. Eigentlich ist es gut, daß ich Euch hier antreffe. Ich wollte ohnehin unter vier Augen mit Euch sprechen.«

Isabelle ließ es geschehen, von der viel kräftigeren Florentinerin am Arm gepackt, hochgezogen und mit in den Schutz eines Säulengangs gezerrt zu werden, der das Schloß mit einem Anbau verband. Es war das erste Mal, daß sie sich alleine in Catherine de Médicis' Gesellschaft befand, und das beklemmende Gefühl, welches sich im grünen Kabinett in Chaumont eingeschlichen hatte, nahm wieder von ihr Besitz. Die stechenden Augen der Königin starrten sie an, als wollten sie sie durchbohren.

»Ihr seid eine starke Persönlichkeit, Madame de Valmy«, meinte die Königin, und Isabelle fragte sich im stillen, ob dies ein Lob oder vielmehr Tadel war, »und eine Zierde für Madame de Poitiers' Haushalt. Jedenfalls scheint Ihr kein so hirnloses Ding zu sein wie die meisten Ehrendamen, denen man am französischen Hof ausgesetzt ist. Mir scheint, Ihr seid klug genug, um Eure eigene Lage zu verbessern. Oder sollte ich mich in Euch irren?«

Isabelle schüttelte ahnungslos den Kopf. Stumm verfolgte sie diesen merkwürdigen Beginn ihres Gesprächs und war sich nicht im entferntesten darüber klar, was sie von den Ausführungen der Königin halten sollte.

»Je engmaschiger Euer Netzwerk ist, desto schneller werdet Ihr Karriere bei Hofe machen und ein entsprechendes Vermögen ansammeln können«, fuhr die offizielle Herrscherin Frankreichs fort. »Ich habe mich nach Euch erkundigt und hörte, daß Ihr gänzlich mittellos seid. Statt Euch in ein Kloster zu stecken, wie es anderen Witwen in Eurer Situation widerfährt, schickte Euch Gilbert de Valmy zu Madame de Poitiers. Wie ich hörte, engagierte sich Euer Oheim sehr dafür, Euch in diese Position zu versetzen;

wahrscheinlich ist er zu geizig, um Euch selbst durchzufüttern. Vielleicht aber verfolgt er eigene Ziele ...« Wieder schienen ihre stechenden Augen Isabelle zu durchbohren wie die Lanze eines Ritters den Körper seines Feindes.

Intrigen gehören bei Hofe zum Alltag, redete sich Isabelle zu, um die wachsende Panik in ihrem Innersten zu bezwingen. Die Königin konnte nicht wissen, warum Gilbert de Valmy einen solchen Ehrgeiz an den Tag gelegt hatte, seine angebliche Nichte bei Diane unterzubringen. Die Tatsache, daß sie einen Religionsfrieden wünschte, machte Catherine de Médicis nicht selbstverständlich zu einer Freundin der Protestanten; es war demnach ziemlich unwahrscheinlich, daß sie über die führenden Köpfe der Bewegung informiert war. Und wenn der Marquis de Valmy verraten worden war und die Königin Isabelles wahre Identität kannte, würde sie sich wohl kaum die Mühe machen, erst ein Gespräch mit ihr zu führen – Isabelle würde ohne Vorwarnung verhaftet werden.

Durch diesen Gedankengang ein wenig erleichtert, wagte Isabelle eine direkte Antwort: »Mit Verlaub, aber ich verstehe nicht, wovon Ihr sprecht, Majestät. Die wenigsten Witwen besitzen mehr als die Seidenkleider, die sie tragen, und den Schmuck, den ihr die Familie ihres verstorbenen Gatten vielleicht gelassen hat. Ich kann mich glücklich schätzen, daß mein Oheim so großzügig war, mich zu unterstützen und bei Madame de Poitiers unterzubringen.«

»Papperlapapp!« Catherine wedelte ungeduldig mit der Hand. Die Diamanten an ihren Ringen blitzen im Sonnenlicht auf. »Beleidigt mich nicht mit derart unintelligentem Gerede. Natürlich wißt Ihr, was ich meine. Wenn Ihr nicht schon vorher gewußt habt, wie eine Frau Karriere macht und eigene Mittel hortet, so dürftet Ihr dies bei Madame de Poitiers gelernt haben. Ihr solltet Euch gut mit mir stellen, denn nur dann werdet Ihr ziemlich schnell über eine Einnahmequelle verfügen, die Euch finanzielle Sicherheit gewährt.«

Isabelle war viel zu überrascht, um eine andere Reaktion als Erstaunen zu zeigen.

»Ich habe mich nicht nur nach Euch erkundigt«, sprach die Königin unbeeindruckt weiter, »ich habe Euch auch beobachtet. Ihr könnt gut zuhören. Das ist selten heutzutage. Die meisten Höflinge tun nichts anderes, als ununterbrochen zu reden, um sich selbst ins rechte Licht zu rücken. Wenn Ihr aber andere erzählen laßt, anstatt Euch andauernd zu offenbaren, gelingt es Euch, Dinge aufzuschnappen, die vielleicht nicht unbedingt für Eure Ohren bestimmt sind. Ist es nicht so?« In der ersten Schrecksekunde begriff Isabelle nicht, daß ihr nur eine rhetorische Frage gestellt worden war. Sie spürte, wie ihre Wangen zu glühen begannen. Die Angst, ertappt zu sein, drückte ihre Kehle zu. Ihr fehlten die Worte für eine Erwiderung, doch da setzte Catherine mit aller Deutlichkeit hinzu: »Es würde meinen Interessen entgegenkommen, wenn Ihr mich an den Unterhaltungen teilhaben lassen würdet, die Ihr so gekonnt belauscht. Ich nehme an, daß Madame de Poitiers nichts tut, was Euch verborgen bleibt. Es sieht so aus, als schenke sie Euch Vertrauen.«

Es kostete Isabelle einige Überwindung, nicht laut aufzulachen. Die Situation war grotesk, und die Hysterie, die bereits jenseits der Bibliothek aufgewallt war, nachdem sie Nicholas geohrfeigt hatte, nahm nun endgültig Besitz von ihr. Sie schlug die Hände vor ihr Gesicht, um ihre Miene vor den Blicken der Monarchin zu verbergen. Gleichzeitig versuchte sie sich mit tiefen Atemstößen zu beruhigen.

»Ist Euch nicht wohl?« erkundigte sich Catherine de Médicis prompt, wenn auch in einem nicht besonders sorgenvollen oder hilfsbereiten Ton.

Isabelle ließ ihre Hände in der Hoffnung sinken, ihre Contenance gewahrt zu wissen. »Wer bin ich, daß ich der Königin von Frankreich eine Bitte abschlagen dürfte?« fragte sie höflich. »Ich stehe jederzeit zu Eurer Verfügung.«

»Euer Schaden soll es nicht sein.« Gleichgültig, so als handele es sich bei den Steinen um Kiesel, zog Catherine einen Diamantring vom Finger und reichte ihn Isabelle. »Dies ist nur die Anzahlung. Ihr werdet ausreichend belohnt werden, wann immer Ihr mich über die Vorgänge im Haushalt von Madame de Poitiers informiert. Laßt mich wissen, was sie mit Seiner Majestät bespricht, und kopiert ihre Briefe, wenn dies notwendig ist. Der Wert Eurer Nachrichten hängt ganz vom Inhalt ab.«

»Das ist sehr großzügig von Euch.«

Die Königin schenkte Isabelle ein freudloses Nicken. Während des ganzen Gesprächs hatte sie nicht einmal auch nur ansatzweise gelächelt. »Selbstverständlich werdet Ihr niemanden von unserer Abmachung berichten. Wenn Ihr es dennoch tut, werde ich sagen, daß Ihr eine Lügnerin und Verräterin seid und auf den Scheiterhaufen gehört.«

Genau das bin ich, und dort werde ich enden, fuhr es Isabelle durch den Kopf. Der Ring wog seltsam schwer in ihrer Hand. Er schien eine ebenso magische Kraft auszustrahlen wie die vielen Utensilien, vor denen sie sich im Kabinett der Königin gefürchtet hatte. Ein Zauberring, dachte Isabelle entsetzt, und beinahe hätte sie das Schmuckstück fallen lassen.

»Adieu, Madame de Valmy. Ich lasse Euch wissen, wann ich geruhe, Euch zu einem Gespräch zu empfangen.«

»Sehr wohl, Majestät«, hauchte Isabelle beklommen. Sie sank zu einem Hofknicks herab und blickte der sich entfernenden Königin nach, während sie den Ring rasch in ihrer Tasche verschwinden ließ.

23

Der Müller, der am Kücheneingang gerade ein Faß Mehl von seinem Karren lud, wollte sich anschließend nicht wieder auf den Weg nach Paris machen, wie er Isabelle sagte. Auch fand sich bei ihren diskreten Nachforschungen niemand, der bald in die Hauptstadt reisen wollte. Es blieb ihr demnach nichts anderes übrig, als ihre brisanten Nachrichten persönlich zu überstellen. Sie konnte zwar unmöglich selbst nach Paris reiten, da ihre Abwesenheit vom Hofstaat unter diesen Umständen zu lange dauern würde, aber in Melun kannte sie zuverlässige Glaubensbrüder, die ihr helfen würden. Die Ortschaft lag nah genug, um als Ziel für einen kleinen Ausflug zu dienen. Isabelle hoffte, Diane würde nicht bemerken, wie sie sich davonstahl; wenn doch, würde sie sich auf dem Rückweg eine Ausrede ausdenken. Diese Kleinigkeit mußte warten, bis ihre Mission erfüllt war.

In wenigen Worten schilderte sie dem Marquis de Valmy die Situation: die Pläne des Königs und seiner Favoritin ebenso wie die Aufforderung der Königin, Diane auszuspionieren. Als sie den Brief überflog, bemerkte sie, daß ihre Handschrift allzu deutlich ihre Empfindungen zeigte: Sie wirkte zittrig und schnell hingeworfen. Tatsächlich war Isabelle nervös und fahrig, die vergangene Nacht und ihre Erlebnisse im Laufe dieses Tages verwirrten und beunruhigten sie. Es war zuviel auf einmal. Wahrscheinlich würde der einsame Ritt nach Melun ihrer Seele guttun und ihre Gedanken reinigen. Auf diese Weise beruhigt, zog Isabelle sich um und ging zu den Stallungen, froh, daß Diane offenbar zu stark mit ihren politischen Intrigen beschäftigt war, um nach ihrer Ehrendame zu schicken.

Erst als ihr Pferd gesattelt war und sie in leichtem Trab über die Hauptstraße in Richtung Nordosten ritt, dachte sie wieder an Gabriel. Inzwischen hatten sich Wolken vor die herrliche Frühlingssonne geschoben, und Isabelle fand, daß das Wetter ihren Gefühlen glich. Am Vormittag war sie glücklich gewesen, inzwischen jedoch war ihre Stimmung düster. Eigentlich konnte sie der Königin dankbar sein, daß diese ihr die Gelegenheit genommen hatte, zuviel über Gabriel de Montgommery zu grübeln. Das notwendigerweise rasche Handeln hatte sie von der Erinnerung an seine Leidenschaft abgelenkt; nun aber stellten sich die unerwünschten Bilder wieder ein. Isabelle gab dem Hengst die Sporen, damit er in einen mitten im Wald höchst gefährlichen Galopp fiel und sie zwang, sich auf den Ritt zu konzentrieren.

Melun war eine aus der Römerzeit stammende Kleinstadt, die vom regen Durchgangshandel lebte. An einer Kreuzung aus süd- und ostwärts verlaufenden Straßen direkt vor den Toren von Paris und außerdem am Seine-Ufer erbaut, war der Ort ein beliebter Marktflecken. Die alte Kirche Notre-Dame, auf einer Insel im Fluß erbaut, erinnerte an die Lage der berühmten Kathedrale von Paris, die von mittelalterlichen Häusern gesäumten Straßen jedoch waren viel enger, manchmal nur so breit, daß nur ein einziger stämmiger Mann hindurchgehen konnte. Dennoch drängte sich ein Strom aus Einheimischen wie Reisenden unter den Torbögen hindurch in das schmutzige, stinkende Geflecht aus unübersichtlichen Gassen.

Isabelle ließ sich eine Weile lang mit den Menschen treiben. Ihr vornehmes Roß fest am Zügel haltend, folgte sie den Massen zur Seine. Ihr Ziel lag im Schatten der Kirche, sie kannte es gut, denn hier hatten ihr Vater und ihre Brüder nach ihrem Aufbruch damals eine erste Rast eingelegt. Später, als sie nach Frankreich zurückgekehrt war, waren es diese Protestanten gewesen, die sie anfangs beherbergt hatten. Die Rossignols waren einfache, aber großzügige

Menschen, das Familienoberhaupt ein Weinhändler, der von der Nähe Meluns zur Champagne profitierte. Sein Haus war ein schmales Gebäude, nicht besonders schön und keinesfalls so ansehnlich wie die Wohn- und Arbeitsstätten seiner Kollegen im Loire-Tal. Isabelle hatte es jedoch immer als einladend und friedlich empfunden; erstaunt registrierte sie, daß heute sämtliche Fensterläden geschlossen waren und die Atmosphäre bedrückend und trostlos wirkte.

Verwundert hämmerte sie mit dem Knauf ihrer Reitgerte gegen die Tür. Niemand antwortete. Bei ihrem nächsten Versuch nahm sie ihre Faust zu Hilfe und donnerte wütend gegen den Holzverschlag. Sie hatte nicht damit gerechnet, niemanden anzutreffen. Wenn sie nun aber keine Hilfe von den Rossignols erfuhr, war sie auf sich allein gestellt und der Ritt nach Melun umsonst.

»Geht fort!« klang eine brüchige Stimme aus dem Inneren des ansonsten beängstigend stillen Hauses. »Wir verkaufen nichts. Der Laden ist geschlossen.«

»Madame!« rief Isabelle erleichtert aus, um gleich darauf ihre Stimme zu senken: »Bitte öffnet! Ich bin es, Isabelle ... Isabelle Bohier.«

Die Scharniere eines altersschwachen Schlosses ächzten, die Tür knarrte – Geräusche wie Klagetöne. Madame Rossignols hageres Gesicht erschien in der schmalen Öffnung. »Ich kann Euch nicht hereinbitten«, flüsterte sie. »Das Haus wird von Polizeispitzeln beobachtet. Ihr begebt Euch in Gefahr, wenn Ihr als unser Gast erkannt werdet.« Laut und vernehmlich verkündete sie noch einmal: »Das Geschäft ist geschlossen. Wir verkaufen nichts. Sucht Euch einen anderen Weinhändler.«

»Es ist aber wichtig«, drängte Isabelle und rührte sich nicht vom Fleck. Erfüllt von der Dringlichkeit ihres eigenen Auftrags, begriff sie nicht, was Madame Rossignols

Worte bedeuteten. »Ich muß unbedingt eine Nachricht nach Paris schicken und bitte Euch, mir weiterzuhelfen.«

Madame Rossignol öffnete die Tür ein wenig mehr. Ein fahler Lichtschein fiel auf sie, und Isabelle erkannte blaue Flecken und Striemen im Gesicht und am Hals der alten Dame, die von brutalen Schlägen herrührten. Die Kaufmannsfrau streckte ihre Hand aus, ihre Finger waren verkrümmt und erinnerten an die Krallen eines Vogels. Damit tippte sie der Besucherin gegen die Brust. »Geht endlich fort, ich habe Euch doch gesagt, bei uns findet Ihr keinen Tropfen mehr.« Durch die Berührung näher an Isabelle herangerückt, setzte sie leise hinzu: »Mein Gatte ist eingekerkert worden und unser ältester Sohn ebenso. Es ist nur eine Frage der Zeit, daß die Polizei auch mich holt. Lebt wohl! Gott schütze Euch.«

Endlich verstand Isabelle. Stumm nickte sie und wandte sich zum Gehen, als Madame Rossignol plötzlich rief: »Am Markt werdet Ihr finden, wonach es Euch gelüstet. Trinkt den Wein vom Kloster, der ist gut, auch wenn er von den verdammten Papisten gekeltert wird.«

Erschrocken fuhr Isabelle herum. Diese Bemerkung war eine Todsünde; wenn ein Polizeispitzel sie gehört hatte, war Madame Rossignol verloren. Doch diese lächelte, da sie mit ihrem Trick Erfolg gehabt und für einen kurzen Augenblick Isabelles Aufmerksamkeit zurückgewonnen hatte: »Antoine. Fragt nach Antoine, dem Schlachter«, raunte sie. Dann wich sie zurück und knallte ihre Haustür zu. Die Scharniere knirschten wieder, aber Isabelle wußte, daß es keinen Sinn hatte, sich zu verbarrikadieren – die Inquisition kam in jedes evangelische Heim.

Der Himmel verdüsterte sich und war ein weiterer Ausdruck von Isabelles Stimmung. Ihr Herz zog sich zusammen angesichts der Zukunft von Madame Rossignol. Sie erinnerte sich schmerzlich daran, wie sie ihr heiße Milch mit Honig zubereitet und ein Lied gesungen hatte, als sie damals mit ihrem Vater und ihren Brüdern in ihrem Haus Zuflucht gefunden hatte. Später hatte ihr Madame Rossignol eine beachtliche Summe vom eigenen Ersparten gegeben, damit sie, mit einer gewissen finanziellen Sicherheit ausgestattet, nach Paris reisen konnte. Die Frau des Weinhändlers war immer gut zu Isabelle gewesen, und heute hatte sie ihr den Boten genannt, der schnell gefunden und ohne lange Überredungskünste bereit war, eine Schinkenseite und mehrere Lammkeulen zum Marquis de Valmy zu liefern und das wichtige Schreiben in einem Wachstuch zu verstecken, mit dem das Fleisch eingeschlagen wurde. Wahrscheinlich war es die letzte gute Tat, mit der Madame Rossignol Isabelle verwöhnen konnte. Als die Schleusen des Himmels sich öffneten, wußte Isabelle nicht, ob es Regentropfen oder Tränen waren, die ihr Gesicht benetzten.

»Wenn Ihr weiter hier herumsteht, werdet Ihr in Kürze so naß sein, als würdet Ihr aus einem Bad steigen«, stellte eine tiefe Männerstimme in ihrem Rücken fest.

Bevor sie sich zu ihm umdrehte, wußte Isabelle, wer zu ihr gesprochen hatte.

Sie stand am Rande des Marktes neben einem Dompteur, der seinen Bären tanzen ließ, hatte aber nicht dem Schausteller, sondern verträumt den Bootsmännern zugeschaut, die ihre Segler mit neuer Fracht beluden, welche sie in Paris oder weiter westlich in den Städten der Normandie löschen würden.

Seltsamerweise war Gabriel seit ihrer Ankunft in Melun ganz aus ihrer Gedankenwelt verschwunden, als gehörte er nicht zu ihrem wirklichen Leben – was ja letztlich auch der Fall war. Ihn so plötzlich nun ausgerechnet hier anzutreffen, zerrte mehr an ihren Nerven, als sie sich einzugestehen wagte. Am liebsten hätte sie sich schutzsuchend in seine

Arme geworfen. Ihr Herz begann zu rasen, sie kämpfte mit einem Weinkrampf, als sie ihn anfuhr: »Was soll das? Spioniert Ihr mir nach?«

Wenn ihn ihr verzweifelter Wutausbruch verletzte, so ließ er sich das nicht anmerken. Sein Körpergewicht gelassen von einem Bein auf das andere verlegend, gab er trokken zurück: »Nein, ich spioniere Euch nicht nach. Ich bin Euch gefolgt, ja, aber nur, weil ich Euch unter vier Augen wiedersehen wollte.«

Seine Antwort entlockte ihr ein freudloses Lächeln. »Dafür habt Ihr Euch den rechten Ort ausgesucht, hier wimmelt es von Menschen. Konntet Ihr nicht warten, bis wir uns an einem anderen Platz ungestörter begegnen?«

»Unter vielen Leuten ist man häufig einsamer als unter wenigen«, erwiderte er.

Ermattet von den Erlebnissen dieses Tages und der Traurigkeit, die sie angesichts des Schicksals ihrer Glaubensbrüder erfaßt hatte, wischte sich Isabelle über die Augen. Die Sehnsucht, sich in Gabriels Arme zu stürzen, wurde fast übermächtig. Es war nicht die verzehrende Leidenschaft der Vergangenheit, die sie antrieb, sondern der Wunsch nach Schutz und Geborgenheit. Du lieber Himmel, dachte sie, das hat nichts mit der Begierde meines Körpers zu tun; das ist das Begehren eines liebenden Herzens. Von diesem Gedanken höchst verunsichert, senkte sie ihren Kopf.

»Da ich wenig Lust verspüre, naß, hungrig und verfroren nach Fontainebleau zurückzureiten, schlage ich vor, daß wir uns in einer Schenke aufwärmen«, fuhr Gabriel in munterem Ton fort. »Kommt, wir sollten eine Lokalität suchen, die den Ansprüchen einer Dame von Eurem Format genügt.«

Er hatte recht. Isabelle brauchte nicht lange darüber nachzusinnen, ob sie ihm folgen sollte. Der Nieselregen stach wie mit kleinen Nadelspitzen in ihre Wangen, die

Wolken verdunkelten sich zusehends, und das leise Grollen kam weder von den Rädern der Fuhrwerke, die durch die Gassen rumpelten, noch von den Arbeiten auf den Lastkähnen. Bald würde ein Gewitter über sie hereinbrechen und dem wären sie auf dem Rückweg schutzlos ausgeliefert. Je länger Isabelle zwar von Fontainebleau fortblieb, desto schwieriger wurde es, ihre unentschuldigte Abwesenheit zu erklären, aber letztlich blieb ihr nichts anderes übrig, als sich einer höheren Macht zu beugen. In diesem Moment zuckte der erste Blitz am Himmel, ihr Pferd tänzelte ängstlich.

»Wir sollten Euer Roß in einen Stall bringen, bevor in dem Gedränge hier jemand verletzt wird«, sagte Gabriel. »Ich habe mein eigenes Tier in einer Seitenstraße hinter der Kirche abgestellt. Der Knecht wirkte recht vertrauensvoll, und in den Ständern fand ich frisches Stroh vor ...« Auf diese Weise harmlos plaudernd, griff er nach Isabelles Arm. Sie folgte ihm wie blind durch die Menge.

Später würde Isabelle oft überlegen, warum Gabriel ausgerechnet in dieser Stunde ihr Herz gewann. Und sie würde sich sagen, daß sie ihn in diesem Augenblick gebraucht hatte, seine starke Hand, seine Entschlossenheit und sein geduldiges Handeln. Er regelte die Unterbringung ihres Hengstes ebenso selbstverständlich und vernünftig, wie er ein anständiges Wirtshaus fand, in dem es verlockend nach einem Spießbraten duftete, das relativ sauber war und wo weder Betrunkene noch Prostituierte verkehrten. Gabriel sorgte für einen Tisch neben dem Feuerplatz und bestellte am Tresen zwei Becher mit heißem Rotwein, während sich Isabelle gegen die Kaminumrandung lehnte und ihren Rücken wärmte. Seine Fürsorge tat ihr unendlich wohl. Es war das erste Mal seit langer Zeit, daß sich jemand um sie kümmerte.

Ihre Lider wurden schwer. Isabelle nickte ein und sah

sich für einen Moment in ihre Kindheit zurückversetzt. Das düstere Gutshaus hatte niemals die leichte Harmonie von Chenonceau ausgestrahlt, und doch war es ihr Zuhause gewesen. Vor ihrem geistigen Auge erschienen die weißen Strände und die smaragdgrünen Hügel der Normandie, die endlosen Reihen von Apfelbäumen ebenso wie die mit Fachwerk geschmückten Häuser. Sie war niemals dorthin zurückgekehrt. Die Zeit, die sie inzwischen wieder in Frankreich verbrachte, hatte nicht für einen Ausflug in die Erinnerung gereicht.

Sie hörte Gabriel hantieren und öffnete die Augen. Er stellte die beiden Becher auf den blank gescheuerten Tisch und schob mit dem Fuß einen Stuhl zurecht, um sich zu setzen. Entspannt lehnte er sich zurück und streckte die Beine aus.

»Wo ist Euer Zuhause, Comte de Montgommery?« fragte sie auf der Suche nach einem harmlosen Gesprächsthema. Sie war plötzlich seltsam befangen. Noch nie hatte sie sich mit ihm in einer Situation befunden, in der es um Konversation ging; sie fühlte sich unerwartet schüchtern und einfallslos. Marie, dachte sie bitter, Marie würde wahrscheinlich bei jeder Gelegenheit eine zwanglose Plauderei einfallen, mit der sie einen Kavalier unterhalten und zum Lachen bringen konnte.

»Ich stamme aus der Normandie«, antwortete Gabriel. »Das Anwesen meiner Vorfahren befindet sich in einem Ort namens Ducey. Es liegt nahe der Küste. Wenn man ein paar Kilometer landauswärts reitet, blickt man auf die Bucht und das Kloster von Mont Saint-Michel. Es gibt dort schroffe Felsen, die ins Meer hinausragen, und viele Leuchttürme, denn der Gezeitenwechsel und die Stürme, die vom Ärmelkanal herüberziehen, sind gefährlich. Aber die Landschaft ist nicht nur wild und bedrohlich, die Normandie kennzeichnet sich auch durch ...«

»Wälder und Dünen«, unterbrach Isabelle versonnen, »Flußtäler und Obstplantagen. Ich weiß.«

»Wie das?« fragte er, ebenso überrascht wie interessiert. »Hörte ich nicht irgendwen erzählen, Ihr wärt aus Venedig?«

»Als Kind habe ich lange an der Küste bei Honfleur gelebt, bevor mein … meine Familie nach Venedig zog.« Wie gerne hätte sie sich Gabriel anvertraut, ihm von ihrer vornehmen Herkunft und ihrem Leben als Protestantin erzählt, das ihr Schicksal auf so fatale Weise bestimmte. Um seinem forschenden Blick auszuweichen, umfaßte sie den Becher mit beiden Händen und hob ihn an ihre Lippen. Unverzüglich wärmte sie der heiße Wein von innen und belebte gleichzeitig ihre Sinne, so daß sie die Schwermut abschüttelte wie zuvor ihren nassen Umhang.

Mit wiedergewonnener Souveränität wechselte sie das Thema: »Wer übrigens glaubt, in Venedig sei das Wetter durchgehend besser, der irrt. Im Sommer mag es an manchen Tagen heißer sein, aber die Winter sind ziemlich kalt und feucht, ebenso wie in Frankreich. Außergewöhnliche Hochwasser gehören zum Alltag, und wenn Ihr mich vor den Stürmen der normannischen Küste warnen wollt, so kann ich Euch von Orkanböen berichten, die regelmäßig über die Lagune toben.«

»Seht an! Und ich dachte immer, Venedig sei ein einziges rauschendes Fest der Sinne, das nur in ständigem Sonnenschein und durch wolkenlosen Sternenglanz möglich wird.«

»O nein«, schmunzelte Isabelle, »dem ist nicht so. Der Karneval wird hauptsächlich auf öffentlichen Plätzen gefeiert, das stimmt, aber ansonsten spielt sich das Leben mehr in den Palazzi ab.«

»So daß man sich selbst bei Hochwasser trockenen Fußes amüsieren kann?«

»Im Prinzip schon, aber Ihr solltet nicht seekrank sein, wenn Ihr Venedig erobern wollt. Bei Sturm werden die Kanäle aufgewühlt, und die Gondeln können dann so stark schaukeln, daß man nicht selten fürchten muß, ins Wasser zu fallen.«

»Das bringt mich zu einem Erlebnis in meiner Kindheit«, lachte Gabriel. »Als Junge betrachtete ich es als aufregendes Abenteuer, weit in das Marschland hinaus zum Mont Saint-Michel zu laufen. Diese Wanderung hätte mich einmal beinahe das Leben gekostet, denn nirgendwo sonst steigt die Flut so schnell und so hoch wie in dieser Bucht. Hätte mich ein Austernfischer nicht aus dem Wasser gezogen, wäre ich wahrscheinlich auf Nimmerwiedersehen verschwunden.«

»Das wäre sehr schade«, murmelte Isabelle.

Er beugte sich vor und berührte mit seinen Fingern ihre Hände, die noch immer den Becher umfaßten. »Ja«, erwiderte er ernst, »denn dann wäre ich Euch niemals begegnet.« Mit einem breiten Grinsen lehnte er sich wieder zurück. »Zu gerne würde ich Euch danach fragen, was Ihr als kleines Mädchen angestellt habt. Üblicherweise sind höhere Töchter zwar vor Mutproben gefeit, aber in Eurem Fall bin ich mir da nicht so sicher. Doch der Anstand verbietet mir, derart unverschämt in Euch zu dringen.«

»Ich bin geritten wie der Teufel und habe gelernt, besser mit der Büchse umzugehen als meine Brüder«, erzählte sie strahlend. Seine Zärtlichkeit war wie ein Aufputschmittel, sie fühlte sich frei und glücklich, wie in einem Schwebezustand.

Erst seine harmlos klingenden Fragen brachten sie auf den Boden der Tatsachen zurück: »Wie heißen Eure Brüder? Wo leben sie?«

Isabelle erbleichte und starrte Gabriel so erschrocken an, daß er sich erstaunt aufrichtete und besorgt erkundigte:

»Geht es Euch nicht gut? Soll ich nach einem Medikus schicken?«

Tief durchatmend, schüttelte sie den Kopf. Plötzlich wurde ihr bewußt, daß sie vollkommen zwanglos mit Gabriel geplaudert hatte, ohne daß er sie nach den Gründen ihres Ausflugs nach Melun gefragt hatte. Warum aber wollte er nicht wissen, was sie hier zu schaffen hatte? Es war kaum vorstellbar, daß er keine Neugier kennen sollte. Wie dicht war er ihr wohl auf den Fersen gewesen? Hatte er ihren Besuch bei Madame Rossignol beobachtet und auch ihre Suche nach dem Fleischer namens Antoine? Oder hatte er sie zufällig erst am Markt getroffen? Und dann drängten sich Fragen auf, die mit kalter Hand nach Isabelles Herzen griffen: Warum war Gabriel ihr wirklich gefolgt? Hatte Diane oder die Königin ihn geschickt, sie zu überwachen? Eine Begegnung unter vier Augen, so sagte sie sich im Geiste, hätte er auch in Fontainebleau herbeiführen können.

»Ich glaube«, hob Isabelle vorsichtig an, plötzlich jedes Wort abwägend, »das Getränk bekommt mir nicht. Rotwein verursacht häufig einen kleinen Migräneanfall bei mir, doch dieser verschwindet in der Regel rasch. Es besteht kein Grund zur Beunruhigung. Wir sollten uns vielmehr Gedanken über eine Rückkehr an den Hof machen. Würdet Ihr bitte nachsehen gehen, ob sich das Wetter gebessert hat?«

Statt ihrer Aufforderung zu folgen, sah er sie lange und ernst an. Seine Augen suchten ihren Blick, und sie konnte sich ihm nicht entziehen, wie gefesselt von dem strahlenden Blau seiner Iris. Es war die Farbe des Meeres bei Sonnenschein. Isabelle wünschte plötzlich, mehr von dem Knaben zu hören, der die Gewalten der See überlisten wollte. Es wäre wundervoll, mit diesem Mann zu plaudern, ohne ständig auf der Hut vor Verrat sein zu müssen.

»Ich hatte gehofft«, gestand Gabriel schließlich mit rauher Stimme, »daß Ihr damit einverstanden wärt, in einer Herberge zu übernachten. Ich kann es kaum erwarten, Euch in meine Arme zu schließen.«

Isabelle fühlte sich wie ein Vogel, dem man die Flügel aus dem Körper reißt. »Wie sollte ich Madame eine so lange Abwesenheit erklären?«

Er grinste. »Das Wetter ...?!«

»Jedermann wüßte Bescheid. Wenn Ihr und ich gemeinsam dem Hofe fernblieben, würden wir für Aufsehen sorgen. Ich möchte aber nicht, daß ...« Sie stockte. Die Erinnerung an Nicholas' harsche Worte stachen in ihr Herz wie ein Dolch in eine offene Wunde. »Ich glaube nicht, daß dies der richtige Zeitpunkt ist, um alle Welt von ... von Eurer Freundlichkeit wissen zu lassen.«

»Das ist doch Narretei«, begehrte Gabriel auf. Er griff nach ihren Händen und hielt sie energisch fest, als sie sich ihm zu entziehen suchte. »Was soll diese Geheimniskrämerei? Ich brauche mich nicht zu verstecken. Isabelle, ich bin verwitwet, und eine Mätresse habe ich auch nicht. Niemanden geht es etwas an, welche Frau ich begehre. Von mir aus kann jeder Höfling wissen, daß ich in Euch verliebt bin.«

»Mademoiselle de Roger würde es sicher nicht gefallen.«

»In der Tat, das glaube ich auch. Ihr wollt aber doch nicht etwa schon nach Fontainebleau zurück, um die Gefühle der kleinen Marie zu schonen.«

»Um mich nicht dem Zorn von Madame auszusetzen«, widersprach sie. »Das ist auch der Grund, warum ich Euch um Diskretion bitte. Mir schien, sie würde es lieber sehen, wenn Ihr für Mademoiselle de Roger entflammt wärt.« Nicholas erwähnte sie besser nicht.

»Diesen Gefallen kann ich der ersten Dame Frankreichs

leider nicht erweisen. Ich bin Euer Ritter, Isabelle, und nur deshalb werde ich tun, was Ihr für richtig erachtet. Laßt uns also aufbrechen und hoffen, daß das Unwetter nachgelassen hat und wir, ohne vom Blitz getroffen oder von einem Baum erschlagen zu werden, die Hofgesellschaft erreichen.«

Während sie sich von Gabriel ihren Mantel umlegen ließ und es für einen berauschenden Moment wagte, sich gegen seine Brust zu lehnen, fiel Isabelle eine Szene aus der *Göttlichen Komödie* ein, die Dante aus einem alten normannischen Text abgeleitet hatte: Die verlorenen Seelen tauschten zunächst wollüstige Küsse, bevor sie gereinigt den Flammen entstiegen, um geläutert den Freuden des Paradieses entgegenzusehen. Es stand außer Frage, welches Fegefeuer sie erwartete. Doch: Würde Gabriel am Ende auf sie warten? Wie würde er reagieren, wenn er erführe, daß sie eine protestantische Spionin und gleichzeitig eine Rächerin in eigener Sache war, die nichts anderes wollte, als die Favoritin des Mannes zu vernichten, dem er diente?

24

Als Isabelle zu später Stunde ihr gemeinsames Zimmer betrat, fand sie Marie nicht etwa auf ihrem Lager, sondern dabei, einige Sachen zusammenzuräumen. »Ihr packt?« fragte Isabelle überrascht.

»Ja, ich ...« Marie hob den Kopf. Der leicht zerstreute, aufgeregte Ausdruck in ihrer Miene wich grenzenlosem Staunen. »Was ist mit Euch geschehen? Eure Wangen glühen, und Eure Augen strahlen. So habe ich Euch noch nie gesehen.«

»Ich bin erhitzt von einem schnellen Ritt«, behauptete Isabelle.

Tatsächlich war Gabriel de Montgommery für das Feuer verantwortlich, das in ihrem Inneren loderte. Seite an Seite waren sie in der aufziehenden Dämmerung nach Fontainebleau zurückgeritten. Es war eine wunderschöne Erfahrung, die Isabelle in diesen Stunden machte; selbst der Regen war romantisches Beiwerk und keinesfalls störend. Obwohl sie sich mit Gabriel wegen des schnellen Galopps, den sie, sooft es möglich war, anschlugen, nicht unterhalten konnte, fühlte sie eine ungeahnte Harmonie zwischen ihnen beiden. Auch ohne Worte verständigten sie sich und empfanden die Nähe des anderen als überraschendes Geschenk. Selbst als sich die Dunkelheit über Wälder und Felder gesenkt hatte, fühlte sich Isabelle in Gabriels Begleitung sicher und beschützt. Da sie glücklicherweise weder einem Wolf noch einem Wegelagerer begegneten, blieb diese Einheit, die nur Liebende empfinden können, ungestört bestehen. Im Stall hatte Gabriel sie rasch in einen Ständer gezogen und die Regentropfen von ihren Wangen, ihren Lidern und ihren Lippen geküßt, bevor sie – jeder für sich – die Freitreppe empor und zurück in ihren Alltag geschritten waren.

Marie musterte Isabelle skeptisch. Nach einer Weile meinte sie: »Ja, das dachte ich mir. Und Madame auch. Man hat nach Euch gesucht ...«, sie unterbrach sich, des Anblicks der anderen anscheinend müde, und wandte sich wieder ihrer Tätigkeit zu. Mit geübten Fingern rollte sie ein Paar Strümpfe auf, während sie erklärte: »Der Hof wird bei Sonnenaufgang nach Écouen reisen. Der König wünscht Konnetabel Montmorency in einer dringenden Angelegenheit zu sprechen, die keinerlei Aufschub duldet.«

»Deshalb diese Eile«, murmelte Isabelle. »Wird Madame ebenfalls nach Écouen reisen, oder ziehen wir nach Chenonceau zurück?«

»Madame bleibt natürlich an der Seite Seiner Majestät.« Marie hielt in ihrem Eifer inne und baute sich vor Isabelle auf, die noch immer unschlüssig herumstand. »Was ist mit Euch? Wollt Ihr keine Reisevorbereitungen treffen?« Dann wandte sie sich abrupt wieder der eigenen Garderobe zu, die sie zusammenlegte, damit sie später von einem Dienstmädchen in einer Reisekiste verstaut werden konnte. Während sie sich so mit dem Gepäck befaßte, plapperte sie aufgeräumt weiter: »Ein Bote aus Paris brachte die Nachricht, daß eine Bande von Verbrechern versuchte, den Parlamentsrat du Bourg freizupressen. Diese Leute konnten die Conciergerie natürlich nicht stürmen und sind wohl auch alle tot, aber der König scheint tief beunruhigt. Deshalb will er sich so schnell wie möglich mit seinem Kronfeldherrn austauschen.«

Mit höchst ungutem Gefühl erinnerte Isabelle sich an das Gespräch zwischen Diane und dem König, das sie am Vormittag belauscht hatte. Die neuen Informationen aus Paris waren dazu angetan, Öl ins Feuer zu gießen. Diane würde ihre Meinung bestätigt sehen, und Henri hätte endlich einen Vorwand, um härtere Maßnahmen gegen die Protestanten ergreifen zu können, wie sie zwischen dem König und seiner Favoritin bereits angedacht waren. Montmorency war ebenso der älteste Berater des Monarchen wie auch einer der engsten Freunde Dianes – es bedurfte keiner besonders großen Phantasie, um sich vorzustellen, wie die Entscheidung dieses Triumvirats ausfallen würde.

»Und die Königin?« fragte Isabelle. »Wird sie auch nach Écouen reisen?«

Marie hob ihren Kopf. Sie kräuselte ihre entzückende Stupsnase, als wüßte sie nicht genau, ob Isabelle es ernst meinte oder sich einen Scherz mit ihr erlaubte. »Liegt die Antwort nicht auf der Hand? Die Haltung der Königin ist aller Welt bekannt – warum tut Ihr so, als wüßtet Ihr nicht, wie sie zu den Häretikern auf der einen und Madame de Poitiers auf der anderen Seite steht? In Chaumont ward Ihr neben mir, als …«

»Schon gut«, winkte Isabelle ab. Wenn Catherine nicht nach Écouen in das Schloß des Konnetabels Montmorency reiste, wäre dies wahrscheinlich die erste Bewährungsprobe, die Isabelle als Informantin der Königin bestehen mußte. Zweifellos würde sie Nachrichten über die Vorgänge dort erhalten wollen. Und Gilbert de Valmy mußte so schnell wie möglich erfahren, wie die Angelegenheiten weiterverfolgt wurden. Hoffentlich fuhr der Schlachter Antoine rasch genug nach Paris, um den Marquis so bald wie möglich mit Isabelles inzwischen fast schon veralteten Neuigkeiten zu versorgen.

»Noch eine Frage«, sagte Isabelle, während sie begann, sich um ihre eigenen Sachen zu kümmern: »Warum macht sich der Hof die Mühe, nach Écouen zu reisen? Warum läßt der König nicht einfach nach seinem Kronfeldherrn schicken?«

»Die Zeit«, entgegnete Marie und sah Isabelle dabei mit einem Blick an, der dieser deutlich zu verstehen gab, daß Marie sie für eine Idiotin hielt. »Der König möchte unverzüglich mit Konnetabel Montmorency sprechen. Es erschien Seiner Majestät sinnvoller, selbst aufzubrechen, anstatt tatenlos zu warten. Außerdem …«, Marie senkte ihre Stimme und zwinkerte verschwörerisch mit den Augen, »wahrscheinlich ist er es leid, die Feindschaft zwischen der Königin und Madame beobachten zu müssen.« Sie wandte sich wieder ihrer Beschäftigung zu und stellte beiläufig fest: »Glücklicherweise wird die Schottische Garde an der Seite des Königs nach Écouen reiten. Ihr Hauptmann ist auch dabei … Ich glaube, es wird ein sehr netter Ausflug werden.«

Das bezweifelte Isabelle zwar, aber sie widersprach nicht. Obwohl sie die Hartnäckigkeit zu ärgern begann, mit der Marie dem Mann ihrer beider Herzen nachstellte, war sie froh über den überstürzten Umzug des Hofes. Einerseits brachte sie die Reise fort von ihren Träumen und in die Realität zurück; andererseits erlaubte sie ihr, wieder ein wenig Distanz zwischen sich und ihren Geliebten zu bringen. Es erschreckte sie, an sich selbst zu beobachten, wie stark sie sich von ihm beeinflussen ließ. Seine bloße Gegenwart hatte in Melun genügt, alle guten Vorsätze in den Wind zu schreiben. Und selbst wenn sie ihre Situation jetzt nüchtern bei Licht betrachtete, so war von Abschiednehmen keine Rede mehr, und sie wußte, daß sein Lächeln, ein an sie gerichtetes Wort oder eine zufällige Berührung genügen würde, um jeden Zweifel absurd erscheinen zu lassen.

Während sich Isabelle also in ihre Pflichten ebenso fügte, wie sie der Macht ihrer Gefühle folgte, erfüllte Gabriel sein Versprechen und gab sich Mühe, ihrem Wunsch nach Diskretion zu entsprechen. Im Beisein anderer Mitglieder der Hofgesellschaft – also praktisch immer – schenkte er Isabelle niemals mehr Aufmerksamkeit als Marie. Die Reise von Fontainebleau nach Écouen im Norden von Paris nutzte er zwar, um gelegentlich an Isabelles Seite zu reiten und mit ihr zu plaudern, doch näher kamen sie sich nur durch die zärtlichen Zeilen, die er ihr in der Nacht ihrer Rast und nach ihrer Ankunft schrieb. Obwohl es sie zutiefst schmerzte, verbrannte sie diese Gedichte sofort nach der Lektüre – aus Angst vor Entdeckung und vielleicht auch in der Hoffnung, die Sünde der Leidenschaft könnte ungeschehen sein, wenn es keine schriftlichen Beweise dafür gab. Daß sich dabei kaum die Möglichkeit ergab, ihm unbeobachtet in die Arme zu sinken, kam Isabelles zerrissenen Gefühlen für den Augenblick entgegen.

Der überstürzte Aufbruch der Hofgesellschaft bedeutete für Isabelle, daß sie Nicholas aus dem Wege gehen konnte. Offensichtlich mit den Reisevorbereitungen beschäftigt und schließlich mit der Organisation der Ankunft, mußte sie sich nicht mehr als unbedingt nötig mit Dianes Sekretär auseinandersetzen. Die notwendigerweise zu wechselnden Worte wurden in einem höflichen, kühlen Ton geführt, und es gelang Isabelle vortrefflich, niemals allein mit ihm in einem Raum zu sein, so daß sich keine Gelegenheit bot, ins Private abzuschweifen. Auch hatte sie den Eindruck, Nicholas suche seinerseits keinen Kontakt zu ihr, denn er benahm sich seltsam reserviert. Daß er einfach nur verletzt reagierte und aus verschmähter Liebe verzweifelt war, kam Isabelle nicht in den Sinn. Die Wahrheit hätte allerdings wenig verändert, denn neben dem nüchternen Intellektuellen wirkte Gabriel wie ein strahlender Held. Ebenso wie Marie – und in der Artus-Sage die schöne Guenièvre – fühlte sich Isabelle nun einmal zu Lancelot mehr hingezogen als zu Tristan …

Nein, dachte sie, während sie Nicholas einmal zufällig beobachtete, eher wie Sir Kay, der ewig mißgelaunte, wenn auch rechtschaffene Ritter.

Wenn sie es jedoch recht bedachte, bedurfte sie Nicholas' Vertrauen in dieser Situation mehr als alles andere. Durch seine Stellung bei Diane besaß er Zugang zu allen Schriftstücken, die in diesen Tagen entworfen wurden. Andererseits war Isabelle klar, daß Nicholas keine Indiskretion begehen würde, selbst wenn sie sich ihm an den Hals würfe. Sie erwog, ihn in ein versöhnliches Gespräch über Kunst zu verwickeln, was in einem Schloß wie Écouen kein Problem war, denn der Herzog von Montmorency war ein äußerst feinsinniger Mensch, der seinen Wohnsitz in ein Kleinod verwandelt hatte.

Einmal stand Isabelle vor dem prachtvollen Marmorkamin, der mit einem Porträt des Hausherrn geschmückt war, welches kein herkömmliches Ölbild auf Leinwand war, sondern aus Email hergestellt, was sie nie zuvor gesehen hatte. Sie erblickte Nicholas, der am anderen Ende des Pavillons mit einem Buch in der Hand auf einen Pagen einredete. Aus aufrichtiger Wißbegier hätte sie in diesem Augenblick gern das Wort an ihn gerichtete, doch bevor sie ihre Röcke raffen, ihm entgegengehen und den Mund öffnen konnte, hatte er den Raum wieder verlassen.

Ihre Aufgabe als Agentin war schwieriger zu erfüllen als erwartet. Zwar spähte sie bereits in den ersten Tagen geeignete Boten aus, meist Handwerker oder Lieferanten, die ihre Nachrichten, gegen Bezahlung und ohne eine Frage zu stellen, nach Paris zu ihrem Gönner oder nach Fontainebleau zur Königin bringen würden. Aber es fehlte ihr an Informationen. Écouen war nicht Chenonceau, sie verfügte über zuwenig Zeit, um den Grundriß so gut kennenzulernen, daß sie sich auch im Dunkeln zurechtfinden würde. Das Anwesen des Konnetabels war konzipiert, um Macht zu demonstrieren, nicht Gemütlichkeit, und erinnerte mehr an das prachtvolle Loire-Schloß in Blois als an Dianes zauberhaften Wohnsitz am Ufer des Cher. Auch war ihr der Tagesablauf in diesem Haushalt ein Buch mit sieben Siegeln, so daß ihre Versuche, Gespräche zu belauschen, an der Aufmerksamkeit des Personals scheiterten. Die Verzweiflung trieb Isabelle jedoch an und auch der von Horaz abgeleitete Wahlspruch des Kronfeldherrn, der über dem Portikus in Stein gemeißelt war: *Bewahre im Unglück einen unerschütterlichen Mut.*

Am Sonntagmorgen wurde die Messe in der schloßeigenen Kapelle gehalten, die Isabelle – wie stets – mit äußerst gemischten Gefühlen verließ. Sie hatte inzwischen zwar gelernt, den katholischen Riten mit Gleichmut zu begegnen und die Andacht für eine Gedankenwanderung zu nutzen, doch ein Rest von Schuld blieb bei jeder dieser Gelegenheiten, obwohl sie sich immer wieder sagte, daß der Zweck die Mittel heiligte. An diesem Morgen dachte sie über die Frage nach, ob wohl ausgerechnet eine katholische Kirche für eine Protestantin zum Gebet geeignet war. Dabei hatte Luther bekanntlich verkündet, die Gläubigen könnten an jedem Ort auf Erden Gottes gedenken. Dergestalt in ihre Überlegungen vertieft, schritt sie am Ende des Gefolges der hohen Gäste und ihres Gastgebers durch den Flur zum Nordflügel des Schlosses.

Gabriel gelang es, unbemerkt an Isabelles Seite zu treten. »Schaut Euch diese wunderbaren Fenster an!« schwärmte er und berührte sanft ihren Arm, zog seine Hand aber sofort zurück, um nicht für Aufsehen zu sorgen. Als sie sich zu ihm wandte, raunte er: »Eure Augen leuchten wie die Malerei.«

»Ihr seid heute morgen wenig originell, Comte de Montgommery«, tadelte Isabelle in nicht sonderlich gelungenem Bemühen, witzig zu sein, während sie sich doch eigentlich elend fühlte. »Die blauen Umrandungen sind das einzig Farbige an den Fensterbildern. Oder wolltet Ihr andeuten, meine Augen wären so gelb wie der Hintergrund? Ihr verwechselt mich doch hoffentlich nicht mit einer Eule.«

»Bei Tage blind und des Nachts besser sehend als die meisten anderen Geschöpfe«, Gabriel schmunzelte. »Wenn ich mich an unsere erste Begegnung erinnere, trifft dieser Vergleich durchaus zu. In den vergangenen Wochen gab es mehr als eine Nacht, in der ich mich in die Bibliothek von Chenonceau zurückwünschte …«

Isabelle blieb entsetzt stehen. »Pssst!« machte sie und legte ihren Zeigefinger an die Lippen. »Sprecht nicht so.«

Seine Augen glitten über die kleine Gesellschaft, die sich inzwischen einige Schritte entfernt hatte. »Verzeiht! Ich halte, was ich Euch versprochen habe«, sagte er leise. In sachlichem und etwas gehobenem Tonfall, so auch für die Ohren anderer bestimmt, fügte er hinzu: »Ich möchte Euch auf diese Glasarbeiten aufmerksam machen. Ein eindrucksvoller Beweis französischer Handwerkskunst. Ihr solltet Euch die Zeit nehmen, diese zu würdigen.«

Isabelle tat, wie ihr geheißen, und betrachtete die in Grautönen gehaltenen Darstellungen. Als sie begriff, welche Geschichte in den Bildern erzählt wurde, erhellte ein zartes Lächeln ihre düstere Miene. Gabriel hatte sie nicht auf diese Fenster hingewiesen, um Konversation mit ihr zu betreiben; es war eine romantische Botschaft, denn in der feinen Arbeit wurde die große Liebe des Gottes Amor zur schönen Erdenbürgerin Psyche abgebildet.

»Eine Romanze, die mit Schwierigkeiten begann, aber dennoch ein glückliches Ende nahm«, erklärte Gabriel, der mit den Augen ihren Blicken gefolgt war. »Selbst die eifersüchtige Aphrodite konnte dem Liebespaar letztlich nichts anhaben.«

»Nein«, murmelte Isabelle, »wohl nicht.« Für unsere Geschichte kann es keinen guten Ausgang geben, fuhr ihr durch den Kopf. Höhere Mächte stehen zwischen uns, und niemand wird uns zu Hilfe eilen.

Unwillkürlich fiel ihr Blick auf Diane. Die Favoritin hatte sich kurz vom König und Montmorency entfernt, war am Ende der Galerie stehengeblieben und wechselte nun ein paar Worte mit Nicholas. Wahrscheinlich gab sie ihm Anweisungen für die an diesem Tag zu erledigenden Arbeiten. Wenn es doch nur irgendeine Möglichkeit für Isabelle gäbe, herauszufinden, welchen Inhalts die Schriftstücke waren, die seit Tagen aufgesetzt wurden ...!

»Diese Fenster stehen in krassem Widerspruch zu den Wandbehängen im Westflügel«, plauderte Gabriel weiter, als habe er nicht bemerkt, daß Isabelle mit ihren Gedanken wieder woanders war. »Hier eine romantische Geschichte, dort Ehebruch, Untreue und Verrat. Hattet Ihr schon Gelegenheit, die Brüsseler Tapisserien zu würdigen, auf denen die Liebe von David und Bathseba dargestellt wird?«

Isabelle wurde einer Antwort enthoben, denn plötzlich kam Leben in die kleine Gruppe am Rande ihres Blickfelds. Ein eiligst herbeigelaufener Page erschien auf der Bildfläche, der von der Ankunft eines Lords aus London berichtete, der um eine Audienz bat und im Empfangsraum wartete. Neugierig trat Isabelle vor, um den Anweisungen des Hausherrn lauschen zu können. Gabriel, der ihr verwundert nachsah, hatte sie für den Moment vergessen. Die Anwesenheit eines Boten aus England hatte mehr zu bedeuten als einen zufälligen Besuch.

Zu Isabelles Erleichterung sprach Montmorency trotz des anwesenden Gefolges offen mit seinem König: »Das ist der Gesandte von Königin Elizabeth. Wir sollten ihn nicht warten lassen …«

Der Monarch wedelte müde mit der Hand. »*Ihr* solltet ihn nicht warten lassen. Es ist Eure Sache, die Verhandlungen mit England zu führen, wenn uns der Friede auch ein gemeinsames Anliegen ist. Ich werde mich zu den Zwingern begeben und ein wenig mit meinen Hunden spielen. Der König darf sich zur Stunde nicht in Écouen befinden, versteht Ihr? Das würde alles nur komplizieren. Ich bin inkognito.«

Montmorency zuckte mit keiner Wimper. Im Alter von sechsundsechzig Jahren und mit seiner Erfahrung als Schulfreund von König François I. und Berater seines Sohnes konnte ihn nur wenig überraschen. Er verneigte sich formvollendet. »Ich werde Anweisung geben, das Schloß mit französischen Lilien und englischen Rosen zu schmücken, zum Zeichen der Freundschaft zwischen unseren beiden Ländern.« Dann wandte er sich zum Gehen.

Isabelle hörte Gabriel in ihrem Rücken seufzen. Es war bemerkenswert, mit welcher Konsequenz die herrschenden Parteien um einen Frieden mit den alten Feinden bemüht waren, sei es nun Spanien oder England. In Gedanken fragte sie sich, ob Gabriel sich in diesem Moment wohl der unzähligen Schlachten erinnerte, die französische Ritter gegen englische Söldner ausgefochten – und verloren hatten, bis der Herzog von Guise den Mut, die Tapferkeit und den Einfallsreichtum aufgebracht hatte, Calais vom Joch der englischen Herrschaft zu befreien. Andererseits wußte Isabelle aus zahllosen belauschten Gesprächen in Chenonceau, daß die Annäherung an die protestantische junge Königin Elizabeth eine Farce war, da nicht nur die Guisen darauf spekulierten, Mary Stuart auf dem Thron in London zu sehen. Ich muß die Aufzeichnungen der vergangenen Tage finden und schnellstens an den Marquis de Valmy weiterleiten, fuhr es Isabelle wieder durch den Kopf. Die Ereignisse überschlagen sich, und ich kann nichts tun. Wie durch einen Nebelschleier hörte sie jemanden ihren Namen rufen.

»Madame de Valmy!« Diane zwinkerte irritiert. »Was ist mit Euch? Ihr wirkt abwesend.«

Isabelle beugte sich zu einem formvollendeten Hofknicks. »Verzeihung, Madame, ich war für einen Moment so in die Betrachtung der Fensterbilder versunken, daß ich das Hier und Jetzt vollkommen vergaß.«

»Eine vortreffliche künstlerische Arbeit«, bestätigte Diane, während der König dem Hauptmann seiner Leibgarde gelangweilt ein Zeichen gab, ihm in den Garten zu folgen. Im Vorübergehen schenkte Gabriel de Montgommery den Damen ein charmantes Lächeln, das Marie auf sich bezog. Nervös trat sie von einem Fuß auf den anderen, als könne sie es nicht erwarten, dem Ritter des Königs nachzulaufen – eine Zurschaustellung ihrer Gefühle, die Diane ein erstauntes Murren entlockte. An Isabelle gewandt, bat die Favoritin: »Würdet Ihr mir bitte einen Schal holen. Mir scheint es heute im Freien ein wenig kühl.«

Es blieb Isabelle nichts anderes zu tun, als die Galerie zu verlassen. Sie hätte gern erfahren, mit welchen Aufgaben Diane unter den gegebenen Umständen Nicholas betraute, doch gab es nicht einmal die Möglichkeit, für einen kurzen Augenblick hinter einem Wandschirm zu verschwinden und zu lauschen. Während sie zu den Gemächern der ersten Dame Frankreichs ging, gestand sie sich ein, daß sie im tiefsten Inneren ihres Herzens sogar froh war, nicht aufgehalten zu werden, da sie das harmlose Spiel mit den Hunden des Königs an Gabriels Seite nicht ausschließlich Marie überlassen wollte. Eine der Spanielhündinnen hatte vor sechs Wochen geworfen, und ihre Jungen waren ebenso wie die kürzlich geborenen Malteserwelpen eine Attraktion. Letztere gehörten zur »Sammlung« der Königin von Schottland: Mary Stuart war so begeistert von Henris Zucht, daß sie inzwischen etwa zwanzig kleine weiße Malteserhündchen ihr eigen nannte, die, sofern sie nicht um sie herumwieselten und fast jeden Höfling verrückt machten, in den königlichen Zwingern gehalten wurden und mit dem Hofstaat auf Reisen gingen. Wenn Isabelle sich also beeilte, würde sie ebenfalls rasch bei den Hunden sein – und damit bei ihrem Gabriel.

Zum ersten Mal seit ihrer Ankunft in Écouen fand Isabelle die Gemächer der hohen Gäste still und verlassen vor. Für einen Moment schien es ihr, als wäre sie noch nie in Dianes Schlafzimmer gewesen. Ihre Augen wurden gefesselt von einem Porträt, das neben dem breiten Bett mit seinem dekorativen, ausladenden Himmel hing. Sie wußte nicht, ob sich das Bild stets an diesem Platz befand oder zu Ehren des Gastes aufgehängt worden war, aber es spielte keine Rolle, denn Isabelle erkannte mit wachsender Klarheit eine seltsame Verbindung von Vergangenheit und Gegenwart. Das Gemälde war eines der älteren Porträts von Diane und trug statt des Namens der Protagonistin die Inschrift »Poppäa Sabina«. Dies war eine Anspielung auf die gemeinsame Vorliebe der einstigen römischen Kaiserin und der geheimen Königin Frankreichs für ausgiebige Schönheitspflege und Milchbäder. Jedenfalls wurde dies in Hofkreisen kolportiert. Doch Isabelle fiel es jetzt wie Schuppen von den Augen: Der Maler war weitsichtiger gewesen, denn er hatte in Dianes Innerstes geblickt. Poppäa Sabina war die karrieresüchtige zweite Gemahlin Kaiser Neros gewesen, die ihren Gatten in der erbarmungslosen Verfolgung der Christen beeinflußt und unterstützt hatte. Eine Frau, der Diane de Poitiers also nicht nur äußerlich sehr ähnlich war.

Mit einem Seufzer riß sich Isabelle von dem Anblick und der seltsamen Stimmung in diesem nach Maiglöckchen duftenden Raum los.

In der Truhe, in der die Zofe Dianes Kleidung verwahrte, wurde Isabelle erwartungsgemäß fündig. Sie fand einen Schal aus feinstem Tuch, den sie sich über den Arm warf. Um die bedrückende Stille des Raumes zu durchbrechen, schlug sie den Deckel der Truhe absichtlich heftig zu.

Ein leises Rascheln schreckte sie auf.

Durch den Luftzug waren einige Papiere zu Boden gefallen, die Isabelle anfangs nicht bemerkt hatte. Reflexartig bückte sie sich danach, um sich anschließend ratlos umzusehen, da sie keine Ahnung hatte, wohin sie sie zurücklegen sollte. Im nächsten Moment erst warf sie einen Blick auf das zufällig zuoberst in ihren Händen liegende Schriftstück – und erstarrte. Sie hatte gefunden, wonach sie verzweifelt begehrte.

Der Schal rutschte von ihrem Arm und legte sich wie eine Wolke um ihre Füße. Ihre Hände zitterten, als sie die Aufzeichnungen studierte. Es handelte sich um einen Gesetzentwurf, der von zwei verschiedenen Personen verfaßt worden war, die unterschiedlichen Schriftzüge waren der Beweis. Isabelle wußte, daß Diane und der König häufig gemeinsam Briefe verfaßten, und sie kannte Dianes Art zu schreiben. Es stand also außer Zweifel, wer die Absender dieses Dokuments waren.

Ihre Augen flogen über das brisante Papier. Das als »Edikt von Écouen« bezeichnete Werk beschrieb in deutlichen Worten das künftige Vorgehen gegen Ketzerei. Die Verfasser hatten mit der Feder in der Hand praktisch das Gespräch wiederholt, welches Isabelle in Fontainebleau belauscht hatte. Besonders fatal erwies sich dabei der Hinweis, daß überführte Protestanten künftig ohne jedes Gerichtsverfahren hingerichtet werden konnten; wer am Leben bleiben durfte, wurde verbannt, obwohl nicht ganz klar umrissen war, wo hier die Grenzen lagen, denn Diane hatte eingefügt, daß es genügte, protestantische Ansichten zu vertreten, um aufs Schafott zu kommen. Das Schreiben war nichts anderes als der Wille des Königs und seiner Favoritin, die evangelischen Gläubigen in Frankreich auszurotten.

Isabelle erfaßte blankes Entsetzen beim Anblick der todbringenden Worte. Sie begann zu zittern wie eine Espe, ihre Augen füllten sich mit Tränen, und in ihr Herz bohrten sich Zweifel: Konnte es wirklich von Gott gewollt sein, daß Tausende starben, weil sie dem Prunk und der Völlerei der katholischen Kirche trotzten? War es das Schicksal eines jeden Hugenotten, für den eigenen Glauben zu sterben und die Papisten leben und triumphieren zu sehen? Stumm begann sie zu beten. Ein Zitat aus dem alten Testament fiel ihr ein: *Mein Herz zittert, Grauen hat mich betäubt.*

Ein Geräusch ließ Isabelle zusammenfahren.

»Oh!« Nicholas war über Isabelles unerwarteten Anblick offenbar ebenso erschrocken wie sie über sein plötzliches Auftauchen. »Ich dachte nicht, daß …«, seine Stimme klang heiser, also räusperte er sich und fragte schließlich in ruhigerem Ton: »Was tut Ihr da?«

Es waren zu viele Papiere, um sie in ihrer Tasche oder den Ärmelaufschlägen verschwinden zu lassen. Isabelle wünschte, sie könnte wenigstens das wichtigste Dokument einstecken, doch unter den Augen von Nicholas war dies natürlich unmöglich. Schlimm genug, daß er sie überhaupt mit den Schreiben in Händen entdeckte. Wenn sie es recht bedachte, war ihre Situation sogar katastrophal.

»Ich … ich … Madame bat mich um einen … einen Schal«, stammelte sie. Ihre Blicke schweiften verzweifelt umher. Welcher war der unverfänglichste Platz, um die Handschriften wieder abzulegen. Wo waren sie überhaupt gewesen, bevor sie durch den Windstoß aufgewirbelt worden waren?

»Ihr seid kreidebleich«, stellte Nicholas fest. Er rührte sich nicht, stand am Eingang und beobachtete sie mit einer Mischung aus Neugier und Vorsicht, so daß sich Isabelle wie auf einer Theaterbühne fühlte. Er fixierte sie, als könnte jede ihrer Gesten etwas über sie selbst aussagen. Ihr Entsetzen steigerte sich, als sie so etwas wie Erkenntnis in seinem Blick aufflammen zu sehen glaubte.

Isabelle schluckte. Sie mußte unverzüglich hier raus. Nicht nur, um Nicholas zu entfliehen. Auch Madame wunderte sich sicher, wo sie so lange blieb. Über die schreckliche Lektüre hatte sie ihr Zeitgefühl verloren und nicht die geringste Ahnung, wie lange sie sich schon in Dianes Schlafzimmer aufhielt.

»Das … das ist …« Wieder sah sie sich um. Mehr verzweifelt als logisch denkend, entschloß sie sich für das Nächstliegende und deponierte die Dokumente auf der geschlossenen Truhe. »Das Licht macht einen blassen Teint«, improvisierte sie, während sie sich nach Dianes Schal bückte.

Fast gleichzeitig war Nicholas vorgetreten und hatte nach dem Kleidungsstück gegriffen, so daß sich nun ihre Hände berührten. Als habe sie sich an seinen Fingern verbrannt, wich Isabelle zurück.

Gelassen richtete er sich wieder auf. »Der ist für Madame, nehme ich an«, sagte er ruhig und reichte Isabelle das Tuch. »Ihr solltet zu ihr gehen, bevor sie sich verkühlt. Die meisten Menschen reagieren im Frühling recht empfindlich auf die noch schwachen Sonnenstrahlen.«

Der Kreisel, der bei Isabelle stets zu einer Migräne führte, drehte sich wieder in ihrem Kopf. Ob Nicholas nicht wußte, welchen Inhalts die brisanten Papiere waren, die ihr in die Hände gefallen waren? Warum ignorierte er seine Beobachtung? Wollte er sie erpressen? Oder würde er zuschlagen, wenn sie es am wenigsten erwartete? Isabelle fühlte sich unbehaglich. Sein durchdringender Blick bedrohte sie.

»Ja«, erwiderte sie nach einer Weile. »Ja, Ihr habt recht. Madame wartet auf mich. Guten Tag, Monsieur Fouquet.«

Sie wußte nicht, ob sie erleichtert sein sollte, weil sie sich entfernen konnte, oder ob sie sich ängstigen mußte, weil sie Nicholas den Rücken zukehrte. Wann würde er seinen Dolch in ihren Körper stoßen? Da er sie nicht sofort beschuldigt hatte, würde sie mit der Furcht leben müssen, in einem unerwarteten Moment von ihm verraten zu werden. Wenn er nicht bereits wußte, welche Papiere sie gelesen hatte, so würde er sich nach ihrem Abgang vergewissern, und dann wäre jeder Zweifel ausgeräumt.

Seine Stimme war so leise, daß Isabelle die Worte kaum verstand, als er sprach: »Der Herr segne dich und behüte dich …«

Ohne sich noch einmal nach ihm umzudrehen, lief sie aus Dianes Gemächern. Ihre Schritte wurden immer schneller, als würde sie vom Teufel persönlich verfolgt. Im Flur rempelte sie einen Pagen an, doch das kümmerte sie nicht; der Junge wich erschrocken zur Seite. Wie von Furien gehetzt, stürmte sie nach draußen. Als sie in den Innenhof kam, glitt sie beinahe aus, denn Montmorency hatte den Eingang seines Schlosses mit Steinen auslegen lassen, die es jedem Gast verboten, hoch zu Roß einzureiten, da ein Pferd darauf ausrutschen würde; selbst der König mußte zu Fuß Einzug halten – und das sogar recht vorsichtig. Isabelle hatte nicht an die Warnungen gedacht und konnte sich nun kaum aufrecht halten. Die Wachen, die nicht nur zur Schottischen Garde, sondern wohl auch zu dem Gesandten der Königin von England gehörten und Aufstellung bezogen hatten, schmunzelten amüsiert angesichts der aufgelösten Dame.

In diesem recht derangierten Zustand erreichte Isabelle die Zwinger jenseits des prachtvollen Gartens, nahe der alten Festungsmauer, auf der das Schloß errichtet worden war. Der König und seine Favoritin lauschten den Vorträgen des Stallmeisters, der sich um die Hundezucht kümmerte, während Marie und Gabriel vergnügt mit den Welpen spielten. Gerade legte sie ihm einen jungen Spaniel in den Arm, als sei dies ein Säugling, und Gabriel lächelte verzückt.

Isabelle erstarrte. Bei dem Anblick der beiden Paare schien etwas in ihrem Innersten zu zerbrechen. Gleichzeitig nahm sie die Wärme der schon am Vormittag relativ hoch stehenden Sonne in ihrem Nacken wahr und begriff, daß Diane gar keines Schals bedurft hatte. Es war ein Trick, um eine Zusammenkunft von Marie und Gabriel zu arrangieren, bei der Isabelles Anwesenheit störte. Isabelle hatte es vergessen, aber jetzt fiel ihr ein, daß Diane über ihre Gefühle Bescheid wußte – oder zumindest eine Ahnung darüber besaß. Sie selbst hatte zwar immer wieder betont, wieviel besser Marie zu diesem Chevalier paßte. Auch war ihr klar, daß Diane diese Verbindung eher fördern würde.

Aber den Beweis so deutlich vor Augen geführt zu bekommen war mehr, als sie im Moment verkraften konnte.

Ich hasse dich, Diane de Poitiers! Der stumme Aufschrei blieb Isabelle in der Kehle stecken. Ich hasse dich, und ich wünschte, ich könnte dich mit eigenen Händen töten!

25

Das Edikt von Écouen ermöglichte eine rasche Hinrichtung des Parlamentsrats Anne du Bourg. Da kein Prozeß mehr vonnöten war, wurde der Gefangene in der Kapelle der Conciergerie einem Kanzleischreiber vorgeführt, der das Todesurteil wegen des Verbrechens der Ketzerei und des Verbrechens gegen die Sakramente verkündete. Anschließend versuchten drei Doktoren der Theologischen Fakultät und ein Pfarrer, dem Delinquenten im Angesicht des Todes ins Gewissen zu reden. Vergeblich, wie Gabriel tuscheln hörte, als er zur vereinbarten Uhrzeit vor dem Justizpalast eintraf. In seiner Eigenschaft als Ritter des Königs und Hauptmann der Schottischen Garde gehörte er zu den rund vierhundert Soldaten, die abkommandiert waren, das Geleit für Anne du Bourg zu bilden. Dieses enorme Aufgebot sollte freilich weniger einen Schutz des Häretikers vor marodierenden Papisten darstellen, sondern diente der Bewachung, und Gabriel konnte sich einen gewissen Zynismus nicht verkneifen, als er in seiner Erinnerung die wenigen Köpfe nachzählte, die zur Befreiung des Parlamentsrates ausgesandt worden waren und den König offenbar das Fürchten gelehrt hatten.

Anne du Bourg schienen Haft und Folter offensichtlich wenig anhaben zu können. Der aufrechte Mann, der sich etwa im selben Alter wie der König befand, wirkte trotz eines naturgemäß derangierten Äußeren vornehmer als manch anderer Höfling, von dem der Hauptmann der Schottischen Garde wußte, daß er sich als Zuschauer am Richtplatz befand. Der Parlamentsrat strahlte eine Ruhe und Zufriedenheit aus, um die er ihn zunehmend beneidete. Mit freundlicher Stimme sagte du Bourg zu den Gerichtsdienern, die ihn zu den Wachen begleiteten: »Ich danke Gott dafür, daß Er mich nach Seinem Gefallen zu sich ruft; ich erleide den Tod mit Freuden, denn ich habe die Wahrheit gesagt und nehme das Urteil gelassen an.« Er hatte so laut gesprochen, wie es ziemlich war, aber jedermann in einem Umkreis von zehn Metern konnte ihn verstehen.

»Schweigt!« Der Kanzleischreiber lief rot an und japste nach Luft. »Ich habe Anweisung, Euch knebeln zu lassen, wenn Ihr Euch untersteht, öffentlich von Eurer Irrlehre zu sprechen. Dasselbe gilt, wenn Ihr es wagt, etwas gegen die Ehre Gottes, die Ehre unserer heiligen Gottesmutter oder die Kirche zu sagen.«

Der Delinquent lächelte schwach. »Ihr regt Euch grundlos auf, Monsieur Chartier. Ich beabsichtige weder, über die reformierte Lehre zu sprechen, noch beim Volk Anstoß zu erregen. Seid unbesorgt!«

Später würde sich Gabriel an jeden einzelnen Moment dieser Hinrichtung erinnern. An das sanfte Licht dieses Frühlingsnachmittags ebenso wie an die Handelsschiffe, die am Kai der Île de la Cité und an dem auf der rechten Seine-Seite gelegenen sogenannten »Kieselhafen« festgemacht hatten und Korn, Wein, Heu, Holz und Kohle löschten. Da sogar der Hufschlag seines Pferdes in den Tumulten unterging, die sich am Rande des Zuges zur Place de Grève abspielten, hörten nur wenige die Psalmen, die Anne du Bourg auf dem Weg zum Schafott auf den Lippen lagen, und kaum jemand nahm seinen Gesang zu Ehren Gottes wahr. Ein wütender Mob hatte sich eingefunden, um den Ketzer zu lynchen. Gellende Schreie und Hohngelächter begleiteten den Karren, auf dem du Bourg, ein Vikar und der Scharfrichter Platz genommen hatten.

Gabriels Status erlaubte ihm, sich zurückzuhalten; Soldaten der niederen Ränge würden die pöbelnden Menschen zurückdrängen. Ein Umstand, der ihn aufatmen ließ, denn er konnte nicht sagen, ob er in diesem Moment nicht auf die falsche Seite eingeschlagen hätte. Jede Gruppe wäre hier und heute die falsche gewesen, sowohl seine katholischen Glaubensbrüder, die er nicht mehr verstand, wie die Hugenotten, deren Predigten er ebensowenig zu folgen imstande war.

Glücklicherweise hielten das Aufgebot an Waffen und die schwelende Hungersnot unter der armen Bevölkerung diese Leute davon ab, verfaulte Eier oder schimmeliges Gemüse auf den angeblichen Verbrecher zu werfen. Ein natürlicher Respekt vor einer höher stehenden Person konnte kaum die Ursache für die fehlenden Wurfgeschosse sein, denn wenn Gabriel an die junge Frau in dem Dorf in der Sologne zurückdachte, so wußte er, daß Vornehmheit allein der Raserei kein Ende setzte.

Er fragte sich, ob Isabelle irgendwo dort in der Menge stand. Würde sie – ebenso wie Diane – Genugtuung empfinden über diese Hinrichtung? Oder sie als Ungerechtigkeit betrachten wie er selbst. Der Humanismus war die Lehre von den Werten und der Würde des einzelnen Individuums, von Toleranz und Gewissensfreiheit. Nach Gabriels Auffassung glichen die gegenwärtigen Vorgänge deshalb einem Rückschritt ins Mittelalter. Das Ende des Schlaraffenlandes, dachte er verbittert.

Ein Trommelwirbel kündigte den Beginn des Verfahrens an, so daß Gabriel die Frau seines Herzens aus seinen Gedanken vertreiben mußte, was ihm jedoch nicht ganz unlieb war. Die Tage in Écouen waren überschattet gewesen von Isabelles Launenhaftigkeit, die er zwar geduldig, aber mit wachsendem Unmut ertragen hatte. In nicht wenigen Stunden war er verzagt und hatte gezaudert, denn sie hatte sich vor ihm ebenso zurückgezogen wie vor der restlichen Reisegesellschaft und sich immer häufiger mit einer schlimmen Migräne entschuldigt. Dabei quälte ihn weniger die Angst um ihre Gesundheit als vielmehr Sorge um ihre Liebe. Eine Frau, die er stets aufs neue erobern mußte, war aufregend, eine wankelmütige Person jedoch wenig anziehend. Außerdem ersehnte er eine leidenschaftliche Romanze und nicht das sinnlose, nervenaufreibende Versteckspiel. Andererseits hatte Isabelle ihn in ihren Bann gezogen, und er war nicht bereit, sie so schnell aufzugeben. Dennoch war er froh gewesen, als der König beschloß, nach Paris zurückzukehren, und Gabriel ebenso wie Diane und ihr Gefolge in die Hauptstadt abziehen konnten. Er hoffte, daß Isabelle in der veränderten Umgebung wieder zu Verstand kommen würde.

»Monsieur Anne du Bourg, Rat des Königs, unseres Gnädigen Herrn, im Parlament von Paris, Ihr habt Euch schuldig gemacht des Verbrechens der Ketzerei und des Verbrechens gegen die Sakramente«, verkündete der Kanzleischreiber mit erhobener Stimme. Nach seinen ersten Worten war es still geworden in der Menge an der Place de Grève.

Lediglich die einfachen Leute im Hintergrund lärmten noch ein wenig herum, bis sie vom gellenden Protest eines Weibes zur Ordnung gerufen wurden: »Haltet endlich den Mund, und verderbt mir nicht den Spaß!« Gelächter folgte, danach blieb es auch in diesen Reihen ruhig.

»Es ist Zeit für Euch, an Euer Seelenheil zu denken«, fuhr der Kanzleischreiber fort. »Beugt Euer Haupt demütig vor Gott und fleht Ihn um Verzeihung und Gnade an, wie es allen guten und ehrlichen Katholiken ansteht.«

Der Delinquent schwieg.

»Wußtet Ihr, daß eine Verschwörung angezettelt worden ist, um Euch aus dem Kerker zu befreien?«

Eines der Pferde schnaubte, irgendwo in der Menge schrie ein Kind, und der ferne Klang der Uhr am Glockenturm der Conciergerie läutete die nächste Stunde ein.

»Nein, davon ich wußte nichts«, sagte du Bourg mit fester Stimme. »Es wäre wohl auch ein sinnloses Unterfangen gewesen, denn ich wurde ja stets von zwei Personen bewacht.«

»Kennt Ihr die Namen der Verschwörer?«

Unwillkürlich hielt Gabriel die Luft an.

»Nein«, lautete die Antwort.

»Habt Ihr je von solchen Personen gehört?«

»Nein.«

Im Schatten des Verwaltungsgebäudes der Kaufmannsgilde, welches sich auf dem Platz erhob, erkannte Gabriel ein vertrautes Gesicht. Mit tief in die Stirn gezogenem Hut kauerte Pierre de Beaujeu auf einem Mauervorsprung, um von dort aus über die Köpfe der Versammelten zu blicken. Unwillkürlich fragte sich Gabriel, wie es sein Freund mit gelähmtem Bein geschafft hatte, auf den Stein zu klettern. Anscheinend machte der Glaube ihn in jeder Beziehung stärker.

»Im Namen des Königs«, brüllte der Kanzleischreiber, »ermahne ich Euch, im Angesicht des Todes die Wahrheit zu sagen. Was wißt Ihr über dieses Komplott? In welchen Häusern habt Ihr in Paris an Versammlungen teilgenommen? Könnt Ihr Namen der Prediger Eures Irrglaubens nennen, die das heilige Abendmahl zelebrieren? Um Gottes willen, sprecht!«

»Wie Ihr wißt, stamme ich nicht aus Paris. Ich kenne die Straßen der Stadt zuwenig und kann sie so schlecht voneinander unterscheiden, daß ich die Häuser gar nicht zu bezeichnen wüßte.«

Gelächter scholl aus der Menge. Gabriel wandte den Kopf, konnte aber nicht ausmachen, woher es gekommen war. Das Lachen hatte nicht nach Hohn, sondern nach Anerkennung geklungen. Auch Gabriel konnte sich einer gewissen Achtung vor Anne du Bourgs Einfallsreichtum und Tapferkeit nicht entziehen, obwohl viele der Anwesenden ihn wohl nur für dreist hielten.

»Ihr zeigt Euch hartnäckig und verstockt«, resümierte der Kanzleischreiber.

Auf ein Zeichen hin trat der Scharfrichter vor und zerrte du Bourg vom Karren und unter den Galgen. Unter dem wieder aufflammenden Johlen des Mobs begannen die Helfer des Scharfrichters, den Parlamentsrat zu entkleiden. Die anwesenden Herrschaften seines Standes sahen mit ausdruckslosen Mienen zu, wie ein ehemaliges Mitglied ihrer Gesellschaft schließlich zu einem armseligen Sünder entstellt wurde, dem nur noch das Hemd am Leibe blieb. Dann wurde ihm der Strick um den mageren Hals gelegt.

Der katholische Priester, der du Bourg auf seinem letzten Weg begleitet hatte, trat vor. Er zog ein ellengroßes Kruzifix aus seiner Kutte, an seiner Taille blitzten im Licht der untergehenden Sonne die Edelsteine auf, mit denen sein Rosenkranz geschmückt war. »Küßt dieses Kreuz«, rief der Geistliche aus, und in der Menge zu seinen Füßen bekreuzigten sich die Zuschauer. »Zeigt Eure Demut zur Erinnerung und im Gedenken an die Leiden des Herrn.«

»Nein!« versetzte der Delinquent knapp.

Im nächsten Moment wurde der Galgen hochgezogen. Für den Pöbel mochte die Hinrichtung ein wenig zu schnell vollzogen worden sein; der Parlamentsrat wurde so rasch erwürgt, daß viele in den hinteren Reihen nicht einmal auskosten konnten, wie er starb. Auf der Tribüne erscholl ein »Jesusmaria«, und ein leises Aufatmen folgte, das wie das leise Heranrollen einer Welle klang.

Die Helfer des Scharfrichters entzündeten die Fackeln, und während der Sonnenball hinter den Türmen des Louvre versank, loderte das Stroh unter der Hinrichtungsstätte lichterloh. Unter dem Murren jener Schaulustigen, die sich auf eine Leichenschändung gefreut und vielleicht sogar berechnet hatten, was das eine oder andere makabre Souvenir auf dem Markt bringen könnte, wurde der Tote herabgesenkt und dem Feuer übergeben.

Gabriel starrte in die Flammen und wußte, daß er niemals die Gelassenheit vergessen würde, die er in Anne du Bourgs Antlitz gesehen hatte. Es schien fast, als habe der zum Tode Verurteilte Verständnis für die Grausamkeit gehabt, die ihm angetan wurde.

26

Gabriel benötigte nicht viel Phantasie, um sich vorzustellen, wie schwer sein Freund Pierre de Beaujeu von der Hinrichtung betroffen sein würde. Es stand außer Frage, daß er seiner Unterstützung bedurfte. Und einer ausreichenden Menge Alkohol zum Vergessen. Deshalb ging Gabriel rasch seiner Wege, als die Truppen wieder abgerückt waren und sein Pferd in den königlichen Stallungen versorgt worden war.

Zu Fuß wanderte er nach Saint-Michel in die bevorzugte Schenke des Dichters, wo er ihn tatsächlich auf Anhieb vor einem Krug Wein fand. Diesen schien Pierre jedoch nicht angerührt zu haben; auf einer zugigen Bank neben dem Hintereingang sitzend, schien der einst so fröhliche Dichter nur seiner trübsinnige Stimmung verfallen. Mit blicklosen Augen starrte er in seinen leeren Becher, als fände er dort die Antwort auf alle Fragen dieser Welt. Er schaute so konzentriert auf den Boden des zerkratzten und verbeulten Zinnkelchs, daß er Gabriel erst bemerkte, als dieser sich neben ihm niederließ. Stumm hob Pierre die Hand an den Krug, goß den Wein ein und schob Gabriel das Trinkgefäß zu, während er weiter ins Nichts stierte.

»Gott ist mit den Seligen«, murmelte Gabriel, da ihm sonst nichts einfiel, er das Schweigen des einst so redseligen Freundes aber nicht ertrug.

»Papistengeschwätz!«

Widerspruchslos hob Gabriel den Becher an die Lippen und nippte von dem Wein, der sauer wie Essig schmeckte. Angewidert schob er das Trinkgefäß von sich. »Es würde nichts ändern, wenn ich Euch sagte, daß es mir leid tut. Es würde nichts an den Fakten ändern, weder an der Ungerechtigkeit, die der Tod Monsieur du Bourgs für Euch bedeutet, noch an der Tatsache, daß ich es persönlich für eine Sünde halte, den Kuß auf das Kreuz zu verweigern. Wichtig ist einzig, daß er in Frieden ruht.«

Der Dichter ballte die Hand zur Faust und hieb auf den Tisch. »Das tut er nicht, und Ihr wißt das genau. Jezabel trägt die Schuld ...«

»Isabelle?« wiederholte Gabriel bestürzt. Er hatte Pierre nicht richtig verstanden und fügte entsetzt hinzu: »Wie kommt Ihr darauf, daß sie etwas mit der Reformation zu tun hat?«

Ein Hauch von Überraschung zog über Beaujeus mißmutige Miene. »Das wißt Ihr nicht? Ich dachte, Ihr wärt ein bibelfester Christ. Dann will ich es Euch erklären: Für die Israeliten gilt der Name Jezabel als Symbol für Schande, da sie eine Willkürherrschaft errichtete und Götzendienste leistete. Im Neuen Testament wird so eine gottlose Person bezeichnet, die einen schlechten Einfluß ausübt ...« Zum ersten Mal hob er seinen Blick und sah seinen Freund direkt an, die Augen trübe. »Sie ist verantwortlich dafür, daß es Krieg in Frankreich geben wird.«

Diane de Poitiers! fuhr es Gabriel durch den Kopf, und er konnte nicht verhindern, erleichtert auszuatmen. »Niemand will einen neuen Waffengang«, erwiderte er halbherzig, wohl wissend, daß zumindest der Herzog von Guise nichts lieber wollte. »Die fähigsten Diplomaten arbeiten einen Vertrag mit Spanien aus, damit wir künftig in Frieden …«

»Ich spreche nicht von der Vergangenheit, mein Freund, sondern von der Zukunft. Jezabel wird eines nicht allzu fernen Tages die Verantwortung dafür tragen, daß Franzosen gegen Franzosen kämpfen. Oder glaubt Ihr, daß der Tod Monsieur du Bourgs ebenso ungesühnt bleiben wird wie das Edikt von Écouen?«

Im stillen schickte Gabriel ein Stoßgebet zum Himmel und dankte für das kämpferische Feuer, welches in Pierres Augen zu glimmen begann. Die ärgste Trauer schien der überwunden zu haben, was ihn erleichterte; andererseits beunruhigte ihn der ungebrochene Fanatismus. Pierres Prophezeiung klang zu unglaubwürdig. Es war Gabriel absolut unmöglich, sich vorzustellen, daß Protestanten, die mit dem Evangelium auf den Lippen aufs Schafott gingen, zu den Waffen greifen sollten, um andere Christen wegen ihres Glaubens zu töten – sei es nun aus Rache oder zur Selbstverteidigung. Vor der Tatsache, daß genau dies in Deutschland geschehen war, verschloß er sich. Er wiegelte ab:

»Ihr redet wirres Zeug, Beaujeu. Stellt Euch vor, ein Spion des Königs würde Euch hören. Dann wärt Ihr der nächste tapfere Mann am Galgen.«

»Und wenn schon …«, hob der Dichter an, doch Gabriel legte ihm die Hand auf die Schulter und sagte ruhig: »Es ist Frevel, so etwas auch nur zu denken. Außerdem würde es mir sehr viel ausmachen, auf Euch verzichten zu müssen.«

Beaujeus Mundwinkel zuckten. »Danke, mein Freund, Ihr habt recht. Ich bade mich im Selbstmitleid. Es sind einfach zu viele tapfere Protestanten gestorben. Wißt Ihr, wie viele Männer wir bei dem Versuch verloren haben, die Conciergerie zu stürmen?« Da dies nur eine rhetorische Frage war, fuhr er nach einer kurzen Gedankenpause, in der er der Seelen der Toten gedachte, fort: »Es ist ein großes Glück, daß Ihr Euch retten konntet. Hat jemand Verdacht geschöpft, als Ihr in jener Nacht unvermutet in Fontainebleau auftauchtet?«

»Nein, glücklicherweise nicht. Ich behauptete, nach einer kurzen Erkrankung überraschend schnell genesen zu sein und es nicht abwarten zu können, mich wieder in den Dienst meines Königs zu stellen. Niemand bezweifelte diesen Wunsch.«

Zum ersten Mal an diesem Tag grinste Beaujeu und das Lächeln erreichte sogar seine Augen. »Ihr seid ein schlauer Fuchs, Montgommery«, sagte er anerkennend. »Es ist gut, Euch zum Freund zu haben. Als Feind müßte man Euch fürchten. Kommt, laßt uns einen Becher auf Euer Wohl trinken.«

»Von Herzen gerne, aber nicht dieses grauenhafte Gesöff.« Gabriel deutete mit vor Abscheu verzogener Miene auf den kaum angerührten Krug mit dem sauren Wein. »Ihr beleidigt meinen Geschmack, wenn Ihr mit diesem Zeug auf mich trinken wollt.«

»Ich weiß, Ihr seid Besseres gewöhnt. Bei Madame Jezabel soll ja in der Tat nur der edelste Tropfen auf den Tisch kommen ...« Die Fröhlichkeit verschwand aus Beaujeus Zügen, doch die Trauer von vorhin kehrte nicht zurück, grimmige Entschlossenheit stand in seinem Blick. »Allerdings besteht Hoffnung, daß es mit dieser Herrlichkeit bald vorüber sein könnte.«

Erstaunt zog Gabriel die Augenbrauen zusammen und

wartete schweigend auf die Begründung dieser bizarren Behauptung.

»Ich verrate Euch ein Geheimnis«, erklärte der Dichter und senkte sodann die Stimme, um fortzufahren: »Nicht nur der König kann seine Spione aussenden. Es gibt in unseren Kreisen Agenten, die im Namen des Evangeliums bis in die höchsten Kreise vorgedrungen sind ...«

Gabriel wedelte wegwerfend mit der Hand. »Laßt es gut sein, und haltet den Mund. Wenn dem wirklich so ist, gefährdet Ihr mit jedem weiteren Wort Eure Sache und das Leben einiger Menschen. Ich will nicht wissen, wer auf wessen Geheiß wo intrigiert. Ich darf es nicht wissen, Beaujeu!« Er griff nach dem Becher mit dem abgestandenen Wein und nahm einen herzhaften Schluck. Danach bemerkte er: »Schmeckt doch nicht so übel! Fürs Vergessen reicht das Gesöff allemal.«

Doch Beaujeu war viel zu besessen von seiner Idee und aufgeregt über die Neuigkeit, die er unbedingt an den Mann bringen und eigentlich nur seinem Freund erzählen konnte. Er beachtete dessen Worte nicht, sondern raunte mit geheimnisvoller Stimme: »Michel, der Sohn von Clément Marot, soll die Tochter von Antoine Bohier geheiratet haben!«

»Und wenn schon«, gab Gabriel, wenig beeindruckt, zurück, »was soll's? Das ist eine alte Geschichte, die niemanden interessiert. Mit Verlaub – mich am allerwenigsten. Clément Marot war ein wunderbarer Dichter, aber er ist seit fünfzehn Jahren tot. Und wer soll dieser Bohier sein?«

»Wißt Ihr das nicht?« Vor Aufregung wurde Beaujeu ganz zappelig, er rutschte auf der Bank hin und her, und Gabriel fragte sich belustigt, wann das Möbel blank und sein Hintern wund gescheuert wären. »Antoine ist der Sohn von Thomas und Catherine Bohier, den Erbauern von Schloß Chenonceau.«

»Ach, ich erinnere mich an den Skandal. Antoine Bohier floh vor vielen Jahren nach Venedig, und Gott allein weiß, ob er noch lebt. Ging nicht auch Marot nach Italien ins Exil? Potzblitz, ich hab's ... Ihr stellt mich vor ein einfaches Rätsel. Eigentlich beleidigt Ihr meine Intelligenz damit, aber wenn Euch der Klatsch von damals Freude bereitet, will ich kein Spielverderber sein ... Also, Bohiers Tochter wird wahrscheinlich ebenfalls nach Venedig gekommen sein und Marots Sohn nach ... Turin war's, glaube ich. Wie weit ist die Entfernung von Venedig nach Turin? Einerlei. Wahrscheinlich sind sich die Tochter des einen und der Sohn des anderen irgendwo in Italien begegnet. Mögen sie glücklich werden und viele Kinder zeugen.«

»Das ist keine Scharade, sondern die Wirklichkeit, obwohl ich zugeben muß, daß ich mir den Einfall für eine derartige Konstellation wünschte – die Geschichte würde ein Stück mit wahrhaftiger Dramatik abgeben.«

Seufzend fügte sich Gabriel in sein Schicksal und hörte zu, was der andere zu berichten wußte. Er war froh, daß sich sein Freund für ein Thema erwärmte, welches ihn anscheinend von den vielen Tragödien in den Hugenottenfamilien und dem eigenen Fanatismus ablenkte. Der lästernde Dichter war wieder ganz der alte, einer, der mit dem Leben anderer Karriere zu machen hoffte. Also ließ Gabriel ihn ohne Widerspruch erzählen, was er zum Teil ohnehin wußte:

»Diane de Poitiers jagte einen der geistvollsten Männer Frankreichs vom Hofe. Sie soll Clément Marot damals angezeigt haben, weil sie gesehen haben wollte, wie er am Fasttag Fleisch zu sich nahm. Inquisition oder Exil – das waren die Alternativen. Ähnlich erging es wohl auch Monsieur Bohier. Niemand Geringerer als Madame behauptete, er sei ein Betrüger und die Übereignung von Chenonceau an die Krone in falscher Absicht geschehen. Das ist der

Zusammenhang, der Hoffnung gebiert. Oder erscheint es Euch nicht merkwürdig, daß die Fäden der Familien Bohier und Marot ausgerechnet bei Diane de Poitiers zusammenlaufen?«

»Eure Phantasie in allen Ehren, Beaujeu, aber ich kann Euch nicht folgen. Alle Fäden in Frankreich laufen bei Madame zusammen. Wahrscheinlich ist es purer Zufall, daß Mademoiselle Bohier mit Monsieur Marot verheiratet ist …«

»Niemals! Die Vereinigung zweier protestantischer Familien, die durch den Einfluß von Diane de Poitiers alles verloren haben, ist Gottes Wille und deshalb von ungeheurer Bedeutung.«

Gabriel begann die Geduld zu verlieren: »Findet keine Gespenster, wo man nicht einmal welche ahnen kann. Ich erinnere mich jetzt, daß Antoine Bohier seinerzeit in einen der größten Finanzskandale des Landes verwickelt war und deshalb aus Frankreich fliehen mußte. Daran ist weder etwas Geheimnisvolles noch Göttliches. Wäre sein Vater, der einstige Schatzmeister, nicht auf dem Schlachtfeld gestorben, hätte sein Leben vielleicht anders ausgesehen. Aber so mußte Antoine bald nach dem Tode seiner Mutter Chenonceau an den Staat abtreten, um auf diese Weise seine Schulden zu begleichen. Punktum. Mehr gibt es in dieser Sache nicht zu sagen, Beaujeu.«

»Doch«, beharrte der. Ohne sich über die Qualität des Weins Gedanken zu machen, benetzte er seine trockene Zunge, bevor er weitersprach: »Bohier wäre ein ehrbarer Mann geblieben, wenn der Dauphin nicht König geworden und Madame nicht in den Besitz des Schlosses gekommen wäre. Ihr wißt sicher, daß sie Chenonceau nicht als Geschenk annehmen wollte wie etwa die Kronjuwelen, die ihr Henri ebenfalls zu Füßen legte, sondern offiziell als Käuferin eingetragen wurde. Mit einem juristischen Trick gelang es ihr, die alte Vereinbarung zwischen Bohier und François I. für ungültig erklären zu lassen, so daß Bohier unerwartet vor einem riesigen Schuldenberg stand und darüber hinaus eine Anklage wegen Betruges fürchten mußte. Bekanntlich floh er deshalb nach Venedig, und es könnte doch sein ...«

»Was?« unterbrach Gabriel ungnädig. »Daß die ehemalige Mademoiselle Bohier gemeinsam mit ihrem Gatten, dem zweiten Monsieur Marot, den wir natürlich nicht aus den Augen verlieren wollen ... daß also dieses für Euch so eindrucksvolle Paar auf Rache sinnt und Madame nach dem Leben trachtet? Ich bitte Euch, vergeßt diesen Unsinn. Ich kann Euch versichern, im Umfeld von Madame niemanden angetroffen zu haben, auf den Eure Beschreibung paßt.«

Beaujeu fühlte sich beleidigt und mißverstanden, weil sich sein Freund so uneinsichtig zeigte. Deshalb insistierte er mit lauterer Stimme als beabsichtigt: »Ihr seid der Narr, Montgommery. Ich bin ganz sicher, von einer Agentin gehört zu haben, die in Verbindung zur ersten Dame Frankreichs steht.«

Ein Déjà-vu bemächtigte sich Gabriels. Es war wie ein in leuchtenden Farben gemaltes Bild, das vor seinem geistigen Auge erschien, um im nächsten Moment im Nebel zu versinken und nur schemenhaft in seinem Kopf übrigzubleiben. Isabelle, dachte er. Die einzige Person, die bei Hofe auf seltsame Weise unbefleckt schien, war Isabelle. Ihre Vergangenheit lag merkwürdig im Dunkel, auf ihre Familie angesprochen, wich sie stets aus oder benahm sich, als sei sie ertappt worden. Er erinnerte sich plötzlich daran, wie abwehrend auch der Marquis de Valmy auf seine Frage nach Isabelles Herkunft reagiert hatte. Womöglich ließ sich mit Pierres Hirngespinsten sogar ihre Wankelmütigkeit und Zurückhaltung erklären. Dennoch fiel es ihm schwer, sich Isabelle als blutrünstige Nemesis vorzustellen – und als Protestantin …

Sein Herzschlag beschleunigte sich, und er fuhr seinen Freund ungewohnt heftig an: »So haltet endlich den Mund! Ihr bringt noch ehrbare Leute in Verruf und aufs Schafott, wenn Ihr Eure Zunge nicht zügeln könnt.«

Die Männer, die am Nebentisch Karten spielten, drehten sich überrascht zu den erhitzten Gemütern in ihrem Rücken um. Eine Weile lang musterten sie den Höfling und dessen Freund, die sich wie zwei Kampfhähne stumm anstarrten, als könnten sie ein Turnier nur durch ihre Blicke ausfechten. Da aber nach geraumer Zeit noch immer kein Wort fiel und auch keine Fäuste flogen, zuckten die Männer mit den Schultern und wandten sich wieder ihrem Spiel zu, das interessanter zu sein versprach als der stille Streit der vornehmen Herren.

Gabriel senkte als erster seine Augen. »Es wird Zeit. Ich muß gehen«, behauptete er und sprang auf. Sein Rücken schmerzte von der verspannten Haltung, und er streckte sich, ein Aufschub seiner Flucht, den Beaujeu nutzte, um ihn am Ärmel zu packen.

»Es tut mir leid, wenn ich Euch verletzt habe«, sagte er in besänftigendem Ton. »Wenn es Eurer Treue als Ritter zuwider ist, von meinen Theorien zu erfahren, bin ich der letzte, der Euch zwingen will, mich anzuhören. Vergeßt mein Reden, Montgommery, und setzt Euch wieder hin! Laßt uns noch eine Karaffe bestellen und auf das Wohl aller armen Seelen trinken.«

»Zu gern, aber heute nicht.« Gabriel erlaubte sich ein freundliches Lächeln, obwohl er alles andere als frohgemut war. Seine Gedanken kreisten unaufhörlich um Isabelle. Wer war die Amazone, die Diane so ähnlich zu sein schien und mehr Mut bewies als die meisten anderen Damen der Gesellschaft? Das schlimmste war, so mußte er sich eingestehen, daß Pierres vage Vermutungen tatsächlich auf niemanden so gut paßten wie auf die geheimnisvolle Isabelle de Valmy. Ein Einfall nahm in seinem Kopf Gestalt an, und er meinte scheinbar leichthin: »Ich kenne ein Haus, wo ganz vortrefflicher Wein serviert wird. Wenn ich's recht bedenke, sollten wir uns bei nächster Gelegenheit eine Einladung dorthin verschaffen und unsere Freundschaft mit dem Besten aus den dortigen Kellern neu besiegeln …«

Beaujeu, der während dieser Rede von dem Becher genippt hatte, stöhnte auf. »Ihr sprecht vom Schlaraffenland. Wo kann ich es finden, Montgommery?«

»Es handelt sich um den Besitz des Marquis Gilbert de Valmy.« Mit einem Seitenblick auf die Leute am Nebentisch senkte Gabriel die Stimme und fügte hinzu: »Erwähntet Ihr nicht einmal im geheimen, daß der Herr ein Mäzen Eurer Dichtkunst sei?«

»In der Tat, aber ich wollte keinesfalls mit dieser Unterstützung prahlen. Ihr solltet das lieber vergessen, denn diese Verbindung kann recht unheilvoll sein.«

»Mir scheint, ich sollte vieles von dem aus meinem Hirn löschen, das Ihr so von Euch gebt. Allerdings würde ich den Marquis gerne zur Fortsetzung eines Gespräches treffen, das wir – von Mattigkeit übermannt – bedauerlicherweise nicht zu Ende führen konnten. Ihr könntet die rechte Würze zu dieser Unterhaltung beisteuern, Beaujeu, dessen bin ich sicher.«

»Wieso kennt Ihr den Marquis so gut?« wunderte sich der Dichter, der nun die Lust daran verlor, allein am Tisch zu sitzen und sich den Nacken zu verrenken, um mit seinem Freund zu sprechen. Er erhob sich, um in seinen Taschen nach ein paar Münzen zu suchen, mit denen er den Wein bezahlen wollte.

»Bei Hofe begegnet man sich über kurz oder lang«, erwiderte Gabriel und wandte sich um. »Außerdem kenne ich seine Nichte.«

»Ach? Ich hörte noch nichts von einer Base. Ist sie hübsch?«

Gabriel schmunzelte. Beaujeu hatte endlich wieder zu seinem alten Charakter zurückgefunden. Offenbar konnte er seinen Freund wieder bedenkenlos allein lassen. Um den brauchte er sich keine Sorgen mehr zu machen; wohl aber um einen anderen Menschen, den er liebte.

»Auf bald«, versprach er und umarmte seinen Freund herzlich.

Isabelle, dachte er im Hinausgehen bekümmert. Lieber Gott, laß sie keine Spionin und schon gar keine Häretikerin sein.

27

Als Gabriel am nächsten Tag in Diane des Poitiers' Stadthaus in der Rue Saint-Aubine vorsprach, erfuhr er, daß Isabelle ausgegangen und noch nicht zurückgekehrt war. Er hoffte, eine Begegnung mit Marie bei seinem Besuch in den Gemächern von Diane vermeiden zu können, doch er wurde enttäuscht. Als habe sie einen siebenten Sinn für seine Anwesenheit, rauschte die junge Hofdame anscheinend zufällig gerade in dem Moment durch die Flure, als er sich auf dem Rückzug befand.

»Comte de Montgommery!« rief sie entzückt aus. »Wie reizend von Euch, mir einen Besuch abzustatten.«

Er seufzte. »Nun, eigentlich hatte ich etwas mit Madame de Valmy zu besprechen, aber natürlich freue ich mich, Euch zu begegnen.«

»Sie ist nicht da«, bestätigte Marie. Ihre Stirn wirkte ein wenig umwölkt, und sie schien darüber zu grübeln, was der Chevalier mit ihrer Konkurrentin wohl zu debattieren habe. »Teilt Ihr ein Geheimnis mit Madame de Valmy?« fragte sie schließlich kokett und trat einen Schritt näher zu ihm, so daß er ihren Duft einatmen konnte, wenn er seinen Kopf nur ein kleines bißchen senkte. »Oder könntet Ihr bei dieser Angelegenheit auch mit mir vorliebnehmen?«

»Es ist nicht so wichtig ... Es handelt sich um ... um ein Buch«, improvisierte er. »Ich hatte mir in der Bibliothek von Fontainebleau ein Buch ausgeliehen und wollte Madame bitten, es bei nächster Gelegenheit zurückzulegen.« Er wußte, wie unglaubwürdig er klang. Die Wahrscheinlichkeit, daß er im Gefolge des Königs in das Jagdschloß reiste, war ebenso groß wie die Möglichkeiten, die sich Isabelle boten. Es war ihm auf die Schnelle jedoch keine andere Lüge eingefallen, so daß er nur hoffen konnte, Marie würde in ihrer blinden Verliebtheit kritiklos hinnehmen, was er sagte.

Doch Marie meinte prompt: »Das verstehe ich nicht. Reitet Ihr denn nicht mit dem König zurück nach Fontainebleau?«

»Im Moment nicht. Nein«, erwiderte er wahrheitsgetreu und fügte die nächste Unwahrheit hinzu: »Allerdings werde ich mich in nächster Zeit vom Hof entschuldigen müssen. Ich muß für eine Weile in die Normandie auf mein Gut. Meine Anwesenheit ist dringend erforderlich, und Seine Majestät zeigte Verständnis für mein Anliegen.« Diane blieb nie sehr lange in Paris; deshalb konnte Gabriel davon ausgehen, daß die Favoritin demnächst nach Chenonceau oder in das Schloß ihres Gatten, Anet, zurückkehren würde und Marie demnach verborgen blieb, wo er sich tatsächlich aufhielt.

»Ach ja, bei Hofe reist man so viel heutzutage«, bestätigte sie erwartungsgemäß. Nachdenklich spielte sie mit dem Spitzentüchlein in ihrer Hand, bevor die Neuigkeit aus ihr herausbrach: »Ihr tut recht daran, Madame de Valmy mit dem Botengang für Euer Buch zu betrauen. Die

Königin schickte nach ihr, und sie wird morgen nach Chaumont aufbrechen. Auf dem Weg dorthin kann sie Euren Wunsch erfüllen.«

Gabriel blickte sie überrascht an und begriff plötzlich, daß Marie eine wichtige Informationsquelle für ihn sein konnte. Er sah die junge Frau, die fast ständig mit Isabelle zusammen war und deshalb über ein Wissen verfügen mußte, welches seine Neugier für den Anfang befriedigen könnte, plötzlich mit anderen Augen.

Erst einige Atemzüge später wurde ihm bewußt, daß Maries Nachricht eine gewisse Brisanz enthielt. Was wollte Catherine de Médicis von einer Ehrendame ihrer Widersacherin? Ein höchst seltsames Zusammentreffen, wie er fand.

Er nahm Marie sanft am Arm, die sich diese Geste hingebungsvoll gefallen ließ. »Es ist ein schöner Frühlingstag, Mademoiselle de Roger. Würdet Ihr mir die Ehre erweisen, ein wenig mit mir spazierenzugehen? Dabei läßt es sich viel besser plaudern als hier in diesem dunklen Flur.«

»Ein wunderbarer Vorschlag. Ich werde nur schnell laufen und meinen Mantel holen. Würdet Ihr hier so lange auf mich warten?«

»Das ist nicht nötig.« Er breitete seinen Umhang aus, den er sich bei seinem Eintreffen über den Arm geworfen hatte, und legte ihn um die schmalen Schultern der jungen Frau. Ihm war zwar klar, daß Marie diese Geste mißverstehen würde – und mit ihr jene Höflinge, denen sie auf ihrem Spaziergang begegneten –, aber er wollte die Gunst der Stunde nutzen und nicht sinnlos herumstehen, während sie sich nach einer geeigneten Garderobe umsah. »Ihr könnt meinen Mantel haben.«

Marie errötete tugendhaft, doch in ihren Augen blitzte der Schalk. »Nun, also, *mon chevalier*, wohin des Wegs?«

»Vielleicht sollte ich Euch den Platz zeigen, auf dem der

König die Wettkämpfe seiner Ritter austragen läßt«, schlug er vor, obwohl anzunehmen war, daß Marie das Karree vor dem Portal des Hôtel des Tournelles längst kannte und wahrscheinlich sogar schon einmal selbst bei einem Turnier anwesend war. Aber sie widersprach nicht, und deshalb führte er sie, zwanglos plaudernd, hinaus in den Sonnenschein, an der Allee aus Pappeln entlang zu der Place des Tournelles und dann weiter in die Rue Saint-Antoine, während er ihr die Regeln der von Henri präferierten königlichen Zweikämpfe erklärte.

Er redete, und Marie lauschte hingerissen seiner tiefen, melodischen Stimme, als zitierte er ein Gedicht über Rosen und Liebe und erzählte nicht vom sogenannten Tjost, dem Zweikampf gut trainierter Panzerreiter, die in hartem Galopp aufeinanderprallten, sich mit stumpfer Lanze aus dem Sattel stechen und gelegentlich auch noch ein Schwertduell liefern mußten. »Beim Volk ist die Buhurt wohl beliebter. Dabei handelt es sich um ein Massenturnier, bei dem in hohem Tempo zwei Gruppen gegeneinandersprengen und sich so aus dem Sattel zu werfen versuchen. Häufig entsteht dabei ein recht lustig anzuschauendes Durcheinander, wobei es nicht ohne ernsthafte Verletzungen abgeht …«

»Wie aufregend!« seufzte Marie. »So werden vornehme Herren doch rundweg zu Barbaren. Oder«, sie blickte mit staunenden Augen zu ihm auf, »ist diese Veranstaltung etwa dem niederen Stand vorbehalten?«

Er lächelte geduldig. »Nein, Ritterturniere waren und sind nur etwas für Mitglieder des Adels. Jeder Turnierteilnehmer muß sich einer Wappenprobe durch den Spielleiter unterziehen, gleichgültig, um welche Person es sich dabei handelt.«

»Selbst ein Chevalier, wie Ihr es seid?«

»Sogar der König. In diesem Fall ist es allerdings nur ein Teil der sportlichen Regeln. Doch Seine Majestät unterwirft sich dieser einen wie alle anderen auch. Dabei geht es dann etwa darum, daß mit der Lanze nur auf die gepanzerte Brust oder den durch einen Helm geschützten Kopf gezielt werden darf.« Er blieb neben einem sich sanft im Frühlingswind wiegenden Baumstamm stehen, leise raschelte das Blätterwerk über ihm. »Was sage ich da? Ihr müßt das doch wissen. Oder habt Ihr noch nie bei einem richtigen Wettkampf zugeschaut?«

»Tatsächlich hat sich ein solches Ereignis noch nie für mich ergeben«, behauptete Marie, und Gabriel war ganz und gar nicht überzeugt von der Ehrlichkeit ihrer Worte. »Bislang hörte ich immer nur von den Turnieren. Madame erwähnte neulich, wie der König sie bei seinem ersten Wettkampf zu seiner Dame erwählte. Ist das nicht romantisch? Wann werdet Ihr wieder als Ritter in den Ring reiten, Comte de Montgommery?« Es bestand kein Zweifel an ihrer Hoffnung, daß er dann mit ihrem Banner einreiten würde.

»Der Friedensvertrag mit Spanien wird sicherlich mit einem großen Fest gefeiert, so er denn geschlossen ist«, antwortete Gabriel vorsichtig und ging weiter, diesmal ohne darauf zu achten, ob sie ihm folgte, doch Marie lief ihm nach wie ein kleines Hündchen. »Dabei fällt mir ein: Habe ich Euch vorhin richtig verstanden, die Königin verlangte nach Madame de Valmy?«

Zwei Höflinge, die in ein Gespräch vertieft waren, kamen ihnen entgegen, und Marie hakte sich demonstrativ bei ihrem Begleiter unter, was dieser anstandshalber geschehen ließ. Sie strahlte siegessicher und gab bereitwillig Auskunft: »Allerdings. Niemand weiß Genaues, aber Madame meinte, man könne nur erfahren, worum es sich handelt, wenn Madame de Valmy nach Chaumont reist. Außerdem kann sie wohl kaum eine Bitte der Königin abschlagen.«

Gabriel nickte. »Nein, in der Tat, das kann sie wohl nicht.«

»Außerdem ist es nur ein kleiner Umweg«, plapperte Marie weiter. »Eigentlich sollte Madame de Valmy morgen nach Anet reiten, um alles für die Ankunft von Madame in der nächsten Woche vorzubereiten ...«

Die Information, daß sich Isabelle für eine Weile in Anet aufhalten würde, ohne unter Dianes Aufsicht zu stehen, gefiel ihm. Während er sich den Kopf darüber zerbrach, wie er aus seiner Lüge Wirklichkeit machen und Paris in den nächsten Tagen in westlicher Richtung verlassen könnte, setzte Marie hinzu:

»Wie die Dinge nun liegen, wird Madame de Valmy also etwas länger unterwegs sein, und vielleicht verzögern sich dadurch auch unsere Reisevorbereitungen.« Ihre Stirn umwölkte sich wieder, und mit zusammengezogenen Augenbrauen stellte sie fest: »Es ist schon ein regelrechtes Pech, daß Ihr ebenfalls bald aufbrechen müßt, da ich nun möglicherweise etwas länger als beabsichtigt in Paris bleiben werde. Ihr könntet mir nicht nur den Turnierplatz zeigen, sondern noch ein wenig mehr von der Stadt.«

Er hatte erfahren, was für den Moment wichtig war, obwohl es wenig genug schien. Maries Zeit war abgelaufen. Er verspürte keine Lust, den Turnierplatz weiter an ihrer Seite zu umrunden und Konversation zu betreiben, während seine Gedanken bei einer anderen Frau weilten. »Verzeiht, Mademoiselle de Roger, aber mir scheint, wir haben uns ein wenig verplaudert. In Eurer Gesellschaft fliegt die Zeit nur so dahin. Ich muß mich leider verabschieden.«

Mit einer unmißverständlichen und nun etwas energischeren Geste schob er sie in Richtung Rue Saint-Aubin. Er beschloß, um eine Audienz beim König zu ersuchen, nachdem er Marie in Dianes Wohnung abgeliefert haben würde. Bis dahin mußte ihm eine plausible Erklärung für eine plötzliche Abreise einfallen.

Marie störte sich nicht sonderlich an seinem abrupten Aufbruch. Es genügte ihr, an seiner Seite unter dem wolkenlosen, sonnigen Frühlingshimmel zu spazieren – und zu reden. Hatte er am Anfang vom Wettkampf doziert, so erzählte sie nun von ihrer bretonischen Herkunft und ihren Schwierigkeiten, sich alleine in der großen Stadt zurechtzufinden; selbstverständlich würde sie sich in Gesellschaft eines Kavaliers in der Metropole viel wohler fühlen.

Doch Gabriel hörte ihr nicht mehr zu und warf nur hin und wieder einen belanglosen Kommentar ein.

28

Gilbert de Valmy tätschelte väterlich Isabelles Hand. »Ihr habt sehr gute Arbeit geleistet, meine Liebe, wirklich ganz vorzüglich.«

»Was nützt es, wenn damit nichts zu erreichen ist?« begehrte sie auf. »Das Edikt von Écouen hat alles nur noch schlimmer gemacht, und mein Wissen darum konnte kein Menschenleben retten. Dieses Gesetz machte es möglich, daß Monsieur du Bourg so rasch hingerichtet wurde.«

»*Der Herr kennt den Weg der Gerechten; aber der Gottlosen Weg vergeht*«, zitierte ihr Gönner, wenig beeindruckt von ihren Selbstvorwürfen. »Jeder kommt eines Tages vor seinen Richter ...«

»Auch Madame de Poitiers?« fragte sie voller Sarkasmus. »Ehrlich gesagt, Marquis, das bezweifle ich.«

Isabelle blickte durch das Fenster auf die schnurgerade Rue Saint-Antoine hinunter, die bereits von den Römern erbaut worden war. Um diese Zeit herrschte reges Treiben: Fuhrwerke lieferten Lebensmittel in die eleganten Stadthäuser, Sänften beförderten deren Bewohner von einem Ort zum anderen, an der Ecke versuchte sich ein Mann unter dem Hohngelächter der Straßenkinder recht hilflos als Jongleur, und eine wohlgerundete Bäckersfrau trug einen Bauchladen mit appetitlich angerichteter Patisserie vor sich her. Die Szenerie wirkte friedlich und stand im krassen Widerspruch zu den Gefühlen, die seit ihrer Entdeckung in Écouen in Isabelle loderten. Sie war mit dem Wunsch nach Rache zu Diane gekommen; inzwischen brannte in ihrem Innersten nur noch der Wille zu töten. Lediglich ihr klarer Verstand und ihr tiefer Glaube an die Gebote verbaten ihr, die Hand gegen Diane zu erheben. Sie haßte sich für ihre Schwäche – und sie verzweifelte allmählich an sich selbst und der Aufgabe, die ihr gestellt worden war.

»*Gott wird alle Werke vor Gericht bringen, alles, was verborgen ist, es sei gut oder böse*«, antwortete Gilbert de Valmy erneut mit einem Zitat aus dem Alten Testament. Er trat hinter Isabelle und legte ihr die Hände auf die Schultern, eine zarte Berührung nur, eine Geste des Schutzes und der Beruhigung. »Anne du Bourg ist nicht das erste Opfer und wird nicht das letzte bleiben. Darüber müssen wir uns alle klar sein. Eure Informationen bedeuten dennoch sehr viel für die Reformation. Verzagt nicht, Isabelle. Ihr kennt die Bibel, und Ihr wißt, was Jesus den Aposteln mit auf den Weg gab: *Denn wer sein Leben will behalten, der wird's verlieren; und wer sein Leben verlieret um meinet- und des Evangeliums willen, der wird's behalten.*«

Tränen traten in ihre Augen. »Ich kann nicht mehr«, flüsterte sie. »Ich kann nicht mehr an den Hof zurück.«

Der Druck auf ihre Schultern verstärkte sich, und Gilbert drehte sie wie eine Puppe zu sich herum. »Ihr *wollt* nicht mehr an den Hof zurück«, korrigierte er. »Wer hat Euch das Herz gebrochen, Isabelle?«

»Diane de Poitiers, natürlich«, schluchzte sie. Im nächsten Moment sank sie gegen die Brust des verblüfften Mannes. Tränen liefen in Sturzbächen über ihre Wangen, ihr Körper zitterte unter dem nicht enden wollenden Weinkrampf. Zum ersten Mal seit ihrer Ankunft in Frankreich gestattete sie sich die Schwäche, ihre Verletzlichkeit offen einzugestehen. Erst als Valmy sie nach einer angemessenen Zeit sanft von sich schob, wurde sie sich der peinlichen Situation bewußt und rückte ihrerseits von ihm ab. »Entschuldigung«, schniefte sie, die Augen betreten gesenkt, »ich … ich habe Eurer Hemd vollkommen durchnäßt.«

»Das scheint mir das geringste Problem zu sein«, erwiderte er lakonisch und reichte ihr mit spitzen Fingern sein Taschentuch. »Bringt Euch ein wenig in Ordnung, und dann erläutert mir Euren kleinen Anfall. Hat er womöglich mit dem attraktiven Comte de Montgommery zu tun?«

Ihr Anblick sagte mehr als jedes Wort. Isabelle riß ihre vom Weinen geröteten Augen weit auf, ihre Wangen wurden bleich vor Schreck, und sie preßte ihre Lippen zu einem schmalen Strich zusammen, als könnte sie auf diese Weise eine Antwort verhindern. Sie schluckte, öffnete den Mund, klappte ihn wieder zu und widersprach schließlich seltsam atemlos: »Nein, ganz und gar nicht. Wie kommt Ihr zu Eurer Behauptung? Comte de Montgommery ist mir vollkommen gleichgültig. Er ist nicht verantwortlich für meinen Zustand. Ich wurde von der Erinnerung an den tapferen Seigneur du Bourg übermannt. Meine Trauer ist unendlich.«

»Ich hoffe, Ihr könnt besser lügen, wenn Ihr Madame ausspioniert«, versetzte der Marquis und wandte sich zu dem Beistelltisch um, auf dem stets ein frisch eingeschenkter Flakon bereitstand. Er griff nach einem Glas und goß sich eine Handbreit von seinem Lieblingswein ein. Bevor er davon trank, verkündete er: »Selbstverständlich werdet Ihr am Hof bleiben. Gerade jetzt, wo Ihr auch das Vertrauen der Königin gewonnen habt, gibt es kein Zurück mehr. Außerdem ...«, die folgenden Worte schmerzten ihn ein wenig, aber er hielt sie für unbedingt notwendig: »Ich habe sehr viel Zeit und eine große Summe in Euer Entree investiert. Glaubt Ihr, ein Kaufmann würde diese Aufwendungen ohne weiteres abschreiben? Zumal sie sich auszahlen, wie ich nochmals betonen darf.«

Ich habe gewußt, worauf ich mich einließ, fuhr es Isabelle durch den Kopf. Ich habe es gewußt, als ich mich Gilbert de Valmy andiente – und ebenso, als ich mich in Gabriel de Montgommery verliebte. Ich kann nicht mehr umkehren. Mein Schicksal ist vorbestimmt.

Sie nickte stumm. Dann wischte sie sich mit dem Tuch des Marquis über ihre Augen.

»Vielleicht ist es eine glückliche Fügung, daß Ihr allein nach Chaumont reisen werdet«, meinte Valmy versöhnlich. »Auf diese Weise könnt Ihr ein wenig Ordnung in Eure Gedanken bringen.«

Sie konnte ihm unmöglich sagen, daß sie gerade deshalb mit ihrem Schicksal haderte. Diane mit Marie in Paris zu wissen, in unmittelbarer, ständiger Nähe zur Leibgarde des Königs und deren Hauptmann, vergällte ihr die Einladung der Königin. In Écouen hatte Gabriel ihr zwar in aller Heimlichkeit immer wieder zu verstehen gegeben, daß er nur Augen für sie besaß, aber die Situation würde sich verändern, wenn Marie – mit Dianes Unterstützung – ohne Konkurrenz sein würde. Zum wiederholten Mal sagte sich Isabelle, daß dies jedoch die bessere Lösung war, denn für sie und Gabriel durfte es keine Zukunft geben. Die Rinnsale auf ihren Wangen begannen wieder zu Sturzbächen anzuschwellen.

»Hier, trinkt davon.« Valmy hielt ihr sein Glas hin. »Ich hoffe, der Wein beruhigt Eure Nerven. Was Euer derangiertes Aussehen betrifft, so solltet Ihr einen Spiegel konsultieren und Euch wieder ein wenig in Fasson bringen. Bitte, ich kann diesen aufgelösten Zustand bei einer Frau nicht ertragen. Warum, glaubt Ihr, habe ich wohl nie geheiratet?«

Endlich erhellte ein Lächeln Isabelles Miene. Mehr aus Höflichkeit denn aus einem Bedürfnis heraus ergriff sie das Glas und nippte an dem Bordeaux, der nicht nur vorzüglich schmeckte, sondern auch ihr Blut in Wallung brachte. Der Marquis hat recht, dachte sie, ich muß meinen Weg zu Ende gehen, einerlei, wer am Rande steht. Vorsichtig stellte sie das Glas auf den Tisch.

»Verzeiht mir bitte! Ich hätte mich nicht so gehenlassen dürfen. Habt herzlichen Dank für Euer Verständnis. Wenn Ihr mich nun entschuldigen wollt.«

Nachdenklich folgten seine Augen ihren etwas hektischen Bewegungen, als sie aus dem Zimmer stürzte. Isabelle kannte sich in seiner Wohnung gut genug aus, um den Weg zu einem Raum, wo sie ihre Toilette machen konnte, ohne die Hilfe eines Dieners zu finden.

Nachdem sie gegangen war, ließ er sich seufzend auf einem Stuhl nieder, griff nach dem Weinglas, von dem sie getrunken hatte und hob es an. Über sich selbst erstaunt, ertappte er sich bei dem Versuch, die Stelle zu finden, von der sie getrunken hatte. Es ist nur ein Spiel, sagte er sich in einer stillen Beruhigung, nichts sonst.

»Marquis …« Das Auftauchen des Majordomus unterbrach Valmys verwirrte Gedanken. »Dieser Dichter, Monsieur Pierre de Beaujeu, wünscht Euch zu sprechen.«

Gilbert fand im ersten Moment zwar, daß der Besuch ein wenig ungelegen kam, aber er wedelte trotzdem gutmütig mit der Hand: »Ich empfange ihn.« Während er auf das Eintreten des Gastes wartete, überlegte er, daß die Begegnung mit dem jungen Mann eine angenehme Abwechslung für Isabelle sein könnte. Sicher konnte er den Dichter dazu überreden, eines seiner Sonette vorzutragen; Männer seines Fachs waren meist sehr mitteilsam, vor allem, wenn sich der Erfolg noch nicht eingestellt hatte. Über die Verse würde Isabelle ihr Leid rasch vergessen und auf diese Weise gestärkt in Diane de Poitiers' Haus zurückkehren, wo niemand ihre Verzweiflung und Wechselhaftigkeit auch nur ahnen durfte.

Auf Anhieb erkannte er jedoch an Beaujeus ernster Miene, daß dieser kaum dazu aufgelegt war, Isabelle zu erheitern.

»Ich bin gekommen, um Euch über meine Zukunft zu informieren und mein neuestes Werk vorzustellen«, hob der Dichter ohne Einleitung an, seine Hände umklammerten eine Papierrolle, die er im Begriff war zu entfalten. »Nach den Vorkommnissen der vergangenen Tage sehe ich es als meine Pflicht an, von der seichten Literatur Abschied zu nehmen und mit Worten für unseren Glauben zu kämpfen. Hier habe ich eine Schmähschrift auf Madame de Poitiers, und ich denke ...«

»Lieber Freund, so haltet an Euch«, fuhr Valmy dazwischen. Er hatte sich von seinem Stuhl erhoben, sank aber nun erschöpft zurück. »Ihr überfordert mich. Außerdem erwarte ich das Eintreffen meiner Nichte, und Euer Pamphlet ist sicher nicht dazu angetan, sie zu unterhalten.«

Hin und her gerissen zwischen der Neugier auf die unbekannte Person und dem aufsteigender Ärger über die Zurückweisung seiner schriftstellerischen Arbeit, fuchtelte Beaujeu mit der Papierrolle herum, als sei dies ein Zauberstab, mit dem er sein Handeln beeinflussen könnte. Schließlich gewannen die Höflichkeit und die finanzielle Notwendigkeit, den Marquis de Valmy gnädig zu stimmen, die Oberhand. Er sah sich nach einem Platz um, wo er das Schriftstück hinterlegen konnte, und sagte in dem freundlichen Bemühen um Konversation: »Wie Ihr wünscht. Vielleicht findet Ihr später die Gelegenheit, einen Blick auf meine Verse zu werfen. Ich würde Euch untertänigst darum bitten.«

»Wenn sich meine Nichte verabschiedet hat, werde ich die Zeit dafür finden«, behauptete der Marquis, obwohl er sich dessen nicht sicher war.

Beaujeu verneigte sich. »Ich danke Euch für Eure Güte.«

Sein Gastgeber nickte. »Steht nicht herum, Beaujeu, sondern setzt Euch hier auf diesen Stuhl neben mich. Überlegt Euch, wie Ihr meine Nichte unterhalten könnt. Sie wird neugierig auf Euer Talent sein – das andere, meine ich, nicht das religiöse. Aber ich warne Euch, sie ist sehr gebildet. Also strengt Euch an!«

»Was für ein Zufall, daß ich erst gestern von Eurer Base reden hörte. Mir schien, Mademoiselle de Valmy habe einigen Eindruck auf einen Freund von mir gemacht.«

»Madame de Valmy«, korrigierte der Marquis automatisch.

»Sie ist also verheiratet«, konstatierte Beaujeu und folgte endlich der Aufforderung, Platz zu nehmen. »Mein Freund hat nichts dergleichen erwähnt ...«

»Isabelle ist verwitwet. Aber erklärt mir doch, wer denn Euer Freund ist. Ich kann mir nicht vorstellen, daß meine Nichte Gelegenheit fand, Bekanntschaften in Euren Kreisen zu schließen. Sie ist noch nicht lange in Paris und lebt in einem engen Zirkel.«

Die spöttisch vorgetragene Bemerkung berührte Valmy mehr, als er sich anmerken ließ. Isabelle hatte nichts davon erzählt, daß sie Kontakte zu Künstlern besaß. Diese mangelnde Information brachte ihn auf den Gedanken, daß sie vielleicht nicht ganz aufrichtig zu ihm und damit nicht mehr zuverlässig war.

»Es handelt sich um den Hauptmann der Schottischen Garde«, erklärte Beaujeu stolz, als schmücke dieses Attribut seine Freundschaft. »Comte Gabriel de Montgommery ist kein Bekannter im herkömmlichen Sinne, wir sind wie Brüder.«

Erleichterung ergriff Valmy. »Schon wieder dieser Montgommery«, er schüttelte stirnrunzelnd den Kopf. »Der Herr begegnet mir heute schon zum zweiten Mal in einem Disput über die Dinge des Lebens. Ich lernte ihn als angenehmen Mann kennen, ein wenig neugierig zwar, aber sympathisch. Einen so nachhaltigen Eindruck, daß alle Welt nun über ihn spricht, schien er mir jedoch nicht zu machen.«

Die letzte Bemerkung verleitete Beaujeu dazu, seinen Freund unter den strengen Augen des Marquis de Valmy in ein besseres Licht zu rücken:

»Mit Verlaub, Ihr müßt Gabriel de Montgommery gehörig mißverstanden haben, wenn Ihr ihn für einen Hohlkopf haltet. Er ist ein gebildeter Mann und unserer Sache mehr zugetan als die meisten anderen Höflinge und von ernstem Bemühen, unseren Glaubensbrüdern zu helfen.«

»Sprecht Ihr tatsächlich vom Hauptmann der Leibgarde des Königs? Mein lieber Beaujeu, wenn Eure Worte der Wahrheit entsprächen, wäre der Comte de Montgommery im Begriff, Hochverrat zu begehen.«

»Ich kann Euch versichern, daß der Chevalier ein tapferer Mann ist. Da ich mir Eurer Verschwiegenheit sicher bin, kann ich Euch anvertrauen, daß ich ohne seine Hilfe zu den armen Seelen gehören würde, die ihr Leben ließen bei dem Versuch, Monsieur du Bourg zu befreien.« In seinem leidenschaftlichen Bemühen, den Freund als Helden darzustellen, und getragen von seiner gesprächigen Natur, setzte der Dichter triumphierend hinzu: »Im geheimen: Gabriel de Montgommery gehörte zu den Verschwörern.«

»Was ... ?!«

Die beiden Männer, durch die Diskussion über die Vorzüge des Comte de Montgommery abgelenkt, hatten Isabelles Rückkehr in die Bibliothek nicht bemerkt. Wie bei etwas Verbotenem ertappt, hob Pierre seinen Blick und sah in das fein geschnittene Gesicht einer geisterhaft schönen Frau. Isabelle war noch immer recht blaß, und ihr heller Teint brachte ihr Haar zum Leuchten, so daß trotz der Haube der Eindruck entstand, ihr Kopf sei von einer Krone umgeben. Sie trug ein graues Kleid mit Perlenstickerei am Mieder und weißem Besatz am Halsausschnitt, das bei jeder anderen farblos wirken mochte, tatsächlich aber Isabelles Eleganz unterstrich. Ihr erhabener Anblick berührte Beaujeu tief. Mit seinen aufgewühlten Gefühlen kämpfend, überlegte er, ob er eine Geistererscheinung oder eine Königin vor sich sah.

Valmy fand schneller zu seiner Sprache zurück. »Isabelle«, rief er aus und erhob sich, um ihr entgegenzugehen, »Ihr seht deutlich besser aus als zuvor. Es freut mich, daß Ihr Euch so gut erholen konntet. Darf ich Euch mit einem Dichter bekannt machen, den ich gelegentlich unterstütze: Das ist Pierre de Beaujeu … und dies meine Nichte, Madame Isabelle de Valmy.«

Wegen seines Beines nicht behende genug und gleichzeitig wie betäubt von dem Zauber, den Isabelle auf ihn ausübte, strauchelte Beaujeu beinahe bei dem Versuch, rasch aufzustehen, um sich zu verbeugen. »Euer Diener, Madame«, sagte er und dankte dem Himmel, daß er nicht auch noch in ein hilfloses Stottern verfiel.

»Guten Tag, Monsieur«, erwiderte Isabelle. Wenn Valmy zuvor geglaubt haben mochte, sie könne sich nicht verstellen, so hätte er jetzt eines Besseren belehrt werden können. Doch er konnte nicht in ihrer Seele lesen, kannte nicht die erhitzen Gefühle, die sie gerade erst abzukühlen versucht hatte. Bei ihrem Eintreten war Isabelle lange genug unbeachtet geblieben, um das Gespräch über ihren Geliebten mit anzuhören. Beaujeus Darstellung war zu weitreichend, um in wenigen Minuten erfaßt und verarbeitet zu werden, aber sie hatte ausgereicht, um Isabelles Herz zum Rasen zu bringen und ihre Gedanken in ein Karussell zu verwandeln.

»Es wäre schön, Isabelle, wenn Ihr noch ein wenig Zeit zum Verweilen hättet«, meinte der Hausherr. »Nehmt Platz und lauscht den Versen, die Monsieur de Beaujeu uns vorzutragen gedenkt. Ein Sonett auf die Liebe dürfte geeignet sein, Euch ein wenig von Eurem Kummer abzulenken.«

Isabelle wünschte, sie könnte das Gespräch wieder auf Gabriel bringen, aber ihr fiel keine passende Bemerkung ein. Da sie hoffte, später in den Dichter dringen zu können, willigte sie ein, obwohl Konversation und Zuhören fast mehr Disziplin von ihr verlangten, als sie aufzubringen in der Lage war. Dennoch setzte sie sich hin und begann mit Beaujeu eine Plauderei über Literatur, bei der er über den Unterschied zwischen erzählender und dramatischer Dichtkunst referierte. Es war ganz offensichtlich, daß er sich so vorteilhaft wie möglich präsentieren wollte, und Valmy registrierte erfreut, wie angetan Isabelle den Worten des jungen Mannes lauschte. Er konnte nicht ahnen, daß sich Isabelle nur deshalb so begeistert dem Dichter zuneigte, um über kurz oder lang mehr über Gabriel de Montgommerys Hinwendung zur Reformation zu erfahren. Schließlich erhob sich Beaujeu, um ihr ein Beispiel seines lyrischen Talents zu geben, was Isabelle recht angelehnt an das Werk von Clément Marot empfand, aber das sagte sie nicht. Sie beglückwünschte den Dichter indes und bat ihn um einen weiteren Vortrag. Als die Schatten im Zimmer länger wurden und sie noch immer nicht mehr über Gabriels Geheimnis wußte, sah sie sich gezwungen aufzubrechen. Sie konnte dem Hof nicht länger fernbleiben.

»Ich wünsche Euch eine angenehme Reise und viel Erfolg«, der Marquis nahm ihre Hand in die seinen. »Es wäre mir eine Freude, so bald als möglich einen ausführlichen Bericht von Euch zu erhalten.«

»Ihr geht auf Reisen?« drang Beaujeu neugierig in sie. »Darf ich fragen, wohin Euch Euer Weg führt?«

Isabelle lächelte. »Zur Königin«, versetzte sie. »Ich breche gleich nach Sonnenaufgang nach Chaumont auf. Ihr entschuldigt mich unter diesen Umständen sicher gern. Wenn es meine Zeit erlauben würde, hätte ich noch Stunden mit Euch plaudern mögen. Dessen könnt Ihr versichert sein.«

Beaujeus Kinn sank herab. »Ich ... ich wußte nicht ...«, stammelte er verwirrt, sich den Kopf über Isabelles Stellung zerbrechend.

»Meine Nichte ist eine der Ehrendamen von Madame de Poitiers«, klärte der Marquis de Valmy unumwunden auf. »Aber ich bitte Euch, Beaujeu, schwatzt nicht hirnlos herum. Ihr wißt, welch wichtige Aufgaben wir alle zu erfüllen haben. Vergeßt also rasch, daß Ihr mit ihr bekannt geworden seid.«

»Ihr?« Der junge Mann starrte Isabelle an. Er tauchte in ihre funkelnden Augen ein – und plötzlich begriff er. »Ja, das paßt. Dann seid Ihr es also«, stellte er beeindruckt fest.

Ihre Augenbrauen hoben sich erstaunt. Sie wurde noch wachsamer und trat einen Schritt von ihm fort. »Wer bin ich?«

»Die Dame, die das Herz meines Freundes Gabriel de Montgommery stahl«, erwiderte er und verneigte sich tief. Einen Atemzug später traf ihn die zweite Erkenntnis: Isabelle mußte die Spionin sein, von der er im Hinterzimmer von Le Fertes Buchhandlung gehört hatte. Die Tochter von Antoine Bohier und die Frau von Michel Marot! Seine Verehrung wuchs ins Grenzenlose.

»Warum erwähnt Ihr andauernd den Comte de Montgommery?« fuhr Valmy ungewohnt heftig auf. »Das ist alles Narretei. Ich möchte nichts mehr davon hören. Vergeßt den Klatsch, Isabelle! Monsieur de Beaujeu ist nicht recht bei Sinnen und ein Tor. Er redet wahnwitziges Zeug.«

Gabriels Liebe ist nicht das Entscheidende, fuhr es Isabelle durch den Kopf. Sein Glaube ist es. Und dann fiel ihr wieder ein, daß sie keinen Grund zum Frohlocken hatte: Diane wollte ihn mit Marie verkuppeln – und sie konnte nichts dagegen tun. Die Frage war höchstens, wie lange es ihm gelingen würde, dieser geballten Macht an Verführung zu widerstehen.

29

Es war später Abend, als Isabelle in Chaumont eintraf. Sie hatte erwartet, daß man sie in ein Gästezimmer bringen und erst morgen zur Königin vorlassen würde, doch wurde ihr von einem Pagen die Nachricht überbracht, Catherine de Médicis wünsche sie unverzüglich zu sehen. So blieb Isabelle nur wenig Zeit, sich für den Empfang umzuziehen und ihre Gedanken nach dem anstrengenden Ritt zu ordnen.

Zwei Wachen der Schottischen Garde waren zu ihrem Schutz abkommandiert worden, und sie hatte sich mehr als einmal gewünscht, daß einer dieser Ritter ihr Gabriel sein möge. Doch natürlich wurde eine Hofdame nicht von einem Hauptmann begleitet; es war schon eine große Ehre, daß für ihre Eskorte Mitglieder der Leibgarde des Königs abgestellt worden waren und nicht einfache Söldner. Eine Anerkennung, die sich nicht auf Isabelle persönlich bezog, sondern ein offensichtlicher Beweis dafür sein sollte, wie hoch der König das Gefolge seiner Favoritin schätzte. Es war eine Botschaft an seine Gemahlin, keine Sorge um Isabelles Sicherheit.

Durch Gabriels Männer vor den Gefahren der Reise bewahrt, durchfuhr sie ein ängstlicher Schauer, als sie in den Westturm von Chaumont geführt wurde. Kälte glitt unter die aufgebauschten Ärmel ihres dunkelblauen Kleides, ungewohnte Panik griff nach ihrem Herzen. Sie hatte nicht mit einer Audienz in Catherines Lieblingszimmer gerechnet, vielmehr hatte sie gehofft, in einen der Empfangsräume gebeten zu werden. Die Erinnerung an den geisterhaften Raum war nicht ohne Horror, doch beim ersten Mal war sie mit Diane hier gewesen, und selbst Maries Gegenwart hatte etwas Tröstliches besessen. Heute war sie ganz auf sich gestellt, niemand würde sich um ihr Befinden kümmern; die königlichen Wachen labten sich bei einem ausgiebigen Mahl im Küchentrakt und hatten nicht die geringste Ahnung von der mysteriösen Bedrohung, der sich Isabelle ausgesetzt sah.

Catherine de Médicis saß in demselben Stuhl, von dem aus sie Diane damals den Fehdehandschuh zugeworfen hatte. Diesmal las sie nicht in einem Buch, sondern blätterte in Aufzeichnungen. Als Isabelle gemeldet wurde, strahlte sie eine seltsame Aufgeregtheit aus. Unerwartet herzlich begrüßte sie Dianes Ehrendame: »Ihr kommt zum rechten Zeitpunkt, Madame de Valmy. Die Belohnung für Eure Zuverlässigkeit steht unmittelbar bevor. Eure Berichte aus Écouen waren sehr gut.«

Isabelle hatte ihr Haupt vor der Königin geneigt, so daß Catherine den erschrockenen Gesichtsausdruck nicht bemerkte. Deren Wortwahl war nicht dazu angetan, Isabelles Ängste zu mildern. Der Diamantring, den Isabelle aus Höflichkeit angelegt hatte, schnitt in ihre geballte Faust. Der Duft nach Weihrauch und einem anderen, süßlichen Kraut förderte ihren Kopfschmerz.

»Erhebt Euch«, gestattete die Königin.

Mit nervösem Blick erfaßte Isabelle den unheimlichen Raum mit den Fenstern aus grünem Glas: den Tisch mit dem okkulten Handwerkszeug, den Kaminsims, auf dem die alchimistische Gerätschaft zischte und fauchte, die Wände mit den hebräischen Inschriften ... Überrascht stellte sie fest, daß der gewaltige Spiegel abgehängt worden war. Ein ungutes Gefühl bemächtigte sich ihrer wie eine böse Ahnung. Halte dich von papistischem Aberglauben fern, mahnte eine Stimme in ihr. Unwillkürlich suchte sie Zuflucht in einem stummen Gebet. In Gedanken rezitierte sie einen Psalm aus dem Alten Testament: *Der Herr ist mein Licht und mein Heil; vor wem sollte ich mich fürchten?! Der Herr ist meines Lebens Kraft, vor wem sollte mir grauen?!*

»Der Arzt und Apotheker Nostradamus ist kürzlich aus der Provence eingetroffen und in meinem Auftrag als Astrologe tätig«, verkündete die Königin mit vor Aufregung bebender Stimme. »Ihr werdet die Ehre haben, diesen bedeutenden Mann kennenzulernen.«

»Vielen Dank, Majestät.«

»In einem Nebenzimmer bereitet er eine Sitzung vor, und ich möchte, daß Ihr daran teilhabt«, fuhr Catherine de Médicis fort. »Ich habe Nostradamus eingeladen, Horoskope für meine Kinder aufzustellen. Die glorreiche Zukunft des Hauses Valois wird uns aufgezeigt werden, und Ihr könnt der hochmütigen Madame de Poitiers berichten, daß ein anderer Ruhm die Geschichte überdauern wird als ihr schöner Schein.«

Deshalb hatte ihr die Königin also diese Audienz gewährt. Sie benutzte die Hofdame als Kurier für eine geheimnisvolle Botschaft an Diane. Isabelle fragte sich, ob Nostradamus eine Prophezeiung hinsichtlich des Friedensvertrages mit Spanien formulieren würde, die ein letzter

Versuch wäre, Diane umzustimmen und damit die Haltung des Königs zu beeinflussen. Falls dem so wäre, überraschte der zeitliche Zusammenhang nicht.

»Ihr seid so still, Madame de Valmy. Welcher Umstand hat Euch die Sprache verschlagen?«

»Ich ...« Isabelle schluckte ihre ursprüngliche Antwort herunter und sagte: »Ich bin sprachlos ob der Ehre, die Ihre Majestät meiner Person zuteil werden läßt.«

»Nun, dann wollen wir anfangen.« Die Königin erhob sich und trat an jene Wand, an der jetzt der Spiegel fehlte. Sie schlug den Behang zur Seite und klopfte zweimal gegen eine kaum sichtbare Tür: »Seid Ihr bereit?«

Eine dumpfe Stimme, die Isabelle nicht klar ausmachen konnte, antwortete. Catherine de Médicis schien befriedigt und öffnete, trat aber nicht sofort ein, sondern rief Isabelle mit einer Handbewegung zu sich. Als sie sich deren körperlicher Nähe sicher war, schritt sie in den Nebenraum. Isabelle biß die Zähne zusammen, zog den Kopf unter der niedrigen Tür ein und folgte der Königin.

Das fensterlose Zimmer lag in fast völliger Finsternis, nur eine einzige Kerze spendete gespenstisches Licht. Zu ihrem Entsetzen entdeckte Isabelle, daß die Wände mit schwarzem Tuch ausgekleidet waren, und auch der hochgewachsene, ältere Mann, der sich ehrfurchtsvoll vor Catherine de Médicis verbeugte, war ganz in Schwarz gekleidet. Von unsichtbarer Hand wurde die Tür in ihrem Rücken geschlossen, und Isabelles Augen brauchten einen Moment, um die Requisiten zu erkennen, mit deren Hilfe Nostradamus offenbar seine Weissagungen zu treffen pflegte. An der Längswand war der überdimensionale Spiegel angebracht, den sie zuvor vermißt hatte, davor war auf dem dunklen Steinboden ein Kreis aus Kreide gezogen worden. Auf einem Tisch in der Ecke stand ein üblicherweise für Horoskope verwendetes Zeitrad, darüber prangte an der

Wand ein hebräischer Begriff, und als Isabelle sich umdrehte, sah sie, daß in allen vier Ecken des Raumes die vier Namen Gottes geschrieben standen – *El Elyon, El Shaddai, Jahweh, Elohim*.

Nostradamus nickte Isabelle kurz zu, bevor er seine Aufmerksamkeit ausschließlich auf die Königin richtete: »Majestät, würdet Ihr Euch bitte in den Kreis stellen und den Spiegel betrachten. Ihr werdet dort gleich des Antlitzes Eures erstgeborenen Sohnes ansichtig werden. Dann dreht sich das Rad für jedes Jahr seiner Regierungszeit.«

Catherine tat, wie ihr geheißen. Ihre Haltung zeigte grenzenlose Ergebenheit, weder von Unsicherheit geprägt noch von Furcht. Sie schien Nostradamus blind zu vertrauen.

Für eine Weile herrschte atemlose Stille. Die Königin und Nostradamus schienen sich auf ihr Vorhaben zu konzentrieren, während Isabelles fürchtete, sich der Hexerei schuldig zu machen, wenn sie diesem Zauber länger zusah. Unwillkürlich wandte sie sich zu der geschlossenen Tür in ihrem Rücken, dabei raschelten ihre Röcke. Ein strafender Blick des Astrologen ließ sie zur Salzsäule erstarren. Ohne sich noch einmal zu rühren, verfolgte sie die Séance.

Mit leisem Gemurmel, das sich zu einem Singsang steigerte, begann Nostradamus, Beschwörungsformeln aus der Kabbala zu rezitieren.

Nebelschwaden schienen über den Spiegel zu ziehen. Isabelle zwinkerte ungläubig, doch tatsächlich versank die Wand vor Catherine de Médicis für einen kurzen Moment in rauchigem Nichts. Dann tauchte in dem matten Glas das Gesicht des Dauphins auf. Aus ihren Augenwinkeln beobachtete Isabelle, wie sich das Rad drehte. Einmal – dann blieb es stehen. Unwillkürlich schnappte sie nach Luft; der zarte François würde als König nur ein Jahr lang regieren. In Anbetracht seiner schwachen Gesundheit für die Mutter offenbar keine Überraschung, sie blieb jedenfalls gelassen.

Dann erschien das nächste Bild. Es zeigte den neunjährigen Charles. Wieder drehte sich das Rad. Einmal, zweimal, dreimal ... Isabelles Lippen bewegten sich lautlos, als sie die Umdrehungen verfolgte. Zehnmal, elfmal ... Die Zahl vierzehn blieb ihr im Halse stecken. Jetzt stand das Rad still.

Nostradamus hob zu neuem Gesang an. Wieder waren es hebräische Verse, die Isabelle nicht verstand und die sie auf eine seltsame Weise einzulullen begannen. Ihre Lider wurden schwer.

In diesem Moment tauchte das Porträt von Catherines Lieblingssohn in dem Spiegel auf. Isabelle war hellwach. Das Rad knarrte leise in seiner Aufhängung, als es sich für den kleinen Henri drehte. Du lieber Himmel, fuhr es Isabelle dabei durch den Kopf, er ist erst acht Jahre alt. Nach dem Gesetz der Natur würde er seinen Vater überleben, der sich bester Gesundheit erfreute, und mußte nach diesen Weissagungen noch einmal fünfzehn Jahre warten, um selbst König von Frankreich zu werden – in welcher fernen Zukunft konnte das wohl sein? Diane jedenfalls, die die Königin mit diesem Humbug wohl zu beeindrucken hoffte, würde dann ganz sicher nicht mehr am Leben sein. Da blieb das Rad stehen. Fünfzehn, dachte Isabelle verblüfft. Henri wird der Regierungszeit seiner Brüder fünfzehn Jahre lang zusehen müssen, bevor er für denselben Zeitraum auf dem Thron sitzen darf.

»Drei Eurer Söhne werden nacheinander für insgesamt dreißig Jahre Könige von Frankreich sein«, bestätigte Nostradamus leise. Er legte eine kurze Pause ein, bevor er seltsam nachdrücklich fragte: »Möchtet Ihr fortfahren, Majestät?«

»Natürlich. Die Zukunft meines jüngsten Sohnes steht

noch aus. Wird auch François-Hercule die Krone tragen? Oder …«, Catherine lachte auf, »wird mein ersehnter Enkel aus der Verbindung des Dauphins mit Mary Stuart das Blut der Valois fortsetzen? Wer wird König von Frankreich sein?«

Isabelle stand starr auf ihrem Platz. Sie wagte sich nicht zu rühren, und ihre Glieder begannen zu schmerzen. Doch das fühlte sie kaum, inzwischen gefangen von der Faszination, die die Magie auf sie ausübte. Naive Neugier bemächtigte sich ihrer, angesteckt von dem Drang der Königin, in die Zukunft sehen zu wollen.

Wieder erklangen aus Nostradamus' Mund Worte aus der Kabbala – und nach ein paar Sekunden tauchte tatsächlich das Gesicht eines Knaben in dem Zauberspiegel auf …

»Nein!« Entsetzt schlug Catherine de Médicis die Hände vor ihr Gesicht.

Isabelle riß die Augen auf. Sie wußte, daß sie diesen Jungen schon einmal gesehen hatte, aber sie brauchte eine Weile, um sich an ihn zu erinnern. Es war auf der Hochzeit des Dauphins mit der jungen Königin von Schottland gewesen, und das Kind hieß nicht François-Hercule und entstammte auch nicht der Linie der Valois. Es war das zarte Gesicht des gerade mal sechsjährigen Prinzen Henri de Bourbon, Sohn des Königs von Navarra und der protestantischen Jeanne d'Albret. Unwillkürlich schnappte Isabelle nach Luft. Bedeutete dieses Bild, daß eines Tages ein Häretiker den Thron Frankreichs besteigen würde? Plötzlich war sie froh um die schlechte Beleuchtung in diesem Raum, denn diese verbarg den Triumph in ihren Zügen.

Im Hintergrund knarrte das Rad. Bei der zweiundzwanzigsten Umdrehung hielt es an. Das folgende Schweigen war furchteinflößend. So lange Nostradamus' Stimme und das Geräusch des Rades zu vernehmen gewesen waren, hatte sich Isabelle nicht so stark bedroht gefühlt wie in dieser grausamen Stille. Angesichts des Gefühlsausbruchs, der in der Königin zu lodern schien, erwartete Isabelle blinden Zorn, der sich auch gegen die Zuschauerin richten konnte. Das Schicksal hatte Catherine de Médicis nicht die Antworten gegeben, die sie erwünscht und Diane zu hinterbringen gedacht hatte. Über die Nachricht, daß Henri de Bourbon eines Tages König von Frankreich werden und für zweiundzwanzig Jahre regieren sollte, würde die Favoritin allerdings ebenso unfroh reagieren wie die Monarchin selbst.

»Werde ich das noch erleben?« fragte die plötzlich mit heiserer Stimme. »Muß ich die Schmach, einen Bourbonen auf dem Lilienthron zu wissen, mit ansehen?« Sie fuhr zu Nostradamus herum, das Gesicht eine undurchdringliche Maske. »Ich wünsche zu wissen, wann ich sterben werde. Ermittelt mein Todesjahr.«

Nostradamus nickte ergeben, woraufhin sich Catherine de Médicis wieder umwandte und den Spiegel fixierte. Doch die Aura hatte sich verändert. Isabelle konnte nicht genau sagen, was es war, aber es schien, als sei der Bann gebrochen. Selbst als der Astrologe von neuem begann, hebräische Verse zu singen, wollte sich der Zauber von vorhin nicht noch einmal einstellen.

Die Nebel lichteten sich nicht. Das Spiegelbild blieb verborgen. Das Rad stand still.

»Das Schicksal antwortet nicht«, erklärte Nostradamus schließlich.

Italienische Flüche ergossen sich über die Lippen der Königin. Ihre Schultern bebten. Sie raffte ihre Röcke und marschierte hoch erhobenen Hauptes an Isabelle vorbei zur Tür. Mit einer einzigen Bewegung riß sie diese auf und verschwand in der Dunkelheit des grünen Zimmers. Einen Atemzug später schepperten, klirrten und splitterten die Geräte, die die Königin in ihrem Wutausbruch an die Wände warf.

30

In dieser Nacht konnte Isabelle kaum schlafen. Jedesmal wenn die Müdigkeit sie übermannte und sie für einige Minuten in die Traumwelt hinabsank, sah sie die verschiedensten Gesichter vor sich und hörte, wie sich das Zeitrad bewegte. Als sie ihren Geliebten aus dichtem Nebel auf sich zukommen sah, zählte sie fünfzehn Umdrehungen und wachte schreiend auf. Später nickte sie wieder ein und erkannte das Antlitz des Königs, doch da blieb das Rad still, was nicht minder erschreckend war. Sobald sie nach einem neuen Alpdruck wieder die Augen öffnete, krochen unheimliche Schatten durch ihre Schlafkammer, und sie fühlte sich wie das kleine Mädchen von einst, das sich vor Geistern gefürchtet hatte – mit dem Unterschied, daß hier keine vorausschauende Kinderfrau über sie wachte und für ihr Wohlbefinden keine Fackel brannte. Noch vor Sonnenaufgang war Isabelle so verstört, daß sie in Schweiß gebadet war, ein unangenehmer Kopfschmerz in ihren Schläfen trommelte und alle Muskeln in ihrem Körper unter Krämpfen litten.

Stöhnend schälte sie sich aus den Laken und stand auf. Es war sinnlos, länger im Bett zu liegen, wenn sie doch keinen Schlaf und nicht einmal Entspannung fand. In ihren Umhang gehüllt, setzte sie sich ans Fenster. Die Dämmerung färbte den Himmel schiefergrau, Dunst erhob sich aus dem Dunkel des Waldes zu Füßen von Chaumont und verwandelte die Landschaft in eine Feenwelt. Für einen Moment erlag Isabelle einer Sinnestäuschung, sie glaubte, ein Einhorn über den Weg spazieren zu sehen. Im nächsten Augenblick schalt sie sich für ihre Dummheit. Eine okkulte Sitzung, Geister und Fabelwesen – offenbar raubte ihr dieser Aufenthalt bei Catherine de Médicis den Verstand.

Nach ihrem Wutausbruch war die Königin in ihren Gemächern verschwunden, und Isabelle hatte ebenfalls ihr Nachtlager aufgesucht, dankbar, von Nostradamus und seinen Beschwörungsformeln ebenso wie von der Monarchin und ihrem Aberglauben erlöst zu sein. Als sie jetzt in den aufziehenden Morgen blickte, fragte sie sich schaudernd, ob Catherine eine Fortsetzung der Séance erzwingen und dann ebenfalls auf Isabelles Anwesenheit bestehen würde. Vor einer Wiederholung der Sitzung in dem schwarzen Zimmer fürchtete sie sich wie der Teufel vor Weihwasser.

Dennoch konnte sie sich dem Wunsch, ebenfalls in die Zukunft schauen zu können, nicht entziehen. Es gab viele Antworten, die Isabelle gerne erfahren hätte. Die Dauer ihres eigenen Lebens interessierte sie dabei am wenigsten. Pierre de Beaujeu hatte ihr Rätsel aufgegeben, die zu erklären selbst einen Seher wie Nostradamus überfordern dürften. Konnte sie dem Geschwätz des Dichters glauben und tatsächlich annehmen, daß Gabriel heimlich der Reformation zugeneigt war? Er hatte ihr nie einen Hinweis darauf gegeben, und wenn sie gemeinsam einer Messe beiwohnten, hatte er sich stets als gläubiger Katholik präsentiert. Allerdings, so räumte sie in Gedanken ein, würde es ihm wohl ebenso ergehen. Sie selbst trug den Mantel der Papistin zur Schau.

Sie war dankbar, als die ersten Sonnenstrahlen durch die Wolken brachen und ihren Grübeleien ein Ende setzten, da kurz darauf eine Zofe erschien, die angewiesen worden war, Isabelle bei der Morgentoilette zu helfen. Vor den alltäglichen Handlungen begannen die gespenstischen Bilder zu verblassen, die vielen Fragen traten in den Hintergrund. Als sie fertig war, beschloß Isabelle, Gabriel de Montgommery aus ihrem Kopf zu streichen und sich den Gegebenheiten anzupassen. Sie mußte schließlich in Chaumont bleiben und sich den Wünschen der Königin beugen; erst wenn diese Angelegenheit erledigt war, würde sie sich wieder ihren Gefühlen zuwenden und über den Mann spekulieren dürfen, den sie liebte. Bis dahin mußte sie der Monarchin zur Verfügung stehen und sich auf die Vorgänge in deren Haushalt konzentrieren, denn diese waren für den Marquis de Valmy ebenso von Interesse wie Nachrichten von Diane.

Doch so einfach war es nicht. Catherine de Médicis ließ sie warten und stellte ihren Entschluß auf eine harte Probe. Die Königin sei unpäßlich, hieß es und: Isabelle möge auf weitere Anweisungen warten.

Auf diese Weise zu Untätigkeit verdammt, begannen Isabelles Gedanken wieder zu kreisen. Um sich zu beschäftigen, suchte sie die Bibliothek auf und fand Zuflucht in der italienischen Literatur, die Catherine sammelte. Isabelle hatte schon als Kind die Muttersprache der Königin erlernt und konnte Poesie und Prosa mühelos folgen. Sie entschied sich für die Komödie *La cortigiana* von Pietro Aretino, die eine beißende Satire auf das Leben bei Hofe war. Diese Entzauberung der höfischen Sitten paßte zu Isabelles derzeitiger Gemütslage. Schließlich entsann sie sich der Geschichten, die in Venedig über den Tod des Dichters erzählt wurden: Er sei bei einem Lachanfall vom Stuhl gefallen und habe sich bei dieser Gelegenheit den Hals gebrochen. Diese Pointe entsprach ebenfalls ihrer Befindlichkeit.

Die Warterei wurde ihr trotz der unterhaltsamen Lektüre lang. Am Nachmittag brachte ein Page schließlich die erlösende Nachricht: Die Königin fühle sich nach wie vor unpäßlich und würde Isabelle ein andermal empfangen, die Besucherin könne ihrer Wege gehen und solle sich nicht aufhalten lassen.

Im ersten Moment hatte Isabelle das Bedürfnis, es Aretino gleichzutun und an hysterischer Heiterkeit zu erstikken. Chaumont war kein angenehmer Ort zum Verweilen, einzig die Bibliothek bot harmlose Zerstreuung; die Gelegenheit, dieses furchteinflößende Schloß zu verlassen, war ein Glücksfall.

Begleitet von den beiden Soldaten aus der Leibgarde des Königs, brach Isabelle auf. Da sie nicht bis zum nächsten Morgen warten wollte, würde sie in die Dunkelheit hineinreiten müssen, aber das störte sie nicht. Dennoch mußte sie wegen eines aufziehenden Unwetters früher als geplant Rast einlegen. Dunkle Wolken waren aufgezogen und zwangen Isabelle und ihren Begleitschutz, sich in Vendôme nach einer Unterkunft umzusehen. Von denen gab es an diesem Ort freilich viele, denn Vendôme lag direkt an der Pilgerstraße nach Santiago de Compostela und wurde seit dem Mittelalter von Reisenden bevölkert. Als ihre Gardisten vorschlugen, in der Burg Unterschlupf zu suchen, wo der Tempelritterorden eine Herberge, ein Hospiz und eine Geldwechselstelle unterhielt, lehnte Isabelle ab. Sie entschied sich für ein freundlich anmutendes, wenn auch einfaches Gasthaus, das ein wenig windschief zwischen den Mühlen und Waschhäusern am Fluß errichtet war.

»Dort könnt Ihr nicht hinein«, warnte der Knappe in ihrem Gefolge.

Isabelle sah ihn an. »Warum nicht? Die Schenke wirkt ansprechend, und die Gästezimmer werden nicht schlechter sein als anderswo. Ich denke, dieser Ort ist gut für eine Übernachtung geeignet.«

»Das Haus gehört einem Protestanten!« versetzte der Junge.

»In dieser Gegend wimmelt es von Häretikern«, brummte der zweite, ältere Gardist und fügte hinzu: »Das Vendômois ist Lehnsgut der Bourbonen.«

Unwillkürlich fielen Isabelle die Weissagungen des Nostradamus ein. Es war bald vierundzwanzig Stunden her, daß der Astrologe die Herrschaft eines Bourbonen über Frankreich vorausgesehen hatte. »Gut, gut«, murmelte sie, »dann sind wir ja im Königreich.« Als sie die Verständnislosigkeit in den Mienen ihrer beiden Begleiter sah, fügte sie hinzu: »Die Bourbonen sind die engsten Verwandten des Königs, und nicht alle gehören dem Protestantismus an. Ich bin sicher, mir wird hier nichts geschehen. Könnte es sein, daß Ihr Euch davor fürchtet, Boden zu betreten, den zuvor ein Lutheraner gerodet hat? Meine Güte, ich dachte, Ihr seid zu meinem Schutz da und ich nicht zu Eurem. Was würde Euer Hauptmann wohl zu solchen Hasenfüßen sagen?« Der Spott war über ihre Lippen, bevor sie sich dessen bewußt war. Nun war die Erinnerung an Gabriel wieder ganz nah und ihre Wangen färbten sich rosig.

Seine Person haftete wie ein unsichtbarer Schatten an ihr. Als der ältere der beiden Gardisten voraus ins Gasthaus ging, um den Wirt nach einer Kammer für die Dame und einem Lager für sich und seinen Waffenbruder zu fragen, war Isabelle im Geiste in der Schenke in Melun, wo Gabriel sie um eine gemeinsame Nacht gebeten hatte. Ihre Gedanken kreisten während des einfachen Imbisses um ihn und auch in der folgenden Nacht.

Doch diesmal war es kein Alptraum, der sie um den Schlaf brachte, sondern Sehnsucht. Mit unerwarteter Klarheit wußte sie plötzlich, daß sie sich ihm hingeben mußte, um Frieden zwischen ihrem Körper, ihrer Seele und ihrem Verstand zu schließen. Es spielte keine Rolle, ob sie deshalb sündigte, denn sie hatte schon viele Sünden auf sich geladen, und wenn Gabriel insgeheim der evangelischen Religion zugeneigt war, bedeutete ihr Vergehen vielleicht kein Sakrileg. In seinen Armen würde sie die Wahrheit erfahren und wissen, wie ihr weiterer Weg verlaufen würde. Und wenn sich Pierre de Beaujeu geirrt hatte, konnte sie wenigstens befriedigt dem Paradies entsagen, bevor sie in der Hölle brannte.

Das Feuer, das in ihrem Inneren loderte, war aber nicht nur die Vorfreude auf Erfüllung. Eifersucht und Zweifel bemächtigten sich gleichermaßen ihrer Gefühle, denn sie hatte keine Ahnung, wann und unter welchen Bedingungen sie Gabriel wiedersehen würde. Es bestand natürlich die Möglichkeit, daß der König seine Favoritin in einer oder zwei Wochen nach Anet begleiten und Gabriel dann zu seinem Gefolge gehören würde. Aber bis dahin hatte Marie freie Bahn und wurde darüber hinaus noch von Diane protegiert. An dem Gedanken, daß sich die Dinge in ihrer Abwesenheit erheblich ändern könnten, drohte Isabelle fast zu ersticken. Nach Luft japsend, hätte sie mitten in der Nacht beinahe laut aufgeschrien, um sich Erleichterung zu verschaffen.

Am nächsten Morgen war Isabelle nicht weniger zerschlagen wie am Morgen zuvor. Ihr schien, als habe das Wechselbad der Gefühle ihren Leib geschunden wie einen auf ein Rad gespannten Körper. Doch ihr Verstand war so klar wie der Sonnenaufgang. Eine zunächst vage Idee ergriff Besitz von ihr und verwandelte sich in den folgenden Minuten in einen Plan, der dazu dienen sollte, ihr Seelenheil zu retten.

31

Gabriel war müde und entnervt. Er schalt sich einen Narren, weil er Isabelle ohne Sinn und Verstand nachgelaufen war. Es war eine fatale Mischung aus Neugier, Leidenschaft und auch ein wenig verletzter Eitelkeit gewesen, die ihn bewogen hatte, ihrer Spur zu folgen.

Um Paris verlassen zu dürfen, hatte er den König so phantasievoll belogen, daß er wahrscheinlich für die Ewigkeit in der Hölle schmoren würde. Von marodierenden Leibeigenen, umtriebigen Banditen und angeblichen Verwüstungen auf seinem Gut in Ducey hatte er zu berichten gewußt; Gründe, die jeden vernünftigen Lehnsherrn gezwungen hätten, unverzüglich nach dem Rechten zu sehen. Er hatte behauptete, die Nachricht seines Verwalters habe ihn gerade erreicht, und die Situation dermaßen schillernd beschrieben, daß der König vor Schreck noch grauer im Gesicht geworden war und ihn angewiesen hatte, so schnell wie möglich aufzubrechen. Also war er gen Westen in das Abenteuer geritten, die Wahrheit über die Frau seines Herzens herauszufinden. Er war sich ganz sicher, daß Isabelles Mauer des Schweigens bröckeln würde, wenn er sie mit seinen Vermutungen konfrontierte, die mit jeder Meile mehr zum tatsächlichen Wissen wurden. Sobald er einmal fern der Hofgesellschaft und allein mit ihr sein konnte, würde sie sich nicht mehr in Andeutungen verstricken.

Doch Gabriel traf zu früh in Anet ein. Der Haushofmeister versicherte ihm, daß mit der Ankunft von Madame de Valmy jeden Tag zu rechnen sei, man aber noch keine genaue Nachricht von ihr habe. Also faßte er sich in Geduld, sagte sich, sie sei von der Königin in Chaumont aufgehalten worden, und trieb sich in verschiedenen Poststationen, Herbergen und Gasthäusern der Gegend herum. Dabei war er ständig auf der Hut, keinem umherreisenden Höfling zu begegnen, der ihn als Lügner entlarven könnte. Dennoch war es ausgerechnet ein Knappe seiner Schottischen Garde, den er am dritten Morgen vor dem prunkvollen Tor von Anet traf.

Der Junge erkannte ihn sofort und setzte zu einer Reihe von Ehrfurchtsbezeugungen an.

»Rührt Euch«, befahl Gabriel, »und berichtet, was Euch nach Anet führt.«

»Eine Eilpost an den Majordomus«, erwiderte der angehende Ritter. »Madame de Valmy entsandte mich von Vendôme aus hierher.«

»Sicher kündigt sie in ihrem Schreiben ihr Eintreffen an«, resümierte Gabriel hoffnungsfroh. »Sie wird bereits erwartet. Könnt Ihr sagen, wann sie hier sein wird?«

»Nein, Capitaine, bedauere, das kann ich nicht. Madame de Valmy sagte, sie möchte noch einen Besuch in einem anderen Landesteil machen. Sie wird deshalb erst in einigen Tagen in Anet sein. Das steht in dem Brief, und mehr weiß ich nicht. Nur, daß sie die zweite Wache ebenfalls entließ.«

»Dann ist sie ganz auf sich allein gestellt unterwegs ...«, murmelte Gabriel zu sich selbst. Im ersten Moment überkam ihn Besorgnis, die sich aber rasch in Zorn und nach einer Weile in Verständnis verwandelte. Für eine Agentin, Betrügerin und Protestantin mochte es viele Gründe geben, ihre Pläne überstürzt zu ändern. Und kein einziger hatte mit seiner Person zu tun. Wahrscheinlich war etwas passiert, das sie zur Flucht gezwungen hatte. Während er auf der Suche nach ihr gewesen war, hatte sie alles hinter sich gelassen. Andererseits konnte dies auch ein lange ausgedachter Rückzugsplan sein, den sie durch die Einladung der Königin früher als gedacht in die Tat umgesetzt hatte. Wenn das Schicksal es gut mit ihr meinte, befand sie sich möglicherweise bereits bei ihren Glaubensbrüdern und -schwestern in Genf und in Sicherheit. Er verstand plötzlich, warum sie ihm in Paris keine Nachricht hinterlassen hatte. Dies war keine Trennung auf Zeit – es war der endgültige Abschied.

Wie durch einen Nebel sah er den Knappen, der noch immer vor ihm stand und auf weitere Anweisungen wartete. Seine Stimme klang heiser, als er sagte: »Geht schon, überbringt dem Haushofmeister den Brief von Madame de Valmy.«

Während der angehende Ritter durch den reichverzierten Torbogen in den Innenhof ritt, wendete Gabriel sein Pferd. Er hatte in Anet nichts mehr verloren. Was aber sollte er nun tun? Er konnte nicht schon nach Paris und an den Hof zurückkehren, ohne sich selbst als Lügner zu entlarven. Obwohl es ihn reizte, Trost bei Mademoiselle de Roger zu suchen, würde er noch ein wenig auf Wanderschaft gehen müssen. Deshalb beschloß er, die Zeit zu nutzen und zumindest einen Teil seiner Behauptungen wahr zu machen. Er lenkte sein Pferd gen Westen, um in Ducey nach dem Rechten zu sehen.

Das Anwesen war durch das Erbe von seiner Mutter in die Familie gekommen, die die Tochter des Seigneurs von Ducey gewesen war und Jacques de Montgommery geheiratet hatte, Gabriels Vater. Es war ein verhältnismäßig kleines, quadratisches Bauwerk mit drei Etagen, inmitten herrlichen Grüns direkt am Ufer des kleinen Flusses Sélune errichtet, wo Lachse und Forellen sprangen und das Wasser so klar war, daß Gabriel als Junge die Kiesel hatte zählen können. Der Ort selbst war ein Marktflecken, seit jeher Lehnsgut der Schloßherren, der von der Nähe zum Kloster Mont Saint-Michel ebenso profitierte wie von der in dieser Region fruchtbaren Landwirtschaft. Die Menschen hier waren eigentlich Normannen, aber fast schon Bretonen, manchmal verschlossen, häufig ein wenig derb und im Innersten herzensgut, wie es in dieser Gegend nun einmal üblich war. Gabriel liebte sein Land, und seine Gefühle veränderten sich mit jeder Meile, die er die schmalen Wege entlang und durch hübsche Fachwerkdörfer ritt. Auf dem letzten Stück seiner Reise hatte er deshalb fast vergessen, welche Umstände ihn dieses Mal hierhergeführt hatten.

Ihn durchflutete sogar Dankbarkeit für Isabelle, schließlich war sie dafür verantwortlich, daß er im Sonnenuntergang über die Steinbrücke von Ducey nach Hause reiten durfte. Vielleicht würde er seine Angelrute hervorholen und morgen ein wenig fischen gehen.

Auf diese Weise in Gedanken mit seiner Freizeit beschäftigt, hielt er sie auf den ersten Blick für eine Erscheinung. Er glaubte, Licht und Schatten spielten ihm einen Streich. Die Frau, die unter einem Apfelbaum am Ufer des Flusses stand, erinnerte ihn an ein feenartiges Wesen, das in der Abenddämmerung blasser werden und schließlich ganz entschwinden würde. Sie war hochgewachsen und trug Hosen unter ihrem Umhang, den die vom Meer aufziehende Brise hochschlug. Ihr Gesicht war von ihm abgewandt, ihre Haltung distanziert, ähnlich wie die einer Seherin, die in sich selbst blickte und nicht auf das rosafarbene Mauerwerk des Schlosses, das im Licht der untergehenden Sonne orangerot leuchtete. Er erkannte sie – und wußte doch nicht, wer sie wirklich war, eine reale Person oder die Gestalt aus einer anderen Welt.

Die Herrin vom See, fuhr es ihm durch den Kopf. So mußte die sagenhafte Viviane ausgesehen haben, als sie Merlin erschienen war und ihn dazu verführte, ihr die Geheimnisse seiner Zauberkünste zu verraten.

In einiger Entfernung hielt er sein Pferd an und stieg aus dem Sattel. Sie mußte den Hufschlag gehört haben, doch sie zeigte keine Reaktion. Sie bewegte sich nicht und drehte sich auch nicht zu ihm um. Also nahm er den Zügel und trat langsam, jeden Schritt abwägend, auf sie zu.

Das Roß nahm eine Witterung auf und schnaubte leise. Irgendwo schrie eine Möwe. Im Dorf läuteten die Glocken die Abendmesse ein. Es roch nach der feuchten Frühlingswiese und dem nahen Meer. Die Zeit schien stillzustehen.

Er hielt den Atem an.

»Isabelle«, flüsterte er.

Sie fuhr herum. Mit aufgerissenen Augen starrte sie ihn an. Der Schock über das unerwartete Zusammentreffen stand ihr ins Gesicht geschrieben. Dann gaben ihre Knie nach, und er hatte Mühe, sie noch aufzufangen, bevor sie ohnmächtig zusammenbrach.

32

Der Steinfries eines imposanten Kamins war das erste, was Isabelle wahrnahm. Sie erkannte die fein herausgearbeiteten Götter Mars und Minerva als Symbole für Krieg und Frieden, und die darunter gemeißelten lateinischen Worte formten sich in ihrem Kopf zu einer Inschrift, die zu einem Wappen gehören mußte: *Durch Kraft, nicht durch Glück*. Es war eine beeindruckende Arbeit, aber für Isabelles Geschmack ein wenig zu martialisch. Sie sah sie zum ersten Mal und wußte nicht, wo sie sich befand. Als sie ihren Kopf bewegte, um sich besser umschauen zu können, spürte sie in ihren Schläfen den Hammer des Steinmetzes. Gleichzeitig wurde ihr übel, und sie begriff, daß Riechsalz in ihre Nase strömte. Ohne darüber nachzudenken, gestikulierte sie wild und schlug die Hand fort, die das Fläschchen hielt.

»Ah!« Der Hausherr atmete erleichtert aus. »Ihr seid also endlich wach. Ich hatte mir ernsthaft Sorgen gemacht.«

Seine Stimme schenkte ihr mehr Wärme als der Pelz, mit dem sie zugedeckt worden war. Die Worte, so sachlich sie auch geklungen hatten, gaben ihr ein Gefühl von Geborgenheit, dazu gesellte sich Erleichterung. Er war es also wirklich, kein Geist, der sie narrte. Warum er hier war, würde sie ihn später fragen, dafür fühlte sie sich jetzt zu elend. Sie ließ es zu, daß ihre Lider wieder herabsanken.

Der Kopfschmerz war erträglicher, sobald sie die Augen geschlossen hielt.

Doch Gabriel fürchtete, daß sie wieder in die Bewußtlosigkeit fallen würde, denn er faßte grob nach ihrer Schulter und schüttelte sie. »Nicht einschlafen …! Isabelle, bleib hier … Bleib bei mir …!«

Prompt blickte sie zu ihm auf. »Was habt Ihr da gesagt?« Die Migräne spürte sie nicht mehr, aber ihr Herz pochte wild.

Er richtete sich auf und sagte, seine zweideutige Bemerkung ignorierend: »Ich möchte nicht, daß Ihr wieder ohnmächtig werdet. Wer weiß, wann Ihr das nächste Mal aufwacht. Ihr solltet Euch ein wenig aufsetzen und ein Glas heißen Apfelwein trinken. Das wird Euch helfen, wieder zu Kräften zu kommen.«

»Kraft«, wiederholte sie versonnen, »ja, das ist es wohl, was ich brauche.« Mit schwacher Hand deutete sie auf den Kamin. »Der Wahlspruch Eurer Familie klingt ziemlich *kraftstrotzend*. Färbt davon etwas auf Eure Besucher ab, oder sollte ich mich lieber auf das Glück verlassen?«

»Die Montgommerys sind von altem Adel und waren schon im Mittelalter berühmte Ritter«, berichtete Gabriel, während er an dem Tisch neben dem Kamin mit einem Krug hantierte. »Einer meiner Ahnen kam sogar gemeinsam mit William dem Eroberer nach England. Wie Ihr seht, zahlte sich unser Kampfgeist aus.« Er wandte sich um, eine Keramikschale in der Hand, und beugte sich wieder zu ihr, um ihr den freien Arm hilfsbereit unter den Oberkörper zu schieben. »Probiert von diesem Cidre, der macht Euch gesund – und glücklich. Er wurde aus Äpfeln hergestellt, die auf dem Boden der Montgommerys gedeihen. Zu dem Anwesen gehört eine Mosterei, deren Spezialität es allerdings ist, einen ganz köstlichen Branntwein aus Birnen herzustellen. Mir schien das etwas zu hochprozentig zu sein, deshalb habe ich Euch nichts davon angeboten. Oder verlangt Euch danach?«

Isabelle kostete, und der heiße Apfelwein stieg ihr unverzüglich in den Kopf. »Nein, habt herzlichen Dank, der Cidre genügt für den Anfang.« Ein dumpfes Grummeln ertönte, und sie errötete, als ihr klar war, daß ihr Magen knurrte. »Wenn es möglich wäre, hätte ich gerne etwas zu essen. Ich glaube, ich habe seit Tagen nichts mehr zu mir genommen.«

»Das erklärt zumindest Euren kleinen Anfall«, diagnostizierte Gabriel lächelnd. »Ich werde sofort einen Imbiß bestellen. Sagt mir allerdings zuvor, wie es zu Eurem Fasten kam. Und erklärt mir vor allen Dingen, was Euch nach Ducey geführt hat? Ich wähnte Euch in Chaumont, in Anet oder Gott weiß wo, aber ganz sicher nicht auf meinem Land.«

»Sind das nicht ein wenig viele Fragen, die Ihr mir mit leerem Magen zumutet?«

»Wenn Ihr versprecht, alles zu erklären, was ich wissen möchte, könnt Ihr einen Aufschub haben.« Als sie nickte, fügte er amüsiert hinzu: »Dann werde ich gehen und dem Küchenchef Anweisung geben, das beste Mahl zuzubereiten, das er jemals kochen durfte. Lauft nicht weg, Isabelle, ich bin gleich zurück.«

Sie blickte ihm nach, wie er mit der für einen so großen Mann typischen Eleganz über den Steinboden nach draußen schritt. Allein gelassen, sank sie wieder in die Kissen zurück, die ihren Kopf stützten, aber diesmal schloß sie die Augen nicht. Neugierig sah sie sich um. Sie lag, auf einen Diwan gebettet, in einem großen Raum, der wahrscheinlich als Empfangssaal diente. Gabriel war demnach so wohlerzogen gewesen, sie nicht in seinem Privatgemach unterzubringen. Dabei wollte Isabelle alles über sein Leben erfahren. Deshalb war sie hierhergekommen.

Während ihre Augen die hohen Fenster erfaßten, hinter denen sich inzwischen undurchdringliche Dunkelheit ausbreitete, dachte sie über ihren Entschluß nach, in die Normandie zu reiten anstatt von Chaumont auf direktem Wege nach Anet. In jener Nacht in dem Gasthaus in Vendôme hatte sie dringender als je zuvor das Bedürfnis verspürt, *nach Hause* zu kommen. Chenonceau war zwar die Stätte ihrer Geburt, aber sie verband keine eigenen Erinnerungen mit Dianes Schloß, der Schmerz rührte aus zweiter Hand und wurde – wenn sie es heute recht bedachte – vor allem wohl durch den finanziellen Verlust genährt, jedenfalls sofern es ihren Vater betraf. Die einzige Heimat, die sie in Frankreich kannte, war das düstere Gut nahe der alten Seefahrerstadt Honfleur, wo sie ihre Kindheit verbracht hatte. Der Ort, wo sich das Grab ihrer Mutter befand. Dort, so hatte sie gehofft, würde sie ihren Frieden finden und mit Gottes Hilfe erfahren, wie ihr Leben weitergehen sollte.

Das alte Haus war inzwischen zu einer unbewohnten Ruine zerfallen, der Grabstein ihrer Mutter mit Moos bedeckt. Doch das störte sie nicht, denn hier war sie ihrer Vergangenheit und der Verantwortung gegenüber der Geschichte ihrer Familie näher als irgendwo sonst. Sie spürte den Wind auf ihrer Haut, der vom Kanal herüberblies und in ihre Wangen stach, sie roch das Meer und hörte die Möwen schreien. Es war, als sei sie zurückversetzt in längst vergessene, glücklichere Tage. Wie als kleines Mädchen stand sie an der Mündung der Seine und blickte weit hinaus. Damals hatte sie gehofft, irgendwo am Horizont England ausmachen zu können – oder zumindest die Krieger, die von dort kamen, die französische Küste bedrohten und von der kleinen, tapferen Isabelle besiegt werden mußten. Sie hatte sich als eine neue Jeanne d'Arc gesehen. Heute erhoffte sie sich in diesem unendlich klaren Licht ein

Zeichen, das ihren Weg in die Zukunft weisen würde. Tatsächlich schien es, als gäbe ihr das Wiedersehen mit ihrer Kindheit jene Kraft zurück, um die sie verzweifelt gebetet hatte. Und das führte fast zwangsläufig zu einer Reihe von Entscheidungen.

Isabelle wußte auf der einen Seite, daß sie bei ihrem Entschluß bleiben und Rache an Diane de Poitiers üben mußte. Am Grab ihrer Mutter erkannte sie, daß sie keine andere Wahl hatte. Sie mußte ihren Vater rächen, aber auch für den Glauben ihrer Mutter eintreten. Andererseits erkannte sie die Belastung, die Liebe und Leidenschaft für ihr Vorhaben bedeuteten. Doch der Teufel der Begierde ließ sich nicht so ohne weiteres austreiben – und dabei war es letztlich zweitrangig, ob Gabriel mit der Reformation sympathisierte.

Ihr fiel die Geschichte der Maria Magdalena ein, die durch Jesus Christus von sieben Dämonen geheilt worden war. Isabelle überlegte, daß es ihr genügen würde, wenn sie von einem einzigen, nämlich Ashmodai, dem Erreger von Begierde und Zorn, Wollust und Unzüchtigkeit, befreit würde. In ihrem Geiste schlug sie das Evangelium auf, fand aber keine Stelle, die für ihren ganz persönlichen Exorzismus geeignet war.

Eine Stimme in ihrem Hinterkopf riet ihr schließlich, an die Quelle zu reisen. In dem Glauben, daß die Begegnung mit Gabriels Heimat allen Fragen und Hoffnungen ein Ende setzen könnte, hatte sie sich auf den Weg nach Ducey gemacht. Es war eine Strecke von etwa dreihundert italienischen Meilen, noch dazu in entgegengesetzter Richtung zu ihrem eigentlichen Ziel, aber Isabelle war unbeirrt ihrem Entschluß gefolgt, nicht ahnend, daß sie der Zauber des Château de Montgommery auf den ersten Blick gefangennehmen würde. Vor allem hatte sie nicht damit gerechnet, des Schloßherrn leibhaftig ansichtig zu werden.

Als Gabriel unerwartet vor ihr gestanden hatte, war er ihr vorgekommen wie ein Geist. Die Szenerie glich exakt dem Spiegelbild, das ihr nach Catherines Séance im Traum erschienen war. Schrecken hatte sie erfaßt, und ihre Beine hatten plötzlich den Dienst versagt. Im Hinabgleiten ins Unterbewußtsein schalt sie sich eine Idiotin. Hatte sie nicht schon als Zehnjährige gelernt, daß es keine Gespenster gab?!

»Isabelle ...«

Sie fuhr hoch, um im nächsten Moment mit dröhnenden Kopfschmerzen wieder zurück in die Kissen zu fallen.

Gabriel stand neben ihrem Lager und blickte unsicher auf sie herab. »Verzeiht! Ich wollte Euch nicht erschrekken.«

»Das habt Ihr heute nun schon zum zweiten Mal getan«, bemerkte sie nüchtern.

»Zugegeben, aber Ihr hättet mit meiner Anwesenheit rechnen können. Ich hingegen habe nicht einmal in meinen kühnsten Träumen geahnt, Euch so rasch bewirten zu dürfen. Das Menü wird übrigens gleich serviert werden. Ich bin gekommen, um Euch zum Diner zu führen. Oder habt Ihr keinen Hunger mehr?«

»Natürlich würde ich gern etwas essen. Ich war nur eingeschlafen und ...«, seufzend brach sie ab, um dann zu erklären: »Wahrscheinlich war ich ein wenig zuviel unterwegs in den letzten Tagen. Ich habe mich noch nie so kraftlos gefühlt. Dabei bin ich in die Normandie gekommen, um an Stärke zu gewinnen ...« Sie hatte ihre Pläne ausgesprochen, bevor sie darüber nachdachte, wer ihr zuhörte. Egal, was Pierre de Beaujeu behauptet hatte, sie konnte Gabriel nicht trauen. Er war ein Ritter des Königs und hatte einen Eid geschworen, der ihn zum Feind ihrer Sache machte. Andererseits genügte seine bloße Anwesenheit, um ihr Sicherheit und Geborgenheit zu verleihen. Um sich abzulenken und weil sie schließlich nicht ewig auf der Ruhebank liegenbleiben konnte, schwang sie die Beine herum und versuchte aufzustehen.

»Es interessiert mich in der Tat sehr, warum Ihr hier seid«, plauderte Gabriel und reichte ihr seine Hand. »Vergeßt nicht, was Ihr mir versprochen habt. Unser Tischgespräch wird aufschlußreich werden. Aber nun genug davon. Versucht erst einmal, Euch aufrecht zu halten. Nehmt meinen Arm, Ihr seid ganz bleich und bedürft einer Stütze.«

Isabelle wagte einige Schritte und begann sich an seiner Seite langsam zu entspannen. Sie blickte an sich hinunter und stellte fest, daß ihre Reitkleidung ziemlich schäbig wirkte; sie hatte sich seit Tagen nicht umgezogen. Unverzüglich kehrte eine gesunde weibliche Eitelkeit zurück. »Wie sehe ich nur aus«, hauchte sie und fuhr sich mit der Hand durch ihr aufgelöstes Haar.

»Ihr seid wunderschön«, Gabriel musterte sie mit einem seltsam ernsten, tiefen Blick. Es war ihre Natürlichkeit, die so anders war und ihn faszinierte. Nach einer Weile verwandelte er sich wieder in den galanten Gastgeber und sagte zuvorkommend: »Selbstverständlich ist vor dem Essen noch Zeit genug, damit Ihr Euch ein wenig frischmachen könnt. Wo befindet sich Euer Gepäck?«

»Ich habe es mitsamt meinem Pferd im Mietstall gelassen. Ich glaube, der liegt in der Nähe der Mühle.«

»Mein Bursche wird beides unverzüglich ins Schloß bringen«, versprach er. »Was machen wir aber bis dahin mit Euch? Ich könnte Euch ein Hemd und einen Hausmantel aus meiner Garderobe anbieten, aber ich weiß nicht recht, ob das opportun ist. Vielleicht hilft Euch ja schon ein wenig Wasser. In der ersten Etage befinden sich die Badezimmer der …« Plötzlich unterbrach er sich, schwieg einen

Moment verlegen und fügte dann in verändertem Tonfall hinzu: »Oben sind die Räume meiner verstorbenen Gemahlin. Ihr könnt Euch dort frei bewegen, wenn Ihr möchtet.«

Isabelle schüttelte den Kopf. »Wo sind Eure Gemächer?«

»Hier unten im Parterre. Es ist viel praktischer, wenn man alles, was man braucht, auf einer Ebene vorfindet. Aber es ist die Bequemlichkeit eines Ritters, nicht die einer Dame.«

Sie lächelte zu ihm auf. »Das genügt mir.«

Auf dem Weg zu seinen privaten Räumen führte er sie zunächst durch die angrenzenden Säle. Es war der Haushalt eines alleinstehenden Mannes, der zwar von reichlich Personal versorgt wurde, aber karger wirkte ohne die Hand einer liebenden Frau. Auch schien das häufig überzogene Kunstverständnis manch anderer Höflinge zu fehlen. Die Montgommerys hatten beim Bau und der späteren Renovierung des Anwesens offenbar mehr Wert auf eine eindrucksvolle Architektur gelegt als auf mobile Schätze. Das Treppenhaus allein war ein Kunstwerk für sich, auf das Gabriel sie stolz hinwies. Doch trotz des ansonsten spartanischen Stils mangelte es nicht an üppigen Dekorationen, in denen leuchtendes Blau und Gold vorherrschten, gelegentlich durchsetzt von kräftigem Rot. Verwundert hörte sie, daß es sich dabei um die Farben seiner Familie handelte, die sie nie zuvor wahrgenommen hatte, da er sich üblicherweise in das triste Schwarzweiß des Königs kleidete. Auch gab es nicht nur Hinweise auf die Kampfeslust derer von Montgommery: Die Kassettendecke des Speisesaals war mit entzückenden Bildern von Venus und Amor ausgeschmückt.

»Wie schön!« entfuhr es ihr, als sie die Darstellungen betrachtete. »Ich hatte schon befürchtet, die Einrichtung Eures Hauses bestehe nur aus Hinweisen auf die Kampfeslust Eurer Vorfahren. Offen gestanden, Venus und Amor gefallen mir besser als Mars und Minerva.«

»Ihr habt recht, auch der König hat derzeit genug vom Krieg«, Gabriel lächelte sie an. »Aber ich muß Euch enttäuschen, selbst zu diesem Deckenfresko fällt mir ein kämpferisches Zitat ein. In der Gedichtsammlung *Amores* heißt es ...«

»*Die Liebe ist eine Art Kriegsdienst*«, zitierte Isabelle unverblümt.

»Oh!« Er sah sie mit einer Mischung aus Verwunderung und Verehrung an. Seine Mundwinkel zuckten, und er öffnete die Lippen, um tief durchzuatmen, bevor er mit heiserer Stimme feststellte: »Ihr habt also Ovid gelesen. Was für eine bemerkenswerte Frau Ihr doch seid, Isabelle de Valmy.«

Sein Blick war blankes Begehren, und Isabelle wußte, daß sie jetzt schicklich die Lider senken sollte. Aber sie wußte auch um die eigenen Sehnsüchte und daß das Schicksal in dem Moment entschieden hatte, als sie einander beim Sonnenuntergang begegnet waren. Sein Hinweis auf Ovids Epos mochte im ersten Moment völlig harmlos gemeint sein, ihre Kenntnis der Texte veränderte die Situation jedoch ganz erheblich, denn dabei handelte es sich um freizügige Verse, in denen es um Eroberung, Erotik und Zärtlichkeit ging. Es war ein Stück, das einen Mann in den Geheimnissen der Liebeskunst unterwies, und dazu angetan, einem anständigen jungen Mädchen die Schamesröte ins Gesicht zu treiben. Doch Isabelle war eine erwachsene Frau und ohne Scheu, auch wenn ihre Erfahrung in Liebesdingen mehr aus Gedichten stammte als aus eigener Anschauung; stumm hielt sie seinem Blick stand.

Er wagte nicht gleich, ihren Ausdruck als Einverständnis zu deuten. In einer zärtlichen Geste hob er die Hand, um mit den Fingerspitzen sanft über ihre Wange und ihren

Hals hinabzustreichen. Als sei sie zufällig dorthin gelangt, ließ er seine Hand auf ihrer Schulter ruhen.

»Ich bin nicht mehr Herr meines Tuns«, flüsterte er und legte den freien Arm um sie. »Doch ich habe große Angst.«

Sie spürte seinen heißen Atem auf ihrem Gesicht. »Wovor?« fragte sie leise.

»Davor, daß Ihr *nein* sagen könntet«, raunte er.

Im ersten Moment schwankte sie tatsächlich. Sie fühlte sich noch immer ein wenig elend, und sie wußte, daß sie schmutzig und verschwitzt war. In ihrem aufgelösten Zustand empfand sie sich selbst als wenig anziehend. Doch Gabriels Hand glitt von ihrer Schulter und umfaßte ihre Brust, er drückte seine Hüften gegen ihren Körper, und seine Lippen suchten ihren Mund. Seine Leidenschaft raubte ihr den Verstand. Plötzlich gab es keine vernünftigen Handlungen mehr, es gab nichts anderes als einen Mann und eine Frau, die endlich die Erfüllung fanden, nach der sie verzweifelt begehrten. Als sie ihm in sein Schlafgemach folgte, gab es keinen Zweifel mehr. Zärtlichkeit mischte sich mit Wollust, Gier mit Befriedigung.

In dieser Nacht stillte keiner der beiden seinen Hunger an der reich gedeckten Tafel unter den zauberhaften Bildern von Venus und Amor, und ihr Liebesspiel war intensiver, als je ein Dichter es zuvor beschrieben hatte.

33

Sie hatten drei Tage und drei Nächte. Diese Zeit hielt Gabriel für eine angemessene Dauer, die er vor dem König vertreten konnte; auch würde Isabelles Abwesenheit von Anet binnen zweiundsiebzig Stunden nicht allzusehr ins Gewicht fallen. Jede Verlängerung konnte allerdings als Befehlsverweigerung ausgelegt werden und zu erheblichen

Schwierigkeiten führen. Deshalb versuchten die beiden, die gemeinsamen Stunden so erfüllt wie möglich zu gestalten, ihre Liebe zu leben und nicht an morgen zu denken. Denn Isabelle bestand nach wie vor darauf, ihre Romanze vor der Hofgesellschaft geheimzuhalten.

»Ich kann es mir nicht erlauben, Madame de Poitiers gegen mich aufzubringen«, erklärte sie bereits am ersten Morgen, als sie neben dem Geliebten am Fluß entlangspazierte. »Stellt Euch vor, was geschehen würde, wenn sie mich aus ihren Diensten entließe? Es wäre nicht auszudenken!«

Er nickte. Natürlich wäre eine Suspendierung nicht nur das Ende von Isabelles Karriere bei Hofe, sie könnte sich in Paris nirgendwo mehr sehen lassen. Auch konnte er es sich schwerlich leisten, die Zukunft mit einer Frau ins Auge zu fassen, die als Ehrendame der geheimen Königin Frankreichs abserviert worden war. Dennoch insistierte er: »Man mag alles mögliche über Madame erzählen, nicht aber, daß sie verblendet ist. Ich kann mir nicht vorstellen, daß sie derart besessen von Mademoiselle de Rogers sein sollte. Marie ist nicht ihre Tochter, die sie aus politischen Gründen an den besten Mann bringen will. Außerdem ist meine Person zu unbedeutend, um Anlaß für höfische Intrigen zu bieten.«

»Ihr seid eine gute Partie«, gab Isabelle zurück. »Mademoiselle de Roger könnte sich glücklich schätzen, wenn sie die künftige Comtesse de Montgommery würde.«

Er nahm kurz ihre Hand und antwortete ernst: »Sie wird es aber nicht, Isabelle, niemals.« Dann lachte er verschmitzt auf. »Wie ist es eigentlich mit Euch? Stellen Euch keine Kavaliere nach, die über die Ehrendame von Madame Karriere bei Hofe machen möchten? Mir scheint, auch Ihr seid eine gute Partie.«

»Ich bin eine mittellose Witwe, vergeßt das nicht. Niemand stellt mir nach.« Flüchtig dachte sie an Nicholas, vertrieb ihn aber aus ihren Gedanken wie der Wind eine dunkle Wolke, die die Sonne bedeckt.

»Tatsächlich?« Er sah sie von der Seite nachdenklich an. »Seid Ihr das?«

Ihr stockte der Atem. »Was meint Ihr?«

Zum ersten Mal machte sich Gabriel klar, daß er möglicherweise einen Fehler beging. Vielleicht war es besser, mit dem Wissen um ein Geheimnis glücklich mit ihr zu sein, anstatt die Wahrheit zu erfahren. Aber er hatte keine Wahl. Nervös zupfte er eine verblühte Dolde von einem Holunderstrauch.

»Warum seid Ihr gekommen?« fragte er nach einer Weile, in der er zugesehen hatte, wie die Samen auf den weichen Wiesenboden rieselten. Er schaute wieder zu Isabelle auf: »Ihr seid mir eine Antwort schuldig.«

»Es ergab sich noch keine Gelegenheit für lange Reden.« Sie senkte den Kopf, um seinem skeptischen Blick auszuweichen. Ihr Verstand riet ihr, sich unverzüglich zurückzuziehen; ihr Herz wollte dem Mann, den sie liebte, vertrauen. Es war ein seltsamer Kompromiß, als sie sich sagte, daß er mit der absoluten Wahrheit wenig anfangen könnte – was sollte er schon mit diesem Wissen anderes tun, als sie anzuzeigen? Gabriel war kein Ignorant; wenn er sie aus Pflichtgefühl aufs Schafott brachte, würde er entsetzlich darunter leiden, vielleicht sogar ein Leben lang. Deshalb entschied sie sich für einen Ausweg, der auf gewisse Weise sogar stimmte: »Wenn Ihr es unbedingt wissen müßt: Ich bin gekommen, um in die Zukunft zu sehen. Ich wollte wissen, was sie bringt.« Ebenso wie die Königin, fügte sie in Gedanken hinzu.

Er stellte ihre Behauptung nicht in Frage. »Was habt Ihr gesehen?« wollte er wissen.

»Daß ich meinen Weg unbeirrt weitergehen muß.«

Er nickte verständnisvoll und erkundigte sich: »Wohin führt dieser Weg, Isabelle?«

»Das habt Ihr doch gesehen: direkt in Eure Arme«, lachte sie, erleichtert, weil sie sich mit dieser zärtlichen Bemerkung auf etwas weniger glattem Terrain bewegte. »Im übrigen«, fügte sie fröhlich hinzu, dankbar, daß ihr dieser Einfall im scheinbar richtigen Moment kam: »Was tut *Ihr* hier?«

»Liebste, habt Ihr vergessen, daß dies *mein* Land ist?« Mit einer umfassenden Geste unterstrich er seine Bemerkung.

»Nein, natürlich nicht. Ich dachte nur ... ich meine, ich wähnte Euch in Paris oder sonstwo an der Seite des Königs, ganz sicher aber nicht auf einem Heimaturlaub.«

»Dann seid Ihr hierhergekommen in der Annahme, mich nicht anzutreffen«, resümierte er verblüfft. »Jetzt verstehe ich, warum Ihr in Ohnmacht gesunken seid, als Ihr meiner ansichtig wurdet. Du lieber Himmel, welcher Irrglaube brachte Euch auf diesen Weg? Was ist das für ein Horoskop, das Ihr Euch in meiner Abwesenheit auf meinem Anwesen erhofftet?«

Sie neigte ihr Gesicht ihm zu, lächelte ihn an und erklärte leise: »Es ist die Antwort auf die Frage, ob ich Euch widerstehen oder mich Euch hingeben sollte.«

»Das Schicksal ist uns gewogen«, stellte er zufrieden fest und schloß sie in seine Arme.

Im Laufe dieses ersten gemeinsamen Tages zeigte er ihr seine Welt. Im strahlenden Sonnenlicht eines herrlichen Frühlingstages erkundeten sie hoch zu Roß das Anwesen derer von Montgommery, die endlosen Ebenen, auf denen Milchkühe weideten, die Obstplantagen und die Mosterei, die umliegenden Wälder und die Dörfer. Gabriel war sehr stolz auf seinen Besitz und schmückte die Besichtigungen mit bunten Geschichten dieser Gegend aus, von den

Wikingern etwa, die in der Normandie eine Piratenhöhle gesehen hatten, und von Richard Löwenherz, der hier um sein Erbe gekämpft hatte. Es waren Mythen und historische Tatsachen, die Gabriel ihr präsentierte wie ein Blumenbouquet, und Isabelle hing an seinen Lippen wie einst an denen ihrer Kinderfrau, als diese die gleichen Legenden in andere Worte gefaßt hatte. Sie hätte ihm niemals verraten, daß sie seine Erzählungen schon kannte – nicht, um die eigene Herkunft zu verschleiern, sondern weil sie ihn nicht enttäuschen wollte. Sie genoß ihre Zweisamkeit mehr, als sie es für möglich gehalten hatte. Diane und den König ausgenommen, hatte sie nie zuvor ein Paar erlebt, das eine derartige Einheit zu bilden schien: Wenn sie sich und Gabriel von außen betrachtete, so kam sie sich vor wie sein Zwilling, denn sie schienen beide zu fühlen wie der jeweils andere, den gleichen Gedanken nachzuhängen und, ohne nachzudenken, die Richtung einzuschlagen, die der andere im selben Moment wählte. Sie waren einander vertraut und im Einklang, ohne die Neugier auf das Abenteuer einer großen Liebe zu verlieren.

Den Ausflug ans Meer hoben sie sich für den nächsten Morgen auf, wenn die Gezeiten einen Spaziergang durch die Salzmarsch zuließen. »Ich möchte Euch die Wege zeigen, die ich als Junge gewandert bin«, erklärte Gabriel – und sie wollte nichts lieber als ihm folgen. Also kehrten sie von ihrem Ausritt zurück und widmeten sich einem frühen Abendessen, bei dem sie die Ereignisse des Tages besprachen. Später, als sie vor dem beeindruckenden Kamin im Empfangsraum saßen und heißen Apfelwein tranken, erzählte er ihr die Geschichte seiner Familie, die bereits vor der Jahrtausendwende erstmals urkundlich erwähnt worden war. Er schilderte den Lebensweg des Normannenkönigs William, der England erobert hatte, und in seinem Gefolge von Roger II. de Montgommery begleitet worden war, der die Familientradition über den Kanal brachte. »Ein gewisser Robert de Montgommery wurde in Schottland seßhaft, und die Familie blieb dort, bis vor rund einhundert Jahren einer seiner Nachfahren wegen der Heirat mit einer französischen Adeligen zurück nach Calvados kam«, schloß Gabriel seinen Bericht. »Ihr seht also, liebste Isabelle, ich habe nicht zufällig die Ehre, die Leibgarde des Königs zu befehligen – in mir fließt echtes schottisches Blut.«

»Ich bin beeindruckt«, gab sie schmunzelnd zurück und kuschelte sich in seinen Arm, den er um ihre Schultern gelegt hatte.

»Nun aber seid Ihr mir die Geschichte Eurer Familie schuldig«, befand Gabriel. Er gab sich leutselig, hielt aber insgeheim den Atem an.

»Der Marquis de Valmy stammt aus dem gleichnamigen Ort. Dieser ist zwischen Nancy und Reims gelegen und ...«

»Haltet ein, Isabelle.« Gabriel umklammerte sie ein wenig fester, als fürchte er ihre Flucht. »Ich meinte die Geschichte *Eurer* Familie, nicht die Eures Gemahls. Wie ist eigentlich der Name Eures Vaters?«

Es war eine selbstverständliche Frage, doch ließ sie Isabelle kalte Schauer über den Rücken jagen. Sie wußte, daß sie ihm eine Antwort geben mußte. Wahrscheinlich würde sie sich sogar verdächtiger machen, wenn sie ihre Herkunft verschwieg. Sie hätte auch eine Familie erfinden können, wie sie schon häufig zu Notlügen gegriffen hatte, wenn sie danach gefragt wurde. Doch erschien es ihr angesichts der wundervollen Nähe zu ihm als die schlimmste Täuschung, die sie je vollbracht hätte. Wenn sie Gabriel nun die Wahrheit sagte, würde diese sie wahrscheinlich entzweien und beide unglücklich machen. Sie legte ihren Kopf an seine Schulter und zermarterte sich das Hirn, was sie sagen sollte.

Das Schicksal kam ihr in Form eines Dieners zu Hilfe. Er verneigte sich tief vor seinem Herrn, der Isabelle unverzüglich losließ und sanft von sich schob.

»Chevalier, ich bitte untertänigst um Entschuldigung für die Störung. Der Stallknecht wartet draußen. Er ist gekommen, um Euch Mitteilung darüber zu machen, daß die Stute Cetra wohl in der nächsten Stunde ihr Fohlen gebären wird.«

Ein Strahlen, das Isabelles Herz erwärmte, zog über das Gesicht ihres Geliebten. »Danke«, sagte er knapp. »Ich komme sofort.« Nachdem der Page mit einer weiteren Verbeugung den Rückzug angetreten hatte, wandte sich Gabriel an Isabelle: »Die Stute wurde von einem Hengst aus den Stallungen des Königs gedeckt, ihr Fohlen ist also etwas ganz Besonderes. Ich lasse Euch ungern allein, aber ich möchte die Geburt unbedingt miterleben.«

»Darf ich zuschauen?«

»Gerne, wenn Ihr mir versprecht, nicht in Ohnmacht zu fallen«, lachte er. »Aber das ist bei einer Frau wie Euch wahrscheinlich ohnehin nicht zu befürchten.«

Hand in Hand gingen sie zu den Stallungen. Es bereitete ihm große Freude, Isabelle bei sich zu wissen, und er machte keinen Hehl daraus. Der große Verschlag, in dem die Stute ihren königlichen Nachwuchs zur Welt bringen sollte, war hell mit Fackeln erleuchtet. Ein Pferdepfleger und der Mann, den Isabelle bereits als Stallmeister kennengelernt hatte, kümmerten sich um das Muttertier, das sich bereits für die Geburt auf die dicke Strohmatte gelegt hatte.

Gabriel zog sein Wams aus und reichte es Isabelle, krempelte die Ärmel seines Hemdes auf und kniete sich nieder. Mit wenigen Worten wies er den Knecht an, zu überprüfen, ob sich bereits Milchtropfen an den Zitzen gebildet hätten. Als dieser nickte, murmelte er: »Dann kann es ja nicht mehr lange dauern ...«

Isabelle stand stumm am Rand, glücklich, in seiner Nähe zu sein und ihn zu beobachten, wie er half, den kleinen Vollblüter auf die Welt zu holen. Als Kind hatte sie auf dem Gut ihres Vaters die Geburt eines Fohlens erlebt; es war ihr damals wie ein Mysterium erschienen, bei dem sie allerdings nur heimlich hatte dabeisein dürfen, weil ihre Kinderfrau Angst vor einer Ohnmacht gehabt hatte. Doch Isabelle hatte sich damals besser geschlagen als ihre Brüder, und auch heute stand sie das ebenso ungewöhnliche wie ergreifende Erlebnis mit Bravour durch.

Während sie beobachtete, wie die Männer den Atem anhielten, als die in eine weißliche Schleimmasse eingehüllten Vorderhufe erschienen, dachte sie flüchtig an Marie de Roger. Wie eifersüchtig sie in Écouen gewesen war! Die Geburt der Welpen im königlichen Zwinger und Maries und Gabriels scheinbare Innigkeit waren erst wenige Wochen her; wenn sie nur damals geahnt hätte, wieviel näher sie dem Mann ihres Herzens kommen sollte. Jetzt erfüllte sie an Gabriels Seite ein Glücksgefühl, das alle Tränen vergessen machte, die sie seinetwegen und auch um ihrer selbst willen und der verloren geglaubten Liebe geweint hatte.

Die Stute litt offensichtlich Qualen. Gabriel sprach mit sanfter Stimme auf sie ein, beruhigende Worte ohne Sinn, aber ihre Ohren bewegten sich, als würde sie ihn verstehen. Für einen kurzen Moment sah er auf und begegnete Isabelles Augen. Sie lächelte, und er lächelte zurück, zwei Menschen, die sich einig waren.

Ich liebe dich, fuhr es Isabelle durch den Kopf, aber sie sagte es nicht. Sie würde auf eine andere Gelegenheit warten, um ihre Gefühle in Worte zu fassen.

Gabriel wandte sich ab, da Kopf und Brust des kleinen Pferdchens auftauchten. Noch bevor die Hinterbeine heraus waren, schnappte das Kleine nach Luft. Der Stallmeister nickte dem Comte erleichtert zu und bekreuzigte sich. Kurz darauf lag der Nachwuchs ermattet und naß neben seiner ebenfalls erschöpft ruhenden Mutter im Stroh. Nur die pulsierende Nabelschnur verband die beiden noch.

»Geschafft!« verkündete Gabriel und richtete sich auf. Die Hände höchst unelegant an seiner Hose abwischend, trat er neben Isabelle. »Da Ihr seine Patin seid, solltet Ihr unserem Fohlen einen Namen geben. Es ist das Erstgeborene von Cetra, deshalb müßt Ihr einen Namen auswählen, der mit dem Buchstaben A beginnt.«

Die Freude über seinen Vorschlag zauberte einen rosa Schleier auf ihre Wangen. »Stute oder Hengst?« fragte sie.

Als wollte das kleine Pferd eine Antwort geben, hob es den Kopf und wieherte leise.

»Nun, Georges, was haben wir da auf die Welt geholt?«

»Einen würdigen Erstgeborenen, Chevalier, einen Hengst.«

Isabelle dachte eine Weile nach, dann sagte sie: »Achilleus. Der Kleine soll Achilleus heißen, nach dem schönsten, schnellsten und tapfersten Griechen vor Troja ...«

»Der Sohn eines Menschen und einer Göttin«, erwiderte Gabriel schmunzelnd. »Seine Ahnenreihe verläuft zwar genau umgekehrt, eine Mutter von niederem Adel und ein königlicher Vater, aber ich finde, Ihr habt eine gute Wahl getroffen. Auch paßt der Name zum Streitroß eines Ritters. Was mir allerdings weniger gefällt, ist die Geschichte von Achilleus' Ende. Ich hoffe nicht, daß unser Achilleus eines Tages vom Pfeil eines Feindes und Neiders getroffen wird.«

»Man sollte nicht immer an das Ende denken.«

Seine Finger umschlossen ihre Hand. »Nein. Das sollte man nicht.«

Dann standen sie schweigend neben dem Muttertier und seinem Kind und sahen zu, wie die Stute ihren Kleinen zu beschnüffeln und schließlich abzulecken begann, unterstützt vom Stallmeister und dem Knecht, die das Pferdchen mit Stroh abrieben.

Es dauerte noch zwei Stunden, bis die Stute endlich aufstand und dadurch die Nabelschnur zum Reißen brachte. Isabelles Knie waren inzwischen weich geworden, ihr Kreuz schmerzte, und Müdigkeit senkte sich über sie, doch um nichts in der Welt hätte sie jetzt schlafen wollen. Sie hielt sich tapfer, und es dauerte eine Weile, bis Gabriel bemerkte, daß sie sich kaum noch aufrecht halten konnte. Da führte er sie zu der Futterkiste neben dem Verschlag, griff sich eine nach Heu riechende Decke und legte sie ihr um die Schultern.

»Ihr müßt nur noch den Augenblick abwarten, in dem unser kleiner Achilleus zum ersten Mal auf seinen eigenen Beinen steht«, sagte er. »Erst dann hat sich die Warterei gelohnt.«

Er hatte recht. Isabelle wußte darum und faßte sich in Geduld. Da er sich erwartungsfroh neben sie gesetzt hatte, spürte sie die Wärme seines Körpers, sie sog seinen intensiven Duft in sich auf, und wie zufällig berührten sich ab und an ihre Hände. Die Fackeln brannten langsam herunter, während der Knecht damit beschäftigt war, frisches Stroh auszulegen.

Langsam versuchte das Fohlen sich aufzurichten. Zuerst schaffte es das nur mit den Vorderbeinen und saß etwas ratlos auf seinem Hinterteil wie ein kleiner Hund. Schließlich kam auch die Hinterhand hoch, brach jedoch gleich wieder ein.

Vor den kleinen, vom heißen Atem von Mensch und Tier beschlagenen Fenstern löste sich die Nacht auf. Der Morgen graute, als der kleine Hengst endlich auf seinen vier Beinen stand und begeistert an den Zitzen seiner Mutter trank.

Es war ein Augenblick schier unfaßbaren Glücks, die vollendete Geburt eines neuen Lebens, ein Erlebnis, das für immer eine Verbindung zwischen Isabelle und Gabriel darstellen würde.

»Mein Familienname lautet Bohier«, flüsterte sie unvermittelt. »Ich heiße Isabelle Bohier.«

34

Gabriel senkte stumm den Kopf. Das Geschenk, welches ihm Isabelle mit dieser Eröffnung machte, überstieg sein Fassungsvermögen. Beaujeu hatte also recht, doch Isabelle konnte nicht ahnen, daß er nun ihr vollständiges Geheimnis kannte. Allein ihr Name genügte für den enormen Vertrauensbeweis. Sein Wissen, gepaart mit seinem Eid, verpflichtete ihn eigentlich zum Handeln. Von Rechts wegen hätte er sie unverzüglich der Inquisition übergeben müssen. Verzweifelt und in seinen widersprüchlichen Gefühlen gefangen, ließ er einige Minuten verstreichen, in denen er sich den Kopf über die Zukunft zermarterte. Er brauchte Zeit, um Isabelles Geschichte zu verarbeiten, mit der er zwar gerechnet hatte, die ihn in ihrer Realität allerdings wie ein Keulenschlag traf.

Endlich kam Leben in ihn. Er nahm ihre Hand und führte sie an seine Lippen. »Ich liebe dich, Isabelle Bohier«, sagte er leise. Dann stand er auf und zog sie mit sich. »Es ist Zeit, schlafen zu gehen.«

Sie warfen beide einen letzten Blick auf die Stute und ihr inzwischen recht wackeres Fohlen, das neugierig sein Zuhause inspizierte und sogar mit einem Nasenstüber der Mutter hin und wieder zur Ordnung gerufen werden mußte. Der Knecht mistete inzwischen einen anderen Verschlag aus, und der Stallmeister machte sich an den Futtertrögen zu schaffen. Für Gabriels Diener hatte ein neuer Arbeitstag begonnen.

Arm in Arm unter dem milchigen Himmelsgewölbe einherschreitend, eingehüllt in die seidene Luft einer milden Frühlingsbrise, beschlossen Isabelle und Gabriel die Ereignisse des vergangenen Tages. Schweigend kehrten sie in seine Gemächer zurück und versanken, eng aneinandergeschmiegt, sofort in einen tiefen Schlaf.

Von Isabelles Herkunft sprachen sie nicht mehr. Sie wunderte sich zwar ein wenig, wie scheinbar gelassen und ohne jegliche Nachfrage er auf ihre Offenbarung reagiert hatte, aber eine vage Ahnung beschlich sie, und sie entschied, die Sache vorläufig auf sich beruhen zu lassen. Wenn sie sich auch noch Gedanken darüber machen müßte, welches Mitglied der Hofgesellschaft um ihre Pläne wußte und sie verraten haben könnte, würde sie wahrscheinlich dem Wahnsinn verfallen. Sie unterließ es sogar, ihn nach seinem Glauben zu fragen, und trug an seiner Seite weiterhin die Maske der gläubigen Katholikin, die gemeinsam mit ihm andächtig der Messe lauschte. Auf diese Weise wurde ihr Zusammensein wieder zu einem Versteckspiel, ihre Innigkeit zu einer Farce – und Isabelle haßte sich dafür, daß ihre Gefühle in einem unbedachten Augenblick jede Vorsicht besiegt hatten.

Dennoch verbrachten sie zwei weitere wunderschöne Tage miteinander. Sie machten den versprochenen Ausflug ans Meer, spazierten bei Ebbe über die Salzmarsch, sprangen über winzige Strudel und sammelten seltene Muscheln. Als die Flut kam, zeigte ihr Gabriel eine einsame Bucht, wo sie sich entkleideten und anschließend die tosende Gischt auf ihren Körpern spürten. Das Wasser war kalt, aber er wärmte sie nach ihrem Bad mit seiner Liebe. Isabelle glaubte, daß der Vollzug des Aktes unter freiem Himmel eine noch größere Sünde sei, aber es war zu schön, um nicht von dieser Verheißung zu kosten. Sie lebten in ihrem eigenen Paradies, wohl wissend um die Vertreibung daraus.

Am nächsten Morgen brachten dunkle Wolken Regen von den britischen Inseln. Sie blieben daraufhin in seinen Gemächern, verbrachten Stunden in der Bibliothek und damit, sich gegenseitig vorzulesen und über die antiken Dichter zu diskutieren. Dann liefen sie, geschützt von weiten Mänteln, zu den Stallungen, um Achilleus und seine Mutter zu besuchen. Isabelle versuchte, so viele Eindrücke wie möglich mit sich zu nehmen, als könnte sie voraussehen, daß sie niemals mehr hierher zurückkehren würde. Dabei ließ Gabriels Haltung darauf schließen, daß dies nicht ihr letzter Besuch im Schloß von Ducey war, und sie stimmte ihm mit einem stummen Lächeln, einer zärtlichen Berührung und einem Blick zu. In Worte faßten sie ihre Zukunft allerdings nicht, sprachen auch nicht über Diane oder Marie. In stillem Einvernehmen legten sie ihr Schicksal in die Hände einer höheren Macht.

In ihrer letzten Nacht taten sie kein Auge zu. Die ihnen verbliebene Zeit war zu kostbar, um sie mit Schlaf zu vertun. Sie liebten sich, redeten über dies und das, sogen den Duft und die Nähe des anderen in sich auf, liebten sich wieder. Als es Zeit zum Abschiednehmen wurde, hatten beide Tränen in den Augen.

»Es ist lachhaft«, behauptete Gabriel, ohne sonderlich belustigt zu sein, »wir tun, als würden wir uns nie wiedersehen. Dabei werde ich im Gefolge des Königs sein, wenn er zu Madame nach Anet kommt. Es wird also nicht sehr lange dauern, liebste Isabelle, und ich kann Euch wieder in meine Arme schließen.« Doch wußte er ebenso wie sie, daß eine Begegnung im Kreise der Hofgesellschaft von anderer Qualität war.

Die günstige geographische Lage des Palastes derer von Brézé, des Erbes von Dianes verstorbenem Ehemann, ermöglichte es Gabriel und Isabelle, gemeinsam bis fast vor die imposanten Tore von Anet zu reiten. In dem Marktflecken Ivry trennten sich ihre Wege, er würde über Saint-Germain-en-Laye nach Paris zurückkehren, während sie in Anet endlich alle Vorbereitungen für die Ankunft der Hausherrin treffen würde. Noch berauscht von den gemeinsamen Tagen und Nächten und gleichsam schmerzlich berührt durch ihre Trennung, sah Isabelle kaum die wundervolle Arbeit Benvenuto Cellinis, der Diana als liegende Göttin in Bronze gegossen über dem Eingangsportal dargestellt hatte. Auch den röhrenden Hirsch, der eine Art Türglocke war, nahm sie nicht wahr. Wie benommen hielt sie Einzug und schien erst aufzuwachen, als der Majordomus mit wehendem Haar und hektischen roten Flecken auf den Wangen stolpernd auf sie zugehastet kam.

»Gott sei Dank, daß Ihr endlich da seid«, rief er aus und bekreuzigte sich. »Es gibt neue Nachrichten aus Paris. Die Dinge entwickeln sich so rasch, da kann man kaum Schritt halten ...«

Diese Bemerkung, die von seinem unbeholfenen Lauf untermauert wurde, zauberte ein Lächeln auf Isabelles Miene. »Sprecht«, forderte sie ihn hoheitsvoll auf. Mit diesem einzigen Wort hielt sie wie selbstverständlich in das hierarchisch fest verankerte Gefüge in Dianes Haushalt Einzug. »Was gibt es für Neuigkeiten?«

»Admiral Cologny ist aus spanischer Gefangenschaft befreit«, verkündete der Diener und schlug noch einmal das Kreuz. »Allen Heiligen sei Dank dafür«, setzte er hinzu, um anschließend die wichtigsten Patrone der Gefangenen aufzuzählen: »Walter von Rebais, Germanus von Paris und vor allem Martin von Tours ... Seht Ihr nicht auch, Madame de Valmy, daß dieser Heilige seinen schützenden Mantel über den Admiral gelegt hat?«

»Ja, wahrscheinlich«, stimmte Isabelle desinteressiert zu.

»Ist die erfreuliche Heimkehr des Admirals Gaspard de Coligny die einzige wichtige Nachricht, die Ihr mir überbringen sollt?«

»Bereits gestern traf ein Bote aus Paris ein, um zu berichten, daß der Hof inzwischen in das Schloß von Saint-Germain-en-Laye gezogen sei und Madame beabsichtigt, so rasch als möglich nach Anet zu kommen. Es ist ein Fest geplant, Madame de Valmy, ein großes Fest zu Ehren des Admirals. Hier habt Ihr ein Schreiben, welches Madame unserem Haushalt zukommen ließ und in dem sie erste Anweisungen erteilt.«

Isabelle verstand sofort, was die Information für sie bedeutete. Bis zu Dianes Ankunft – und sicher darüber hinaus – würde sie alle Hände voll zu tun haben. Ein Umstand, der ihr entgegenkam, denn er lenkte sie von der bereits jetzt in ihrem Herzen stechenden Sehnsucht nach Gabriel ab. Wie war es nur möglich, daß er ihr kaum eine Stunde nach ihrer Trennung dermaßen fehlte? Sie würde alle Arbeiten, die ihr aufgetragen worden waren, mit verbissenem Eifer erledigen und beten, daß die Zeit bis zu ihrem Wiedersehen wie im Fluge verging.

35

Chenonceau war Dianes geschmackvolle Wohnstatt, Anet ihr Herrschaftssitz. Es war der prunkvollste Renaissancepalast in Frankreich mit einem Ambiente, wie für eine Königin geschaffen. Der hufeisenförmig angelegte Gebäudekomplex erinnerte Isabelle stark an Écouen, lehnte sich aber auch an die Pläne für die Umbauten des Louvre an, was wohl ein Zeichen für die gehobene Stellung die Favoritin war. Torbögen, Terrassen und Säulengänge prägten das Bild, und es gab einen Hinweis auf den Aberglauben des

Architekten, der eigentlich besser zu einem Heim Catherine de Medicis' gepaßt hätte: Keines der Fenster lag einem anderen direkt gegenüber, um dem Betrachter einen Blick auf die Melancholie eines dunklen Fensters auf der anderen Seite zu ersparen. An diesem Abend brauchte allerdings niemand darum zu fürchten, denn es brannten Tausende von Kerzen und Fackeln in den Gemächern und Kabinetten, vor allem im großen Festsaal, der zu Ehren von Admiral Coligny mit Blumen in seinen Wappenfarben – Rot und Weiß – dekoriert worden war.

Die Heimkehr des berühmten Feldherrn geschah – wie von Diane und dem König beabsichtigt – etwa zeitgleich mit dem Abschluß der diplomatischen Verhandlungen über den Friedensvertrag mit Spanien. Die Unterschrift auf den Dokumenten erfolgte durch die Gesandten von Henri und Philipp in dem nahe der Grenze zu den Spanischen Niederlanden gelegenen Ort Cateau-Cambrésis. Ein recht unspektakuläres Ereignis, welches erst im Juli durch die Heirat des spanischen Königs mit Henris Tochter bekräftigt und gefeiert werden sollte. Allerdings schwiegen auch unter den Gästen in Anet noch immer nicht die Stimmen, die diesen Vertrag für einen Fehler hielten.

»Frankreich verliert seine Vorherrschaft an Spanien und wird keine Rolle mehr in der europäischen Politik spielen«, hörte Isabelle den Herzog von Guise grimmig bemerken. Er stand, in eine Unterhaltung vertieft, auf einer der Balustraden und blickte mit düsterer Miene in den erleuchteten Innenhof. »Unser König gab alles auf, was die Geschichte unserem Land geschenkt hat.«

»Gerade Ihr solltet das anders sehen«, widersprach Jacques d'Albon de Saint-André mit der für ihn typischen freundlichen Gelassenheit. »Entgegen dem ausdrücklichen Wunsch der englischen Königin wird Calais nunmehr bei Frankreich bleiben, was Euch als Eroberer der Stadt eigentlich milde stimmen müßte. Zudem wissen wir beide, daß Euer Bruder, der Kardinal, an der Ausarbeitung der Verträge beteiligt war und sich auf diese Weise die Pfründe des Bistums Metz sicherte …«

»Lothringen ist das Erbe unseres Vaters …«

»… das Ihr erst im Krieg gegen Spanien erobern mußtet«, vollendete der andere trocken. »Ich verstehe wirklich nicht, warum Ihr Euch so aufregt. Der Profit liegt eindeutig in den Händen der Familie Guise.«

»Ach was! Den einzigen Gewinn, der mit dem Friedensvertrag einhergeht, wird Madame erzielen – und das sieht ihr wieder einmal ähnlich.«

Isabelle versuchte sich im Schutz der Terrassentür so unsichtbar wie möglich zu machen, um das Gespräch weiterverfolgen zu können. Sie war zufällig vorbeigekommen auf der Suche nach Marie, die bei der Kostümprobe für das Theaterstück gefehlt hatte, das um Mitternacht aufgeführt werden sollte. Marie spielte eine der weiblichen Hauptrollen in der heutigen Inszenierung des *Chanson de Roland*, und es erzürnte Isabelle, daß die andere Ehrendame so wenig Pflichtgefühl und Disziplin aufbrachte, pünktlich zur Stelle zu sein. Immerhin handelte es sich um eine Vorstellung im Beisein des Königs. Aber wahrscheinlich war Marie wieder einmal vollauf damit beschäftigt, Gabriel nachzustellen. Seit Diane gemeinsam mit dem König und dessen Gefolge in Anet eingetroffen waren, mußte Isabelle der wachsenden Hingabe der anderen Ehrendame zuschauen. Zwar beobachtete sie diese Verehrung seit ihrem Aufenthalt in Ducey mit größerer Gelassenheit als zuvor, aber es störte sie, wie schamlos Marie dem Mann ihres Herzens den Hof machte. Gabriel zeigte sich Marie gegenüber von höflicher Liebenswürdigkeit, ließ aber deutlich Distanz walten, doch das junge Mädchen schien seine Freundlichkeit mißzuverstehen und gab nicht auf. Die Peinlichkeit der Situation zwang ihn, sich von Dianes Ehrendamen so weit wie möglich fernzuhalten, was zwangsläufig dazu führte, daß er auch Isabelle aus dem Weg gehen mußte. Er hatte ihr jedoch heute abend eine Nachricht zukommen lassen, die sie in ihrem Mieder und auf ihrem Herzen trug: Vor Morgengrauen, wenn der Ball beendet sein würde, wollte er bei der Schloßkapelle auf sie warten. Die Aussicht auf dieses ungestörte Wiedersehen ließ sie wie auf Wolken schweben; die Unterhaltung zwischen dem Herzog von Guise und Jacques de Saint-André brachte sie wieder auf den Boden zurück.

»Ich hörte, daß die Königin außer sich ist«, sagte Saint-André, »obwohl ich ihren Zorn nicht ganz nachvollziehen kann. Was ist schon die Grafschaft Crotone? Ein winziger Flecken auf der Sohle des italienischen Stiefels. Daß Madame dieses Magistrat in einer Zusatzerklärung des Friedensvertrages zugesprochen wurde, halte ich persönlich für nicht erwähnenswert.«

»Crotone war schon in der Antike ein reicher und bedeutender Ort«, behauptete der Herzog von Guise. »Es ist die Stadt des Pythagoras. Außerdem ist es die einzige noch verbliebene französische Provinz in Italien, und diese gehört nun ausgerechnet Madame. Ich für meinen Teil kann den Zorn der Königin sehr gut verstehen.«

Es hatten sich wesentliche Dinge in ihrer Abwesenheit zugetragen, stellte Isabelle in Gedanken fest. Der Herzog von Guise hatte recht: Wenn ein italienischer Landstrich, selbst der unbedeutendste Marktflecken – wenn also dieser Landstrich in Dianes Besitz überging, während Catherine als Königin auf alle Ansprüche in Florenz und der Toskana verzichten mußte, war dies die Fortsetzung des damals in Chaumont aufflammenden Krieges. Dem König mochte der Friedensvertrag nützlich erscheinen, um sichere Grenzen und freie Hand im Kampf gegen die französischen

Protestanten zu haben, tatsächlich jedoch schuf er sich damit einen Feldzug im eigenen Haus.

Nun brauchte sich Isabelle auch nicht mehr zu wundern, warum die Königin nicht nach Anet gekommen war. Um Gaspard de Coligny zu huldigen, hätte sie eigentlich hier sein müssen, offenbar aber konnte sie es nicht ertragen, unter dem Dach der Person zu weilen, die sie als Hauptschuldige für den Verlust ihrer Heimat betrachtete.

Wahrscheinlich würde sie Isabelle grollen, weil diese als Spionin versagt und sie nicht frühzeitig gewarnt hatte, denn es war anzunehmen, daß Isabelle die Neuigkeit aufgeschnappt hätte, so sie denn in Dianes Nähe gewesen wäre. Ich sollte der Königin einen Brief schreiben, fuhr es ihr durch den Kopf. Ich sollte irgend etwas tun, um sie meiner Vertrauenswürdigkeit zu versichern, damit ich etwas über ihre weiteren Pläne erfahre.

Bei Jacques de Saint-Andrés Bemerkung zuckte Isabelle zusammen. Als habe er ihre Gedanken erraten, sprach er: »Handelt, wie Ihr es für richtig haltet.« Er meinte aber natürlich den Herzog von Guise und fügte ernst hinzu: »Viel größere Sorgen sollten Euch die Gerüchte machen, die mich aus dem Umfeld Colignys erreichten. Möglicherweise habt Ihr selbst gehört, daß er sich in spanischer Gefangenschaft den Lutheranern zugewandt haben soll. Der Admiral des Königs ein Ketzer, das ist eigentlich unvorstellbar und der schlimmste Verrat.«

»Nein!« François de Guises Antwort war ein entsetzter Aufschrei. »Nein. Davon wußte ich nichts. Seid Ihr sicher?«

Das Kinn sank Isabelle herab. Unwillkürlich schnappte sie nach Luft. Saint-Andrés Information war unübertrefflich. Wenn die Protestanten tatsächlich einen so bedeutenden Glaubensbruder wie Gaspard de Coligny gewonnen hatten, war dies in gewisser Weise ein Sieg. Der Admiral würde seinen Schwager, den Konnetabel Montmorency, sicher bewegen können, auf den König Einfluß zu nehmen und das Edikt von Écouen zu entschärfen. Doch war diese Aussicht nicht viel zu herrlich, um wahr zu sein? Vielleicht handelte es sich bei Saint-Andrés Behauptung nur um den böswilligen Klatsch eines Intriganten, der am Hofe die lang verwaiste Stellung des Admirals eingenommen hatte und den unerwartet heimgekehrten Widersacher aus dem Wege räumen wollte? Der Herzog von Guise käme dafür zweifellos in Frage, aber der hüllte sich ja in Ahnungslosigkeit.

Musik klang aus dem Ballsaal. Das Orchester spielte einen Tusch, und Isabelle wurde sich bewußt, daß sie unverzüglich zurück zu den Vorbereitungen für die Theateraufführung mußte. Sie hatte die Zeit aus den Augen verloren – und, statt Marie zu finden, Geschichten aufgeschnappt, die für ihre Sache von unendlicher Bedeutung waren und sie eigentlich zum Handeln zwangen. Der Marquis de Valmy sollte so schnell wie möglich informiert werden, doch waren ihr im Moment die Hände gebunden. Sie wußte nicht, wie lange sie auf ihrem Lauschposten gestanden hatte, so daß sie gezwungen war, sich zurückzuziehen, bevor jemand nach ihr suchte und sie entdeckt wurde oder – noch schlimmer – das Theater ohne sie begann: was für eine Blamage mit dem König als Zuschauer! Ein Skandal und ihre Entlassung wären unweigerlich die Folgen.

Diane hatte zur Unterhaltung ihrer Gäste einige szenische Darstellungen aus dem *Chanson de Roland* gewählt. Nicht nur, weil es eines der berühmtesten und beliebtesten französischen Epen des Mittelalters war, sondern weil es eine Ode an das Rittertum darstellte und gleichzeitig den heldenhaften Kampf gegen Ungläubige und die Frage nach Krieg und Frieden thematisierte. Die Sage paßte also in jeder Beziehung zu der gegenwärtigen Lage. Einzig der fast ausschließlich männliche Inhalt und der brutale Tod Rolands auf dem Schlachtfeld entsprachen nicht so recht dem Anlaß der Aufführung, so daß Nicholas auf Dianes Veranlassung einige Änderungen vorgenommen und die alte Dramaturgie mit zwei moderneren Romanen aus Italien verwoben hatte, die sich mit dem Liebesleben des Helden befaßten. Marie spielte die wichtige Rolle der Chinesin Angelika, die Roland um den Verstand bringt, und Isabelle die kriegerische Bradamante, die nicht einmal vor Mord zurückschreckt, um eine Nebenbuhlerin aus dem Weg zu räumen; allerdings galt Bradamantes Zuneigung nicht dem legendären Roland, sondern seinem Waffenbruder Roger.

Als Isabelle mit wehenden Röcken in dem Kabinett erschien, das als Künstlergarderobe für die weiblichen Mitspieler diente, war Marie bereits zur Stelle. Mit vor Aufregung hochroten Wangen zupfte sie an dem hochgeschlossenen, halsnahen Ausschnitt des asiatisch anmutenden Gewandes, das sie mit Hilfe einer Zofe angelegt hatte. Sie sah bezaubernd aus, Isabelle war sich sicher, daß nicht nur der tapfere Roland bei ihrem Anblick um seinen Verstand ringen würde. Es beschlich sie die Hoffnung, daß die zauberhafte Marie in dieser Nacht einen Kavalier finden würde, der sie endlich von ihrer Passion für Gabriel befreite.

»Wo seid Ihr so lange gewesen?« hob Marie eifrig an, in Wirklichkeit desinteressiert an Isabelles Verbleib, denn sie fuhr ohne Atemholen fort: »Stellt Euch vor, der Dauphin fühlt sich unpäßlich und außerstande, aufzutreten. Es ist so schade, daß er die Rolle des Roland nicht spielen wird. Der Kronprinz ist wahrhaftig die einzig würdige Person, die den Neffen Charlemagnes gebührend darstellen kann. Wirklichen Ersatz kann es nicht geben ...«

Isabelle, die sich bereits an ihrer eigenen Garderobe zu schaffen machte, die im wesentlichen aus ihrer Reitkleidung und einer stilisierten Ritterrüstung bestand, hob überrascht die Augenbrauen. »Wird die Aufführung abgesagt?«

»Selbstverständlich nicht. Wie kommt Ihr darauf? Madame hat eine Zweitbesetzung gefunden. Er kann dem Dauphin wahrscheinlich nicht das Wasser reichen, aber ich finde es wunderbar, an seiner Seite zu spielen ...«

Isabelle beschlich eine Ahnung, die ihr die Kehle zuschnürte. »An wessen Seite werdet Ihr auftreten?«

»Oh ...« Marie lächelte schelmisch in sich hinein. »Hatte ich das noch nicht erwähnt? Comte de Montgommery war so freundlich, den Part zu übernehmen.«

Es kostete Isabelle reichlich Überwindung, das Gesicht zu wahren. Sie hielt Maries aufmerksamen Blicken stand. »Wie reizend von ihm«, stimmte sie freundlich zu. »Sicher ist der Chevalier eine vortreffliche Wahl. Seid Ihr darauf gekommen?«

Marie errötete noch ein wenig mehr. »Ihr unterstellt mir mehr Wissen um die Schauspielkunst und Einfluß auf den Hof, als ich besitze. Nein, es war Madame höchstpersönlich, die den Comte de Montgommery um seine Mitwirkung bat. Ein Kunstgriff, denn der vornehmsten Dame Frankreichs konnte er dieses Ansinnen natürlich nicht abschlagen.«

»Zögerte er denn?« Unwillkürlich fragte sich Isabelle, wie Gabriel sich als Bühnenliebhaber von Marie fühlen würde. War er geschmeichelt, den Dauphin ersetzen zu dürfen? Oder war er Dianes Kuppelei leid? Ihre Hände zitterten, als sie nach dem Helm griff, mit dem sie auftreten würde.

»Ich weiß es nicht«, behauptete Marie, »ich war bei dem Gespräch zwischen Madame und dem Chevalier nicht zugegen. Aber ich denke doch, daß er stolz auf die Ehre ist, die ihm zuteil wird. Außerdem ...«, sie legte eine Kunstpause ein, um mit gesenkter Stimme fortzufahren: »Außerdem ist er bestimmt überglücklich, an meiner Seite auf der Bühne stehen zu dürfen. Ich bin sicher, daß dies der gegebene Anlaß für ihn sein wird, sich mir vor versammelter Hofgesellschaft zu erklären.«

Der Helm fiel scheppernd zu Boden. »Ich wünsche Euch Glück«, murmelte Isabelle, während sie sich bückte. Dabei kreuzte sie die Finger.

Die Vorstellung wurde weit weniger leidenschaftlich, als Isabelle befürchtet und Marie erhofft hatte. Die wirkliche Dramatik lag auch nicht in den Liebesszenen zwischen Marie und dem Comte de Montgommery. Diese waren eher belustigend, denn Gabriel stellte sich unerwartet hölzern an. Zwar machte er gute Miene zum bösen Spiel, aber es war ihm anzusehen, wie unbehaglich er sich in seiner Rolle fühlte. Bald klang denn auch ein Ruf aus dem Kreis der Zuschauer: »Ihr seid kein guter Schauspieler, Montgommery, als Ritter macht Ihr eine bessere Figur.« Doch Henri II. klatschte in die Hände, drehte sich in die Richtung des Kritikers und rief: »Wohl denn, aber der König amüsiert sich«, woraufhin Applaus für Gabriel aufbrandete, der sich später mit deutlicher Absicht zum Narren machte und sehr erfolgreich damit war.

Marie ignorierte die Satire oder verstand sie nicht, denn sie ging mit einer Ernsthaftigkeit in der Figur der Angelika auf, daß Isabelle schon fast Mitleid mit ihr empfand. Das wäre allerdings nicht nötig gewesen, denn Marie wirkte in ihrer Hilflosigkeit ganz bezaubernd, und Isabelles Wunsch, ein anderer Kavalier möge sich in ihre Rivalin verlieben, ging durchaus in Erfüllung. Doch jene Ritter, die ein Auge auf Marie warfen, erkannten bald, welchen Mann aus ihrem

Kreise die junge Ehrendame zu erhören gewillt war, so daß jede Schwärmerei zur stummen Anbetung erstarrte.

Im nächsten Akt trat Isabelle in der Montur eines Ritters auf die Bühne. Bradamante war eine zwiespältige Person, eine schöne Frau, aber auch eine tapfere Kämpferin in Männerkleidung. Eigentlich eine Rolle, die perfekt zu ihr paßte. Andererseits aber raubte ihr die Tatsache, daß ein Gefährte Rolands sich in Bradamante verliebte und nicht der Held höchstselbst, die Freude an dem Spiel. Wenn Gabriel zum Publikum gehört hätte, wäre dies wahrscheinlich anders gewesen. So verhielt sie sich ein wenig zu bemüht, zeigte sich schüchtern, wo Tatkraft angebracht war, und tolpatschig, wenn sie energisch vorgehen sollte. Erleichtert, daß sie ihren ersten Auftritt hinter sich gebracht hatte, nahm sie in der Schlußszene den Helm ab. Bisher hatten die Zuschauer – und nach der Romanvorlage *Der rasende Roland* auch Bradamantes Liebster – sie für einen Mann halten sollen, nun präsentierte sie sich mit wallendem Haar in all ihrer Weiblichkeit.

»Herr im Himmel!« rief eine erschrockene Stimme im Hintergrund. »Das ist meine Schwester.«

Einen Atemzug lang herrschte verblüffte Stille im Saal. Dann glitt der Helm aus Isabelles Händen und rollte scheppernd über den Holzboden.

Es ist aus, fuhr es ihr durch den Kopf. Die Lügen haben ein Ende. Im nächsten Moment dachte sie an Flucht, doch ihre Glieder wollten ihr nicht gehorchen. Sie stand wie festgenagelt an ihrem Platz und blickte benommen in die gesichtslose Menge, aus der die Stimme gekommen war. Ihr schien, als schaue sie in das feuerspeiende Maul eines Drachen.

»Vorhang!« zischte jemand im Hintergrund. »Laßt endlich den Vorhang herunter.«

36

Es war Felix. Derjenige von ihren drei Brüdern, der Isabelle stets am liebsten gewesen war. Felix, der als Kind lieber Hofnarr als Ritter sein wollte, der später in den Spielkasinos von Venedig zum Hasardeur geworden war und seinem Namen allerdings damit ebensowenig Ehre gemacht hatte wie seiner Religion, die Glücksspiele strikt untersagte. Er war der typische Charmeur, geistreich und witzig, eine Bereicherung für jede Unterhaltung, aber ein Mann, auf den man sich nie verlassen durfte, ohne enttäuscht zu werden. Isabelle hatte schon vor vielen Jahren den Kontakt zu ihm verloren. Der sittenstrenge Michel Marot war nicht sehr angetan gewesen von diesem Schwager, und in ihrem Elternhaus sah man Felix nicht mehr, nachdem ihr Vater den Prozeß gegen Diane endgültig verloren hatte und nun nicht einmal mehr kreditwürdig war. Da Antoine Bohier nicht mehr für die Schulden seines Sohnes aufkommen konnte, starb der Familiensinn. Felix verschwand aus Venedig, und Isabelle hätte eher damit gerechnet, den Bruder in einer heruntergekommenen Spelunke von Saint-Michel anzutreffen als in der feudalsten Gesellschaft Frankreichs. Er war ein Spieler, möglicherweise ein Betrüger und Lügner wie sie selbst – unter den gegebenen Umständen würde er ihr Henker sein.

Isabelle dachte wieder an Flucht. Da stand sie bewegungslos auf der Bühne, nur durch einen Vorhang getrennt vom König und seinem Gefolge, dem sie nun ausgeliefert war.

Wenn sie sich jedoch umdrehte, die Ritterrüstung ablegte und so, wie sie war, aus Anet floh …! Zum Glück trug sie bereits Reitkleidung, so daß sie keine Zeit mit Umziehen verschwenden mußte. Bis die Situation geklärt wäre und ihr Verschwinden bemerkt, könnte sie bereits in

Sicherheit sein. Doch wußte sie nicht, wo sie Schutz suchen sollte. Sie hatte kein Zuhause, besaß keine Familie, wahrscheinlich nicht einmal Glaubensbrüder, die es wagen würden, die Spionin unter ihrem Dach zu verstecken. Und wenn doch, so riß sie diese tapferen Protestanten mit in den Tod. Der Marquis de Valmy könnte ihr wahrscheinlich einen Ausweg bieten, aber Isabelle wußte, daß er ihr nicht helfen würde, um sich nicht selbst in Gefahr zu bringen. Überdies würde er ihr zürnen, weil sie versagt hatte.

»Wer war das?«

Wie durch dichten Nebel nahm sie Gabriels Flüstern wahr. Sie fühlte mehr seine Nähe, als daß sie ihn sah. Es schien ihr, als spreche sie durch einen Schleier, als sie heiser antwortete: »Er heißt Felix und ist mein Bruder. Ich weiß nicht, was er hier tut. Ich weiß gar nichts mehr ...« Hilflos brach sie ab.

»Benehmt Euch, als sei nichts geschehen«, raunte Gabriel. Seine Hand drückte sich in ihr Kreuz und schob sie langsam von der Bühne. »Ich werde mich um die Angelegenheit kümmern. Habt keine Angst. Vertrau mir!«

Dann wandte er sich um und verkündete den neugierig ausharrenden Mitspielern: »Mir scheint, Madame de Valmy ist so ergriffen von ihrer Rolle als Bradamante, daß sie gar nicht mehr ins richtige Leben zurückfinden will. Nun sollte sie allerdings Platz machen für den Helden und die Heldin des Stücks«, bei seinen letzten Worten verneigte er sich schwungvoll vor Marie, die mit gekrauster Stirn im Hintergrund stand und ganz offensichtlich über die Vorgänge grübelte.

Die anderen Höflinge fielen in sein Lachen ein und begannen sich langsam in verschiedene Richtungen zu trollen, da es offenbar keine größere Sensation zu beobachten gab. Nur Marie blieb, wo sie war.

»Madame de Valmy«, Nicholas tauchte mit wehendem

Haar zwischen den Kulissen auf, »geht es Euch nicht gut? Ihr seid so bleich, als wolltet Ihr in Ohnmacht fallen. Möchtet Ihr abbrechen? Ich würde zwar nur schwer einen Ersatz für Euch finden, aber wenn ich mich rasch auf die Suche nach einer Zweitbesetzung mache ...«

»Nein«, widersprach Gabriel im Befehlston, »das ist nicht nötig. Madame de Valmy wird weiterspielen. Die Bühnenluft scheint sie etwas mitgenommen haben, die Aura der Schauspielkunst mag sie verführen, aber ...«

»Woher wollt Ihr das wissen, Comte de Montgommery?« unterbrach Nicholas nicht weniger unfreundlich.

Die Kampfeshaltung der beiden Männer brachte Isabelle wieder in die Realität zurück. Unter anderen Umständen hätte sie sich wahrscheinlich amüsiert über die albernen Drohgebärden ihres Geliebten und königlichen Ritters in seiner Kluft als Roland und des Sekretärs in seiner Rolle als Dramaturg, darüber hinaus sahen Gabriel und Nicholas zwei Hähnen im Wettstreit nicht unähnlich. Auch hätte der besitzergreifende Einsatz der Kavaliere möglicherweise ihrer Eitelkeit geschmeichelt. Jetzt aber empfand sie nichts dergleichen. Allein die Tatsache, daß hier zwei Männer Entscheidungen über ihren Kopf hinweg trafen, verlieh ihr unerwartete Kräfte.

»Messieurs, Ihr braucht mich nicht zu bevormunden«, erklärte sie in energischem Ton, von dem sie nicht einmal geahnt hatte, daß er ihr angesichts ihrer drohenden Demaskierung zu Gebote stehen würde. »Ich kann sehr wohl für mich selbst eintreten.«

Mit einem bezaubernden Lächeln wandte sie sich an den verblüfften Nicholas: »Comte de Montgommery hat recht. Mir schwindelte ein wenig von soviel künstlerischer Begeisterung. Ich hatte nicht gewußt, wie berauschend es sein kann, vor einem illustren Publikum wie diesem zu spielen. Habt herzlichen Dank für Eure Besorgnis«, sie warf einen

Seitenblick auf ihren Geliebten, der ihrem Monolog mit stummem Staunen folgte, »aber eine längere Pause als die zur Stunde ohnehin geplante wird nicht nötig sein. Macht Euch keine Umstände, ich stehe zu meiner Rolle.«

Nicholas nickte schweigend. Er schwankte zwischen Verlegenheit und Demütigung, schien aber gleichsam erfreut, daß Isabelle das Wort zuerst an ihn gerichtet hatte.

»Wenn nun alle Blessuren geheilt sind, kann ich ja getrost meines Weges gehen«, meinte Gabriel. Bevor er sich jedoch abwandte, berührten seine Finger wie zufällig ihre Schulter. »*Und ihre Schönheit just so überwiege*«, zitierte er, »*wie sie an Wert die Krieger all besiege.*« Es waren die Worte Rogers, des Geliebten von Bradamante, im *Rasenden Roland*.

Dann wandte er sich brüsk ab und trat auf Marie zu, deren Zerknirschung unter seinen Blicken wie Wachs zerfloß. »Mademoiselle de Roger, darf ich so vermessen sein, Euch um einen Gefallen zu bitten?« Worum es dabei ging, blieb jedoch sein Geheimnis, denn er neigte sich so nah zu Maries Ohr, daß niemand in ihrem Umkreis auch nur eine Silbe verstand. Maries Kichern sprach dafür Bände.

Isabelles Herz krampfte sich zusammen. »Habt keine Angst«, hatte er gesagt. »Vertrau mir!« Genaugenommen hatte sie keine andere Wahl, als ihm zu folgen, obwohl ihr seine Tändelei mit Marie einen Stich versetzte. Es war jedoch zu spät für eine Flucht, und außerdem gestand sich Isabelle ein, daß sie ihrem Schicksal gar nicht mehr entkommen wollte. Jedenfalls nicht auf diese Weise. Sie wußte, daß sie jetzt nicht über Gabriel nachdenken durfte und auch nicht darüber, was die Vorsehung bringen würde. Viel wichtiger war, sich eine Antwort zu überlegen, falls sie nach dem fremden Mann im Publikum gefragt würde, der sie als seine Schwester erkannt hatte.

Scheinbar unbeeindruckt von Gabriels Abgang, war

Nicholas an Isabelles Seite geblieben. Er stellte prompt die Frage, die Isabelle am meisten fürchtete: »Hat Euch der Zwischenruf des Herrn so durcheinandergebracht, der behauptete, Euer Bruder zu sein?«

Isabelle schluckte. »Nein«, behauptete sie mit wiedergewonnener Kühnheit, »es war die Bühnenluft, wie ich und Comte de Montgommery es bereits geschildert hatten ... Wer ist der Herr, von dem Ihr sprecht? Kennt Ihr ihn? Ich kann mich nicht entsinnen, ihm je begegnet zu sein.« Im Geiste schickte sie ein Stoßgebet zum Himmel und bat, Nicholas möge diese Lüge widerspruchslos akzeptieren.

Er machte es ihr jedoch nicht leicht. »Seltsam ...«, meinte er, räumte dann aber ein: »Wahrscheinlich handelt es sich um eine Verwechslung. Ich glaube, den Herrn zuvor im Gefolge des Admirals gesehen zu haben. Und mit diesem habt Ihr keine Verbindung, nicht wahr?«

»Mir ist niemand persönlich bekannt, der die Gefangenschaft des Admirals teilte. Zudem habe ich außer meinem Oheim niemanden in Frankreich. Ihr wißt doch, daß meine Familie nicht mehr am Leben ist.«

Das war eine gute Antwort, lobte sie sich im stillen. Sie sollte bei dieser Version der Geschichte bleiben und beten, daß ihr Felix nicht in die Quere kam. Dann könnte alles gut gehen. Mit Gottes Hilfe und Gabriels Tatkraft könnte sie diese Prüfung unbeschadet überstehen. Andererseits hätte sie gerne gewußt, wie es ihrem Bruder ergangen war und welcher Umstand ihn in das Gefolge von Gaspard de Coligny und nach Anet geführt hatte. Zudem könnte ihr ausgerechnet Felix am ehesten das Gerücht über die Konversion des Admirals bestätigen. Aber die Informationsgier der Agentin mußte ebenso hintanstehen wie die Zuneigung der Schwester.

Nicholas gab sich mit ihrer Erklärung zufrieden. »Kann ich irgend etwas für Euch tun?« fragte er beflissen.

»Ein Glas Wein wäre gut«, bat sie. »Vor dem nächsten Akt würde ich gerne ein Glas Wein trinken. Wenn Ihr es mir holen könntet, würdet Ihr mir eine Freude bereiten und gleichsam meiner Gesundheit gefällig sein.«

»Ich hoffe nicht, daß Euch noch einmal schwindelt.«

»Seid unbesorgt. Das wird es nicht.«

Es war das erste Mal seit ihrem Disput in Fontainebleau, daß Isabelle und Nicholas ein einvernehmliches Lächeln tauschten. Für den Moment hatte sie Gabriel und Marie vergessen. Erst als Nicholas auf die Suche nach einem Mundschenk ging und sie ihm mit den Augen folgte, bemerkte sie, daß der Mann ihres Herzens und seine glühendste Verehrerin die Szene mit unbekanntem Ziel verlassen hatten.

Der Morgen griff mit grauvioletten Fingern nach dem schwarzen Mantel der Nacht. Im Zwielicht der aufziehenden Dämmerung und unbeobachtet von den endlich schlafenden Gästen, hastete Isabelle durch die nun still daliegende Säulenhalle zu ihrer Verabredung. Sie sehnte sich danach, sich mit Gabriel auszusprechen. Während der Theateraufführung und auch später hatte es keine Gelegenheit gegeben, mit ihm unter vier Augen zu sein, so daß sich ihre Konversation auf höfisches Geplänkel reduzierte. Seltsamerweise war sie während des Balls auch Felix nicht wieder begegnet, und sein Zwischenruf geriet bei den anderen Mitgliedern der Hofgesellschaft bald in Vergessenheit, zumal es sich bei den Beteiligten um relativ uninteressante Persönlichkeiten handelte. Isabelle dankte Gott für diese Atempause, obgleich sie Ihn im nächsten Moment um Vergebung bitten mußte, weil sie im Begriff stand, eine katholische Kirche aus freien Stücken zu betreten. So sündigte sie, bevor sie im nächsten Schritt die Sünde der Leidenschaft begehen würde.

Tief seufzend drückte sie die in Gestalt eines Engels gegossene Klinke herunter und stieß die mit Intarsien reichgeschmückte Tür auf. Die Kapelle war ein beeindrukkender sakraler Bau, dessen ungewöhnliche, weil in der Architektur neuartige Kuppel mit den Bildern von Ruhmesgöttinnen und Engeln ausgeschmückt war. Isabelle konnte die Fresken nicht deutlich erkennen, denn es brannte außer dem Ewigen Licht nur eine einzige Kerze neben dem Altar, doch sie kannte sie fast auswendig. Der intensive Geruch nach Weihrauch betäubte sie, und sie wünschte, sie hätte im Laufe des Festes nicht so häufig dem Wein zugesprochen.

»Ich habe mit ihm gewettet, daß du freiwillig keine Papistenkirche betreten würdest«, lachte eine wohlbekannte Männerstimme in ihrem Rücken, und seine Worte hallten von den Mauern wider. »Schade um den Dukaten. Dennoch ist es mir ein Vergnügen, dich so unverhofft anzutreffen.«

Isabelle fuhr herum und wußte nicht, ob sie lachen oder weinen sollte. Sie hatte Gabriel erwartet und sah sich Felix gegenüber. Obwohl die Beleuchtung ungünstig war und er noch dazu im Schatten stand, konnte sie an seiner aufrechten Haltung und den gestrafften Schultern erkennen, daß sich ihr Bruder bester Gesundheit erfreute. In die Wiedersehensfreude mischte sich jedoch Beklemmung. Sie brauchte Felix nicht zu fragen, es konnte nur Gabriel gewesen sein, der ihn an diesen Ort geschickt hatte; woher aber wußte der Geliebte von ihrem wahren Glauben? Sie hatte ihm zwar leichtsinnigerweise ihren Namen genannt, aber nicht erwartet, daß er daraus Rückschlüsse ziehen würde. Wenn er wußte, daß sie eine Häretikerin war, und sich gleichzeitig auf sie einließ, ohne sie bei der Inquisition zu melden ... sie wagte nicht, diesen Gedanken zu Ende zu führen, denn er bedeutete, daß Gabriel ebenfalls Protestant war. Ihr Herz schlug heftig, und Isabelle mußte sich zwingen, sich wieder auf Felix zu konzentrieren.

Er schritt lässig auf sie zu, legte seine Hände auf ihre Schultern und küßte sie zart erst auf die eine und dann auf die andere Wange. »Es ist lange her, daß ich dich umarmen durfte«, sagte er, »aber es tut gut, dich zu fühlen. Wie ich erleben durfte, geht es dir ausgezeichnet. Du siehst wunderschön aus, kleine Schwester.«

Eitel strich sie eine Locke zurück, die sich aus dem Haarnetz gelöst hatte. »Lügner«, schalt sie ihn. »Du kannst mich bei diesem Licht gar nicht erkennen. Aber sprich: Wie steht es um dich?«

Er zuckte mit den Achseln. »Irgendwie bin ich wohl tugendhaft geworden. Das Vergnügen einer Wette gönne ich mir hier und da noch, aber die Karten sind nicht mehr meine Passion. Leider, wenn ich das anfügen darf. Da die Bohiers bankrott sind, mußte ich mich nach einer anderen Beschäftigung umsehen, mit der man seinen Lebensunterhalt verdienen kann. Also wurde ich Söldner, was – genau betrachtet – keinen großen Unterschied macht. Das Schlachtfeld ist einem Spieltisch nicht unähnlich.«

»Dann hast du unter Admiral Coligny gedient«, stellte Isabelle beeindruckt fest, wurde jedoch unverzüglich eines Besseren belehrt: »Nein, das wäre zuviel der Ehre. Ich begegnete dem Admiral zufällig. Es war während der spanischen Gefangenschaft. Weißt du, unter diesen Umständen gelten andere Regeln. Sie sind so seltsam, daß sie einem armen Teufel wie mir den Aufstieg in das Gefolge des hochwohlgeborenen Herrn ermöglichten. Ich habe meinen Namen oft verflucht, aber bei dieser Gelegenheit hatte ich in der Tat großes Glück.«

Isabelle senkte den Kopf und starrte auf das Fliesenmuster am Boden, in dem sich die Zeichnungen der Kassettendecke widerspiegelten. Die Konturen traten zunehmend deutlich hervor, was ein untrügliches Zeichen für den rasch heraufziehenden Morgen war. Das durch die Fenster einfallende heller werdende Licht erinnerte sie daran, daß die verbliebene Zeit bis zur Frühmesse kurz war. Dabei brannten ihr so viele Fragen auf der Seele. Pflichtbewußt stellte sie jene, die ihrer Sache am dienlichsten war: »Stimmt es, daß der Admiral ein Anhänger der Reformation geworden ist?«

»Ach, Isabelle, willst du nichts Wichtigeres wissen? Du bist also noch immer die Jeanne d'Arc der evangelischen Religion. Wie langweilig. Aber ich hätte mir natürlich denken können, daß sich die Heldin meiner Kindheit niemals ändert. Eigentlich ein schönes Gefühl, daß gewisse Dinge so bleiben, wie sie immer waren. Allerdings gibt es da etwas, was mich noch mehr beeindruckt: Ich hörte, du seiest eine Marquise de Valmy. Wie, um alles in der Welt, bist du zu diesem Titel gekommen?«

Wie gerne hätte sie sich Felix anvertraut, ihm von ihren Plänen und Zweifeln erzählt, doch der leichtsinnigste ihrer Brüder war sicher nicht der geeignetste Zuhörer. Seufzend ließ sie sich in der am nächsten stehenden Bank nieder. »Ich habe den Namen angenommen«, berichtete sie, »da er mir den Zutritt zur Hofgesellschaft ermöglichte.«

»Rück mal ein Stück«, forderte Felix sie auf und ließ sich kurz darauf neben ihr nieder. »Daß ich dich ausgerechnet als Ehrendame von Diane de Poitiers wiedersehe, versetzte mir einen ziemlichen Schock. Verstehe das, wer will, aber ich kann nicht fassen, was eine fromme Protestantin wie du ausgerechnet bei der größten Gegnerin der Reformation zu suchen hat. Erklär's mir.«

Eine beklemmende Weile lang schwieg Isabelle. Schließlich entschied sie sich, entgegen ihrem ersten Urteil, dafür, Felix einen angemessenen Teil der Wahrheit zu sagen. Seine ungestillte Neugier würde eine größere Gefahr darstellen als die Offenbarung ihres Geheimnisses. Außerdem würde er sie niemals absichtlich dem Scharfrichter ausliefern – höchstens aus Unbesonnenheit. Dennoch hob sie bedachtsam an: »Es ist nicht leicht, darüber zu sprechen, denn meine Geschichte könnte dich an den Galgen bringen, und ich möchte dich nicht umbringen. Deshalb mußt du mir schwören, daß du jedes Wort für dich behältst.«

Felix blickte sich belustigt um. »In einer Papistenkapelle kann ich dir schwören, was ich will, wahrscheinlich würde es nicht von Belang sein …«

»Es ist derselbe und einzige Gott, zu dem wir beten.«

Versöhnlich tätschelte er ihre Hand. »Du brauchst dich nicht zu entrüsten, kleine Schwester, ich weiß, was ich dir schuldig bin. Ich dachte, ein kleiner Scherz am Rande … Nun gut, ich verspreche dir, daß alles, was du mir zu sagen hast, in meinem Herzen verschlossen bleibt. Ich liebe dich, Isabelle, ich werde dich niemals verraten.«

Das weiß ich, dachte sie. Sie sagte: »Ich verfolge gewisse Ziele. Ich wollte Zugang nach Chenonceau haben, was mir nur durch die Bekanntschaft mit Madame gelang …«

»Ich erinnere mich. Du warst schon immer ganz besessen von den alten Familiengeschichten, und der Verlust des Erbes schien dich mehr zu treffen als jeden anderen, einschließlich Vater. Als Ehrendame der Poitiers gehörst du natürlich zu ihrem Haushalt und lebst auch in Chenonceau. Daß ich darauf nicht früher gekommen bin. Wie ist es dort?«

»Später. Das erzähle ich dir später. Zuvor solltest du wissen, daß …«, Isabelle holte tief Luft, »daß ich Agentin der Reformationsbewegung bin.« Jetzt hatte sie es ausgesprochen. Sie blickte Felix fragend und voller Zweifel an, doch ihr Bruder hüllte sich in verblüfftes Schweigen. »Das ist die Gefahr«, fügte sie nach einer Weile hinzu, in der die Stille zur Belastung zu werden schien, »vor der ich dich beschützen möchte …«

»Ach, du lieber Himmel! Ehrlich gesagt, Isabelle, du hättest besser daran getan, mir diesen Teil deiner Geschichte vorzuenthalten, denn er übersteigt alles, was ich verkraften kann. Demnach bist du auf gewisse Weise endlich Jeanne d'Arc geworden. Ich bete für dich, daß dein Ende anders aussehen mag.«

Sie nickte, sagte aber nichts.

»Jetzt verstehe ich endlich, warum mir dieser Ritter eine schreckliche Strafe androhte, wenn ich irgendwo wiederhole, daß du meine Schwester bist. Bei meiner Ehr, Isabelle, das ist ein besseres Drama als diese lausige Theateraufführung.«

Unwillkürlich lächelte sie. »Was hat Comte de Montgommery getan, um einen Mann wie dich das Fürchten zu lehren?«

»Nichts, was dich etwas angehen würde. Das sind Sachen unter Männern, die eine Frau nicht zu interessieren haben, selbst wenn es sich um eine Frau handelt, die sich kämpferisch wie ein Mann gebärdet.« Er blickte sie forschend an und versetzte ihr einen Nasenstüber. »Hoha, sehe ich da einen gewissen Glanz in deinen Augen? Dachte ich's mir doch. Den Hauptmann der Schottischen Garde und dich verbindet ein unsichtbares Band. Nach allem, was du mir eben erzählt hast, ist diese Liaison ein ziemlicher Skandal, aber ich nehme an, Eure Liebe blüht im dunkeln. Natürlich tut sie das, sonst wärst du kaum hierhergekommen. Du mußt ihm sehr zugetan sein, wenn du seinetwegen eine Papistenkirche betrittst.«

»Madame hätte niemals eine Protestantin als Ehrendame akzeptiert«, versetzte sie. »Jeder bei Hofe hält mich für eine gläubige Katholikin. Ich besuche sogar regelmäßig die Messe. Anders hätte ich ihre Gunst nicht gewinnen können.«

»Halte ein! Das überfordert mich.« Um seine Worte zu unterstreichen, zog Felix ein blütenweißes Taschentuch aus seinem Ärmel und wischte sich damit imaginäre Schweißperlen von der Stirn. »Erzähl mir etwas über deine Romanze, das kann ich besser verkraften. Ich würde sagen, Comte de Montgommery könnte ein adäquater Ehemann für meine kleine Schwester sein. Weiß er, wer du bist?«

»Nun … ich denke schon …«

»Muß er wohl, so wie er auf meine Wenigkeit losgegangen ist. Welche Rolle aber spielt diese zauberhafte Mademoiselle de Roger in eurer Geschichte? Sie scheint ein Auge auf deinen Ritter geworfen zu haben, und wenn man nicht genau hinschaut, könnte man meinen, sie sei ihm ebenfalls nicht ganz unwichtig …«

»Ich habe ihn um diese Täuschung gebeten«, unterbrach sie in dem leidenschaftlichen Versuch, sowohl ihre aufsteigende Eifersucht unter Kontrolle zu halten wie Felix' Phantasie zu zügeln. »Du hast selbst festgestellt, daß meine … meine Freundschaft zu Comte de Montgommery größter Heimlichkeit bedarf. Deshalb ist es notwendig, daß er ein wenig mit Marie de Roger poussiert. Es hat nichts zu bedeuten.«

Wieder tätschelte Felix ihre Hand. »Das glaube ich dir gerne. Ein Mann nimmt gewisse Dinge in der Liebe nun einmal nicht so ernst. Du warst mit dem Sohn von Clément Marot verheiratet und solltest um diese Dinge wissen, den Abgrund wenigstens aus seinen Gedichten kennen. Dennoch kann ich mich des Eindrucks nicht erwehren, daß Mademoiselle de Roger ein Störenfried ist. Wenn ich's recht bedenke, könnte sie sogar zu einer Gefahr für dich werden.«

»Wie das?«

Er küßte sie sanft auf die Stirn. »Liebe macht unvorsichtig, Isabelle. Du wirst dein Geheimnis um so schneller verraten, je größer dein Argwohn ist. Und ich meine damit nicht deine Romanze, sondern diese andere Sache, die ich für meinen Teil so rasch wie möglich vergessen werde, weil es unerträglich für mich ist, dich als Opfer der Inquisition zu sehen.«

»Wir sind bereits Opfer der Inquisition, Felix, unser Glaube macht uns dazu.«

»Schon möglich, aber man muß den Weg zum Henker nicht unnötig verkürzen. Ich wünsche dir Glück, Isabelle. Anscheinend brauchst du es mehr als ich. Und was Mademoiselle de Roger betrifft, werde ich mich der Angelegenheit annehmen. Sie ist sehr hübsch und wie geschaffen für eine kleine Tändelei. Meinst du, ein Kavalier aus dem Gefolge Admiral de Colignys käme dafür in Frage?«

37

Zwei Wochen später übergab ein Bote ein Präsent für Diane.

Es herrschte inzwischen so etwas wie ruhiger Alltag in Anet, Gaspard de Coligny war mit seinem Gefolge bereits am Tag nach dem Fest wieder abgereist, und auch der König hatte seine Favoritin bald darauf verlassen, da ihn die Vorbereitungen für das Fest anläßlich des Friedensvertrages und der daraus resultierenden königlichen Hochzeit nach Paris zwangen.

Isabelle hatte ihren Bruder nicht noch einmal unter vier Augen sprechen können. Sie hatte sich mit Felix darauf verständigt, ihre familiäre Bindung geheimzuhalten und seinen Zwischenruf bei der Theateraufführung als Verwechslung darzustellen. So war ihr Abschied kühl und distanziert verlaufen, obwohl sie beide nicht einschätzen konnten, wann sie sich je wiedersehen würden. Sie hatte ihm die Adresse des Marquis de Valmy gegeben, falls Felix Kontakt mit ihr aufnehmen wollte. Da der Admiral nach Paris weiterreisen würde, vertraute sie ihrem Bruder eine Nachricht für ihren Gönner an, in dem sie diesem von den Sympathien des berühmten Feldherrn berichtete; tatsächlich schien sich Coligny in spanischer Gefangenschaft mit den Schriften Luthers und Calvins befaßt zu haben und eine Abkehr vom Katholizismus zu erwägen. Mit diesem Botengang machte sie Felix zu ihrem Komplizen. Zwar konnte sie noch immer nicht ausschließen, daß er ihre Sache gefährden würde, aber nach ihrem Gespräch in der Kapelle glaubte sie fest an seine Vertrauenswürdigkeit; vielleicht hatte ihn die finanzielle Not tatsächlich in einen halbwegs ehrbaren Mann verwandelt. Außerdem war er ebenso wie sie darauf bedacht, der Hofgesellschaft seine Herkunft zu verheimlichen, und glücklicherweise verband niemand Felix Bohier aus dem Gefolge von Admiral Coligny mit einem der größten Finanzskandale und längsten Gerichtsverfahren Frankreichs. Sein Versprechen, Marie den Hof zu machen, hatte er außerdem in der ihm verbliebenen Zeit in Anet wahr gemacht, wenn auch wenig erfolgreich, denn Maries Herz hing unverändert an Gabriel de Montgommery. Vielleicht auch ihr Verstand, wie Isabelle resümierte, denn Gabriel war die eindeutig bessere Partie.

Es änderte nach wie vor wenig an Maries offensichtlichen Gefühlen, daß Gabriels Haltung anscheinend von Wankelmut bestimmt war. Mal ging er ihr peinlich berührt aus dem Weg, zu anderer Stunde zeigte er sich aufgeräumt und tändelte mit ihr, wenn die Situation dies erforderte. Sie nivellierte seine offensichtliche Abneigung und überschätzte jedes freundliche Wort. Auch die Tatsache, daß er sich ihr noch immer nicht erklärt hatte, schien sie nicht zu kümmern. »Ich hätte nie geglaubt, daß ein Ritter wie der

Comte de Montgommery so schüchtern sein kann«, vertraute sie Isabelle an. »Vielleicht sollte ich ihn ein wenig drängen ...« Nachdenklich brach sie ab, die Nachteile ihres Vorhabens abwägend, die deutlich in Isabelles entsetztem Gesicht geschrieben standen.

Isabelles und Gabriels Liebe reduzierte sich in Anet auf wenige gestohlene Stunden in der Kapelle und in den Stallungen. Dabei ließ er seinem Unmut über Maries Anhänglichkeit freien Lauf: »Wenn das so weitergeht, verliere ich tatsächlich noch meinen Verstand wie weiland Roland. Sie treibt mich jedoch nicht mit ihrer Schönheit, sondern mit ihrem peinlichen Benehmen in den Wahnsinn. Falls sich freiwillig kein Verehrer findet, der Mademoiselle de Roger heiraten möchte, werde ich unter den fünfzig Rittern, die ich befehlige, nach einem geeigneten Kavalier Ausschau halten – und wenn ich ihr einen Ehemann kaufen muß«, schloß er grimmig.

»Es ist bemerkenswert, wie sie jeden Kandidaten mit ihrer Vernarrtheit in Euch in die Flucht schlägt«, erwiderte Isabelle. »Mir ist ein attraktiver Herr bekannt, der ernsthaft versuchte, ihre Aufmerksamkeit auf sich zu ziehen. Vergebens.«

»Ich weiß, von welchem Herrn Ihr sprecht. Ich habe ihn beobachtet. Es war Monsieur Bohier, Euer Bruder, nicht wahr?«

Isabelle legte ihre kühlen Finger an die Schläfen. Seine Frage bereitete ihr tatsächlich Kopfschmerzen. Sie saß in der Bank im Chor der Kapelle, auf demselben Platz, den sie vor nicht allzu langer Zeit mit Felix geteilt hatte. Nun saß Gabriel neben ihr und erwartete eine Antwort, die für sie mehr war als eine bloße Erklärung. Bislang hatten sie nicht über das unerwartete Zusammentreffen gesprochen, und sie hatte gehofft, den Moment der Wahrheit hinauszögern zu können.

»Ich danke Euch für Eure Hilfe«, sagte sie schließlich, ließ ihre Hände in den Schoß sinken und wandte den Kopf, um ihn direkt anzusehen. »Es war sehr hochherzig von Euch. Wie Ihr bemerkt haben dürftet, haben Felix und ich es vorgezogen, unsere verwandtschaftliche Beziehung nicht öffentlich zu machen. Ich wäre Euch sehr verbunden, wenn Ihr vergessen würdet, daß er mein Bruder ist. Er paßt nicht zur Marquise de Valmy.«

»Da habt Ihr wohl recht. Er scheint ein angenehmer Zeitgenosse zu sein, charmant und geistreich, wenn auch ein wenig leichtsinnig und oberflächlich. Kein rechter Renaissancemensch im Sinne von François I., auch kein Höfling, wie der König ihn schätzt, aber ein umgänglicher Mann. All diese Attribute stehen in deutlichem Widerspruch zu Eurer Ernsthaftigkeit.« Zärtlich umschloß Gabriel ihre Finger mit seiner Hand. »Als ich Euch damals in Chenonceau begegnet bin, glaubte ich, eine Frau ohne Humor getroffen zu haben. Das war eine schreckliche Vorstellung, denn ich hatte mich im ersten Augenblick in Euch verliebt. Wie schön, daß ich inzwischen Euer Lachen kennenlernen durfte.« Er beugte sich vor, und seine Lippen verschlossen ihren nun wieder lächelnden Mund.

Erst später fiel ihr auf, daß er ihrer Unterhaltung eine Wendung gegeben hatte, als wolle er nichts mehr über ihre Familie und ihr Geheimnis erfahren.

Schließlich mußte sie sich ebenso in aller Öffentlichkeit von ihm verabschieden, wenn auch etwas weniger unterkühlt, wie von Felix. Immerhin gehörte der Hauptmann der Schottischen Garde zum engsten Kreis des Königs und damit zu einem der häufigsten Gäste Dianes, so daß eine distanzierte Herzlichkeit durchaus angebracht war. Ein weiterer Unterschied bestand darin, daß sie wußte, wann sie ihn wiedersehen würde. Spätestens zu dem geplanten Friedensfest würden sie sich in Paris begegnen, und die beiden hofften, in dem zu erwartenden Trubel unterzutauchen und die Gelegenheit für eine Verabredung außerhalb der Hofgesellschaft nutzen zu können. Auch bestand die Möglichkeit, daß es der König nicht lange ohne Diane aushalten würde, so daß er bald zu ihr reiten und dann möglicherweise von dem Kommandanten seiner Leibgarde eskortiert werden könnte; unter diesen Umständen müßten sie größere Heimlichkeit walten lassen, aber immerhin – sie wären zusammen.

Von diesem Gedanken beseelt, fügte sich Isabelle rasch wieder in den streng geordneten Alltag von Dianes Haus. Sie schloß die Erinnerung an Felix in ihrem Herzen ein, bemühte sich, Marie nicht allzu entnervend zu finden und gelegentlich ein freundliches Wort für Nicholas zu erübrigen. Nach ihrem kurzen privaten Gespräch auf der Bühne hatten sie sich in stiller Übereinkunft wieder auf ihre jeweiligen Positionen zurückgezogen, beobachteten sich aus der Distanz und plauderten über Notwendiges, wenn es Diane betraf, und Belangloses, wenn es keinen wichtigen Grund für ihre Konversation gab. Die Tage vergingen in ermüdender Ereignislosigkeit, und Isabelle fragte sich insgeheim, wie wertvoll sie für den Marquis de Valmy als Agentin sein konnte, wenn sie derart gelangweilt auf ihrem Posten war. Inzwischen hatte sie die Zeit genutzt und einige unterwürfige Zeilen an Catherine de Médicis geschrieben, doch die Königin schien keine Verwendung mehr für Isabelle zu haben, denn sie enthielt sich einer Antwort.

Eines Nachmittags Anfang Juni füllte Isabelle frische Maiglöckchen in ein Silbergefäß in Dianes Schlafzimmer. Sie hantierte recht geschickt mit den Blüten, ihre Gedanken weilten jedoch bei einer anderen Aufgabe. Versonnen blickte sie in die Zukunft, die sich inzwischen ganz anders darstellte, als sie es sich ursprünglich gewünscht hatte.

Wenn sich nun der Marquis de Valmy ebenso von ihr abwenden würde wie die Königin und sie Diane verlassen könnte, würde sie dann an der Seite ihres Geliebten in Ducey glücklich werden dürfen? Würde er die Favoritin von seinen Absichten überzeugen und Marie damit endlich aus dem Spiel bringen können? War es Gottes Wille, daß aus der verzweifelt nach Rache gierenden Spionin eine rechtschaffene Hausfrau würde? Isabelle kannte sich selbst kaum wieder, aber bei dieser Vorstellung huschte ein beglücktes Lächeln über ihr Gesicht.

»Was ist mit Euch?« erkundigte sich die gerade eingetretene Marie überrascht, die den Ausdruck stillen Glücks in Isabelles Miene bemerkte. »Sind es die Lieblingsblumen von Madame, die Euch soviel Freude bereiten? Bei allen Heiligen, das hätte ich nie erwartet. Ihr stellt doch tagtäglich Maiglöckchen ins Wasser.«

Isabelle seufzte und versuchte ihren Ärger über die Störung und Maries Kommentar zu zerstreuen, indem sie einen Blütenstengel in ihren Händen zerdrückte. »Ihr solltet Euch nicht daran stören, wenn ich guter Laune bin, ich ...«

»Verzeihung«, unterbrach Marie rasch und deutete einen kleinen Knicks an. »Ich wollte keinen Anstoß an Eurem Seelenheil nehmen. Wenn es Euch gut geht, ist dies natürlich eine Freude.« Damit hatte sie ihrer Ansicht nach ausreichend Demut bewiesen, denn sie wechselte das Thema und hielt die mit Halbedelsteinen besetzte Schatulle hoch, die sie in Händen hielt. »Seht nur, ein Geschenk für Madame. Ein Bote gab es soeben ab. Ist es nicht wunderschön?«

»Ja, aber sicher nicht alles. Ich glaube kaum, daß Madame eine unverpackte Kassette als Präsent erhält. Die noch wertvollere Gabe wird sich wohl unter dem Deckel verbergen. Wer ist der Absender?« Diese Frage stellte Isabelle weniger aus eigenem Interesse, sondern weil sie Marie wahrscheinlich erwartete.

»Ich weiß es nicht«, gab Marie bedrückt zu, da ihr Mitteilungsbedürfnis auf diese Weise eingeschränkt war. »Ein Bote gab die Schatulle an der Pforte mit dem ausdrücklichen Hinweis ab, dies sei ein Präsent für Madame de Poitiers, und verschwand, noch bevor ihn die Wache aufhalten konnte. Der Überbringer trug keine Uniform und auch keine Standarte, die seinen Herrn gekennzeichnet hätte. Wenn ich's jetzt bedenke, ist diese Geheimniskrämerei ein wenig seltsam, findet Ihr nicht?«

Isabelle zuckte mit den Achseln. »Wohl kaum. Wahrscheinlich befindet sich in dem Kästchen ein Schreiben des Absenders. Eure Phantasie in allen Ehren, aber das ist nun wirklich nicht ungewöhnlich.« In der Annahme, das Thema sei damit erledigt, wandte sie sich wieder ihrer ursprünglichen Beschäftigung zu und sortierte aus einem Korb die frisch geschnittenen Maiglöckchen, die der Größe nach am besten in das Silbergefäß neben Dianes Himmelbett paßten.

»Ich weiß es nicht«, wiederholte Marie versonnen. Sie betrachtete die Kassette von allen Seiten, schüttelte sie ein wenig und stellte fest: »Das Geschenk ist offenbar sehr leicht, und es klappert auch nicht. Offenbar befinden sich keine Juwelen hier drinnen ...« Sie hob den Kopf und blickte Isabelle mit vor Aufregung leuchtenden Augen an, da sie sich für dieses abwechslungsreiche Spiel zu begeistern begann: »Worum, meint Ihr, könnte es sich statt dessen handeln?«

»Ehrlich gesagt: Es interessiert mich nicht«, lautete Isabelles Antwort, »und es geht mich ebensowenig etwas an wie Euch. Stellt die Schatulle hier auf dem Nachttischchen ab, und meldet Madame, daß ein persönliches Präsent abgegeben wurde. Sie wird Euch über den Inhalt aufklären, wenn sie meint, daß Ihr davon erfahren solltet.«

»Ach, Ihr seid eine rechte Spielverderberin!« protestierte Marie und kam Isabelles Aufforderung nicht nach, sondern blieb mitten im Raum mit dem kleinen Kasten in der Hand stehen. »Es hat mir gerade so viel Spaß bereitet, mir vorzustellen, welcher Art das Geschenk sein könnte.«

Isabelle stöhnte auf. »Seid Ihr ein Balg oder eine erwachsene Dame? Wenn Ihr nicht abwarten könnt, daß Madame Euch erzählt, was ihr dargeboten wurde, müßt Ihr eben selbst nachschauen. Aber Ihr müßt Madame erklären, wieso Ihr ein Präsent öffnet, das für sie persönlich bestimmt ist.«

»Ach, Unsinn. Sie wird es gar nicht merken, wenn ich die Schatulle wieder verschließe«, behauptete Marie eifrig.

Während sich Isabelle noch fragte, was in die andere Ehrendame gefahren war, hantierte diese bereits an dem Kästchen herum. Sie ließ sich auf dem Bett nieder, das Geschenk auf den Knien, und versuchte die Öse am Deckel zu öffnen. »Gleich hab' ich's«, sprach Marie aufgeregt, und Isabelle schrieb es der in diesen Tagen herrschenden Langeweile zu, daß sich Marie zu derartigem Tun hinreißen ließ. Gleichwohl erfaßte auch Isabelle eine gewisse Spannung. Gebannt starrte sie auf die flinken Hände der jungen Frau. Einen Herzschlag später sprang der Mechanismus auf, Marie schob mit dem triumphierenden Grinsen eines ungezogenen Kindes den Riegel zur Seite.

Der intensive, von Diane so geschätzte süßliche Duft von getrockneten Blüten drang den beiden Hofdamen entgegen. In jungfräulich weiße Seide eingeschlagen, lagen in dem Kästchen ein Paar schwarze Handschuhe. Sie waren schmal, ellenlang und aus feinstem Leder gefertigt, offenbar die Arbeit eines Meisters seiner Zunft. Die besten Handschuhmacher gab es noch immer nur in Italien, obwohl Catherine de Médicis diese Kunst vor einiger Zeit in Frankreich eingeführt hatte. Das Geschenk war deshalb nicht nur wunderschön, sondern auch weit gereist und kostbar.

Maries Finger strichen mit zärtlicher Ergriffenheit über die kaum sichtbaren Nähte. »Was für ein Präsent!« rief sie schwärmerisch aus. »Es muß ein Vermögen wert sein. Und wie geschmackvoll verpackt. Da war wirklich ein Künstler am Werk.«

Oder der König, fuhr es Isabelle durch den Kopf. Vielleicht auch die Königin, überlegte sie einen Atemzug später. Allerdings war es seltsam, daß die ihrer Rivalin unter den gegebenen Umständen ein Geschenk machen sollte. Andererseits waren Handschuhe so etwas wie das Markenzeichen Catherine de Medicis'. Gab es im Hintergrund eine neue Entwicklung, die Isabelle nicht kannte? War dies ein Zeichen von Versöhnung? In ihre Rolle als Agentin zurückgekehrt, ließ sich Isabelle neben Marie nieder und warf einen skeptischen Blick in das Kästchen.

»Es muß einen Hinweis auf den Absender geben«, murmelte sie mehr zu sich selbst. »Niemand schenkt etwas derart Wertvolles, ohne einen Dank zu erwarten.«

Als sei Isabelles Bemerkung eine lang erwartete Aufforderung, machte Marie sich auf die Suche nach einem Brief oder einem Kärtchen. Der intensive Duft kitzelte zwar ihre Nase, doch wenig abgelenkt von ihren plötzlichen Niesanfällen, nahm sie die Handschuhe aus dem Kästchen, legte sie zur Seite, griff nach dem Seidentuch und schüttelte es über ihrem Schoß aus. Einen Hinweis auf den edlen Spender fanden die beiden Ehrendamen nicht. Selbst als sie die Verzierungen an der Schatulle nach einem Wappen absuchten, wurden sie enttäuscht. Ganz offensichtlich wollte der Absender anonym bleiben. Enttäuscht putzte sich Marie wie ein kleines Mädchen die Nase mit den Fingern, die eben die feine Näharbeit berührt hatten.

»Sei's drum«, verkündete sie voller Bedauern und schlug die Kassette wieder mit dem weißen Stoff aus. »Die Herkunft werden wir nicht klären können, wohl aber eine kleine Probe nehmen. Meint Ihr, Madame würde es merken, wenn ich die Handschuhe einmal anprobierte? Ich habe noch nie etwas so Herrliches getragen ...«

»Ach, ich weiß nicht. Laßt lieber die Finger davon! Wenn Madame bemerkt, daß Ihr ihre Geschenke nehmt, wird sie sehr wütend werden. Und ich meine, mit Recht.«

»Ich *nehme* doch nichts. Das klingt ja wie stehlen«, protestierte Marie und zog die Nase hoch, ihre Schleimhäute litten offenbar Qualen unter dem starken Geruch, der nach wie vor aus der Schatulle strömte. »Ich leihe mir dieses Präsent nur aus. Dieses kleine Vergnügen könntet Ihr mir wirklich gönnen.« Und schon schob sie die erste Hand in das samtweiche Leder.

Mit einem Ruck stand Isabelle auf und fühlte sich dabei furchtbar ältlich. In dem Ton, mit dem einst ihre Bonne zu ihr gesprochen hatte, verkündete sie: »Ich werde nicht mit ansehen, wie Ihr Madame hintergeht. Ich werde Euch nicht verraten, denn ich bin kein Klatschweib, aber Eure Zeugin möchte ich nicht sein.« Sie griff nach dem Korb mit den verbliebenen Maiglöckchen und fügte im Hinausgehen hinzu: »Seht zu, daß Ihr das Geschenk wieder so herrichtet, als hättet Ihr niemals Hand daran gelegt.« Dann verschwand sie hinter dem roten Wandbehang, um im Nebenraum für eine frische Blumendekoration zu sorgen. In Gedanken blieb sie jedoch bei dem unbekannten Geber, über Maries kindliche Neugier grübelte sie nicht mehr nach.

Am Abend desselben Tages wünschte Isabelle, sie hätte sich mehr um Marie gesorgt. Es wunderte sie zwar etwas, daß sie der anderen Ehrendame in den Stunden bis zum Diner nicht mehr begegnete, aber Anet war ein weitläufiges Anwesen, und es war durchaus möglich, daß Marie von Diane zur Erledigung einer ihrer vielfältigen Aufgaben in einen anderen Flügel des Schlosses geschickt worden war. Isabelle selbst hatte relativ lange damit zu tun, für die floralen Kreationen zu sorgen, so daß ihr Maries Verschwinden erst spät auffiel. Es wurde Zeit, sich für das Essen umzuziehen, das wie immer früh und im kleinsten Kreise eingenommen wurde. Isabelle war gerade in ihrem Zimmer und spritzte sich einige Tropfen von dem abgestandenen, lauwarmen Wasser aus der Waschschüssel ins Gesicht, als der Tumult begann.

Die Hilfeschreie einer Zofe waren so laut, daß Isabelle sie sogar in ihrem in einiger Entfernung von Dianes Gemächern gelegenen Raum hörte. Im nächsten Moment hallte das Echo von eiligen Schritten durch die Flure und schließlich durch den Innenhof. Isabelle hörte den Hufschlag eines galoppierenden Pferdes und das laute Krachen des zufallenden Tores. Aufgeregte Stimmen wehten durch das Gebäude wie das anfänglich leise Plätschern, später anschwellende Getöse eines Wasserfalls. Binnen Minuten ballten sich die verschiedenen Eindrücke zu einer einzigen Geräuschkulisse zusammen, die so bedrohlich klang, daß sie nur eine einzige Nachricht enthalten konnte: Diane de Poitiers war etwas passiert.

In der ersten Schrecksekunde stand Isabelle wie gelähmt an ihrem Toilettentisch. Es dauerte einige Herzschläge, bis sie sich soweit faßte, daß sie nach ihrem Hausmantel griff, diesen über ihre Unterwäsche warf und mit den Füßen in ihre Pantoffeln fuhr, um zu den Gemächern der Hausherrin zu laufen. Isabelle stellte sich keine Fragen, bemühte sich, alle Befürchtungen und deren Konsequenzen aus ihren Gedanken auszuschließen, bevor sie nicht wußte, was geschehen war. Dabei stellte sie zu ihrer eigenen Überraschung ein sonderbares Gefühl fest: Es war kein Triumph, der sich bei ihr einstellte, sondern Besorgnis und Bedauern.

Wenn Isabelle nicht von Anfang an vermutet hätte, daß etwas Schreckliches in Dianes Schlafzimmer geschehen war, so wäre sie durch die aufgeregten Mitglieder des Haushalts förmlich dorthin getragen worden. Höflinge und Diener rissen Isabelle mit sich wie die Wassermassen Äste und Zweige bei einer Flut. Zum ersten Mal wurde sie sich bewußt, wie viele Menschen in diesem riesigen Palast lebten, denn die wild durcheinanderrufende Menge schien unüberschaubar, sie wogte durch die Flure und sammelte sich schließlich vor den königlichen Gemächern wie in einem Becken, um in einem stillen Brodeln zu verstummen.

Unter dem Einsatz ihrer Ellenbogen verschaffte sich Isabelle Zutritt zu Dianes Schlafzimmer. Die Wachen, die an der Tür Posten bezogen hatten, ließen sie ungehindert eintreten. Unwillkürlich hielt sie den Atem an und machte sich darauf gefaßt, Dianes schlanken Körper erschlafft und leblos zu finden, ihre vornehmen Züge vom Tod pervertiert, nicht mehr an die Göttin erinnernd, die von so vielen Künstlern für die Ewigkeit festgehalten worden war.

»Madame de Valmy! Wie gut, daß Ihr hier seid. Es ist etwas Schreckliches geschehen.«

Der kühle Klang der wohlbekannten Stimme ließ Isabelles Knie weich werden. Für einen Moment zweifelte sie an ihrem Verstand – oder wenigstens an ihrer Wahrnehmung. Dann lichtete sich der Nebel der Aufregung vor Isabelles Augen, und sie sah klar ein Bild vor sich, das sie für den Rest ihres Lebens nicht würde vergessen können.

Nicht Diane lag entstellt auf dem Bett, sondern Marie.

Das Madonnenhafte war aus ihrem Antlitz gewichen. Obwohl sie jemand auf den Rücken gelegt und ihre Hände in den schwarzen Lederhandschuhen wie zum Gebet gefaltet hatte, wirkte Maries Gestalt seltsam verrenkt, als habe sie qualvolle Krämpfe erlitten. Ihr Gesicht war übersät von dunklen Flecken, und in ihren Mundwinkeln klebten die Reste von Erbrochenem. Jetzt nahm Isabelle auch den sauren Geruch wahr, der im Raum hing, und dann atmete sie noch etwas ein, das ungewöhnlich war: Faulende Blumen. Der intensive Duft, der das Geschenk begleitet hatte, schien sich verflüchtigt zu haben. Mit einem raschen Seitenblick stellte Isabelle fest, daß die Schale mit den Maiglöckchen umgestoßen war, der Teppich war bedeckt mit zertretenen Blüten und Blättern, ein dunkler feuchter Fleck war vom Blumenwasser geblieben.

Isabelles Hand fuhr an ihren Mund, erstickte einen Schrei und schützte sie zugleich vor dem Übelkeit erregenden Geruch. Ein unbeherrschbares Zittern bemächtigte sich ihres Körpers, als ihr bewußt wurde, daß Marie nicht etwa krank war. Die junge Ehrendame war tot.

»Bewahrt bitte Contenance«, hörte sie Dianes Stimme in ihrem Rücken, doch es fiel ihr schwer, dem Befehl angesichts des Leichnams zu folgen.

Bevor ihre Knie endgültig nachgaben, fühlte sie einen Arm, der sich um ihre Taille legte und sie stützte.

»Nicht umfallen«, flüsterte Nicholas. »Ich verstehe Euch, aber es gibt keinen Grund, daß Ihr in Ohnmacht fallen müßt.«

Der beruhigende Ton, in dem er gesprochen hatte, und seine warmherzigen Worte verliehen Isabelle wieder Kraft. Sie nickte, versuchte zu sprechen, doch über ihre Lippen drang nur ein Krächzen. Mit einem matten Nicken versuchte sie, ihre Antwort auszudrücken.

Nicholas ließ sie los, und Isabelle bemerkte, daß sich

außer ihm und Diane noch weitere Personen im Raum befanden: der Priester, der Marie wahrscheinlich die Sterbesakramente gespendet hatte, Dianes Zofe und der Küchenchef. Letzterer stand betreten in einer Ecke, während die Kammerfrau sich gerade unter das Bett bückte. Der Kirchenmann stand schweigend daneben, in sich versunken, als hielte er Totenwache.

»Madame ...« Die Zofe richtete sich auf. Auf ihrem Gesicht lag blankes Staunen, in ihren Händen hielt sie eine Schatulle, die mit Edelsteinen besetzt war. »Ich ... ich ... habe heute gut geputzt ...«, stockend rechtfertigte sie sich, »ich ... ich weiß nicht, wie das hierhergekommen ist ...«

»Haltet ein!« Unwillig griff Diane nach der Kassette, betrachtete sie verwirrt und schüttelte den Kopf. Obwohl sie noch blasser als sonst war, wirkte sie erschreckend gefaßt. »Ich habe dieses Kästchen nie gesehen. Es gehört mir nicht. Was tut es hier?«

In der Annahme, sie habe einen Fehler begangen, sank die Kammerfrau vor Diane auf die Knie. »Bitte, Madame, verzeiht mir meine Unachtsamkeit. Es ...«

»Es ist ein Geschenk«, fiel ihr Isabelle ins Wort. »Die Schatulle wurde für Euch abgegeben, Madame. Als ich die Blumendekoration erneuerte, kam Mademoiselle de Roger damit von der Pforte ...« Verstört brach sie ab. Die Tragweite der Tragödie wurde ihr bewußt, noch bevor sie ihren Satz beendet hatte und einen klaren Gedanken treffen konnte. Marie hatte die Kassette geöffnet, sie hatte die Handschuhe probiert – und nun war sie tot. Mit weit aufgerissenen Augen blickte Isabelle von dem entstellten Leichnam auf die hochgewachsene Gestalt neben dem Bett. Sie konnte zwar noch keinen wirklichen Zusammenhang zwischen den Ereignissen erkennen, aber endlich wußte sie, welcher Geruch alles andere in diesem Raum überlagerte: Sie atmete Gefahr.

38

Obwohl es eine warme Nacht war, schlotterte Isabelle vor Kälte. Deshalb hatte Nicholas Anweisung gegeben, trotz der dafür ungewöhnlichen Jahreszeit ein Feuer im Kamin eines Salons zu entzünden. Er würde sich vor Diane für diese Verschwendung von Holz rechtfertigen müssen, doch das hatte bis morgen Zeit.

Die Hausherrin hatte sich in ihre Gemächer zurückgezogen, als sei nichts geschehen, nachdem Maries Leichnam in die Kapelle getragen worden war und das Stubenmädchen das Schlafzimmer gereinigt hatte. Zuvor hatte Diane ihren Sekretär mit der Aufklärung des Vorfalls beauftragt und ihm dabei freie Hand gewährt, danach hatte sie allen Anwesenden Stillschweigen abverlangt. In einer leidenschaftlichen Rede hatte sie sich an ihren Haushalt gewandt: »Die politische Lage erfordert absolute Diskretion. Unter den gegebenen Umständen wäre es fatal, den König mit diesem Unglück zu beunruhigen. Die Aufmerksamkeit Seiner Majestät muß auf Frankreich konzentriert bleiben und darf nicht abgelenkt werden. Deshalb wünsche ich, daß niemand ... und ich wiederhole: niemand ... auch nur ein Wort über die Umstände verliert, durch die Mademoiselle de Roger zu Tode gekommen ist. Ein schreckliches Unwohlsein hat sie dahingerafft, mehr gibt es dazu nicht zu sagen. Jede Person, die das Gegenteil behauptet, wird von mir persönlich an den Galgen gebracht.«

Jeder wußte, daß ein Geheimnis wie dieses in einem so großen Haushalt nicht lange gewahrt werden konnte, doch Diane hoffte die Wahrheit so lange wie möglich zurückzuhalten.

»Wenn die Königin erfährt, daß etwas Schreckliches passiert ist, wird sie dies als böses Omen für den Friedensvertrag betrachten«, erklärte sie Nicholas unter vier

Augen. »Catherine wird alles tun, um das Abkommen als Teufelswerk zu brandmarken, und ihr und ihren Astrologen würde ein Vorfall wie Mademoiselle de Rogers Tod gerade recht kommen. Ich kann nicht zulassen, daß sie den König mit ihrem Hokuspokus verunsichert. Je mehr Zeit verstreicht, um so weniger kann sie einen glaubhaften Zusammenhang zwischen den beiden Ereignissen herstellen.«

Stunden nach diesem Gespräch hatte Nicholas noch keinen Schlaf gefunden und war dankbar für Isabelles Gesellschaft, der es ebenso erging. Sie hielt ihre Hände ans Feuer und fand trotzdem keine Wärme. Die Kälte, die sie erfüllte, schien ihr Innerstes zu durchdringen. Sie hatte ihr Zeitgefühl verloren und wußte nicht, wie lange sie schon beisammensaßen, umsorgt von Nicholas, der sie mit geschickten Fragen dazu drängte, die Geschehnisse des Nachmittags zu offenbaren, obwohl Isabelle lieber alles für sich behalten hätte.

Fragen erfordern Antworten, dachte sie, und Antworten führen zum Verrat. Sie hätte nicht so unbedacht sein und die Schatulle wiedererkennen dürfen, schalt sie sich im stillen. Auf diese Weise hatte sie sich zur letzten Person gemacht, die Marie lebend gesehen hatte, und zu einer wichtigen Zeugin. Sie hatte sich in den Mittelpunkt gestellt, was sie in der Vergangenheit stets zu vermeiden gesucht hatte. Es wäre besser gewesen, wenn sie geschwiegen hätte. Marie konnte durch ihre Geschwätzigkeit ohnehin nicht mehr zum Leben erweckt werden.

»Die Geschichte, die Ihr mir erzählt habt, ist äußerst merkwürdig«, sagte Nicholas in ihre Gedanken. Er klang freundlich und keinesfalls anklagend, so wie es Isabelle zuerst befürchtet hatte. Einen Becher mit Rotwein in der Hand, von dem er gedankenverloren nippte, wanderte er im Raum auf und ab. Dabei ließ er Isabelle nicht aus den

Augen. »Es klingt ganz so, als habe es sich um ein Versehen gehandelt.«

Ihre Augenbrauen zogen sich zusammen. »Wie meint Ihr das?«

»Der Pfarrer meint, Mademoiselle de Roger sei einem Giftanschlag zum Opfer gefallen, und ich neige dazu, dem zuzustimmen …«

»Aber es sah doch so aus, als sei sie so verwirrt gewesen, daß sie versehentlich das Blumenwasser getrunken hatte«, protestierte Isabelle. »Jedes Kind weiß, daß Maiglöckchen giftig sind.«

»Eben«, bestätigte Nicholas mit einem traurigen Lächeln. »Auch die arme Mademoiselle de Roger wußte das. Ich denke, daß sie das Gefäß mit den Blüten heruntergeworfen hat, als sie ohnmächtig wurde. Ein anderes Gift hat sie dahingerafft, und ich vermute …«, er legte eine kleine Pause ein, nippte von seinem Wein und fügte schließlich zu Isabelles Entsetzen hinzu: »Ich glaube, die Handschuhe waren präpariert.«

»Was?«

»Derartiges soll schon vorgekommen sein. In der gegenwärtigen Situation halte ich ein Attentat auf Madame sogar für sehr wahrscheinlich.«

Isabelle hätte Genugtuung darüber empfinden sollen, daß andere Kräfte nach Dianes Leben trachteten und ihren Racheplan in die Tat umzusetzen versuchten. Doch Nicholas' Worte schockierten sie. Es war etwas anderes, seiner Phantasie freien Lauf zu lassen oder dieselbe plötzlich in die Tat umgesetzt zu sehen. Kopfschüttelnd widersprach sie: »Madame ist die mächtigste Frau Frankreichs. Niemand würde es wagen, sie umzubringen.«

»Mit Verlaub, Madame de Valmy, ich finde das gar nicht so abwegig. Mit einem hochwirksamen Toxin präparierte Handschuhe – das wäre in vielerlei Hinsicht sehr effizient.

Außerdem haben Giftmorde eine lange Tradition im französischen Königshaus, besonders in jüngster Vergangenheit.«

Stirnrunzelnd blickte sie zu ihm auf. »Wovon sprecht Ihr?«

Nicholas blieb auf seiner Wanderschaft durch den Salon vor dem Stuhl stehen, auf dem sie saß.

»Ihr wißt nichts über den plötzlichen Tod des älteren Bruders Seiner Majestät?« fragte er erstaunt und fuhr sogleich fort, nachdem sie den Kopf geschüttelt hatte: »Dann will ich Euch davon erzählen. Es ist eine Geschichte, die nie aufgeklärt wurde, aber sie steht stellvertretend für viele ähnliche Vorfälle. Ihr wißt sicher, daß unser jetziger König nur der zweitgeborene Sohn ist. Sein älterer Bruder hieß wie sein Vater François und war natürlich der Dauphin. Warum er im Alter von nur achtzehn Jahren starb, wurde nie wirklich geklärt, auch nicht, wer der Auftraggeber für einen Mord gewesen sein könnte. Gewisse Gerüchte verstummten jedenfalls nie ...«, er unterbrach sich, um seine trockene Kehle zu benetzen. Dann berichtete er mit nunmehr gesenkter Stimme: »In einem Moment spielte er in der sommerlichen Hitze Tennis, im nächsten fiel er ins Koma. Da ihm sein Mundschenk zuvor ein Glas Wasser gereicht hatte, brachte man das Getränk in Zusammenhang mit seinem Tod. Dieser Mann, Sebastiano de Montecuculli, wurde des Mordes angeklagt und gevierteilt, obwohl man ihm die Tat nicht nachweisen konnte. Montecuculli stammte, wie Ihr am Namen schon erkannt habt, aus Italien und könnte ein Spion sowohl des Kaisers als auch gewisser anderer Personen gewesen sein, die ein Interesse am Tod des Dauphins hatten ... Die Medici etwa, die auf diese Weise eine der Ihren auf den Thron von Frankreich brachten.«

»Die Königin?« Isabelle sah mit vor Verblüffung geöffnetem Mund zu Nicholas auf. »Ihr vermutet, die Königin trachtet Madame nach dem Leben?« Doch während sie die Frage aussprach, räumte sie diese Möglichkeit bereits im stillen ein. Wahrscheinlich gab es niemanden bei Hofe, der Diane so lange und so leidenschaftlich haßte wie Catherine de Médicis. Der Friedensvertrag mit Spanien machte ihr, wie jedermann wußte, schwer zu schaffen. Außerdem war sie stets umgeben von bedeutenden Alchimisten, und in der Toskana wuchsen bekanntermaßen Pflanzen, die eine Freude für jeden Giftmischer waren. Doch trotz dieser belastenden Indizien mochte Isabelle nicht recht an Catherines Täterschaft glauben. »Wenn Ihr recht hättet, würde der Verdacht sofort auf die Königin fallen. Wäre der Anschlag erfolgreich gewesen, hätte man sie zur Verantwortung gezogen. Allein die Tatsache, daß es sich bei dem Geschenk um Handschuhe handelte, ist so etwas wie eine Visitenkarte. Und die dürfte kein Mörder freiwillig hinterlassen.«

Nicholas blickte Isabelle eine Weile nachdenklich an. Dann richtete er sich auf und murmelte dabei: *»Jeder Abel hat seinen Kain …«*

»Das ist von Luther«, entfuhr es Isabelle.

»Ja«, erwiderte Nicholas schlicht. Er hob sein Glas an die Lippen und nahm diesmal einen mächtigen Schluck.

Isabelle hatte das Gefühl, in einen Sog zu geraten. Sie fühlte sich wie in tiefem Wasser, wenn sie den Boden unter den Füßen verlor. Doch konnte sie plötzlich nicht mehr schwimmen, und ein Strudel zog sie unerbittlich hinab. Die Erkenntnis, daß Nicholas der Reformation zugetan war, schlug wie eine Welle über ihr zusammen. Er las Kopernikus, er kannte Clément Marot, er zitierte gedankenverloren Martin Luther! Warum war ihr nicht viel früher aufgefallen, daß es sich bei Nicholas Fouquet um einen Hugenotten handelte? Sie mußte blind gewesen sein, denn kein Mann, den sie kannte, war von seiner Erscheinung und Charakterstärke so sehr Protestant wie er mit seiner stillen Würde, seiner intellektuellen Zurückhaltung und demonstrativen Bescheidenheit. Wieso hatte das kein anderer Höfling je bemerkt? Doch hatte er selbst Isabelle lange täuschen können.

Sie hätte seine Hände nehmen, ihn als Glaubensbruder begrüßen wollen. Doch da tauchte in ihrem Kopf plötzlich die Frage auf, ob sich ihr ein kluger Kopf wie er tatsächlich aus Versehen offenbarte oder ob er sie mit voller Absicht in eine Falle gelockt hatte. Denn seine Bemerkung, die sie, ohne sonderlich darüber nachzudenken, sofort eingeordnet hatte, konnte natürlich auch ein Köder sein, mit dem er sie zu packen versuchte. Dann wäre seine Haltung nichts als Tarnung.

Das Schweigen zwischen ihnen wurde zur Belastung. Ihre vorsichtigen, den anderen abtastenden Blicke begegneten sich. Schließlich setzte Nicholas sein gewinnendes Lächeln auf und sagte scheinbar leutselig: »Vielleicht sollten wir die Angelegenheit von einer anderen Warte aus betrachten. Wenn es sich um keinen Mordversuch an Madame gehandelt haben sollte, was könnte dann die Ursache für die Tragödie sein? Womöglich ein Anschlag auf Mademoiselle de Roger selbst?«

Isabelle war dankbar, das Thema Religion für einen Moment außer acht lassen zu können. »Ach, das glaube ich nicht. Wer sollte denn der armen Marie nach dem Leben trachten?«

»Ihr!«

Sie glaubte, nicht richtig gehört zu haben. »Wie bitte?«

»Ihr, Madame de Valmy. Ihr hattet ein starkes Motiv, den Tod von Marie de Roger zu wünschen.«

Sie erstarrte. Ihr kam es vor, als würde ihr Nicholas immer dann ein Messer in den Rücken stoßen, wenn sie ihm unvorsichtigerweise zu vertrauen begann. Allein die Tatsache, daß sie ihm für einen Moment uneingeschränkte Sympathie entgegengebracht hatte, schien sie verwundbar zu machen. Sie setzte sich kerzengerade hin, ihre Hände umschlossen so fest die Armlehnen des Stuhls, daß ihre Fingerknöchel weiß hervortraten.

»Ich weiß nicht, wovon Ihr sprecht, Monsieur Fouquet, und ich finde Eure Anschuldigung zutiefst beleidigend. Wie könnt Ihr es wagen …?«

»Echauffiert Euch nicht. Ich stelle Thesen auf, nenne keine Tatsachen. Oder wollt Ihr etwa behaupten, ich hätte zuvor die Königin beschuldigt?«

Da sie dem nichts entgegensetzen konnte, senkte sie still die Lider. Sie bemühte sich, unschuldige Ruhe auszustrahlen, doch an ihrer Schläfe pochte wild eine Ader. Natürlich hatte sie nichts mit Maries Tod zu tun – wer wüßte das besser als sie selbst? Aber in ihrem Herzen hatte sie der anderen Ehrendame durchaus nach dem Leben getrachtet. Insofern hatte Nicholas recht. Doch der Wunsch allein brachte niemanden um, jedenfalls nicht mit Gift.

»Um das Unglück aufzuklären, müssen wir alle Möglichkeiten in Betracht ziehen«, sagte er, und seine Stimme klang seltsam sanft. Wieder blieb er auf seinem Weg durch den Salon neben dem Kamin stehen. Er stellte sein Glas auf dem Sims ab und griff nach dem Schürhaken, um im Feuer zu stochern. Ohne Isabelle anzusehen, bat er nach einer Weile: »Es wäre mir ein Anliegen, wenn Ihr mir verzeihen könntet. Ich mache Euch nicht verantwortlich für das, was geschehen ist, aber ich möchte vermeiden, daß es ein anderer tut. Ihr seid so unbedarft und ohne einflußreiche Freunde. Für jemanden, der einen Mörder sucht, seid Ihr ebenso erste Wahl wie seinerzeit der Mundschenk des Dauphin. Allein Eure Geschichte vom Hergang des Nachmittags macht Euch zu einer Verdachtsperson.«

»Wollt Ihr mich überführen, um meine Unschuld zu beweisen?« gab sie grimmig zurück.

»Nein. Ich möchte Euch vor Euren Feinden schützen.«

Ein bitteres Lachen entrang sich ihrer zugeschnürten Kehle. »Wie fürsorglich von Euch!«

»So habt doch ein wenig Geduld mit mir«, mahnte er und richtete sich auf, um wieder vor sie hinzutreten. Er legte seine Hände um die Löwenköpfe, mit denen die Armlehnen ihres Stuhls verziert waren. Dabei war er vorsichtig darauf bedacht, ihre Finger nicht zu berühren, die das Holz noch immer umklammerten. Mit forschendem Blick sah er sie ernst an. »Es könnte jemand anderer auf die Idee kommen, Ihr hättet etwas mit Mademoiselle de Rogers Tod zu tun, und für diesen Fall müßt Ihr gewappnet sein ...«

»Ich glaube nicht«, unterbrach sie ihn streng, »daß eine solche Situation eintreten wird. Wer sollte die Todesursache der armen Marie hinterfragen? Madame höchstselbst wünscht, daß sowenig Aufhebens wie möglich darum gemacht wird.«

»Monsieur de Roger könnte erscheinen und Dinge wissen wollen, die wir ihm alle lieber verschweigen würden«, versetzte Nicholas. »Den untröstlichen Vater kann nicht einmal Madame mit ein paar harmlosen Floskeln abspeisen. Er wird einen Schuldigen finden wollen – oder eine Schuldige.«

Isabelle wunderte sich, daß sie ihn nicht einfach zur Seite stieß, aufsprang und ging. Statt ihr Heil in der Flucht zu suchen, ließ sie sich auf eine Konversation mit ihm ein, die für sie fast lebensgefährlich war. Sie hatte Marie zwar nicht umgebracht, aber sie hatte andere Verbrechen verübt, die mit der Todesstrafe geahndet wurden. Die Frage war, ob Nicholas sie wirklich beschützen oder vielmehr ausliefern wollte. Seufzend ergab sich Isabelle in ihr Schicksal. »Nun, Monsieur Fouquet, was glaubt Ihr?«

Er lächelte traurig. »Ich glaube, was ich sehe. Deshalb bin ich von Eurer Untadeligkeit überzeugt. Comte de Montgommery mochte Madame Sand in die Augen gestreut haben, aber einen stillen Beobachter wie mich konnte der Chevalier nicht täuschen. Ich gehe davon aus, daß Ihr keinen Grund hattet, Marie de Roger aus Eifersucht zu töten.«

Isabelle schnappte nach Luft. Es war nicht die Konfrontation mit ihrer Liebe zu Gabriel, die sie so überraschte, sondern die plötzliche Erkenntnis, daß Nicholas nicht ganz unrecht hatte. Neid war das älteste und stärkste Motiv für die schlimmste aller Taten. Damit geriet sie ganz zwangsläufig unter Verdacht. Diane wußte um ihre Empfindungen für Gabriel und hatte gleichsam versucht, eine Verbindung zwischen ihm und Marie zu fördern. Solange niemand Gabriels wahre Gefühle kannte, wäre es kein Wunder, wenn in der Hofgesellschaft gemunkelt würde, daß Isabelle eine Rivalin aus dem Weg geräumt habe.

»Ich sehe«, stellte Nicholas ruhig fest, »daß ich Euch überzeugen konnte, und es gibt einen Ausweg.« Er richtete sich auf, wobei seine Finger wie zufällig über ihre Hände strichen. Zu seiner Erleichterung zuckte sie nicht zurück, doch sie war viel zu verwirrt, um diese zarte Geste überhaupt wahrzunehmen. »Ich werde alles tun, um den bösartigen Klatsch zu entkräften, so er denn aufblühen sollte«, versprach er ungewohnt leidenschaftlich. »Immerhin spricht für Euch, daß das Geschenk tatsächlich für Madame abgegeben wurde. Niemand konnte damit rechnen, daß Mademoiselle de Roger es in Empfang nehmen und anprobieren würde. Auch Ihr nicht. Im Gegenteil. Ihr hättet niemals für diese Verkettung von unglücklichen Zufällen sorgen können.«

Dieses Argument trieb ihr die Tränen in die Augen. Aber eine vernünftige Erklärung für die Ursache dieser Tragödie hatte Nicholas trotzdem nicht gefunden. Vor ihrem geistigen Auge wechselten sich die verschiedensten Bilder ab, Bruchstücke von Erinnerungen, die sich zu einer logischen Abfolge vereinten. Nicholas' taktische Überlegungen waren sicher sinnvoll, aber wenn sie es recht bedachte, gab es nur eine Person, bei der immer wieder alle Fäden zusammenliefen.

»Es gibt nur einen Menschen, der Madame de Poitiers haßt wie Satan die Engel«, flüsterte Isabelle rauh. »Nur einen Menschen, der aus diesem Haß keinen Hehl mehr macht …«

Nicholas legte seinen Finger auf Isabelles Lippen. »Pst! Sprecht nicht weiter! Wir dürfen so etwas denken, aber nicht aussprechen. Wenn Madame diesem Feind ausgeliefert ist, werdet Ihr erst recht nichts gegen die fragliche Person ausrichten können. Behaltet den Namen für Euch, denn es könnte gefährlich werden, ihn in diesem Zusammenhang zu nennen.«

»Was wollt Ihr damit sagen?«

Er schüttelte seinen Kopf, als wollte er die bösen Gedanken vertreiben. »Mir war vom ersten Augenblick an klar, worum es sich bei dem Anschlag handelt. Ich habe Euch auf die falsche Fährte geführt, weil ich mit Eurer Hilfe die verschiedenen Möglichkeiten abwägen wollte, doch tatsächlich kommen wir immer wieder zum selben Schluß …«

»Der Herzog von Guise hätte auch ein Interesse …«, schlug Isabelle vor und brach unsicher ab. Sie war derart mit der Frage nach den Hintergründen beschäftigt, die zu Maries Tod geführt hatten, daß sie darüber ihre plötzliche Komplizenschaft mit Nicholas übersah.

»Es gibt da etwas, das ich Euch noch nicht anvertraut habe. Ich hörte kürzlich von einer Weissagung sprechen, die der Astrologe der Königin traf. Meiner Ansicht nach klingt die Prophezeiung recht beunruhigend, zumal nach dem Anschlag heute.«

Unwillkürlich fielen ihr der Zauberspiegel mit seinen Bildern und das Rad des Lebens ein. »Hat Nostradamus den Tod von Madame vorhergesagt?« fragte sie.

»Nein. Das hat er nicht. Jedenfalls nicht direkt. Er sprach vom König.«

»Was?« Isabelle schluckte, obwohl ihre Kehle ausgedörrt schien. »Das macht doch gar keinen Sinn. Marie de Rogers Unglück hat nicht das geringste mit dem König zu tun und ...«

»Madame gilt als geheime Königin Frankreichs. Vergeßt nicht, daß die vergifteten Handschuhe eigentlich für sie bestimmt waren.«

»Was hat Nostradamus gesagt?«

Nicholas fiel in einen Singsang, der Isabelle unangenehm an die Stimme des provencalischen Wahrsagers erinnerte: *»Der junge König wird den alten überwinden.«* Seine Worte schienen in der folgenden Stille nachzuklingen. Das Holz im Kamin knackte, und die Glut zischte als Echo auf das Horoskop des Nostradamus.

»Es könnte genausogut ›die junge Königin‹ heißen«, resümierte Isabelle fassungslos. »Die junge Königin wird die alte überwinden ... Catherine de Médicis wird über Diane de Poitiers triumphieren. Ist es das, was Ihr glaubt?«

Schweigend senkte er seinen Blick.

39

Marie wurde in aller Stille auf dem Friedhof von Anet beigesetzt. Diane hatte würdevolle Worte gefunden, die sie in einem Beileidsschreiben an Maries Vater wiederholte. Wegen der sommerlichen Hitze konnte nicht auf das Eintreffen von Monsieur de Roger aus der Bretagne gewartet werden, weshalb es dem untröstlichen Vater versagt blieb,

Abschied von seiner so früh verstorbenen Tochter zu nehmen. Erstaunlicherweise ließ er sich auf die etwas merkwürdige Geschichte ein, Marie habe einen Schwächeanfall erlitten und in einer Panikattacke Blumenwasser getrunken, was zu ihrem Tode führte.

Diese Version der Ereignisse teilte Diane dem König in einem Brief mit. Da der einzig um die Gesundheit seiner Mätresse besorgt war, maß er dem plötzlichen Tod der jungen Ehrendame nicht allzuviel Bedeutung bei. Nachdem ihm in einer zweiten Botschaft versichert wurde, daß Diane wohlauf war, ließ er die Angelegenheit auf sich beruhen. Seine Bemühungen kreisten vielmehr darum, seinem Volk den verhaßten Frieden mit Spanien schmackhaft zu machen und sein großes Fest zu planen. Somit blieb ein Skandal aus, da auch die Hofgesellschaft keine Fragen stellte. Die meisten hochwohlgeborenen Damen waren viel zu sehr damit beschäftigt, sich selbst oder ihre Töchter um die frei gewordene Position zu bewerben, als daß sie auch nur einen Gedanken an die Umstände verloren, denen ihre Vorgängerin erlegen war.

Allerdings verspürte Diane keine Lust, sich schon so bald nach Maries Tod um einen Ersatz zu kümmern. Sie vertröstete die aufdringlichsten Anwärterinnen, die sogar persönlich in Anet vorsprachen, indem sie behauptete, die Wahl treffen zu wollen, wenn sie wieder in Paris weilte, was Ende des Monats der Fall sein würde. Schriftliche Anfragen beantwortete Nicholas mit ähnlichem Wortlaut, doch der Strom der Bewerberinnen ebbte nicht ab, so daß Diane schließlich die Flucht ergriff. In aller Heimlichkeit übersiedelte sie nach Chenonceau. Zwar würden über kurz oder lang auch dort die energischeren unter den Kandidatinnen auftauchen, aber bis dahin erhoffte sich Diane eine Atempause.

»Das sind Blutegel«, stellte sie fest, als sie während der

Fahrt ins Loire-Tal die jüngste Korrespondenz durchsah, in der sich wieder einige Damen ins beste Licht zu rücken suchten. Mit angewidertem Gesichtsausdruck reichte sie Nicholas, der ihr und Isabelle gegenüber in der Kalesche saß, den ihr zuvor überlassenen Papierstapel. »Sie bohren sich wie Würmer in die Haut und saugen einen aus. Die Tiere kann man mit Gewalt entfernen, aber wie soll man wohl bei diesen Weibspersonen vorgehen?«

»Blutegel sollten von alleine abfallen, Madame, sonst kann ihr Biß zu schlimmen Entzündungen führen«, erklärte Nicholas. »Ich denke, Menschen möchten genauso behandelt werden, sonst sind die Folgen unabsehbar.«

»Ach? Wollt Ihr damit andeuten, daß die Leute ihren Willen haben sollen und einen aussaugen dürfen, bis sie fett und zufrieden sind? Das kann nicht Euer Ernst sein, Monsieur Fouquet.«

»Immerhin sorgen sie für ein besseres Wohlbefinden und gute Gesundheit«, Nicholas lächelte geheimnisvoll: »Die Blutegel, meine ich.«

Diane erwiderte seinen Blick. »Danke für diesen Hinweis. Sonst könnte man fast annehmen, wir unterhielten uns über die sogenannten Protestanten. Dabei ist diese menschliche Pest den Würmern nicht unähnlich, sie ist mindestens ebenso widerlich. Aber wie wir eben feststellen mußten, gilt dieses Attribut wohl auch für einige andere weibliche Aasgeier in der Hofgesellschaft. Nicht nur für Hugenottenfrauen …«

Bei dieser Bemerkung wandte Isabelle den Kopf. Sie hatte aus dem Fenster geschaut, beobachtet, wie die Landschaft an ihr vorbeizog, und dabei ihren Gedanken nachgehangen. Die Fahrt nach Chenonceau war ein Lichtblick in diesen düsteren Tagen, und sie war dankbar für den Ortswechsel, denn sie erhoffte sich dadurch Vergessen. Obwohl sie entgegen Nicholas' Befürchtungen von niemandem beschuldigt worden war, Verantwortung an Maries Tod zu tragen, konnte sie sich eines schlechten Gewissens nicht entledigen. In vielen schlaflosen Nächten bezichtigte sie sich, die alleinige Schuld an Maries Unglück zu tragen. Nicht nur, daß sie Marie vehementer von dem Versuch hätte abbringen sollen, die Handschuhe überzustreifen. In besonders schwarzen Stunden schalt sich Isabelle, weil sie von ihrem ursprünglichen Rachefeldzug abgewichen war und es zugelassen hatte, daß sich Gabriel in sie verliebte. Wäre dies nicht geschehen, er hätte vielleicht Marie geheiratet und seine junge Frau in Ducey in Sicherheit gebracht, fernab von den Intrigen des Hofes, denen sie letztlich zum Opfer gefallen war. Und Isabelle hätte unbeirrter ihren Weg gehen können, anstatt der Wärme in ihrem Herzen den Vorrang zu geben.

Diane schien Isabelles plötzliche Aufmerksamkeit nicht zu registrieren, denn sie unterhielt sich weiter vertraulich mit Nicholas, als sei Isabelle nicht anwesend oder würde schlafen:

»Neuerdings wird von merkwürdiger Rücksichtnahme gegenüber der Pest gesprochen. Hörtet Ihr schon von den skandalösen Forderungen, die Admiral Coligny an den König stellte?«

»Nein, Madame, ich bedauere. Meine Informanten bei Hofe scheinen nicht auf dem laufenden zu sein«, behauptete Nicholas, und Isabelle schickte ein stilles Stoßgebet gen Himmel, weil sie auf diese Weise möglicherweise brisante Neuigkeiten erfahren durfte.

Offenbar wurde sie erhört, denn Diane berichtete mit vor Entsetzen schriller Stimme: »Gaspard de Coligny erdreistete sich, seine Antwort auf die Einladung zur königlichen Hochzeit mit einem Postulat zu verknüpfen. Als Gegenleistung für sein Erscheinen verlangt er, daß die Verhaftungen von Häretikern für den Zeitraum der Festivitäten ausgesetzt werden.« Ob dieser Ungeheuerlichkeit rang Diane wütend um jeden Atemzug und fächelte sich mit aufgeregten Bewegungen kühlende Luft zu.

»Das ist in der Tat bemerkenswert«, stimmte Nicholas gleichmütig zu.

Isabelle versuchte seinen Blick aufzufangen, doch er wich ihr aus. Seit ihrem nächtlichen Gespräch wurde sie ununterbrochen von Zweifeln beherrscht, auf welcher Seite Dianes Sekretär in Wahrheit stand. Sie hatte ihn mit einem veränderten Blick zu beobachten versucht und war immer wieder zu dem Ergebnis gekommen, daß sich Nicholas wie ein Protestant verhielt; andererseits war Bescheidenheit eine Tugend, die den meisten Papisten zwar abhanden gekommen, aber letztlich nicht unbekannt war. Diane jedenfalls schien ihm unverändert das Vertrauen zu schenken, was sie auch jetzt wieder unter Beweis stellte.

»Es ist mir völlig schleierhaft, wie es dazu kommen konnte, doch der König stimmte dem Angebot Colignys zu. Seine Majestät hat mich nicht einmal um Rat gebeten, sonst wäre seine Entscheidung sicher anders ausgefallen. Ich möchte wirklich wissen, was ihn zu einer derartig katastrophalen Konsequenz bewegen konnte.«

Die Königin, fuhr es Isabelle durch den Kopf. Wahrscheinlich hatte sie ihren Einfluß geltend gemacht. Catherine de Médicis wußte, daß sie als Befürworterin von Admiral Coligny gegen Dianes entschiedene Haltung intrigierte.

»Vielleicht suchte seine Majestät nach einem Gegengewicht für die Übermacht des Herzogs von Guise«, sagte Nicholas in Isabelles Gedanken hinein. »Gaspard de Coligny ist ein ebenso bedeutender Feldherr wie François de Guise und beim Volk sehr beliebt. Welchen Eindruck würde es hinterlassen, wenn der eine zur Vermählung von

Prinzessin Elisabeth erscheint und der andere dieser fernbleibt?«

Diane hielt in ihren hektischen Bewegungen inne und blickte Nicholas überrascht an. »Ihr habt recht«, murmelte sie, als spreche sie zu sich selbst. »Das Pendel der Macht würde ganz klar zugunsten des Herzogs von Guise ausschlagen, wenn Admiral Coligny düpiert verzichtete …«

»Diese Situation kann weder im Interesse des Königs noch in Eurem sein«, fügte Nicholas ruhig hinzu.

»Ja«, Diane nickte. »Der Preis ist allerdings sehr hoch. Ich verstehe nicht, was in Coligny gefahren ist, daß er es überhaupt wagt, mit derartigen Forderungen an den König heranzutreten. Die spanische Gefangenschaft muß ihn mehr verstört haben, als anzunehmen war.«

Glücklicherweise hat die Haft den Admiral verändert, dachte Isabelle. Gaspard de Coligny sorgte durch sein mutiges Eintreten für die Protestanten nicht nur für eine Atempause während der Feiern zum Abschluß des Friedensvertrags. Die kurz davor stattfindende Synode der reformierten Kirche würde vor diesem Hintergrund mit erheblich mehr Ruhe abgehalten werden können und sicher von größerem Erfolg gekrönt sein. Gott ist auf unserer Seite, fuhr es Isabelle durch den Kopf. Wie seltsam, daß Er sich ausgerechnet einen der bedeutendsten Feldherren des Königs als sein Werkzeug aussuchte. Dann fiel ihr ein, daß sie im Gefolge des Admirals wahrscheinlich ihren Bruder wiedersehen würde, und die Vorfreude erwärmte ihr Herz.

»Geduld, Madame«, mahnte Nicholas liebenswürdig. »Ich bin sicher, es wird sich herausstellen, daß die Entscheidung des Königs weise war und Admiral Coligny nicht so impertinent, wie es auf den ersten Blick scheinen mag.«

Darauf wußte Diane nichts zu erwidern. Sie neigte den Kopf und blickte schweigsam aus dem Fenster.

Nicholas nutzte diesen Moment der Ablenkung und sah Isabelle zum ersten Mal direkt an. Zu ihrer Überraschung schenkte er ihr ein zuversichtliches, fast triumphales Grinsen. Auf welcher Seite steht Ihr? fragte sie sich wieder. Und: Warum solltet Ihr mir vertrauen wollen?

»Madame de Valmy«, stellte er mit besorgtem Unterton in der Stimme fest, »Ihr seid ganz bleich. Bekommt Euch die Kutschfahrt nicht?«

Isabelle ließ sich auf diese harmlose Konversation ein: »Tatsächlich fühle ich mich ein wenig elend, es schaukelt sehr stark.«

»Im Sattel seid Ihr wahrscheinlich besser aufgehoben«, warf Diane ein. »Dafür habt Ihr mein Verständnis. Allerdings schätze ich es, eine meiner Ehrendamen bei einer Reise neben mir wissen. Da Mad ...«, sie unterbrach sich und schluckte den Namen herunter, der ihr auf der Zunge gelegen hatte. »Ihr werdet bald wieder Gelegenheit haben, auf dem Rücken eines Pferdes unterwegs zu sein, Madame de Valmy.« Mit einem tiefen Seufzer deutete sie auf den Papierstapel, den Nicholas auf den tragbaren Sekretär gelegt hatte, den er bei sich führte. »Diesen Anwärterinnen ist sicher nicht lange zu entkommen. Hoffen wir, daß wir wenigstens in Chenonceau ein wenig Ruhe finden.«

»Ja, Madame«, antwortete Isabelle wohlerzogen. Die Hochstimmung war von ihr gewichen. Der Gedanke an Marie brachte die Vorwürfe zurück. Erst jetzt fiel ihr auf, daß sie während der Unterhaltung zwischen Nicholas und Diane nicht an Marie und ihr verzweifeltes Gewissen erinnert worden war. Nun aber schien die Tote wieder den Raum um Isabelle zu füllen und ihr die Luft zum Atmen zu rauben.

Als habe sie nicht schon genug Sünden auf sich geladen, ertappte sich Isabelle bei dem Wunsch, Katholikin sein zu wollen; dann hätte sie wenigstens zur Beichte gehen und um Ablaß bitten dürfen. Wie wunderbar wäre es, auf diesem Wege das eigene Schicksal beeinflussen zu können und sich Gottes Gnade sicher zu sein.

40

Einzig Gabriel glaubte nicht an die Geschichte, die bei Hofe kolportiert wurde. Er erfuhr durch die Gattin eines Offiziers der Schottischen Garde von den Geschehnissen in Anet. Die Dame hatte am eigenen gesellschaftlichen Aufstieg jedoch deutlich mehr Interesse als am Ableben von Marie de Roger. Vicomtesse Révère suchte die Nähe des Kommandanten ihres Mannes, von dem jedermann wußte, daß er sich mehrfach bei Diane de Poitiers aufgehalten hatte. Sie lud den Hauptmann zu einem feudalen Mittagessen ein, das weder ihrer finanziellen Lage noch dem Talent ihres Kochs entsprach, und flehte ihn an, sich für sie bei der Favoritin zu verwenden. Doch ihr Gast hörte kaum zu, erschüttert über die Nachricht, die ihm die Vicomtesse herzlos unterbreitete. Er war so betroffen von Maries Tod, daß er sich, so rasch es die Höflichkeit zuließ, verabschiedete und zu einem einsamen Spaziergang aufbrach. Bekümmert dachte er daran, wie er vor Wochen mit Marie durch die Straßen gestreift war und gehofft hatte, dabei Details über Isabelle zu erfahren.

In der Rue Saint-Antoine begegnete er zufällig seinem Freund Pierre de Beaujeu, als dieser das Haus des Marquis de Valmy verließ. Gabriel marschierte derart in Gedanken versunken vor sich her, daß er beinahe über den Dichter gestolpert wäre.

Es blieb bei einer Rempelei, die Beaujeu zu dem fröhlichen Ausruf nötigte: »Öffnet Eure Augen, Chevalier, wenn Ihr des Weges geht! Wäre mein Bein nicht lahm und schmerzunempfindlich, würde ich Euch damit jetzt einen Fußtritt versetzen, denn zweifellos hättet Ihr mir arg weh getan. Laßt Euch statt dessen umarmen. Was trübt Eure Sinne? Sind es wieder die Damen von Madame?«

Gabriel lächelte traurig.

»Auf gewisse Weise habt Ihr recht. Ihr seid ein kluger Kopf, Beaujeu. Würdet Ihr mir bei meiner ziellosen Wanderung ein wenig Gesellschaft leisten und mir dabei Euer Ohr leihen?«

»Ich schenke Euch jederzeit meinen Trost, aber warum mutet Ihr meinen armen Beinen soviel Ungemach zu? Ich würde lieber in ein Gasthaus einkehren als spazierengehen.«

»Der Wein muß warten. Verzeiht! Ich habe das Gefühl, als sei ich um die Luft zum Atmen gebracht worden. Gerade eben komme ich von einer Weibsperson, deren Ignoranz schwer verdaulich ist ...«

Beaujeu starrte ihn mit deutlicher Verblüffung an und erinnerte dabei an einen possenreißenden Narren. »Was? Noch eine Frau? Ich dachte, Euch habe die große Liebe gepackt.«

»Das hat sie«, stimmte Gabriel zu und klopfte seinem Freund auf die Schulter. »Das hat sie wirklich. Ich beabsichtige sogar, die Dame zu heiraten.« Er seufzte: »Seit eben habe ich jedoch das Gefühl, ein Schatten liegt auf unserem Glück. Tut mir den Gefallen, Beaujeu, folgt mir und hört einfach nur zu!«

Ein wenig unwillig, dann aber gehorsam, tat der Dichter, wie ihm geheißen. Zunächst gingen sie schweigend nebeneinander her, Gabriel tief in Gedanken versunken, von Beaujeu besorgt beobachtet. Ein Gespräch war schwierig, denn auf der Rue Saint-Antoine herrschte nicht nur reger Verkehr wie stets, die für die Festlichkeiten Ende des Monats durchgeführten Baumaßnahmen schränkten die

Bewegungsfreiheit von Anwohnern wie Passanten erheblich ein. Der Lärm, den die Tagelöhner machten, um das Straßenpflaster herauszureißen, war ohrenbetäubend; die schnurgerade Straße würde als Stechbahn für das geplante Ritterturnier dienen und mit Sand ausgestreut werden, sobald der ursprüngliche Belag entfernt war. Nach einer Weile konnte Gabriel nicht mehr an sich halten und erzählte Beaujeu von der Tragödie, die ihm die Vicomtesse Révère gleichgültig mitgeteilt hatte. Er war gezwungen, seinen Freund anzuschreien, um die Arbeiten zu übertönen.

»Der erste Schock über die Mitteilung, daß eine der Ehrendamen von Madame verstorben sei, machte mich blind gegen alle anderen Gefühle. Ich sage es ungern, aber Euch kann ich anvertrauen, daß ich anfangs so etwas wie Erleichterung über die Nachricht vom Ableben Mademoiselle de Rogers empfand. Dieser Gedanke belastet mich sehr, denn ihr ist ein schreckliches Unglück widerfahren. Wenn ich nur wüßte, was wirklich passiert ist!«

Beaujeu stolperte über einen losen Pflasterstein und hatte Mühe, nicht zu straucheln. Die Augen auf den Boden geheftet, antwortete er: »Ohne der armen Mademoiselle de Roger unrecht tun zu wollen, gebe auch ich gerne zu, daß es mich tiefer bewegen würde, wenn ich erführe, Madame de Valmy sei etwas zugestoßen. Im Gegensatz zu Euch bin ich Mademoiselle de Roger niemals begegnet, was …«

Im ersten Moment dachte Gabriel, er habe sich verhört. »Wie?« unterbrach er erstaunt. »Ihr kennt Isabelle de Valmy?«

Mit einer leichten Kopfdrehung deutete sein Freund in die Richtung, aus der sie kamen und in der sich das Haus des Marquis de Valmy befand. »Ich traf sie bei ihrem Oheim. Tatsächlich wollte ich Euch schon längst zu Eurer Wahl gratulieren. Wüßte ich nicht, daß mein engster

Freund für sie entflammt ist, würde ich ihr zweifellos selbst den Hof machen.«

Ein zynisches Lachen entrang sich Gabriels Kehle. »Mit Verlaub, Beaujeu, die Dame ist nichts für einen armen Dichter wie Euch, sie ist zu Höherem geboren.«

»Oha! Ihr scheint nicht zu wissen, daß Isabelle de Valmy eigentlich ...«

Blitzschnell und mit eisernem Griff packte Gabriel seinen Freund am Kragen. »Wenn Ihr weitersprecht«, drohte er leise, aber unmißverständlich, »werde ich Euch eigenhändig den Hals umdrehen.«

Die beiden Männer waren stehengeblieben und versperrten anderen Passanten den Weg, die sich schimpfend und rempelnd an ihnen vorbeizudrängen suchten. Die Straße war verengt worden, um Platz für die hölzernen Tribünen zu schaffen, auf denen die Hofgesellschaft und ihre Gäste während der Wettkämpfe Platz nehmen würden. Zimmerleute bauten die ausladenden Konstruktionen zusammen, die sich gegen die Mauern der angrenzenden Häuser lehnten, die Fenster verdeckten und den Anwohnern Licht und Luft raubten und den Weg zu einem gefährlich schmalen Pfad schrumpfen ließen. Zwei Sänftenträger schoben sich mit ihrer Last unsanft an den beiden Freunden vorbei, mangels ausreichenden Platzes bohrten sie den am nächsten befindlichen Griff der eleganten Trage in Beaujeus Seite.

Unwillkürlich stieß er einen Schmerzschrei aus. »Wenn Ihr mich weiter hier festhaltet, werdet Ihr mich auf andere Weise umbringen, Montgommery.«

»Haltet einfach den Mund!« zischte der und ließ von ihm ab. Mit gesenktem Kopf setzte er seinen Weg fort, diesmal ungeachtet, ob der Gefährte ihm folgte. Nach wenigen Schritten schien er von Mattigkeit übermannt und ließ sich mit der Schwerfälligkeit eines alten Mannes auf der untersten Stufe einer bereits fertiggestellten Tribünentreppe nieder. Er fuhr sich mit den Händen über die Augen und wünschte, nicht zu einem Mitspieler in dieser gefährlichen Intrige geworden zu sein. Seit er definitiv wußte, daß Isabelle die Protestantin und Agentin war, von der Beaujeu berichtet hatte, raubten ihm die Sorgen manche Nacht den Schlaf. Seine Liebe zu ihr stellte nicht nur ein Risiko für sie dar, sondern auch für ihn selbst, denn sie zwang ihn zur Illoyalität gegenüber dem König. Auch war die schon lange in seinem Unterbewußtsein schlummernde Frage nach seinem Bekenntnis erwacht und verlangte eine Antwort darauf, welcher Religion er künftig anhängen würde – der, zu der er sich seit geraumer Zeit hingezogen fühlte und die dem Glauben der Frau seines Herzens entsprach, oder der, zu der er durch seine Taufe und seinen Eid verpflichtet war.

»*Was siehest du aber einen Splitter in deines Bruders Auge, und des Balkens in deinem Auge wirst du nicht gewahr*«, unterbrach der Dichter seine Gedanken mit einem Zitat aus der Bergpredigt Christi. Er hatte sich neben seinen Freund gesetzt und auf ein Wort gewartet, doch nun fand er, es sei lange genug geschwiegen worden. »Ich bin geneigt, Euch Eure Morddrohung zu verzeihen, denn die Liebe macht Euch anscheinend blind.«

Gabriel hörte nicht auf ihn, sondern dachte weiter an Isabelle und die Schwierigkeiten, in denen sie sich beide befanden. In Anbetracht der seltsamen Umstände, die zum Tode Marie de Rogers geführt hatten, befürchtete er, daß sie sogar in größerer Gefahr schwebte als er selbst. Wenn er sich doch nur endlich zu ihr bekennen könnte! Er verfing sich in Tagträumen und stellte sich vor, wie er – der Sitte gehorchend – mit dem Banner seiner Herzdame bei dem geplanten Ritterturnier antreten würde. Dabei fiel ihm ein, wie wenig er über ihre Familie wußte und daß er nicht einmal ihre Farben kannte. Voller Selbstverständlichkeit schloß er das Wappen derer von Valmy bei seinen Überlegungen aus, sondern dachte nur an die Bohiers. Er würde sich danach erkundigen, in einem Archiv danach suchen, beschloß er, froh, eine Beschäftigung gefunden zu haben, die seinen geheimsten Wünschen entgegenkam.

»Montgommery«, der andere brachte sich jetzt energisch in Erinnerung, indem er ihn am Wams zog, »Ihr wolltet mit mir sprechen und nicht schweigen. Ich höre Euch gerne zu, aber im Augenblick verstehe ich Euch nicht.«

Gabriel hob den Kopf, als erwache er aus einer Trance. »Ich war wohl zu voreilig. Es gibt nichts zu bereden, Beaujeu, tut mir leid. Mademoiselle de Rogers Tod ist eine Tatsache, verstörend und vielleicht sogar fragwürdig, aber unabänderlich.«

»Macht Ihr Euch Sorgen um Madame de Valmy?«

»Natürlich frage ich mich, ob sie in Gefahr schwebt ...«

»Glaubt Ihr, ein gemeiner Mörder sei ausgesandt, die Ehrendamen von Madame de Poitiers umzubringen?« Der Dichter wirkte so schockiert, als befände er sich mitten in der Apokalypse und habe Satan erblickt, der sich aus seinem Gefängnis befreit hatte. »Ich bitte Euch, das ist zuviel der Phantasie. Das ist Wahnsinn.«

»Hmmm«, machte Gabriel, wenig beeindruckt, gab jedoch anschließend zu: »Ihr habt recht, die Dinge verdunkeln meinen Verstand.«

Diese Einsicht milderte Beaujeus Entsetzen. »Wahrscheinlich wäre es gut«, sann er laut nach, »wenn Ihr Euch vor Ort persönlich davon überzeugen könntet, daß sich Madame de Valmy bester Gesundheit erfreut. Auf diese Weise könntet Ihr zudem ein wenig mehr über die Tragödie erfahren, die sich zutrug, und Euren Kummer über den Verlust von Mademoiselle de Roger lindern.«

Wieder fuhr sich Gabriel müde über die Augen. »Das ist

ein großartiger Einfall, Beaujeu, ich wußte, auf Euch ist Verlaß.« Als ein Strahlen über dessen Gesicht zog, winkte er jedoch ab. »Der König würde mein Urlaubsgesuch niemals befürworten. Ich kann nicht fort.«

»Aber es geht doch um Leben und Tod ...«

»Sicher, aber in Paris steht die Ratifizierung des Friedensvertrages mit Spanien bevor«, erwiderte Gabriel grimmig. »Die ersten hochrangigen Gäste aus dem Ausland sind bereits angekommen. und täglich werden weitere Diplomaten erwartet, die als Vertreter Philipps von Spanien und anderer Fürstenhäuser an den Festlichkeiten teilnehmen werden. Für einen Capitaine der Schottischen Garde haben die Hofgesellschaft und ihre Gäste Vorrang vor einer privaten Herzensangelegenheit.«

»Wie bedauerlich, daß der König selbst keine Reise zu seiner Dame plant. Das würde Euer Leben leichter machen, nehme ich an.«

Unwillkürlich lächelte Gabriel. »In der Tat. Ich werde mich also in Geduld fassen müssen, bis Madame mit ihrem Gefolge den Weg nach Paris findet. Das wird jedoch dauern. Sie ist bekanntermaßen nicht gerne in der Stadt und wird wohl erst in letzter Minute anreisen.«

»Ich hörte, daß die Hochzeit der Prinzessin Elisabeth mit dem König von Spanien auf den Achtundzwanzigsten festgelegt wurde. Das ist in gut zwei Wochen. Ihr müßt also noch ein wenig Ruhe bewahren, mein Freund.« Um das Gespräch in eine andere Richtung zu lenken, fragte er interessierter, als er es tatsächlich war: »Wann wird eigentlich der Habsburger eintreffen?«

»Gar nicht«, erwiderte Gabriel. »Der König von Spanien ließ den Hof wissen, daß es ihm nicht zuzumuten sei, seine Braut abzuholen, sondern es vielmehr Brauch ist, ihm diese zuzuführen. Er wartet auf die Prinzessin in Brüssel.«

»Schade, ich hätte den Bösewicht gerne einmal gesehen.

Wie ich in meinen bevorzugten Schenken hörte, sind nur wenige Franzosen aus den unteren Schichten angetan von der Idee, daß ihr Erzfeind mit der wunderschönen Tochter des Königs verheiratet wird. Überdies ist er achtzehn Jahre älter als sie und soll nicht einmal Französisch sprechen. Ich betrachte es als einen Affront, daß er sie nicht in Paris abholt. Und die Mehrheit des Volkes wird dies ebenso sehen.«

»Philipp schickt als seine Stellvertreter den Herzog von Alba, den Prinzen von Oranien und einen Grafen Egmont.«

»Ach, was sind die hochwohlgeborenen Herren schon gegen den Habsburger selbst!«

Gabriel schmunzelte. Seine Sorgen um Isabelle und seine Betroffenheit über den Tod von Marie schienen für den Augenblick vergessen. Er entspannte sich ein wenig und fühlte, wie gut ihm das Geplänkel mit seinem Gefährten tat. »Wenn es Eure Ehre als Franzose beruhigt, mein Freund, solltet Ihr wissen, daß Herzog Emmanuel Philibert von Savoyen anwesend sein wird, um die Schwester des Königs in einer zweiten Trauung zu ehelichen. Er läßt sich dazu herab, seine Braut persönlich zu holen. Übrigens wird der Friedensvertrag erst danach rechtskräftig.«

»Oh«, machte Beaujeu und versank in Nachdenklichkeit. Er fragte sich, ob die letzte Information für seine Glaubensbrüder von Vorteil sein könnte. Doch bei näherer Betrachtung der Situation begrub er seine kurz aufgeflammten Hoffnungen. Es müßte schon jemand den König umbringen, fuhr es ihm durch den Kopf, damit die Reformation überleben kann. Mit erzwungener Fröhlichkeit sagte er: »Nun, dann kann das Fest wohl beginnen. Wird es Euch möglich sein, mich zu einem Turnier einzuladen, bei dem Ihr als Ritter antreten? Ich würde gerne zuschauen und Euren Sieg feiern.«

Gabriel klopfte ihm auf die Schulter. »Das verspreche ich. Selbst wenn ich Euch als meinen Burschen ausgeben müßte, Ihr werdet dabei sein ... Was meint Ihr, Beaujeu, ist es jetzt nicht Zeit für einen Becher Wein? Ich glaube, wir haben lange genug hier gesessen und den Straßenstaub eingeatmet. Meine Kehle ist trocken. Eure auch?«

»Meine Ohren sind ganz taub von dem Gehämmere um uns ... und mein Bein wäre lahm vom langen Herumsitzen, wenn es das nicht längst wäre ...« Auf diese Weise vor sich hin plappernd, erhob er sich mit der für ihn typischen Umständlichkeit. Er war glücklich, daß sein Freund wieder frohen Mutes war. Ihre Freundschaft hatte den Streit unbeschadet überstanden, ihre Einigkeit war wiederhergestellt. Dennoch berührten sie in einer stillen Übereinkunft die Themen, die sie beinahe entzweit hätten, nicht mehr. Keiner der beiden sprach noch einmal von Isabelle oder von Marie.

41

Ihr Aufenthalt in Chenonceau hatte für Isabelle wenig Abwechslung gebracht, denn auch hier – gefangen in ihren Alltagspflichten – vergaß sie niemals, wie sehr Marie ihr fehlte. Ihre Schuldgefühle wurden zu einem Komplex, und Isabelle fühlte sich zunehmend unwohl.

Sie war so durcheinander, daß sie bei einem morgendlichen Ausritt mit Diane vom Pferd stürzte und sich schwer verletzte. Der herbeigerufene Bader diagnostizierte einen Bruch im rechten Fuß und empfahl für die nächsten Tage strikte Bettruhe. Er warnte Isabelle darüber hinaus vor einer bleibenden Behinderung und riet ihr dringend, sich in den kommenden Wochen zu schonen. Ihr wurde das Tanzen verboten, was sie als Witwe ohnehin nicht tat, und sie durfte so gut wie gar nicht gehen oder bei Empfängen stehen. Letzteres bedeutete, daß sie bei den meisten Festen, die in Paris geplant wurden, nicht anwesend sein konnte. Die Tanzveranstaltungen und Maskenbälle würden ohne sie stattfinden, lediglich die Teilnahme an einem Bankett wäre möglich, sofern man ihr bei dieser Gelegenheit einen Sitzplatz zubilligte und sie überhaupt irgendwie an den Ort des Geschehens humpeln konnte.

Die selbstverständliche Annahme, in Paris ihren Bruder wiederzusehen, wurde damit zu einer höchst vagen Hoffnung, und selbst ihre intimen Begegnungen mit Gabriel waren von dem Unfall betroffen, wie sich Isabelle wehmütig eingestand. Das alles waren Aussichten, die nicht dazu dienten, ihre düstere Stimmung aufzuhellen. Während sie, von Selbstvorwürfen geplagt, das Bett hütete, beschloß sie, gar nicht erst nach Paris zu reisen, sondern Diane um die Erlaubnis zu bitten, in Chenonceau bleiben zu dürfen, bis sie wiederhergestellt sein würde.

Doch die Favoritin war nicht angetan davon, auch ihrer zweiten Ehrendame verlustig zu werden und nun doch noch in aller Eile nach einem Ersatz suchen zu müssen.

»Meine Stellung bei Hofe erlaubt es mir nicht, auf eine passende Begleiterin zu verzichten«, erklärte sie Isabelle. »Es wird Gelegenheiten geben, bei denen mir meine beiden Töchter zur Seite stehen können, aber das darf nicht zur Regel werden. Da ich nicht die Absicht verfolge, meine ursprüngliche Meinung zu ändern und einen der weiblichen Blutegel in meinen Haushalt aufzunehmen, bleibt Euch nichts anderes übrig, als bis zu den Friedensfeiern zu genesen.«

»Madame«, protestierte Isabelle, »verzeiht mir, aber das ist unmöglich. Ich kann nicht laufen. Wie soll ich Euch unter diesen Umständen dienen?«

»Wir werden sehen, ob Ihr Ende dieses Monats nicht doch wieder laufen könnt«, erwiderte Diane kühl. »Ihr seid eine mutige Reiterin. Euch dürfte eine so kleine Blessur nicht so rasch aus der Bahn werfen. Werdet nicht faul, Madame de Valmy, das steht Euch nicht!«

Tatsächlich tat Diane alles in ihrer Macht Stehende, um ihre Ehrendame wieder auf die Beine zu bringen. So ordnete sie an, daß die Verletzte regelmäßig mit Umschlägen, Salben und Tinkturen behandelt wurde, sie zwang Isabelle eine Wasserkur auf und ließ eine hölzerne Gehhilfe anfertigen. Als die Schwellung nachließ und der Bruch einigermaßen geheilt zu sein schien, überwachte Diane höchstselbst Isabelles ungeschickte Versuche, an Krücken zu laufen, und forderte eiserne Disziplin. Sie sollte vor allen Dingen lernen, sich so elegant wie möglich zu bewegen, ohne ihren rechten Fuß zu belasten, was eine ziemliche Kraftanstrengung war.

Ihre von Diane beaufsichtigten Übungsstunden waren aber nicht nur eine Herausforderung für ihren Körper, sondern auch für ihren Geist. Endlich konnte sie vergessen. Zum ersten Mal seit Maries Tod war sie dermaßen mit sich selbst beschäftigt, daß alles andere in den Hintergrund trat. Denn wenn sie sich nicht alles abverlangte, war Diane nicht zufrieden, und wenn sie tatsächlich an die Grenzen ihrer Möglichkeiten kam, war sie anschließend so ermattet, daß sie an nichts anderes als an ihre Muskelschmerzen denken konnte. Und mit der Zeit keimte Hoffnung in Isabelle auf, daß zumindest ein Teil ihrer privaten Pläne in Paris doch noch durchführbar wäre.

Ihr unzuverlässiger Bruder hatte sich nicht wieder bei Isabelle gemeldet, so daß sie auf eine zufällige Begegnung vertrauen mußte, wenn sie ihn wiedersehen wollte. Sie hoffte, daß er sich nach wie vor im Gefolge des Admirals Coligny befand, was angesichts seiner Lebensgeschichte nicht unbedingt selbstverständlich war; ein flatterhafter Mann wie er konnte jederzeit in Ungnade fallen. Jedenfalls wollte sie nach ihm Ausschau halten, wenn sie es nach Paris schaffte. Die Reise stellte sie jedoch bald nicht mehr in Frage, und schließlich schickte sie eine Nachricht an Gabriel, in der sie ihn von ihrer bevorstehenden Ankunft unterrichtete. Obwohl es ihr das Herz brach und sie sich nach nichts mehr sehnte als nach einem zärtlichen Wort, vermied sie einen intimen Briefwechsel mit ihm aus Angst vor Entdeckung. Bei Postsendungen, die sie nicht heimlich aufgab, konnte man nie sicher sein, ob der Empfänger tatsächlich die erste Person war, die den Inhalt las. Obwohl Marie nicht mehr am Leben und Isabelles Weg zu Gabriel frei war, wollte sie ihre Liebe weiter unter dem Mantel der Verschwiegenheit verstecken. Sie mußte sich erst einmal über ihre eigene Zukunft klarwerden, bevor sie diese öffentlich mit ihm teilen konnte.

Zu ihrer größten Überraschung ertappte sich Isabelle in diesen Junitagen dabei, wie sie wachsende Sympathie für Diane empfand. Die Schinderei lohnte sich natürlich nicht nur für Isabelle, sondern entsprach Dianes Zielen, aber es war beeindruckend, wie sehr sich die Favoritin persönlich engagierte. Sie verbrachte mehr Zeit als gewöhnlich mit Isabelle, und dadurch erstarkte das Vertrauensverhältnis zwischen den beiden Frauen, was Isabelle zutiefst verwirrte. Ich sollte sie hassen, dachte sie häufig und wartete darauf, daß sich das alte Gefühl wieder einstellte, doch im Gegensatz zu ähnlichen Situationen in der Vergangenheit kehrte der Rachdurst nicht mehr so leidenschaftlich zurück wie zuvor.

Von Diane, die wiederum vom König informiert worden war, erfuhr Isabelle von den Veränderungen in Paris und wie sich die Stadt auf die Festlichkeiten vorbereitete: »Bedauerlicherweise konnten die Umbauten im Louvre nicht vollendet werden«, plauderte die Favoritin während eines langweiligen Trainings. »Der König ist sehr verärgert darüber, daß er die hohen Gäste wieder nur im Hôtel des Tournelles empfangen kann, aber wenigstens ist ein Ballsaal im Louvre fertiggestellt worden. Dieser eine Raum soll so prachtvoll ausgestattet sein, daß Seine Majestät den Baumeistern wegen ihrer Säumigkeit nicht zürnt.« Darüber hinaus sei das alte Palais de la Cité renoviert worden, führte Diane weiter aus, so daß niemand annehmen konnte, der König von Frankreich habe knausern müssen, um die glanzvollsten Feste des Jahrzehnts zu organisieren.

Isabelle konnte erwartungsgemäß keinen Eindruck von den Räumlichkeiten gewinnen, in denen die Tanzveranstaltungen stattfanden. Obwohl sie sich pünktlich zur königlichen Hochzeit sehr elegant auf einer Krücke fortbewegen konnte, war ihre Teilnahme an den Bällen ausgeschlossen. Zu diesen erschien Diane mit ihren beiden Töchtern, während Isabelle in einem Kabinett in Dianes Wohnung bei einem Becher Wein saß und den verletzten Fuß auf einen Hocker bettete. Obwohl sie den Abend lieber dazu genutzt hätte, die am Nachmittag eingegangene Nachricht von Gabriel zum x-ten Male zu lesen, konnte sie Nicholas' Angebot nicht ausschlagen, ihr Gesellschaft zu leisten.

Gabriel hatte ihr geschrieben, wie sehr er es bedauere, sie nicht bei den Festlichkeiten anzutreffen, daß er ihr Wiedersehen herbeisehne und hoffe, sie bei dem morgigen Ritterturnier auf der Tribüne zu wissen; außerdem würde er nach dem Wettkampf vor der nahe gelegenen Kirche Saint-Paul auf sie warten. In einem Postskriptum fügte er an, daß er Felix Bohier im Gefolge des Admirals Coligny gesehen habe, als sich die Hofgesellschaft zur Trauungszeremonie der Prinzessin Elisabeth in der Kathedrale Notre-Dame versammelte. Einer persönlichen Bemerkung zu dieser Begegnung enthielt er sich, aber er wußte offenbar, wieviel es Isabelle bedeutete, zu hören, daß sich ihr Bruder bester Gesundheit erfreute.

Ohne zu wissen, woran sie dachte, berichtete ihr Nicholas just an diesem Abend von der königlichen Hochzeit. Er hatte sich auf dieses Thema eingelassen, weil es unverfänglich war und er glaubte, daß Isabelle tatsächlich neugierig darauf wäre. Die ganze Stadt sprach von nichts anderem als von dem dargebotenen Glanz: »Man kann sagen, daß der Hof nie zuvor einen solchen Staat machte. Jedenfalls nicht mehr seit dem Tode von François I.«

»Das freut mich«, erwiderte Isabelle höflich. »So konnte der König von Frankreich also die Gesandten des Königs von Spanien ebenso beeindrucken wie den Herzog von Savoyen. Madame wird sehr glücklich darüber sein.«

»Ja«, gab Nicholas versonnen zurück, »das wird sie wohl. Auch wenn der schöne Schein mit Bitterkeit getränkt war.«

»Das verstehe ich nicht.«

Nicholas musterte sie durchdringend. Er saß neben ihr auf einem Stuhl, getrennt von ihr nur durch einen Beistelltisch, und Isabelle hatte den Eindruck, von seinen Augen körperlich berührt und regelrecht durchbohrt zu werden. Obwohl sie nicht wußte, welchen Vergehens sie sich durch ihre harmlos scheinende Bemerkung schuldig gemacht hatte, senkte sie reuevoll die Lider.

Nach einer Weile, in der er wohl abgewogen hatte, ob er ihr vertrauen konnte, sagte er: »Alle Mitglieder des Hofes waren anwesend, auch jene, auf die Madame lieber verzichtet hätte. Ihr erinnert Euch sicher an die Forderung des Admirals Coligny, die Verhaftungen von Häretikern während der Festlichkeiten einzustellen.«

Sie nickte stumm und sah ihn dabei nicht an, weil sie befürchtet, sich zu verraten, denn in ihrem Blick mußte die Aufregung liegen, die dieses Thema für sie mit sich brachte. Ihr Herz begann heftiger zu klopfen.

»Er ging noch weiter und forderte die Freilassung führender Köpfe der Hugenotten«, fügte Nicholas hinzu, beugte sich ein wenig vor und senkte seine Stimme, als habe er Angst vor Lauschern: »Wie man inzwischen weiß, handelte er damit nicht nur aus Sympathie für die Reformationsbewegung, sondern vor allem aus Bruderliebe.«

»Ach?«

»François de Coligny-d'Andelot konvertierte kürzlich zum Protestantismus. Es geschah während einer Reise nach Deutschland, wo er den Thesen Luthers zugeneigte Fürsten traf und sich von deren ... ähhh ... Glauben überzeugen ließ. Anfangs konnte diese Sache wohl vertuscht werden, aber dann bekannte sich der Generaloberst öffentlich zur evangelischen Lehre. Ihr könnt Euch vorstellen, welches Entsetzen dieses Eingeständnis bei Seiner Majestät auslöste.«

Ihre Lider flatterten vor Staunen. Es war unglaublich, daß der jüngere Bruder des Admirals so weit gegangen war. Sein Verhalten stellte eine eindeutige Brüskierung der Krone dar. Isabelle konnte sich kaum vorstellen, daß der König den Häretiker ungeschoren davonkommen ließ, zumal nach dem dramatischen Geschehen um Anne du Bourg. Mit verblüffend ruhiger Stimme fragte sie: »Wurde Generaloberst Coligny-d'Andelot eingekerkert?«

»Ja«, bestätigte Nicholas, und sein Gesicht blieb ausdruckslos. Sie konnte wieder einmal nicht in seiner Miene lesen, obwohl sie vieles darum gegeben hätte, seine Gedanken zu kennen. »Der König ließ ihn verhaften. Allerdings wurde er nicht nur der Häresie beschuldigt, sondern auch des Verrats. Es hieß, daß er einen Aufstand plante, bei dem er von den deutschen lutherischen Fürsten unterstützt würde.«

»Oh!« Isabelle konnte nicht verhindern, daß ihr vollkommen undamenhaft das Kinn herabsank und der Mund offen stehen blieb. Wenn Nicholas' Ausführungen stimmten und kein böswilliger Klatsch waren, bestand für die Reformation in Frankreich enorme Hoffnung. Unter diesen Umständen würden sich alle Träume der französischen Protestanten erfüllen. Mit bebenden Lippen formulierte sie ein stilles Gebet: *Der Herr ist meine Stärke und meine Schuld, auf Ihn hofft mein Herz, und mir ist geholfen. Nun ist mein Herz fröhlich, und ich will Ihm danken …*

»Kurzum«, hörte sie Nicholas in ihre Gedanken sagen, »der Admiral setzte sich durch. Natürlich half ihm dabei die nahe Verwandtschaft zum Konnetabel Montmorency, aber es ist trotzdem beachtlich, daß sich der König dazu herabließ, Generaloberst Coligny-d'Andelot aus der Conciergerie zu entlassen. Madame war wenig erbaut davon, wie Ihr Euch denken könnt. Ich habe sie davon überzeugt, daß der König nicht anders handeln konnte, denn wie würde es aussehen, wenn ausgerechnet zwei der größten Heerführer des Krieges gegen Spanien bei den Friedensfeiern fehlten?«

Bisher hatte Isabelle wenig Bedauern darüber verspürt, daß ihr langsam heilender Fuß ihre Anwesenheit in der Kathedrale Notre-Dame vereitelt hatte. Abgesehen von einem alltäglichen und typisch weiblichen Interesse an der Garderobe der Damen, war sie eigentlich ganz froh gewesen, nicht noch einem Hochamt beiwohnen zu müssen. In den vergangenen Monaten hatte sie so viele Messen besucht, daß sie schon fast vergessen hatte, wie ein protestantischer Gottesdienst abgehalten wurde. Doch nun stellte sich die Hochzeit in einem anderen Licht dar, und Isabelle fühlte grenzenlose Enttäuschung in sich aufsteigen; offenbar hatte sie ein in vielerlei Hinsicht historisches Ereignis verpaßt. Um ihre Gefühle nicht preiszugeben, rettete sie sich in eine möglichst unverfängliche Antwort und fragte beiläufig: »Ihr erwähntet, wie prachtvoll der Hof erschienen war. Wie sah die Braut aus?«

Ohne mit der Wimper zu zucken, ging er auf ihren Themenwechsel ein: »Prinzessin Elisabeth war wunderschön. Wenn man dem Klatsch Glauben schenken darf, verliebte sich der Herzog von Alba auf der Stelle in sie. Es heißt, er wäre gern selbst der Bräutigam gewesen und nicht nur dessen Stellvertreter.«

»Das glaube ich«, Isabelle schmunzelte. »Vielleicht hat er ja noch Hoffnung. Die Trauungszeremonie bedeutet bekanntlich nicht den Vollzug einer Hochzeit. Es könnte sich noch manches ändern, bis sich die Prinzessin in Brüssel befindet.«

»Königin«, korrigierte Nicholas und lächelte ebenfalls. »Sie ist durch ihr Jawort Königin von Spanien geworden. Und das wird sie bis zum Tod bleiben, denn die Ehe wurde bereits vollzogen.«

»Bitte?«

»In der Tat. Ich war zwar nicht anwesend, aber Madame berichtete mir, es sei eine ansprechende Veranstaltung gewesen. Die Braut legte sich dafür auf ein Bett, entblößte das rechte Bein, und der Herzog von Alba legte sich neben sie, das linke Bein von seiner Kleidung befreit. Die Berührung bedeutet den Vollzug der Ehe. Damit ist sie endgültig Königin von Spanien.«

Ihre Blicke begegneten sich, und Isabelle bemerkte zu spät, daß sie in dieselbe Falle getappt war wie damals in der Bibliothek von Fontainebleau. Mit der Erwähnung dessen, was gemeinhin als »Hochzeitsnacht« bezeichnet wurde, hatte sie sich auf ein Terrain begeben, das den Austausch von Intimitäten zuließ. Würde Nicholas sich wieder über die Grenzen ihrer höchstens freundschaftlich zu nennenden Beziehung wagen? Isabelle stockte der Atem. Erwartungsvoll und zugleich voller Vorsicht sah sie ihn an.

Doch Nicholas bewahrte diesmal Contenance. »Sie wird Isabella genannt«, erläuterte er scheinbar zusammenhanglos. »Als Königin von Spanien steht sie nun auf einer Stufe mit Mary Stuart und ihrer eigenen Mutter. Deshalb wird sie bei dem Ritterturnier morgen nicht nur als Braut einen Ehrenplatz besetzen, sondern auch wegen ihrer gehobenen Stellung.«

Bevor Isabelle etwas erwidern konnte, klatschte er in die Hände: »Mir scheint, wir haben die Zeit vollkommen verplaudert. Es war reizend, mit Euch Konversation zu betreiben, Madame de Valmy, aber Ihr solltet Euch ein wenig schonen. Ich rate Euch daher, daß Ihr Euch zurückzieht und zur Ruhe begebt, wenn Ihr morgen die Wettkämpfe verfolgen wollt. Es wird sicher auch für die Zuschauer ein anstrengendes Erlebnis sein.«

Isabelle war über diese plötzliche Aufbruchstimmung irritiert. Mit Ausnahme des etwas heiklen Themas hatten sie sich gut unterhalten, wie sie fand. Eigentlich hätte sie ihr Gespräch sogar gern noch fortgesetzt. Zum ersten Mal seit langer Zeit wurde ihr wieder bewußt, welch angenehmer Gesellschafter Nicholas war.

»Wie Ihr meint«, murmelte sie bedauernd. Mit der unvermeidbaren Unbeholfenheit schickte sie sich an, langsam aufzustehen.

Er half ihr überraschenderweise nicht. Mit nervösen Fingern begann er, auf die reichverzierte hölzerne Lehne seines Stuhls zu trommeln. »Wollt Ihr die Wahrheit wissen?« fragte er plötzlich.

Sie hielt in ihrer Bewegung inne. »Wie bitte?«

»Mein Herz gehört Euch, Isabelle de Valmy, aber ich werde mich deswegen nicht noch einmal zum Narren machen.«

Sprachlos starrte sie ihn an.

»Da Ihr den Comte de Montgommery liebt«, fuhr er in

ruhigem Ton fort, »werde ich mich damit zufriedengeben müssen, Euch glücklich zu sehen. Ihr kennt doch sicher das Wort an die Korinther im Neuen Testament: *Die Liebe verträgt alles, sie glaubet alles, sie hoffet alles, sie duldet alles.*«

Unwillkürlich schnappte Isabelle nach Luft. Sie wünschte, sie hätte ihm eine freundliche Antwort geben können, ihm ihren Respekt über seine Bescheidenheit zollen oder etwas in dieser Art. Aber sowohl ihr Verstand wie auch ihre Stimme versagten ihr den Dienst. Sie sah ihn nur stumm an, vollkommen bewegungsfähig und außerstande, wirklich zu glauben, was sie eben gehört hatte.

»Ich werde für Euch dasein«, fügte er hinzu. »Wann immer Ihr einen Menschen braucht, könnt Ihr auf mich zählen. Meine Liebe zu Euch steht über allen weltlichen Gesetzen. Ich fühle mich einzig Gott zur Rechenschaft verpflichtet. Deshalb verspreche ich, Euch zu helfen, wann immer und aus welchem Grund auch immer Ihr dieser Hilfe bedürft.«

Er weiß es! war Isabelles erster Gedanke. Er weiß, wer ich bin. Sie hatte keine Ahnung, woher er die Wahrheit kannte, aber das spielte eigentlich keine Rolle. Letztlich zählte einzig, daß er sie in der Hand hatte. Panik stieg in ihr auf. Sein offenes Geständnis machte alles nur schlimmer. Seine hehren Worte konnten nichts als schöner Schein sein, der irgendwann in eine gemeine Erpressung mündete, um sie gefügig zu machen. Dabei war es sogar gleichgültig, ob er demselben Glauben anhing wie sie oder ob sie einem Täuschungsmanöver erlegen war.

Als könnte er in ihrem Geist lesen wie in einem offenen Buch, versprach er: »Ihr braucht mich nicht zu fürchten. Näher, als dies im Moment der Fall ist, werde ich Euch nicht treten. Auch werde ich Euch niemals bedrängen.« Er hatte die ganze Zeit in seinem Stuhl gesessen und zu ihr aufgeschaut, erst jetzt erhob er sich ebenfalls. Ohne die

Distanz zu überbrücken, die zwischen ihnen lag, und näher an sie heranzutreten, streckte er ihr die Hand entgegen. »Ich wünschte, Ihr würdet wenigstens meine Freundschaft annehmen.«

Er hatte nicht verdient, daß sie diese ausschlug. Bisher wenigstens nicht, warnte sie eine innere Stimme. Doch ihr Herz füllte sich mit Mitleid. Nicholas war stets ein integres Mitglied von Dianes Haushalt gewesen, er hatte niemals gegen irgendwen intrigiert. Sie hatte keinen Beweis dafür, daß seine Worte nicht aufrichtig sein könnten. Außerdem stand noch immer die Frage nach seinem wahren Glauben im Raum.

Wenn sie ihm jetzt die Hand reichte, bedeutete dies ja nicht, daß sie ihn ins Vertrauen zog. Sie konnte eigentlich nichts verlieren, sondern nur gewinnen.

»Ihr seid sehr großherzig, Monsieur Fouquet«, erwiderte Isabelle ernst. »Vielen Dank. Aber nun werde ich mich zurückziehen. Ihr habt recht. Es wird ein anstrengender Tag morgen, und ich brauche wohl ein wenig mehr Ruhe als sonst. Gute Nacht.«

Er verneigte sich formvollendet. »Auch ich wünsche Euch eine gute Nacht.«

Keiner der beiden wußte, daß es die letzte Nacht sein würde, in der Isabelle ruhig schlafen konnte.

42

Im Gefolge von Diane humpelte Isabelle durch den imposanten Triumphbogen, der am Anfang der Rue Saint-Antoine errichtet worden war. Die Straße war ebenso wie der angrenzende Platz mit den Symbolen für Krieg und Frieden und den Fahnen von Frankreich, Spanien und Savoyen geschmückt worden. Über die Tribüne, auf der die

Königinnen von Frankreich, Schottland und Spanien und auch Diane de Portiers mit ihren Damen Platz nahmen, war ein Baldachin aus edelstem Brokat gespannt, der die Herrschaften vor der Sonne schützen sollten. Schon am Morgen hatte diese an einem wolkenlosen Himmel gebrannt und keinen Zweifel daran gelassen, daß es an diesem letzten Junitag sehr heiß werden würde.

Die Höflinge hatten sich in ihre feinsten Gewänder gehüllt. Nicht wenige Diamanten blitzten auf und blendeten das gemeine Volk, welches sich an den Absperrungen des Turnierplatzes drängte. Spannung lag in der Luft und so etwas wie fröhliche Erwartung, denn jedermann feierte gerne Feste, selbst wenn die Hofgesellschaft schon ein wenig müde von den zahllosen Tanzveranstaltungen und Empfängen der vergangenen Tage war. Die einzige Person, der es offenbar nicht besonders gut ging, war Catherine de Médicis. Sie wirkte kurzatmig und elend, ihre ohnehin selten lächelnde Miene war grimmig und übellaunig. Isabelle wunderte sich ein wenig, daß die aus Florenz stammende Königin unter der sommerlichen Hitze von Paris anscheinend dermaßen litt, daß sich in ihrem Gesicht sogar die violette Farbe ihres Kleides widerspiegelte. Es sah ganz danach aus, als könnte sie jeden Moment einen Schlaganfall erleiden.

»Die Königin hatte einen überaus besorgniserregenden Traum«, hörte Isabelle in ihrem Rücken eine Dame wispern, die offenbar zu deren Haushalt gehörte. Sie konnte sich zwar nicht zu der Sprecherin umdrehen, da sie befürchtete, damit die Unterhaltung zu stören, aber immerhin ein wenig zurücklehnen, um besser zu hören: »Sie sah das blutüberströmte Gesicht des Königs. Grausam, nicht wahr? Der Traum ist auch deshalb so furchtbar, weil er sich mit dem Horoskop eines Astrologen deckt, der vor geraumer Zeit behauptete, Seine Majestät würde in seinem

41. Lebensjahr durch eine Verletzung erblinden und sterben.«

»Bei allen Heiligen, das ist ja entsetzlich!« rief die Gesprächspartnerin aus, um dann ihre Stimme zu senken und wichtigtuerisch hinzuzufügen: »Nun, Ihr erinnert Euch sicher an die Prophezeiung dieses Mannes namens Nostradamus, nicht wahr?« Ohne eine Antwort abzuwarten zitierte sie:

»Der junge Löwe wird den alten überwinden
Auf kriegerischem Feld im Einzelkampf.
Im goldenen Käfig ihm die Augen ausstechen.
Von zwei Brüchen der erste, dann sterben, grausamer Tod …«

Die erste Dame klatschte in die Hände. »Ach, vergessen wir das. Wenn der König nicht an die Weissagungen glaubt, sollte das niemand sonst tun. Ich sah selbst, wie er die Königin auslachte, als sie ihm ihre Ängste mitteilte.«

»Er würde sich von nichts und niemandem davon abhalten lassen, bei diesem Turnier mitzureiten«, die andere senkte ihre Stimme, und Isabelle mußte sich anstrengen, um die folgenden Worte zu verstehen: »Schließlich will er noch immer seine Dame beeindrucken. Es ist wie damals, als er noch ein Knabe war.«

Unwillkürlich flogen Isabelles Blicke zu Diane. Hatten sie und Nicholas nicht seinerzeit in Anet vermutet, Nostradamus' Worte würden sich auf die Favoritin und die Königin beziehen? Ein mildes Lächeln huschte über ihre Züge. Endlich hatte sie Nicholas bei einem Fehler ertappt, er hatte die Prophezeiung falsch ausgelegt. Ein Umstand, den Isabelle amüsant fand, zumal sie die Weissagung selbst als albernen Hokuspokus abtat. Sie versuchte, Nicholas zwischen den Höflingen um sie her auszumachen, aber sie konnte ihn nirgends entdeckten. Also konzentrierte sie ihre Aufmerksamkeit wieder auf Diane, die zu Catherines Linker Platz genommen hatte. Neben der rotwangigen Königin wirkte die Favoritin selbst bei der herrschenden Hitze wie eine kühle Marmorstatue.

An der rechten Seite der Königin saßen der Dauphin und die zauberhafte Mary Stuart sowie die jungvermählte Elisabeth, die mit der nur wenig älteren Königin von Schottland die Köpfe zusammensteckte und flüsterte. Wahrscheinlich tauschten die beiden jungen Frauen ebenfalls einen neuen Hofklatsch aus, auch wenn dieser sicher anderen Inhalts war als die Konversation der Damen in Isabelles Rücken. Der Kronprinz wirkte bleicher und eingeschüchterter als sonst, und Isabelle überlegte sich, ob er die Befürchtungen seiner Mutter teilte oder von dieser beeinflußt worden war. Nachdenklich betrachtete Isabelle die Garderobe der Königin. Waren es die Behauptungen ihrer Astrologen, die sie bewogen hatten, ein Kleid in der Farbe der Hoftrauer auszuwählen? Oder hatte sie sich zufällig dafür entschieden? In jedem Fall, befand sie, zeugte die Robe aus lila Samt von unglaublich schlechtem Geschmack. Angesichts ihrer unglücklichen Erscheinung war es kein Wunder, daß Catherine de Médicis wieder einmal von Dianes Schönheit überstrahlt wurde.

Ein Fanfarenstoß kündigte die Ankunft der Ritter an. Die Geräuschkulisse senkte sich zu einem erwartungsvollen Murmeln und schwoll schließlich zu Applaus an, als die Reiter, vom König angeführt, in die Wettkampfarena trabten. Der Monarch trug wie stets die Farben seiner Geliebten, auf seinem Helm war ein schwarzweißer Federbusch befestigt. Als er die Tribüne passierte, senkte er seine Lanze nicht vor seiner Gemahlin, sondern in Verehrung und Ergebenheit vor Diane. Es war dieselbe Geste tiefster Bewunderung und Zuneigung, die er als Elfjähriger bei seinem ersten Turnier vollzogen hatte. Und Diane grüßte ihn mit einem so hoheitsvollen Kopfnicken, daß kaum jemand in Frage stellen konnte, wer die wahre Königin Frankreichs war.

Direkt hinter Henri ritt der Herzog von Savoyen, dessen Farben – Rot, Weiß und Grün – mit der Sonne um die Wette zu leuchten schienen. Dann folgten die Stellvertreter von Philipp II. und schließlich die Höflinge, die nach ihrer Rangordnung in der Hofgesellschaft antraten. In einer der vordersten Reihen entdeckte Isabelle den Hauptmann der Schottischen Garde. Allein sein Anblick ließ ihr Herz schneller schlagen. Er machte eine vortreffliche Figur in der schwarzsilbernen Rüstung, und sie erkannte ihn nicht nur dank des hochgeklappten Visiers, sondern auch an seiner Körperhaltung. Wie sehr wünschte sie sich, daß er vor die Tribüne reiten und die Lanze vor ihr senken würde. Andererseits hoffte sie, daß er Aufsehen vermeiden und genau dies nicht tun würde. Hin und her gerissen in dem inzwischen fast schon gewohnten Kampf von Herz und Verstand, nahm sie seinen Federbusch wahr. Dieser gehörte nicht zum Wappen derer von Montgommery, an das sie sich mit allen Einzelheiten erinnerte.

Gabriel trug Gelb und Blau, die Farben der Familie Bohier.

In der ersten Schrecksekunde zürnte ihm Isabelle, weil er sie auf diese Weise bloßstellte. Warum tat er ihr das an? Sie konnte sich doch nicht so in ihm getäuscht haben. Ging ihm sein Eid über ihre Liebe? Wollte er sie vor den Augen des Königs günstigenfalls als Betrügerin entlarven? Ihrem ersten Impuls, aufzuspringen und die Flucht zu ergreifen, konnte sie nicht folgen. Der verletzte Fuß hinderte sie daran. Wahrscheinlich hätte sie in dem Gedränge auf der Tribüne und daneben auch gar keinen Ausweg gefunden.

Isabelle versuchte die aufsteigende Panik zu unterdrücken und vernünftig zu denken. Sie sah zu Diane, die auf den Einzug der Ritter mit Gleichmut reagierte. Als die Favoritin den Ritter des Königs bemerkte und Isabelles Blick auf sich gerichtet spürte, wandte sie kurz den Kopf. In Dianes Augen lag nichts als Verwunderung.

Einen Atemzug später schalt sie sich eine Närrin. Niemand würde Rückschlüsse auf sie ziehen können. Viele Wappen waren ähnlicher Couleur, und da Gabriel keinen blauen Löwen auf gelbem Untergrund trug, war eine Verbindung zu Thomas Bohier und seinen Nachkommen eigentlich nicht herzustellen. Ebenso wie die meisten Höflinge schien Diane anzunehmen, daß er nach Maries Tod bereits eine neue Herzdame erwählt habe. Andererseits hatte er Isabelle durch die Wahl seines Federbusches eine Nachricht übermittelt, die ein Beweis seiner Liebe und nicht den Verrat derselben bedeutete. Gabriel verneigte sich nur vor den Königinnen – den echten wie auch der geheimen –, aber seine Gedanken weilten offensichtlich bei Isabelle, auch wenn er sie nicht zu grüßen wagte.

Sie lächelte in seine Richtung und hoffte, er würde ihren Blick auffangen. Auf ihrer Seele lastete ein tiefer Schmerz, und sie leistete Gabriel im stillen verzweifelt Abbitte. Wie hatte sie nur annehmen können, daß er sie hintergehen wollte? Seine Geste war eine zärtliche Botschaft, die ihr Blut unnötig in Wallung gebracht hatte.

Da fiel ihr Felix ein, und sie fragte sich, wo er sich in der Menge wohl befinden mochte und ob er die Farben ebenso auf Anhieb erkannt hatte wie sie.

Das Schmettern der Trompeten bedeutete den Beginn der Zweikämpfe. Der König von Frankreich und der Herzog von Savoyen traten als erste Ritter gegeneinander an. Von der Stechbahn schallte Henris lachender Ruf zur Tribüne herauf: »Haltet Euch gut fest, denn ich will Euch ungeachtet unserer Familienbande aus dem Sattel heben«, und die Höflinge waren über den Spott ihres Monarchen höchst belustigt.

Der hohe Gast und künftige Schwager trug den Scherz auf seine Kosten mit Fassung und fiel in das allgemeine Gelächter mit ein. Einen Mann, der sich auf den Schlachtfeldern in Italien mit besonderer Brutalität gegen die französischen Soldaten ausgezeichnet hatte, mußte dieser Beweis seines Humors einiges an Überwindung gekostet haben.

Der Herold gab das Signal.

Mit gestreckter Lanze galoppierten die beiden Kontrahenten aufeinander zu. Der König ritt ein türkisches Schlachtroß, ein muskulöses Pferd von großer Schönheit, Wendigkeit und Ausdauer. Das Pferd des Emmanuel Philibert von Savoyen war nicht weniger kräftig, edel und für den Kampf bestens ausgebildet. Die beiden Tiere waren einander ebenbürtig, es zählte deshalb einzig und allein die Geschicklichkeit des Ritters.

Das Publikum hielt gespannt den Atem an.

»Monjoie!« schrie plötzlich ein unsichtbarer Mann in der Menge. Seine Stimme hallte über die Stechbahn. Es war der Schlachtruf der französischen Soldaten gewesen, als diese sich im Krieg gegen Spanien und dessen Verbündeten befunden hatten.

Die Lanze des Königs traf mit voller Wucht auf den Prunkharnisch seines Gegners. Das Geräusch vom Auftreffen des Metalls der Lanzenspitze auf die Rüstung mischte sich mit dem wütenden Schnauben eines der beiden Rösser. Keinen Atemzug später rutschte der hohe Gast vom Rükken seines Pferdes und landete ungelenk im Staub. Fast im selben Moment brandete Applaus auf. Der König hatte den Herzog von Savoyen aus dem Sattel gehoben.

Isabelle holte tief Luft. Sie erwachte wie aus einer Trance, verwundert darüber, wie sehr sie der Wettkampf gefesselt hatte. Bislang hatte sie geglaubt, es sei ein albernes Kriegsspiel für gelangweilte Erwachsene. Doch allein die Farbenpracht der Federn und Standarten sowie die in wundervoller Handwerksarbeit hergestellten Rüstungen waren ein Fest für das Auge des Betrachters. Für eine begeisterte Reiterin wie Isabelle war es darüber hinaus aufregend, die Streitrosse zu beobachten, und der Mut der Herren trotzte ihr Respekt ab. Insgeheim zollte sie Gabriel Abbitte, den sie damals in Ducey ausgelacht hatte, als er ihr von der Pracht eines Ritterturniers vorschwärmte. Vielleicht, dachte sie, könnte er ihr beibringen, in einer Rüstung zu reiten, und wenn sie sich in dem dreißig Kilo schweren Panzer überhaupt auf dem Pferderücken zu halten verstand, würde sie ihn bitten, ihr die eine oder andere Fertigkeit beizubringen. Aus Spaß könnten sie dann auf einer abgelegenen Wiese in Ducey gegeneinander antreten und sich anschließend lachend in die Arme sinken.

Fanfarenstöße rissen Isabelle aus ihren Tagträumen. Während sie ihre albernen Pläne geschmiedet hatte, war der nächste Zweikampf vorbereitet worden. In der folgenden Runde trat der König als Sieger des ersten Tjosts erneut an, sein Gegner war nun der Herzog von Guise.

Isabelle versuchte in den Gesichtern von Diane und Catherine zu lesen. Immerhin war die Konstellation bemerkenswert – der Geliebte der einen ritt gegen den Günstling der anderen –, so daß ihr die Frage durch den Kopf ging, ob auf der Stechbahn mehr als nur ein Ritterturnier ausgetragen wurde. Kämpften der König und der Held von Calais um die Macht in Frankreich? Die Antwort war – zumindest in den Mienen der beiden Frauen – nicht so leicht zu finden, denn da Isabelle hinter ihnen saß, konnte sie sie nicht direkt ansehen. An Dianes selbstbewußter Haltung erkannte sie jedoch, daß die Favoritin keinen Zweifel an der Person des Gewinners ließ; die Königin hingegen schien viel zu sehr mit sich selbst beschäftigt, um bereits einen Sieger auszumachen, sie fächelte sich nach wie vor mit verzweifelter Hektik Luft zu. Sogar von hinten sah sie aus, als würde sie gleich der Schlag treffen.

Das aufgeregte Stimmengemurmel auf den Tribünen verstummte, in der Menge hinter den Absperrungen wurde es ebenfalls still. Der Herold gab den Duellanten ein Zeichen. Der zweite Wettkampf des Tages begann.

»Madame de Valmy«, rief eine männliche Stimme über die Köpfe der Höflinge hinweg, »diesmal habe ich Euch nicht verwechselt. Darf ich Euch meine Aufwartung machen?«

Isabelle richtete sich auf und blickte sich suchend um. Am Rande des Publikums auf der Empore, dessen Aufmerksamkeit von dem Geschehen auf der Stechbahn gefesselt war, entdeckte sie ihren Bruder. Felix drängte sich ungestüm an den vornehmsten Mitgliedern der Hofgesellschaft vorbei, ignorierte dabei Flüche und Verwünschungen der Zuschauer, denen durch seine Gestalt die Sicht verdeckt wurde. Da das Lanzenstechen in der Regel nicht länger als zehn oder höchstens zwanzig Sekunden dauerte, konnte man jederzeit das Wichtigste verpassen.

Ein enttäuschtes »Oh« hallte wie aus einem Munde von den Rängen.

Isabelle fuhr herum. Die gegnerischen Ritter ließen ihre Streitrosse in langsamem Trab abkühlen. Das Lanzenstechen war unentschieden ausgegangen. Sowohl der König als auch der Herzog von Guise hatten sich gehalten, keinem war es gelungen, den anderen aus dem Sattel zu stoßen. Diesen Wettkampf hatte sie dank Felix versäumt. Es paßte irgendwie zu ihm, ihr den Spaß zu verderben. Dennoch lächelte sie ihn freundlich an, als er sich strahlend neben sie auf die Sitzbank drückte, nachdem er ihre Nachbarin höflich aufgefordert hatte, ihm einige wenige Zentimeter ihres Platzes zu schenken.

»Endlich habe ich Euch gefunden«, sagte er und tätschelte Isabelles Hand.

»Schön«, erwiderte sie und entzog ihm ihre Rechte aus Furcht, Diane oder Catherine könnten den Austausch von Vertraulichkeiten beobachten. »Was war so schwierig an Eurer Suche? Dort, wo sich Madame befindet, bin ich in der Regel auch anzutreffen.«

»Stimmt nicht. Ich habe Euch sowohl bei der königlichen Hochzeit vermißt als auch auf den Bällen. Ehrlich gesagt, ich hatte schon die schlimmsten Befürchtungen, aber ich wagte nicht, mich danach zu erkundigen, ob du in Ungnade gefallen seiest.«

»Es war nur ein Reitunfall.« Sie hob den Saum ihres Rocks, um ihm ihren verbundenen und geschienten Fuß zu zeigen. »Ich kann noch nicht wieder sehr gut laufen. Deshalb war ich bei den Tanzveranstaltungen absent.«

»Ach, so. Das ist gut zu wissen. Es erleichtert mich. Ehrlich.« Er wandte seinen Kopf hin und her, beugte sich vor und sah sich demonstrativ um, als suche er nach jemandem. »Wo steckt eigentlich Mademoiselle de Roger? Ich habe sie bislang fast ebenso vermißt wie Euch.«

Eine Kirchenglocke läutete zur vollen Stunde. Es war Mittagszeit. Die Sonne brannte vom Himmel. Unter dem Baldachin war es so heiß wie neben einem gut befeuerten Herd. Die Ritter klappten ihre Visiere hoch, um sich von ihren Knappen Gesicht und Augen trocknen zu lassen. Selbst auf der Tribüne war unübersehbar, daß der Schweiß in Strömen über das Gesicht des Königs rann.

»Es muß mörderisch in den Rüstungen sein«, murmelte Isabelle versonnen. »Das Metall heizt sich durch die Sonnenstrahlen auf.«

Gaukler traten auf, um das Publikum zu unterhalten. Lautenspieler zupften eine bekannte Melodie, und Jongleure versuchten ihr Glück unter den Augen der Königinnen. Das Stimmengewirr der Zuschauer war weniger lebhaft als zuvor; offenbar fehlte den Höflingen die Luft ebenso zum Sprechen wie zum Atmen.

»Mademoiselle de Roger?« erinnerte Felix scheinbar unbeeindruckt. »Wo ist sie?«

Isabelle schluckte. »Sie ist tot. Sie starb Anfang des Monats an einer Vergiftung.«

»Oh. Das tut mir leid. Es muß ein herber Schlag für Madame de Poitiers gewesen sein. Für Euch bedeutet dieses Unglück jedoch ...«

»Ich bitte Euch, haltet an Euch, und sprecht nicht aus, was Ihr denkt. Denkt es nicht einmal! Ich habe nichts mit dem Tod von Mademoiselle de Roger zu tun.« Sie hatte zwar leise, aber so eindringlich gesprochen, daß sie unüberhörbar gewesen war und sich nun überrascht einige Köpfe in ihre Richtung drehten. Betreten senkte Isabelle den Blick. Aus den Augenwinkeln bemerkte sie eine Veränderung in der Gestik der Königin. Catherine de Médicis betätigte nicht mehr ihren Fächer, sie winkte jemanden zu sich.

»Wie ich hörte«, gab Felix gelassen zurück, »soll Comte de Montgommery in der nächsten Runde antreten. Dann wird es erst richtig spannend. Wenn sich ein Freund der Familie duelliert, fühlt man die Aufregung doch gleich stärker. Sind Euch übrigens seine Farben aufgefallen?«

»Still jetzt!« zischte Isabelle zwischen zusammengepreßten Lippen. Ihre Freude, den Bruder wiederzusehen, wurde auf eine harte Probe gestellt.

Glücklicherweise schwieg Felix tatsächlich, denn in diesem Moment erschien mit einer tiefen Verbeugung Jacques d'Albon de Saint-André vor der Königin.

Isabelle beugte sich ein wenig vor, um das Gespräch verfolgen zu können, aber Catherine sprach so laut, daß sie weithin zu verstehen war. Offenbar machte die Aufregung jede Diskretion zunichte: »Es ist zu heiß und zu gefährlich für einen Wettkampf. Richtet bitte dem König aus, er möge auf den nächsten Ritt verzichten.«

Der Freund des Herrschers zögerte, doch dann widersprach er: »Ich glaube kaum, daß sich Seine Majestät von Hitze oder Gefahr beeindrucken läßt.«

»Dann sagt ihm, er soll aus Liebe zu mir aufhören.«

Saint-André öffnete den Mund, überlegte es sich dann jedoch anders, verbeugte sich und trat ab. Plötzlich kam wieder Leben in die ermatteten Zuschauer. Die Höflinge, die dem Dialog gefolgt waren, steckten die Köpfe zusammen und tuschelten. Das Argument der Königin schien alles andere als dazu angetan, den eifrigsten aller Ritter zu einer Pause zu bewegen. Niemand konnte sich daran erinnern, daß zwischen Henri und Catherine je das Wort Liebe gefallen war, jedenfalls nicht in der Öffentlichkeit. Die großen Gefühle des Königs waren stets für eine andere Frau reserviert gewesen, und Diane schien Catherines Sorge nicht zu teilen. Sie saß in kühler Überlegenheit auf ihrem Platz und erwartete stumm den nächsten Tjost, wohl wissend, daß man einem Mann wie Henri, der immer ein Held sein wollte, nicht das martialische Spiel nehmen durfte.

Die Königin erhielt die Antwort auf ihre ungewöhnliche Bitte von ihrem Gemahl höchstselbst. Das Visier hochgeklappt, ritt er vor die Tribüne. Der schwarzweiße Federbusch bewegte sich leicht, als er sein Haupt vor ihr neigte. »Ich danke für Eure Botschaft, aber gerade aus Liebe zu Euch möchte ich die Lanze noch einmal brechen. Nur für Euch kämpfe ich!« Die Lüge ging ihm so glatt über die Lippen, daß Catherine wie unter einem Peitschenhieb zusammenzuckte.

»Der König will als Sieger aus dem Turnier scheiden«, flüsterte Felix in Isabelles Ohr. »Die erste Runde gewann er, die zweite endete unentschieden. Nun liegt es an Eurem

Grafen, ob dies der letzte Ritt sein wird oder noch weitere folgen, bis wir alle vor Hitze ohnmächtig sind. Eigentlich hat die Königin recht, es ist unerträglich.«

Isabelle hörte kaum zu, ihre Augen und Gedanken waren bei Diane. Was mochte die Favoritin bei Henris wenig überzeugender, aber nun einmal vor der Hofgesellschaft vorgetragener Behauptung empfunden haben? War es dasselbe Gefühl, welches sie Isabelle aufgezwungen hatte, als sie Maries Verliebtheit in Gabriel unterstützte? Lautete die Botschaft, daß die wahre Liebe im Herzen blühte und nicht auf den Lippen lag? Dabei fiel Isabelle plötzlich ein, daß sie Gabriel niemals gesagt hatte, wie sehr sie ihn liebte.

Die Trompeten schmetterten. Der Herold gab wieder sein Signal.

Isabelle hob den Blick auf die Stechbahn und versuchte Gabriel anzustarren und auf diese Weise zu begleiten. Die gelben und blauen Federn auf seinem Helm wirbelten durcheinander, als er anritt und mit erhobener Lanze gegen seinen König galoppierte, der ihm ebenso entgegenkam.

Die Spitze von Henris Waffe berührte Gabriels Brustpanzer.

Isabelle wagte nicht mehr zu atmen. Ihre Augen füllten sich mit Tränen, weil sie den Mann ihres Herzens angestrengt fokussierte.

Er hielt sich im Sattel. Die Lanze des Königs war trotz der Berührung unversehrt geblieben. Wieder ging eine Runde unentschieden aus.

»Mir scheint«, murmelte Felix neben Isabelle, »der Name seines Pferdes bringt dem König kein Glück. Wußtet Ihr, daß es ein Gastgeschenk des Herzogs von Savoyen ist? Meinem Geschmack nach ist es ein wenig zu zynisch vom Herzog, es ausgerechnet *Le Malheur* zu nennen.«

»Tatsächlich?« gab Isabelle gedankenverloren zurück, mit all ihren Sinnen bei ihrem Geliebten.

Dieser ritt in ruhigem Tempo zu dem Schiedsrichter, wo sich der König bereits eingefunden hatte. Kaum daß der Hauptmann der Schottischen Garde Aufstellung bezogen hatte, hallte die Stimme seines Oberbefehlshabers durch die Rue Saint-Antoine und wurde von einem raunenden Echo durch die Seitenstraßen getragen: »Capitaine, ich fordere Euch unverzüglich zur Revanche.«

Am Rande des Wettkampfplatzes ebbten die Gespräche ab. Selbst die sensationsgierigsten Leute im Publikum außerhalb der Absperrungen hielten verblüfft den Atem an. Fast jeder, der sich zu diesem Fest eingefunden hatte, kannte auf irgendeine Weise die Gesetze eines Turniers. So gab es kaum jemanden, weder unter den Höflingen noch unter des Königs Untertanen niedrigerer Stände, denen nicht bewußt war, daß ihr Herrscher einen Regelbruch verlangte.

»Mit Verlaub, Sire«, Gabriel sprach klar und deutlich und weithin vernehmbar, »das ist nicht möglich. Als Ritter muß ich Euer Angebot ablehnen.«

»Aber als Hauptmann der königlichen Leibgarde müßt Ihr meinen Anweisungen gehorchen«, versetzte der König prompt. »Daher befehle ich Euch, unverzüglich zu einem zweiten Tjost anzureiten.« Er klappte sein Visier herunter und gab seinem Streitroß die Sporen. Den verdutzten Stallmeister, der durch den Sand gerannt kam, um die Helmklappe mit dem dafür bestimmten Lederriemen festzuzurren, ließ er unbeachtet stehen.

Isabelle, die zum ersten Mal bei einem Ritterturnier zugegen war, hätte der Regelbruch unberührt gelassen, wäre ihr nicht plötzlich eine winzige Veränderung in Dianes Haltung aufgefallen. Die Favoritin drückte das Kreuz stärker durch und wirkte dadurch angespannter als zuvor. Eine ungewöhnliche Reaktion, wie Isabelle fand, denn was sollte schon anderes geschehen, als daß einer der beiden Kontrahenten vom Pferd fiel? Gabriel hatte ihr erzählt, daß bei einem friedlichen Zweikampf relativ selten tragische Unfälle passierten. Auch hatte sie zuvor selbst beobachtet, wie der Herzog von Savoyen unversehrt aufgestanden war, nachdem ihn der König aus dem Sattel gestoßen hatte.

Trompeten und Herold kündigten das nächste Duell an.

Der König ritt auf der einen Seite der Stechbahn an, sein Hauptmann auf der anderen.

Es war so still im Publikum, daß man die sprichwörtliche Nadel hätte fallen hören.

Da klirrte Metall. Henris Lanze traf auf Gabriels Rüstung, und fast gleichzeitig stieß dessen Waffe gegen den aus Eisen und Silber gefertigten Harnisch des Königs. Die Spitzen der Lanzen brachen durch die Berührung ab. Jeder der beiden Reiter hielt sich im Sattel.

Ein Raunen ging durch die Menge.

Der König warf seine Lanze in den Staub. Mit einer wütenden Geste seiner in einem Stahlhandschuh steckenden Hand teilte er seinem Stallmeister mit, daß dieser ihm eine neue Lanze reichen möge.

Gabriel bemerkte zu spät, daß der Monarch wieder gegen ihn anritt. Er konnte sein Pferd nur noch wenden, nicht aber zu seinem eigenen Knappen reiten und die Lanze wechseln. Obwohl seine Waffe erheblich beschädigt war, mußte er sich dem Willen seines eigensinnigen Königs beugen. Henri trat nicht nur nochmals gegen den Hauptmann seiner Leibgarde an, sondern gegen den Ehrenkodex des mittelalterlichen Ritterkults, der ihm bisher stets heilig gewesen war. Es blieb Gabriel nichts anderes übrig, als dem Pferd die Sporen zu geben.

»Mein Gott!« entfuhr es Felix. »Die Spitze von Montgommerys Lanze ist abgebrochen ...«

Isabelle sah es wohl, aber sie erkannte nicht die Gefahr.

Alles geschah in Sekundenschnelle – und doch würde sich das Geschehen in einer Art Schneckentempo in Isabelles Gedächtnis einbrennen.

Während des Anritts beugte sich der König im Sattel vor, um mit seiner Lanze einen kraftvolleren Stoß ausführen zu können. Durch diese Bewegung öffnete sich das nicht fachmännisch verschlossene Visier. Und im selben Moment traf der hölzerne Schaft von Gabriels zersplitterter Waffe auf den Helm des Königs, rutschte an dem aufgeheizten Metall ab und riß den Gesichtsschutz vollständig auf.

Der König von Frankreich taumelte. Blut spritzte hoch.

Ein gellender Schrei löste sich aus der Kehle Mary Stuarts.

Die königlichen Stallburschen liefen, ungeachtet des nervös galoppierenden zweiten Schlachtrosses, durch den Staub. Die Pagen erreichten ihren Herrscher gerade rechtzeitig, um zu verhindern, daß er vom Pferd fiel. Vier Mann fingen Henri auf, und ihre Kleidung wurde von dem Blutstrom getränkt, der wie ein Wasserfall aus seinem rechten Auge schoß.

Die Lanze glitt aus Gabriels Hand.

»Ich bin tot«, stöhnte der König.

43

Unter den Zuschauern brach Chaos aus. Tumultartige Szenen spielten sich beim Volk ab, auf den Tribünen herrschte Panik. Die Königin schrie und schluchzte hysterisch, ihren Sohn in den Armen haltend; der Dauphin war ohnmächtig geworden. Auch Mary Stuart hatte das Bewußtsein verloren, ihr Kopf lehnte auf der Schulter der frischgebackenen Königin Isabella. Diane de Poitiers war aufgesprungen.

Wenig damenhaft versuchte sie, unter dem Einsatz ihrer Fäuste und Ellenbogen in die Arena und zu ihrem Geliebten zu gelangen, doch die unter Schock stehenden, ziellos herumeilenden Höflinge versperrten ihr den Weg. Kurzentschlossen raffte sie ihre Röcke, aber auch ihr Versuch, über eine Brüstung zu klettern, wurde von der Menge vereitelt. Eingezwängt zwischen aufgebrachten Menschen, spürte die Favoritin Verzweiflung und Resignation in sich aufsteigen. Sie sah sich nach Catherine um, doch die würdigte sie keines Blickes.

Auf dem Turnierplatz selbst herrschte ebensoviel Entsetzen wie unter dem Publikum, aber die kriegserfahrenen Ritter und Knappen konnten besser damit umgehen als die nur an einen prunkvollen Frieden gewohnten Mitglieder der Hofgesellschaft. Nachdem vorsichtig der Helm von seinem Kopf genommen worden war, wurde der König in einen Pavillon des am Rande der Arena liegenden Hôtel des Tournelles getragen, dort wurde er auf ein in Windeseile errichtetes Lager gebettet. Sein Gesicht war blutverschmiert, die Züge kaum zu erkennen. Er war bei Bewußtsein, und sein schmerzerfülltes Stöhnen brach den ergebenen Höflingen, die am nächsten bei ihm waren, das Herz. Während die Knappen seinen Körper noch aus der Rüstung zu schälen versuchten, eilte bereits Jean Chapelain herbei. Henris Leibarzt trug seine Instrumententasche mit sich und wies einen Diener mit zitternder Stimme an, auf dem schnellsten Wege eine Schüssel mit Essig und Rosenwasser zu bringen.

Henri schrie vor Schmerzen auf, als der Arzt die Verwundung untersuchte. »Ein Holzsplitter ist in das rechte Auge eingedrungen«, diagnostizierte er. »Offenbar ist auch ein Knochen verletzt, aber das kann ich auf Anhieb nicht genau feststellen. Ich wasche die Wunde gleich aus, Sire, das wird Euch sicher Linderung verschaffen. Dann werden wir weitersehen.«

»*Ma dame ...*«, flüsterte der König und sank für einen Augenblick in gnädige Umnachtung.

Mit gesenktem Haupt kniete Gabriel neben dem Krankenbett. Über seine Wangen liefen stumme Tränen, seine Gefühle und Gedanken waren nichts als Verzweiflung, Scham und Trauer. Obwohl er annahm, daß der König ins Koma gefallen war und ihn nicht hörte, murmelte er wie bei einem Gebet tonlos in sich hinein: »Ich bitte Euch um Vergebung, Sire, auch wenn ich Eure Barmherzigkeit nicht verdient haben sollte. Es war niemals meine Absicht, Euch etwas anzutun. Verfahrt mit mir, wie Ihr es für richtig erachtet. Ich liebe Euch und bin Euer Diener ...«

Eine Schüssel mit einem duftenden Gemisch aus Weinessig und Rosenwasser und Leinentücher wurden dem Medikus gebracht. Während Gabriel seine beschwörenden Worte wie ein Mantra wiederholte, tauchte Chapelain das Linnen in die desinfizierende Flüssigkeit und wischte damit anschließend vorsichtig über das Gesicht und die Augen seines Herrschers. Die kühlende Kompresse weckte den König aus seiner Benommenheit; seine Lider flatterten, und seine Lippen bebten. Er kam wieder zu Bewußtsein. Mit einer kraftlosen, bleichen Hand tastete er nach dem Kommandanten seiner Leibgarde.

»Euch trifft keine Schuld«, sagte er unter Schmerzen.

Diese Absolution tröstete Gabriel kaum. Tränenüberströmt ergriff er Henris Hand und führte diese an seinen Mund. Nie zuvor in seinem Leben hatte er so stark mit seinem Schicksal gehadert. Er hatte den Befehl seines Königs ausgeführt und diesen und sich selbst damit ins Unglück gestürzt. War dies Gottes Wille? Oder war es nicht vielmehr der göttliche Hinweis darauf, daß er seinem Eid nicht blind folgen durfte? Verzweifelt wünschte er, an Henris Stelle verwundet auf dem Krankenlager zu liegen und zu leiden. Er wollte die Uhr zurückdrehen können oder zumindest die Zeit anhalten.

Der Wandteppich wurde zurückgeschlagen, und unverzüglich hielten die Personen am Bett in ihren Beschäftigungen inne. Die Pagen und Knappen knickten zu tiefen Verbeugungen ein, sogar der Leibarzt unterbrach die Lavage der Wunde. Letzterer wurde von Catherine de Médicis angeherrscht: »Macht weiter, Chapelain, es ist wichtiger, für den König zu sorgen, als mir gegenüber Unterwürfigkeit zu demonstrieren.« Schweigend setzte der Medikus seine Tätigkeit fort.

»*Ma dame*«, hauchte der Verwundete.

Gabriel erhob sich, um der Königin den Platz neben dem Verletzten zu überlassen. Seltsamerweise bemächtigte sich seiner ein ungutes Gefühl, als entzöge er sich dem Schutz seines Herrschers, wenn er von diesem fortging. Trotzdem trat er in den Hintergrund. Catherine kniete sich ebenso wie er zuvor nieder und ergriff Henris Hand.

Währenddessen nahmen der Herzog von Savoyen, der Konnetabel Montmorency und der Herzog von Guise, die in ihrem Gefolge eingetreten waren, Aufstellung neben dem Krankenlager. Keiner der Ritter schenkte Gabriel de Montgommery Beachtung.

»Wie geht es Seiner Majestät?« wandte sich die Königin wieder an den Medikus.

»Ein Holzsplitter vom Schaft der Lanze steckt im Auge und scheint sich in den Schädel zu bohren«, berichtete Chapelain. »Eine Operation ist dringend anzuraten.«

»Aber das ist doch sehr gefährlich«, protestierte sie.

»Gefährlicher wäre es, nichts zu unternehmen«, erwiderte der Leibarzt ruhig.

»Dann rate ich Euch, nach Monsieur Ambroise Paré zu schicken«, der Herzog von Guise klang wie stets energisch und herrisch. »Er ist der beste Chirurg in Frankreich, und ich kann aus eigener Erfahrung berichten, daß alles, was über ihn gesagt wird, der Wahrheit entspricht.«

»Ihr habt recht«, stimmte die Königin, ohne nachzudenken, zu. »Es möge nach dem Bader Paré geschickt werden.«

»*Ma dame*«, flüsterte Henri wieder. »Bitte sendet eine Nachricht an *ma dame*. Laßt sie wissen, daß es mir gut geht.«

Catherine de Médicis schüttelte stumm den Kopf. Ihre Geste war winzig und für den Verwundeten wahrscheinlich nicht wahrnehmbar, wohl aber für die anderen Männer im Raum. Einen Moment herrschte peinliche Stille. Zumindest Montmorency war zutiefst bestürzt über das Verhalten der Königin, aber da die Möglichkeit bestand, daß sich die Machtverhältnisse in absehbarer Zeit verändern könnten, erinnerte auch er sie nicht an ihre menschliche Pflicht.

Um das bedrückende Schweigen zu beenden, schlug der Herzog von Savoyen schließlich in sachlichem Ton vor: »Man sollte auch nach Andreas Vesalius rufen. Der Leibarzt des Königs von Spanien ist ein hervorragender Anatom. Der Weg von Brüssel nach Paris ist nicht so weit, daß er nicht auch das Leben des Königs von Frankreich retten könnte.«

»So soll es geschehen«, erwiderte die Monarchin. »Ich werde in der Zwischenzeit Wache am Lager meines Gemahls halten. Wollt Ihr mir dabei zur Seite stehen, Messieurs?«

Sowohl die Herzöge von Savoyen und Guise als auch der Konnetabel Montmorency und der Kommandant der Schottischen Garde verneigten sich vor der Königin. Da er noch keine Gelegenheit gefunden hatte, sein Kettenhemd abzulegen, erzeugte Gabriels Bewegung ein leises Klirren. Als erinnere sie das Geräusch plötzlich an seine Anwesenheit, wandte sich Catherine de Médicis zu ihm um. Ihre kleinen, stechenden Augen durchbohrten seine hochgewachsene Gestalt. In ihrem Blick lag soviel unverhüllter Haß, daß er unwillkürlich einen Schritt zurückwich.

»Verhaftet diesen Mann! Er hat versucht, den König zu töten!«

»Nein ...!« Henris Stimme war zu schwach, um Gehör zu finden. Sein Verstand rutschte wieder in den Segen der Bewußtlosigkeit ab, wo ihm die Schmerzen genommen wurden und die Angst vor dem Tod.

Widerstandslos ließ Gabriel sich abführen. In seiner Benommenheit nahm er den zweiten Befehl kaum wahr und begriff die Tragweite des Inhalts erst später, als er diesen verhängnisvollen Tag noch einmal Revue passieren ließ. Sie verkündete: »Ich wünsche nicht, daß Madame Mitteilung gemacht wird. Es soll ihr keine Nachricht über den gesundheitlichen Zustand Seiner Majestät überbracht werden. Er hat niemals nach ihr gefragt. Wer das Gegenteil behauptet oder sich meinen Anweisungen widersetzt, ist verflucht.«

44

Isabelle blickte ihrem Geliebten noch nach, als dieser längst aus ihrem Blickfeld verschwunden war. Die Schreie um sie her hörte sie kaum, sie schien immun gegen den Schock und die Panik der Zuschauer, gefangen in ihrer eigenen Gefühlswelt, in der sich Sorge und Entsetzen abwechselten. Selbst als die Höflinge von der Tribüne aufsprangen und hilflos umherirrten, schien sie die Tritte und Ellenbogen nicht zu spüren. Mit ihrem gebrochenen Fuß konnte sie sich in dem Tumult jedoch kaum auf den Beinen halten, und wahrscheinlich wäre sie in absehbarer Zeit gestrauchelt und zu Tode getrampelt worden, hätte Felix nicht plötzlich nach ihr gegriffen. Er legte die Arme um ihre Taille, zog sie mit sich, trug sie halb, schleifte sie wie eine Puppe hinter sich her und schaffte es irgendwie, einen Weg in Sicherheit zu finden. Als sie sich in einer abgeschiedenen Seitenstraße in der Nähe der Kirche Saint-Paul wiederfanden, erwachte Isabelle aus ihrer Benommenheit. Ihr erster klarer Gedanke war, daß sich wenige Meter weiter der Treffpunkt befand, an dem sich Gabriel mit ihr verabredet hatte. Nach dem Turnier heute ...

Dem Grauen folgte ein Nervenzusammenbruch. Isabelle schluchzte haltlos und schien sich in einem Strom von Tränen aufzulösen. »Er hat den König umgebracht«, schrie sie.

»Isabelle!« Ihr Bruder legte seine Hände auf ihre Schultern und schüttelte sie, doch sie ließ sich nicht beruhigen, schien ihn nicht einmal zu bemerken.

»Großer Gott, er hat den König umgebracht!«

»Isabelle! Isabelle, wir wissen nicht genau, was geschehen ist. Die Spitze seiner Lanze war abgebrochen, ja, aber was dann passiert ist, konnten wir nicht direkt sehen. Es ging alles so schnell. Niemand verkündete, daß der König tot ist. Hörst du, Isabelle? Der König lebt, und die Aufregung ist nur ...« Seine Worte klangen schwach. Schließlich war die Situation für ihn ebenso schwer zu beurteilen wie für alle anderen Zuschauer des regelwidrigen Tjosts.

»Blut! Da war soviel Blut. Es kann nicht anders sein. Er hat den König umgebracht!«

Natürlich wußte Felix, daß auf einen Königsmord die schlimmste aller Todesstrafen stand. Dennoch versuchte er weiter verzweifelt, Isabelle von ihren Befürchtungen abzubringen. Er würde sich später an die zartgrünen Blätter an den Bäumen erinnern, an das helle Licht der Sommersonne und an die brennende Hitze, die am Nachmittag zu feuchter Schwüle wurde. Aber die Zeit hatte aufgehört zu existieren. Auch erfuhr er nie, ob er es tatsächlich schaffte, seine Schwester zu besänftigen, oder ob sie sich nur deshalb faßte, weil sie keine Tränen mehr besaß, die sie noch vergießen konnte.

»Madame«, sagte sie und blickte Felix aus staunenden, rot umränderten, fiebrig glänzenden Augen an. Sie hatte auf der Suche nach Halt und körperlicher Stütze an seiner Schulter gehangen, durch ihr Weinen den breiten Spitzenkragen seines Hemdes durchnäßt. Jetzt richtete sie sich so plötzlich auf, daß ihr Bruder beinahe strauchelte, und griff nach seiner Hand. »Komm rasch! Madame wird wissen, was geschehen ist. Wir müssen unverzüglich zu ihr.«

Nun konnte es ihr nicht schnell genug gehen, aber ohne Felix' Hilfe konnte sie keinen Schritt tun, da sie ihre Krücke in dem Tumult auf der Tribüne vergessen hatte.

Inzwischen hatte sich der Himmel verdüstert. Die Luft war so schwül wie in einem Dampfbad, und als Isabelle und Felix in der Rue Saint-Aubine eintrafen, fielen die ersten schweren Regentropfen aus blauschwarzen Wolken. Vor Dianes Haus hatte sich eine Gruppe von Anhängern der Favoritin versammelt, die wohl ebenso wie deren Ehrendame auf Nachrichten über den Gesundheitszustand des Königs hofften. Isabelle nahm an, daß eine ebensolche Menge vor dem nahe gelegenen Hôtel des Tournelles ausharrte. Doch hier wie dort waren die Türen und Fenster zur Straße ebenso fest verschlossen wie die Lippen der Bewohner. Es dauerte sogar erstaunlich lange, bis ein Diener auf Isabelles anfänglich zwar energisches, aber doch höfliches, später zunehmend verzweifeltes Klopfen reagierte. Als er sie erkannte, öffnete er die Tür einen Spalt breit, und Isabelle drückte sich in den Vorraum. Erst als sie einen stechenden Schmerz in ihrem rechten Fuß verspürte, blieb sie verdutzt stehen und bemerkte, daß Felix nicht mit ihr eingetreten war.

»Der Herr?« fragte sie verwundert. »Wo ist der Herr, der mich begleitete?«

Der Diener zuckte mit den Schultern. »Verzeihung, Madame de Valmy, ich habe niemanden gesehen.«

Also hatte sich Felix ohne ein Wort aus dem Staub gemacht. Eigentlich konnte Isabelle es ihm nicht verdenken, andererseits vermißte sie ihn mit einer Intensität, die wie ein Schwall eiskalten Wassers durch ihren Körper strömte. Sie wußte ja nicht einmal, wo sie ihn erreichen konnte. Ein unkontrollierbares Zittern lief durch ihren Körper. Ohne den Schutz ihres Bruders fühlte sie sich verloren. Der Schock, der sich anfangs durch ihre Tränen Bahn gebrochen hatte, nahm wieder von ihr Besitz. Sie taumelte.

Der Diener konnte gerade rasch genug nach ihren Armen greifen, um sie verhindern, daß sie auf den Fliesenboden glitt. »Madame de Valmy«, rief er ratlos. Und dann: »Zu Hilfe! Madame de Valmy ist ohnmächtig geworden«, doch das hörte Isabelle nicht mehr.

Das erste Geräusch, das sie wahrnahm, war ein Donnergrollen, dann das Trommeln des Regens gegen ein Fenster. Sie zitterte vor Kälte, worüber sie sich wunderte, denn es war doch ein heißer Tag gewesen. Dieser Gedanke brachte die schrecklichen Geschehnisse in ihre Erinnerung zurück. Ihre Zähne klapperten, ein Anfall von Schüttelfrost durchlief ihren Körper. Um die grausamen Bilder zu verdrängen, öffnete sie ihre Augen – und blickte in das sorgenvolle Gesicht von Nicholas, der gerade eine Decke über ihre fröstelnde Gestalt legte.

»Danke«, raunte sie. Ihre Stimme klang heiser, ihre Kehle fühlte sich ausgetrocknet an, ihre Zunge war pelzig, und sie schmeckte bittere Galle. »Ich habe Durst …«

Nicholas' Aufstöhnen war nichts als Erleichterung. »Gott sei Dank seid Ihr wieder bei Sinnen!« Während seines Ausrufs hatte er sich zu einem Beistelltischchen umgewandt und aus einem Krug Wasser in einen Becher gegossen. Anschließend beugte er sich zu Isabelle und hielt ihr das Gefäß vorsichtig an die Lippen: »Eigentlich wollte ich einen Medikus rufen, nachdem Ihr nicht einmal auf das Riechsalz reagieren wolltet, aber ich fürchtete, bei dem Aufruhr in der Stadt niemanden zu erreichen. Das Wetter gab meinen Plänen den Rest, und so konnte ich nur hoffen, daß Ihr von selbst wieder zu Euch kommen würdet. Geht es Euch besser?« wollte er wissen, nachdem sie ausgetrunken hatte.

»Ja«, log sie und zog die Decke bis zum Hals. Sie hatte das Gefühl, alle Knochen in ihrem Körper würden vor Kälte klappern. »Könntet Ihr wohl Anweisung geben, daß mir ein heißer Stein gebracht wird?« fragte sie zwischen zusammengebissenen Zähnen. »Ich erstarre sonst noch zu Eis.«

»Habt keine Sorge, ich werde mich sofort darum kümmern. In der Küche brennt sicher ein Feuer im Herd. Ich gehe rasch und rufe nach einem Diener ...«

Am Himmel zuckte ein Blitz, der mit seinen langen, leuchtenden Fingern bis in den Salon griff, in dem Isabelle auf eine Liege gebettet lag. Unmittelbar darauf krachte der Donner. Isabelle fuhr zusammen. Ihr Herzschlag beschleunigte sich bis zur Unerträglichkeit. »Bitte«, flehte sie, »laßt mich nicht allein! Das Unwetter klingt, als lade Gott seinen Zorn über der Stadt ab. Ich fürchte mich.«

»Aber«, Nicholas zögerte, dann kniete er sich neben ihrem Lager nieder und ergriff ihre Hand, die ihm Isabelle willenlos überließ. Ihre Finger waren schlaff und kalt. »Ihr fürchtet um das Leben des Comte de Montgommery, nicht wahr?« Er sprach leise, aber eindringlich: »Das ist verständlich für ein liebendes Herz, aber völlig sinnlos. Ihr dürft nicht an Eurer Angst um ihn zerbrechen. Damit ist keinem – weder ihm noch Euch – geholfen.«

»Wißt Ihr etwas? Ihr könnt mir doch sicher die Neuigkeiten verraten, die Madame inzwischen übermittelt wurden.«

Er schüttelte so betrübt den Kopf, daß Isabelle einen dramatischen Moment lang glaubte, Gabriel sei bereits hingerichtet worden. Dann sagte er: »Wir verfügen über keinerlei Informationen aus dem Hôtel des Tournelles. Madame wartet seit Stunden auf eine Botschaft des Königs oder der Königin, aber es herrscht Schweigen. Es ist vollkommen unbekannt, wie es Seiner Majestät geht – und ebenso, was aus Comte de Montgommery wird. Ich wünschte, ich könnte Euch beruhigen.«

»Das kann nicht sein. Madame ist viel zu mächtig, um nicht in Erfahrung bringen zu können ...«

»Nein, Isabelle. Es ist der Augenblick gekommen, an dem die Karten neu gemischt werden. Die Königin ist am Zug.«

Sie starrte ihn an und verstand. Endlich besaß Catherine de Médicis Macht über Diane. Sie konnte darüber entscheiden, ob und wann die Favoritin zum König vorgelassen wurde. Andererseits besaß Diane mächtige Verbündete wie etwa den Konnetabel Montmorency. Isabelle konnte sich eigentlich nicht vorstellen, daß sich dieser so rasch von der Herzdame seines Königs abwenden würde – es sei denn, der König war nicht mehr am Leben oder rang mit dem Tode. Das also war das Ende von Diane de Poitiers, dachte sie, und Wehmut schlich sich ein. Ein viel zu schnelles Ende eigentlich ...

Wieder krachte der Donner. In das kräftige Grollen mischte sich ein kaum hörbares Klopfen an der Tür. Erst als dieses etwas drängender wurde, erhob sich Nicholas und öffnete. »Da ist ein Herr, der darum ersucht, zu Madame de Valmy vorgelassen zu werden«, meldete ein Diener. »Monsieur ist in diesem Hause nicht bekannt und ...«

»Ach, laßt mich einfach durch. Es ist keine Zeit für höfliches Geschwätz«, rief eine Männerstimme aus dem Hintergrund, und kurz darauf vernahm Isabelle das quietschende Geräusch nasser Sohlen auf dem Steinboden und das eigentümliche Schleifen eines lahmen Beines. Da ihre Liege zum Fenster gerichtet stand, mußte sie sich aufsetzen und umdrehen, um zu sehen, wer so vehement ihre Aufmerksamkeit forderte. Im ersten Moment erkannte sie den Besucher nicht, sah nur seinen breitkrempigen Hut, von dem Regentropfen auf seinen vom Unwetter durchweichten Umhang fielen, herabperlten und eine kleine Pfütze zu seinen Füßen bildeten.

Nicholas protestierte wütend: »Was fällt Euch ein? Wer seid Ihr, daß Ihr hier auf diese Weise eindringt? Wenn Ihr nicht sofort geht, werde ich nach der Wache rufen und Euch abführen lassen.« Da er kräftiger und behender war als der Fremde, untermauerte er seine Worte, indem er mit einer energischen Geste nach dem Kragen des Mannes griff.

»Ich bin Pierre«, rief dieser. »Pierre de Beaujeu. Bitte, Ihr müßt mich anhören. Ich bin der beste Freund von Gabriel de Montgommery.«

»Der Dichter«, entfuhr es Isabelle verblüfft. »Ihr könnt ihn loslassen«, sagte sie zu Nicholas. »Ich kenne ihn. Er sagt die Wahrheit.«

Beaujeu fuhr sich mit der Hand an den Hals. »Endlich. Dieser Herr drohte mich zu erwürgen.« Als sich ihm der Diener wieder näherte, fuhr er herum, als müsse er sich gegen einen neuerlichen Angriff verteidigen. »Was will Er denn nun wieder von mir?«

»Er will Euch die nassen Sachen abnehmen«, erklärte Isabelle hoheitsvoll, »damit Ihr näher treten und Euer Anliegen vortragen könnt.«

»Oh … danke …« Er schälte sich umständlich aus seinem Mantel und nahm seinen Hut ab. »Wenn ich vielleicht auch ein wenig Wein bekommen könnte, müßte ich womöglich nicht an der Grippe sterben.«

Nicholas nickte dem Diener zu, woraufhin dieser entschwand. »Nehmt Platz«, forderte Dianes Sekretär den unerwarteten Gast ungeduldig und nicht besonders freundlich auf, »und sagt uns, was Euch hierhergeführt hat. Anschließend könnt Ihr im Wein baden, wenn es Euch danach gelüstet. Doch sprecht zuerst.«

Beaujeu ließ sich auf dem angebotenen Stuhl nieder. Dann wanderten seine Blicke vielsagend von Isabelle zu Nicholas, der sich nicht gesetzt hatte, sondern neben ihr Lager trat und dort stehenblieb. Als sowohl Isabelle als auch Nicholas schwiegen, gab er seinen Widerstand gegen den Zuhörer auf und berichtete: »Mein Freund ist verhaftet worden. Die Königin ließ ihn in die Bastille werfen ...«

»Woher wollt Ihr das wissen?« fragte Nicholas barsch.

Plötzlich brach Beaujeus forsches Auftreten in sich zusammen. Seine Schultern sackten herab, er fuhr sich müde über die Augen, die nun in Tränen schwammen. »Ich sollte sein Maskottchen sein«, seine Stimme war rauh, und seine Worte wurden von leisen Schluchzern unterbrochen.

»Er sagte dem Herold, ich sei wie Merlin von König Artur, der Narr und Zauberer des Ritters. Auf diese Weise war ich in seiner Nähe – und brachte ihm dabei nur Unglück.«

Jeder im Raum wußte, daß der Dichter damit die Legende um Merlins Prophezeiungen meinte. Seit Überlieferung der Artus-Sage wurde in der Normandie von der Weissagung über den Kampf eines weißen Drachens gegen einen roten Drachen erzählt ... und vom Untergang der Welt, fügte Isabelle in Gedanken hinzu, als das Unwetter erneut lärmte. Für eine Weile blieb es still im Salon, und die beiden Männer wie auch sie schienen ihren Gedanken nachzuhängen, als Isabelle plötzlich erstarrte. Ein Einfall bemächtigte sich ihrer. Beaujeus Geschichte erinnerte sie an das inzwischen vielzitierte Horoskop des Nostradamus, in dem ein junger Löwe den alten überwand. Entsetzt schlug sie die Hände vor ihr Gesicht. Sie hatte in der Aufregung nicht an das Wappen ihrer Familie gedacht. Anfangs war sie von den Farben, die Gabriel trug, so geblendet gewesen, daß sie die Symbole übersehen hatte: Die Bohiers wurden von einem blauen Löwen auf gelbem Grund repräsentiert.

Der Besucher faßte sich wieder und fuhr fort: »Es ist noch nicht alles verloren. Montgommery ist zwar arretiert worden, aber der König lebt.«

»Seid Ihr sicher?« warf Nicholas ein.

»Ja, Monsieur, dem ist so. Ich hörte noch, wie nach dem Chirurgen Paré gerufen und ein Kurier nach Brüssel zum König von Spanien entsandt wurde. Dann mußte ich mich trollen, sonst hätten mich die Gardisten wahrscheinlich ebenfalls dingfest gemacht und in die Conciergerie oder wegen einer anderen Schuld gleich aufs Schafott geschickt.«

»Schweigt!« befahl Nicholas mit drohendem Unterton. »Im Haushalt von Madame de Poitiers sind Protestanten nicht gerne gesehen. Eure Freundschaft zu Comte de Montgommery verschaffte Euch Zutritt. Belaßt es dabei, Beaujeu!«

Der gestattete sich nur eine abwehrende Handbewegung. »Echauffiert Euch nicht. Im Grunde ist gleichgültig, was mit mir geschieht; nur die Sorge um Montgommery hat mich durch den strömenden Regen zu Euch getrieben. Ich bin hier, Madame de Valmy, da ich Euch um Intervention bitten möchte. Ihr könntet bei Madame de Poitiers ein gutes Wort für meinen … ehmmm … unseren Freund einlegen, schließlich …«

Er unterbrach sich, da der Diener mit einem Tablett erschien, auf dem sich eine Karaffe mit Wein und mehrere Trinkpokale befanden. Stumm beobachtete er, wie ihm das ersehnte Getränk kredenzt wurde. Dann nahm er einen großen Schluck und wartete die Wirkung ab. Tatsächlich beruhigte der Bordeaux schon bald seine Nerven.

»Ja, das ist mein Anliegen«, schloß er, nachdem der Diener wieder gegangen war. »Ich bitte Euch, daß Ihr Euch für Gabriel de Montgommery verwendet.«

Isabelle schluckte und senkte betroffen die Lider. An ihrer Stelle antwortete der nunmehr besänftigte Nicholas bewußt zweideutig: »Zur Stunde sind Madame die Hände gebunden. Wie es aussieht, mein Freund, kann in diesem Hause niemand etwas für Comte de Montgommery tun.«

»Wie? Ihr wollt mir sagen, ich habe mich umsonst dem Unwetter ausgesetzt ...«

»Genießt den Wein, und nehmt diesen als Entschädigung für Eure Mühe.«

»Nein!« Verwundert blickten die beiden Männer zu Isabelle. Ihre Stimme klang überraschend fest, und mit eben erwachter Energie schlug sie die Decke zurück. »Es ist gut, daß Ihr mich informiert habt, Monsieur de Beaujeu, ich danke Euch aus ganzem Herzen dafür. Ich werde mich unverzüglich auf den Weg zur Bastille machen und mich persönlich davon überzeugen, wie es Comte de Montgommery geht. Ich muß ihn sehen und ihn meines Beistandes versichern.«

»Das könnt Ihr nicht«, protestierte Nicholas.

»Natürlich kann ich nicht allein gehen. Mein gebrochener Fuß läßt das nicht zu. Würdet Ihr mich deshalb begleiten, Monsieur Fouquet?«

Nicholas seufzte. »Ich meinte, Ihr könnt keinen nächtlichen Besuch in der Bastille machen. Das ist zu gefährlich. Es herrscht Unruhe in der Stadt, das Gewitter läßt nicht nach, und ...«

»Ich gebe es ungern zu, aber Monsieur hat recht«, meldete sich Beaujeu nach einem weiteren großen Schluck aus dem Trinkpokal zu Wort. Er hatte das Weinglas fast gelehrt. »Wartet den Sonnenaufgang ab! In der Dunkelheit ist es für eine Dame lebensbedrohlich, einen Verhafteten in einem Gefängnis aufzusuchen. Montgommery würde mir den Kopf abreißen, wenn er erführe, daß ich dies zuließe. Geht morgen früh, und was immer Ihr dann in Erfahrung bringen werdet, haltet mich auf dem laufenden! Ich bitte Euch darum.«

Die auf einem Festungswall errichtete Bastille Saint-Antoine wurde seit Ende des Hundertjährigen Krieges als Gefängnis genutzt. Isabelle hatte um das mittelalterliche Gebäude mit seinen in alle Himmelsrichtungen weisenden, bedrohlichen Türmen stets einen Bogen zu machen versucht, da sie wußte, daß an diesem Ort wahrscheinlich ihr Vater seinem Ende hätte entgegensehen müssen, wäre ihm nicht die Flucht nach Venedig gelungen. Als sie an Nicholas' Arm über die Zugbrücke schritt und dabei versuchte, die Wachen keines Blickes zu würdigen, überlegte sie, daß es wohl vor manchen Erfahrungen kein Entkommen gab. Nun machte sie also den gefürchteten Besuch im königlichen Kerker, aber dieser galt heute einem anderen Mann, den sie liebte. Die Glocken der Pariser Kirchen, die zur Frühmesse riefen, begleiteten sie. Von überallher strömten die Gläubigen, um für den König zu beten. Das Unwetter hatte noch in der Nacht nachgelassen, die Sonne schien wieder, so daß die Bänkelsänger trockenen Fußes die neuen Nachrichten ausrufen konnten. Henri sei am Leben, hieß es, und die berühmtesten Ärzte Europas würden mit Gottes Hilfe dafür sorgen, daß es dabei bliebe.

Isabelle wußte nicht, wie Nicholas es erreichte, daß sie unverzüglich in eine relativ saubere und aufgeräumte Wachstube geführt wurden, noch, wieviel Geld sich in dem Beutel befand, den er zur Bestechung der Wärter mit sich trug, und woher dieses eigentlich stammte; aus ihrem Besitz war es keinesfalls, aber sie nahm es gleichmütig an. Sie fühlte sich wie betäubt nach den Ereignissen des vergangenen Tages und einer durchwachten Nacht. Diane hatte sie nicht mehr gesehen, die Favoritin hatte sich in ihre Gemächer zurückgezogen und ausdrücklich verlangt, nicht gestört zu werden, es sei denn, eine Botschaft des Königs treffe ein. Sie wartete vergebens, und Isabelle war sich sicher, daß die Favoritin ebenfalls kein Auge zugetan hatte. Demnach war Isabelle in einer deutlich besseren Situation, da sie sich wenigstens selbst vom Befinden ihres Geliebten überzeugen konnte.

Als Gabriel hereingeführt wurde, wirkte er erschreckend bleich und unwohl. Seine Wangen waren eingefallen, die Tränensäcke angeschwollen. Ansonsten aber schien er in einer relativ stabilen körperlichen Verfassung, auch wenn er unrasiert war, sein Haar zerzaust und sein Hemd nicht frisch. Er machte einen zutiefst erschöpften Eindruck, erwachte jedoch aus seiner Lethargie, als er Isabelle im Licht des kleinen Fensters stehen sah, das wohl einst als Schießscharte gedacht war. Mit zwei Schritten stand er vor ihr und nahm ihre Hände in die seinen.

»Gott, bin ich froh, Euch zu sehen. Isabelle, meine Liebste, wie ist es Euch gelungen hierherzukommen?«

Mit einem zaghaften Lächeln neigte sie ihren Kopf in die Richtung, wo sie Nicholas wußte. Dieser hatte sich diskret in eine dunkle Ecke zurückgezogen. »Monsieur Fouquet war so freundlich, mich zu begleiten. Alleine hätte ich es nicht bis hierher geschafft.«

»Oh ...«, Gabriel ließ sie los und wandte sich stirnrunzelnd zu Nicholas um. »Natürlich. Guten Morgen, Monsieur Fouquet. Wie geht es Euch?« Sein harscher Tonfall ließ erkennen, wie gänzlich gleichgültig ihm das Befinden des anderen Mannes war.

Unter anderen Umständen hätte sich Isabelle über diesen Anflug von Eifersucht gefreut. In diesem Moment aber zerrte Gabriels unerwartete Gefühlsregung an ihren Nerven.

»Es geht Monsieur Fouquet gut und mir auch«, versetzte sie energisch. »Das ist aber derzeit nicht von Interesse. Bitte, die Zeit ist knapp. Sagt mir lieber, wie es um Euch bestellt ist? Was wißt Ihr über das Befinden des Königs?«

Gabriel zuckte mit den Achseln. Die Augen noch immer auf Nicholas gerichtet und von Isabelles Anwesenheit anscheinend keine Notiz nehmend, erwiderte er: »Als ich Seine Majestät verlassen mußte, verlor er gerade das Bewußtsein. Mehr kann ich dazu nicht sagen ...« Er unterbrach sich, als er sich an eine Begebenheit an Henris Krankenlager erinnerte, und fragte Dianes Sekretär: »Ist Madame benachrichtigt worden?«

»Nein, Capitaine, sollte sie?«

»Allerdings. Catherine de Médicis setzt sich in diesem Punkt also ebenso über den Willen des Königs hinweg wie mit meiner Verhaftung. Ich hörte, wie er mehrmals nach Madame verlangte. Die Königin belegte jedoch jeden mit einem Bann, der es wagte, darüber zu sprechen. Ich bin bereits verflucht, also kann mir nicht viel mehr geschehen.«

»Bitte, Ihr dürft so nicht sprechen«, Isabelle umfaßte seine Finger und drückte sie flehentlich.

Gabriel zog ihre Hand an seine Lippen. »Verzagt nicht. Mit Gottes Hilfe werde ich die Sache überstehen. Seine Majestät war so barmherzig, mir zu verzeihen. Das bedeutet mir mehr, als ich die Rache der Königin fürchte.«

»Nun, letztlich tragt Ihr nicht wirklich Schuld an dem Unglück«, mischte sich Nicholas ein. »Ihr habt einen Befehl ausgeführt und seid nicht Eurem eigenen Willen gefolgt. Eigentlich kann Euch niemand auf Erden zur Rechenschaft ziehen. Wie das Jüngste Gericht urteilt, ist eine andere Frage, aber auf dieser Welt nicht zu diskutieren.«

Gabriel sah den anderen Mann überrascht an. Nicholas' Bemerkung war ketzerisch, denn es gab sehr wohl eine irdische Justiz, die sich am Willen Gottes orientierte, Protestanten erkannten die Inquisition allerdings nicht an, selbst wenn es sich nur um weltliche Vergehen handelte. Bei der schwachen Beleuchtung in der Wachstube konnte er jedoch nicht in Nicholas' Augen lesen. Also gab er den Versuch auf, Dianes Sekretär zu durchschauen, und erwiderte aufrichtig dankbar: »Es ist wohltuend, in Euch einen Fürsprecher gefunden zu haben.«

»Leider kann ich sonst nichts für Euch tun.«

»Der Besuch von Madame de Valmy ist ein überaus wertvolles Geschenk.« Er drückte noch einmal ihre Hand, dann ließ er sie los. »Tragisch ist, daß das Turnier die grausame Wiederholung eines Ereignisses aus meiner Kindheit war. Nicht nur wegen des Ehrenkodex versuchte ich den König von seinem Regelbruch abzubringen und einen weiteren Durchgang zu verhindern. Meinem Vater ist einst fast dasselbe passiert wie mir gestern mittag. Mit dem Unterschied, daß François I. nur leicht verletzt wurde und am Leben blieb.«

»Was ist geschehen?« fragte Isabelle.

»Damals wurde der König bei einem Wettkampf von einem Feuerball ins Gesicht getroffen und verletzt. Der unglückliche Ritter, der das Wurfgeschoß schleuderte, war mein Vater Jacques de Montgommery.«

»Nun, Ihr sagtet selbst, daß der König lebt«, warf Nicholas ein. »Seine Majestät wird Euch über kurz oder lang von allen Vorwürfen freisprechen, dessen bin ich sicher. Vielleicht sieht die Situation schlimmer aus, als sie ist, und die alten Verhältnisse werden bald wiederhergestellt sein. Wenn Ihr Euch für Madame de Valmys Besuch bedanken wollt, dann berichtet mir in allen Einzelheiten, wie es dem König ging, als Ihr ihn zuletzt gesehen habt. Es wird mir eine Ehre sein, Madame Euren detaillierten Bericht zu überbringen.« Ohne es auszusprechen, machte Dianes Sekretär deutlich, daß sich die Favoritin eines Tages für Montgommerys Nachricht erkenntlich zeigen würde.

Isabelle war ein wenig verärgert darüber, daß die beiden Männer den Hauptanteil an der Konversation trugen, die sie eigentlich mit Gabriel hatte führen wollen. Dennoch ließ sie sie gewähren. Die Stimme des Geliebten zu hören wärmte ihr Herz, einerlei, was er sagte. Dabei sprach er jetzt so sachlich und ernst, wie Nicholas es sonst tat, nichts erinnerte an den romantischen Helden ihrer Träume, der sie mit seinen Worten und Küssen umfangen gehalten hatte.

Kurz und knapp gab Gabriel wieder, was sich in seiner Anwesenheit am Krankenlager des Königs zugetragen hatte und wie die Diagnose des königlichen Leibarztes lautete. »Ich habe eine solche Verwundung noch nicht gesehen«, schloß er seinen Bericht. »Deshalb kann ich unmöglich sagen, ob der König überleben wird.«

»In der Tat«, stimmte Nicholas zu, »das zu entscheiden liegt in Gottes Hand. Deshalb sollten wir mit dem Schlimmsten rechnen. Ich werde Madame darüber informieren. Sie wird außer sich sein. Natürlich konnte sie niemals damit rechnen, daß der König vor ihr sterben würde …«, *und Catherine bittere Rache für alle Demütigungen nehmen würde*, schloß er in Gedanken, doch Isabelle und Gabriel gingen dieselben Überlegungen durch den Kopf.

Die Zimmertür flog auf, und der Wärter, der den prominenten Gefangenen hereingebracht hatte, erschien im Rahmen. Mit gierigen Augen blickte er auf den Beutel an Nicholas' Gürtel, in dem er weitere Münzen vermutete. »Eure Zeit ist um, meine Herrschaften«, verkündete er mit schleimerischer Heuchelei. »Der Comte muß wieder in seine Zelle im Grafschaftsturm.« Er lachte über seinen Sprachwitz, denn tatsächlich nannte man einen der zahlreichen Türme in den Mauern der Bastille *tour de la comté*.

»Wann werden wir uns wiedersehen?« hauchte Isabelle.

Das Grinsen des Wärters wurde breiter. »Wenn Ihr noch ein wenig verweilen wolltet, solltet Ihr an meine Pension denken, Capitaine. Ihr wißt, die Staatskassen sind nach dem Krieg gegen Spanien nicht mehr so prall gefüllt wie ehedem, und …«

»Nein«, unterbrach Gabriel mit der despotischen Stimme eines Mannes, der dazu geboren war, die hierarchischen Strukturen bei Hofe zu akzeptieren und einen Kerkeraufseher als Abschaum zu betrachten. »Unsere Unterhaltung ist beendet.«

Er streckte einem verblüfften Nicholas die Hand entgegen, die dieser jedoch sogleich ergriff. »Gewährt mir eine letzte Bitte, Monsieur Fouquet.« Als dieser nickte, fügte er hinzu: »Haltet ein Auge auf Madame de Valmy. Ich bitte Euch, sie zu beschützen, solange ich es nicht kann.«

»Das verspreche ich, so wahr mir Gott helfe.«

Isabelles Blicke schwammen in Tränen, als sich Gabriel vor ihr verneigte. »Adieu, Isabelle«, flüsterte er, richtete sich wieder auf und hauchte einen zärtlichen Kuß auf ihre Wange. Dann drehte er sich abrupt um und marschierte davon.

Auf Isabelles Zunge lagen all die Worte, die ihm zu sagen sie sich vorgenommen hatte, doch es kam nicht eines über ihre zitternden Lippen. Sie fühlte sich unfähig zu sprechen, ohne gleichzeitig von einem Weinkrampf geschüttelt zu werden. So blickte sie ihm stumm nach, wie er mit der aufrechten Haltung eines Kommandanten der königlichen Garde die erbärmliche Wachstube verließ. Kalt drangen Verlust und Sehnsucht auf sie ein, kaum daß er aus ihrem

Blickfeld verschwunden war. Zu spät erinnerte sie sich daran, daß sie ihn von seinem Freund Pierre de Beaujeu hatte grüßen sollen, und ein hysterischer Lachanfall schüttelte ihren Körper.

45

Zwei Tage später erhob sich Gilbert de Valmy im Hinterzimmer von Le Fertes Buchhandlung von seinem Platz. Bevor er zu sprechen anhob, blickte er sich in der Runde um, die aus einem kleinen Kreis zuverlässiger Glaubensbrüder bestand, und ließ jedem die Zeit, sich zu sammeln. Dann sagte er: »Falls der König stirbt, müssen wir handeln. Eine Gelegenheit wie diese wird uns das Schicksal nicht so bald wieder gewähren.«

»Damit habt Ihr recht, Marquis«, stimmte Le Ferte begeistert zu. »Mit dem Tod des Königs werden bessere Zeiten anbrechen, und wir können uns öffentlich zu unserer Religion bekennen.«

»Haltet ein«, gebot der Marquis verärgert, »Ihr schwatzt dummes Zeug. Glaubt Ihr daran, Messieurs?«

Ratloses Schweigen war die Antwort. Da er als einziger in dieser Gruppe enge Kontakte zum Hof besaß, war seine Meinung gewichtiger als die der anderen Verschwörer. Deshalb widersprachen ihm selbst diejenigen nicht, die auf Le Fertes Seite standen. Nachdenklich forschte er in den Gesichtern der Anwesenden, deren Mienen zum Teil tatsächlich freudige Erwartung ausdrückten, aber auch Skepsis und Resignation.

»Die Königin steht auf der Seite der Reformation«, meldete sich trotzig noch einmal Le Ferte zu Wort. »Wenn Catherine de Médicis mit dem jungen Dauphin Frankreich regiert, wird sie eine Religionsfreiheit wie in Deutschland zulassen.«

Valmy hieb mit der Faust auf den Tisch. »Das wird sie nicht. Was seid Ihr nur für ein Narr, daß Ihr Euch von ihren Beteuerungen einlullen laßt? Die Königin zeigte in der Vergangenheit Sympathien für die Reformation – das ist richtig. Aber ist Euch nicht bewußt, welches Ziel sie damit verfolgte?« Er legte eine Gedankenpause ein, bevor er fortfuhr: »Sie wollte das Gegenteil dessen tun, was Madame wünschte. Deshalb bedeutet es nicht zwangsläufig, daß die Inquisition abgeschafft wird, nur weil die Favoritin durch den Tod des Königs entmachtet ist.«

»Das ist sicher richtig, Marquis«, meinte ein vierschrötiger Mann im Hintergrund, der in seiner schwarzen Kleidung und wegen der schlechten Beleuchtung mit dem Schatten zu verschmelzen schien. Le Ferte hatte nur auf dem Tisch Kerzen aufgestellt, an dem die meisten des Kreises saßen, diejenigen, die in der zweiten Reihe Platz genommen hatten, blieben weitgehend im Dunkel. »Aber warum sollte die Königin nicht versuchen, ihre Untertanen zu einen? Das Volk ist gespalten, und das kann nicht in ihrem Interesse sein, wenn ihr erstgeborener Sohn König wird.« Zustimmendes Gemurmel bestärkte ihn.

»*Ein Widerspenstiger macht einen Weisen unwillig und verderbt ein mildtätiges Herz*«, zitierte der Marquis mit sanfter Stimme aus dem Alten Testament. Dann jedoch veränderte sich sein Ton, und er behauptete zornig: »Ihr seid blind, Messieurs. Die Königin wird nicht nach einem eigenen Willen und Gewissen entscheiden. Schon heute ist sie Wachs in den Händen des Herzogs von Guise. Der Held von Calais wird sie bei jedem ihrer Beschlüsse beeinflussen. Und dessen Haltung zur Häresie kennen wir alle.«

»Mit Verlaub, ich teile Eure Meinung trotzdem nicht. Keiner von uns kann in die Zukunft sehen und wissen, was tatsächlich geschehen wird. Sollten wir nicht erst einmal abwarten und sehen, wie sich die Königin verhält?«

»Ich glaube, sie hat ihr wahres Gesicht bereits gezeigt«, sagte Pierre de Beaujeu leise. »Gegen den ausdrücklichen Willen des Königs ließ sie den Comte de Montgommery verhaften und in die Bastille werfen. Meiner Auffassung nach ist dies ein Beweis dafür, daß Catherine de Médicis ein falsches Spiel spielt. Wir müssen sie richtig einschätzen lernen, und das bedeutet, daß wir ihr nicht vertrauen dürfen.«

Einige Herren am Tisch applaudierten spontan oder klopften mit den Fingerknöcheln auf den Tisch. Als es wieder still geworden war, fügte er hinzu: »Laßt uns deshalb anhören, welchen Vorschlag der Marquis de Valmy unterbreiten möchte.« Die Kritiker wurden weniger, das Einverständnis wuchs.

Der Kaufmann atmete tief durch. »Danke, Beaujeu, Euer heller Kopf ist immer wieder eine Bereicherung für jede Diskussion. Nun, Messieurs, der Kampf ist nicht beendet und muß weitergeführt werden. Ihr kennt sicher alle folgenden Spruch aus dem Alten Testament: *Wer Sünde zudeckt, der macht Freundschaft; wer aber die Sache aufrührt, der macht Freunde uneins*. In diesem Sinne bin ich der Ansicht, daß wir uns direkt an den Dauphin wenden müssen, sobald dieser König geworden ist. François ist jung und unbedarft, ich bin sicher, wir können ihn von der Richtigkeit unseres Glaubens überzeugen.«

»Wie wollt Ihr das anstellen?« fragte Le Ferte, dem vor Verblüffung das Kinn herabgesunken war. »Nach wessen Meinung auch immer sich die Königin richten mag, der Dauphin steht ganz eindeutig unter ihrem Einfluß ...«

»Das ist in der Tat richtig, aber es ist zu hoffen, daß er durch seine neuen Pflichten verändert wird. Er muß erwachsen werden und lernen, seine eigenen Entscheidungen zu treffen. Dabei werden wir ihm helfen.«

»Der Dauphin scheint mir noch stärker unter dem Einfluß des Herzogs von Guise zu stehen als die Königin selbst«, gab ein alter Herr mit langem weißen Bart ruhig zu bedenken, der einst Professor der Jurisprudenz am Collège de France gewesen war. »Da ist nicht nur seine Mutter, er ist immerhin mit einer Nichte der Guisen verheiratet.«

»Richtig«, erwiderte Valmy freundlich, der die Argumente seines Gegenübers bei vergangenen Treffen stets zu schätzen gewußt hatte. »Deshalb müssen kluge Männer wie Ihr François von unserem Glauben überzeugen. Die einzige Möglichkeit, die sich uns bietet, ist seine Entführung ...«

Schockiertes Stimmengemurmel unterbrach ihn. Die Glaubensbrüder steckten ihre Köpfe zusammen, stellten ungläubig Fragen, die in dem Durcheinander untergingen, oder protestierten entsetzt gegen den Vorschlag des Parlamentsrates. Noch nie hatte einer von ihnen auch nur im Traum gewagt, die Hand gegen den König oder ein Mitglied der Familie Valois zu erheben. Das Ansinnen des Marquis war daher so ungeheuerlich, daß keiner in der Lage schien, einen klaren Gedanken zu formulieren.

»Genug der Aufregung«, der Marquis hob die Hand, um die anderen zum Schweigen zu bringen. Tatsächlich verstummte die Runde nach und nach. Schließlich verkündete er: »Nur wenn wir François' habhaft werden, können wir ihn mit der evangelischen Religion vertraut machen. Ich bin überzeugt davon, daß er noch nie eine der Schriften Luthers oder Calvins zu Gesicht bekommen hat. Deshalb müssen wir ihn dazu bringen, diese zu lesen oder einem Prediger zuzuhören. Anders als durch eine Entführung wird uns dies nicht gelingen, Messieurs.« Verblüfftes Schweigen war wiederum die Antwort. »Denkt darüber nach«, schloß er. »Ich werde mich jetzt zurückziehen. In einer Woche sollten wir uns wiedersehen und die Angelegenheit weiterbesprechen. In der Zwischenzeit werde ich mir Gedanken darüber machen, welcher der königlichen Wohnsitze sich von seiner geographischen Lage her am besten für einen Überfall eignet.«

Die ebenso begeisterten wie ungläubigen Unterhaltungen brandeten wieder auf und schwappten wie eine große Welle über die Glaubensbrüder. Einige bestürmten Gilbert de Valmy mit Fragen, doch dieser winkte nur ab und bahnte sich einen Weg zur Tür. Dort trat ihm Beaujeu in den Weg: »Auf ein Wort, Marquis«, bat der Dichter.

Valmy nickte, drehte sich demonstrativ mit dem Rücken zu einem Mann, der ihn nicht hatte gehen lassen wollen, und fragte: »Was kann ich noch für Euch tun, Beaujeu?«

»Ihr könntet mir verraten, ob es Neuigkeiten über den Comte de Montgommery gibt. Ich hinterließ gestern eine Nachricht bei Eurem Majordomus. Ihr wart leider nicht zugegen, als ich vorsprach, um Euch zu bitten, Eure Macht für das Wohlergehen meines Freundes in die Waagschale zu werfen.«

Valmy nahm sein Gegenüber am Arm und beugte sich zu dessen Ohr. »Wenn Euch sein Leben lieb ist, rührt Ihr besser nicht daran …«

»Wie meint Ihr das?«

»Er konnte aus der Bastille fliehen und befindet sich zur Stunde auf dem Weg in Sicherheit. Ich beschwöre Euch, vergeßt Euren Freund für eine Weile, wenigstens so lange, bis er Frankreich verlassen hat. Laßt vor allen Dingen nichts vor meiner Nichte verlauten. Wie ich sie kenne, würde sie ihm zu folgen versuchen und ihn und sich dadurch in größte Gefahr bringen.«

Beaujeu atmete erleichtert aus. Auf seinen Wangen leuchteten hektische rote Flecken. Zu seiner größten Überraschung empfand er in seinem tauben Bein plötzlich einen stechenden Schmerz.

»Ich schweige wie ein Grab«, versicherte er rasch.

»Macht Euch keine Sorgen um mich. Meine Freundschaft zu Montgommery ist tiefer als meine Verehrung für Eure Nichte. Verratet mir bitte, wohin ihn sein Weg führt?«

»Heimwärts«, der Marquis gestattete sich ein geheimnisvolles Lächeln. *»Der Herr hilft den Gerechten; der ist ihre Stärke in der Not.«* Dann wandte er sich ab und ließ einen über alle Maßen verwunderten Beaujeu stehen, der die folgende Nacht damit verbringen würde, das Rätsel zu lösen, welches ihm aufgegeben worden war.

46

Diane de Poitiers massierte mit Daumen und Zeigefinger ihre Nasenwurzel. Sie wurde von entsetzlichen Kopfschmerzen geplagt, doch eigentlich hätte sie bereits an den Schmerz gewöhnt sein müssen, denn er hielt seit vier Tagen an. Er war zu ihrem Begleiter geworden, seit der König verwundet worden war und sie von Sorgen geplagt wurde, die sie niemals erwartet hätte.

Noch immer war sie ohne Nachricht aus dem Hôtel des Tournelles. Drei Tage lang hatte sie sich, der Not gehorchend, auf das verlassen, was die Bänkelsänger ausriefen. Doch gestern hatte sie das Schweigen nicht mehr ertragen. In der selbstverständlichen Annahme, sie würde an Henris Krankenlager gelassen, hatte sie am königlichen Wohnsitz vorgesprochen – und die bislang größte Niederlage ihres Lebens erlebt. Ein Page hatte sie im Auftrag der Königin abgewiesen. Sie durfte weder den Geliebten sehen, noch wurde ihr eine einzige Frage nach seinem Gesundheitszustand beantwortet. So war sie unverrichteter Dinge in die Rue Saint-Aubine zurückgekehrt, resigniert und gebrochen.

Die neuen Nachrichten, die heute auf den Straßen verkündet wurden, nährten ihr Herz mit Hoffnung; ihren Kopfschmerz besänftigten sie aber nicht. Es hieß, der Leibarzt Philipps von Spanien, Andreas Vesalius, sei gestern aus Brüssel eingetroffen, und inzwischen war auch der Chirurg Ambroise Paré an das Bett des Königs geeilt. Henri befand sich demnach in den Händen der besten Ärzte. Wenn er überhaupt genesen konnte, so mit Hilfe dieser beiden Männer – und Gottes Unterstützung. Für letztere beteten Tausende von Franzosen, die in den Kirchen Kerzen für ihren König anzündeten, Opfergaben für die Heiligen spendeten und, zu Marienprozessionen versammelt, durch die Straßen zogen. Die Liebe seines Volkes auf diese Weise zu erleben war auch für die Favoritin wohltuend. Freilich hörte sie nur aus dritter Hand von den Gebeten, denn sie verließ nach der ihr widerfahrenen Demütigung nicht mehr das Haus. Die Scham über die Abweisung machte sie unfähig, unter Menschen zu gehen. So versteckte sie sich in ihren Gemächern und war selbst für Nicholas kaum zu sprechen; nach Isabelle rief sie nur, wenn sie kleine Handlangerdienste von ihrer Ehrendame benötigte, die über die Tätigkeiten ihrer Zofe hinausgingen und die Isabelle trotz ihrer Behinderung verrichten konnte.

Isabelle war nicht sonderlich erbaut von ihrer auf diese Weise demonstrierten Nutzlosigkeit. Mit ihren Gedanken weilte sie bei Gabriel in der Bastille, und sie hätte gerne mehr Beschäftigung gehabt, um von ihren schlimmsten Befürchtungen abgelenkt zu werden. Oft dachte sie, wie irrwitzig es doch eigentlich war, daß sie in all den Monaten seit ihrer ersten Begegnung in der Bibliothek von Chenonceau geglaubt hatte, sie würde eines Tages auf dem Schafott enden – und nun war diese Bedrohung ausgerechnet für Gabriel zur dramatischen Realität geworden. Das Bangen konnte sie ebensowenig ertragen wie die Sehnsucht, die sich ihrer immer stärker bemächtigte, aber sie wußte auch, daß sie weder die Macht noch die Mittel besaß, um ein zweites Mal in so kurzer Zeit einen Gefangenenbesuch zu erwirken.

Die Tatsache, daß Diane de Poitiers von der Königin brüskiert wurde, machte Isabelles persönliche Situation nicht leichter. Auf der einen Seite war ihre eigene Stellung in der Hofgesellschaft in Gefahr, andererseits konnte sie als Ehrendame von Madame nichts mehr für den Marquis de Valmy ausrichten, da die politischen Fäden und Intrigen nicht mehr bei der Favoritin zusammenliefen. Sie mußte sich also ebenfalls in Geduld fassen, in Lethargie versunken zuschauen, wie der Sand im Stundenglas verrann, und auf die Genesung des Königs hoffen.

Es war die Zeit, zu der üblicherweise das Abendessen serviert wurde, welches Diane seit vier Tagen jedoch ignorierte, als ein königlicher Page gemeldet wurde, der mit einer persönlichen Nachricht für Madame kam. Ohne sich an der Anwesenheit von Isabelle oder Nicholas und der kaum berührten, reichgedeckten Tafel zu stören, ließ Diane den Boten ins Speisezimmer bitten. Mit ihrer versteinerten Miene erwartete sie den Besucher, doch Isabelle erkannte bei einem raschen Seitenblick, daß Diane die Hände, die eine Serviette hielten, zu Fäusten geballt hatte.

Der Page hatte ein ernstes Gesicht und verneigte sich ehrfürchtig.

Isabelle stockte der Atem, als ihr bewußt wurde, daß er nur zwei Nachrichten bringen konnte: »Der König ist tot« oder »dem König geht es besser, er bittet Euch um einen Besuch«. Sie starrte den jungen Mann an, als könnte sie aus seinen Zügen die Wahrheit lesen, bevor er zu sprechen anhob.

»Nun?« fragte Diane kühl.

»Ihre Majestät schickt mich mit einer mündlichen Botschaft, Madame. Die Königin fordert Euch hiermit auf, die

Euch seinerzeit als Leihgabe überlassenen Kronjuwelen unverzüglich an sie herauszugeben. Ich bin befugt, die Rückgabe zu übernehmen.«

Stille senkte sich mit bleierner Schwere über den Raum. Isabelle hatte das Gefühl, der Deckel eines Sarges sei über ihr zugeschlagen. Sie kam sich vor, als befände sie sich in einer Gruft. Die Luft war nicht mehr dieselbe wie zuvor, das Tafelsilber wirkte auf sie wie Grabbeigaben, und Dianes Gesichtszüge erstarrten zu einer Totenmaske. Als sie schließlich die Stimme hob, zuckte Isabelle unter dem kühlen Klang zusammen.

Diane fragte: »Ist der König tot?«

»Nein, Madame. Aber Seine Majestät liegt im Sterben.« Einzig bei diesen Worten gestattete sich der Page ein leichtes Zittern.

Ohne daß sie sonderlich darüber nachdachte, formten sich Isabelles Gedanken ganz selbstverständlich zu einem Psalm über das Sterben: *Ein Mensch ist in seinem Leben wie Gras, er blühet wie eine Blume auf dem Felde; wenn der Wind darüber geht, so ist sie nimmer da, und ihre Stätte kennt sie nicht mehr*. Erst einen Moment später wurde ihr die ganze Tragweite des eben Gehörten bewußt. All ihre Hoffnungen zerfielen zu Staub. Gabriel! schrie ihr Herz und: O mein Gott! Sie preßte ihre Lippen zusammen, um nicht laut aufzuschluchzen. Ihre Augen füllten sich mit Tränen, eine unsichtbare Hand trommelte auf ihren fast leeren Magen. Der bittere Geschmack von Gallensäften stieg in ihrer Kehle auf, sie fürchtete, sich jede Sekunde übergeben zu müssen. Mit wachsender Verzweiflung erwog sie, aufzuspringen und hinauszuhumpeln, doch da begann Diane wieder zu sprechen:

»Solange noch ein Atemzug in seinem Körper ist, werde ich meine Feinde nicht fürchten. Diese sollten wissen, daß ich von niemandem mit Ausnahme des Königs persönlich einen Befehl annehme.« Sie legte eine kleine Pause ein und fügte hinzu: »Ich bin guten Mutes für seine Genesung. Allerdings: Wenn er stirbt, werde ich nicht ohne ihn leben wollen. Und all das Böse, das mir gewünscht werden mag, ist süß angesichts meines großen Verlustes.«

Es war seltsam, aber Dianes hoheitsvoller Monolog beruhigte Isabelle. Wenn die Favoritin noch an ein Wunder glaubt, fuhr es Isabelle durch den Kopf, werde auch ich nicht verzagen. Mit tiefer Bewunderung und Dankbarkeit sah sie Diane an, und zum ersten Mal vermutete sie, daß sie beide dasselbe fühlten: Sorge um das Leben der Männer, die sie liebten.

»Ich werde der Königin Eure Botschaft überbringen«, erklärte der Page. »Darf ich mich zurückziehen, Madame?«

Sie nickte. Ins Leere blickend, wartete sie ab, daß Catherines Bote den Raum verließ. Dann raschelten ihre Röcke, sie erhob sich und schritt hinaus – ohne ein Wort an Isabelle oder Nicholas zu richten. Ihr Abgang war würdevoll und zeugte von der großen Disziplin, die Dianes Leben begleitet hatte, doch ihre Haltung war erstmals die einer alten Frau. Als habe sie ihre Kraft durch ihre mutigen Worte verloren, waren ihre Schultern herabgesunken, und ihr Gang war schleppend und schwach. Es war eine seltsame Vorstellung, aber Isabelle konnte regelrecht voraussehen, wie die Marmorstatue zerbrach und Diane sich in ihren Gemächern vor Verzweiflung schluchzend aufs Bett werfen würde.

»Ich bewundere sie«, sagte Nicholas plötzlich. Um etwas zu tun und die erdrückende Stille zu durchbrechen, schob er seinen Stuhl mit einem lauten Scharren zurück, bückte sich und hob die Serviette auf, die Diane unachtsam hatte fallen lassen. »Diesen Auftritt werde ich niemals vergessen. So wahr mir Gott helfe.«

Durch Nicholas' Bewegungen war Isabelle aus ihrem tranceartigen Zustand erwacht. Ein überaus realistischer

Gedanke ergriff von ihr Besitz und die Verwunderung darüber, daß sie sich während ihres Aufenthalts bei Diane niemals Gedanken über den Verbleib des Schmucks gemacht hatte. »Wahrscheinlich könnte sie der Königin die Kronjuwelen gar nicht sofort übergeben«, vermutete sie nüchtern. »Sie wird sicher erst danach schicken müssen, oder reist sie etwa ständig mit einem Koffer von solchem Wert herum?«

»Die Kronjuwelen befinden sich hier im Haus«, erwiderte Nicholas besonnen. »Ich denke, die Königin weiß das, sonst hätte sie nicht danach gefragt.«

»Oh ...«

»Sollte der König tatsächlich sterben«, fuhr Dianes Sekretär fort, »wird Madame den Schmuck zweifelsohne zurückgeben müssen. Anne d'Étampes, die Favoritin von François I., mußte nach seinem Tod ebenso verfahren. Das ist nun einmal Sitte, auch wenn es der betroffenen Dame schwerfallen mag, sich von einem Liebesbeweis wie diesem zu trennen. Im Fall von Madame bezieht sich dieser darüber hinaus sogar noch auf die Krone der Königin.«

Das Gespräch lenkte Isabelle für kurze Zeit von ihren schlimmsten Befürchtungen ab. Als Nicholas die Worte »König« und »sterben« ausgesprochen hatte, war sie wie unter einem Peitschenhieb zusammengezuckt. Um sich wieder auf andere Gedanken zu bringen, setzte sie das harmlose Gespräch fort:

»Davon wußte ich nichts. Wie kam Madame in den Besitz der Krone?«

Nicholas seufzte. »Es wäre eine alberne Klatschgeschichte, wäre sie nicht wirklich wahr. Mich wundert, daß Ihr noch nie davon hörtet, aber Euch sind ja so manche Vorgänge in der Vergangenheit fremd. Nun, bei der Krönung von Catherine de Médicis ereignete sich ein Vorfall, von dem ich meine, daß er die Königin bis heute verfolgt.« Er legte eine kleine Gedankenpause ein, bevor er in sachlichem Ton berichtete: »Madame befand sich bei diesem Festakt wie stets an der Seite des Königs. Sie saß rechts von ihm, wie immer. Als Catherine die Staatskrone von einer Hofdame abgenommen wurde, sollte diese eigentlich der neuen Königin zu Füßen gelegt werden, so ist es der Brauch. Doch statt dessen wurden die Juwelen vor Madame gelegt.«

»Was für ein Affront!« Isabelle hatte die Königin niemals sonderlich sympathisch gefunden, aber sie konnte die Demütigung deutlich nachfühlen. »Hat der König die Angelegenheit bereinigt?«

»Nein. Natürlich nicht. Die Königin seines Herzens wurde auf diese Weise gekrönt. Er hat die Sache auf sich beruhen lassen.«

»Dann gehen wir stürmischen Zeiten entgegen«, murmelte sie. Es stand außer Frage, daß Catherine de Médicis den Tag nutzen würde, an dem sie endlich Rache üben konnte.

»Ja«, erwiderte Nicholas, der ihre Antwort als zweideutige Bemerkung mißverstanden hatte, »das tun wir.«

Andreas Vesalius rührte eine Paste aus Eiweiß, Rhabarber, Teer und Petroleum an, bis diese die notwendige Konsistenz hatte. Dann bestrich er damit vorsichtig das verletzte Auge des Königs. Henri zuckte ein wenig zusammen, hielt sich aber mit der inzwischen gewohnten Tapferkeit. Seit vier Tagen kämpfte er um sein Leben, und inzwischen fühlte er sich sogar etwas besser. Die Anwesenheit der bedeutendsten Ärzte Europas gab ihm Kraft, sie schienen mit ihrer Kunst tatsächlich etwas zu bewirken. Er war heute länger als zuvor bei Bewußtsein, was ihn ebenso beruhigte wie die prominenten Höflinge, die auf Geheiß der Königin an seinem Bett Wache hielten.

»Montmorency«, bat der Patient, ohne sein noch sehendes Auge zu öffnen, da er wußte, daß sich der Konnetabel zu dieser Stunde in seiner Nähe befand.

»Sire?«

Er stöhnte leise, als der erfahrene Leibarzt des spanischen Monarchen den Salbenbrei fester aufdrückte. Dann: »Ich wünsche einen Brief an den Heiligen Vater zu schreiben. Laßt Euch Papier und Feder geben, und notiert, was ich Papst Paul IV. mitzuteilen habe.«

Interessiert verfolgte er die Geräusche, die auf seine Bitte folgten. Sein Kammerdiener und sein Kronfeldherr bemühten sich eiligst, die notwendigen Dinge zu besorgen. Obwohl nur das rechte Auge durch den Stoß der Lanze erblindet war, hatte der König in den vergangenen Tagen gelernt, »mit seinen Ohren zu sehen«. So unterschied er seine regelmäßigen Besucher bereits an ihrem Schritt, bevor sie die Stimme zu einer Begrüßung erhoben, und auch die Pagen konnte er mittlerweile auseinanderhalten. Auf diese Weise über die Vorgänge an seinem Lager informiert, konnte er abschätzen, wann Montmorency bereit war, die Botschaft aufzusetzen.

»Sobald es mir besser geht«, erklärte der König, »werde ich zur Basilika Notre-Dame de Cléry an die Loire pilgern.«

Montmorency hob unwillkürlich seinen Kopf, um einen fragenden Blick zu Vesalius auszusenden, der nachdenklich auf seinen Patienten hinabsah.

»Ich verspreche Seiner Heiligkeit«, fuhr der französische Herrscher mit schwacher Stimme fort, »daß ich die Protestanten in Frankreich ausrotten werde, so wahr mir Gott helfe. Wenn es mir vergönnt sein wird, diese Verwundung zu überstehen, werde ich alles in meiner Macht Stehende tun, damit kein einziger Hugenotte am Leben bleibt, gleichgültig, ob es sich um Alte oder Junge, Männer, Frauen oder Kinder handelt. Ich werde den Schwur wiederholen, den der Papst einmal leistete: ›Selbst wenn mein eigener Vater Häretiker wäre, würde ich das Holz zusammentragen, um ihn verbrennen zu lassen.‹ In diesem Sinne wird es keine Gnade mehr …«

Das Sprechen strengte ihn an. Bevor er sein leidenschaftliches Diktat beendet hatte, übermannte ihn Mattigkeit. Er versuchte, gegen das Absinken in eine erneute Bewußtlosigkeit anzukämpfen, doch gelang ihm dies ebensowenig wie bei vergleichbaren Gelegenheiten in den vergangenen Tagen. Dabei wollte er Montmorency bitten, noch einen zweiten Brief in seinem Namen zu schreiben, diesmal an den König von Spanien. Er mußte Philipp für die Konsultation von Vesalius danken und im Falle einer gesundheitlichen Verschlechterung vorsorglich um die Sicherheit Frankreichs bitten. Außerdem mußte er Anweisung geben, daß dic Trauung zwischen dem Herzog von Savoyen und seiner Schwester schnellstmöglich stattfand, denn diese war nach dem Unglück aufgeschoben worden. Ohne die Hochzeit konnte der Friedensvertrag nicht ratifiziert werden.

Die Bilder des Ritterturniers traten vor sein geistiges Auge. Die Erinnerung an seinen ersten Wettkampf verschmolz mit dem Ritt gegen den Kommandanten seiner Leibgarde.

»Montgommery?« fragte er, mit all seinen Sinnen schon fast jenseits der Gegenwart.

»Comte de Montgommery ist geflohen«, berichtete Montmorency sachlich. »Wie es scheint, ist er bei Nacht und Nebel an die Küste geritten und konnte mit einem Boot nach England übersetzen.«

Der König hörte kaum zu. Er sah sich als blutjungen Ritter, der seine Lanze vor der schönsten Dame am Hofe senkte. Der Frau, die er liebte, seit er acht Jahre alt war. »*Ma dame*«, flüsterte er. Dann wurde er ohnmächtig.

»Seine Majestät ist nicht mehr bei Bewußtsein«, erklärte

Vesalius. »Auf mich wirkt er, als würde seine Körpertemperatur steigen. Hoffen wir, daß keine Fieberattacke eintritt.«

»Wir müssen ungeachtet dessen operieren«, antwortete Ambroise Paré.

Catherine de Médicis hatte sich bislang im Hintergrund gehalten. Jetzt trat sie energisch vor und protestierte leise, als könnte sie ihren Gemahl durch einen stimmgewaltigen Ausbruch wecken: »Wie das? Habt Ihr den Splitter aus dem Auge nicht bereits entfernt, Monsieur Vesalius?«

»In der Tat, aber es sieht so aus, als sei die Knochenhöhle, die das Auge umgibt, durch die Wucht des Aufpralls zerborsten, und mein geschätzter Maître Paré und ich können nicht sagen, ob ein Schiefer in das Gehirn eingedrungen ist. Um das festzustellen und das Schlimmste zu verhindern, ist eine rasche Operation vonnöten.«

»Ist das nicht sehr gefährlich?« erkundigte sich Montmorency, der sich von seinem Platz am Lager des Königs erhoben hatte und gedankenverloren das Papier zusammenrollte, auf dem er das Diktat für den Papst aufgeschrieben hatte.

»Nicht mehr, als wenn wir zu lange warten«, erwiderte Paré geduldig. »Das einzige Problem, das sich ergeben könnte, ist die Tatsache, daß wir zuwenig über die Anatomie des menschlichen Gehirns wissen. Eine anschauliche Studie wäre sinnvoll, aber eine solche ist weder Monsieur Vesalius noch meiner Wenigkeit bekannt.«

»Nun, daran soll es nicht scheitern«, die Stimme der Königin klang so kalt und fest wie Eisen. »Ihr könnt Eure Forschung aufnehmen, Messieurs. Wenn ich richtig verstanden habe, braucht Ihr ein paar Leichen, um deren Gehirne zu sezieren. Nichts einfacher als das.« Ein grimmiges Lächeln verunstaltete ihr maskenhaftes Gesicht. »In der Conciergerie sind genug Protestanten eingekerkert, die auf das Schafott gehören. Genügen Euch für den Anfang sechs

Köpfe? Ich werde veranlassen, daß so viele Verurteilte, wie Ihr Tote haben wollt, hingerichtet werden. Unverzüglich. Falls Ihr mehr Studienobjekte benötigen solltet, laßt mich das wissen. In Frankreich gibt es mehr Häretiker, als Ihr obduzieren könnt.«

Montmorency blickte die Königin überrascht an. Sie hatte ihre Meinung über die Reformation anscheinend unter dem Eindruck des Todeskampfs ihres Gemahls gründlich durchdacht. Das war gut. Jetzt konnte er Diane de Poitiers guten Gewissens den Rücken kehren und sich Catherine de Médicis zuwenden.

47

Trotz aller Bemühungen, das Leben des Königs zu retten, starb Henri II. von Frankreich an einer Infektion in der Nacht vom neunten auf den zehnten Juli. Catherine de Médicis gelang es, seinen Tod bis zur Mittagsstunde zur verheimlichen, da sie in dieser Zeit ihren ganz persönlichen Abschied von ihrem Gemahl nehmen wollte. Sie gratulierte sich zu ihrer Entscheidung, der Favoritin jeden Zugang versagt zu haben. Es wäre ihr unerträglich gewesen, die Frau, die ihre Ehe fünfundzwanzig Jahre lang begleitet hatte, auch noch als zweite Witwe erleben zu müssen. Wahrscheinlich würde Madame in ihrer Trauer wieder königlicher auftreten als sie selbst, deshalb mußte sie auch sichergehen, daß sich die Favoritin nicht erdreisten würde, der Beisetzung des Königs beizuwohnen, und entsprechende Anweisungen geben. Im Leben hatte sie Henri mit Diane de Poitiers teilen müssen, im Tod gehörte er ihr allein.

Dabei war sie in der Vergangenheit natürlich stets von einer anderen Situation ausgegangen, nämlich daß die Rivalin zuerst sterben und ihr damit das Feld überlassen würde. Wie oft hatte sie davon geträumt, Henris Tränen über den Verlust seiner Mätresse zu trocknen und auf diese Weise seine Liebe zu gewinnen?!

In den einsamen Stunden an seinem Totenbett schmiedete sie Pläne für die politische Zukunft ihres ältesten Sohnes. François war nicht bei ihr, da er am Abend wieder in Ohnmacht gefallen war, als er zu seinem sterbenden Vater gerufen wurde. Der Junge war erschreckend schwach, aber glücklicherweise hörte er auf ihren Rat und vertraute darüber hinaus blind anderen Personen aus ihrem Gefolge, vor allem dem Herzog von Guise.

Es war ein erhebender Moment für Catherine de Médicis. Der Augenblick, auf den sie ihr ganzes Leben lang gewartet hatte. Nun hielt sie die Macht über Frankreich in Händen.

Mittags um eins läuteten in allen Kirchen von Paris die Totenglocken. Gerüchte über eine Verschlechterung des gesundheitlichen Zustands des Königs waren schon seit Stunden in Umlauf, aber nun herrschte sowohl unter den Höflingen als auch – und vor allem – beim Volk die Gewißheit, daß eine neue Epoche begann. Den Menschen blieb wenig Zeit, in stillen Gebeten für die Aufnahme Henris II. im Paradies zu bitten, denn die Bänkelsänger verkündeten schon bald darauf, daß bereits am Nachmittag die Beerdigung des Verstorbenen stattfinden werde. Die Königin hatte bestimmt, daß sein Leichnam unverzüglich in der Kathedrale von Saint-Denis beigesetzt werde. Die Eile warf viele Fragen auf, und nicht nur der Verdacht, Catherine de Médicis habe seinen Tod zunächst verheimlicht, machte die Runde.

Die eigentliche Hauptperson fehlte sowohl beim Leichenzug als auch bei der Trauerfeier in der mittelalterlichen Kathedrale, in der traditionell die Könige von Frankreich begraben wurden. Niemand durfte Diane als »Witwe« erleben. Sie stand am Fenster ihres Arbeitszimmers, halb verdeckt durch die Portieren, als sich die Prozession an ihrer Wohnung vorbei durch die Rue Saint-Aubine bewegte. Wenn es geographisch möglich gewesen wäre, hätte die Königin wahrscheinlich einen anderen Weg bevorzugt, dachte Diane. Doch als sie die Stafette mit dem Sarg sah, wußte sie, daß sie sich irrte.

Die Gemahlin des Geliebten ließ ihr sogar bei dieser Gelegenheit eine erniedrigende Botschaft zukommen: Nichts erinnerte an Henris einstige Farben, die gleichsam Dianes Farben gewesen waren. Der Sarg war nicht mit schwarzem und weißem Samt bedeckt, die französischen Lilien nicht in Silber eingestickt. Eine Decke aus purpurnem Satin und goldene Lilien begleiteten Henri zu seiner letzten Ruhe. Sein Monogramm war verändert worden, die beiden C über seinem H deutlich weiter gezogen, so daß die Enden des C nicht die Schenkel des H berührten, sondern darüber hinausragten und kein D mehr bildeten.

Schwankend zwischen einem gewissen Respekt, den sie Catherine zollte, und Abscheu vor deren Ignoranz, wandte sich Diane ab. Die Königin würde ihr Leben an Henris Seite in der Geschichtsschreibung nicht löschen können, dessen war sich die Favoritin sicher, auch wenn Catherine im Moment vielleicht alles unternahm, um sich als Henris Gemahlin in den Mittelpunkt zu stellen. Weil sie nun Frieden mit Catherine de Médicis machen wollte, beschloß sie, ihr Haupt zu beugen – und weil sie die Rolle der Königin stets respektiert hatte.

»Monsieur Fouquet«, sie wandte sich vom Fenster ab und trat an ihren Schreibtisch, auf dem in funkelnder Pracht die Kronjuwelen ausgebreitet lagen, »ich möchte Euch einen Brief an Ihre Majestät diktieren.«

Nicholas, der neben Isabelle im Hintergrund gestanden

und über Dianes Schulter auf die Straße geblickt hatte, war irritiert. »Jetzt, Madame?«

»Unverzüglich. Kommt her und schreibt!« Unduldsam trommelte sie mit den Fingern auf die Tischplatte. Sie wartete, bis Nicholas sich anschickte, nach Papier und Feder zu greifen. Dann begann sie: »Ich möchte die Königin um Vergebung bitten für das ihr von mir angetane Unrecht und …«

Nicholas erstarrte. »Soll ich das wirklich so schreiben, Madame?«

»Ja, mein treuer Fouquet, das sollt Ihr. Möge Gott mir diese Lüge verzeihen, doch bin ich nur Ihm zur Rechenschaft verpflichtet.«

»Verzeiht«, er senkte devot seinen Blick, »ich wollte Euch nicht kritisieren.«

»Es ist die eleganteste Möglichkeit, die Hofbühne aufrecht zu verlassen«, erklärte Diane. »Ich möchte der Königin keine Gelegenheit bieten, meine Person zu diffamieren. Diese Geste wird mein letzter Auftritt sein, dann werde ich mich nach Chenonceau zurückziehen und meinen Rosengarten genießen. Er ist das einzige, das mir geblieben ist.«

Nicholas wußte zwar, daß Diane einen deutlich höheren wirtschaftlichen Profit als den Rosengarten von Chenonceau aus ihrer Verbindung zum König gezogen hatte, aber er schwieg. Es stand ihm nicht zu, sich als Richter aufzuspielen.

Während er Dianes Anordnung befolgte, blieb Isabelle am Fenster und schaute auf die Straße hinab, ohne die einfachen Leute wahrzunehmen, die sich langsam trollten, weil es ihnen nicht erlaubt war, die Prozession zu begleiten. Der Trauerzug hatte sich wie ein schwarzer Wurm durch die Straße geschlängelt und war an der nächsten Kreuzung abgebogen. Zurück blieben zertretene Blumen und die hilflose Stille, die häufig mit einer Beisetzung einhergeht. Isabelle sah wohl, was vor sich ging, aber ihre Gedanken waren an einem anderen Ort. Sie waren bei dem Mann, dessen Name im Beisein von Diane nicht mehr genannt werden durfte. Nicholas hatte Isabelle die Neuigkeit heimlich anvertraut, als er von Gabriels Flucht aus der Bastille erfahren hatte. Seine Informationen waren allerdings schon einige Tage alt und stammten aus dritter Hand, aber sie verfehlten ihre Wirkung nicht. Hin und her gerissen zwischen dem Glücksgefühl, ihn in Sicherheit zu wissen, und einem grauenhaften Verlustgedanken, der ihr Herz mit kalter Hand umklammerte, beschäftigte Isabelle einzig die Frage, wann sie ihn wiedersehen würde.

Als sie nun Zeugin des Diktats von Diane wurde, dachte sie einen Schritt weiter. Was würde aus ihr werden? Wenn sich Gabriel nicht bald bei ihr meldete und sie zu sich kommen ließ, wäre sie an Diane gekettet. Isabelle zweifelte keine Sekunde daran, daß sie als ihre Ehrendame überleben könnte, denn die ehemalige Favoritin würde auch nach ihrem Machtverlust ihren Haushalt nicht einschränken. Sollte es Isabelles Zukunft sein, für unbestimmte Zeit ausgerechnet in Chenonceau Sicherheit und Frieden zu finden? Wie lange würde es ihr aber unter diesen Umständen noch gelingen, die rechtschaffene Katholikin zu spielen, ohne den eigenen Glauben zu verlieren? Ihre Gedanken kehrten zu Gabriel zurück: Alles hing letztlich davon ab, wann er sich bei ihr meldete. Daß er die Freiheit ohne sie genießen könnte, dachte sie niemals.

Noch am selben Abend ließ Diane durch Nicholas eine Schatulle im Hôtel des Tournelles abgeben, in der sich die Kronjuwelen befanden, ebenso die Schlüssel zu den privaten Gemächern des verstorbenen Königs nebst einer akribisch geführten Bestandsaufnahme der Gegenstände und dem besagten Brief an Catherine de Médicis. Zu aller Überraschung kehrte Nicholas mit der Nachricht zurück, die Königin sei aus ihrem provisorischen Wohnsitz ausgezogen und residiere nun im Louvre.

»Catherine besitzt also nicht einmal den Anstand, die traditionelle Hoftrauer im Hôtel des Tournelles abzuwarten«, stellte Diane grimmig fest. »Was, um alles in der Welt, bezweckt sie mit ihrem Umzug? Seid Ihr in den Louvre gegangen, Fouquet?«

»Dorthin habe ich mich sogleich begeben. Der Palast ist noch eine riesige Baustelle, obwohl auf die Schnelle Gemächer für die königliche Familie fertiggestellt worden sein müssen. Ich wurde von Ihrer Majestät in einem nach ihren Wünschen dekorierten Audienzzimmer empfangen. Es kam jedoch nicht zu einem ausführlichen Gespräch. Als einziges Wort gab sie mir eine Botschaft für Madame de Valmy mit ...«

Er wandte sich zu Isabelle: »Sie wünscht Euch morgen um die Mittagsstunde zu empfangen. Den Grund für diese Audienz nannte sie nicht.«

»Diesen werden wir zweifellos erfahren«, antwortete Diane. »Madame de Valmy wird uns natürlich jedes Detail ihrer Unterhaltung mit der Königin unterbreiten.«

Isabelle zögerte. Sie fürchtete sich vor diesem Wiedersehen. Ihre Begegnungen in der Vergangenheit schienen Isabelle im Rückblick wie ein schrecklicher Alptraum, jedenfalls jene Treffen, die sie mehr oder weniger allein mit der Königin gehabt hatte. Vor einer Neuauflage der gruseligen Séance in Chaumont fürchtete sie sich fast mehr als vor der Inquisition, aber sie konnte wenig gegen Ihrer Majestät Wunsch ausrichten, da dieser wohl eher ein Befehl war. Außerdem bot ihr Dianes Interesse an dem zu erwartenden Gespräch keine Möglichkeit einer Weigerung. Also fügte sie sich und behielt die ebenso vage wie schreckliche Vorahnung für sich.

Obwohl Mary Stuart seit Henris Tod offiziell Königin von Frankreich war, wurde Isabelle ohne Rückfrage in den Empfangsraum von Catherine de Médicis gebracht, nachdem sie am Eingang des Louvre nach »Ihrer Majestät« gefragt hatte. Isabelle fand, daß dies ein eindrucksvoller Beweis für die Verteilung der Machtverhältnisse im Königspalast war. Da dieser noch immer mehr einer Baustelle als einem Wohnsitz glich, mußte sie ihre Röcke raffen, sich schwer auf ihre Krücke stützen und über Holzplanken steigen, um in den bereits renovierten Trakt zu gelangen. Sie wunderte sich, wie Catherine, der junge König François II. oder dessen Gemahlin mit dieser Unbequemlichkeit zurechtkamen, entdeckte auf ihrem Weg aber schließlich ein zweites, tatsächlich fertiggestelltes Treppenhaus, durch das die hohen Herrschaften ohne Belästigung durch die Umbaumaßnahmen in ihre Gemächer gelangen konnten.

Isabelle kämpfte um ihre Fassung, als sie das Audienzzimmer betrat. Vor ihr erstreckte sich die Hölle. Oder jedenfalls das, was sie sich darunter vorstellte. Die Königin hatte die Wände mit schwarzen Tüchern behängen lassen, die Decke war schwarz ausgeschlagen und der Fußboden ebenso gefliest. Keine einzige Farbe brachte Leben in diesen Raum. Die Beleuchtung war schlecht; die Fenster waren abgedunkelt, und auf einem Altar, der mit einem schwarzen Tuch bedeckt worden war, brannten als einzige Lichtquellen zwei Kerzen. Catherine de Médicis saß auf einem Stuhl und verschmolz in ihrem prunklosen Trauergewand aus schwarzem Samt mit ihrer Umgebung; lediglich der weiße Kragen und ihr bleiches Gesicht hoben sich aus der Düsternis hervor. Sie wirkte so reglos, als sei sie die von der Hand eines Bildhauers erstellte Wachskopie ihrer selbst.

Vor Schreck vergaß Isabelle alle Höflichkeitsregeln,

stand in der Tür, starrte und rührte sich nicht vom Fleck. Erst nach einer quälenden Zeit beängstigenden Schweigens wurde sie sich ihres Fauxpas bewußt, und sie versank in ihren Röcken zu einem tiefen Hofknicks.

»Tretet näher«, forderte die Witwe Henris die Ehrendame seiner Favoritin auf. »Ihr seht aus, als hättet Ihr noch keine Trauer gesehen, Madame de Valmy. Seltsam. Ich hörte, Ihr seid ohne Eltern und auch Euer Gemahl sei verstorben. Ihr müßtet wissen, wie schwer der Verlust eines geliebten Menschen zu ertragen ist. Oder habt Ihr niemals in Eurem Leben wahrhaft geliebt?«

Isabelle hielt den Atem an, plötzlich dankbar für die Dunkelheit, die es der Königin nicht erlaubte, ihr Mienenspiel zu beobachten. Die Furcht, die durch Isabelles Glieder kroch, versetzte sie in einen Schockzustand. Sie begann zu zittern. Die Frage nach ihrer Familie war ebenso gefährlich wie die nach Michel Marot oder – noch schlimmer – der großen Liebe. Auf ihrem Weg in den Louvre hatte sie an einer Straßenkreuzung Teile aus der Ballade eines Bänkelsängers aufgeschnappt und zu ihrem Entsetzen vernommen, daß Catherine in ganz Europa nach dem Mann suchen ließ, den sie für den Tod des Königs verantwortlich machte. Angesichts der so erschreckend eindrucksvoll dargestellten Trauer konnte Isabelle nicht um die Rettung ihres Geliebten flehen, sie würde sich an höhere Mächte wenden und beten müssen.

Endlich kam sie wieder zu sich. Da die Königin auf eine Antwort zu warten schien, überlegte Isabelle einen Augenblick und erwiderte dann: »Sicher habe ich noch niemals so geliebt wie Ihr, *Majesté*. Ich bin tief berührt von Eurer Trauer.«

»Ich habe Euch rufen lassen, weil ich wünsche, daß Ihr Madame de Poitier seine Nachricht überbringt. Ihr erscheint mir dafür die geeignetste und zuverlässigste Person.«

Isabelle nickte stumm. Sie wünschte, Catherine würde endlich auf den Punkt kommen und sie so rasch wie möglich entlassen. Was immer sie Diane mitzuteilen hatte, sie sollte es schnell sagen.

»Madame übte einen schlechten Einfluß auf meinen Gemahl, den König, aus«, behauptete Catherine. Noch immer war sie zur Reglosigkeit erstarrt und wirkte mehr wie eine Dämonin denn wie ein leibhaftiger Mensch. Sie thronte auf ihrem Stuhl mit durchgedrücktem Kreuz und erhobenem Kinn, ihre braunen Augen waren ausdruckslos.

»König François II., mein Sohn, geruht jedoch, über diesen Punkt hinwegzusehen, so daß Madame keine Verfolgung durch das Parlamentsgericht fürchten muß. Übrigens beabsichtigen wir auch nicht, eine Nonne aus ihr zu machen.«

Betreten senkte Isabelle ihren Kopf. Ein mögliches Verfahren gegen die einst mächtigste Frau im Lande hatten weder sie noch Nicholas und wahrscheinlich nicht einmal Diane selbst in Betracht gezogen. Isabelle mußte sich eingestehen, daß es unter den gegebenen Umständen wahrscheinlich von Großherzigkeit zeugte, wenn Catherine de Médicis darauf verzichtete, die Rivalin einkerkern zu lassen – oder in ein Kloster zu verbannen, wie dies bei anderen königlichen Mätressen in der Vergangenheit geschehen war. Möglicherweise war diese Entscheidung aber auch ein Zeichen von Intelligenz, dachte sie. Je weniger Aufsehen die Königin um Henris Dame machte, desto eher bestand die Hoffnung, Henris Geliebte aus aller Erinnerung zu löschen.

»Allerdings ist Madame de Poitiers bei Hofe nicht erwünscht«, fuhr sie ruhig fort. »Sie ist hiermit verbannt aus allen königlichen Schlössern.«

Die Monarchin klang so, als erwarte sie endlich eine Bemerkung von Isabelle. Deshalb sagte sie ahnungslos, was ihr als simpelste Äußerung gerade einfiel: »Madame wird sich unverzüglich nach Chenonceau zurückziehen.«

Ein bitteres Lachen entrang sich Catherines Kehle, das Isabelle in seiner Grausamkeit zusammenzucken ließ. »Das wird sie nicht tun!« befahl die Königinwitwe mit stählerner Stimme. »Ebenso wie die Kronjuwelen wird Madame das Schloß an mich herausgeben. Es gehört der Krone.«

»Aber ... aber ... der ... Prozeß ...«, stotterte Isabelle verblüfft. Die Worte der Königin drangen ihr wie Stachel direkt ins Herz. Ihre Knie begannen zu zittern, und sie fragte sich, wie lange sie noch aufrecht stehen konnte. Mit vier Worten hatte die Gemahlin Henris II. die Vergangenheit von Isabelle Bohier aufgewühlt, die Welt schien sich plötzlich in die falsche Richtung zu drehen.

»Welcher Prozeß?« fragte die Königin gleichmütig.

Isabelle schluckte den Kloß in ihrem Hals herunter. Zu ihrer eigenen Überraschung hörte sie sich sachlich und klar antworten: »Madame gewann einen langjährigen Rechtsstreit, in dem die Eigentumsverhältnisse eindeutig geklärt worden sind. Monsieur Antoine Bohier wurde des Betruges bezichtigt. Das Urteil besagte, daß Chenonceau nicht zur Abdeckung der Schulden von Monsieur Bohier an die Krone abgetreten werden konnte und sich deshalb zum Zeitpunkt des Geschenks an Madame de Poitiers gar nicht im Besitz des Königs befand.«

»Ihr wißt gut Bescheid, Madame de Valmy. Wie kommt das?«

Glücklicherweise war es zu dunkel im Raum, so daß die Königin nicht erkennen konnte, wie eine tiefe Röte über Isabelles Gesicht zog.

»Nun ...«, sie stockte, dann kam ihr der rettende Gedanke: »Im Haushalt von Madame wird stets über dies oder das geredet, alte Geschichten sind da nicht ausgenommen. Die Eigentumsübertragung war irgendwann einmal Thema einer Unterhaltung zwischen ... ehmmm ... Madame und ihrem Sekretär, Monsieur Fouquet ...«

»Ach ja, ich erinnere mich. Ihr habt Euch stets durch gutes Zuhören ausgezeichnet. Da Ihr so genau informiert seid, dürfte es Euch einleuchten, wenn ich Euch sage daß es sich um einen Prozeßbetrug seitens Madame gehandelt hat. Die Übertragung durch Monsieur Bohier war nicht rechtswidrig. Madame de Poitiers besitzt deshalb keinen Anspruch auf Chenonceau. Das Schloß gehört der Krone. Basta!«

Da war, wonach Isabelle fast ihr ganzes Leben lang gestrebt hatte – Rache sowohl wie Gerechtigkeit. Diane de Poitiers würde aus Chenonceau vertrieben werden wie einst ihre Mutter. Sie wurde aus ihrem geliebten Heim gejagt und konnte nicht das geringste dagegen unternehmen. Isabelles Hoffnungen hatten sich erfüllt, sogar ihr Vater schien rehabilitiert. Doch seltsamerweise fühlte sie keine Genugtuung, sondern nur tiefe Leere.

»Im übrigen beabsichtige ich«, hörte sie Catherine de Médicis in ihre Gedanken hinein sagen, »selbst in Chenonceau einzuziehen. Ich werde dort meinen Witwensitz nehmen.«

Diese Information traf Isabelle härter, als sie befürchtet hatte. Um Fassung ringend, sah sie sich in dem schwarzen Empfangsraum um, dachte an das grüne Zimmer in Chaumont und den Hexenzauber, der dort betrieben worden war. Chenonceau war kein Ort, der zur Stätte okkulter Sitzungen und geheimnisvoller Séancen verkommen durfte. Es war immer ein sonniger Platz der Lebensfreude gewesen. Die Vorstellung, die Königin könnte mit ihren Astrologen und Wahrsagern dort einziehen und ihrem Aberglauben frönen, versetzte Isabelle einen Schock.

»Was ist? Warum gratuliert Ihr mir nicht zu meiner Wahl?«

»Sie zeugt von königlichem Geschmack«, murmelte Isabelle benommen. Im Vergleich zu Dianes Kultiviertheit war Catherines Lebensstil das letzte, was sie sich für ihren Geburtsort wünschte. Würde die Königinwitwe aus der Perle des Loire-Tals ein Gespensterschloß machen? Die Vorstellung war so erschreckend, daß Isabelle beinahe auf die Knie gesunken wäre und um Gnade für Chenonceau gebeten hätte. Es konnte doch nicht alles umsonst gewesen sein.

»Ihr seid entlassen, Madame de Valmy«, entschied Catherine de Médicis plötzlich. »Eure Audienz ist beendet. Geht und berichtet Madame. Ich erwarte, daß sie binnen einer angemessenen Frist von … nun, sagen wir … acht Wochen Chenonceau an die Krone übergibt.«

»Lebt wohl, Majestät.« Isabelle wußte, daß sie Catherine niemals mehr wiedersehen würde. Und das war die einzige gute Nachricht.

1562

1

Eine Möwe erhob sich in den Himmel, zog ihre Kreise über der in der Dämmerung orangerot eingefärbten Bucht. Gabriel blickte ihr versonnen nach und fragte sich, ob es das Licht gewesen war, das seine Vorfahren an diesen Ort im Südwesten Schottlands gezogen hatte. Der Sonnenuntergang hatte fast die gleichen Farben, die zur selben Stunde die normannische Küste schillern ließen. Allerdings war er recht selten zu sehen, denn meist regnete es in Ayrshire, oder es war wenigstens trübe und dunstig, und wenn nicht, wechselte das Wetter so rasch, daß man sich beeilen mußte, um die Sonne zu genießen. Prompt krochen die ersten Nebelschwaben über die Felsen und ließen die Szenerie so unwirklich erscheinen wie in einer alten Ballade. Gabriel hatte sich in den vergangenen zweieinhalb Jahren viel mit den Legenden Schottlands befaßt, und am meisten hatte ihn die Sage vom unsichtbaren Schatten beeindruckt, der den Tod bedeutete, wenn er sichtbar wurde. Er fand, daß die Geschichte zu der Landschaft, dem Licht und dem Nebel paßte; vor allem aber zu seiner eigenen morbiden Stimmung.

Obwohl er kein Jüngling mehr gewesen war, dachte er heute, daß ihn das Ritterturnier, bei welchem er dem König die tödliche Verwundung zugefügt hatte, auf gewisse Weise seine Unschuld gekostet hatte. Zumindest hatte er seine fröhliche Leichtigkeit verloren. Nachdem ihm dank der überraschenden Hilfe des Marquis de Valmy die Flucht aus der Bastille und nach England gelungen war, hatte er sich eine Weile in London aufgehalten. Er war von Königin Elizabeth empfangen und von der Hofgesellschaft freundlich aufgenommen worden. Er war des höfischen Lebens jedoch bald müde und hatte sich in die Nähe von Glasgow auf das Land seiner Ahnen zurückgezogen. In Cunningham lebten die Grafen von Eaglesham, deren Wurzeln ebenso auf Roger II. de Montgommery zurückgingen wie die seinen. Obwohl die Schiffsbauer- und Kaufmannsstadt Glasgow nicht weit entfernt lag, hatte Gabriel die Einsamkeit vorgezogen und sich einem Studium der Literatur und Theologie zugewandt. Dieses brachte – gemeinsam mit den Erinnerungen an seine jüngsten Erlebnisse in Frankreich wie auch an die klugen Gespräche, die er mit der englischen Königin und deren Höflingen geführt hatte – die Wende in seinem Leben: Er entsagte der katholischen Religion und konvertierte zum Protestantismus.

Inzwischen hatten sich die Zeiten auf der britischen Insel erheblich zugunsten der Reformation gewandelt. Elizabeth hatte den Protestantismus in England hoffähig gemacht, und Mary Stuart lehnte es seit ihrer Rückkehr nach Schottland ab, die Häresie in ihrem Land zu bekämpfen. Der Thron von Frankreich war letzterer nur für die Dauer von sechzehn Monaten vergönnt gewesen. Der stets schwächliche François II. war im Dezember 1560 seinen Krankheiten erlegen, und sein jüngerer Bruder, der erst zehnjährige Charles, wurde König von Frankreich. Da inzwischen auch Mary Stuarts Mutter und Regentin verstorben war, kehrte die Königin von Schottland heim. Obwohl streng katholisch erzogen, tolerierte sie die wachsende Zahl der Lutheraner in ihrem Land, was ihr allerorten ein gewisses Mißtrauen einbrachte. Für Gabriel bedeutete die Religionsfreiheit in der Heimat seiner Ahnen jedoch so etwas wie den letzten Segen, auf den er noch gewartet hatte.

Die Person, die er als einzige in Frankreich über seine Hinwendung zur evangelischen Kirche informierte, reagierte mit einem Überraschungsbesuch. Vollkommen unerwartet hatte im vorigen Jahr plötzlich Pierre de Beaujeu vor dem Anwesen derer von Eaglesham gestanden und seinem Freund damit Tränen der Rührung in die Augen getrieben.

Nachdem der Dichter seinen Brief mit der bewegenden Neuigkeit erhalten hatte, drängte es ihn, den neuen Glaubensbruder in die Arme zu schließen. Außerdem fand er, es sei auch für ihn Zeit, Frankreich für eine Weile zu verlassen. Also bettelte er sich das Geld für die Reisekosten zusammen und machte sich schließlich auf den weiten, bei seinen eingeschränkten wirtschaftlichen Möglichkeiten beschwerlichen Weg nach Schottland. Verdreckt und verlaust, aber glücklich erreichte er nach Monaten sein Ziel. Nach mehreren heißen Bädern und dem Besuch bei einem Schneider in Glasgow wurde er dank der finanziellen Unterstützung von Montgommerys Verwandtschaft wieder zu einem ansehnlichen Mann, auch wenn die fürchterlichen Erlebnisse in der Vergangenheit Narben auf seiner Seele und tiefe Falten um seine Mundwinkel hinterlassen hatten.

In den Stunden ihrer neu erblühten Freundschaft machte Gabriel den Dichter mit der schottischen Lebensweise, der Kultur des Landes und einem Getränk vertraut, das anders als Wein schmeckte und von schottischen Mönchen aus Malz gebrannt wurde. Die Kirchenmänner nannten die bernsteingelbe Flüssigkeit *aquavite*, in der Abwandlung eines gälischen Begriffs gebrauchte er dafür das Wort *Whisky*. Mit der Zeit wurde Beaujeu ein Fachmann des hochprozentigen Inhalts seines Trinkbechers, und er genoß es, mit Gabriel am Kaminfeuer zu sitzen und zu plaudern. Bei einer dieser Gelegenheiten wagte er endlich, die Frage zu stellen, die ihm seit seiner Ankunft unter den Nägeln brannte. Es war kurz vor Weihnachten, und er fand überdies, daß es die geeignete Jahreszeit war, um Herzensangelegenheiten zu klären.

»Habt Ihr Nachricht von Isabelle?« Er nannte ihren Vornamen, da er es unsinnig fand, sie weiterhin als Marquise de Valmy zu bezeichnen, zumal sie jetzt beide sicher wußten, daß sie diese nie wirklich gewesen war.

Gabriel stöhnte auf, als leide er Schmerzen. »Nein.« Wie zur Bestätigung schüttelte er den Kopf, trank einen großen Schluck und wiederholte: »Nein. Anfangs ... ich meine, nach meiner Flucht aus Paris und meiner Ankunft in London ... damals also standen wir in einem regen Briefwechsel. Doch dieser brach plötzlich ab. Seit eineinhalb Jahren bin ich ohne jede Botschaft von ihr. Ich bete, daß sie noch lebt, aber Gewißheit habe ich nicht.«

»Sie verschwand nach der Hinrichtung des Marquis de Valmy.«

»Was?« Gabriel stellte seinen Trinkbecher so heftig auf dem Tisch ab, daß es leise klirrte. »Gilbert de Valmy ist tot?«

Beaujeu nickte, und in seiner Stimme schwang aufrichtige Trauer. »Der Herzog von Guise ließ ihn köpfen wie alle anderen Verschwörer, deren er habhaft werden konnte. Anschließend wurden ihre Köpfe auf den Mauern des Schlosses von Amboise aufgespießt und den Passanten zur Schau gestellt. Es sollte wohl eine Art Abschreckung für alle protestantischen Glaubensbrüder sein.«

»Das wußte ich nicht«, murmelte Gabriel betroffen. »Ich hörte wohl von dem Versuch einer Gruppe protestantischer Verschwörer, den König zu entführen, aber ich hatte keine Ahnung, daß der Marquis daran beteiligt war.«

»Die tapfersten Männer der Reformation, die den jungen François entführen wollten, um ihn zum wahren Glauben zu bekehren, sind verraten worden. Der Hof war gut vorbereitet. Ich habe nur überlebt, weil man mich wegen meines Beines von dem Überfall ausschloß.«

»Der Herr sei gepriesen«, erwiderte der andere. »Ich hätte es kaum ertragen, wenn Euch etwas zugestoßen wäre.

Um den Marquis tut es mir leid. Möge er seinen Frieden gefunden haben. Er war ein großzügiger Mann ... Aber zurück zu Isabelle. Habt Ihr eine Ahnung, wo sie sich aufhalten könnte?«

»Ich hätte Euch nicht gefragt, wenn ich wüßte, wohin sie gegangen ist. Niemand scheint es zu wissen. Ich habe nach ihr gesucht, aber ihre Spuren sind verwischt.«

Ein bitteres Lächeln spielte um Gabriels Mundwinkel. »Sie war stets sehr gut in Täuschungsmanövern. Über Monate konnte sie mich blenden, obwohl mir von Anfang an klar war, daß sie nicht die Person war, die sie vorgab zu sein. Glaubt Ihr, es besteht ein Zusammenhang zwischen ihrem Verschwinden und der Hinrichtung ihres Oheims oder was immer er für sie war.«

»Ihr Gönner. Er unterstützte sie«, erklärte Beaujeu. Verwundert wischte er sich den Schweiß von der Stirn, der ihm trotz der vornehmlich herrschenden Kälte zur Schläfe herabzurinnen drohte. Kamen seine Hitzewallungen vom Kaminfeuer, von ihrem Gesprächsthema oder vom Whisky? Er sagte: »Ich denke schon, daß sie aus Furcht vor Entdeckung davongelaufen ist. Das Haus des Marquis wurde von Polizeispitzeln durchsucht, und niemand kann sagen, ob Dokumente gefunden wurden, die der Inquisition Beweise gegen uns in die Hand spielten. Ich selbst lief wahrscheinlich Gefahr, verhaftet zu werden. Deshalb gratuliere ich mir noch jetzt zu meinem Einfall, zu einer Reise nach Schottland aufgebrochen zu sein.«

Gabriel lachte. Endlich ergriff ein Hauch der alten Fröhlichkeit von ihm Besitz.

»Nun, mein Freund, Ihr dankt mir meine Gastfreundschaft wenig. Seid wenigstens so gütig und laßt meiner Eitelkeit ihren Frieden. Ich dachte, Ihr seid einzig gekommen, um mich zu besuchen, und nicht, um Euch bei mir in Sicherheit zu wiegen.«

Der Dichter versetzte ihm einen freundschaftlichen Hieb auf die Schulter. »Ihr werdet nicht ewig in der Fremde bleiben können. Vielleicht bin ich ja auch gekommen, um Euch nach Hause zu holen.«

»Es wird niemals genug Gras über die Sache gewachsen sein. Die Königinwitwe wird mich ihr Leben lang mit ihrem Haß verfolgen, so wahr mir Gott helfe. Sie ersuchte vor einiger Zeit in London um meine Auslieferung, aber glücklicherweise erhielt sie die Antwort, daß die Königin von England nicht der Henker Frankreichs sei. Inzwischen fühle ich mich auch unter Mary Stuart sicher, zumal man hört, daß sie sich in den Monaten auf dem französischen Thron ständig mit Catherine de Médicis stritt und keine Veranlassung hat, ihrer Schwiegermutter einen Gefallen zu erweisen. Ich wage nicht, nach Frankreich heimzukehren.«

»Dann könnt Ihr niemals nach Isabelle suchen«, resümierte Beaujeu. »Hoffen wir, daß sich die Dinge ändern. Trinken wir auf die Zukunft Frankreichs …«

Tatsächlich trafen nach und nach neue Informationen von jenseits des Ärmelkanals ein. Es hieß, Catherine de Médicis habe sich mit ihrem Günstling, dem Herzog von Guise, überworfen, da dieser eine zu große Machtfülle an sich gerissen habe. Als Vormund ihres zweiten Sohnes suche sie überdies plötzlich die Versöhnung mit den Protestanten in ihrem Land. Bei einem Bummel durch Glasgow erfuhren die beiden Freunde die Sensation.

Die Stadt war durch ihre günstige Lage am Ufer des Stroms Clyde zu erheblichem Reichtum gekommen, die Kathedrale und die Universität machten Glasgow zum religiösen und akademischen Zentrum Schottlands und zum Tor der Königsstadt Edinburgh. Zwischen Kaufleuten und Seefahrern, Bürgern, Ratsherren und der Geistlichkeit entwickelte sich fast zwangsläufig nicht nur ein reger Austausch begehrter Waren aus Übersee, sondern auch der neuesten Nachrichten.

Um einen französischen Kaufmann hatte sich eine kleine Menschenansammlung gebildet, der sich die beiden Freunde erwartungsvoll anschlossen. Da durch die lange Regentschaft von Marie de Guise sogar die ungebildeteren Leute neben ihrem schottischen Dialekt einige Brocken Französisch beherrschten, war die Verständigung zwischen dem weitgereisten Gast und den Einheimischen kein Problem. Für Gabriel und seinen Gefährten bedeutete die Begegnung ein Stück Heimat.

»... und der Herzog von Guise hat tatsächlich den Hof verlassen?« rief ungläubig ein vornehmer, aber schlicht gewandeter älterer Herr in der Menge. Ebensowenig wie die beiden Landsleute des Franzosen konnte er kaum glauben, daß die Karriere des Helden von Calais mit einem Schlag beendet sein sollte.

»Dann hoffen wir mal, daß er sein Unwesen nun nicht bei seiner Nichte in Edinburgh treiben will!« ließ sich ein anderer vernehmen, dessen Sprache allerdings weniger gebildet und reichlich mit schottischem Akzent durchsetzt war.

Ungeachtet der Zwischenrufe fuhr der Kaufmann aus Frankreich mit seinem Bericht fort: »Der Admiral Coligny gehört jetzt zu den Ratgebern der Königinmutter. Niemand wird mehr verfolgt in Frankreich, weil er Protestant ist. Im Januar erließ sie ein Toleranzedikt. Die Hugenotten sollen ihre eigenen Gottesdienste abhalten dürfen und werden dafür nicht mehr bestraft.«

Stimmengemurmel erhob sich unter den umherstehenden Männern. Im Hintergrund läutete die Glocke einer Kirche die volle Stunde, und auf dem nah am Ufer geankerten Segler brüllte ein Matrose, daß es Mittagszeit sei. Eine Möwe flatterte über die Köpfe der diskutierenden

Menge, schrie und stürzte sich auf die am Kai aufgehäuften Abfälle. Auf der Straße knarrten die Räder eines Karrens unter ihrer schweren Last, die aus mehreren prall gefüllten Säcken mit kostbarem Tabak bestand. Kinder in Lumpen krochen auf dem Boden herum und hofften, aus der einen oder anderen Tasche der durch die Diskussion abgelenkten Herren eine Münze fischen zu können.

Beaujeu nahm von alldem nichts wahr. Seine Augen hoben sich zu dem hellgrauen, fast bleichen Himmel. »Der Herr sei gepriesen!« flüsterte er, und seine Lippen bewegten sich zu einem leisen Gebet: *»Die ganze Welt hat nun Ruhe und Frieden, man bricht in Jubel aus …«*

Bevor er letzteres tun konnte, bemerkte er, daß sich Montgommery von seiner Seite gelöst hatte.

Der Freund drängte sich energisch durch die Menge näher an den Redner heran, der die Aufmerksamkeit, die man ihm schenkte, sichtlich genoß. Dieser deutliche Anflug von Eitelkeit ließ ihn an den Worten des Händlers zweifeln. Der einstige Ritter des Königs baute sich mit der ganzen Aura seiner verlorenen Position neben dem Landsmann auf und verkündete: »Ich kenne Catherine de Médicis. Sie richtet ihre Meinung nach dem Wind. Wer soll Euch glauben, daß sie gestern die Protestanten gnadenlos verfolgte und heute in Ruhe läßt?«

Der Franzose vermutete in Gabriel wohl einen Höfling, denn er verneigte sich ehrfurchtsvoll. »Meine Worte sind nichts als die reine Wahrheit, Herr, Gott ist mein Zeuge. Es herrscht Religionsfreiheit in Frankreich. Wenn ich's Euch sage, ist es wirklich so. Auf dem Land dürfen öffentlich Gottesdienste abgehalten werden, und fast das ganze Volk der Normandie und der Bretagne strömt zu den Versammlungen. Ich hab's selbst gesehen.«

Gabriel senkte seinen Blick, für einen Moment sah er die kleine Kirche von Ducey vor sich. Wehmut griff nach seinem Herzen. »Ihr sprecht nur von der Landbevölkerung«, bemerkte er. »Was geschieht in den Städten?«

»Das ist ein wenig seltsam, das gebe ich gerne zu, Herr, aber auch das ist, wie ich's sage: In den Städten dürfen die Gottesdienste nicht öffentlich, wohl aber in Privathäusern abgehalten werden. Den Unterschied verstehe ich nicht, aber Ihr seid von hoher Bildung, Ihr werdet's wohl wissen.«

Ein freundliches Lächeln zog über Gabriels Gesicht. »So etwas nennt man einen Kompromiß.« Er klopfte dem Landsmann auf die Schulter. »Gehabt Euch wohl! Viel Glück.«

Er streckte seine lange Gestalt, um über die Köpfe der noch immer in einer Gruppe versammelten Fremden nach seinem Freund Ausschau zu halten. Der stand am Rande der Menge und warf freudestrahlend seinen Hut in die Luft. Allerdings ging er dabei so ungeschickt vor, daß er die Abwärtsbewegung verpaßte, ins Leere griff und die Kopfbedeckung im Unrat landete. Eines der zerlumpten Kinder schrie und stürzte sich auf diese wertvolle Zufallsgabe, verfolgt von den anderen. Achselzuckend gab der Dichter seinen Hut verloren.

Als Gabriel neben ihm stand, sagte er unumwunden: »Nun ist es Zeit, Abschied von Schottland zu nehmen. Montgommery, wir können heimkehren.«

»Gefällt es Euch hier nicht?«

»*Es ist besser geringe Nahrung unter einem bretternen eigenen Dach denn köstlicher Tisch unter den Fremden*«, zitierte der andere. »Tut mir leid, mein Freund, ich gehöre nach Paris. Es ist schön hier, und Eure Familie hat mich mit offenen Armen aufgenommen. Für diese Gastfreundschaft werde ich ewig dankbar sein, aber meine Zeit in Schottland ist um. Schon allein, weil ich das Wetter nicht mehr ertrage.«

Sie spazierten nebeneinander am Hafen entlang, wo es nach dem Salz des Meeres roch und nach Teer, wo Armut und Reichtum unmittelbar nebeneinander lagen, ebenso wie Fernweh und Heimatverbundenheit. Gabriel wußte, daß er dem Wunsch seines Gefährten wenig entgegenzusetzen hatte. Doch der Gedanke an den Verlust des Freundes schmerzte. Seine Gesellschaft war ihm zu angenehm und vertraut, um kampflos darauf zu verzichten. Deshalb prophezeite er: »Religionsfreiheit ist die eine Sache, Hochverrat eine andere. Wenn Euch die Krone mit dem Entführungsversuch des Marquis de Valmy in Verbindung bringt, wird man Euch nicht begnadigen.«

»Das ist richtig, aber ich bin nur ein unwichtiger Teil des Ganzen. Ich glaube nicht, daß man sich meiner bei Hofe so vehement erinnert, daß man mich noch zwei Jahre nach der Verschwörung von Amboise verfolgen würde. Meine Güte, stellt Euch vor, man würde sich meiner entsinnen! Ich wäre über Nacht ein gemachter Mann. Man würde mir meine Sonette aus den Händen reißen, ich bräuchte niemandem mehr auf der Tasche zu liegen ... Übrigens, könntet Ihr mir das Reisegeld wohl vorstrecken?«

Gabriel lachte. »Da ich fürchte, daß ich Euch nicht halten kann, selbst wenn ich es Euch versagte, werde ich Eure Überfahrt nach Frankreich bezahlen.«

»Unsere«, korrigierte Beaujeu ernst. »Unsere Überfahrt, Montgommery. Ich werde Euch nicht alleine zurücklassen.«

»Ach, mein Freund, das geht nicht. Catherine de Médicis zürnte mir nicht wegen meines Glaubens. Sie hält mich für den Mörder des Königs. Es gibt kein Edikt, das diese Strafe mildert.«

»Sie scheint besonnener geworden zu sein«, widersprach der andere. »Wer sagt Euch, daß sie nicht Milde walten läßt. Jedermann weiß, daß Ihr Henri nicht mit Absicht verletzt habt. Ihr wolltet ja nicht einmal zu diesem Turnier antreten. Die Königinwitwe mag Euch nicht verzeihen können, aber die Gesetze der Ritter sprechen für Euch. Sie wird sich nicht über diese Regeln hinwegsetzen.«

Gabriel schüttelte den Kopf und schwieg eigensinnig.

»Was ist mit Isabelle? Liebt Ihr sie nicht mehr?«

Überrascht von dieser Wendung ihres Gesprächs, antwortete er, ohne darüber nachzudenken: »Mein Herz ist ungebrochen erfüllt von ihr. Ich liebe sie mehr als mein Leben.«

Strahlend klopfte ihm Beaujeu auf die Schulter. »Also, dann kommt mit mir nach Hause und sucht nach ihr! Es wird Zeit. Gram und Einsamkeit sind nichts für Euch. Die Feuchtigkeit hierzulande dürfte Euch auf Dauer auch nicht bekommen. Seht nur, es beginnt wieder zu regnen ... Also, wollt Ihr eines Tages, von Traurigkeit erfüllt, an einem Lungenleiden sterben? Kehrt heim, und nehmt Euch die Frau, die ihr begehrt.«

Es bedurfte noch einiger Überredungskünste seitens des Dichters, doch dann kam der Tag, an dem Gabriel auf den Klippen stand und Abschied von Schottland und seinen Möwen nahm.

2

Endlich nahm das Versteckspiel ein Ende. Isabelle konnte den Tag kaum erwarten, an dem sie eine Identität erlangen würde. Seit dreieinhalb Jahren lebte sie nun schon mit anderem Namen, es wurde Zeit, daß sie wieder zu der Person wurde, die sie vorgab zu sein.

Die Marquise de Valmy war tot. Sie war gestorben, als ihr Oheim verhaftet worden war. Überraschenderweise reichten Nicholas' heimliche Verbindungen so weit, daß er Isabelle warnen konnte, bevor Diane erfuhr, daß sie die Nichte eines Verschwörers, eine Betrügerin und – schlimmer noch – eine Protestantin in ihren Haushalt geholt hatte.

Es verwirrte Isabelle zutiefst, aber sie verließ Anet mit einer gewissen Wehmut. Als sie fortging, war sie ein gutes Jahr lang Ehrendame gewesen, und sie hatte sich erstaunlicherweise an die Gegenwart der einstigen Favoritin gewöhnt – und an ein Leben in Kultur und Luxus. Einst hatte sie sie verzweifelt gehaßt, doch inzwischen mußte sie zugeben, daß sie von Diane viel gelernt hatte, zumindest einen ausgeprägten Sinn für die schönen Dinge. Auch verbarg sie vor sich selbst nicht mehr die Bewunderung, die sie für Henris Favoritin empfand. Trotz aller Rachegelüste hatte sie Diane de Poitiers tiefsten Respekt gezollt, als diese Chenonceau verließ und sich dabei gleichmütig und großzügig gab, während es in Isabelles Innerem tobte.

Catherine de Médicis hatte ihr nicht erlaubt, mehr als nur einige persönliche Sachen zu entfernen, kein einziges Einrichtungsstück durfte nach Anet transportiert werden; alles, was Diane lieb und teuer gewesen war, mußte an seinem Platz bleiben. Die Vorstellung, die Königinwitwe würde in diesem Heim, in dem einst Liebe und Geschmack geherrscht hatten, ihr Teufelswerk treiben, brachte Isabelle fast um. Erst als sie Monate später erfuhr, Catherine plane, die von Diane erbaute Brücke über den Cher mit einer Galerie aufzustocken, fühlte sie sich ein wenig besser; das Vorhaben der neuen Bewohnerin zeugte wenigstens von einem gewissen Sinn für Stil.

Da sie nicht wußte, wo sie sonst hingehen sollte, war sie bei Diane geblieben. Der Marquis de Valmy hatte tatsächlich keine Verwendung mehr für sie, denn als Ehrendame der einstigen geheimen Königin war sie zu bekannt, um anderswo als Agentin eingesetzt werden zu können. Da sie unbedingt in Frankreich bleiben wollte, um Gabriels Heimkehr abzuwarten oder wenigstens erreichbar für ihn zu sein, konnte sie nicht nach Venedig zurück. Sie hätte natürlich Felix um Unterstützung bitten können, doch in jenen Monaten nach Henris Tod waren Admiral Coligny und sein Gefolge wieder zu unerwünschten Personen bei Hofe geworden, so daß dies auch keine hilfreiche Adresse war. Also blieb sie bei Diane, die ihre Anwesenheit niemals in Frage stellte und nach wie vor an die Mär von der Marquise de Valmy glaubte. Die Verschwörung von Amboise zerstörte ihre heile Welt jedoch; die Männer, die den jungen François aus dem alten Königsschloß an der Loire entführen wollten und verraten worden waren, wurden auf der Stelle hingerichtet. Unter ihnen befand sich Gilbert de Valmy, dessen Tod sie zutiefst bedauerte, der ihr aber aus dem Grab heraus Schmach zufügte und sie selbst ein wenig näher an den Scheiterhaufen brachte.

Es war Nicholas, der mitten in der Nacht in ihr Schlafgemach gestürmt war und zu ihrer größten Überraschung gefordert hatte: »Ihr müßt verschwinden. Wenn Ihr nicht sofort geht, Isabelle, wird ein schreckliches Unglück geschehen.«

In Windeseile packte er einige wenige persönliche Sachen für sie zusammen, nötigte sie, ihre Reitkleidung anzuziehen, und brachte sie kurz vor Sonnenaufgang in die Stallungen, um ihr Pferd satteln zu lassen. Er gab ihr Anweisungen, wo sie das Tier abgeben solle und an welchem Ort sie auf ihn zu warten habe. Sobald es ging, würde er zu ihr stoßen und sie in Sicherheit bringen, versprach er. Als sie aufgesessen war, hieb er mit der Reitgerte gegen die Flanke des Rosses, und so galoppierte sie davon, schmerzlich erinnert an eine andere Flucht vor nunmehr dreizehn Jahren.

Später erfuhr sie, daß Nicholas vor Diane behauptet hatte, Isabelle sei ausgeritten und nicht zurückgekehrt, man habe ihr Pferd grasend auf einem Waldweg gefunden, von der Reiterin fehle jedoch jede Spur, und es sei anzunehmen, daß sie tödlich verunglückt sei; ihre Leiche sei im Dickicht nicht aufzufinden gewesen, womöglich von hungrigen Wölfen zerfleischt worden.

Diane reagierte auf diese Nachricht mit der üblichen kühlen Distanziertheit, aber es berührte Isabelle, zu hören, daß die einstige Favoritin eine Altarkerze für ihre angeblich verstorbene Ehrendame entzündete.

Wie Diane auf die Tatsache reagierte, daß der Marquis de Valmy ein Protestant gewesen war und seine Nichte sich wahrscheinlich ebenfalls der Häresie schuldig gemacht hatte, wußte Isabelle nicht. Denn inzwischen hatte auch Nicholas Anet verlassen. Um seinen angeblich todkranken Vater im östlichen Teil des Landes zu pflegen, hatte er seinen Dienst bei Diane de Poitiers quittiert.

Die Notlüge entsprach insofern der Wahrheit, da der alte Monsieur Fouquet tatsächlich seit Jahren von einem schweren Magenleiden gequält wurde, aber er erfreute sich dennoch einer gewissen Lebendigkeit. Nicholas gab seine Tätigkeit bei Diane vor allem aus zwei Gründen auf, die er Isabelle schilderte, als sie auf dem Weg nach Lothringen in einem Gasthaus übernachteten. Da sie sich vor dem Wirt als Ehepaar ausgaben, mußte Isabelle zwangsläufig das Bett mit ihm teilen, was jedoch nicht bedeutete, daß er die Grenzen ihrer Freundschaft überschreiten durfte.

»In erster Linie bin ich Euretwegen gegangen, denn Ihr habt allein keine Chance«, gestand Nicholas in der Nacht, als sie schlaflos nebeneinander lagen. »Und weil ich mich der Häresie schuldig gemacht habe. Ich konnte nicht mehr länger guten Gewissens bei Madame sein. Deshalb möchte ich mit Euch in unserem gemeinsamen Glauben ein neues Leben beginnen.«

»Wie könnt Ihr dies, wenn Ihr wißt, daß ich einem anderen Mann gehöre?« fragte sie in die Dunkelheit.

»Im Alten Testament gibt es ein wunderbares Beispiel für Hoffnungslosigkeit und Trost, das Buch Hiob nämlich. Irgendwo steht dort: *Ein Baum hat Hoffnung, wenn er schon abgehauen ist, daß er sich wieder erneue, und seine Schößlinge hören nicht auf …*«

»Das ist schön«, murmelte sie ergriffen.

Er lächelte zufrieden, aber das konnte sie nicht sehen. Das Zitat hatte seine Wirkung nicht verfehlt, und zum ersten Mal glaubte er, daß seine Sehnsucht eines Tages gestillt würde. Er sagte: »Ich bin der Baum, Isabelle. Die Gegner der Reformation mögen mich zerhacken, aber ich verliere die Hoffnung nicht, daß es eine neue Blüte geben wird. Das betrifft auch Euch. Ich liebe Euch aus ganzem Herzen, und ich will warten, bis Ihr Euch aus freien Stücken mir zuwendet.«

Das wird niemals möglich sein! schrie ihr Herz, doch wußte sie eigentlich bereits in dieser Nacht, daß es anders kommen würde.

Nicholas brachte sie in seine Heimat. Seine Familie stammte aus dem Marktflecken Vassy, einem Dorf, das am Ufer des Flüßchens Blaise eingebettet in einem grünen Tal am Rande der Champagne und der Ardennen lag. Die geographische Lage des Ortes an der Grenze zu Burgund, nicht weit entfernt von Reims und nah zu den deutschen Reichsstätten des Elsaß, war für einen Gebildeten günstig, gab es doch namhafte Universitäten im Umkreis und auch Möglichkeiten, als Sekretär oder Lehrer Anstellung zu finden, wie dies bei dem alten Monsieur Fouquet und seinem Sohn geschehen war. Es war das Lehensgebiet der Herzöge von Guise, und in Vassy selbst gab es ein Schloß, welches zum Besitz von Mary Stuart gehörte, was Nicholas zu der leichtsinnigen Bemerkung trieb: »Ich kann Euch also auch ein Stückchen Schottland bieten.«

Isabelle erstarrte und sprach für eine Weile kein Wort mehr.

Er gab sie als seine Ehefrau aus. Seinem Vater vertraute er als einzigem Isabelles Geschichte an, die er inzwischen aus ihrem eigenen Munde gehört hatte. Vor dem Rest der Verwandtschaft, der Nachbarn und Freunde war sie jedoch Isabelle Fouquet, die junge Gattin von Nicholas Fouquet. So wurde sie akzeptiert und für ihre stille Zurückhaltung und Entschlossenheit sogar geachtet, Vertraute gewann sie jedoch nie, dafür war sie zu anders mit ihrer vornehmen Herkunft. Sie hatte die hauswirtschaftlichen Kenntnisse einer bürgerlichen Ehefrau zwar nie beigebracht bekommen, aber sie lernte verbissen und verschaffte sich auf diese Weise sogar Respekt. Einzig der Mangel an Luxus, der in dieser frommen Gemeinde im Sinne Calvins gepredigt wurde, machte ihr am Anfang etwas zu schaffen. Aber da Nicholas sie zu lieben schien, gleichgültig, ob sie sich, wunderschön anzusehen, in einem prachtvollen Gewand oder in der eintönigen, grauen Tracht ihrer Glaubensschwestern zeigte, war es ihr schließlich gleichgültig, wie sie aussah.

Als die große politische Wende eintrat und Catherine de Médicis im fernen Paris um eine Versöhnung zwischen Katholiken und Protestanten ersuchte, begannen sich auch die Zeiten in dem mehrheitlich von evangelischen Bürgern bewohnten Vassy und seinen Nachbargemeinden zu verbessern. Die Ankündigung, daß Gottesdienste auf dem Land künftig öffentlich abgehalten werden durften, versetzte die Leute in Freudentaumel.

Für Isabelle nahte der Tag, an dem sie wieder eine Identität gewinnen würde.

»Endlich können wir eine große Hochzeit feiern«, erklärte ein strahlender Nicholas. »Dann sind wir nicht mehr nur vor der Welt, sondern auch vor Gott ein Ehepaar. Wir werden sagen, unsere Trauung soll wiederholt werden, da diese in aller Heimlichkeit stattgefunden habe. Es ist eine Lüge, aber Gott wird sie uns verzeihen.«

Isabelle wußte längst, daß es kein Zurück mehr gab. Sie fügte sich in ihre Rolle als Braut, und tatsächlich fiel ihr das Schauspiel gar nicht so schwer, denn sie freute sich wirklich auf ihre Zukunft als Nicholas' angetraute Frau. Er war ein fürsorglicher, liebevoller Ehemann, mit dem sie sich zumindest geistig vorzüglich verstand. Zwar konnte er ihr nichts mehr als das sparsame Leben eines Hauslehrers bieten, doch sie wußte die persönliche Sicherheit über alles zu schätzen, die er ihr gab. Natürlich war ihr Alltag ganz anders als der einer Herrin des Château de Montgommery, aber ein Leben an Gabriels Seite war zu einem vagen Traum zerfallen, der zunehmend an Bedeutung verlor.

Bis zu ihrem Verschwinden aus Anet hatte sie mit Gabriel in einem mehr oder weniger regelmäßigen Briefwechsel gestanden, so gut es eben ging zwischen London und der Île-de-France. Er hatte ihr von seiner Audienz bei der Königin von England berichtet und Elizabeths Wohlwollen, und sie konnte sicher sein, daß ihm jenseits des Ärmelkanals keine Gefahr drohte. Obwohl er ihr immer wieder in zärtlichen Worten seine Liebe bestätigt hatte, war in diesen Monaten an eine gemeinsame Zukunft noch nicht zu denken gewesen, denn Gabriel mußte sich sein eigenes Leben erst einmal neu aufbauen. Dann hatten sich die Ereignisse in Frankreich überstürzt, und Isabelle hatte ihm nicht mehr geschrieben. Der Abbruch ihres Kontakts zerriß ihr das Herz, geschah aber aus Furcht, ihre Botschaft könnte in die falschen Hände gelangen und zerstören, was Nicholas für sie tat.

Nach der Veröffentlichung des Ediktes von Saint-Germain, das die Freiheit der Gottesdienste in Frankreich erlaubte, und der Nachricht, daß Admiral Coligny seit kurzem den Platz des Herzogs von Guise im Louvre ausfüllte, wurde Isabelle von einer gewissen Übermütigkeit gepackt. Vielleicht war es aber auch nur die Sehnsucht nach einem Menschen, der seit jeher zu ihr gehörte. Jedenfalls schrieb sie einige Zeilen an ihren Bruder Felix. Sie berichtete von ihrem neuen Leben in Vassy und ihrer bevorstehenden Hochzeit mit Nicholas Fouquet, den er als Sekretär von Madame de Poitiers kennengelernt hatte. Allerdings lud sie ihn nicht zu der Trauung ein, denn mit seiner Eleganz und Oberflächlichkeit hätte der Bruder die bescheidenen und gläubigen Reformierten in ihrer Umgebung ausnahmslos schockiert.

Sie setzte jedoch ein Postskriptum hinzu: »Hast Du etwas von Comte de Montgommery gehört? Ich hoffe aus ganzem Herzen, es geht ihm gut. Wenn Du ihm jemals wieder begegnen solltest, sage ihm, daß ich ihn niemals vergessen werde, was immer geschehen mag.«

3

»Ich habe ein Hochzeitsgeschenk für Euch«, verkündete Nicholas am ersten Sonntag im März und öffnete die Zimmertür weiter als den Spalt, durch den er gerade gesprochen hatte.

Isabelle fuhr zornig herum. »Ihr dürft nicht eintreten«, warnte sie. »Wenn Ihr die Braut vor der Kirche seht, bringt dies Unglück über die Ehe …«

Es war jedoch schon zu spät, Nicholas stand bereits in ihrer kleinen Schlafkammer, das Lächeln zu einer Maske des Erstaunens, der Bewunderung und des Unwillens gefroren. Fassungslos starrte er sie an. Die zwiespältigen Gefühle spiegelten sich in seinen Augen ebenso wie Isabelles Gestalt in dem schmalen Spiegel an der Wand zwischen den beiden Fenstern, hinter denen das zartgrüne Blattwerk der jungen Bäume in der Vorfrühlingsbrise aufwirbelte. Welche Garderobe Nicholas auch immer von seiner »Frau« für die Trauung erwartet hatte, sicher nicht, daß sie sich nach der langen Zeit als demütig-bescheidene, bürgerliche Hugenottin in die strahlend schöne Edeldame zurückverwandeln würde, die sie von Geburt an war und als die er sie kennengelernt hatte. Isabelle trug ein aufwendig verarbeitetes, mit Perlen besticktes weißes Kleid, das vielleicht nicht mehr ganz der neuesten Mode entsprach, aber so kostbar wirkte, daß es sicher nicht in den Stall von Vassy paßte, der kürzlich als reformierte Kirche geweiht worden war und in dem der Gottesdienst stattfinden würde, bei dem sie Mann und Frau werden sollten.

»Was schaut Ihr so?« fragte Isabelle gereizt. »Gefalle ich Euch nicht?«

»Nun …« Nicholas schluckte, auf der Suche nach der richtigen Wortwahl. »Ich bin überrascht. Ihr seht so … so anders aus.«

»Wie bitte? Habt Ihr vergessen, wer ich war?« Einen Herzschlag lang drängte sich ihr der Gedanke auf, daß sie einen Fehler beging. Sie sollte auf der Stelle aus Vassy abreisen, Felix in Paris aufsuchen und hoffen, über Admiral Coligny zu einer neuen Position bei Hofe zu gelangen – oder zumindest eine Möglichkeit erbitten, in ihrem gewohnten gesellschaftlichen Rahmen zu überleben. Nicholas hatte viel für sie getan, aber nicht genug, damit sie ihre Herkunft und ihre Eltern verleugnete. Letztlich tat sie auch Michel Marot unrecht, ihrem ersten Ehemann, der stets gut zu ihr gewesen war und sie vieles von dem gelehrt hatte, das Nicholas heute an ihr schätzte. Sie konnte doch kein neues Leben mit der Lüge beginnen, jemand anderes zu sein! Der Blick in Nicholas' Augen ließ ihr jedoch das Blut in den Adern gefrieren und Mitleid wurde zum übermächtigen Gefühl. Sie konnte nicht gehen. Jetzt nicht und niemals sonst.

Leise erklärte sie: »Es ist das Brautkleid meiner Mutter. Ich weiß nicht, wo mein Bruder es aufgetrieben hat, aber es war in dem Paket, das ich vorige Woche aus Paris erhielt.« Vielleicht hat Felix dies auch nur behauptet, fügte sie in Gedanken hinzu, um mir eine Freude zu machen. Schließlich wußte er, wie stark sie den Traditionen verhaftet war. Die Robe war vielleicht nur eine mildtätige Lüge, aber sie war als Gruß ihrer Familie gedacht, damit sie einen Teil der Bohiers an diesem wichtigen Tag bei sich trug.

»Ich wunderte mich über die Post, aber ich wagte nicht, Euch danach zu fragen«, gab Nicholas zu und senkte beschämt den Kopf. »Ich fürchtete ... ich dachte«, er hob seine Augen und blickte sie direkt an: »Ich nahm an, Ihr hättet Nachricht vom Comte de Montgommery erhalten.«

»In einem Paket?« Isabelle schüttelte den Kopf. Sie biß sich auf die Lippen, um die Tränen herunterzuschlucken, die bei der Erwähnung von Gabriels Namen in ihr aufstiegen. Felix hatte ihn in seinem Brief mit keinem Wort erwähnt. Weder ob es ihm gut ging, noch ob ihm etwas zugestoßen war. »Findet Ihr nicht«, fragte sie nach einer Weile, »daß dies eine etwas zu umfangreiche Botschaft wäre? Ihr könnt unbesorgt sein. Ich habe nicht die geringste Ahnung, wo sich Comte de Montgommery zur Stunde befindet. Und wißt Ihr was? Ich will es gar nicht wissen.«

Diese trotzige Bemerkung klang in Nicholas' Ohren schlimmer, als wenn ihm Isabelle offen gestanden hätte, daß sie den anderen Mann noch immer liebte. Er bemühte sich, seine Verletzung nicht allzu deutlich zu zeigen, und kam wieder auf den Grund seines plötzlichen Erscheinens zu sprechen, doch die Euphorie war dahin: »Es gibt gute Nachrichten aus Fontainebleau, wo sich der Hof derzeit aufhält«, berichtete er lahm. »Stellt Euch vor, Catherine de Médicis selbst soll dem König ein Buch von Clément Marot geschenkt haben. Man sagt, es handele sich um die Psalmen Davids. Ich dachte, das würde Euch freuen.«

Isabelle blickte an sich hinab. »Wie kann es das, wenn Ihr

mich um meine Vergangenheit berauben wollt?« herrschte sie ihn an. Sie wußte, daß sie ungerecht war, aber in ihrem Innersten war ein Bann gebrochen, der gnadenlos sein Recht forderte: »Nach dem Toleranzedikt habe ich nichts mehr zu fürchten. Jedenfalls nichts, was mit meiner Herkunft zu tun hat. Und schon gar nicht in einem Umfeld, welches von den Höflingen so weit entfernt ist wie die Sonne von der Erde. Warum sagt Ihr Euren Leuten nicht, wer ich bin, anstatt mich zu zwingen, meine Familie zu verleugnen, indem ich dieses Kleid wieder ablege?!«

Einen Moment lang starrte Nicholas sie wie vom Donner gerührt an. Dann meinte er hilflos: »Ich habe Euch nicht aufgefordert, Euch umzuziehen. Ihr seid wunderschön. Ich war nur so erstaunt, weil ...«

»... weil ich so nicht zu dem passe, was Ihr hier vorgebt zu sein«, vollendete sie. »Ich verstehe Euch. Glaubt nicht, daß ich es nicht tue. Isabelle Bohier, verheiratete Marot und erfundene Marquise de Valmy, ist niemand, der als bescheidene Hugenottenhausfrau in einem Marktflecken wie diesem am Herde steht und auch noch selbst kocht. Nein, das ist sie wirklich nicht. Ihr habt recht.« Mit zitternden Fingern begann sie das Mieder aufzuknöpfen.

»Isabelle, bitte!« mahnte Nicholas und war mit zwei Schritten bei ihr, um sie an ihrem Vorhaben zu hindern. »Natürlich sollt Ihr im Kleid Eurer Mutter heiraten. Wir werden uns schon eine Geschichte einfallen lassen, die Eure Garderobe erklärt.«

»Nein.« Sie schüttelte den Kopf und wandte ihm den Rücken zu. »Nein, Nicholas, das werden wir nicht. Ich möchte nicht mit einer Lüge vor den Altar treten. Geht jetzt bitte, damit ich etwas anderes anziehen kann. Danach sollten wir miteinander reden.«

Die stummen Tränen, die unaufhaltsam über ihre Wangen liefen, sah er nicht, aber er fühlte sie wohl.

4

Zu Gabriels größter Überraschung war es nicht schwierig, Isabelles Spuren zu folgen. Wieder in Frankreich gelandet, reiste er zunächst nicht nach Ducey, sondern sogleich mit seinem Freund Beaujeu nach Paris. Obwohl er unter der ständigen Angst litt, jeden Augenblick als Königsmörder verhaftet zu werden, bewegte er sich absolut gefahrlos durch die Normandie und traf schließlich unversehrt in Paris ein. Die wechselvolle Politik der Königinmutter sorgte dermaßen für Aufregung unter den Parteien der Katholiken und Protestanten, daß sich niemand um einen Mann zu kümmern schien, der seit fast drei Jahren der Vergessenheit anheimgefallen war. Dennoch war Gabriel erleichtert, als er hörte, daß Gaspard de Coligny und sein Gefolge den Louvre nach einem kurzen Intermezzo wieder verlassen hatten; ganz so tief in die Höhle des Löwen hätte er sich doch nicht so gerne gewagt. Also suchte er den Admiral an seinem Wohnsitz an der Rue de Béthisy auf und fragte nach Felix Bohier. Dieser ward schnell gefunden und freute sich offensichtlich, ihn wohlbehalten wiederzusehen. Was Bohier dann jedoch über Isabelle zu berichten wußte, ließ Gabriel noch am selben Tag nach Vassy aufbrechen.

Er erreichte den schmucken Marktflecken am Sonntag kurz vor Mittag. An einem Gebäude am Ortsrand läuteten die Glocken, doch ungeachtet dessen führte Gabriel sein Pferd zum Dorfanger, wo sich die katholische Kirche und die Markthallen befanden. Hier hoffte er einen Anwohner zu finden, der ihn zu Nicholas Fouquet bringen würde. Er traf jedoch vor allem auf eine große Zahl schwerbewaffneter königlicher Soldaten, die sich scheinbar gelangweilt sonnten, und bemerkte vor dem katholischen Gotteshaus Sänften, Kaleschen und Rösser, die ganz offensichtlich einem hochwohlgeborenen Herrn gehörten, der sich wahrscheinlich auf der Durchreise in Vassy aufhielt. Ein ungutes Gefühl beschlich ihn angesichts der drohenden Begegnung mit einem Höfling. Würde er ausgerechnet hier einem Menschen begegnen, der ihn als den früheren Kommandanten der Schottischen Garde erkannte? Seinem Ziel so nah, wurde er von seiner Suche nach Isabelle abgelenkt. Neugier und Vorsicht siegten über die Sehnsucht.

»Welchem Edelmann schenkt Ihr Eure Dienste?« wandte er sich an einen blutjungen Knappen, der neben der am kostspieligsten ausgeschmückten Sänfte Aufstellung bezogen hatte.

»Erkennt Ihr das Wappen nicht, Herr?« fragte der angehende Ritter zurück und fügte ehrfürchtig hinzu: »Es gehört dem Herzog von Guise.«

Gabriel stockte der Atem. Es stand außer Zweifel, daß ihn der Held von Calais erkennen und unverzüglich der Krone ausliefern würde – schon allein, um seine eigene Stellung bei Catherine de Médicis wieder zu verbessern.

In diesem Moment erklangen lautstarke Gesänge. Sie wehten aus einem Gebäude jenseits des Marktplatzes über die Dächer, obwohl dieses relativ weit entfernt lag. Als er das geistliche Liedgut der Reformierten erkannte, kehrte seine Entschlossenheit zurück. Er straffte die Schultern, senkte die Fersen und war gerade im Begriff, seinem Pferd die Sporen zu geben, um den Gottesdienst zu erreichen, bevor Isabelle ihr Jawort geben konnte.

Da wurde die Tür der katholischen Kirche aufgestoßen, und eine wohlbekannte Stimme rief: »Wer wagt es, die heilige Messe zu stören? Die Leute mögen schweigen und mein Gebet nicht mit ihrem Gesang unterbrechen.«

»Es sind die Lutheraner, Durchlaucht«, meldete ein herausgeputzter junger Mann aus dem Gefolge des Herzogs. »Die Häretiker nennen sich jetzt Calvinisten, aber verflucht sind sie alle.«

»Geht hin und bittet sie, leise zu sein«, befahl der Herzog von Guise in bedachtsamem Ton. Dann wandte er sich um und war gerade im Begriff, in die Kirche zurückzugehen, als er aus den Augenwinkeln den Reiter wahrnahm, der neben seiner Sänfte zur Salzsäule erstarrt zu sein schien. Unter dem Eindruck eines Déjà-vu drehte er sich noch einmal um, runzelte die von unzähligen Kriegsverletzungen vernarbte Stirn und öffnete den Mund, um den Fremden nach seinem Namen zu fragen. Als dieser jedoch seinem Blick begegnete, gab er dem Roß die Sporen und galoppierte davon.

»Montgommery«, flüsterte der Mann, der wie kein anderer vom Tod Henri II. profitiert hatte. »Mich soll der Teufel holen, wenn das nicht Gabriel de Montgommery war.«

Der Gefolgschaft des Herzogs fiel seine Beobachtung nicht auf. Die Knappen, Soldaten und Höflinge waren mit anderem beschäftigt. »Verflucht sind sie alle!« riefen einige von ihnen. »Die Häretiker sollen was erleben. Sie werden uns kennenlernen.«

Dann setzte sich ein Troß aus mit Arkebusen, Schwertern und Pistolen bewaffneten Knappen, Rittern und Soldaten in Bewegung, um die Protestanten zum Schweigen zu bringen, wie es ihnen ihr Herr geboten hatte.

Als Gabriel den Ort erreichte, wo die Protestanten ihren Gottesdienst abhielten, waren die Gesänge verstummt, die Predigt eines stimmgewaltigen evangelischen Pfarrers wehte über den Dorfanger. Verblüfft registrierte Gabriel die hohe Zahl der Gläubigen, die sich in dem aus rohen Steinen erbauten Gebäude zusammengefunden hatten, das als Gebetshaus diente. Es faßte kaum die mehreren hundert Hugenotten, die aus dem gesamten Umland hierhergekommen sein mußten, um – zum ersten Mal in ihrer

Gegend – einem in aller Öffentlichkeit erlaubten Gebet beiwohnen zu können. Wie sollte er in dieser Menge einheitlich grau und schwarz gekleideter Menschen Isabelle finden, ohne respektlos sein zu müssen und die Predigt zu stören? Die Frauen trugen darüber hinaus einheitliche Kappen, die ihre Haare verbargen, so daß er nicht einmal durch die kastanienrote Lockenpracht auf Isabelle aufmerksam würde. Eine Braut in einem traditionell weißen Hochzeitskleid suchte er vergebens.

Er drängte sich an mürrischen Glaubensbrüdern vorbei, gab jedoch bald auf. Es hatte wenig Sinn, die Worte des Pfarrers zu stören, solange es noch nicht notwendig war. Wenn er erst lauthals Einspruch gegen eine Heirat von Isabelle mit Nicholas einlegte, würde er noch für genug Aufsehen sorgen. Also hielt er sich im Hintergrund, senkte demütig sein Haupt, bat Gott um Vergebung, daß er dem Gottesdienst nicht mit der gebotenen Konzentration folgte, und ließ seine Augen verstohlen über die Reihen mit den Frauen und Kindern wandern.

Während die Gemeinde das Vaterunser sprach, entdeckte er sie endlich. Er wunderte sich ein wenig, warum er sie nicht auf Anhieb bemerkt hatte, denn mit ihrer geraden Haltung, ihrer Körpergröße und dem hoheitsvoll erhobenen Kopf unterschied sie sich von den anderen Mädchen und Frauen um sie her. Sie stand schräg zu seinem Platz, so daß er ihr Profil sehen konnte. Es erschreckte ihn, wie wenig außer ihrer Gestalt an die elegante Amazone erinnerte, die fast drei Jahre lang in seinen Träumen weitergelebt hatte. Sie sah schlecht aus, angestrengt und müde, wenn er es recht bedachte, sogar abgearbeitet.

Groll gegen Nicholas regte sich in seiner Brust. Ließ dieser Isabelle etwa das enthaltsame Leben einer kleinbürgerlichen protestantischen Hausfrau führen? Was für ein Retter! fuhr es Gabriel durch den Kopf. Vielleicht hatte

Nicholas verhindert, daß sie auf dem Scheiterhaufen landete, aber wenn er ihr nicht mehr bieten konnte, hatte er sie nach seiner Meinung nicht verdient.

Um die Wut herunterzuschlucken, die in seiner Kehle brannte, räusperte er sich unabsichtlich laut.

Er war nicht hier, um Nicholas zu richten, sondern um ihm die Frau zu nehmen.

5

Isabelle, die ihren Gedanken nachgehangen hatte, wunderte sich über das respektlose Geräusch. Sie wandte den Kopf in die Richtung des Mannes, der es gewagt hatte, das Vaterunser zu stören. Die anderen Gläubigen schienen so in das Gebet vertieft oder waren so ehrfürchtig, daß sie den Sünder mit Ignoranz straften. Keiner sah ihn an, auch Nicholas wandte ihm arglos den Rücken zu. Nur Isabelle schaute hoch – und entdeckte ihn sofort.

Sie erbleichte, schwankte. Doch diesmal wurde sie nicht ohnmächtig wie damals im Garten derer von Montgommery, als sie von seiner Ankunft überrascht worden war. Seltsamerweise schien es, als habe sie auf ihn gewartet. Mit weit aufgerissenen Augen starrte sie Gabriel an, und stumme Tränen begannen über ihre Wangen zu rollen, die zu Sturzbächen anschwollen. Sie preßte die Lippen zusammen, um nicht laut aufzuschluchzen.

Er nickte ihr zu und gestattete sich die Andeutung einer formvollendeten höfischen Verbeugung. Dann legte er seine rechte Hand auf sein Herz.

In diesem Moment begann der Tumult.

Eine Gruppe junger Edelleute aus dem Gefolge des Herzogs von Guise drängte sich durch die Gläubigen. Sie brauchten die einfachen Leute unter den Protestanten an der Tür nicht zur Seite zu schieben, um sich einen Weg zu bahnen, denn die Bauern und kleinen Handwerker traten vor den vornehmen Herren selbstverständlich zurück, dazu erzogen, der Obrigkeit zu dienen, und daran gewöhnt, von dieser geknechtet zu werden. Jene Mitglieder der Gemeinde, die einem höheren Stand angehörten und in den vorderen Reihen standen oder gar in einer der raren Bänke saßen, hielten sich vorsichtig zurück, abwartend und auf der Hut. Erst der Pfarrer stellte sich den Fremden in den Weg.

»Ihr seid willkommen, meine Herren. Bitte, setzt Euch doch!«

Der herausgeputzte junge Mann, den Gabriel zuvor den Befehl des Herzogs von Guise in Empfang nehmen gehört hatte, musterte die Gläubigen mit demonstrativer Geringschätzung. Es war still in dem Gotteshaus. Niemand bewegte sich oder sprach ein Wort. Jeder wartete offenbar darauf, daß ein anderer den ersten Schritt tat – oder den ersten Stein warf. Selbst Gabriel hatte seinen Blick von Isabelle gewandt, um jede Geste der ungebetenen Gäste zu verfolgen. Anspannung legte sich auf ihn, er fühlte sich schmerzlich an den Ritter erinnert, der eine Lanze mit dem König von Frankreich gebrochen hatte.

»Verdammt seid Ihr!« brüllte der Lakai des Helden von Calais. »Man sollte Euch alle umbringen.«

Sporen klirrten, die Degen in den reichverzierten Halterungen klapperten leise. Die Eindringlinge machten überraschenderweise kehrt. Ob sie von der großen Zahl der Gläubigen irritiert und gar eingeschüchtert waren oder einfach nur für eine Unterbrechung des Gottesdienstes sorgen wollten und diese nunmehr erreicht hatten, wußte niemand zu sagen. Männer und Frauen bildeten eine Gasse, so daß das Gefolge des Herzogs von Guise die neue Kirche verlassen konnte. Ein paar Männer aus dem Kreis der Hugenotten folgten ihnen in der Absicht, vorsichtshalber das Tor zu verschließen. Doch da verharrten die Gäste plötzlich in ihrem Schritt, und ihre Verfolger wichen zurück.

Für alle unbemerkt, hatte sich im Eingang der Herzog von Guise aufgebaut. Er war mit einer Pistole bewaffnet und strahlte die martialische Autorität des großen Feldherren aus, der einst sowohl Engländer als auch Spanier das Fürchten gelehrt hatte. In seinem Rücken versammelten sich mit gezückten Waffen die königlichen Soldaten, die Gabriel zuvor bei den Markthallen beobachtet hatte.

Im nächsten Moment setzten die Krieger an und zielten mit ihren Arkebusen auf die hilflosen Gläubigen. Die Protestanten, die in der Nähe des Eingangs gestanden hatten, fielen als erste.

Später erinnerte sich Gabriel vor allem an das Blut. Wenn er im Laufe seines Lebens an den Gottesdienst von Vassy zurückdachte, war es vor allem das Blutbad, das sich ihm eingeprägt hatte. Der Lebenssaft einer ganzen Gemeinde, der in den Scheunenboden sickerte und schließlich nicht mehr von der Erde aufgenommen wurde und bis um seine Knöchel stand. Die Schreie der Niedergemetzelten hörte er wohl, aber über sein Gedächtnis legte sich gnädiges Vergessen, da er ziemlich rasch das Bewußtsein verloren hatte.

Der Herzog von Guise führte die Soldaten an, die in einem wilden Blutrausch in die Kirche drangen. Die meisten Gläubigen waren dem Marschall und seiner Truppe wehrlos ausgeliefert, vor allem natürlich die Frauen und Kinder. Einige Männer versuchten sich mit ihren bloßen Händen zu verteidigen, doch gegen die Waffen der anderen kamen die Überfallenen nicht an. Dutzende von sterbenden Protestanten brachen zusammen und begruben viele von denen unter sich, die nur verwundet waren. Auf diese Weise von ihren Glaubensbrüdern beschützt, überlebten einige sogar. Unter ihnen auch Gabriel de Montgommery, der durch einen Schwertstreich an der Schulter verletzt worden war.

Er spürte kaum die Schmerzen. Verzweifelt versuchte er sich aus der tobenden Menge zu befreien.

Isabelle.

Sein einziger Gedanke, sein einziges Fühlen galt ihr. Er mußte ihr zu Hilfe eilen, sie retten vor den Häschern des Herzogs von Guise.

Da traf ihn die Faust eines Mannes direkt in die Wunde. In seinem Todeskampf hatte sich der Sterbende noch einmal zu wehren versucht und blind um sich geschlagen. Gabriel sank ohnmächtig zusammen.

Er erfuhr nie, wie lange er bewußtlos gewesen war. Als er aufwachte, war es still um ihn. Er hörte leises Wimmern und Weinen, auch das Stöhnen eines Verwundeten, aber der martialische Lärm war verklungen. Vorsichtig öffnete er seine Augen, verwundert darüber, daß er noch am Leben und zu solch einer normalen Handlung überhaupt fähig war. Er fühlte einen Muskelkrampf in seinen Gliedern, und seine verletzte Schulter schien taub vor Schmerz. Die Zähne zusammenbeißend, richtete er sich auf. Dabei fiel die Leiche eines Mannes mit einem leisen Geräusch von seinem Körper.

Das erste, was Gabriel sah, war Blut. Überall Blut.

Die Toten oder Sterbenden waren nicht zu zählen. Vielleicht waren es vierzig Menschen, womöglich doppelt so viele. Frauen, Kinder, Männer – alte wie junge, rücksichtslos gemeuchelt und ermordet. Die Verwundeten bewegten sich unter der Last ihrer Schmerzen, doch niemand schien wieder aus eigener Kraft auf die Beine kommen zu können.

Er blickte sich um. Das Bild änderte sich nicht, gleichgültig, in welche Ecke des Raumes er blickte. Jenseits des geöffneten Portals stellte es sich ebenso dar. Die Truppe des Herzogs von Guise hatte die Flüchtenden offensichtlich mit tödlicher Grausamkeit verfolgt. Selbst aus einiger Entfernung konnte er erkennen, daß diese Gläubigen mit Schwertern und Degen erschlagen worden waren.

Tränen traten in seine Augen, als er sich bewußt wurde, daß er dem Sterbenden, der auf ihn gefallen war, sein Leben zu verdanken hatte. Wäre er nicht so rasch ohnmächtig geworden, die Häscher des Herzogs von Guise hätten wahrscheinlich ihr Werk auch an ihm vollendet.

Isabelle …

Furcht kroch in seine Glieder wie ein eiskalter Schauer. Selbst wenn sie sich hatte retten können – wie sollte er sie unter den Verwundeten finden? Sie mußte leben! Er war auf der Suche nach ihr bis hierher gekommen, es konnte nicht alles umsonst gewesen sein.

Sie hatten ein gemeinsames Leben vor sich und würden nach England gehen oder nach Schottland, wo sie in Frieden ihrem Glauben anhängen durften. Ihre Trauung mit Nicholas war nicht vollzogen worden. Sie war frei für ihn. Mit diesen Gedanken versuchte er gegen die Panik zu kämpfen, die sich seiner zu bemächtigen drohte.

Er stapfte durch Blutlachen, stieg über die Leichen der einen und die vor Schmerzen verkrümmten Körper der anderen. Er drehte am Boden liegende Frauen, deren Figur vage an Isabelle erinnerten, auf den Rücken und blickte in ihre Gesichter. Doch das der Geliebten war es nicht.

Hoffnung keimte in ihm auf. Vielleicht hatte sie sich retten können. Sein Herzschlag beschleunigte sich, er war gerade drauf und dran, umzukehren und irgendwo anders in diesem verwünschten Ort nach ihr zu suchen, als er über die Gestalt von Nicholas stolperte.

Nicholas starrte ihn an. Er war bei Bewußtsein, aber in

seinem Leib klaffte ein großes, blutendes Loch, aus dem die Gedärme quollen.

»Montgommery?« hauchte er. Der Lebenssaft rann aus seinem Mund, während er sprach.

Gabriel kniete sich nieder. »Ja«, sagte er und schob seine Hand unter den Kopf des anderen. »Ich bin es.«

»Ihr seid gekommen, um mir Isabelle zu nehmen, nicht wahr?«

Für einen Moment dachte Gabriel daran, Nicholas eine gnädige Lüge aufzutischen. Dann aber sagte er sich, daß ein kluger Mann wie Diane de Poitiers' ehemaliger Sekretär die Wahrheit verdiente. »Ja«, wiederholte er. »Das hatte ich vor.«

Ein trauriges Lächeln zog über Nicholas' schmerzverzerrtes Gesicht. »Ich wußte es. Eigentlich habe ich es immer gewußt. Sie hat mich nie geliebt, sie wollte nicht einmal meine Frau werden. Heute morgen hat sie mir gesagt, daß sie mich verlassen wird. Seid gut zu ihr, Montgommery, sie liebt Euch so sehr.«

»Wo ist sie? Habt Ihr sie gesehen?«

Nicholas' Blicke umwölkten sich, seine Augen verloren sich im Nichts. Sein Kopf wurde schwer.

»Bitte … Fouquet, bitte … Wo ist Isabelle? Habt Ihr sie gesehen?«

Mit einer letzten Handbewegung deutete der Sterbende zum Altar. Dann hauchte er mit einem leisen Stöhnen sein Leben aus.

Bevor er den Leichnam vorsichtig niederließ, drückte Gabriel mit seiner freien Hand die Lider des Toten herab.

Isabelle lag halb auf der Seite unter dem Altar. Offenbar hatte sie versucht, sich unter dem schweren Tisch zu verstecken. Auf den ersten Blick wirkte sie, als würde sie schlafen. Die Körperhälfte, deren Gabriel zuerst ansichtig wurde, war unversehrt. Vielleicht war sie nur ohnmächtig geworden, hoffte er, und hatte auf diese Weise die Angreifer genarrt. Doch als er seine Hand auf ihre Brust legte, klebte Blut an seinen Fingern.

»Liebste«, raunte er beklommen.

Vorsichtig drehte er sie auf den Rücken. Ihr Mieder war zerfetzt von den Hieben eines Degens, aus einer Wunde sickerte Blut. Ohne darüber nachzudenken, riß er den Ärmel seines Hemdes ab, rollte ihn zusammen und drückte ihn als Kompresse auf die Verletzung. Die Berührung brachte ein wenig Leben in Isabelle zurück. Sie stöhnte leise.

»Isabelle ... Wach auf ... Ich bin es ... Bleib bei mir ... Es wird alles gut ...« Seine Worte klangen besänftigend, seine Finger strichen zärtlich eine schweißnasse Strähne ihres Haares aus der Stirn. Die Haube war ihr längst herabgefallen, ihre Frisur war aufgelöst. »Wir werden heiraten und ein schönes Leben führen. Gottgnädig und glücklich. Ich liebe dich!«

Ein schwaches Lächeln glitt über ihr bleiches Gesicht. Noch immer hielt sie die Lider geschlossen. »Das ist der Himmel«, flüsterte sie. »Ich träume von der Erfüllung meiner großen Liebe. Ist das Sünde, Herr?«

»Nein. Das ist keine Sünde, Isabelle. Und auch kein Traum. Schau mich an! Ich bin hier. Bitte, sieh mich an!«

Sie tat, wie ihr geheißen. Ihre Augen glänzten fiebrig, ihr Blick war verschwommen. Offenbar kostete es sie große Anstrengung, ihren Blick auf Gabriel zu fixieren. Als könne sie nicht glauben, daß er leibhaftig bei ihr war, hob sie die Hand und berührte ihn. »Gott sei Dank, du lebst.«

»Versuche, bei Sinnen zu bleiben! Ich nehme dich jetzt auf meine Arme und trage dich hinaus. In diesem gottverdammten Ort werde ich wohl irgendwo einen Bader auftreiben ...«

»Ich kann nicht ...«

»Doch, Isabelle, bitte ... Versuch es! Für mich. Für uns ... Bleib bei mir!«

Ihr Kopf glitt zur Seite. »Wußtest du, daß der König gestorben ist?« fragte sie, und ihre Stimme klang, als komme sie aus einer anderen Welt. »Die besten Ärzte Europas haben ihn nicht retten können. Wer bin ich, daß dies bei mir gelingen sollte?«

Gabriel schluckte die aufsteigende Panik hinunter. »Weil du eine andere Verwundung hast.« Er schob seinen Arm unter ihren Oberkörper und versuchte sie hochzuheben, doch sie war erschreckend schwer, und er fühlte sich hilflos mit seiner verletzten Schulter. »Komm. Hilf mir ein wenig! Bitte ...«

Ihre Finger krallten sich in seine Haut. »Ich kann nicht. Ich habe keine Kraft mehr ... Bist du es wirklich, mein Liebster?«

Verzweiflung übermannte ihn. Seine Augen schwammen in Tränen. »Bitte, Isabelle«, flehte er. »Hilf mir ... Bleib bei mir. Laß mich nicht allein!«

»Ich liebe dich. Für immer.«

Ihr Körper sackte in sich zusammen. Er spürte den Tod, bevor er bemerkte, daß sie nicht mehr atmete. *»Der Herr ist mein Hirte ...«*, hob er unwillkürlich an, doch dann brach seine Stimme, und er ließ den Schmerz und die Trauer zu, die sich seiner bemächtigten.

»Ich werde dich rächen, Isabelle Bohier«, schrie er, und seine Worte hallten von den Steinmauern wider. »So wahr mir Gott helfe. Ich werde deinen Tod sühnen. Die Rache ist mein.«

1574

Die Dramatik des Lebens hatte Pierre de Beaujeu zum letzten Überlebenden gemacht. Jeder, an dem einst sein Herz gehangen hatte, war auf irgendeine Weise ums Leben gekommen. Der Marquis de Valmy war damals in Amboise geköpft worden, Isabelle war in Gabriels Armen gestorben, und ihr Bruder Felix war an der Seite Gaspard de Colignys bei jenem Ereignis im August vor zwei Jahren umgekommen, das als »Bartholomäus-Nacht« in die Annalen der Geschichte eingegangen war und Tausende Hugenotten das Leben gekostet hatte – die genaue Zahl kannte niemand.

Wie durch ein Wunder hatte Gabriel de Montgommery damals überlebt – oder zumindest durch eine glückliche Fügung. Er hatte auf der linken Seine-Seite in der Nähe von Beaujeus Wohnung im Faubourg Saint-Germain Quartier bezogen und war auf diese Weise den blutrünstigen Katholiken entkommen, die sich in ihrer Mordlust anfangs im wesentlichen auf Paris beschränkten und im weiteren Verlauf recht unorganisiert vorgingen, so daß er fliehen konnte. Auf diese Weise hatte Beaujeu seinem Freund indirekt das Leben retten und sich einmal mehr für all das erkenntlich zeigen können, was er ihm verdankte. Doch damit war es vorbei, denn die Krone hatte dem Comte de Montgommery inzwischen nicht nur seine Titel aberkannt, sondern ihn auch seines Besitzes beraubt. In wenigen Augenblicken würde ihm auf Geheiß der Königinmutter nun auch das Leben genommen werden.

Mißmutig, mit hängenden Schultern und grimmigem Gesichtsausdruck folgte der Dichter den Schaulustigen zur Place de Grève, auf der in der Dämmerung die Hinrichtung vollzogen werden sollte. Es war Ende Juni, und die Sonne stand hoch, so daß es Abend sein würde, wenn Gabriel de Montgommery starb. Jedesmal wenn er an den bevorstehenden Tod seines Freundes und Bruders im Herzen dachte, fühlte sich Beaujeu schwach und elend. Wie sollte er weiterleben ohne den Mann, der ihm alles gewesen war? Anfangs hatte er ihn für seine Kultur und seinen Geschmack bewundert, für die Gewandtheit, mit der er sich in der Hofgesellschaft bewegt hatte, und für seinen Charme. Später zollte er der Tapferkeit des anderen Respekt, dem Mut und der bedingungslosen Konsequenz. Er wußte schließlich, warum der Freund mit derartiger Grausamkeit gegen die katholische Liga kämpfte. Montgommery war nicht nur ein General der Hugenotten geworden, er war ein Mann, der für den Rest seines Lebens an nichts anderes mehr gedacht hatte als an den Tod der Frau, die er über alles liebte.

Nach dem Blutbad von Vassy war er nach Paris zurückgekommen und hatte sich in die Arme seines Freundes geworfen. Doch dieser konnte ihm keinen Trost spenden, wohl aber Gaspard de Coligny, den Montgommery aufsuchte, als er Felix Bohier von Isabelles Tod berichtete. Der Admiral stellte gerade eine protestantische Armee zusammen, um den Überfall auf den reformierten Gottesdienst zu rächen. Ein erfahrener Ritter kam ihm dabei gerade recht. Kurz darauf brach ein blutiger Bürgerkrieg in Frankreich aus, Katholiken gegen Hugenotten, Nachbarn gegen Freunde. Anfangs waren Colignys Versuche, die Macht zu erkämpfen, recht wirkungslos verlaufen, denn sein Heer war schlecht ausgebildet und den königlichen Truppen nicht gewachsen. Dann aber war Gabriel de Montgommery nach England gereist und hatte bei einer Audienz in Hampton Court die Unterstützung der britischen Königin für seine Sache gewinnen können.

Die Menge, die sich jetzt versammelte, um mehrheitlich seinen Tod zu bejubeln, war bald nicht mehr zu überschauen. Nicht nur die Tatsache, daß es ein Samstag war, lockte die Menschen an. Der frühere Comte de Montgommery war ein gefürchteter Mann in Frankreich.

Nach all den Jahren behauptete Catherine de Médicis noch immer, er sei der Mörder ihres Gemahls. Doch deshalb hatte sie ihn nicht anklagen können, sondern nur wegen Hochverrats. Als General der protestantischen Partei hatte er Tausende von Katholiken auf dem Gewissen, er hatte die Hauptstadt der Normandie, Rouen, eingenommen, verteidigt und wieder verloren. Zwölf Jahre lang war er seinen Verfolgern entkommen. Bis er nach dem Tod von König Charles im Mai und der Thronbesteigung des dritten Sohnes von Catherine de Médicis und Henri de Valois versucht hatte, den im Louvre gefangengehaltenen protestantischen Prinzen von Navarra zu befreien. Das war sein Ende.

Die Geduld der Schaulustigen wurde belohnt. Bevor der Delinquent eintraf, nahmen Catherine und ihr Sohn auf der eigens für diesen Anlaß errichteten Tribüne unter einem Baldachin Platz. Ihre matronenhafte Gestalt war wie stets in ein schwarzes Gewand gehüllt, auch fünfzehn Jahre nach dem Tod ihres Gemahls trug sie noch Trauer. Ihr Gesicht war eine erbitterte Maske, dabei hätte sie nach Beaujeus Meinung fröhlicher aussehen müssen. Schließlich saß ihr Lieblingssohn als König Henri III. auf dem französischen Thron, und heute würde sich ihr ewiger Wunsch nach Rache erfüllen.

»Da kommt er …« Ein Raunen ging durch die Menge, als der Leiterkarren von der Île de la Cité über die alte Holzbrücke zur Place de Grève rumpelte und den Delinquenten in Begleitung eines katholischen Priesters und des Henkers vorführte. Schmerzlich erinnerte sich der Dichter daran, daß er sich nach dem vergeblichen Befreiungsversuch des Parlamentsrates du Bourg mit seinem Gefährten unter einem dieser Brückenpfeiler versteckt hatte.

Gabriel de Montgommery war schmal und von der Folter gezeichnet. Tiefe Falten zogen sich durch sein Gesicht, doch seine Augen brannten so leidenschaftlich wie ehedem. Man hatte ihm den Kopf kahl geschoren, ein Büßerhemd angezogen und seine Hände auf dem Rücken gefesselt, seine Haltung aber war die eines unbeugsamen Mannes. Was Beaujeu stets am meisten an seinem Freund bewundert hatte, waren der aufrechte Gang gewesen, die Eleganz seiner Bewegungen. Nichts von dem schien er im Kerker verloren zu haben.

Mit überraschend behenden Schritten sprang er auf das Schafott. In einer deutlichen Geste kehrte er Catherine und der Hofgesellschaft den Rücken und wandte sich der Menge zu. Mit seiner klaren, tiefen Stimme rief er: »Ich bitte Euch, das Volk von Frankreich, für mich zu beten.«

Und dann tat er etwas, das das Gejohle des Mobs ebenso verstummen ließ wie das Getuschel der Hofgesellschaft: Sein Mund öffnete sich zu dem apostolischen Glaubenskenntnis, dem sowohl Katholiken wie Lutheraner folgten: *»Ich glaube an Gott, den Vater, den Allmächtigen, den Schöpfer des Himmels und der Erde. Und an Jesus Christus, Seinen eingeborenen Sohn …«*

Ein erstauntes Raunen glitt wie eine Woge über den Platz. Zuerst wiederholten nur wenige Gläubige die Worte, doch dann schwoll die Zahl derer, die das Bekenntnis sprachen, zu einer Flut an. Ein stimmgewaltiger Chor antwortete dem Todeskandidaten, bis es kaum jemand auf der Place de Grève wagte, sich auszuschließen. Es war eine eindrucksvolle Demonstration von Gemeinsamkeit.

Catherine de Médicis schnappte nach Luft. Ihr Busen bebte unter dem schlichten weißen Kragen. Sichtlich verärgert, hob sie die Hand, doch die Menge brachte sie damit nicht zum Schweigen. Sie konnte nichts gegen Montgommery unternehmen – und hatte schon gar keine Handhabe gegen die Leute auf der Straße. Es war ihr unmöglich, dem französischen Volk ein offiziell erlaubtes Glaubensbekenntnis zu verbieten. Ihre Hände zitterten, und ihre Wangen färbten sich dunkelrot vor Zorn.

»*... von dort wird er kommen, zu richten die Lebenden und die Toten.*« Nachdem der Delinquent den ersten Vers beendet hatte, herrschte Schweigen. Die Menschen verstummten und warteten offenbar, daß er fortfahren werde. Die plötzliche Stille war fast ebenso beeindruckend wie zuvor die gemeinsame Proklamation. Doch zu aller Überraschung fuhr er nicht mit dem apostolischen Glaubensbekenntnis fort, sondern mit dem Bekenntnis der reformierten Christen, das helvetisch genannt wurde, weil es in Genf geschrieben worden war. Mit der Ernsthaftigkeit eines Predigers rief Gabriel aus: »*Ich glaube und bekenne, daß die kanonischen Schriften der heiligen Propheten und Apostel beider Testamente das wahre Wort Gottes sind ...*«

Fassungslosigkeit senkte sich über das Volk, Ratlosigkeit bemächtigte sich der vornehmen Zuschauer. Unruhe breitete sich aus. Schließlich erklang eine schrille Stimme, die sich in ihrem Zornesausbruch zu überschlagen drohte: »Genug!«

Alle Augen wandten sich zur Ehrenloge.

Gabriel de Montgommery sprach ungebrochen weiter.

Die Königinmutter bedeutete dem Henker, nicht mehr zu warten und endlich mit der Hinrichtung zu beginnen. »Seid Ihr eine Mumie oder ein Mann?« herrschte sie den Vollstrecker an.

Brutale Hände griffen nach dem Verurteilten. Da erst verstummte er, und sein bester Freund vollendete irgendwo in der Menge stumm und mit zitternden Lippen den Text.

Montgommery wurde so vor den Richtblock gestoßen, daß er ganz automatisch auf die Knie sank. Der katholische Pfarrer trat vor, um ihm das Kreuz zu einem letzten Kuß zu reichen, wie es bei allen zum Tode Verurteilten Sitte war.

Beaujeu hielt den Atem an. Er erinnerte sich an das Gespräch mit dem Freund nach der Hinrichtung Anne du Bourgs, als sei es gestern gewesen. Damals hatte der kein Verständnis dafür gezeigt, daß der Protestant diese Ehrbezeugung verweigerte.

Diesmal war es Gabriel, der standhaft ablehnte.

Mit gestrafften Schultern erwartete er die Axt. Einen Herzschlag später fiel sein Kopf in den Staub.

Ein Aufatmen ging durch die Menge wie das Brausen eines Sturms, hysterische Schreie brandeten auf.

Beaujeus Augen schwammen in Tränen. »Der Kreis ist geschlossen«, flüsterte er, und die Marktfrau, die neben ihm stand und nach Fisch roch, blickte den Platznachbarn, der nicht wie ein vornehmer Mann gekleidet war, verwundert an.

»Wovon palavert Ihr?«

»Ich spreche von einer großen Liebe, gute Frau. Von zwei Menschen, die sich mehr liebten als ihr Leben. Nun sind sie im Paradies auf ewig vereint.«

Zeittafel

Meine Geschichte basiert auf Motiven aus dem Leben von Diane de Poitiers, Henri II. von Frankreich, Catherine de Médicis und Gabriel de Montgommery. Alle anderen Hauptpersonen sind meine Erfindung. Um der Romanhandlung einen historischen Hintergrund zu geben, habe ich die Chronologie der Ereignisse zum Teil ein wenig abgewandelt. Da mir eine gewisse Authentizität sehr wichtig ist, möchte ich die tatsächlichen Begebenheiten hier in den richtigen zeitlichen Zusammenhang stellen:

1499	3. 9. Geburt der Diane de Poitiers
1512	Schloß Chenonceau wird an Thomas Bohier verkauft
1519	31. 3. Henri wird als zweiter Sohn von König François I. und Claude de France im Schloß von Saint-Germain-en-Laye geboren; 13.4. Geburt von Catherine de Médicis in Florenz
1520	Beginn der Reformationsbewegung in Frankreich
1530	Geburt von Gabriel de Montgommery
1533	Hochzeit zwischen Henri de Valois und Catherine de Médicis
1535	Abtretung von Schloß Chenonceau an die Krone durch Antoine Bohier
1536	Der französische Thronfolger François stirbt überraschend, Henri wird Dauphin, seine Affäre mit Diane de Poitiers wird offiziell
1542	8. 12 Mary Stuart wird als Tochter des schottischen Königs Jakob V. und der französischen Adeligen Marie de Guise geboren
1544	19. 1. Geburt des Dauphins François Erste Hinrichtungswelle gegen französische Protestanten

1545	2. 4. Geburt der Prinzessin Elisabeth, der späteren Ehefrau Philipps von Spanien († 15.10.1568 in Aranjuez)
1546	31. 3. König François I. stirbt in Rambouillet, sein zweitgeborener Sohn wird als Henri II. König von Frankreich, er schenkt Diane de Poitiers die Kronjuwelen und Schloß Chenonceau, das sie sich durch einen Prozeß als Eigentümerin übertragen lassen möchte; Antoine Bohier flieht nach Venedig Während seiner Regierungszeit führt Henri – ebenso wie sein Vater – mehrere Kriege gegen Kaiser Karl V. und dessen Sohn, König Philipp II. von Spanien, um die Vorherrschaft in Italien Zweite Hinrichtungswelle gegen französische Protestanten
1547	12. 10. Geburt der Prinzessin Claude von Frankreich († 1575)
1549	30. 2. Geburt des Prinzen Louis von Frankreich († 24. 10.)
1550	27. 6. Geburt des Prinzen und späteren Königs Charles
1551	19. 9. Geburt des Prinzen und späteren Königs Henri
1553	14.5. Geburt der Prinzessin Marguerite, der späteren Ehefrau von König Henri IV. von Frankreich († 27. 3. 1615)
1554	Diane de Poitiers gewinnt den Prozeß um Chenonceau
1555	18. 3. Geburt des Prinzen François-Hercule († 1. 6. 1584) 25. 9. Religionsfriede von Augsburg
1558	Befreiung von Calais aus englischer Besatzung durch den Herzog François de Guise Dauphin François heiratet Mary Stuart
1559	2./3. 4. Friedensvertrag von Cateau-Cambrésis mit Spanien und England Edikt von Écouen

	10. 6. Parlamentsdebatte und Verhaftung von Anne du Bourg
1559	28. 6. Hochzeit der Prinzessin Elisabeth von Valois mit Philipp von Spanien
	30. 6. Ritterturnier, Henri wird von der zerbrochenen Lanze Gabriel de Montgommerys schwer verletzt
	10. 7. Henri stirbt, der Dauphin wird als François II. König von Frankreich
	23. 12. Hinrichtung von Anne du Bourg auf der Place de Grève in Paris
1560	1. 3. Verschwörung von Amboise, die wichtigsten protestantischen Anführer werden standrechtlich hingerichtet
	5. 12. François II. stirbt, Nachfolger wird sein Bruder Charles, für den die Mutter die Regentschaft übernimmt
1561	Mary Stuart kehrt nach Schottland zurück
	Erste bürgerkriegsähnliche Vorfälle in Frankreich zwischen Katholiken und Protestanten, die sich nun Hugenotten nennen, Zehntausende fliehen in die freien Niederlande und in die Schweiz.
	Catherine de Médicis führt erste Gespräche mit den Führern der protestantischen Partei
1562	17. 1. Edikt von Saint-Germain
	8. 3. Blutbad von Vassy
	Beginn der insgesamt acht Hugenottenkriege, die mit Unterbrechungen bis 1598 andauern
1562–1563	Erster Hugenottenkrieg
1566	22. 4. Diane de Poitiers stirbt in Anet
1567–1568	Zweiter Hugenottenkrieg
1568–1570	Dritter Hugenottenkrieg
1572	17. 8. Hochzeit zwischen Henri de Navarre und der Prinzessin Marguerite de Valois
	22. 8. Attentat auf Gaspard de Coligny
	23./24. 8. Die Bartholomäusnacht, Paris versinkt in einem Blutrausch

1572–1573	Vierter Hugenottenkrieg
1574	30. 5. König Charles IX. stirbt, sein Bruder besteigt als Henri III. den Thron
1574	26. 6. Hinrichtung von Gabriel de Montgommery
1574–1576	Fünfter Hugenottenkrieg
1575	Henri de Navarre gelingt die Flucht aus dem Louvre, er schließt sich den protestantischen Heerführern an
1576–1577	Sechster Hugenottenkrieg
1579–1580	Siebenter Hugenottenkrieg
1585–1598	Achter Hugenottenkrieg
1587	6. 2. Mary Stuart wird auf Schloß Fotheringhay hingerichtet
1589	5. 1. Catherine de Médicis stirbt in Blois, Louise de Lorraine erbt Schloß Chenonceau
	1. 8. Attentat auf Henri III., er stirbt 24 Stunden später
	Henri de Navarra wird der erste Bourbone auf dem Thron von Frankreich
1593	König Henri IV. konvertiert offiziell zum katholischen Glauben
1598	13. 4. Edikt von Nantes sichert den Hugenotten die Freiheit ihrer Religionsausübung zu, der katholische Glaube bleibt aber Staatsreligion in Frankreich.
	Comte Gabriel de Montgommery wird postum von allen Anklagepunkten freigesprochen und rehabilitiert
1685	18. 10. König Ludwig XIV. widerruft das Edikt von Nantes, die protestantische Religionsausübung wird verboten, Tausende Hugenotten müssen fliehen
	29. 10. Edikt von Potsdam: Kurfürst Friedrich Wilhelm von Brandenburg-Preußen bietet den verfolgten Hugenotten Zuflucht und große Privilegien in Brandenburg an

Fußnote

Es ist etwa zwölf Jahre her, daß ich zum ersten Mal in Schloß Chenonceau war. Trotz der Touristenströme, die durch den Park spazierten, ließ sich der Zauber von einst noch gut erahnen. In einer Ausstellung erfuhr ich von den dramatischen Begebenheiten um Diane de Poitiers und Catherine de Médicis. Ich war auf Anhieb fasziniert und habe im Laufe der Zeit eine Reihe von Büchern über die beiden Damen gelesen. Schließlich kam ich auf die Idee, meine eigene Version der Geschichte aufzuschreiben.

Obwohl dieser Roman auf tatsächlichen Begebenheiten beruht, ist er doch hauptsächlich ein Produkt meiner Phantasie. Die Familie Bohier mag mir sowohl den protestantischen Glauben als auch ihre Tochter Isabelle und ihren Sohn Félix verzeihen, beide haben nie existiert. Allerdings wurde Gabriel de Montgommery, der in deutschsprachigen Quellen irrtümlicherweise meist nur mit einem M geschrieben wird, von mir neu erfunden, obwohl er eine historische Persönlichkeit ist. Ich habe aus ihm den Mann gemacht, von dem ich glaubte, daß er es gewesen sein könnte, der aber nicht immer identisch ist mit dem Ritter von einst; dieser war zum Zeitpunkt der Handlung in Wirklichkeit verheiratet und mehrfacher Vater.

Abgesehen davon habe ich mich bemüht, im großen und ganzen so authentisch wie möglich zu sein. Das Ritterturnier und seine Folgen sind ebenso historisch belegt wie der Wechsel von Montgommerys Bekenntnis, seine Rolle während der Hugenottenkriege und die Darstellung seiner Hinrichtung. Das »Blutbad von Vassy« kann nicht mehr genau nachvollzogen werden; die Schuldfrage wird je nach

Konfession anders bewertet, die Überlieferungen sind hier alles andere als eindeutig. Ich habe mich weitgehend an den Berichten der Hugenotten orientiert, da meine Geschichte aus der Sicht eines Protestanten erzählt wird. In dem Ort Wassy, wie er inzwischen heißt, befindet sich ein kleines Museum, das an das Drama erinnert. Die im Roman beschriebenen Schlösser sind heute der Öffentlichkeit zugänglich und lohnen einen Besuch. Die Bäder von François I. in Fontainebleau wurden allerdings während der Französischen Revolution zerstört und können nur noch dank verschiedener Aufzeichnungen imaginiert werden. Ebenfalls nicht mehr vorhanden ist das Hôtel des Tournelles in Paris. Catherine de Médicis ließ das Gebäude abreißen, an diesem Ort plante König Henri IV. später die Place des Vosges.

Die verschiedenen Umbauten in Chenonceau erfolgten in der berichteten Weise. Das Anwesen wurde von der neuen Bewohnerin nicht in eine Hexenkammer verwandelt, sondern schien auch Catherine de Médicis lebensfreudiger zu stimmen. Jedenfalls veranstaltete sie hier rauschende Feste, die zu den bedeutendsten einer ganzen Epoche wurden. Erst durch ihre Erbin wurde Chenonceau zu einer Art Geisterhaus: Louise de Lorraine, die Gemahlin von Henri III., verwandelte das ihr überlassene Schloß nach seiner Ermordung in eine Grabkapelle, ließ die Räume mit schwarzen Stoffen und Todessymbolen dekorieren. Doch die Trauer dieser Königinwitwe wurde bald von einem Prozeß überschattet, den die Favoritin Henris IV. anstrengte: Gabrielle d' Estrées wollte sich – ebenso wie einst Diane de Poitiers – den Besitz mittels eines juristischen Tricks aneignen. Der plötzliche Tod der schönen Mätresse vereitelte diese Pläne. Dann geriet das Schloß mehr oder weniger in Vergessenheit. Während der Französischen Revolution verlangten eifrige Jakobiner seinen

Abriß, doch dieser Wunsch konnte glücklicherweise vereitelt werden. Weniger bekannte adelige und bürgerliche Besitzer wechselten sich im Laufe der Zeit ab, berühmte Gäste kamen dennoch: Im 18. Jahrhundert lebte der Philosoph Jean-Jacques Rousseau hier, rund hundert Jahre später verbrachte die Dichterin George Sand einmal ihre Ferien auf dem Anwesen, ebenso ihr Kollege Gustave Flaubert. Im Ersten Weltkrieg beherbergte das Schloß ein Lazarett, in den ersten Jahren des Zweiten Weltkriegs wurde die von Diane de Poitiers erbaute und von Catherine de Médicis zur Galerie vervollständigte Brücke über den Cher zum dramatischen Fluchtweg aus dem von Nazi-Deutschland besetzten ins freie Frankreich. Heute ist Chenonceau nach Versailles das meistbesuchte Schloß Frankreichs.

Noch eine Anmerkung: Chenonceau wird häufig auch mit X am Ende geschrieben; ich habe mich an den Namen gehalten, der auf den Eintrittskarten steht.

Es wird der historisch interessierten Leserin und dem ebensolchen Leser auffallen, daß ich bei den handelnden Personen durchgängig die Originalversion ihrer Namen gewählt habe. Dies geschah, um den Romanfiguren ein einheitliches Gesicht zu geben. Wer aber in deutschsprachigen Archiven nach den genannten Herrschern suchen möchte, muß sich nach Franz I., Heinrich II. usw. erkundigen; die als Caterina Maria Romula de' Médicis geborene französische Königin Catherine heißt bei uns Katharina von Medici.

Abschließend möchte ich mich hier ausdrücklich für die Geduld und die Unterstützung meines Lektors Andreas Paschedag bedanken. Dasselbe gilt für meine Literaturagentin Dr. Anke Vogel.

Micaela Jary